一代哲人蔡元培先生

留法時之蔡元培先生

北大蔡元培校長畫像

任北京大學校長時之蔡元培先生

在法任華法教育會會長時之蔡元培

（一九一六年）

一九一〇年在德留學，
時年四十四

愛國學社時之蔡元培
（一九〇三年，三十七歲）

中央研究院院長時之全身照

一九二五年在歐考察教育
時之蔡元培先生

初至德國留學時之蔡元培先生

愛國女學師生合影於校門
（一九〇二年，後排左起第五人為蔡先生）

愛國學社師生合影於開學式時
（一九〇二年，前排立者右起第六人為蔡先生）

蔡先生主持時之國立北京大學（一九一七年）

北京大學文科國文門第四次畢業攝影（一九一八年）
（前排右起第二人為陳獨秀，第三人為蔡先生）

五四運動時，北大學生街頭演說民眾聆聽之情形

北大學生街頭演說，
與警官衝突受取締
情形（一九一九年）

五四運動北大學生
遊行抗日（民國八年）

學生五四愛國運動時，在北平天安門召開之國民大會（民國八年）

蔡先生（左）與吳稚暉先生合影

為團結合作，京滬粵各派出代表舉行和平會議（前排右起第二人為蔡先生）

歡迎法國教育家班樂來北京大學講學（一九二〇年六月）

授杜威與芮思施二人名譽博士學位，於北京大學校園合影

與北京大學政治系畢業同學合影

與夫人周養浩合影

民國五十七年一月，全國各界紀念蔡元培先生百年誕辰

民國五十七年一月，全國各界紀念蔡元培先生百年誕辰參加來賓（前排左起為王雲五、李石曾，右一為孫科）

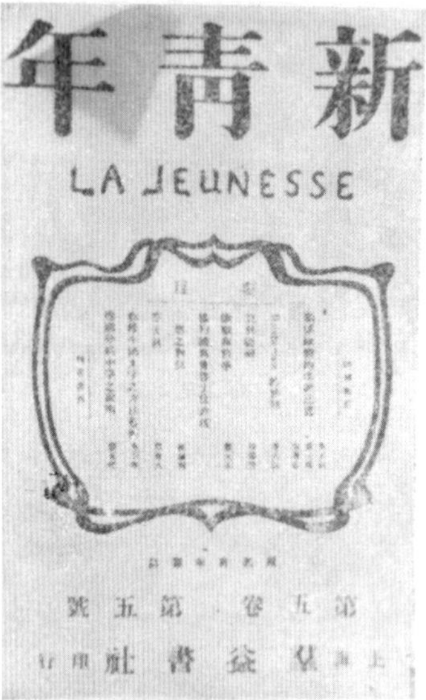
新青年
LA JEUNESSE
第五卷 第五號
上海羣益書社印行

北大學生主編之
《新青年》雜誌

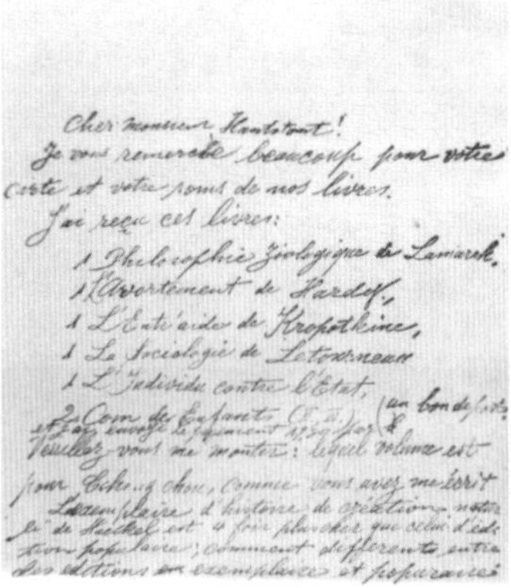
Cher monsieur
Je vous remercie beaucoup pour votre carte et votre
J'ai reçu ces livres:
1 Philosophie Zoologique de Lamarck,
1 L'Entr'aide de Kropotkine,
1 La Sociologie de Letourneau
1 L'Individu contre l'Etat,

致國父函手札
（法文手稿）

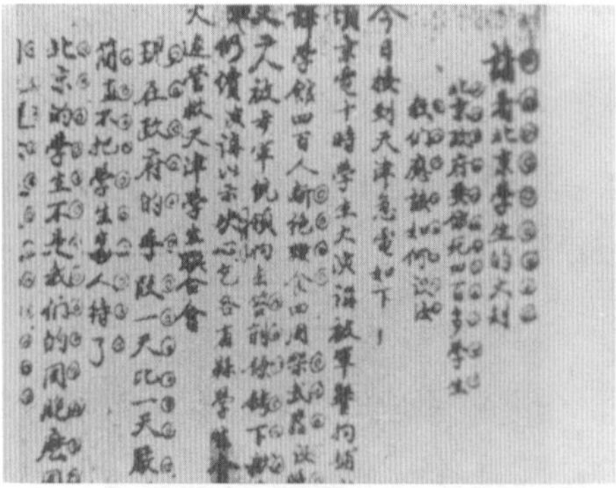
今日接到天津急電如下！
現在政府的手段一天比一天嚴

五四運動時，北大學生張貼之街頭宣傳文告（一九一九年）

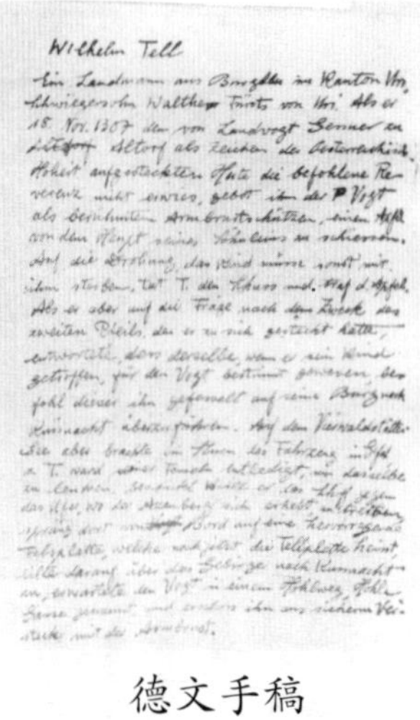
Wilhelm Tell
Ein Landmann aus Bürglen im Kanton Uri,

德文手稿

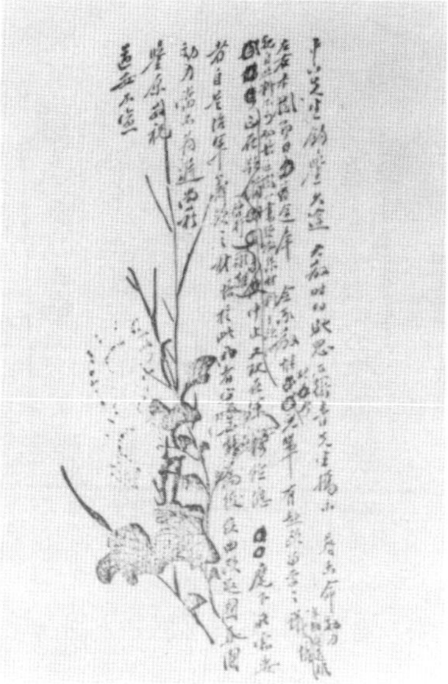

致國父函手札

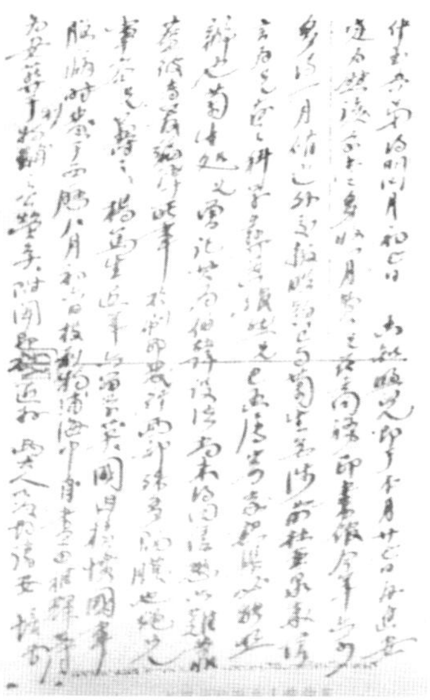

致夫人黃仲玉函手稿

蔡元培先生自寫年譜手跡

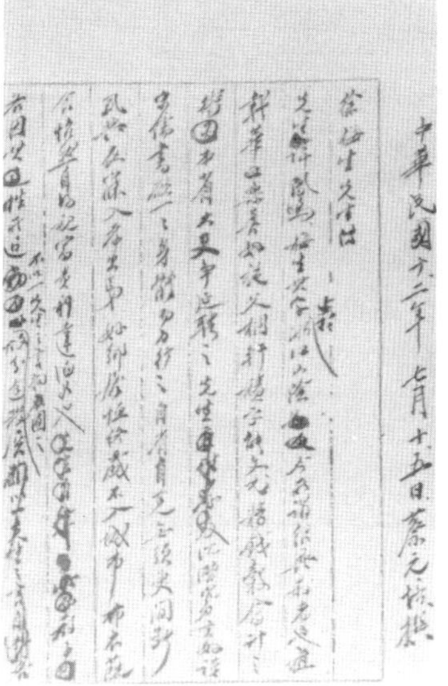

蔡元培先生手稿

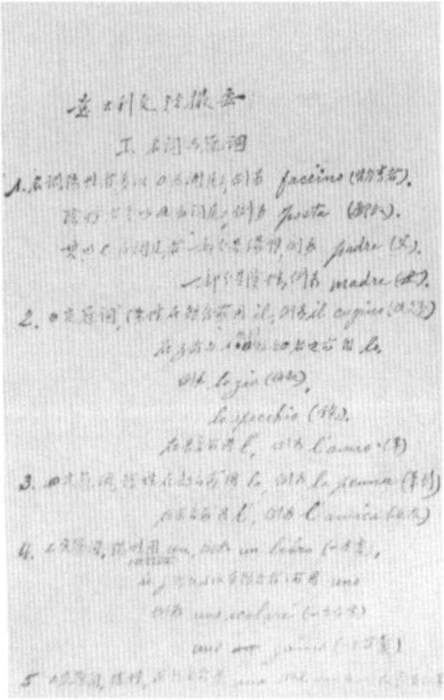

學習意大利文法手稿

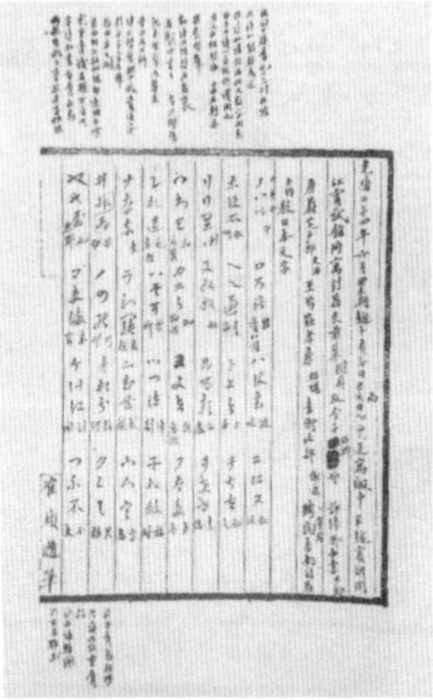

學習日文手稿

知之為知之不知為不知是知也

哲學在我國古書本名為道學今日哲學者希臘語斐羅索斐之譯文其原義為愛智故哲學家應懷疑而忌武斷不妨有所不知而切不可強不知以為知願以孔子之言與哲學系諸同學共勉之因題諸民國十四年哲學系級友會紀念刊 蔡元培

為北京大學哲學系級友會紀念刊題詞

讀壽夫人事略有感

我國提倡女學僅僅二十餘年女子之得入學校者尚寡女學生或以此自負鄙棄其舅姑以為未受教育等于廢物男子遊學外國以得偶于彼國留學中等以下教育之女子為榮而恥其故婦之未入學校則棄之烏呼此誠過渡時代之怪現狀也二十年前女子未入學校而不得望女子之悉皆受教育之僅限于學校自然現象社會現學生之見解故不避汜論而書其後以質于壽君 民國六年九月十四日蔡元培

蔡元培先生隸書手跡

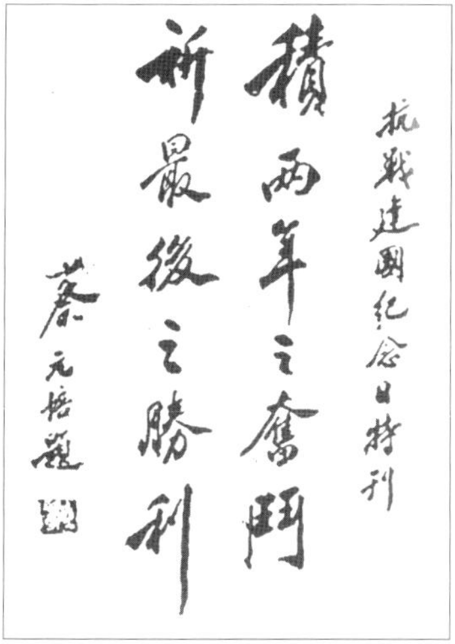

蔡元培先生墨跡之一
（為抗日戰爭題詞之一）

蔡元培先生墨跡之二
（為抗日戰爭題詞之二）

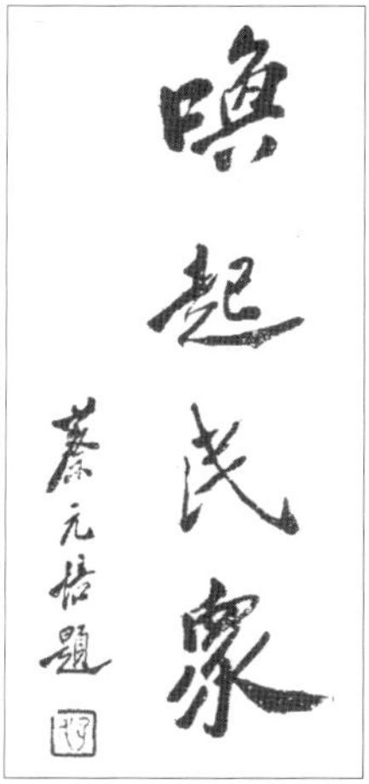

蔡元培先生墨跡之三
（題「台灣民報」）

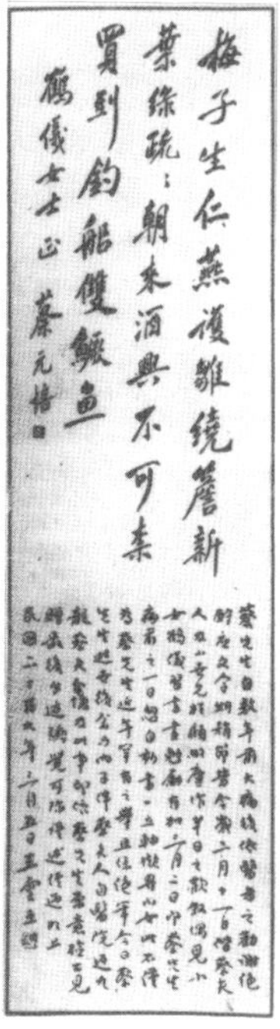

蔡元培先生最後遺墨
（贈王雲五之女公子）

蔡元培先生之明信片手柬

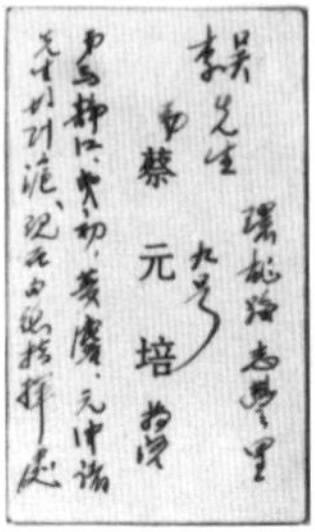

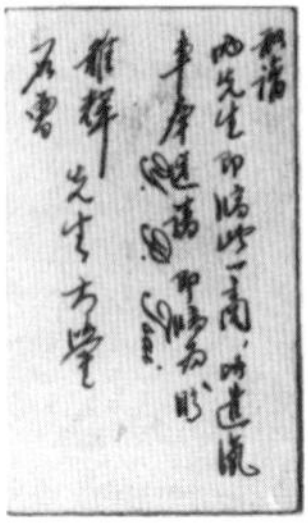

蔡元培先生致吳稚暉與李石曾之名片

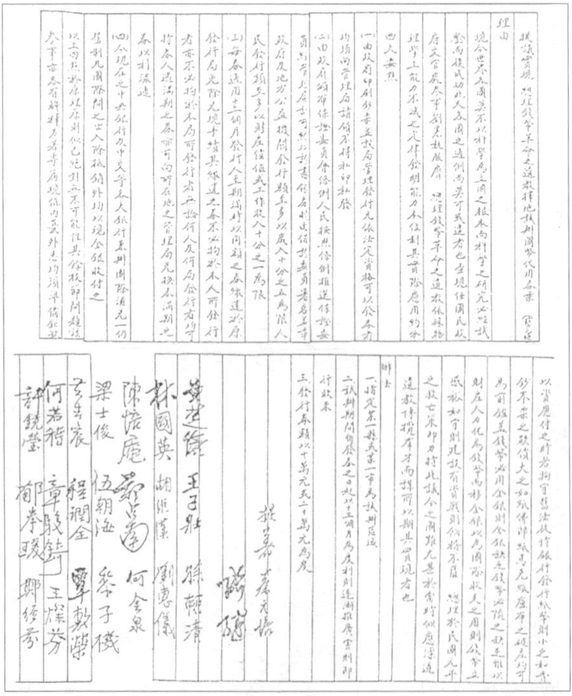

蔡元培先生於中國國民黨四全代表大會的提案之一（一九二八年）

本土與世界叢書㉛

蔡子民先生元培年譜

孫常煒 著

遠流出版公司

本土與世界叢書㉛

蔡孑民先生元培年譜

編著者／孫常煒
發行人／王榮文
出版・發行／遠流出版事業股份有限公司
臺北市汀州路三段 184 號 7 樓之 5
郵撥／0189456-1　電話／(02)365-3707
傳真／(02)365-8989　(02)365-7979

著作權顧問／蕭雄淋律師
法律顧問／王秀哲律師・董安丹律師

印　刷／優文印刷事業有限公司
□1997 年 4 月 16 日 初版一刷

行政院新聞局局版臺業字第 1295 號

售價 600 元　(缺頁或破損的書，請寄回更換)

ISBN 957-32-3212-X

目錄

□例言
□壽蔡元培先生百卅歲冥誕

蔡子民先生元培年譜

一歲　民前四十五年　一八六七　清同治六年　丁卯／一
二歲　民前四十四年　一八六八　清同治七年　戊辰／三
三歲　民前四十三年　一八六九　清同治八年　己巳／三
四歲　民前四十一年　一八七〇　清同治九年　庚午／三
五歲　民前四十三年　一八七一　清同治十年　辛申／三
六歲　民前四十年　一八七二　清同治十一年　壬申／四
七歲　民前三十九年　一八七三　清同治十二年　癸酉／四
八歲　民前三十八年　一八七四　清同治十三年　甲戌／五
九歲　民前三十七年　一八七五　清光緒元年　乙亥／五

十歲　民前三十六年　一八七六　清光緒二年　丙子／五
十一歲　民前三十五年　一八七七　清光緒三年　丁丑／六
十二歲　民前三十四年　一八七八　清光緒四年　戊寅／七
十三歲　民前三十三年　一八七九　清光緒五年　己卯／七
十四歲　民前三十二年　一八八〇　清光緒六年　庚辰／八
十五歲　民前三十一年　一八八一　清光緒七年　辛巳／八
十六歲　民前三十年　一八八二　清光緒八年　壬午／八
十七歲　民前二十九年　一八八三　清光緒九年　癸未／九
十八歲　民前二十八年　一八八四　清光緒十年　甲申／一〇
十九歲　民前二十七年　一八八五　清光緒十一年　乙酉／一〇
二十歲　民前二十六年　一八八六　清光緒十二年　丙戌／一〇
二十一歲　民前二十五年　一八八七　清光緒十三年　丁亥／一一
二十二歲　民前二十四年　一八八八　清光緒十四年　戊子／一二
二十三歲　民前二十三年　一八八九　清光緒十五年　己丑／一二
二十四歲　民前二十二年　一八九〇　清光緒十六年　庚寅／一三

二十五歲 民前二十一年 一八九一 清光緒十七年 辛卯／一四
二十六歲 民前二十年 一八九二 清光緒十八年 壬辰／一五
二十七歲 民前十九年 一八九三 清光緒十九年 癸巳／一七
二十八歲 民前十八年 一八九四 清光緒二十年 甲午／一八
二十九歲 民前十七年 一八九五 清光緒二十一年 乙未／二一
三十歲 民前十六年 一八九六 清光緒二十二年 丙申／二四
三十一歲 民前十五年 一八九七 清光緒二十三年 丁酉／二七
三十二歲 民前十四年 一八九八 清光緒二十四年 戊戌／二九
三十三歲 民前十三年 一八九九 清光緒二十五年 己亥／三三
三十四歲 民前十二年 一九〇〇 清光緒二十六年 庚子／三五
三十五歲 民前十一年 一九〇一 清光緒二十七年 辛丑／三八
三十六歲 民前十年 一九〇二 清光緒二十八年 壬寅／四五
三十七歲 民前九年 一九〇三 清光緒二十九年 癸卯／五一
三十八歲 民前八年 一九〇四 清光緒三十年 甲辰／五九
三十九歲 民前七年 一九〇五 清光緒三十一年 乙巳／六三

四十歲　民前六年　一九〇六　清光緒三十二年　丙午／六七
四十一歲　民前五年　一九〇七　清光緒三十三年　丁未／七〇
四十二歲　民前四年　一九〇八　清光緒三十四年　戊申／七五
四十三歲　民前三年　一九〇九　清宣統元年　己酉／七八
四十四歲　民前二年　一九一〇　清宣統二年　庚戌／八一
四十五歲　民前一年　一九一一　清宣統三年　辛亥／八二
四十六歲　民國元年　一九一二　壬子／八七
四十七歲　民國二年　一九一三　癸丑／一二七
四十八歲　民國三年　一九一四　甲寅／一四一
四十九歲　民國四年　一九一五　乙卯／一四五
五十歲　民國五年　一九一六　丙辰／一五三
五十一歲　民國六年　一九一七　丁巳／一六三
五十二歲　民國七年　一九一八　戊午／一七七
五十三歲　民國八年　一九一九　己未／一九五
五十四歲　民國九年　一九二〇　庚申／二一九

目錄

五十五歲　民國十年　一九二一　辛酉／二四〇
五十六歲　民國十一年　一九二二　壬戌／二五九
五十七歲　民國十二年　一九二三　癸亥／二八四
五十八歲　民國十三年　一九二四　甲子／二九九
五十九歲　民國十四年　一九二五　乙丑／三一七
六十歲　民國十五年　一九二六　丙寅／三二六
六十一歲　民國十六年　一九二七　丁卯／三三六
六十二歲　民國十七年　一九二八　戊辰／三六六
六十三歲　民國十八年　一九二九　己巳／四〇二
六十四歲　民國十九年　一九三〇　庚午／四二〇
六十五歲　民國二十年　一九三一　辛未／四三六
六十六歲　民國二十一年　一九三二　壬申／四七三
六十七歲　民國二十二年　一九三三　癸酉／四八八
六十八歲　民國二十三年　一九三四　甲戌／五〇八
六十九歲　民國二十四年　一九三五　乙亥／五三四

七十歲　民國二十五年　一九三六　丙子／五五九
七十一歲　民國二十六年　一九三七　丁丑／五八一
七十二歲　民國二十七年　一九三八　戊寅／五九六
七十三歲　民國二十八年　一九三九　己卯／六一五
七十四歲　民國二十九年　一九四〇　庚辰／六二七
跋（楊向時）／六三七

例　言

中國近代史上最偉大的教育家，首推蔡孑民元培先生，因爲他輔弼國父，首任中華民國教育總長，草創制度，建立規模。曾二度赴歐留學，研究哲學、美學、文化史等，對世界思潮體認真切。後主持北京大學、中央研究院，提倡學術自由，兼容並包，打破中國士人傳統的門戶之見，因之蔚成一種自由風氣；凡是住過沙灘、馬神廟的人，多少都受其感染，因而對中國近數十年的學術界、思想界發生絕大的影響作用。其主張教授治校，提倡女學及大力推動科學研究，對於國家現代化，貢獻最爲深遠。道德文章、垂範千古，所以教育界人士，無不對他發生由衷的敬仰，和永恆的懷念，一致推崇其爲「學界泰斗」。民國元老吳稚暉先生瞭解蔡先生最爲深切，稱許他爲「世界完人」、「周公型人物」、「通人兼學人」，於蔡先生的逝世，認爲是「全世界完人之大損失，即我國政治上之大方針，學術上之大標的，亦失一斷然不惑之指正者」。又說：「蔡先生的爲人真如孔子所謂『君子和而不同』，他對什麼人都很和氣，然而絕不因爲和氣，就人云亦云。蔡先生所到之地，誰和他相處，都像前人見了程明道一樣，『如坐春風之中』。不過，雖坐春風之中，却感到一種嚴肅之氣。如果我們以之比古人，蔡先生很像周公，『不驕不吝』，『一沐三握髮，一飯三吐哺』，對什麼事情，也是『仰而思之，夜以繼日；幸而得之，坐以達旦』，儼如周公的風範。」又於蔡先生逝世追悼會上親書輓詞：「生平無缺德，今世失完人」。像這要的描畫，不是吳稚老恐怕道不出，不是蔡先生恐怕也當不起。而這樣高度推崇的話，竟出之於秉性方正剛直、倔強廉介，生平不屑對人作阿諛語之吳先生之口，格外顯出蔡先生的偉大，時至今日，仍不覺得有絲毫溢美之處。誠可與我國二千五百年前大教育家孔子先後媲美。

關於蔡先生偉大之處，從前曾經有很多位先生提出來介紹過，他們都寫得非常好，所以我在為蔡先生百年誕辰而編的「蔡元培先生全集」（商務）中都收集在「附錄」裡。有關蔡先生的史料，我曾化費不少年日去搜尋、研究，自然對蔡先生的遺著，凡我所能找到的，都仔細拜讀過。對於他的立身處世，也曾向前輩及友人訪問並考查過。但我總以為對這位偉大的世界完人或者還不是我的能力所能完全認識。

過去，我雖然大膽地寫過「蔡元培先生的生平及其教育思想」（商務）一書，及「蔡元培先生獻身革命的心路歷程」、「蔡元培先生與中央研究院」、「蔡元培與孫中山思想比較」、「蔡元培與中國女學」、「蔡元培與清季科舉」、「蔡元培先生的戀愛和婚姻」、「學界完人蔡元培先生」、「蔡元培先生的美育思想」等文字，散載「中央日報」、「傳記文學」、「革命思想」、「民主國家」、「國史館刊」、「世界日報」等期刊。又曾於訪問日、韓、美及大陸大學及研究機構交流研究蔡先生之心得，並於台灣師範大學、中國文化大學等校教課時講述蔡先生思想及其對國家學術的貢獻；但仰之彌高，有「巍巍乎」、「蕩蕩乎」之感覺。民國七十三年（一九八四）至七十六年（一九八七）於國史館退休前夕，曾獨立撰成「蔡元培先生年譜傳記」上中下三冊，都三百餘萬言。因係史館公費印行，屬非賣品，僅以分贈有關學術機構及學者教授作研究之用。於編撰上冊時，台海兩岸尚無交流，台灣仍為戒嚴時期，故部份引用大陸史料，除以卷首「例言」中鄭重致謝外，仍有引註未周之處，情非得已，當為獲贈書者所鑒諒！

茲為應海內外廣大讀者要求，並為紀念蔡先生百三十歲冥誕，特刪蕪留菁，稍事補苴，重付剞劂；用以宏揚先哲，光大中華文化，大雅君子，幸垂教之！

本書承陳資政立夫先生多次惠函獎飾並賜題封面，僅此道謝！

孫常煒　謹識

民國八十六年（一九九七）於美國舊金山

壽蔡元培先生百卅歲冥誕

孫常煒

高拱北辰河嶽壽，孑民夫子德功懋；
獨鍾浩氣偶然歟？蔡老大名垂宇宙。
首倡女校驚天地，學術自由啓睿智；
推翻專制卓功勳，民到如今仰厚賜。
栽桃種李總多情，事業聖賢史有評；
化雨春風吹九土，萬方景仰頌同聲。
中樞教育賴操持，群論是瞻百載師；
國本飄搖常扼腕，尤存夫子柏松姿。
不朽思文代代宗，古今中外妙融通；
培根康德猶堪比，孔子周公兼且容。
溫良恭儉讓平生，當今完人自有評；
景仰高山人莫及，百年讚頌到如今。

蔡孑民先生元培年譜

一歲　民前四十五年　一八六七　清同治六年　丁卯

十二月十七日（西曆一八六八年一月十一日）（註一）　是日夜亥時，先生誕生於浙江省紹興府山陰縣城內之筆飛衖九號祖宅。（註二）

先生先世自明末由諸暨遷山陰，初以藝山售薪爲業，至高祖聖基以下，始爲商。祖父廷楨，又名嘉謨，字佳木，營典當業，任當舖朝奉（經理），以公正著稱。父名寶煜，又名光普，字耀山，承繼父業，以長厚稱。母周氏，賢而能。兄弟姊妹七人，於兄弟輩中先生排行第二。長兄元鈖，字鑑清，又字鑑廎，長先生二歲，後任職上海崇實石印局。其兩姊均在二十歲左右出嫁前病故。四弟及幼妹亦在三四歲時罹痘早殤。三弟元堅，字鏡清，又字鏡廎，少先生二歲，後在紹興錢莊業中任職。（註三）

先生幼名阿培，進私塾後，取名元培，字鶴卿，後改字仲申，號鶴廎；及在愛國學社時，自號民友；主編「警鐘日報」時以「吾亦一民耳，何謂民友？」於是再次改字孑民，取詩經：「周餘黎民，靡有孑遺。」兩句中各一字，隱含反清思想，以後便一直沿用。撰文時爲避免清吏糾纏，曾以夫人黃世振之名署名曰蔡振。對日抗戰時，避居香港，與人通訊時，化名周子餘，蓋追根溯源，先生之母周氏，在先秦時代，周、蔡同爲姬姓後裔之故。

紹興位於浙江省東北，杭州錢塘江南岸，近隣寧波，地處會稽山北麓，山川秀麗，土地肥沃，爲寧紹平原，物產豐富。春秋時爲越國都城，秦、漢置山陰縣，東漢爲會稽郡，唐代並置紹興、山陰兩縣，宋、明、清均爲紹興府治。民元後廢府設縣，合山陰、紹興爲紹興縣。浙東人文薈萃，紹興尤盛；漢有哲學家王充，晉有書法大家王羲之，唐有名詩人賀知章，南宋有愛國詩人陸游，明季有書畫家徐渭，清代有史學家章學誠，及革命先烈徐錫麟、女俠秋瑾、文壇怪傑魯迅等，人才輩出。

是年　國父孫中山先生二歲，吳敬恆（稚暉）三歲。（註四）

註一：丁卯年十二月十七日推算西曆爲一八六八年一月十一日，惟爲中西曆紀年對照便利計，丁卯年仍作一八六七年。因先生自撰「我在教育界的經驗」一文中，以我國習俗採陰曆虛歲計算，故仍其舊。

註二：先生祖宅之筆飛衖，相傳晉代書法大家王羲之在所住之蕺山上揮毫，有一日手中之筆突然飛往紹興城內大江橋下此巷弄堂內，後人卽以命名。先生出世時，祖居爲六扇大門、五開間三進之大宅。

註三：據存仁堂「蔡氏宗譜稿」所載及蔡無忌口述。

註四：如以西曆計，先生較國父少二歲，少稚老三歲。

二歲　民前四十四年　一八六八　清同治七年　戊辰

是年　陸中桂（皓東）、章炳麟（太炎）、林森（子超）生。

三歲　民前四十三年　一八六九　清同治八年　己巳

三弟元堅（字鑑清、鏡頎）生。（註一）

是年　陳白（少白）生。

註一：「宗譜稿」及蔡無忌「致高平叔函」，黃世暉記先生自述「傳略」上，以堅爲兄，誤。

四歲　民前四十二年　一八七〇　清同治九年　庚午

正月十三日（二·十二）　英國教士李提摩太來華傳道。

五歲　民前四十一年　一八七一　清同治十年　辛未

十月十五日（十一・廿七）　臺灣牡丹社生番殺害琉球難民，此事與日本無關，而竟藉口派兵侵臺，肆行燒殺。

六歲　民前四十年　一八七二　清同治十一年　壬申

始入家塾，讀「百家姓」、「千字文」、「神童詩」等。以兄弟輩通用「元」字，故學名「元培」。

先生有叔父名銘恩，字茗珊，清時舉人，設塾授徒，先生間亦從學焉。叔父字之曰「鶴卿」。

二月初四日（三・十二）　曾國藩卒。

七月初九日（八・十二）　清廷派遣第一批幼童詹天佑等三十人赴美遊學。

七歲　民前三十九年　一八七三　清同治十二年　癸酉

是年　在家塾就讀。

正月廿六日（二・廿三）　清同治皇帝親政。

五月十八日（六・十二）　清廷派第二批幼童蔡廷幹等三十名赴美留學。

是年　徐錫麟、梁啓超、杜亞泉生。

八歲　民前三十八年　一八七四　清同治十三年　甲戌

是年　在家塾就讀。黃興（克強）生。

八月初九日（九・十九）　第三批幼童唐紹儀等三十名赴美遊學。

十二月初五日（一八七五・一・十二）　清同治帝載淳逝世，享年十九歲。

九歲　民前三十七年　一八七五　清光緒元年　乙亥

是年　仍在家塾就讀。

正月　光緒皇帝載湉（四歲）入承大統，兩宮太后再度垂廉聽政。

九月十六日（十・十四）　清廷派第四批幼童梁誠等三十名赴美遊學。

十歲　民前三十六年　一八七六　清光緒二年　丙子

是年　在家塾就讀。

二月初三日（二・廿七）　日韓訂立「江華條約」。

七月廿六日（九・十三）　「中英煙臺條約」簽字。

十一歲　民前三十五年　一八七七　清光緒三年　丁丑

六月廿三日（八・二）　父寶煜（光普）公病逝。

光普公爲人清廉，急公好義，任職錢莊經理時，某年因獲利厚，加倍發放年終獎金，爲東家不滿，並責令賠償，遂鬱悒以歿。（註一）時先生等兄弟孤苦無依，店夥欲集資以贍其家用，並供先生讀書；母周氏「不肯承認」，質衣飾，克勤克儉，撫諸兒成立；每以「自立」「不依賴」勉之。

黃記「傳略」云：「方孑民喪父時，僅十一歲。有一兄，十三歲。又有一弟，九歲。其貸素寬於處友，有貸必應，欠者不忍索，故歿後幾無積蓄。世交中有欲集款以贍其遺孤者，周氏不肯承認。」（註二）

是年　張人傑（靜江）、陳其美（英士）、陶成章（煥卿）生。

註一：拙著「蔡元培先生的生平及其教育思想」頁一二三（民國五十七年十二月，臺灣商務印書館）。據先生表侄馬復君告人係吞金自盡，確否待考。

註二：拙編「蔡元培先生全集」頁一三〇三。（商務）

十二歲　民前三十四年　一八七八　清光緒四年　戊寅

先生開始習讀「史記」、「漢書」、「困學紀聞」、「文史通義」、「說文通訓定聲」諸書，先後在其姨母家及李姓家塾中附讀，並得其叔父銘恩之指導。

黃記「傳略」上云：「孑民有叔父，名銘恩，字茗珊，以廩膳生鄉試中式。工制藝，門下頗盛。亦治詩古文辭，藏書亦不少。孑民十餘歲，即翻閱史記、漢書、困學紀聞、文史通義、說文通訓定聲諸書；皆得其叔父之指導焉。」（註一）

註一：拙編「蔡元培先生全集」頁一三〇三。

十三歲　民前三十三年　一八七九　清光緒五年　己卯

受業於同縣秀才王懋脩，習八股文以備縣試。（註一）

王字子莊，工八股制藝，好明季掌故，並講述宋儒朱熹（晦庵）與陸九淵（象山）之異同。尤服膺劉宗周（蕺山），自號其書齋曰「仰蕺山房」；故先生二十歲以前最崇拜宋儒，講求孝道，係受其影響。（註二）

是年　國父赴檀香山求學。史堅如、胡漢民生。

註一：蕭瑜「蔡孑民先生自傳又一章」，見拙編「蔡元培先生全集」頁一三五七。
註二：蔡元培「我青年時代的讀書生活」，載「讀書生活」三卷六期。

十四歲　民前三十二年　一八八〇　清光緒六年　庚辰

受業於王子莊。

十五歲　民前三十一年　一八八一　清光緒七年　辛巳

仍受業於王子莊。

是年　五月李煜瀛（石曾）生。十月王寵惠（亮疇）生。

十六歲　民前三十年　一八八二　清光緒八年　壬午

受業於王子莊。

母病，先生刲臂和藥以進，母病獲愈。

黃記「傳略」上云：「母病，躬侍湯藥，曾刲臂肉和藥以活母病。因先生叔父純山公，曾因母病而刲臂，家中傳說其母得延壽十二年，所以先生也仿照刲臂。」（註一）

註一：拙編「蔡元培先生全集」頁一三〇三。

十七歲　民前二十九年　一八八三　清光緒九年　癸未

應學政巡試，考中秀才，補諸生。

據山陰縣所典存試卷，先生二複第一篇文「我不識能至否乎？」，爲白連史紙暗紅格，黑墨毛筆楷書，考官在卷上評曰：「筆輕而靈，意曲而達，是誠小試利器，論尤警當與衆不同；詩亦有動目句。」四複第一篇文「在即物而窮其理也」。考官評曰：「簡潔名貴，滴滴歸原。合觀前幾場，或優或劣，判若天淵，豈果文有一日之短長耶？抑不盡然耶？」（註一）

黃記「傳略」上云：「孑民以十七歲補諸生，自此不治舉子業，專治小學、經學，爲駢體文，偶於書院中爲四書文，則輒以古書中通假之字易常字，以古書中奇物之句法易常調，常人幾不能讀。院長錢振常、王繼香諸君轉以是賞之，其於鄉會試，所作亦然；蓋其好奇而淡於祿利如此。」（註二）

先生此後專心於考據、訓詁之學。曾自述「讀書生活」云：「我的嗜好，在考據方面，是偏於訓詁及哲理的，對於典章名物，是不大耐煩的；在詞章上，是偏於散文的，對於駢文及詩詞，是不大熱心的；然而以一物不知爲恥，種種都讀，並且算學書也讀，醫學書也讀。

」（註三）

是年　國父自檀香山返粵；在該島求學五年。汪兆銘（精衞）生。

註一：山陰縣試卷，爲高平叔所發現，已錄入「蔡元培先生全集」續編。

註二：拙編「蔡元培先生全集」頁一三〇四。

註三：「讀書生活」二卷六期，蔡元培「我青年時代的讀書生活」。

十八歲　民前二十八年　一八八四　清光緒十年　甲申

始充塾師，設館授徒。爲先生從事教育之始。

是年　劉師培（申叔）生。

十九歲　民前二十七年　一八八五　清光緒十一年　乙酉

仍任塾師。

是年　中法戰敗，國父孫中山先生決志「傾覆清廷，創建民國」。朱執信、鄒容生。

二十歲　民前二十六年　一八八六　清光緒十二年　丙戌

讀書於同鄉徐樹蘭家之「古越藏書樓」，並受聘爲校所刻書籍。
先生好讀書而無力購置，此時因六叔銘恩任徐家塾師，遂薦先生前往；得徧覽樓中十餘萬卷藏書，並爲校閱所刻「周易小義」、「羣書檢補」、「重文齋筆錄」等書，學問大進。此後爲文古藻，聲名藉盛。

是年 母喪。母周太夫人病危時，弟元堅又刲臂肉以進，惜無效。先生遭此大故，哀毀逾恒，欲行寢苫枕塊之禮，爲家人所阻；至夜深人靜後，獨挾枕席赴棺側。其兄弟聞之，知不可阻，乃設床於旁而共宿焉。

黃記「傳略」云：「其後三年，母病危，孑民之兄（弟之誤）元堅又刲臂以進，卒無效。居母喪，必欲行寢苫枕塊之制，爲家人所阻，於夜深人靜後，忽挾枕席赴棺側。其兄弟聞之，知不可阻，乃設床於停棺之堂，而兄弟共宿焉。」（註一）

註一：拙編「蔡元培先生全集」頁一三〇四。

二十一歲　民前二十五年　一八八七　清光緒十三年　丁亥

仍在徐宅校讀。

是年 蔣中正先生誕生。

二十二歲　民前二十四年　一八八八　清光緒十四年　戊子

仍在徐宅校讀。

母喪既除而未葬，兄元鈖爲之訂婚，聞訊痛哭，自以爲大不孝。（註一）

十月　康有爲上書清廷請變法自強。

註一：拙編「蔡元培先生全集」頁一三〇四。

二十三歲　民前二十三年　一八八九　清光緒十五年　己丑

二月　清光緒帝親政，特開親政恩科取士。

三月　遵兄長之命與王昭女士結婚。（註一）

九月　以諸生赴浙江省垣杭州應鄉試，中式爲舉人。

鄉試時先生被編入第十五房，爲義九十號。第一場第一篇題「曰：夫子何爲？對曰：夫子欲寡其過而未能也。使者出，子曰：使乎！使乎！」第二篇題「子曰：吾說夏禮，不足徵也；吾學殷禮，有宋存焉；吾學周禮，今用之，吾從周。」第三篇題「公孫丑問曰：夫子加齊之卿相，得行道焉，雖由此霸王不異矣；如此則動心否乎？」第四篇詩：「賦得濤白雪山來（

得來字五言八韻)。」第二場第一篇題「是故形而上者謂之道,形而下者謂之器。」第二篇題「八庶徵曰雨曰暘曰燠曰寒曰風曰時,五者來備,各以其敍,庶草蕃廡。」第三篇題「瑟彼玉瓚黃流在中。」第四篇題「公會齊侯盟于黃(定公十有二年)。」第五篇題「稷曰明粢稻曰嘉蔬」。第三場有五問。主考官爲順德李瑞棻(文田),評先生第一場之試卷曰:「首藝,安章宅句,不落恒蹊;次,跟定章旨,語無泛設;三,充暢;詩可。」第二場評曰:「五藝一律清順,引證宏博。」第三場五項答問被評爲「詞意整飭。」(註二)

是年　梁啓超、梁士詒亦中式爲舉人。

註一:先生「雜記」手稿。高平叔編「蔡元培全集」卷一。

註二:浙江己丑鄉試試卷。同上。

二十四歲　民前二十二年　一八九〇　清光緒十六年　庚寅

春,赴京師參加禮部會試,告捷。中式成貢士,因故未參加本科殿試。

清例:每逢子、午、卯、酉年舉行鄉試,以八月,曰秋闈,九日爲第一場,又三日爲第二場,又三日爲第三場。次年丑、未、辰、戌年舉行會試,以二月,以舉人試之京師;會試中式爲貢士,然後由天子親策於廷,曰廷試,亦曰殿試,以三月朔。殿試之後,再有一場朝考。遇有大典，則另開恩科。是年爲光緒二旬萬壽，特開恩科，三月在京會試，先生是科中式成貢士。正考官爲刑部尙書孫毓汶，副考官爲史貴恆、許應騤、沈源深等先生。會試時屬考官王頌蔚（蒿隱）房，首場不類八股文，王奇之。及二三場卷，則引經據典，淵博異常。遂合三場試卷，盛爲延譽，鄭重推薦之。依例於放榜後不出一旬即行殿試，而因病或有重大事故如丁憂，可以請假；不知先生因何告假，未參加本科殿試。（註一）

十月　受聘任浙江上虞縣志局總纂，因所定條例爲分纂反對，旋即辭職。（註二）

是年　戴傳賢（季陶）生。

註一：據蔣復璁「蔡元培先生的舊學及其他」文中謂：先生因文字奇古，李文田告以恐不中，致未及放榜即先期南返，遂不克參加殿試云。（「傳記文學」卅一卷三期，民國六十六年九月）

註二：見「傳略」上，拙編「蔡元培先生全集」頁一〇三四。條例手稿發現較遲，不及錄入「蔡元培先生全集」，已於「續編」中列入。

二十五歲　民前二十一年　一八九一　清光緒十七年　辛卯

居家勤習書法，以備來年殿試。

清例：殿試首重書法，楷法端正莊雅，儘皆上選。抑文重字，由來已久。是年傳言先生

因楷書稍欠端整，特在家勤習楷書，以備來年補行殿試。（註一）

是年　康有為（南海）講學萬木草堂。胡適（適之）生。

註一：據朱沛蓮「凝香樓隨錄」及鄉前輩傳言，確否待考。

二十六歲　民前二十年　一八九二　清光緒十八年　壬辰

春，赴京補行殿試，得中二甲第三十四名進士，朝考後，欽點翰林院庶吉士。

依清例，凡因故未參加殿試之貢士，必俟下科殿試隨同應試，謂之「補殿」。光緒十七年辛卯是鄉試年而非會試年，例不殿試，必俟是年壬辰三月會試出榜，再行殿試。殿試分一二三甲為名第之次，一甲三人，曰狀元、榜眼、探花，賜進士及第；二甲若干人，賜進士出身；三甲若干人，賜同進士出身。先生即於是年赴京參加新貢士一同殿試，名列二甲，然後一同朝考。朝考第一篇題「廷尉天下之平論」，考卷係宣紙，印有龍圖邊框，黑墨毛筆楷書，外裝木盒。卷面載有：「臣蔡元培，年二十六歲，浙江紹興府山陰縣人，由附學生中式光緒十五年恩科本省鄉試舉人，十六年恩科會試中式貢士，十八年保和殿複試第三等，殿試第二甲，賜進士出身，恭應保和殿御試，謹將三代脚色開具於後：曾祖聖基（未仕，故）祖嘉謨（未仕，故）父光普（未仕，故）。欽命閱卷大臣、體仁閣大學士張、吏部尚書（宗室）麟、戶部尚書翁、刑部尚書貴、吏部左侍郎譚、戶部左侍郎廖、禮部左侍郎顧、禮部右侍郎景、刑部左侍郎薛、刑部右侍郎周、工部左侍郎徐，公閱進呈。欽定一等，欽點翰林院庶吉士。」其第二篇題「審樂知政疏」，第三篇詩題「賦得江心舟上波中鑄」得銅字五言八韻。（註一）應殿試時，對有關西藏之策論題，先生詳述「其地廣袤，山川道里」，並謂「迭木楚克額巴之陽，雅魯藏布江出焉，而東南流入於海，其西瀾滄江有兩源，一出格爾吉匝噶那山，一出巴喇克拉丹蘇克山，會於義穆爲廟前，而東南流入於海。」（註二）可見先生在應科考前已頗爲留意邊陲情形矣。先生得中後，對於庚寅、壬辰兩科均可認爲同年，然「補殿」者，例不得入一甲，先生登二甲，已爲高標矣。

按：壬辰科一甲三名，二甲一百三十二名，三甲一百八十二名。庚寅狀元爲吳魯，壬辰狀元爲劉福祧。狀元授修撰，榜眼、探花授編修，二、三甲選用庶吉士者皆爲翰林官。其他或授給事中、御史、主事、中書行人、評士、太常、國子博士，或授府推官、知州、知縣等官。

此次正考官爲戶部尚書翁同龢，其在光緒十八年壬辰五月十七日之日記中，對先生有如下之記述：「新庶常來見者十餘人，內蔡元培，號鶴卿，紹興人，乃庚寅貢士，年少通經，文極古藻，雋才也，在紹興徐氏校刻各種書。」（註三）

六月　國父以第一名畢業於香港雅麗士西醫書院。

註一：清光緒壬辰科考試卷。高平叔編「蔡元培全集」卷一。

註二：壬辰科殿試策論考卷。同上。

註三：翁文恭日記（商務，民國十四年影印本）。

二十七歲　民前十九年　一八九三　清光緒十九年　癸巳

六月　遊歷江寧（南京）。（註一）

七月　受粵省友人陳孝蘭等邀至廣州，作客數月。

入冬應澄海林冠生之邀，又至潮州小住。

王雲五「蔡孑民先生與廣東人」一文中有云：「從蔡先生還沒有完成的『自寫年譜』中間，發見他曾於二十七歲，即清光緒十九年七月到過廣州小住，入冬又由廣州到潮州小住，直至光緒二十年春才回紹興，然後進京應散館考試。他那回在廣州係受陳孝蘭先生的招待，時與朱蓉生山長、徐花農學使、吳夢蜚孝廉等往還；在潮州係受澄海林冠生先生招待。」（註二）

秋　撰「如有王者必世而後仁」一文，以木刻分送友人。

文後有朱一新、徐琪、吳翊寅、陶濬宣的讀後跋語：「鶴廎太史洽熟經傳，博精羣籍，

童年下筆，輒如古子，當代之龔定盦也。近同客廣州南園，戲拈鬮題，以破旅寂；即此片甲，足窺全臠。」（註三）

是年　國父在廣東設東西醫藥局，並籌劃革命。

四月　朱家驊（騮先）生。

註一：先生「雜記」手稿。高平叔編「蔡元培全集」卷一。

註二：拙編「蔡元培先生全集」頁一三八五。

註三：「蔡太史擬墨」。同註一。

二十八歲　民前十八年　一八九四　清光緒二十年　甲午

春　由廣東回紹興原籍小住，然後入京應散館考試，由二甲庶吉士升補翰林院編修。（註一）是年起在翰林院任職，大量閱讀書籍及報章，並開始涉獵譯本書。先生自述：「自甲午以後，朝士競言西學，孑民始涉獵譯本書。」（註二）

五月　國父偕陸皓東北上至天津，上書李鴻章，籲「人盡其才，地盡其力，物盡其用，貨暢其流。」鴻章不能用。是年九月上海「萬國公報」刊出全文。

六月初二日（七・四）　閱師鄭堂「駢體文存」，評其文「體格古今雜糅，時有俗調。」（

註三）

六月十九日（七・廿一）　和李慈銘「庭樹爲風雨所折嘆」。詩云：

桑木東隅舊，平平二百年。拜棠忌鼠器，橫草警狼烟。三摘敦瓜苦，（越南已折入佛朗西，日本又爭朝鮮，藩籬盡撤，能無剝床之懼？）孤軍癟葉憐。（朝鮮乞援，李傅相遣葉軍門志超往，挈兵僅三千，而日兵駐韓已六千餘人，來者尙駱驛不絕。）將軍旌大樹，誰似節侯賢？（讀先生憫雨歌，有感東鄰兵事，故云爾。）

六月廿六日（七・廿八）　中日甲午戰爭爆發。先生二十七日「雜記」手稿記其事，極表關切。云：「報謂：日人已發哀美敦戰書，訂期於昨日十二下鐘開仗。據此，則中日已構兵矣。此間杳不得消息，未如若何？」

七月廿七日（八・廿七）　閱「宋史紀事本末」——「河事」數篇，參閱禹貢、錐指「水經注」。（註四）

八月初五日（九・四）　閱顧厚琨「日本新政考」。

書分四部：曰洋務，曰財用，曰陸軍，曰海軍。先生評其書「不甚有條理」。（註五）

九月初六日（十・四）　閱「郎潛紀聞」十四卷、「燕下鄉勝錄」十六卷竟。

先生注云：「鄞鄭康淇（鈞堂）著，皆取國朝人詩文集，筆記之屬剌取記國聞者。」（

此時起，先生已開始涉獵譯自外文之書報刊物，並留意世界事務。（註六）

九月初九日（十·七）　與文廷式等奏請密聯英德，以禦日本。

先生「雜記」手稿云：「八日，辛巳。文藝閣讀學又集同院諸君於謝文節祠，議上封事。傳聞前日我遣某國居間與日本議和，日本要臺灣，要兵費十九千萬，議不成，而彼舉傾國之師，取道黃海，其兵船有自西貢來者，蓋法郎西助之云。英圭黎以法倭之合也，頗嫉之；德意志素洽於我，軍興，許我往購軍器，其國人任於我者，皆加寶星（二事皆違公法）。此摺請簡重臣，結英、德伐倭，許以犒師轉餉，聞兩湖總督張之洞曾議及，無慮二千萬云。」（註七）

九月廿九日（十·廿七）　閱「環游地球新錄」八卷竟。

該書由江寧李圭（小池）所撰，為光緒二年美國創設百年大會（華盛頓開國百年紀念）美駐京公使照請往會所記，內容分「美會紀略」、「游覽隨筆」、「東行日記」三部分，而統以此名稱之。（註八）

十月廿七日（十一·廿四）　國父在檀香山成立「興中會」，主張「驅除韃虜，恢復中國，創立合衆政府」。（註九）

冬　兼任李慈銘（蒓客）北京寓所塾師，課其子。李病逝後，校其遺著「越縵堂日記」。（註一〇）

是年　張謇中本科狀元。

註一：「大清德宗景皇帝實錄」，卷三三九，頁一一。
註二：拙編「蔡元培先生全集」頁一三〇四。
註三至註八：蔡元培「雜記」手稿。高平叔編「蔡元培全集」卷一。
註九：馮自由「華僑革命開國史」頁二六，「國父年譜」上冊頁六〇。
註一〇：蔡元培「我在教育界的經驗」及拙編「蔡元培先生全集」頁六七六。

二十九歲　民前十七年　一八九五　清光緒二十一年　乙未

在翰林院任職。

正月十一日（二・五）　英教士李提摩太在南京謁張之洞，勸變法。

三月廿三日（四・十七）　中日簽訂馬關條約，割讓臺灣、遼東。先生對此極為悲憤！

先生「雜記」手稿云：「上決與倭議和，和約十事，其大者：割臺灣、割奉天遼陽以東、遵海而南至旅，給兵費二萬萬，定七年畢給，倭人駐兵威海，歲給兵費五十萬；俟二萬萬畢給乃退兵，皆允之矣！日蹙百里，且伏禍機。韓、魏於秦，宋於金，不如是之甚也！倭餉竭師罷，不能持久；而依宋、聶諸軍經數十戰，漸成勁旅，殺敵致果，此其時矣！聖上謙抑，博訪廷議；而疆臣跋扈，政府闒茸！外內狼狽，虛疑恫愒，以成煬灶之計；聚鐵鑄錯，一至於此；可爲痛哭流涕長太息者也！」（註一）

四月初八日（五．二）　各省舉人梁啓超等一千二百人上書論戰守之方與自強之道，並請拒簽「中日和約」。

四月十九日（五．十三）　爲河南省城浙江會館書聯。

先生應李三原孝廉屬，是日撰「河南省城浙江會館楹帖」。文曰：

疇昔開封，臨安爲宋京畿，溯建炎中扈蹕耆臣，百世云仍，猶誦陳留風俗傳；此邦循吏，寓公有鄉先正，願諸君子迨羣孟晉，一編典錄，重題會稽後賢名。（註二）

五月初一日（五．廿四）　臺灣省紳民奮起抗日，反對清廷之割讓，延至九月全臺失守淪陷。

五月十一日（六．三）　康有爲上書請求變法自強。

閏五月廿七日（七．十九）　清廷命各省籌議自強新政。

七月（九月）　康有爲、陳熾、梁啓超等創「強學會」於北京（十二月封禁）。是爲我國士大夫昌言集會之始。

七月　王頌蔚（蒿隱）卒，先生爲之作誄文。（註三）

是年　撰「越中先賢祠春秋祭文」。（註四）

是年　撰「春闈雜咏跋」。（註五）

先生爲沈乙齋撰寫「春闈雜咏跋」一文。沈君爲先生在北京時過從最密之同年之一。（註六）

是年　撰「西湖底造閘記」。

先生應徐樹蘭之請，爲撰「西湖底造閘記」一文。徐樹蘭，字仲凡，係紹興「古越藏書樓」主人。先生二十歲至二十三歲時，曾校書其家。

是年　題「明宮雜咏」。

爲長沙饒識三明經所著「明宮雜咏」一書題詞。詞曰：

詩三百篇，序於國史，國風十五，雜出瑣事。由漢迄明，宮詞樂府，咏史之篇，咸其支與。國朝詞流，大啓肇域；南宋金源，文字識職。淵淵饒子，申以十國。歐薛□逸，吳周擷奇，既富隶事，又工擒詞，燦若珠貝，淒入肝脾。旃蒙協洽，且月癸巳。（註七）

八月十二日（九・三十）　盛宣懷奏設中西學堂於天津。後發展爲北洋大學堂。

九月初九日（十・廿六）　國父廣州首次起義，以事洩失敗。廿一日（十一・七）陸皓東先烈殉難。國父自廣州脫險至香港，轉赴東京再往檀香山。

十月廿二日（十二・八）　清政府命袁世凱督練新建陸軍。

註一：蔡元培「雜記」手稿。高平叔編「蔡元培全集」卷一。

註二至註七：皆據先生手稿。

三十歲　民前十六年　一八九六　清光緒二十二年　丙申

續任翰林院編修。

是年　曾回紹興，冬始北返。在家仍孜孜閱讀。

一月三十日（三・十三）　閱日人阿波岡本監甫著「日本史略」、沈敦和（仲禮）著「日本師船考」、香山鄭觀應（陶齋）著「盛世危言」等書。

先生「雜記」手稿中記云：「以西制爲質，而集古籍及近世利病發揮之，時之言變法者。條目略具矣。」（註一）

二月初五日（三・十八）　閱「光學量光力器圖說」等譯本書畢。

先生「雜記」手稿云：「閱『電學源流』、『電學綱目』、『電學入門』、『電學問答

、『光學量光力器圖說』畢。」可知此時先生涉獵西學已旁及自然科學矣。（註二）

四月　撰「展先師王子莊先生墓記」。

四月十二日（五・廿四）　撰「祭外舅王榮庭文」。

先生於二十三歲，光緒十五年三月與夫人王昭結婚，其岳父王榮庭卒於光緒二十一年九月十八日，享年六十歲。翌年是日，送外舅葬之於紹興南門外九里郗。先生祭之以文。（註三）

五月初二日（六・十二）　刑部侍郎李端棻奏請於京師設立大學堂，後發展爲北京大學。

五月廿六日（七・六）　讀「灌園未定稿」，撰「讀後感」。

先生於胡鍾生處借得「灌園未定稿」，讀一過，遂手撰「讀後感」一文。

六月初十日（七・二十）　補錄詩「題鐵花燈」十六絕，未註明撰於何時（據先生手稿）。

和薛大見懷韻二絕（薛大即薛炳，字閬軒，先生之連襟）。撰「送湄蒓之江右」四絕（馬用錫，字湄蒓，會稽人，曾任紹郡中西學堂教員）。

六月十八日（七・廿八）　遊遶門山石宕即咏六絕詩以誌其事。

七月初一日（八・九）　梁啓超在滬創「時務報」旬刊。

七月初十日（八・十八）　題沈應南「行樂圖」二絕。詩云：

若士相期汗漫游，金華冠子吉光裘；豪情不數嚴夫子，遍歷裨瀛大九洲。（李固與弟圄書，固周觀天下，獨未見益州耳，昔嚴夫子常言：經有五，涉其四，州有九，游其八，欲類此子矣。）

灞橋詩思洵清絕，中散琴心況渺然；登彼高山望遠海，移情何處覓成連。（圖中重裘：朱月、朱制騎驢，奚童擔簦，旁懸一琴。）（註四）

七月廿三日（八・卅一）　撰「哀周榕倩」三律並序。

先生得胡鍾生函：告以周榕倩病歿江西，甚傷慟，撰「哀周榕倩」三律。其時，周尚無恙，實係誤傳。其後五年於光緒二十六年十月初五日先生「雜記」手稿謂：「得鍾生函，言榕倩以末疾於七月間死矣，哀哉！丙辰訛傳其死，余曾以詩哭之……而榕倩竟不死，見詩和韻，於戊戌進京時出以見示，重索嗣音。是夏握別，屢通書問。今年不得一束，而不意其竟死也。」周榕倩，會稽人，鄉試中舉，與先生同年，交游甚篤。（註五）

九月初五日（十・十一）　國父在倫敦被清廷誘捕，禁於使館，至十七日（十・廿三）獲釋。

十月初四日（十一・八）　撰「徐立瑜墓表」。

先生手稿，原文題爲「誥贈資政大夫會稽徐府君墓表」。

十月初十日（十一・十四）　閱梁啓超「西學書目表」。

區「書名」、「撰譯人」、「刻印處」「本數」、「價值」、「識語」六品，認爲「甚便翻檢，識語皆質實」；至梁著「讀西學書法」則以爲若「取識語，演簡爲繁耳」。先生並

評其末篇「立意本正，而竄入本師康有爲悖謬之言，爲可恨也。」（註六）

十月十四日（十一．十八）　爲薛朗軒撰「服蘭室銘」。

朗軒即薛炳，有書室曰「服蘭」，先生爲其撰一銘文並序之。

十月十七日（十一．廿一）　撰「鍥齋記」。

先生應上虞陳級三之請，爲其撰寫「鍥齋記」一文。

十月十八日（十一．廿二）　與友人同遊紹興石佛寺，題名於壁。

先生返京銷假前，鄉人徐維則等人邀其同遊石佛寺，並爲其餞別。同在石佛上題名，由先生記其事。

十月　長子阿根出生於山陰，後早殤。

是年　嚴復譯「天演論」出版。馬建忠（眉叔）著「馬氏文通」。「蘇報」創刊。

註一至註六：蔡元培先生「雜記」手稿。高平叔編「蔡元培全集」卷一。

三十一歲　民前十五年　一八九七　清光緒二十三年　丁酉

正月　上海商務印書館成立。（註一）

續任翰林院編修。

二月　盛宣懷奏設南洋公學於上海，至三月初七日（四・八）正式成立。（註二）

六月初八日（七・七）　閱馬建忠（眉叔）「適可齋記言」四卷，凡十有二篇。

評曰：「其人於西學極深，論鐵道，論海軍，論外交，皆提綱挈領，批却導窾，異乎沾沾然芥拾陳言，毛舉細故，以自鳴者。」（註三）

六月廿九日（七・廿八）　閱宋育仁（芸子）「采風記」三册（凡五卷），「時務論」一册，「紀程詩」一首，「感事詩」四首。撰「宋育仁采風記閱後」（註四）

評曰：「記事有條理，文亦淵雅。其宗旨，以西政善者皆暗合中國古制，遂欲以古制補其未備，以附於一變主道之誼，眞通人之論。」（宋育仁，四川富順人，丙戌進士，光緒二十年以檢討充二等參贊官，駐英時之述作。）（註五）

六月　撰「馬建忠『適可齋記言』讀後記」。（註六）

先生於六月初八日閱此書，嗣寫「讀後記」一文。

七月初五日（八・二）　閱邸抄「廖中丞摺」云：「已於杭州普慈寺後，設一『求是書院』，以一西人爲總教習，華人二副之，一授算學，一授西文，又於其西偏設武備學堂。」（註七）

十月廿四日（八・廿一）　因德佔膠州灣，先生對清廷外交深致不滿。

先生「雜記」手稿中記述云：「近日有德國教士二人，行山東曹州府境，爲盜所殺，德師船泊膠州海口者皆登岸，聲言中國宜撤防兵，如過四十八點鐘不撤者擊之。按德人嘗以英有香港，法有西貢，俄有海參威，因亦欲得一中國海口，以爲椗泊戰艦之所，屢見東西新聞紙，而外間所傳，『中俄密約』有以膠州灣假俄人屯戰艦語，故借此小衅，圖捷克先得耳。吾中國近二十年傍范睢遠交之策，甚睦於德，近又推誠於俄，不可強而恃人，開門揖盜，眞無策之尤也。」（註八）先生對清廷外交之失策深致不滿，對國事之關心與憤慨可見一斑。

是年　先生在京寓中大書一聯，曰：「都無作官意（張籍），惟有讀書聲。」可作此時心情與生活之寫照。（註九）

是年　羅家倫（志希）生。

註一：據「商務印書館四十年大事記」載：「民國前十五年（公曆一八九七年，清光緒二十三年丁酉）正月初十日本館創業。」

註二：丁致聘編「中國近七十年來教育記事」（上海，商務，民國二十四年五月），頁六。

註三至註九：先生「雜記」手稿。高平叔編「蔡元培全集」卷一。「求是書院」即不佞母校國立浙江大學前身。

三十二歲　民前十四年　一八九八　清光緒二十四年　戊戌

仍任職翰林院編修。

是年 與友人合設「東文書館」，學讀日文書籍。

先生「雜記」手稿云：「早在去年冬，與王書衡商議，擬闢設東文書館。蓋以西文書價昂貴，其要者日本皆有譯本，通日文即可博覽西文書籍。且西文（英、法、德文）非三五年不能通，日文則可以半年爲期，較簡易也。」（註一）

三月三十日（四・二十） 次子無忌生於北京繩匠胡同寄寓。

四月廿三日至八月初六日（六・十一至九・廿一） 康有爲、梁啓超、譚嗣同等「維新運動」失敗，史稱「戊戌政變」或「百日維新」。獨留「京師大學堂」，即後日之「北京大學」。

六月十七日（八・四） 聘陶大均（杏南）教授日文。（註二）

六月二十日（八・七） 先生爲傅曉開拔貢題其夫人應谷先生「梅嶺課子圖」。（註三）

六月廿三日（八・十） 陶大均去天津，薦日人野口茂溫代授先生日文。（註四）

六月廿六日（八・十三） 開始練習由日文譯爲漢文，先後試譯「萬國地志序」及「日人敗明師於平壤」等文。（註五）

七月 撰「李文田侍郎事略」。（註六）

七月初九日（八・廿五）　夜譯「俄土戰史」，「雜記」手稿謂「有文從字順」之樂。（註七）此時，並考證「石頭記」（即「紅樓夢」）。

「雜記」手稿謂：「前曾刺康熙朝士軼事，疏證『石頭記』，十得四五，近又有所聞：如林黛玉爲朱竹垞，薛寶釵爲高澹人……寶玉爲納蘭容若，劉老老爲安三。」

七月廿三日（九・八）　撰「日本森本丹芳（藤吉）『大東合邦論』閱後」。（註八）

九月　因「變法維新」失敗，感清廷前途無望，遂毅然棄職（告假）攜眷出都，經上海、杭州返紹興故里。嗣任紹興「中西學堂」總理（校長），以培育人才。學生有蔣夢麟等人，是爲先生從事新式學校教育之始。（註九）

該校以紹興公款設立，依學生程度分爲三齋，如後之小學、初中、高中。

十一月十二日（十二・廿四）　爲紹興中西學堂蒙學印行切音課本，撰「印行切音課本說明」。

十一月十三日（十二・廿五）　囑馬湄蓴代撰「沈子丹墓表」。

沈君名桂，會稽人，曾任兩淮鹽運使。（註一〇）

先生手抄稿「末幅云……」之前，有一段記述：「因授樂旨潘筆之例，乞湄蓴成之，其發端意亦猶是，而文筆較爲淵懿」。

十一月廿四日（一八九九・一・五）　爲章履庵亡婦任孝芬詩集「文福軒詩」作序。（註一一）

十二月廿四日（二・四）　爲「紹郡平糶徵信錄」作序。

光緒二十三、四年間，沿海諸省米價漸貴，紹興亦被波及，地方官紳共商平抑之法：貴糴者賤糶。推徐樹蘭太守總其成，三閱月乃竣。爰將簿錄徵信，輯印出版，使讀者知其所費之鉅及爲之之不易。請先生爲之作序。（註一二）

是年　張之洞撰「勸學篇」。

註一：黃記「傳略」，拙編「蔡元培先生全集」頁一三〇五。

註二至註八：「雜記」手稿。高平叔編「蔡元培全集」卷一。

註九：「傳略」上，「蔡元培先生全集」頁一三〇五，謂先生對新黨之態度云：「孑民是時持論，謂康黨所以失敗，由於不先培養革新之人才，而欲以少數人弋取政權，排斥頑舊，不能不情見勢絀，此後北京政府，無可希望，故拋棄京職，而願委身於教育云。」羅家倫在「從蔡孑民先生致吳稚暉先生函，看辛亥武昌起義時留歐革命黨人動態」文中說：「蔡先生在青年時代，才華煥發，於二十六歲點翰林，更是聲聞當代，朝野爭相結納。戊戌政變時，楊銳等主持變法運動者曾極力拉攏蔡先生，他拒絕了，……我有一次請問蔡先生，當時爲什麽拒絕維新派的邀請？先生從容的對我說：『我認爲中國這樣大，積弊這樣深，不在根本上從培養人才着手，他們要想靠下幾道上諭而從事改革，把這全部腐敗的局面轉變過來，是不可能的。我並且覺得他們的態度也未免太輕率。聽說有幾位年輕氣盛的新貴們在辦公室裏彼此通條子時，不寫西太后，而稱老淫婦，這種態度，我認爲不足以當大事，還是回家鄉去辦學堂罷。』」（載羅家倫「逝者如斯集」，頁八〇—八一，臺北，傳記文學社，民國五十六年九月一日）按羅志希館長亦曾與不佞談及此一往事。

註一〇至註一一：先生手稿。高平叔編「蔡元培全集」卷一。

註一二：先生「雜記」手稿謂：「光緒二十四年十二月十有二日辛卯，晴，徐大先生來，屬撰平羅徵信錄序。二十四日癸卯，晴，作平羅徵信錄序，脫稿，貽仲丈。」同上。

三十三歲　民前十三年　一八九九　清光緒二十五年　己亥

任紹興中西學堂總理（亦稱監督）。

時校中原有英、法兩種外國語，先生到校後爲增設日文課程，特禮聘日人中川前來紹興任教日文。（註一）

此時繼續學習日文。閱讀「日清戰史」等書，並試譯日文「生理學」一書。兼習英文，常「夜讀英文拼音」。（註二）

一月廿八日（三・九）　撰「嚴復譯赫胥黎天演論讀後」。（註三）

二月　撰「紹郡中西學堂借書略例」十五條並序。

據「浙江省立紹興中學五十周年史稿」（民國三十六年章魯瞻撰）云：「蔡總理甫任

事，即規劃藏書室，名曰養新書藏（校內並有養新精舍），並手訂略例十五條，其法：除師生借閱外，凡校外助銀十元以上者，得一人借書，五十元以上者四人，其餘以是爲差。」（註四）

三月　爲徐維則（以愻）所編「東西學書錄」作序，並親爲校正。由金陵滙文書院印行。（註五）

六月十一日（七・十八）　題詩嵊縣沈海清居處。（註六）

十月　撰「紹興府學堂學友約」五條。（註七）

十一月廿八日（十二・三十）　日本友人中畑君以册徵詩，應之五言三律。中畑君名榮，字含山。（註八）

十一月　撰「紹興推廣學堂議」。（註九）

據「浙江省立紹興中學五十周年史稿」稱：「清光緒二十五年十一月，蔡總理（元培）著『紹興推廣學堂議』一文，主張『籌集紹興屬八邑之公款，在府城設高級、中級學堂各一處，在縣城各設初級學堂一』，後三年，實行以府屬公款辦府校，其議蓋創於是。」

註一至註四：先生「雜記」手稿。高平叔編「蔡元培全集」卷一。

註五：據徐維則編「東西學書錄」，光緒二十五年。

註六至註八：先生手稿。高平叔編「蔡元培全集」卷一。

註九：同註一。

三十四歲　民前十二年　一九〇〇　清光緒二十六年　庚子

正月廿七日（二．廿六）　提出辭紹興中西學堂總理職。

紹興中西學堂教員新舊派常起辯論，先生常右新派，舊派恨之，因運動堂董出而干涉，先生遂辭職。黃記「傳略」上云：「校中有英法兩外國語，然無關於思想。孑民與教員馬用錫君、杜亞泉君均提倡新思想。馬君教授文辭，提倡民權、女權。杜君教授理科，提倡競爭存之進化論，均不免與舊思想衝突。教員中稍舊者，日與辯論，孑民常右新派。舊者恨之，訴諸堂董。堂董以是年正人心之上諭學堂，屬孑民恭書而懸諸禮堂。孑民憤而辭職。」（註一）

致徐樹蘭（仲凡）函，告以離開中西學堂之故。（註二）

正月廿八日（二．廿七）　撰「剡山二戴兩書院學約」。

先生提出辭紹興中西學堂總理後，當夜離紹興赴嵊縣，主講於剡山、二戴兩書院。是日坐舟中草「書院學約」。（註三）

是月　研究學校課程及編制，將丹徒許沅（研農）所定「崇實學堂西學課程表」詳加分析。隨後又將日本各種學校課程，按大學校、高等學校、大學預科、高等師範學校、女子高等師範學校等學科詳加抄列分析。（註四）

二月廿七日（三・廿七）　撰「紹興學堂學友第一議期攝影記」。（註五）

二月　上皇帝書。

先生撰「上皇帝書」初稿未完篇，隨後又完成之，中略有增刪。對國事提請釋疑，最後並暢述「以天下與人易，為天下得人難」之旨。（註六）

是月　撰「夫婦公約」二十五項，對居家、保家及教子之道，敍述纂詳。（註七）

五月初九日（六・五）　撰「佛教護國論」，主張删去念經拜懺之事，仿日本設講堂宣揚佛理。（註八）

五月初九日（六・五）　夫人王昭病逝，享年三十五歲。當晚先生撰「悼夫人文」一篇，以表哀思。（註九）

八月十一日（九・四）　撰「讀四語滙編後」。

先生從馮笑春君借得「四語滙編」一書，係長洲彭建求、南畇所編。讀後撰此文。（註一〇）

八月廿六日（九・十九）　在嵊縣撰「告嵊縣剡山書院諸生書」，囑注意社會教育，集臨近

不識字之兒童、婦女施以補習教育。（註一一）

閏八月十一日（十・四）　在嵊縣與宋省庵同訪姚眉甫（名穆）之「學山書樓」，北枕小山，南挹羣峯，風景絕佳，藏書頗多，與談新學甚投契。特撰「書姚子移居留別詩後」一文。（註一二）

閏八月廿九日（十・廿二）　革命黨人鄭士良在惠州起義失敗，日本志士山田良政死難。

九月初六日（十・廿八）　史堅如謀炸清兩廣總督德壽，不成被捕，尋就義。

九月　因友人邀，赴嘉善一行，協助嘉善寧紹會館籌建學塾，改進會務。是月十六日爲嘉善客農墾荒納租問題草擬「改善嘉善客農墾荒納租建議書」一文。（註一三）

十月二十日（十二・十一）　在嘉善晤象山顧初蓀君，時任寧紹會館經理，談編訂宗譜事，特撰「與顧初蓀談宗譜之編訂」一文。主張分世系表、忌日表、大事表、墓記、家傳五項編撰之。（註一四）

十一月十七日（一九〇一・一・七）　得宋子雲及其子省庵書，屬書屏聯，先生爲之書屏，仿箴文體。（註一五）

是年　義和團「護清滅洋」爲亂華北各處，召致「八國聯軍」攻佔北京，光緒帝與慈禧太后出奔西安。

是年　先生曾與友人童亦韓同往臨安縣，擬爲紹興縣僑農設立小學校一所。又往杭州議改某書院爲師範學校，未成。（註一六）

註一：「傳略」上拙編「蔡元培先生全集」頁一三〇六。

註二：先生手稿，題爲「致徐文仲凡書」。高平叔編「蔡元培全集」卷一。

註三至註八：先生「雜記」手稿。同上。

註九：蔡無忌致高平叔函。

註一〇至註一五：先生「雜記」及「手稿」。高平叔編「蔡元培全集」卷一。

註一六：「傳略」，見拙編「蔡元培先生全集」頁一三〇六。

三十五歲　民前十一年　一九〇一　清光緒二十七年　辛丑

二月初七日（三・廿六）　閱「賭棋山莊集」畢，集中有「魏子安墓誌銘」，先生是日撰「閱魏子安墓誌銘後」一文。

子安名秀仁，侯官人，著書考定石經十三種，有詩話集，留傳於世。（註一）

二月十二日（三・卅一）　爲友人杜亞泉所編「化學定性分析」一書，撰寫序文。杜原任紹郡中西學堂教員，後任商務印書館編輯。（註二）

二月廿二日（四．十） 撰「家道論」文。謂家道始於夫婦，夫婦之道始於婚嫁，並論議婚之年及自主婚姻。（註三）

二月廿四日（四．十二） 游浙江臨安，「赴北鄉橫板溪，訪許根久，營室未竟，佔溪山之勝，暢談。到臨安後，遇此人，爲解事者耳。午，雨，歸寓。」爲撰「贈許香九文」。許爲世之隱者，營室於鄉間，招鄉人子弟讀書其間。（註四）

三月初一日（四．十九） 杭州方言學社開學，主講許研農等邀先生前往觀禮，發表演說。當晚研農來，屬撰學社記，並筆記所演說者付錄，遂爲撰寫「杭州方言學社開學演說詞」一篇。語多主輸入西學當以語言、文字爲門徑，間亦介紹立憲思想。（註五）

三月十一日（四．廿九） 自題攝影片後。文云：

山陰蔡氏，元培其名；字曰仲申，別號鶴廎。
同治六年，冬十二月；丙申人定，爰生於越。
少就舉業，長習詞章；經義史法，亦效末光。
丁戍之間，乃治哲學；侯官瀏陽，爲吾先覺。
憤世濁醉，如揉如塗；志以教育，挽彼淪胥。
衆難羣疑，獨立不懼；越求同心，助我丁許！（註六）

三月　赴杭州與主持「求是書院」之陸勉齋時相過從；與任教「開導學堂」之日人伊藤賢道亦相往還，時有信札往來。（註七）

三月十四日（五・二）　應友人張錫庚邀飲，座有日本詩人結城琢，字蓄堂，方遊紹興而回，出示詩稿，先生爲其撰「題日人結城琢越遊詩草」一文。（註八）

五月初九日（六・廿四）　夫人王昭逝一周年。先生在滬，回憶其喪葬時所撰之輓聯，錄出留存。

文云：「亡婦忌日，忽忽一年矣；轆轆奔走，棄子不教，哀愧交集，憶素帷聯語，未留存稿，錄於左方：其一曰：『維新黨人，吾所默許，乃不及於難，鹿車南返，鷦巢暫栖，尙有靑毡，博得工資同一飽；自由主義，君始與聞，而未能免俗，天足將完，鬼車漸破，俄焉屬纊，不堪遺恨竟終身。』其二曰：『早知君病入膏肓，當屛絕萬緣，常相厮守，已矣；如賓十年，竟忘情乃爾耶？嘗與我爭持禮俗，問渾圜大地，安置幽冥？嗟乎！有子二人，眞靈魂所宅耳！』其三曰：『安知早死非爲福！豈有下愚不及情？』」情詞悲切，令人不忍卒讀。（註九）

五月廿九日（七・十四）　致汪康年函，附近作「床記」一篇，意欲仿從前日報刊登陶公柜記之例，刊登「中外日報」專件欄。汪君時於上海主持「中外日報」。（註一〇）

六月初四日（七・十九）　世叔陶濬宣（字心雲）欲於明年設二級學堂於東湖書院，屬何朗軒經理，何延請先生草擬「紹興東湖二級學堂章程」一篇。（註一一）

六月十九日（八・三）　撰「浙江籌備學堂節略」一篇，主張省垣設師範學堂一、省立中學堂一，各縣設小學堂一、蒙學堂若干，各鄉設蒙學堂若干。（註一二）

七月　上海「澄衷學堂」監督劉葆良邀往相助，並代理監督職務，爲時月餘。劉又介紹先生至「南洋公學」任教。

據光緒二十九年三月六日蘇報「學界風潮」欄論載「澄衷學堂之腐敗」，內云：「澄衷學堂……創始之際，本請張修撰謇爲總理，張薦劉君樹屏以自代，嗣又請蔡君元培爲名譽教員，囑襄助各事。劉君有幹才，負氣，喜任事。戊戌之前，去京中，曾被新黨之名，政變後回南，乃一變其前說。在澄衷學校中，頗欲附飾舊學，講求形式，由是蔡與其不合，辭而去之。」（註一三）

八月　先生嗣轉任「南洋公學」特班總教習。

是年　「南洋公學」開設特班，招生四十人，皆能爲古文辭者，擬授以經世之學，而拔其尤，保送經濟特科。先生受聘爲總教習，於學生日記及課文之評語中，多提倡民權之說。（註一四）

七月廿五日（九・七）　清廷與各國簽訂「辛丑和約」。

八月初九日（九・廿一）　爲南洋公學特班學生撰「學習辦法」六條，附時間作息表。是時學生除每日講堂七小時外，每七日須繳札記一篇，並閱讀課外書籍，有心得疑義，可別錄，與札記一同繳閱。（註一五）

八月廿一日（十・三）　爲葉澄衷撰寫「墓誌銘」一文。葉澄衷名成忠，浙江鎭海人，樂善好施，捐款興學，游上海，創辦「澄衷學堂」，容生徒五百人。（註一六）

九月　與張元濟（菊生）等創辦「開元報」於上海。至十月二十二日（十二・二）改名「外交報」，特撰「外交報敍例」七項及「辦事章程」六條。每月出刊三册，以旬之五發行，一二三期不收費，先生等分任撰述，經常爲該報寫稿，其所認股銀三百元，至翌年三月間付畢。（註一七）

九月　撰「學堂教科論」一書，對各級學校之課程及淸代學風之敗壞，分析甚詳。由杜亞泉主持之上海五馬路普通學書室石印出版，全書共二十八頁。（註一八）

九月十四日（十・廿五）　去杭州，建議設立師範學堂，未果。

秋　蔣智由趙祖悳等在上海創辦「選報」旬刊。請先生撰序文一篇，題爲「蔡敍」。（註一

九）

十月初一日（十一．十一）　撰「譯學」一文，主張仿日本譯西文為中文，以利學術研究。（註二〇）

是日　手訂「南洋公學特班生游息規則」四條。（註二一）

十一月廿二日（一九〇二．一．一）　與黃世振（仲玉）女士在杭州結婚。禮堂正中懸紅幛綴「孔子」二字，並於午後開演說會以代鬧房。

「傳略」上云：「孑民為中西學堂監督時，喪其妻王氏，未期，媒者紛集。孑民提出條件，曰：㈠女子須不纏足，㈡須識字者，㈢男子不取妾，㈣男死後，女可再嫁，㈤夫婦如不相合，可離婚。媒者無一合格，且以後兩條為可駭。後一年，始訪得江西黃爾軒先生之女，曰世振，字仲玉，天足，工書畫，且孝於親（曾因父病封臂），乃請江西葉祖鄉君媒介，始訂婚焉。是時，孑民雖治新學，然崇拜孔子舊習，守之甚篤。與黃女士行婚禮時，不循浙俗掛三星畫軸，而以一紅幛子綴『孔子』兩大字，又於午後開演說會，云以代鬧房。」（註二二）

來賓中有汪希（叔明）、孫翼中（偶耕）、宋恕（燕生）、陳黻宸（介石）、葉景莚（少吾）等均發表演說致賀。陳黻宸引經據典，暢談男女平權理論；宋恕謂男女雙方應以學行相較，主張實事求是，反對平等之說。新郎則於答詞中表示：「學行雖有先後之分，就人格言，總是平等。」

又據覺𣆶在蔣維喬「中華民國教育總長蔡孑民小史」一文之附記云：「先生續娶黃夫人，獨擯絕俗禮，設宣聖位拜之，請平陽宋平子、瑞安陳介石兩先生演說母道，以誥黃夫人。時風氣尚塞，人以為異。然先生秉性謙藹，不尚虛飾。」（註二三）

十一月廿三日（一・二）　致長兄元鈖函，報告在杭結婚經過。時兄在上海崇實石印局任職。（註二四）

十二月十二日（一・廿一）　撰「馬用錫講義錄序」。

馬用錫，字辨齋，浙江會稽人，為先生從母弟。治古文，年三十，任紹興府學堂教習，後病肺癆，又負債，貧病交迫，光緒二十六年九月卒，年三十有一。（註二五）

註一至註一二：先生「雜記」手稿。高平叔編「蔡元培全集」卷一。

註一三：見「蘇報」，光緒二十九年三月六日「學界風潮」欄。

註一四：拙編「蔡元培先生全集」頁一四九六。（商務）

註一五至註二一：同註一。

註二二：同註一四，頁一三〇五。

註二三：時事新報館「中國革命記」第十四冊傳記。
註二四：先生手札及「雜記」手稿。同註一。
註二五：同上。

三十六歲　民前十年　一九〇二　清光緒二十八年　壬寅

仍任教於上海南洋公學。

一月三十日（三・九）　撰「日人盟我版權」一文。致憾於日人之圖我，爲損人而不利己。（註一）

二月初六日（三・十五）　擬就「師範學會章程」八條。

去歲，先生於杭州議設師範學堂以培養師資，而巡撫等以上諭無師範學堂字樣，各省亦皆無此學堂，未肯撥助經費。先生於是起草「師範學會章程」以創導之。（註二）

三月初八日（四・十五）　與葉瀚（浩吾）、蔣智由（觀雲）、鍾觀光（憲鬯）、黃宗仰（別號烏目山僧）等議組一團體，議定章程，定名「中國教育會」。二十日進行選舉，先生被舉爲事務長（即會長），王慕陶、蔣智由、戚元丞、蒯光典（若木）等被舉爲幹事，陳仲謇被舉爲會計。（註三）擬編輯教科書，刊行叢報，從文字方面鼓吹革命。

馮自由於「革命逸史」中記其事云：「壬寅春，旅滬志士餘杭章炳麟、常熟黃中央（釋名宗仰，別號烏目山僧）、山陰蔡元培、陽湖吳敬恒諸人，以譯本教科書多不適用，非重新編訂完善，不足以改良教育；因聯絡海上有志之士，發起中國教育會爲策動機關，倡議諸子均屬熱心民族主義之名宿，故此會不啻隱然爲東南各省革命之集團。……籌備數月，至是年秋冬間，始告成立。」（註四）

其「致海外華僑書」中謂：「我國今日學界最缺乏者爲教科書，教育會發興之始，即欲以此自任。繼因八股方廢，承學之士，於一切新名詞，意義旣未習聞，恐難溝貫，乃議倣通信教授法，刊行叢報，方欲出版，而駐日蔡使阻遏留學之風潮以起。於是乃謀自立學校規制，尚未底定，又有南洋公學學生不勝教習之虐待者相率出學，求濟於教育會，遂成今之愛國學社。此敝會歷史之大凡也。」（註五）

三月十三日（四・二十）　撰「日英聯盟」一文，謂「列強均勢意圖和平瓜分中國，呼籲國人「宜如何惕勵而奮起哉！」（註六）

三月廿九日（五・六）　章炳麟（太炎）與留日學生在東京橫濱舉行「中夏亡國二百四十二年紀念會」。

五月　撰輯「文變」一書，由上海商務印書館代印（鉛印）線裝本二册，分卷上、卷中上、卷中下、卷下四部分。

此書係選自嚴復、梁啓超、蔣觀雲（智由）、杜亞泉、高鳳謙（夢旦），及譯自日人山根虎侯、石川半山、深山虎太郎之作，與黃宗羲之「原君」、「原臣」，俞正燮之「節婦說」、「與新義無忤」等論文編訂而成，共四十三篇，其中闕名及未署名之作，想多出自先生手筆。（註七）序文述其編印主旨云：「文以載道」，「見道之識，隨世界之進化而屢變，則載道之言與夫載道之法皆不得不隨之而變。」因「搴當世名士著譯文，滙爲一册，而先哲所作，於新義無忤者亦間錄焉。」

七月　先生與高夢旦同行至日本遊歷，適值吳敬恆（稚暉）及留日學生爲公使館拒絕保送學生入成城學校事與清使蔡鈞衝突，日警以吳氏與孫毓筠（寒厓）妨害治安，逐歸國。吳氏投水，欲以自殺彰日警判決之不公，獲救，護送至神戶，押上法國郵船。陸世芬等顧慮：此船如直赴天津，吳等將受清廷懲治。先生亦慮二氏在海上再圖自盡，因取消遊歷，伴送返國，十九日（八・廿二）抵滬。中國教育會特假張園「海天深處」開會歡迎，並聲援留日學生。（註八）

夏，鄒容自東京回上海，既和馮鏡如、龍澤厚、吳敬恆、陳範等在張園開「拒俄大會」，以後組織「四民公會」，後改名爲「國民議政會」，龍澤厚漸次有請願立憲之主張，馮鏡

如首先聲明脫會，鄒容、吳敬恆等亦表示反對，遂解散。（註九）

九月廿三日（十・廿四）　創辦「愛國女學校」，爲我國最早之唯一女學。

先生與蔣觀雲、黃宗仰、林白水、陳夢坡、吳彥復諸氏在上海創辦「愛國女學堂」，內分師範、小學、中學三部。是爲我國第一所女子學校。（註一〇）

九月　「愛國學社」成立。

「南洋公學」中第五班學生因不滿教習郭振瀛平日喜歡宣揭「東華錄」及「聖祖」武功，禁止學生閱讀一切新書，壓制思想，遂置洗淨之空墨水瓶於講臺上（似譏其胸無點墨），受教師斥責。公學總理循教師之請，開除學生伍正鈞等數名，引起風潮，先生調解無效。延至十月十七日（十一・十六）「南洋公學」所有特班、政治班、頭班、二班、三班、四班、五班、六班全體學員學生，因不滿學校當局之無情壓迫，自請退學者二百餘人，以無力自組學社，因函請「中國教育會」支助分任經費，延聘教員。先生遂召開會議，決定接受其請求，組織「愛國學社」。由黃宗仰先生向哈同夫人商借英大馬路泥城橋福源里市屋爲校舍，先生親至南京向蒯光典先生借得六千元，愛國學社遂於三日內成立。

黃記「傳略」中述其經過。（註一一）

「愛國學社」既成立，「中國教育會」諸董事蔡元培、吳敬恆、章炳麟、蔣智由（觀雲雲）、蔣維喬（竹莊）等皆任教員。「愛國學社」之組織，本爲「南洋公學」退學生所策動，頗以主人翁自居，對於「中國教育會」之指導，間存漠視，章炳麟等乃主張加以制裁之說，吳敬恆則左袒退學生，意見各殊，會與學社之爭端遂起。

當先生爲社事赴南京籌款，在碼頭聞報長子阿根病亡，託友人代理後事，仍揮淚登舟去。三日後得六千元以歸，學社遂成立。

吳稚暉於「四十年前之小故事」文中記其事。（註一二）

撰「愛國學社章程」，分「宗旨」「學級」「教科」「職員」「停課日」「規則」「經費」「考校」八項。（註一三）

「愛國學社」之組織，分學員爲若干聯，每聯二、三十人，聽由學員自動加入，並公舉聯長一人，組織「學生聯合會」，社中興革事宜，多由「學聯會」開會議決，交主持者執行，一切均極民主自由。學生共戴蔡先生以「中國教育會」會長資格，兼主社務。

「愛國學社」初創，經費困難，其後聲譽大起，捐助者衆，於是勉可支持。

冬　致陶濬宣函，談吳彥復（愛國女學創辦人之一）挈眷往金陵（南京）事。（註一四）

十一月十八日（十二・十七）　「京師大學堂」復校招生開學，先辦速成科，分仕學館及師範館。

十二月初九日（一九〇三・一・七）國父離日，經香港，赴河內，參觀博覽會，並成立興中會分會。

十二月三十日（一・廿八）革命黨人李紀堂、洪全福謀舉義廣州，未成。

是年　上海商務印書館設編譯所，聘先生爲所長。（註一五）

是年　爲「中等倫理學」及「東西學書錄」撰寫序文。（註一六）

註一至註三：先生「雜記」手稿。高平叔編「蔡元培全集」卷一。

註四：馮自由「革命逸史」頁一一五。

註五：同上，頁一一七。

註六至註八：同註一。

註九：蔡元培「我在教育界的經驗」及「口述傳略」。

註一〇：蔣維喬「中國教育會之回憶」，「東方雜誌」三十三卷第一號。

註一一：拙編「蔡元培先生全集」頁一三〇六－一三〇七。

註一二：同上，頁一三七三。

註一三：舒新城「近代中國教育史」第三冊。

註一四：先生「手札」（浙江省圖書館印）。陶濬宣字心雲，浙江會稽人，晚號稷山居士，著有「稷山詩文集」，善北魏書。

註一五：章錫琛「漫談商務印書館」。
註一六：同註一一，頁九二五、九二六。

三十七歲　民前九年　一九〇三　清光緒二十九年　癸卯

正月　先生與友人感於上海輿論界仍甚頑固，因與「蘇報」合作，由社員七人，每日代「蘇報」撰寫社論，鼓吹革命，以稿費每月一百元支助「愛國學社」；並與「教育會」及「愛國學社」師生，每星期至張園安塏第開會，由先生等演說，倡言革命，講稿在「蘇報」發表。凡五閱月。

二月初十日（三・八）　向旅滬紹興人士演說「紹興教育會之關係」，主張建立「教育會」以發展紹興教育。（註一）

三月初六日（四・三）　南京「陸師學堂」發生退學風潮，章士釗、林蠣（力山）等四十餘人，轉入「愛國學社」，並代教授兵式體操。先生亦剪髮，服操衣，與諸生同練步伐。

三月廿一日（四・十八）　俄國背約終止東三省撤兵，並提出新要求，強迫訂立「滿洲退兵新約」，先生發起組織「拒俄義勇隊」，並成立「軍國民教育會」。

先生與吳稚暉、黃宗仰等九十六人，分成八小隊，早晚訓練。斯時留日學生鈕永建、湯槱等，亦歸國加入「拒俄義勇隊」，爲清廷所忌，旋即解散，因亦加入「軍國民教育會」。「拒俄義勇隊」旨在拒俄禦侮，「軍國民教育會」則志在革命排滿。（註二）

三月廿八日（四・廿五）　上海各省紳商組織「保國會」。先生演說「阻法」。

　三月間，「教育會」與「愛國學社」忽接東京留學生電稱「廣西巡撫王之春借法兵法款，以平內亂」，遂與旅滬各省紳商三、四百人，集會張園演說反對，「蘇報」響應，分發傳單並成立「保國會」，先生等演說要求懲辦王之春，阻法人侵入越南。

春　浙皖革命志士組織「光復會」，推先生任會長。

　先生鑒於贊同革命之知識份子日衆，因與章太炎、許壽裳等秘密組織「光復會」，陶成章、李燮和繼之加入。徐錫麟（於一九〇四年冬加入）、秋瑾（一九〇六年春加入）等人亦次第加入。入會者皆須宣誓：「光復漢族，還我河山，以身許國，功成身退。」（章太炎「檢論」九卷「大過」附錄曾言：「光復會成立，實余與蔡元培爲之尸，陶成章、李燮和繼之。」是年秋冬間先生自青島歸，被推爲會長。

春　先生自號「民友」。

三月初九日（四・六）　「愛國學社」創刊石印大字「童子世界」日報，鼓吹革命。間以圖畫，日出一張，至五月初一日（五・廿七）第卅一號，乃擴充篇幅改爲鉛印旬刊。

內容分演說、學說、論說、時局、政治、歷史、地理、物理、化學、博物、傳記、評論、談叢、釋叢、雜俎、小說、文苑、寄書、專件、記事、介紹新書、餘錄等欄。文字十分淺顯明白，間有鼓吹革命之文字。

三月十四日（四・十一）　先生於蘇報揭載「釋仇滿」文，釋排滿僅排除滿人之特權，非爲殺盡滿人之謂，以示種族歧見不可存，仇殺觀念不可長。襟懷之大，當時少見。（註三）

三月十六日（四・十三）　浙江大學堂總理勞乃宣袒護私人，斥逐學生，激成全堂告退之事。退學者於石板巷自建「新民塾」，並電請吳稚暉及先生往杭襄助其事，先生與吳以不能離滬辭之。三月廿一日「蘇報」刊載其事。

是月　「愛國學社」脫離「教育會」而獨立。

「愛國學社」初成立時，皆爲「南洋公學」退學之學生，本年春，又加入陸師一部份學生，學員屢進屢退，至是年四月廿一日（五・十七）調查計有學員一百卅二名，另有教育會會員四名爲附讀生。此時因外間有人謂學社爲教育會之附屬，引起社員之不滿，遂於五月十一日（六・六）在社刊第卅一號「童子世界」旬刊餘錄欄中，發表「愛國學社之主人翁」一文，予以否認。會社主屬之爭議既起，此時教育會已改選黃宗仰爲會長，雖多方調停，但因章太炎主張不與學社合作，而吳稚暉則同情社員，故於五月十八日（六・十三）召開評議會，討論此事。先生時任副會長兼評議長，對此主張「聽學社獨立」，謂：「鑒於梁卓如與汪穰卿爭時務報，卒之兩方面均無結果，而徒授反對黨以口實」云云。黃宗仰也贊同此說，「愛國學社」因於五月廿四日（六月十九日）在蘇報發表「敬謝教育會」一文，黃宗仰也以教育會會長名義在閏五月初一日（六月廿五日）蘇報發表「賀愛國學社之獨立」一文，以答之。旋經衆同意，從此，教育會與愛國學社分立。

教育會會員在愛國學社擔任教課者，亦紛紛辭職。旋先生去青島，吳氏去歐洲兩週，迨蘇報案發生，「愛國學社」亦告解體。

五月　鄒容所著「革命軍」由大東書局出版。由教育會黃宗仰、金天翮、蔡寅、陶賡熊、柳亞子等資助。章太炎作序，當時只有鏡今書局敢爲經售。五月十四日（六・九）蘇報發表「讀革命軍」、「介紹革命軍」二文，爲之闡揚。

鄒容，字蔚丹，四川巴縣人。少年英發，光緒二十八年至日本東京留學。留學生監督姚文甫有姦私，容偕張繼等入姚寓，撈其頰數十，並剪其髮辮，懸留學生會館。東京不可留，乃回滬，居愛國學社，深悟清政府之不足恃，且傷當時多數青年不脫奴隸根性，乃草「革命軍」一書，自署「革命軍馬前卒」。凡七章：一、緒論，二、革命之原因，三、革命之教育，四、革命必剖清人種，五、革命必先去奴隸之根性，六、革命獨立之大義，七、結論。凡二萬餘言。書成，求章炳麟爲之潤色，太炎喜其文辭淺露，便於感動平民，遂爲之作序；宗仰等出資刊行，以廣其傳。

五月　「蘇報」案發生。

五月初六日（六・一）　「蘇報」被清政府上海道出面指控謀反。

先是清兩江總督魏光燾函蘇撫恩壽謂：「上海租界有所謂熱心少年者，在張園聚衆議事，名爲拒法拒俄，實則希圖作亂，請將爲首之人，密拿嚴辦」，並開列名單。由駐滬商務大臣呂海寰提出第一次名單爲蔡元培、吳敬恆、鈕永建、湯槱四人，第二次爲蔡元培、陳範、馮鏡如、章炳麟、吳敬恆、黃宗仰等六人，以租界工部局反對，以政治犯例應保護而中止。至閏五月初六日（六・三十）清政府特命兩江總督魏光燾派道員俞明震到滬交涉。閏五月初七日（七・一）會審公廨簽票交巡捕房，傳票送至蘇報館，上寫陳範、陳夢坡（同一人）、程吉甫、章炳麟、鄒容、錢寶仁、龍積之（澤厚）等姓名。是時先生去青島，吳稚暉赴歐洲，陳範去日本，宗仰避居哈同花園。當日上午捕去蘇報帳房程吉甫。次日，至愛國學社捕去章炳麟，又於愛國女學及蘇報館捕去陳仲彝（夢坡子）及辦事員錢寶仁、龍積之連夜到案。鄒容於閏五月初九日（七・三）自首。十三日，蘇報停刊。

十二月三日（一九〇四・一・十九）　第一次會審時將程吉甫、錢寶仁開釋。第四次開審時，龍積之開釋，陳仲彝交保。章炳麟、鄒容二人，十二月四日第二次會審時，章供「杭州人，先曾讀書，後在報館充主筆，戊戌後赴臺灣，後由日本赴上海，在亞東時報任筆政，後至誠正學堂當漢文教習，未及數月，又至蘇州東吳大學堂，前年再赴日本，去年回國，今年二月在愛國學社任教習。」鄒容供：「四川巴縣人，年十九歲，初來滬，入廣方言館，後至日本東京留學，因憤滿人專制，故有『革命軍』之作。今年四、五月間請假來滬，聞人言公堂出票拘我，故自動到巡捕房投到。」十二月廿四日宣判永遠監禁，爲領事團所反對；故延至次年四月初七日（五、廿一）改判，鄒監禁二年、章監禁三年，自去年到案之日起算。先生當蘇報案醞釀時，第一二兩次名單中，均首列其名，從戚友之勸，前往青島學習德語，準備留學。

黃記「傳略」云：「孑民到青島不及一月，而上海蘇報案起，不涉孑民，案既定。孑民之戚友以爲遊學之說，不過誘孑民離上海耳。今上海已無事，無遊學之必要，遂取消每月貸款之議，而由孑民之兄，以上海有要事之電，促孑民回，遂不能再赴青島，而爲外交報館譯日文以自給。」大約估計，先生於是年五月初赴青島，至七月中旬回上海。

六月十五日（八、七）　章士釗、張繼、何靡施、虞和生、陳去病、蘇曼殊、金天翮、柳棄疾等創辦「國民日日報」，距蘇報停刊三十二日，時人稱爲第二蘇報。旋因內部衝突，十月十三日（十二月一日）自行停刊。

十月廿七日（十二・十五）「俄事警聞」發刊，旋改稱「警鐘日報」。

先生自青島回滬，組織「對俄同志會」，警告國人一致奮起抵抗強俄。因有山東卸職知縣陳競全來滬，稍有積蓄，意欲辦一日報；乃由先生與友人王小徐、汪允宗等發起刊印「俄事警聞」，由陳出資，名爲拒俄，實則革命。主筆政者，有劉光漢、陳去病、林白水、林宗素等人。先生亦任編輯之職。後改稱「警鐘日報」，至乙巳年（一九〇五）二月二十日，以批評外交失敗，爲清吏所忌，卒被封禁。此外，陳去病之「二十世紀大舞臺」，林宗素之「中國白話報」，亦爲當道干涉停刊。（註四）

「俄事警聞」發刊之旨趣，在其「本社廣告」中云：「同人因俄佔東省，關係重大，特設警聞，以喚起國民，使共注意於抵制此事之策。社員見聞淺隘，不足爲全國耳目，閱報諸君如有要聞，迅請寄示，俾得刊入報端，普告全國。」

黃記「傳略」中亦記其事。

此時又有「對俄同志會」，「俄事警聞」中曾刊有廣告云：

「同人擬組對俄同志會，以研究對付東三省問題之法。閱報諸君表同情者，請開姓名住址，投函上海新馬路華安里七百零三號俄事警聞社報名，以便議事時函請出席。」

是年夏間，由秦毓鎏、葉瀾、董鴻祥、程家檉、王家駒等十五人亦發起組織「中國教育會」。（註六）

是年　先生譯日文德國科培氏「哲學要領」一書，由商務印書館出版。黃記「傳略」中述翻譯該書的經過。（註七）先生曾在序言中述該書之價值。（註八）

是年　黃興，宋教仁等在長沙成立「華興會」，以湘鄂留日學生為主體，倡導革命，舉黃興為會長。同志加入者約五百餘人。（註九）是年六月，留日革命黨人沈藎返國遭清廷誘捕捶打至死，年卅一歲。（註一〇）

十二月　國父創立「中華革命軍」於檀香山。參加者須宣誓，誓詞曰：「聯盟人某省某縣人某某，驅除韃虜，恢復中華，建立民國，平均地權，如有反悔，任衆處罰。」（註一一）

註一：光緒二十九年二月十四日、十五日「蘇報」。
註二：馮自由「革命逸史」頁一〇九。
註三：拙編「蔡元培先生全集」頁一三〇八。
註四：馮自由「革命逸史」初集，頁一三六。
註五：拙編「蔡元培先生全集」頁一三一〇。
註六：馮自由「革命逸史」初集，頁一一二。

註七：拙編「蔡元培先生全集」頁一三〇八。
註八：同上，頁二五二。
註九：劉揆一「黃興傳記」。
註一〇：「國父年譜」上册，頁一四九。
註一一：「孫公中山在檀事略」（檀山華僑之「華僑史」）。

三十八歲　民前八年　一九〇四　清光緒三十年　甲辰

正月初二日（二・十七）　撰「新年夢」小說，於「俄事警聞」中長篇連載。

「俄事警聞」正月初二日至初五日，初九、初十日各期中，連載「新年夢」小說一篇，文末署名，文中自號「中國一民」，據黃記「傳略」，知爲先生所作。（註一）

正月十一日（二・廿六）　「俄事警聞」改名「警鐘日報」。

改名之原因，「俄事警聞之尾聲」一文中說：「東三省之問題，前者爲俄人獨據時代，今者爲日俄並爭時代。在獨據時代，我國民宜專籌對付俄人之策；在並爭時代，則我國民一面爲對對付俄人之策，一面又宜對付日人之策。此本社將於明日改爲警鐘之原因也。」

正月廿七日（三・十三）　先生以日俄戰起，因改「對俄同志會」爲「爭存會」，嗣合於「光復會」。

二月　「警鐘日報」主編王小徐他去，先生接任主編。（註二）

春　「中國教育會」開會員大會，先生再度被推爲會長。（註三）

四月　任「青年學社」總教習。

正月間，革命黨人秦毓鎏與劉季平、費公直、劉東海等創辦「麗澤學院」於上海華涇鎮，三月二日開學。招集同志，以養成革命基本人才，對學生灌輸革命思想，鼓吹民族、民權主義。四月初，因房屋窄隘，交通不便，遷至新馬路登賢里對門第十六、十七兩號洋房，更名「青年學社」，改革組織，增添教員，延聘先生爲總教習，陳競全爲學監，高筱亭爲幹事長，直至秋間萬福華刺王之春案作，詞連學生，學社乃解散。

四月二十日（六・三）　長女威廉出生於上海。

六月初八日（七・二十）　先生因再度接任「愛國女學校」校長，旋辭去「警鐘日報」編務。

「警鐘日報」第一百四十七號刊有編務轉移之告白云：「蔡孑民敬白：孑民近擔任愛國女學校事務，故警鐘社編輯之役，已由汪允宗君主任，凡以社務投函者，請勿於函面寫鄙人姓名，免致展轉延閣。如與孑民個人交涉之事，則請寄新閘西勝業里六百三十號。」

「警鐘日報」係蔡先生所創辦，爲早期宣傳民族革命之刊物，其中甚多文字爲先生所親

撰，惟多未署名，或以「來稿」名義發表，未便收入「全集」，具名者僅此一告白。（註四）

先生此時注重理化，並提倡法國式革命及俄國虛無黨主義。

先生於「我在教育界的經驗」一書中自云：「自三十六歲以後，我已決意參加革命工作。覺得革命只有兩途：一是暴動，一是暗殺。在愛國學社中竭力助成軍事訓練，算是下暴動的種子：又以暗殺於女子更為相宜，於愛國女學，預備下暗殺的種子。一方面受蘇鳳初君的指導，秘密賃屋，試造炸藥，並約鍾憲鬯先生相助，因鍾先生可向科學儀器館採辦儀器藥料。又約王小徐君試製炸彈殼子，並接受黃克強、蒯若木諸君自東京送來的彈殼，試塡炸藥，由孫少侯君携往南京僻地試驗。一方面在愛國女學爲高材生講法國革命史，俄國虛無黨歷史，並由鍾先生及其館中同志講授理化，學分特多，爲練製炸彈的預備。年長而根柢較深的學生如周怒濤等，亦介紹入同盟會，參加秘密小組。」（註五）

其時，先生思想已漸趨激烈，可以見也。

七月廿一日（八・卅一）　愛國女學校開學，先生演說「女學生對於自由、平權之責任。」（註六）

九月十五日（十・廿三）　黃興、馬福益謀舉事於湖南，事洩未成。（註七）

十月十三日（十一・十九）　革命黨人萬福華謀刺前廣西巡撫王之春，未遂，被捕入獄，至

民國肇建，始獲釋放。（註八）

冬 留日學生所組「軍國民教育會暗殺團」，最初成員僅楊篤生、蘇鵬（鳳初）、周咏曾（來蘇）、何士準（海樵）、胡鎭超（晴崖）、湯重希（仲祚）等六人。專心研究化學，製作炸彈；何海樵在企圖炸西太后時路過上海，介紹先生及鍾憲鬯、章士釗、劉光漢、陳由己等加入。團員龔寶銓（後爲章炳麟女婿）等陸續到上海後，與先生洽商，於是年冬全體加入「光復會」，又名「復古會」，先生仍被推爲會長。其時，陶成章在浙江金華、衢州、嚴州、處州等地聯絡會黨，準備聯合行動，待機起義。紹興一帶，則另有一派會黨，由徐錫麟、王金發、祝紹康等統率。二派之間，各不相謀。先生因與陶成章、徐錫麟二人均相識，特邀二人到滬，懇切商談，促使浙東兩派革命黨人互相合作，後均加入「光復會」，接受先生領導焉。（註九）

是年 先生改字「孑民」，以後一直沿用。

黃興、劉揆一、宋教仁、陳天華、楊篤生等在東京組織「華興會」。

註一：見拙編「蔡元培先生全集」頁一三〇九。

註二：先生「自寫年譜」手稿。高平叔編「蔡元培全集」卷一。

註三：蔣維喬「中國教育會之回憶」。

註四：同註一，頁一〇二七。
註五：蔡元培「我在教育界的經驗」，同註一，頁六七六。
註六：光緒三十年七月二十二日「警鐘日報」。
註七：「國父年譜」上冊，頁一六二。
註八：同上，頁一六五。
註九：先生「自寫年譜」手稿，同註二。

三十九歲　民前七年　一九〇五　清光緒三十一年　乙巳

二月二十日（三．廿五）　「警鐘日報」因揭載德人經營山東密謀，批評外交失敗，言詞激烈，觸怒德國領事，被迫停刊。

蔣維喬在「中國教育會之回憶」一文中敍述其事云：「民元前七年乙巳二月，警鐘報揭載德人經營山東密謀。上海德領事，致函申辯，報端加以反駁，措詞犀利，適中其忌，遂提出交涉。我國官廳，本恨警鐘，多革命論調，遂於二月廿一日，（會審公廨）突然出票拘人，主筆劉申叔得信較早，避去。館中有五人被拘。廿三日，開審。中有一人，交保釋出。餘四人，仍被押。然因非重要職員，以後皆陸續開釋。」

據戈公振「報學史」亦謂，劉師培因得訊較早事先避去，後五人雖陸續開釋，但「警鐘日報」自此停刊。

又張靜廬輯註「中國近代出版史料初編」頁八七，記警鐘日報云：「一九〇五年三月清廷致函會審公堂，拘究主筆金少甫、劉師培，經理李春波；結果將校對、發行兩人各判徒刑。機器充公，遂停刊。」

陶成章在「浙案紀略」中謂劉光漢「尋由蔡元培介紹爲光復會會員，任警鐘日報之主筆。因辱罵德人，德領事遂邀集各國領事，封禁報館，且欲逮治光漢。光漢因避居於敖嘉熊家。」

二月廿九日（四・三）　鄒容卒於獄中，年二十一歲。先生與中國教育會同人在愚園開會悼念，並爲之安葬。

章太炎、鄒容被禁於上海租界西牢，捕房發給之探視許可證一枚，每月一次只見一人。證存先生處，先生每月必去西牢探視一次。鄒容因少年氣盛，不耐獄卒無理欺凌，時絕食以示抗議，致身體就衰，浸以成疾。先生與章屢請獄卒爲延醫診治，皆不獲允准。是日夜半，竟以不起，年二十一歲，距刑滿僅七十日，時人皆謂係清吏買通獄卒下毒致死。旋由中外日報社備棺殯殮。教育會同人於三月一日在愚園開追悼大會，安葬於滬西。民國九年，孫大總統追念前勛，贈爲「大將軍」。民國四十一年中國青年反共救國團成立，蔣主任（經國）尊稱其爲「青年之神」。

四月 中國教育會開辦「通學所」，早晚上課，以利在職者之進修，任教者皆一時知名之士，先生每天到所隨班聽課。

五月 所譯「妖怪學講義」總論部份付印。

「妖怪學講義」爲日本哲學家井上圓了氏所作，旨在破除迷信，甚見重於其國人，並有益民俗。全書分爲：總論、理學部門、醫學部門、純正哲學部門、心理學部門、宗教學部門、教育學部門、雜部等八大類。先生於數年前譯其十之六七，是年由亞泉學館先將總論付印，但遲至翌年八月始告出版，後歸上海商務印書館印行。

夏 先生再度辭去「愛國女學」校務。

自「警鐘日報」被解散，鄒容病死獄中，先生憂悒不已，旋又離開「愛國女學」，嗣後由徐紫虬、吳書徵、蔣維喬等相繼主持。「愛國女學」始漸成普通中學，而脫去從前革命性之特殊教育矣。

先生於「我在教育界的經驗」中自述：「我三十九歲（前七年），又離愛國女學。嗣後由徐紫虬、吳書徵、蔣竹莊諸君相繼主持，愛國女學始漸成普通中學，而脫去從前革命性的特殊教育了。」

七月二十日（八・二十） 「中國同盟會」正式成立於日本東京，加盟者三百餘人，先生旋被推爲上海分會會長兼主盟人，此後「光復會」會員大部加入「同盟會」。

六月十七日（七・十九）孫中山先生自歐洲到日本，與宋敎仁、陳天華、黃興等商談與華興會合作事。廿八日（七・三十），假東京赤坂區黑龍會，召集中國革命同盟會籌備會，到中國本部十七省留學生七十餘人。首由中山先生演說革命之形勢與方法，復詳言全國革命黨各派應合組新團體，以開創革命新形勢之必要；衆皆贊成，遂決議定名爲「中國同盟會」。以「驅逐韃虜，恢復中華，創立民國，平均地權」爲誓詞。衆乃簽名於一紙，並各自書寫誓詞。最後推舉會章起草員，起草章程。七月十三日（八、十三），東京留學生假富士見樓開會歡迎中山先生，到會者一千三百餘人，盛況空前，留學生大都深受革命感召。二十日，乃在東京赤坂區靈南日人阪本金彌宅舉行中國同盟會本部成立大會，加盟者三百餘人。公推中山先生爲總理。設執行、評議、司法三部，各省分會置分會長一人，由留東各省會員各就本省會員中舉出一人爲本省分會長，專司本省留學界之入會主盟事務。各省分會長均經先後派定。安徽分會長吳春暘回滬後，主張於江蘇之外在上海另設分會，先生於是年九月廿九日由吳推薦入會，並推薦先生爲分會長兼主盟人，本部允之。以翰林參加革命，視先生爲第一人。

是年　賃屋與蘇鳳初、鍾憲鬯、王小徐、孫少侯、楊篤生等秘製炸彈。

八月廿六日（九・廿四）　吳樾炸清考察憲政五大臣於北京東車站。

黃記「傳略」記述其事綦詳。（註一）

十月廿一日（十一．十七）　「民報」在東京創刊，國父自撰發刊詞，揭示民族、民權、民生三大主義。以張繼爲主編兼發行人。

是年　秋瑾由日本返國，至滬，經陶成章介紹，至愛國女學與先生晤談甚歡。秋瑾遂返紹興，後卽加入光復會。（註二）

是年　上海會文學社出版「最新初等小學教科書」數種，由先生鑑定。（註三）

是年　革命團體尙保全相當勢力者，爲湖北「日知會」（成立於一九〇四年）、湖南「華興會」、江浙皖之「光復會」。（註四）

註一：拙編「蔡元培先生全集」頁一三〇九。

註二：陶成章「秋瑾傳」。

註三：教育部編「第一次中國教育年鑑」戊編第三，頁一一一九。

註四：馮自由「革命逸史」頁一四七。

四十歲　民前六年　一九〇六　清光緒三十二年　丙午

春　秋瑾等在紹興新設學務公所，以促進紹屬八縣之教育事業。先生應邀回里，出任總理，邀裘吉生、杜海生等相助，先設「師範傳習所」，講授教育上所需學科，旋籌備成立「師範學校」，因籌款受阻擾，遂辭職回滬。（註一）

黃記「傳略」云：「孑民在上海所圖皆不成，意頗倦，適紹興新設學務公所，延爲總理，丙午春，遂回里經事。未久，以所延幹事受人反對，後又以籌款設師範班受人反對，遂辭職。」（註二）

五月初八日（六・廿九）　章炳麟（太炎）期滿出獄，國父派孫毓筠與同盟會本部所派龔練白、仇亮、胡國樑等至滬迎接，當晚乘輪赴日本。七月十五日（西曆）東京留學界開大會於東京神田區錦輝館歡迎之，到七千餘人。民報第六期起由章任總編輯。（註三）

五月十二日（七・三）　鄒容墓前紀念塔落成，紀念會上先生即席致詞，聽衆深受感動。陳其美（英士）感憤而毅然變賣家產，從事革命。（註四）

八月　續譯日人井上圓了原著「妖怪學講義」一書，共八卷。先生已譯出六册，由亞泉學館印行，僅印出「總論」一册，餘五册因該館失火被毀，由商務印書館於光緒二十八年八月印行。（註五）

是月　徐錫麟、陶成章、許仲卿等創立「大通學堂」於浙江紹興，爲「光復會」訓練會員之用。秋瑾於是年春由徐錫麟介紹入光復會。於同盟會成立後半年，復加入同盟會，爲繼

蔣尊簋後之第二人。（註六）

秋　清廷議派學生出洋留學，先生遂回京銷假，請留學歐洲，以人少又絀於經費，悉改派日本；先生不願赴日，故不果行。適北京譯學館國文教授楊篤生去職，由章一山聘先生繼任，兼講西洋史，教習一學期，很受學生歡迎。惜所編講義未完卽離館。

先生在「國文學講義敍言」云：「國文之書，亦無論其爲科學，爲文詞，諸君試取而爲他人解說之，果能一字不易乎？又諸君以己所演說之語，執筆而記錄之，又能一字不易乎？皆不能。則以諸君所語者今之語，而所讀所記則皆古之文也，是亦譯也！是故，外國語之爲譯學也，以此譯彼域，以地者也，謂之橫譯。國文之爲譯學也，以今譯古域，以時者也，謂之縱譯。不惟此也，文詞者，言語之代表；言語者，意識之代表。同一意識也，而以異地之人言之，則其言語不同。是之語與意識，並非有必不可易之關係。猶＋－×÷之於加減乘除也。猶HOCN之於氫氧炭氮也。是故，由意識而爲語言，一譯也，此中外之所同也。由語言而爲文字，再譯也，此我國之所獨也。」（註七）

十二月一日（一九〇七・一・十四）　三子柏齡在紹興出生。（註八）

冬　撰「爲自費游學德國，請學部給予咨文呈」。（註九）

呈文略謂：「編修蔡元培爲以自費游學德國，呈請移咨學部給咨事：竊職志在研究教育學……曾在膠州、上海預習德語，今年四月間讀邸抄有政務處擬准編檢各員游學西洋之奏，因特來京銷假……敬請恩准，咨明學部備案，並給咨知會出使德國大臣，隨時量爲照拂。……查本衙門恩賜津貼分派章程：游學人員亦得月領半份。職出京以後，擬由現爲譯學館學生之職胞侄學琦遺僕持據領取。……爲此呈請。」

註一：先生「自寫年譜」手稿。高平叔編「蔡元培全集」卷一。
註二：拙編「蔡元培先生全集」頁一三二一。
註三：馮自由「革命逸史」頁一五六，「國父年譜」上册，頁一九六。
註四：同上。
註五：同上，二集頁一七七。
註六：見拙編「蔡元培先生全集」頁三〇〇—四三六。
註七：蔡元培「國文學講義敍言」手稿。
註八：蔡無忌致高平叔函。
註九：先生手稿。高平叔編「蔡元培全集」卷一。

四十一歲　民前五年　一九〇七　清光緒三十三年　丁未

一至五月　在北京靜候派遣留學，後因翰林中志願留學者甚少，清廷遂擱置。（註一）

正月　國父離日本往南洋各埠。

二月初七日（三・二十）　許雪秋謀舉義於廣東潮州，事洩不果。

二月二十日（四・二）　于右任創辦「神州日報」於上海。

四月十一日（五・廿二）　余既成、陳湧波等起義於潮州黃岡，與清兵激戰五晝夜，彈盡援絕後退走。

四月廿二日（六・二）　鄧子瑜起義於惠州七女湖，所向披靡，省城為之震動。

五月十二日（六・廿二）　吳敬恆、張人傑、李煜瀛主辦之「新世紀」報在巴黎發行。

五月廿六日（七・六）　徐錫麟起義於安慶，槍殺巡撫恩銘，旋被執遇害。

五月　先生隨駐德公使孫寶琦經西伯利亞赴德。居柏林一年，學習德語，並為商務印書館編譯書籍。齊壽山偕行。

孫寶琦字慕韓，浙江錢塘（杭縣）人，以廕生入仕，因父孫詒經之館蔭，授主事，分戶部，後任直隸道員。庚子年兩宮逃往西安，寶琦隨往，在軍機處辦理翻譯電報，派為提調，處理機密，朝夕從公，以四五品京堂候補。和議告成，政府還京。光緒廿八年賞三品銜，出使法國。次年兼任西班牙公使。光緒三十一年任滿回國，署理太常寺少卿，順天府尹；是年以署尹任出使德意志國大臣。因李煜瀛之關係，寶琦允以使館辦事員名義每月資助先生三十兩；商務印書館亦以局外編輯名義每月送編輯費百元以充學費，先生宿願得遂。五月中旬，附俄國火車以行，經莫斯科，六月抵柏林。齊壽山偕行。（壽山係如山之弟，先生任教育總長時，壽山爲秘書。）居柏林一年，初任德使館辦事員，月薪三十兩，學習德語並翻譯，又由寶琦介紹，授唐紹儀之侄寶書、寶潮等四人國文，每月獲酬德幣一百馬克。（註二）

六月　吳敬恆、李煜瀛、張人傑創刊「新世紀」週報於法京巴黎。宣傳革命，傾向無政府主義。

據「胡漢民自傳」載：「吳（敬恆）、李（煜瀛）久居法國，常與無政府黨人遊，而宗尚其主義。更得張靜江之助，於一九〇七、八年發行『新世紀』於巴黎，斥強權，尊互助，於各國政府，皆無恕詞。對滿洲更恣情毒詈，雜以穢語，使中國從來帝王神聖之思想，遇之如服峻劑，去其積滯。吳、李於民族革命，亦熱心致力，與後之高談『安納其』主義，不問政治是非者殊科。精衛與孑民、溥泉，亦漸有無政府之傾向；惟溥泉比較浪漫，不若精衛、孑民之通，而自然有節也。」（註三）

先生於「五十年來中國之哲學」一文中紀其事云：「天演論出版後，『物競』『爭存』等語喧傳一時，很引起一種『有強權無公理』的主張。同時有一種根據進化論而糾正強權論的學說，從法國方面輸進來，這是高陽李煜瀛發起的。李氏本在法國學農學，由農學而研究生物學，由生物學而研究拉馬爾克的動物哲學，又由動物哲學而引到克魯巴金的互助論。他的信仰互助論，幾與宗教家相像。民國紀元前六年（按：應爲五年）頃，他同幾個朋友，在巴黎發行一種『新世紀』的革命報，不但提倡政治革命，也提倡社會革命，學理上是以互助論爲根據的。盧騷與伏爾泰等反對強權、反對宗教的哲學，紀約的自由道德論也介紹一點。李氏譯了拉馬爾克與克魯巴金的著作，在『新世紀』發表。雖然沒有譯完，但是影響很大。李氏的同志如吳敬恆、張繼、汪精衛等等，到處唱自由，唱互助，至今不息，都可用『新世紀』作爲起點。」（註四）

六月　先生於赴歐途中，聞徐錫麟等安慶之役失敗殉難，至爲悲傷。

先生曾爲其父徐鳳鳴（梅生）作傳，其中稱讚錫麟備至，文云：「長子錫麟深沉果敢，於清末聯本省會黨，企革命，復赴安徽，冀乘機握兵權，占爲根據地；事洩早發，手斃巡撫滿人恩銘，雖所圖未遂，而影響於辛亥之役甚大。」（註五）

六月初四日（七・十三）　秋瑾因密謀舉義，爲清吏所捕，從容就義。

秋瑾字璿卿，又字競雄，別號鑑湖女俠，浙江山陰人，甲辰（一九〇四年）春三月，赴日本東京留學，陶成章於是年冬至日本，陶與敖嘉熊、龔寶銓（太炎婿）運動浙省會黨有年，秋瑾是年冬識陶成章，秋加入洪門天地會。次年，同盟會成立，後半月瑾欣然加入，爲蔣會篡後之第二人。旋回里省親。臨行，叩成章所運動事，成章盡以其所歷告之，並爲介紹同人機關二處，一函致先生（時任光復會會長），一函致徐錫麟。瑾旣返滬，謁先生於愛國女學校；後赴京回滬返紹興，見錫麟於熱誠小學堂。春錫麟介紹瑾入光復會，往來江浙間，組光復軍，伺機發動。是年正月，任紹興大通學堂督辦。秘密運動杭滬軍學界，聯絡會黨；而以大通學堂爲其中樞。籌備略就緒，乃改約束，頒號令，分光復會員爲十六級，以七絕一首爲表記，復編制洪門部下爲八軍，定議先由金華起事，處州應之，俟杭州清兵出攻金、處，即以紹興黨衆渡江襲杭州，軍學界爲內應。若不能克，折返紹興，入金華，道處州，出江西，以通安慶，與徐錫麟相呼應。定期五月二十六日發難，未幾易爲六月初十日，金華諸處仍爲二十六日。詎錫麟在安慶先期舉義失敗，清吏大索黨人，緝獲其弟徐偉，供錫麟妻王氏與秋瑾同主革命。又因師期屢改，密謀盡露。紹興知府貴福因請浙撫張曾敭調兵來紹興圍捕。瑾於事先本有所聞，乃率同學生將槍械匿藏，衆勸其離校，堅不允。六月初四日，清兵圍堵大通學堂，瑾令諸生及辦事人員先走，清兵攻入前門，學生死者二人。瑾在內室被執，初解山陰縣署，旋解紹興府署，初六日晨四時，就義於軒亭口下。（註六）

七月廿四日（九・一） 革命黨人王和順起義於廣東欽州之王光山，旋攻克防城，後以接濟不至，八月初十日，退入十萬大山。

秋　函吳敬恆（稚暉）詢問有關「蘇報案」章、鄒到案情形。（註七）

九月十一日（十・十七）　張繼等搗散保皇黨人梁啓超等在東京設立之政聞社成立會。

十月廿六日（十二・一）　黃明堂舉兵攻佔廣西鎭南關，國父偕黃興、胡漢民及法軍官自河內前往指揮，後以子彈告罄，衆寡懸殊，於十一月四日（十二月八日）退入安南。

是年　蔣中正赴日本學軍事，以陳其美之介紹，加入同盟會。

十一月二十二日（十二・廿六）　復汪康年函，告以在德生活情形。

冬　撰「讀章氏所作鄒容傳」一文。爲吳敬恆辯護，因其受章炳麟誤會。（註八）

註一註二：先生「自寫年譜」手稿。高平叔編「蔡元培全集」卷一。

註三：李煜瀛「石僧筆記」，頁三四。

註四：拙編「蔡元培先生全集」，頁五四六。

註五：同上，頁五七三。

註六：「國父年譜」上冊，頁二二一—二二二。

註七：同註四，頁一〇三三。

註八：同上，頁四五〇。

四十二歲　民前四年　一九〇八　清光緒三十四年　戊申

上半年　在柏林學習德語，編輯書籍，並為唐紹儀子侄補習國文。（註一）

秋　先生遷往來比錫，進來比錫大學研究文學、哲學、人類學、文化史。尤注重於實驗心理學、美學等，凡三年。曾進實驗心理學研究所，於教授指導下，試驗各官能感覺的遲速，視後遺像發音顫動比較表等。進世界文明研究所，研究比較文明史。又於課餘，別延講師到寓所講授德國文學。（註二）

黃記「傳略」云：「四十一歲至四十五歲，又為我受教育時期。第一年在柏林習德語，後三年在來比錫進大學。」（註三）

又自述「讀書經驗」時稱：「到了四十歲以後我始學德文，後來又學法文，我都沒有好好兒做那記生字練文法的苦工，而就是生吞活剝的看書，所以至今不能寫一篇合格的文章，作一回短期的演說。在德國進大學聽講以後，哲學史、文學史、文明史、心理學、美學、美術史、民族學，統統去聽，那時候這幾類的參考書，也就亂讀起來了。後來雖勉自收縮，以美學與美術史為主，輔以民族學。」（註四）

先生「自寫年譜」云：「來比錫大學所聽之課是馮德的心理學或哲學史（甲年講心理，乙年講哲學史，司馬羅的美術史，其他尚聽文學史及某某文學等。）……一面聽講，一面請教師練德語，一面請一位將畢業的學生弗賴野摘講馮德所講之哲學史，藉以補充講堂上不甚明瞭的地方。」

是年 先生與李煜瀛（石曾）開始素食。黃記「傳略」稱其蔬食旨在戒殺，爲感情而非論理。（註五）

二月廿五日（三月廿七日） 黃興率黎仲實、梁建英、梁瑞庭、唐浦珠、劉梅卿及越南華僑二百人自安南繞道進攻欽州，大破清軍，旋轉戰欽、廉、上思，凡四十餘日，以援絕，退返安南。

三月廿九日（四月廿九日） 黃明堂起義於雲南河口，斃清邊防督辦王鎮邦，後以敵衆我寡，苦戰月餘，以糧食不繼，遂退。

九月廿五日（十月十九日） 民報被封。

民報創刊後，至本年九月十六日（十月十日）第二十四號出版，適清廷謀與美國締結盟約，派唐紹儀赴美談判。唐經日本，嗾使駐日公使向日政府交涉，以封禁民報爲請。日政府慮中美訂盟後，害其利權，遂從清吏之請，藉口民報所載「革命之心理」一文，有提倡暗殺擾亂治安之嫌，於是日下令封禁，並沒收是期民報。十一月，汪兆銘用法國巴黎濮侶街四號總發行所名義，繼續出版，實則仍在日本印行，僅出兩期，至二十六號而止。（註六）

十月廿一日（十一月十四日） 清光緒帝卒，溥儀繼立，改元宣統，父載灃以攝政王監國；

翌日，慈禧太后亦卒。

十月廿六日（十一月十九日）安慶馬砲營隊官熊成基起義，翌日失敗，間關走日本，范傳甲等志士被逮就義。

十一月廿一日（十二月十四日）國父偕胡漢民自曼谷抵新加坡。

是年　先生經常與當時先後在上海、英國之吳敬恆通信，關心國事及討論「新世紀」等文字宣傳工作。

（不佞已集有百餘帙，擬印成「蔡元培先生手札墨跡」問世。）

註一：蔡元培「自寫年譜」手稿。高平叔編「蔡元培全集」卷一。

註二：拙編「蔡元培先生全集」頁一三一一。

註三：蔡元培自述「我在教育界的經驗」頁四〇。（傳記文學叢書）

註四：同上，「我的讀書經驗」頁六。

註五：同註二，頁一三一一—一三一二。

註六：「國父年譜」上冊，頁二五三—二五四。

四十三歲　民前三年　一九〇九　清宣統元年　己酉

是年　先生仍在來比錫大學蘭普來西教授所創設之文明史與世界史研究所聽課研究，並譯書自給。

先生「自寫年譜」云：「蘭普來西教授創設的文明史與世界史研究所……學生在三四年級被允許入所研究者，那時約四百人。我以外國學生，不拘年級，亦允入所，並在蘭氏所指導的一門中練習。他的練習法，是每一學期中，提出有系統的問題一組，每一問題，指定甲乙二生爲主任，每兩星期集會一次，導師主席，甲爲說明，乙爲反駁或補充，其他丙丁等爲乙以後之補充者。最後由導師作結論。」又云：「在文明史研究所中，與但采爾相識；但氏漢堡人，面微黃，頗心折東方文化，治民族學，其畢業論文題曰『象形字』，其中『中國象形字』一節，由我代爲選譯。」

來比錫大學設有「中國文史研究所」，主持者爲孔好古教授。先生「自寫年譜」云：「有練習班，我也參加。孔氏……通梵文，常用印度寓言與中國古書相對照，頗有新義。」又云：「來比錫民族博物館館長符來，……卽在大學講民族學者，我亦曾往聽講。其中所搜非洲人材料較多且精，因符氏曾到該地。中日亦列入，我亦曾助館員說明中國物品。」（註一）

四月初一日（五・十九）　國父自新加坡赴歐洲，居巴黎，經法安南總督韜美介紹運動法資本家爲革命籌款，將有成議，詎法新閣反對未果。（註二）旋經比京赴英倫敦，晤吳稚暉。

九月　所譯「包爾生著倫理學原理」，由上海商務印書館出版，署名蔡振，列爲漢譯世界名著之一。

此時，先生在德留學，一面聽課研究，一面編譯書籍以自給，首先譯成德人包爾生「倫理學原理」一書，交商務印書館於是年出版。翌年改版重印。並改寫序文，係就原版略加修正而成。至民國十年，此書共印出六版。

九月十七日（十・三十）　國父離英赴美，旋設同盟會分會於紐約。

十二月　各省諮議會請清廷召開國會。各省諮議會九月間開幕，代表請求速開國會，爲清廷不准。

十二月二十日（一九一〇・一・三十）　熊成基於哈爾濱謀刺清廷派遣出洋考察海軍大臣貝勒載洵，不果；被執，殉難。

十二月　胡漢民、黃興、趙聲、倪映典、朱執信在香港機關部商廣州新軍起義。

註一：先生「自寫年譜」手稿。高平叔編「蔡元培全集」卷一。

註二：「國父年譜」上冊，頁二六三。

四十四歲　民前二年　一九一〇　清宣統二年　庚戌

仍在德國來比錫大學聽課研究，並譯書自給。

是年　注意美學之重要性。

先生「自寫年譜」云：「講堂上既常聽美學、美術史、文學史課，於環境上又常受音樂、美術的薰習，不知不覺漸集中心力於美學方面。尤因馮德講哲學史時，提出康德關於美學的見解，最注意於美的超越性與普遍性。就康德原書，詳加研讀，益見美學之重要。

暑假出外旅行，曾至特萊斯頓、明興各城，並遠至瑞士，參觀博物館，觀賞名畫，引爲生平快事之一。

「自寫年譜」又云：「暑假中常出去旅行，德國境內，曾到過特萊斯頓、明興、野拿、綏多莽等城市。德國境外，則到過瑞士。往瑞士時，我本欲直向盧舍安；但於旅行指南中，見百舍爾博物館目錄中有博克令氏圖畫，遂先於百舍爾下車，留兩日，暢觀博氏畫二十餘幅，爲生平快事之一。」（註一）

正月初三日（二・十二）　廣州新軍起義失敗，倪映典殉難。

三月初七日（四・十六）　汪兆銘、黃復生謀炸清攝政王載灃，未成，被捕下獄。

七月　所著「中國倫理學史」，由上海商務印書館出版，署名蔡振，書中表示疑古，提倡民權、女權，並首先介紹俞理初學說。（註二）

全書分緒論、先秦創始時代、漢唐繼承時代、宋明理學時代四大部份，而將各期各家學說分別論列，言簡意賅；附錄中以戴東原、黃梨洲、俞理初三家學說合於民權、女權與自由思想；於是「綴述是編，以爲大輅之椎輪」，希冀引起國人之注意。民國二十六年五月，商務印書館又將此書列入「中國文化史叢書」第二輯，重新排印出版。民國三十年，日本中島太郎譯成日文，由東京大東出版社出版，書名「支那倫理學史」。

十月十二日（十一・十三）　國父在庇能召開會議，黃興、趙聲、胡漢民、孫德彰、鄧澤如等均與會，決議籌款，謀在廣州大舉。（註三）

註一：先生「自寫年譜」手稿。高平叔編「蔡元培全集」卷二。

註二：拙編「蔡元培先生全集」頁一〇〇。

註三：「國父全集」上册，頁二九〇。

四十五歲　民前一年　一九一一　清宣統三年　辛亥

仍在德國來比錫大學聽課及研究，並譯書自給。

上半年　應用心理學的實驗法於教育學及美學。

此時，馮德一派的學者摩曼教授，適也在來比錫大學講課，他是應用心理學的實驗法於教育學及美學的創導者。先生亦「想照他的方法，在美學上做一點實驗工作。於是取黑色的硬紙，剪成圓圈，又勻裁爲五片，請人擺成認爲最美的形式。又把黑色硬紙剪成各種幾何圖形，請人隨意選取，列爲認爲最美的形式。」此等形式，「都用白紙雙鈎而存之，並註明這個人的年齡與地位。將俟搜羅較富後，比較統計，求得普通點與特殊點，以推求原始美術的公例。但試驗不及百人，歸國期迫，後來竟未能繼續工作。」（註一）

上半年　撰「中學修身教科書」，寄上海商務印書館出版。

全書分上下兩篇，上篇有修己、家族、社會、國家、職業五章，下篇有緒論、良心論、理想論、本務論、德論、結論六章。例言云：「一、本書爲中學校修身科之用。二、本書分上下兩篇；上篇注重實踐，下篇注重理論。修身以實踐爲要，故上篇較詳。三、教授修身之法，不可徒令生徒依書誦習，亦不可但由教員依書講解，應就實際上之種種方面，以闡發其旨趣；或採歷史故實，或就近來時事，旁證曲引，以啓發學生之心意。本書卷帙所以較少者，正留爲教員博引旁證之餘地也。四、本書悉本我國古聖賢道德之原理，旁及東西倫理學大家之說，斟酌取捨，以求適合於今日之社會，立說務期可行，行文務期明亮，區區苦心，尚期鑒之。」全書約五萬餘字，以淺近文言，闡倫常至理，於待人接物之道，公私取捨之際，剖析精微，語語珠璣，舉例示範，具體切用。全書純是「仁人之言」，實爲今日青年學子修身制行之準則良言。（註二）

三月廿九日（四・廿七）　黃興率革命黨人起義於廣州，焚攻兩廣督署，聲震世界。是役，集各省精英，以事先約定「不相告問」，復因日期屢改，接應不及，遂告失敗，同志死難八十六人，至爲壯烈；葬於黃花岡者七十二人。碧血黃花，永垂不朽！

四月十一日（五・九）　清廷宣佈鐵路國有政策。

五月廿一日（六・十七）　四川「保路同志會」成立。

閏六月十二日（八・六）　革命黨人楊篤生憤廣州之役失敗，致腦疾時發，遂至英國利物浦北郊投海自殺，遺書明志，年四十歲。先生因吳稚暉函告，遂親撰「楊篤生先生蹈海記」一文誌哀。（註三）

（文係不佞首先發現，錄自黨史會庫藏「吳稚暉專檔」中所存蔡先生墨跡。）

八月十九日（十・十）　革命軍起義於湖北武昌，先生至柏林協助宣傳。

黃花岡三二九之役，聲震全國，革命空氣傳佈各省，同志以廣州爲清廷注目且多次挫折，遂移目的地於長江流域。閏六月初六日中國同盟會中部同盟會在上海成立，黨人居正、譚人鳳等策動湖北新軍成熟，擬於八月中旬舉義。詎期前風聲外露，張振武、孫武復因試驗炸藥失愼爆炸，俄界巡捕搜去槍枝、旗幟、文告、名册等，淸吏據册索捕，人人自危。十九日晚工程營熊秉坤首先發難，哨官吳兆麟、步隊蔡濟民等響應，南湖炮隊鄧玉麟等協同攻佔楚望臺，炮轟武昌湖廣督署，淸督瑞澂、統制張彪逃奔漢口。翌日，武昌光復，協統黎元洪被推爲都督（一說係於床下覓得）。不日漢陽、漢口亦相繼光復，全國震動。

先生是時因大學暑假未完，中學已開課，遂因友人之介紹，往維坎斯多弗中學參觀，對其課程、訓育方式甚感興趣。一星期後見報知武昌起義消息；不久，又接吳稚暉來函，知革命大有轉機，遂相約盡力助成。先生卽往柏林與留學界協同宣傳，並發電國內籲各省響應，一面募款接濟。

先生「自寫年譜」云：「因但采爾介紹，與維坎斯多弗一新式中學教員野該爾相識，往該校參觀。該校課程，重推悟不重記憶；訓育，則尙感化而不尙拘束。會食前，誦一條世界名人格言，以代宗教式祈禱。注重音樂。在該校住一星期，見德國報紙載有武昌起義消息，遂前往柏林。……在柏林，與留德同學每日採取國內革命消息，並集款發電予本國各省當局，促其響應革命。」

九月　接陳其美電報，催其回國，遂經俄西伯利亞返抵上海，適黃興自漢口至滬，相與商舉大元帥事，推先生爲代表，參加籌建中華民國之各省代表會議。推舉大元帥時，多數擬推黎元洪，少數傾向黃興。先生「自寫年譜」云：「權衡兩者間，因黎頗有與袁世凱部下妥協之傾向，舉黎後恐於革命軍的進行有障礙，乃於推舉之前一夜，訪湯（壽潛）、章（炳麟）諸君，告以利害，諸君皆勉強從我說。……及投票，黃君佔多數，乃定爲大元帥。章炳麟提議以黎元洪爲副元帥，亦獲贊同。」先生曾撰「辛亥那一年」，詳紀其事。（註四）

十一月初六日（十二・廿五）　國父由美轉歐返國。「孫文學說」第八章「有志竟成」文中記其事綦詳。

十一月初十日（十二・廿九）　孫中山先生當選中華民國臨時大總統，邀先生就教育總長。國父孫中山先生自海外到達上海後，是日各省代表開臨時大總統選舉會於南京，到會凡十七省，代表四十五人，共投十七票（每省一票），國父以十六票當選。先生「自寫年譜」云：「……欲組臨時政府，命薛仙舟先生來招我，將以任教育總長，我力辭之。我到南京，見孫先生，面辭，不見許。」（註五）

註一：先生「自寫年譜」手稿。高平叔編「蔡元培全集」卷二。

註二：上海商務印書館於民國元年五月出版，至民國十年出十六版，先生曾作若干修改。先生自述係是年在德留學期間編著。拙編「蔡元培先生全集」續編，載其全文。

註三：拙編「蔡元培先生全集」頁五八二。

註四：「越風」半月刊二十期。

註五：同註一。

四十六歲　民國元年　一九一二　壬子

一月一日　國父孫中山先生就任臨時大總統於南京，發佈宣言，頒定國號為中華民國，改元為民國元年，並制定「修正中華民國臨時政府組織大綱」，東亞第一民主共和國於焉成立。

一月三日　黎元洪當選臨時副總統。民國臨時政府成立，孫大總統任命各部總長。先生膺任教育總長。

依照臨時政府組織大綱修正案，各省代表會於是日召開副總統選舉會，黎元洪當選臨時副總統。是日組織內閣，設陸軍、海軍、司法、財政、外交、內務、教育、實業、交通九部。由大總統提名各部省長，獲各省代表會通過，並於同日任命，閣員名單如下：

陸軍總長黃　興、次長蔣作賓　　海軍總長黃鍾瑛、次長湯薌銘

外交總長王寵惠、次長魏宸組　　教育總長蔡元培、次長景耀月
財政總長陳錦濤、次長王鴻猷　　實業總長張　謇、次長馬君武
司法總長伍廷芳、次長呂志伊　　交通總長湯壽潛、次長于右任
內務總長程德全、次長居　正

嗣以黃興兼參謀總長，統軍事，雖無內閣總理之名，實領袖各部。總統府秘書長初以胡瑛，後以胡漢民繼任。各部總長中僅黃興、王寵惠與先生三人負實際責任，其餘各部暫由次長代理。（註一）

一月五日　出席孫大總統召集之首次國務會議於南京，並合影留念。

是日　孫大總統發表對外宣言，闡述中華民國立國精神及聲明新政府之立場。

發表臨時大總統布告友邦宣言書。首述滿清政府罪惡；次論革命之動機，乃欲中華民國得與世界各邦敦平等之睦誼，故不恤捐棄生命以與惡政府戰，而別建一良好者以代之。並向各邦聲明新政府之立場：㈠凡革命以前，所有滿政府與各國締結之條約，民國均認爲有效，至條約期滿而止；其締結於革命起事以後者則否。㈡革命之前，滿政府所借之外債及所承認之賠款，民國亦承認償還之責，不變更其條件；其在革命軍興以後者則否，其前經訂借事後過付者亦否認。㈢凡革命以前，滿政府所讓與各國國家或各國個人種種之權利，民國政府亦

照舊尊重之；其在革命軍興以後者則否。㈣凡各國之人民生命財產，在共和政府法權所及之域內，民國當一律尊重而保護之。㈤吾人當竭盡心力，定為一定不易之宗旨，期建吾中國於堅定永久基礎之上，務求適合於國力之發展。㈥吾人必求所以增長國民之程度，保持其秩序，當立法之際，一以國民多數幸福為標準。㈦凡滿人安居樂業於民國法權之內者，民國當一視同仁，予以保護。㈧吾人當更張法律，改訂民刑商法及採礦規則，改良財政，蠲除工商各業種種之限制，並許國人以信教之自由。（註二）

一月十九日　教育部開始辦公，當日電各省頒行「普通教育暫行辦法」及「暫行課程標準」。先生商借江蘇內務司樓上為教育部臨時辦公處，是日遷入，開始啓印辦公。並定「普通教育暫行辦法」十四條，頒行各省。我國新教育基礎，於焉奠立。（註三）

一月廿八日　臨時參議院成立，國父率同閣員到會致詞，先生與黃興等相繼演說。

是日臨時參議院正式成立。上午八時，議員到會者計十七省三十八人。國父率同各行政官員蒞會，即席致詞曰：「中華民國既建，越二十有八日，參議機關乃得正式成立。文誠忻喜慶慰！謹掬中懷之希望，告參議諸君子之前，而為之辭曰：人有恆言，革命之事，破壞難，建設尤難。夫破壞云者，仁人志士，任俠勇夫，苦心焦思於隱奧之中，而喪元斷脰於危難之際，此其艱難困苦之狀，誠有人所不及知者。及一旦時機成熟，倏然而發，若洪波之決危堤，一瀉千里，雖欲禦之而不可得，然後知其事似難而實易也。若夫建設之事則不然，建一議，贊助者居其前，則反對者居其後矣：立一法，今日見爲利，則明日見爲弊矣。又況所議者國家無窮之基，所創者亙古未有之制，其得也，五族之人受其福，其失也，五族之人受其禍。嗚呼！破壞之難，各省志士先之矣；建設之難，則自今日以往，諸君子與文所黽勉仔肩而弗敢推謝者也。矧當北虜未滅，戰雲方急，立法事業，在在與戎機相待爲用。破壞建設之二難，畢萃於茲！諸君子勉哉！各盡乃智，竭乃力，以固民國之始基，以揚我民族之大烈，則不徒文一人之頌禱，其四萬萬人實嘉賴之！」陸軍總長黃興、教育總長蔡元培、內務次長居正、實業次長馬君武等亦相繼演說。禮成，歡呼者再。（註四）

一月廿九日　國父以同盟會總理電廣東都督陳炯明及中國同盟會，調和同盟、光復兩會會員歧見。

電文云：「近聞在嶺東之同盟會、光復會不能調和，日生軋轢。按同盟、光復二會，在昔同爲革命黨之團體。光復會初設，實在上海，無過四五十人。其後同盟會興於東京，光復會亦繼續前進，以南部爲根基，推東京爲主幹。當其初興，入會者本無爭競，不意推行嶺表，漸有差池；蓋不圖其實際，惟以名號爲爭端，則二會之公咎也。同盟會實行革命之歷史，粵人知之較詳，不待論述；光復會則有徐錫麟之殺恩銘、熊成基之襲安慶，近者攻上海，復浙江，下金陵，則光復會新舊部人皆與有力焉！其功表見於天下。兩會欣戴宗國，同仇韃虜，非祇良友，有如弟昆，縱前茲一二首領政見稍殊，初無關於全體。今茲民國新立，韃虜未平，正宜協力同心，以達共同之目的，豈有猜貳而生鬩牆？爲此馳電傳知，應隨時由貴都督釋調處。同盟、光復二會會員，尤宜共知此義。雖或有少數人之衝突，亦不可不愼其微漸，以免黨見橫生，而負一般社會之期許。」（註五）

一月三十日　教育部電令各省推行社會教育。

臨時政府教育部本日致電各省，飭推行社會教育，並指示自宣講入手，着各暫定臨時宣講辦法，通令所屬州縣實行，以啓廸民智。電文曰：「前擬普通教育暫行辦法，業經通電貴府在案。惟社會教育，亦爲今日急務。入手之方，宜先注重宣講。卽請貴府就本省情形，暫定臨時宣講標準，選輯資料，通令各州縣實行宣講，或兼備有益之活動畫，以爲輔佐，並由各地熱心宣講員，集會研究宣講方法，以期易收成效。所需宣講經費，宜令各地方於行政費，或公費中，酌量開支補助。至宣講標準，大致應專注此次革新之事實，共和國民之權利義務及尚武實業諸端，而尤注重於公民之道德。當此改革之初，人心奮發，感受較易，卽希貴府迅予查照施行。」（註六）

一月　黃興與張謇向日本三井銀行借款三十萬元，無抵押，爲期一月，以爲臨時政府軍事、行政之急需。日方代理人爲內田良平。

立國之初，財政最爲困難，負籌款之責爲實業總長張季直，張氏爲清季狀元，頗負時望，武昌起義後應黃克強之請，與日本三井物產株式會社商借三十萬元，以充軍需，約定一月歸還，並無抵押物，是月談妥；日方內田良平爲代理人，由張季直出具保證書。書云：「玆因黃君克強爲中華民國組織臨時政府之費用，向貴行借用上海通行銀元三十萬元，約定交款日起，一個月歸還，並無抵押物。如還期不如約，惟保證人是問。除息率及滙水由黃君另定條件外，特定此書。黃帝紀元四千六百有九年十一月張謇具。」（註七）

二月六日　孫大總統聘章炳麟爲樞密顧問，炳麟於本日抵南京就任。

二月八日　先生以教育總長名義在陸費伯鴻主編之「教育雜誌」上發表「對於新教育之意見」一文，主張「軍國民教育、實利主義教育、公民道德教育、世界觀教育、美感教育」爲今後教育之宗旨。（註八）

是日　美國政府發表尊重中國主權之聲明，反對日本單獨以武力干涉中國內政。

二月十二日　清帝溥儀退位，滿清統治告終。

清廷正式宣布退位詔書。計自清世祖入關，統治中國共二百六十八年，至此結束，清亡。

二月十三日　國父向參議院辭臨時大總統職，並舉袁世凱自代。

二月十五日　國父率閣員文武將吏謁明孝陵，行祭告禮，以示民族革命告一段落。

是日　臨時參議院議決以南京爲首都，並選舉袁世凱爲第二任臨時大總統。

二月十八日　先生奉派爲迎袁世凱南下就職專使。有人勸他說：這是一種「倒楣的差使，以辭去爲是」，先生答以「我不去，總須有人去，畏難推諉，殊不成話。」乃決意北行。是日率領特使團乘新銘輪北上，迎袁氏南下接任總統，同行者有汪兆銘、宋教仁、魏宸組、王正廷等，北方代表唐少川同船。

二月　先生在滬發起組織之「進德會」，於北上舟中改稱「六不會」，並擴大爲「社會改良會」，抵北京後印出會章。（註九）

此次北上迎袁途中，先生與同船李煜瀛（石曾）、宋教仁、汪兆銘、唐紹儀等談及曾與吳稚暉、李石曾、汪兆銘在滬發起組織之「進德會」事，以會章中之「不作官吏」「不作議員」兩戒有所不便，共議取消此兩項，留其餘六項。宋教仁遂建議改稱「六不會」，即㈠不狎妓，㈡不賭博，㈢不納妾，㈣不食肉，㈤不飲酒，㈥不吸煙。凡入會者，於前三項必當遵守，於後三項則可自由。同行諸人，並一致署名爲發起人，擴大發起一「社會改良會」，其宗旨在以人道主義及科學知識爲標準，改良社會上種種之惡習慣，列舉改良條件三十六條，互相策勵。抵北平後印成會章，加上減少喜壽喪事送禮等之應酬，廢除老爺大人之稱呼，代以先生。經討論議定：共同遵守三十六項，條文如下：

㈠不狎妓。㈡不置婢妾。㈢提倡成年以後，有財產獨立權。㈣提倡個人自立，不依賴親朋。㈤實行男女平等。㈥提倡廢止早婚（男子十九歲以上，女子十七歲以上，始得嫁娶）及時病結婚之習。㈦提倡自主結婚。㈧承認離婚之自由。㈨承認再嫁之自由。㈩不得歧視私生子。（十一）提倡少生兒女。（十二）禁止對於兒童之體罰。（十三）對於一切傭工不得苛待。（如僕役車夫轎夫之類）（十四）戒除拜門換帖認乾兒女之習。（十五）提倡戒除承繼兼祧養子之習。（十六）廢跪拜之禮，以鞠躬拱手代之。（十七）廢大人老爺之稱，以先生代之。（十八）廢纏足穿耳敷脂粉之習。（十九）不賭博。（二十）在官時不受餽贈。（廿一）一切應酬禮儀，宜去繁文縟節。（如宴會迎送之類）（廿二）年終不送禮，吉凶等事，不爲虛糜之餽贈。（廿三）提倡以私財或遺產，補助公益善舉。（廿四）婚喪祭等事，不作奢華迷信等舉動，其儀節本會規定後，會員皆當遵行傳布。（廿五）提倡心喪主義，廢除居喪守制之形式。（形式可廢，而心不可廢）（廿六）戒除迎神、建醮、拜經、及諸迷信鬼神之習。（廿七）戒除供奉偶像牌位。（廿八）戒除風水陰陽禁忌之迷信。（廿九）戒除傷生耗財之嗜好。（如鴉片嗎啡及各種煙酒等）（三十）衣飾宜崇質素。（卅一）養成清潔的習慣。（卅二）日常行動，不得妨害公共衛生。（如隨處吐痰及隨意拋擲污穢等事）（卅三）不可有辱罵、喧鬧、粗暴之行爲。（卅四）提倡公墳制度。（卅五）提倡改良戲劇及諸演唱業。（卅六）戒除有礙風化

之廣告（如賣春藥、打胎等）及各種印刷品（賣春畫、淫書等）。（註一〇）

二月廿五日，先生等廿五日抵北京，袁開正陽門迎接，以示隆重。廿九日晚忽發生曹錕所部兵變，夜襲特使團招待所，先生等走避鄰居西人住宅一夜，次晨改住西交民巷之六國飯店。

此次兵變事後知爲袁世凱所唆使，以圖淆亂視聽，拒絕南下。先生先後急電南京報告云：「北京城內槍聲四起，所在縱火，招待所亦有士兵縱槍毆門而入，擄掠一空。」並放出空氣「袁總統尚未離北京，已經鬧到這個樣子，若眞離去，恐釀大亂」云云。先生固知袁氏用心，乃發表「爲說明歡迎袁世凱南下就職之經過情形告別平津各界人士文」。

（往還原件電文等參閱拙編「蔡元培先生全集」頁一〇五六）（註一一）

三月六日　孫大總統據先生報告，咨請參議院審議允許袁世凱在北京受任臨時大總統就職問題。參議院通過統一政府辦法六項，允袁在北京宣誓就職。孫大總統卽據決議電復北京，並電告各省。（註一二）

三月七日　先生等覆孫大總統電：

萬急。孫大總統鑒：魚電敬悉。公統籌大局，設此委曲求全之辦法，使中華民國早收統一之效、敬佩莫名。此間情形，昨已托宋君敎仁、鈕君永建、王君正廷、彭君漢遺來京，報告一切。應否再屬汪君兆銘回南？祈酌示。元培。陽。印。（據「臨時政府公報」第三六號「附錄」）

三月九日　先生再致孫大總統電：

孫大總統鑒：昨電告此間擬推二人，偕袁所派人往奉天調查，想荷鑒及。今已推定范熙績、譚學夔二君，於午後四時啓行。謹聞。元培等。青。（據「臨時政府公報」第三七號「附錄」）

覆孫大總統電：

南京孫大總統鑒：庚電悉。所稱陸軍部爲武漢事請獎云云，已詢項城，據稱並無其事。謹復。紹儀、兆銘、元培叩。青。（據「臨時政府公報」第三七號「附錄」）

三月十日　袁世凱在北京就任中華民國臨時大總統。先生代孫大總統致祝詞，望其効忠中華民國，鞏固共和政體。

是日　袁世凱乃正式舉行就任中華民國臨時大總統典禮於北京。孫大總統派蔡元培專使爲代表，致以祝詞。

詞曰：「我國新由專制政體而改爲共和政體，現在實爲過渡之時代，最重要者有召集國會、確定憲法諸事。孫大總統求全國第一能負此最大責任之人，而得我大總統，因以推薦於代表全國之參議院，參議院公舉我大總統，而我大總統已允受職。孫大總統爲全國得人慶，深願我大總統躬相交代，時局所限，不克如願。用命元培等代致祝賀之忱，希望我大總統爲我中華民國造成鞏固之共和政體，爲全國四萬萬同胞造無量之幸福焉。」

袁大總統答詞：

「世凱衰朽，不能勝總統之任，猥承孫大總統推薦，五大族推戴，重以參議院公舉，固辭不獲，勉承斯乏。願竭心力，爲五大民族造幸福，使中華民國成強大之國家，敬謝孫大總統及歡迎團諸君。」（註一三）

是日 中華民國臨時約法公佈，規定「中華民國之主權屬於國民全體」。

參議院經月餘之討論，三月八日完成三讀，由院咨請孫大總統正式公佈，爲民國完成基本大法。袁世凱下令大赦。袁發佈大赦令時，未及依法先提參議院同意。時孫大總統尚未解職，乃於廿三日按法定程序咨請參議院予以追認，藉維民國法治精神，並挽救其違法之失。（註一四）

三月十一日 發表「告平津各界人士及全國同胞文」說明歡迎袁世凱南下就職之經過情形，刊於天津「大公報」。（註一五）

三月十三日 先生與汪兆銘離北京赴漢口晤黎元洪。

先生於是日與汪兆銘離北京前赴漢口晤黎元洪，復於十五日離漢口返南京覆命。宋教仁、鈕永建等已先於三月四日南返。

是日　袁世凱任命唐紹儀爲國務總理。

三月十八日　「拓殖協會」成立，黃興當選會長。（註一六）

三月廿五日　唐紹儀南下謁孫大總統，商國務員名單，仍以先生出任教育總長。

袁世凱既已明令唐紹儀爲國務總理，袁與唐商議國務員人選稽延旬日，於是日始到南京晉謁孫大總統，並商議向參議院提閣員名單。經協商後於廿九日提出十部總長名單如下：

外交總長陸徵祥　內務總長趙秉鈞　教育總長蔡元培　農林總長宋教仁
陸軍總長段祺瑞　海軍總長劉冠雄　工商總長陳其美　交通總長梁如浩
財政總長熊希齡　司法總長王寵惠

除交通總長梁如浩未獲半數以上同意票應予保留外，其餘九總長均獲通過。當日袁大總統以命令正式任命各部總長，並以唐紹儀兼長交通。唐內閣遂成立。四月六日，參議院同意施肇基爲交通總長，於八日公佈任命。（註一七）

三月三十日　唐內閣成立，先生續任教育總長。

先生任南京臨時政府教育總長已三閱月，當新內閣組織告成，南京臨時政府將結束時，先生頗思引退，屢向北京袁大總統辭職，未蒙允可。迨三月廿九日唐總理在南京參議院宣佈擬將任命之國務員姓名求其同意。仍以教育總長推蔡先生續任，旋得參議員卅八票高票同意，先生遂不克固辭。（註一八）

是日　唐紹儀因先生之介紹加入同盟會。

南京臨時政府歡宴唐紹儀，由蔡先生代表致詞，除對唐氏之為人備加讚譽外，並以加入同盟會為請，與會黨人鼓掌歡迎，唐氏遂首肯。卽由居正取同盟會入會志願書，由唐氏簽字，蔡先生與黃興為介紹人。唐起立宣誓，由國父主盟加入同盟會為會員。（註一九）

四月一日　孫大總統於本日下午二時蒞臨時參議院行解職禮，正式宣告解職。在致詞中鄭重提示：今後中華民國國民之天職與中華民國之目的為促進世界之和平，以勗勉國民。（註二〇）

四月八日　袁大總統任命范源濂為教育次長。（註二一）

四月十五日　先生與內閣總理唐紹儀同行北上。

四月廿四日　接收前清學部諭示：

本部未成立以前，須先派員接收學部事務，以便重行組織。玆派白作霖、趙允元接收總務司事務，陳應忠、劉唐劭接收專門司事務，陳清震、王章祜接收普通司事務，路孝植、王家駒接收實業司事務，陳問咸、柯興昌接收會計司事務，崇貴、陳琦接收司務廳事務，彥悳、劉寶和、祝椿年、李春澤接收督學局事務，高步瀛接收圖書局事務，常福元接收名詞館事務，定於本月廿六日上午十點鐘辦理接收。該員等自接收之日起，卽應按日到署，各司其責。俟本部組織成立，再候本總長分別委任職務可也。此諭。

四月廿六日　接任教育總長，正式視事。

先生到京多日，先未蒞任，緣次長范源濂以事去南，范在學部最久，於該部情形極爲熟悉，以及前有員司之賢否勤惰，無不周知。范於前日返京，先生與之斟酌再四，遂於是日到部就任。（註二二）

是日　就任教育總長與記者談話：

問：某報言執事擬將蒙、藏教育另行劃開，果有此事乎？

蔡：並無此意。現時蒙、藏已與漢人合爲一家，萬無將其劃開之理。觀於理藩部裁撤，將蒙、回、藏之屬於內務者，併入內務部，可見蒙、回、藏之教育，亦宜併入普通教育，而與漢人同一辦法矣。

問：執事對於吾國經、史舊學，主張保全歟？

蔡：舊學自應保全。惟經學不另立爲一科，如「詩經」應歸入文科，「尚書」、「左傳」應歸入史科也。往日學部訂一教育章程，不問其對於全國各地適宜與否，而一概行之，此恐於各處地方情形不同，不能統一。鄙意欲設立高等教育會，以調查研究各處之教育，求適宜於全國，以謀教育之統一。此區區之志也。（據「教育雜誌」第四卷第二號「記事」欄）

是日　邀范源濂就任教育部次長，並與懇切談話。

略謂：「現在是國家教育創制的開始，要撇開個人的偏見、黨派的立場，給教育立一個統一的、智慧的百年大計。國民黨裏並不是尋不出一個次長；我現在請先生作次長，也不是屈您作一個普通的事務官。共和黨隨時可以組閣，您也可以隨時出來掌邦教。與其到那時候您有所變更，不如現在我們共同負責。教育是應當立在政潮外邊的。我請出一位異黨的次長，在國民黨裏邊並不是沒有反對的意見；但是我為了公忠體國，使教育部有全國代表性，是不管這種反對意見的。聽說您們黨裏也有其他看法，勸告您不要自低身分，給異黨、給老蔡撐腰；可是，這不是為了國民黨或我個人撐腰，乃是為國家撐腰。我之敢於向您提出這個請求，是相信您會看重國家的利益超過了黨派的利益和個人的得失以上的。」（據梁容若「記范靜生先生」，見「傳記文學」第一卷第六期）

是日　在北京就任教育總長與部員談話。

略謂：「教育之困難，由於學生程度不齊，加以前清辦學之種種糜費，其細情不外奢、縱二字。現在入手辦法，擬先將中學以上官、公、私立學校，嚴加歸併，裁汰冗員，嚴定章程，以便早日開學。國家無論如何支絀，教育費萬難減少。無已，惟有力行節儉，以爲全國倡，亦擬自中學以上始。其所撙節之款，以之多辦初、高兩等小學，漸立普及教育基礎，一洗前清積習。」（據「教育雜誌」第四卷第二號「記事」欄）

五月三日 任命嚴復爲北京大學校長。

是日 袁大總統批准並正式任命先生推薦之嚴復爲北京大學校長。並將京師大學堂改稱北京大學校，學堂總監督改爲大學校長。

呈文如下：「爲薦任大學校校長事：北京大學堂前奉大總統令京師大學堂監督事務由嚴復暫行管理等因，業經該監督聲報接任在案。竊維部務甫經接收，大學法令尚未訂定頒布，北京大學既經開辦，不得不籌商目前之改革，定爲暫行辦法。查從前北京大學堂職員，有總監督、分科監督、教務提調，各種名目、名稱似欠適當，事權亦覺紛歧。北京大學堂今擬改稱爲北京大學校；大學堂總監督改稱爲大學校校長，總理校務；分科大學監督改稱爲分科大學學長，分掌教務；分科大學教務提調卽行裁撤；大學校校長須由教育部於分科大學學長中薦一人任之，庶幾名實相符，事權劃一，學校經費亦得藉以撙節。現已由本部照會該總監督任文科大學學長，應請大總統任命該學長署理北京大學校校長。其餘學科除經科併入文科外

，暫仍其舊。俟大學法令頒佈後，再令全國大學一體遵照辦理，以求完善而歸統一。謹呈。」（註二二三）

五月八日　通電各省教育財產移作別用各項應一律歸還。

原電如下：「武昌黎副總統暨各省都督、民政長、教育司、提學司鑒：民國初建，教育亟應進行，所有軍興以來各省教育財產有移作軍事及他項之用者，希即設法一律歸還，即由教育司督飭所屬，或該校管理人點驗接收。教育部。庚。」（註二二四）

通電各省暑假前召集臨時教育會議，廣徵各教育專家意見。

電文如下：「武昌黎副總統暨各省都督、民政長、教育司、提學司鑒：本部成立伊始，凡學制系統學校規程，亟欲草訂頒行，惟事體重大，條理繁賾，非徵集全國教育家意見折衷釐定不能推行盡利。擬趕暑假以前召集臨時教育會議，以便頒布施行。凡各項法令未頒布以前，請飭所屬各主管官署籌集經費，維持現狀，勿使全國學子有半途廢學之患。除俟訂定會議章程分別咨行外，謹先電聞。教育部。庚。」（註二二五）

五月九日　公佈「教育部審定教科圖書暫行章程」。通飭各書局送審教科書。（註二二六）

五月十三日　偕國務總理及各國務員赴參議院宣佈政見。

是日上午九時十五分，參議院開議，議長吳景濂主席，參議員出席八十七人，唐國務總理及各國務員以次出席。議長報告後，卽請國務總理及各國務員發表政見。先生報告教育行政其對新教育之規劃如下：

「元培於教育行政，見識甚淺，實不稱總長之職，但旣勉強擔任，卽斷不敢存五日京兆之心。今將所規劃之辦法，爲諸君陳之。

一曰教育方針：應分爲二：一普通；一專門。在普通教育，務順應時勢，養成共和國民健全之人格；在專門教育，務養成學問神聖之風習。

二曰教育設施：應分爲二：㈠普通教育之設施：一曰普通學校，如中小學校及中等以下之職業學校等；二曰社會教育之含有普通性質者；三曰特殊教育，如盲啞廢疾者之教育。㈡專門教育之設施：一曰專門學校，如大學及高等專門學校是；二曰派遣遊學；三曰社會教育之含有專門性質者。

三曰畫定中央教育行政之權限：㈠專門教育，由教育部直轄分區規定，次第施行。㈡普通教育，由教育部規定進行方法，責成各地方之教育行政機關執行，而由部視學監督之。㈢私立學校，務提倡而維持之。

四曰教育經費之規定：㈠專門教育經費，取給於國家稅，或以國有財產爲基本金。㈡普通教育經費，取給於地方稅，或以地方公有財產爲基本金。

五曰對於京師教育界之現狀：㈠以京師學務局爲普通教育行政機關，其經費及所轄各學校經費，應暫由教育部直接籌撥。㈡各種高等專門學校，取其內容近似者合併之，以期經費易給，而學生均免荒學。查舊學部預算直轄高等專門各學校經費，歲出約一百二十五萬八千有奇，臨時歲出約五十五萬三千有奇，統計一百八十一萬一千有奇，而農工商部之實業學堂、法律館之法律學堂、度支部之財政學堂、順天府之高等學堂等，現均歸教育部管理。其費尚不在內。㈢對於大學校圖書館等未完成者，皆漸圖結束前局，而於一定期間內，爲革新之起點。

六曰對於海外留學生之計畫：全國高等教育，既歸教育部直轄，以後派遣留學，擬歸中央政府直接辦理；並以直接能進外國高等專門學校，及在本國高等專門學校畢業，成績最優、而更求深造者爲限。

七曰對於蒙、藏、回之教育：現既合五大民族爲一國，自應使五族人民均受同等之教育。除滿人已習用漢文漢語，毋庸特爲計畫外，至蒙古、西藏及回部，習俗語文，尚多隔閡，是宜特定教育方法，以期漸歸統一。

元培對於教育行政之方針，既如上所陳，此外尚有附屬陳述者二事：一則民國國旗，聞諸君對於國旗統一案，均主張用五色旗。元培竊以爲國旗者，所以表明國民之程度，亦歷史上時代程度之標記，用旗之程度，實根於文明程度，全國統一旗幟，精神特色，無不包羅。外人亦嘗以我國人民比較日本人民與歐西人民，或謂中華人民，純粹奴隸性質；或謂中華人民，具有遠志，具有高尚之思想，與歐西人同；每用圖畫比較曰：此日本人圖畫，此中華人圖畫，由圖畫而知中華人民有深遠之志。鄙人對於五色國旗，頗不謂然。由科學論，則顏色應有七色，非止五色；由歷史上之習慣論，則又與青黃赤白黑不相吻合。若謂爲起義時之紀念，則用之於前，仍之於後，適足以表明苟且之行動。第一層與前清之八旗相淆混，第二層以五色表明五大民族，取義亦不確當。國旗爲全國人民精神所繫，貴院提議此案時，應請諸君注意。其二則教育普及者，人人受同等之教育，卽權利義務之思想，亦無不同等，男子與女子同係國民，所謂男國民女國民者是也。諸君於議定國會組織法及選舉法時，於女子似不必加以限制。以上二事，於教育前途，亦甚有關係，故鄙人連類及之，尙望諸君匡其不逮。」（註一一七）

是日　通告臨時教育會會期，分電各省推選教育議員二人，定期赴京與會。

電文如下：「武昌黎副總統、南京黃留守、各省都督民政長鑒：本部爲徵集全國教育家意見，討論至當，以謀教育發達。特開臨時教育會議於北京，以陽曆七月初十日至八月初十日爲會期，除由本部延請相當議員外，各省應各推選二員，以曾受師範教育辦學三年以上者爲合格，務於開會期前五日到京，所有學校系統規程及一切亟應法定事項，均俟議決頒行，即祈查照辦理。教育部。元。印。」（註二八）

五月十五日　北京各界舉行黃花岡紀念大會，先生發表演說，聲色俱厲，對詆毀者予以嚴詞斥責。

原詞如下：「去年今日爲黃花岡諸烈士就義之日。諸烈士所懷抱之目的，今已圓滿達到，想諸烈士在天之靈亦當慰藉。惟中華民國締造伊始，我們後死之人，責任甚重，能否達到救國的目的，尚不可知，故今日之追悼會，對於死義諸人，不應當感痛，應當羨慕。此在會同人當知者也。諸烈士皆同盟會中同志。同盟會之宗旨，專在犧牲性命以救國家。諸烈士既殺身成仁，死而無憾。我們後死者追悼之餘，當以諸烈士爲榜樣。此後事業方多，我們同志，尤不可不具犧牲的性質，敢死的精神，則無事不可做矣。至於同盟會以外之黨派甚多，對於本會時有詆毀之言，或謂同盟會爭權奪利，或謂同盟會多運動做官者，種種言論，皆汚衊本會太甚。元培深信我們同盟會只知犧牲性命，不知爭攘權利，黃花岡死義諸人，我們同盟會之代表也。」（註二九）

五月十六日　北京大學校重行開學。先生參加開學典禮，於嚴復校長致詞後，敦請先生發表演說，謂「大學爲研究高深學問之地。」聽者動容。（註三〇）

五月廿七日　公佈「臨時教育會議章程」及「議事規則」。

先生鑒於前清學校章程多不適用，亟應改訂新制，期合共和政體，爲博採全國意見，特定本年七月十日至八月十日召集臨時教育會議於北京。於廿五日呈奉核定臨時教育會議章程九條，議事規則七章四十五條，於是日公佈。（註三一）

是日　蘇督程德全等發起之「政見商榷會」，在滬成立。（註三二）

六月十五日　袁大總統漠視國務員副署權力，國務總理唐紹儀憤而離職出京。

唐氏自就任國務總理後，因所抱政策，不克遂行，屢思引退。先是，自借款歸財政總長熊希齡接辦後，波披橫生，步調不一。又以近日財政支絀，積欠皇室經費，清內務府大臣世續屢與大總統交涉，唐以此爲不急之款，待國庫充裕，自當補給，袁則以信條宜守，不應予人以口實，遂飭秘書長梁士詒轉告交通部，在鐵路餘利項下，提出銀十五萬兩，解交清內務府。唐力爭無效，至感失望。最近又因王芝祥督直風波，袁未經國務總理副署，逕行發表王芝祥爲宣慰使，南行安置軍隊。唐氏爲維護其副署權之尊嚴，遂決然引去。緣王芝祥督直一事，爲直省諮議局及地方士紳所公舉，唐於袁前力贊其成，蓋唐以王爲南方重要人物，又係直人，若使其督直，則南北意見必能調和，統一進行將以愈速。袁韙其議，招王來京，並面諾直紳，俟王到京卽行任命。唐亦面允直紳，以此事必能辦到。及王抵京後，袁竟以直隸軍界反對爲辭，撤消前諾，而任王以宣慰使，赴南京安置軍隊。唐以承諾在先，不肯失信，堅不副署，事遂中輟。迨參議院提出質問書，謂何故不遵照參議院之接收北方統治權辦法，任命王爲直督？總統府強辭曲解，擬具答稿，唐復拒副署。其後，袁竟以未經副署之委狀交王。唐於次日，卽提出辭國務總理之呈，不告而去。（註一二三）

六月十七日　袁大總統任命外交總長陸徵祥暫兼代國務總理。

六月廿一日　先生呈請辭教育總長職，被袁慰留。

先生依西洋事例，與其他閣員王寵惠、陳其美、宋教仁、王正廷等相繼提出辭呈。文曰：「爲呈請辭職事：元培迂愚無狀，猥承任命承乏國務院，兩月於玆矣。以大總統之英明，唐總理之同志，謬謂追隨其間，當能竭千慮之一得，以貢獻於民國。不圖理想與事實，積不相容。受事以來，旅進旅退，毫不能有所裨益，始信國務重大，誠非迂愚如元培者所能勝任，屢欲提議辭職，而國務院爲有機體，國務院中之一員，不得有單獨行動之自由，牽率因循，負戾滋重。今値總理辭職，國務院當然解散。元培竊願還我初服，自審所能，在社會一方面盡國民一份子之責任，以贖兩月來負職之罪。爲此呈請辭職，伏乞照准。」

袁竭力慰留先生，並備加推崇。批示如下：「來呈閱悉。該總長道德高尚，學問湛深，夙所敬佩。當此時局艱難，該總長素以愛國爲前提，則此外之得失是非，皆可勿計。前經面請辭職，當已再三慰留。至唐總理因病去職，於政治本無關係，萬望念國民付託之重，與士類企望之殷，勉抑高懷，同扶大局。安危所繫，披瀝言之。此批。」（註三四）

六月廿九日　袁大總統任命陸徵祥爲國務總理。

廿七日袁准唐紹儀解職，是日正式任命陸徵祥組閣。並准陳其美辭工商總長，餘均予挽留。成立所謂「超然內閣」。

七月九日　爲臨時教育會議抵京會員舉行茶話會，並致歡迎詞。

先生爲徵全國教育界意見，以爲教育改制工作之推進，特於暑假前召開臨時教育會議。是日舉行歡迎到京會員之茶話會。先生致詞如下：「此次開會，爲期甚促，又值暑天，遠勞諸君，實爲抱歉，部中初欲覓一宿舍，不意相當之屋，竟無所得，即如各學校雖均停課，大半爲公共機關借用，亦難商借。今日爲茶話會，區區之意，須白於諸君之前。此次開會，爲討論教育問題，部中所備議案，因迫促之故，必多不詳不備，諸君如有意見，儘可提出。但近來每見開會時，常各執一見，或有意批駁。此次開會，則純爲教育，而教育事業，純然爲人，毫無利己之處，必無爭執之慮，苟諸君各抱一利人之心，討論再四，得良結果，則實爲教育前途之幸。」（註三五）

七月九日　與臨時教育會議挽留代表談話，說明再度請辭之原因。

臨時教育會議開會期間，先生呈請辭職。與會者推出張壽春（伯苓）、黃炎培、莊俞、何燏時為代表，表示挽留意。先生回答謂：「此次辭職，並非因教育部一方面，乃係對於國務院一方面，不得已而出此。總長為政務官，對於國務院為重，對於本部為輕，去留與教育會（議）關係甚少。諸君之意，極為感激，但望諸君從長討論，莫因一人而有所疑慮。」代表等復歷述教育界現狀，與中央教育部及教育總長之關係，謂：「萬一有可留之機會，務望將此方面看重、擔此重任。」先生復言：「我於教育本為願意擔任之事，但出去不去，於精神教育頗有妨礙。如有可留之機會、苟於辭職理由無妨，當將諸君盛意，列在看重一方面。」代表遂辭出，據情報告會員。七月十六日上海「時報」記先生答挽留者云：「彼於教育事業，願負責任，此次辭職，實關人格問題，教育總長以身為天下表率，不便強留，乞為原諒！」（註三六）

七月九日　國務總理兼外長陸徵祥與財長熊希齡向英、法、德、日、美、俄六國公使商議大借款，因六國銀行團不允放寬條款，交涉陷於停頓。

七月十日　教育部召開臨時教育會議，是日午前開幕，參加者八十餘人，為期一月。先生親自主持並演講，宣示教育宗旨。其他學校系統及各級學校令、注音字母等數十案，均經大會討論通過，後由教育部陸續公佈施行。

先生爲徵集全國教育家意見，以謀教育事業之發展，特發起臨時教育會議，由先生主持，開會於北京。會員員額分四項：㈠由教育總長延請者，三十人，實到二十四人。㈡由各省及蒙、藏各推舉二人，華僑一人。㈢由教育總長於直轄學校職員中選派者。㈣由教育部咨請內務、財政、農林、工商、海、陸軍各部派出者。其總額爲八十六人，會期一月。是日午前開會。當舉定王劭廉爲正會長，張壽春（即張伯苓）爲副會長。由教育部及議員提出之議案共九十二件，計議決者二十三件：㈠學校系統案。㈡祀孔子問題案。㈢教育宗旨案。㈣地方教育會議組織法案。㈤師範學校令案。㈥小學校令案。㈦各學校學年學期及休業日期之規定案。㈧學校職員分職任務規程案。㈨儀式規則案。㈩中學校令案。⑾劃分學校管轄案。⑿學生冠服案。⒀中央教育會議組織法案。⒁專門學校暫定計畫案。⒂教育會組織綱要案。⒃國歌案。⒄小學教員俸給規程案。⒅採用注音字母案。⒆實業學校案。⒇專門學校令案。(21)大學校令案。(22)學校管理規程案。(23)劃分大學區案。（註三七）

七月十日　起草同盟會四閣員辭職函，自袁世凱圖獨攬大權，先生憤極，謂不能任此「伴食」之閣員，邀王寵惠、宋教仁、王正廷一同退出，其致陸徵祥之辭職函即出自先生之手筆。

函謂：「子興總理閣下：敬啓者，寵惠等前以種種事故，呈請免職，雖荷大總統批示：

不允所請，然寵惠等辭職之原因久已公布，決無無端改變之理。故已先後上書再辭，而大總統至今尚未批准，不特大違寵惠等引退之本意，而亦足以啓全國渴望新國務院者之惶惑。伏望總理卽日請大總統任命司法、教育、農林、工商各部新總長，俾寵惠等得卽日交卸，寵惠等謹與總理約：自卽日起，寵惠等不復與國務會議。卽到部視事，亦至遲以十四日爲截止之期。先此聲明，尚祈準備。諸維鑒諒，敬請鈞安。」（註三八）

七月十三日　在臨時教育會議談話會上發表談話。

午前，臨時教育會議召開談話會，互相討論。因十二日會場湯爾和欲臨時動議爲議長所阻，午後開審查會後，湯復向議長聲明要求動議之問題：一爲教育總長辭職，一爲教育方針；議長以問題重要。乃發通告定於十三日午前開談話會，以互相討論。是日陰雨，會員僅到三十餘人。蔡總長與范次長同時出席。黃炎培起言云：前因總長辭職與本會有極大關係，到京會員曾在師範學校開豫備會，推舉代表請見總長表示挽留之意，日來事機益迫，會員中提議及此，不識總長於辭職之理由，可略聞否？先生答稱：

「自南京組織臨時政府所謂革命黨人居多，革命黨卽同盟會。南北統一，唐紹儀到寧，時局爲之一變。及政府北遷，內閣組織，遂有甲乙兩派參互其間，甲派卽同盟會，乙派卽非同盟會，在平時甲派主張冒險進取，乙派主張和平保守，政見不同，卽政策不同，但政見政策必取同一之致，而後收效較大，此時吾卽不願加入內閣。統一政府旣成，甲乙兩派之主張，常致卽如裁兵，甲派主張就全國統計，何兵可留，何兵可裁，乙派主張當就一部份一方面從事。如都督簡任，甲派主張由地方取同意後，呈由大總統任命，乙派主張純由中央選擇，而大總統任命之。如借債，甲派主張一面向外國資本團磋商，一面由國民可以募集處設法募集，乙派主張僉以外債爲前提，其他不能同一之事，大都類是。以致兩三月來，政府毫無大政策發表，朝令暮令，無非瑣屑之端，不速挽救，於大局萬分危險。甲派之在國務院者，卽倡辭職之議，與其兩相混合，致政治不能進行。不如任何一派主持國務，猶得實行其政見。贊成是說者爲唐、王、宋、蔡諸人。旋唐紹儀以借款尙未簽字，苟提議辭職於事有礙，遲待一星期，王芝祥都督問題發生，唐紹儀不得已而去。是時余等以爲：內閣均負連帶責任，余等之去，爲當然之事。各方面有責謂不以國家爲前提者，不知正以國家爲前提，故如是也。至對於教育部言，總長爲政務官非常務官，總長去留與部務毫無關係。若以個人而論，則今日諸君之盛意極爲感謝，但此次辭職出於當然，旣非鬧意見，尤非甘置國家於不問也，願諸君諒之！」（註三九）

七月十四日　發表「蔡元培答客問」，鉛印書面文字，分送天津、上海各報社及有關人士與親朋好友。

七月十四日　辭職獲准。

先生再度請辭之呈文云：「爲呈請解職事：元培前於六月二十一日，呈請辭職，蒙大總統批示慰留，彌增慙悚。伏念元培任事數月，毫不能有所設施，是以決意避賢，非計較外界之是非，實衡量寸心之得失。頃新總理已蒞任，正值組織新國務院之時，若再遷就依違，更無以副國民之付託，與士類之期望。爲此再行呈請，敬乞大總統速任教育總長，俾元培得早一日去職，即尸位之咎，早一日解免，曷勝企幸。」

袁世凱懇切挽留不果，是日准先生辭職，並着部次長暫行代理。批文云：「據呈已悉。該總長道德學問，當世罕儔，任事以來，於全國教育行政，籌畫大綱，規模宏遠，天下學子，稱頌彌殷，前此呈請辭職，本大總統殊深歎惜。當此國基甫創，二三君子棄我如遺，使本大總統蹈棄賢之咎，固不足惜，其如國事何？瀝膽披肝，勸導再四，並代表全國四萬萬人諄切挽留，私意該總長必能諒此苦衷，勉停高蹈，乃復據呈請解職，情詞堅切，出於至誠，若再不如所請，又恐鄰於強迫，過拂該總長之意，不得已勉徇所請，准免教育總長本官。尚望身在江湖，勿忘國事，時惠箴言，用匡不逮，本大總統有厚望焉。此批。」（註四〇）

先生於此次教育總長任內，對全國教育作重大改革，除改訂教育宗旨，廢除讀經、尊孔、尊君，改革學制，修訂課程，實施小學男女同校，推行義務教育及社會教育等，著有成績，貢獻至鉅。

七月廿一日　同盟會本部在北京開夏季大會，先生演講，述政界現象，以四大宗旨勉勵黨人。

北京同盟會本部於是日下午一時在彰儀門大街廣東學堂開夏季大會，到會會員八百餘人，因雨未至者尚多，由魏宸組報告開會宗旨，繼改選總務、財政、政事三部主任幹事。先生於會中發表講演，全文如下：

「中華民國是同盟會人所構造而成，此論者所常言者也。但今日希望於諸君者：第一、以後我同志斷不要說這句話。蓋同盟會之與民國，不過關係甚密切而已，此則天下自有公評，不必我同志以此自詡。須知我同志之組織此團體，並非記既往，原爲圖將來，故切不可自已專功，至惹起社會上人之反對。第二、本部北移已及三月，團體散漫，並無實在設施。其間幹事會到者雖多，而所議事件迄不得圓滿結果。若常如此，則同盟會將消滅了。同盟會消滅，恐共和亦將消滅了。故希望今日所舉定各幹事，均須熱心實力做去，毋至議論多而成功少。第三、須爲有機體之舉動。有機體者卽統一之意。凡關於所議事件，須一致決定，方爲有機體。現都中同志所辦新聞已不少，然大都議論紛歧，絕無統一。故以後希望我同志須立統一之意見。第四、我同志何故而須結集此團體乎？蓋先有宗旨而後成團體，並非先有同盟會而後造出宗旨去裝做的。所以同盟名目，萬不能改，不能舍己從人，祇抱定三大主義做去

，務以達到民生主義爲目的，雖招反對，亦所弗恤，是亦希望於我同志者。」（註四一）

七月廿六日　參議院投票表決，同意袁大總統擬任范源濂爲教育總長。

八月二日　袁大總統公布修正教育部官制。

教育部官制共十二條，規定教育總長管理教育、學藝及曆象事務，監督全國學校及所轄各官署。教育部設置普通教育司、專門教育司及社會教育司。仍本諸先生之規劃。尤以社會教育司爲我國開創新頁。以爲必有極廣之社會教育，而後無人無時不可以受教育，乃可謂教育普及。（註四二）

八月十日　臨時教育會議閉幕。

是日上午九時，臨時教育會議舉行閉幕式，爲期一月，開議十九次：大體上均本先生之主張。計議案由教育部提出者四十八件，由議員提出者四十四件，共九十二件。而所決議之案，由教育部提出者：㈠完全議決者二十三件，㈡已付審查未經大會議決者九件，㈢未及開議者十六件。由會員提出者：㈠併入審查會審查者三件，㈡未及開議者四十一件。如教育宗旨、學校系統、各級學校令、劃分大學區及採用注音字母等案，均已獲得圓滿結果。（註四三）

八月十二日　爲上海商務印書館「新字典」作序。（註四四）

八月十七日　參加「世界語學會」歡迎會，並發表演說。

八月二十日　與吳敬恆、王芝祥等十七人發起組織「法律維持會」，開會討論大總統與副總統違法殺張振武、方維案。並電參議院，應嚴予詰問，以保障共和國之法律。

辛亥武昌首義革命黨人，前湖北軍務司副司長張振武、將校團團長方維，八月十日由鄂至京，晉見袁大總統商討調查蒙古邊務事。十一日，黎副總統電袁，謂張、方「蠱惑軍士，勾結土匪，破壞共和，圖謀不軌，請立予正法。」十五日晚，北京步軍統領京畿軍政執法處將二人拘捕，未經合法審判，即予槍殺。全國輿論譁然，群起責難。十九日，參議院開會，議員張伯烈等二十人提出五點質問。先生與吳敬恆、王芝祥等十七人，在「民立報」刊登通告，發起組織「法律維持會」，定次日開會討論。此舉非僅爲張、方二人生命惜，乃爲中華民國法律前途惜。其通告云：

「大總統與副總統無直接殺人之權，張君振武等所得罪狀，皆暗昧不明，未經裁判，即行鎗斃。尤可奇者，猶復加卹贈金，掩飾耳目，此種異動，明明故意違犯約法，玩弄國民，若不討論其究竟，無以爲法律生命之保障，尚何共和政體之可言？故敝會發起於陽曆八月二十日下午二點鐘，在張園安塏第特開會研究辦法，凡我國民務請自由降臨，據理發言，共和幸甚！中國國民幸甚！法律維持會發起人王芝祥、蔡元培、李懷霜、戴天仇、鄭隆驤、張人傑、趙鐵橋、徐棠、姚男忱、周佩箴、張弁羣、褚民誼、姚雨平、吳敬恆、張虎臣、林與樂、趙祖望等同啓。」

二十日法律維持會在張園安塏第開會，出席者千餘人。首由吳敬恆報告開會緣起，查究違法殺人，以維法紀。呂天民首先發言，認爲「以原告定人罪狀卽處死刑，是黎都督違法！不付審判卽行正法，是袁總統違法！副署不正當之軍令，是段陸軍總長違法！今欲保全民國，當先保全法律。卽以緊急命令論，今非用緊急命令之時。如總統可隨時以緊急命令殺人，則全國人生命皆危險，故當詳細研究此事。」次李書城謂：「張旣脫離軍務司副長，不得再以軍官論，卽爲軍官，亦當付軍法裁判。因引黃留守處置趙樂羣之案，特開軍法會議審判，以王軍長芝祥爲審判長，各師長爲審判員，迨趙旣供認，仍請命中央，當時何等鄭重，以證此次張案之非法。」終又謂：「參議院質問五款，不得要領，多爲政府留餘地，應以國民之力糾正之。」次丁仁傑發言，丁爲武昌起義軍人之一，新自鄂來，故所述多實事。大致謂：「張之獲罪有二遠因：㈠張爲人直率，禮節多疏略，有時對黎拍案怒罵，爲黎所不悅。㈡漢陽失守時，黎議捨武昌他守，張止之，黎至今不慊於心。至此次所布罪狀，如濫用款項一節，張在上海時誠揮霍公款，然多用之於公益，如某女學捐若干元，某女子參政會捐若干元，又湖北諸代表亦多用此款，孫振武付若干元，孫發緒付若干元，張歸鄂一一報銷，吾人當時頗反對之，以爲張不應以公款應酬人情，而黎則以有報銷，故置勿問。又如第二次革命一節，當鄂人盛傳推倒孫武時，張方在滬，歸數日，而第二次革命卽起，試問數日間張以何法煽動？況其在滬時鄂人已盛反對孫武乎？至於改良政治團，全屬結社集會自由，更與革命何涉？其罪狀如此，殺張者之違法更可知。」次陳啞農謂：「本當以鐵血對付，然外禍方亟，投鼠忌器，不得不出以和平，應請參議院據法彈劾。」次李懷霜代表王鐵珊謂：「法律維持會應作爲永遠機關，俟我國眞能司法獨立而止。今日到會者，卽皆爲會員，切勿虎頭蛇尾。」又次孫鐵舟、佘鶴、林學衡、王景曾相繼發言，均激昂慷慨，暢所欲言。而到會諸人，皆急欲一聞今日最後之解決方法。乃由蔡元培宣布辦法二條：㈠臨時辦法：表示今日到會同人之意思，致電參議院，以法律維持會名義行之；㈡永久辦法：法律維持會卽日成立，作爲常設機關，專研究此案辦法，俟事務所宣布後，願入會者卽至所簽名，共同討論。因詢衆贊成與否？全體贊成，無反對者；乃由吳敬恆宣讀所擬致參議院電文，衆無異辭。

當卽將電文拍發北京參議院。原電文如次：「北京參議院鑒：張、方一案，總統與副總統皆有違法之咎，公等所詰五條，尙多未盡，乞更嚴重詰問，使共和國之法律，能保障完全而止。國民以生命委託於公等者至重，勿以尋常視之，全國國民願爲公等後盾也。法律維持會發起人王芝祥、蔡元培、胡瑛、姚雨平、呂天民、吳敬恆、戴天仇、李懷霜、張人傑、張弁羣、趙鐵橋、周佩箴、徐棠、楮民誼、王博謙、章佩乙、梁重長、徐虎臣、林與樂、趙祖

望、鄭隆驤、葉文鐘等一千零二十四人。謽。」（註四五）

八月廿三日　在中國社會黨大會中發表演說。

八月廿五日　同盟會正式改組爲國民黨，國父被推爲理事長，旋委宋教仁代理。（註四六）

九月二日　教育部訓令教育行政人員應注重社會教育，及學校教師學生注重學問研究及人格陶冶。

是日　教育命令公布教育宗旨「注重道德教育，以實利教育及軍國民教育輔之，更以美感教育完成其道德。」並訂頒學校管理章程十條。

九月三日　教育部公布「學校系統表」、「學校學年、學期及休業日期規程」、「學校儀式規程」。

是日　先生參加上海「中國公學」開學並演說。

中國公學因民國初立，建設需才，特於上學期改辦政治、經濟、法律三科，本學期又大加擴充添設大學預科，並續辦本科，以爲造就全才之計。本日上午十時舉行開學式，到學生二百餘人，先生與馬君武、胡經武（瑛）、羅煥章等以董事身份蒞校參加，於校長譚心休致開學詞後，由先生發表演說，大意謂：「未光復以前，全國學風以破壞爲目的，當時鄙人對於此旨，亦頗贊成；現在民國成立，全國學風應以建設爲目的，故學子須以求高深學問爲惟一之懷想。又云學問並非學商者即爲商，學政治者即爲官吏，須知即將來不作一事，學問亦爲吾腦筋所應具之物。」末復演述學科原理，勉勵學生，其言深發明哲理。講演完畢，全堂鼓掌云。（註四七）

九月五日　與黃興等發起「熊成基、白雅雨、王漢、劉敬菴四烈士追悼大會」，並親撰「通告」，文云：

「安慶起義熊烈士成基、灤州起義白烈士雅雨之靈櫬，次第經過滬上，同人等共表哀敬，謹擇於九月初八日在張園開追悼大會，兼悼首創暗殺殉身彰德之王烈士漢、萍醴被逮獄中殉難之劉烈士敬菴，諸公如有祭文、誄歌、輓聯、幛軸、花圈等，或合送或分送，請先期送至大馬路同盟會機關部爲荷。發起人：黃興、蔡元培等四十二人署名。」（註四八）

九月九日　撰「琴綠堂遺草」序文。

九月　爲「陳浮生詩歌集」題詞。

九月　撰「王有光墓誌銘」。（有光，諱際唐，浙江奉化人，篤信基督。王正廷之尊翁也。）

九月　徐錫麟烈士葬於杭州西湖之壖，先生親撰「徐錫麟先生墓表」，文情並茂；刻於徐烈士墓碑之上。先生留有手稿。

九月　偕黃夫人仲玉、長女威廉、三子柏齡搭乘郵輪阿非利加號赴歐留學。

據蔣維喬謂：「先生辭去教育總長以後，生活很苦，曾因聽見有一留學生缺，便去信教育部，要求派他出洋充留學生，當時部中如我等以為先生是前任教育總長，怎樣好當留學生，遂設法代籌點款，把這留學生費給先生游歐，但名義上並不叫做留學生。」（蔡尚思「蔡元培學術思想傳記」）

顧孟餘夫婦同行，途經新加坡登岸，出席華僑總商會及華僑學界歡迎會，發表演說。（註四九）

十月廿四日　手撰之「大學令」，正式由教育部公布施行。

「大學令」凡二十二條。以教授高深學術、養成碩學閎材、應國家需要為宗旨。分為文、理、法、商、醫、農、工等科。大學以文理二科為主，凡文理並設，文科兼法商二科，理科兼醫、農、工三科或二科一科者方得名為大學。設法商等科不設文科者不得為大學，設醫工農等科不設理科者亦不得為大學。大學畢業生得稱學士，大學設校長一人，各科設學長一人，並設教授、助教授，必要時並得延聘講師。（註五〇）

十二月廿六日　復蔣維喬函，談重至歐洲之觀感，並謂汪兆銘與李石曾在巴黎籌備「民德雜誌」，先生亦參與其事。

十二月卅一日　致蔣維喬函，謂吳稚暉夫婦在英國熱心公益事業。有一子一女在英上學。

冬　撰「世界觀與人生觀」一文，刊載「民德雜誌」創刊號。「東方雜誌」於民國二年四月轉載全文。（註五一）

是年　撰「王母朱夫人家傳」一文。（註五二）

註一：「國父全集」第四集，頁一四七。

註二：「國父年譜」上册，頁三八二—三八三。

註三：拙編「蔡元培先生全集」，頁一〇四二—一〇五五。

註四：「國父年譜」上册，頁三九〇。

註五：「臨時政府公報」第一號。

註六：「中華民國史事紀要」初稿，民國元年一至六月份，頁一六五。

註七：胡儀曾「辛亥開國時之張季直先生」，越風半月刊二十期。日本外務省「日本外交年表並主要文書」上册，頁一八九。

註八：民國元年二月「教育雜誌」第三卷第十一期，東方雜誌第八卷第十號，蔡元培先生全集，頁四五二—四五九。

註九：「中華民國臨時政府新法令」第六册，民國元年三月上海自由社出版。左舜生選輯「中國近百年史資料續編」下册改標題爲「壬子迎袁始末」，民國二十二年九月中華書局發行，二十七年十月再版，民國四十七年十一月臺一版，蔡元培先生全集，頁一〇五六—一〇六〇。

註一〇：中國國民黨黨史會議「社會改良會宣言」石印原件，見「革命文獻」第四十一輯（民國五十六年十二月）頁一四四—一四七；及民國元年三月二十九日「民立報」，第二頁及第十二頁。

註一一：拙編「蔡元培先生全集」頁一〇五六。

註一二：「中華民國史事紀要」初稿，民國元年一—六月，頁三一二。

註一三：同上，頁三二二。

註一四：同上，頁三二四。

註一五：同上，頁三四〇。

註一六：李雲漢「黃克強先生年譜」頁二五九。

註一七：同註一二，頁三七一。

註一八：「敎育雜誌」四期一號記事。

註一九：「居覺生先生全集」下冊，頁五五四。

註二〇：「中華民國史事紀要」初稿，民國元年一—六月，頁四〇七。

註二一：民國元年四月九日「臨時公報」。

註二二：「敎育雜誌」四卷一號記事。但四卷三號謂係四月廿四日到職辦公。

註二三：民國元年五月「政府公報」。

註二四：「政府公報」民國元年五月份，公電，頁二六五。

註二五：同上。

註二六：同上，附錄，頁五三五。

註二七：「中華民國史事紀要」初稿，元年一至六月，頁五一二。
註二八：「政府公報」民國元年五月份。
註二九：「遠生遺著」卷一（頁一四一—一四二）；蔡元培先生全集，頁七〇二。
註三〇：「教育雜誌」四卷二號。
註三一：「政府公報」民國元年五月份，公文，頁二二九—二三二。
註三二：民國元年五月廿八日「民立報」。
註三三：李劍農「中國近百年政治史」下冊，頁三七五。
註三四：「中華民國史事紀要」初稿，民國元年一至六月，頁五七九。
註三五：民國元年七月十九日「民立報」及民國元年七月十六日「上海時報」。
註三六：民國元年七月十九日「民立報」。
註三七：「中華民國史事紀要」初稿，民國元年七至十二月，頁三十二。
註三八：先生手稿，並參閱民國元年七月十三日「民立報」，七月十二日上海「時報」。
註三九：民國元年七月廿一日「民立報」。
註四〇：據鉛印傳單及民國元年七月廿七日「民立報」。
註四一：拙編「蔡元培先生全集」頁七〇八。
註四二：「民國公報」民國元年八月份，法律七十五號。
註四三：民國元年八月十七日上海「時報」。

註四四：拙編「蔡元培先生全集」頁七〇七：原載民國元年十月一日「東方雜誌」第九卷第四號。
註四五：民國元年八月十九、廿一日上海「民立報」。
註四六：「國父年譜」上册，頁四三六、四三九。
註四七：民國元年九月六日「民立報」第十頁。
註四八：民國元年九月五日「民立報」。
註四九：「教育雜誌」四卷八號。
註五〇：「中華民國史事紀要」元年七月至十二月，頁四〇八。據蔡先生在「讀周春嶽君『大學改制之商榷』」文中曾謂「民元大學令第三條卽鄙人所草也」，並曾面告高平叔。
註五一：拙編「蔡元培先生全集」，頁四五九。
註五二：油印本係用毛邊紙印刷，共三頁，爲先生所作「王母朱夫人家傳」，次頁爲章炳麟「書王心三事」，第三頁爲歐陽漸「紀王心三事」。

四十七歲　民國二年　一九一三　癸丑

仍入德國來比錫大學聽課，並在世界文明史研究所研究。

二月五日　前「蘇報」主人陳範病逝上海，先生在歐聞悉，函約吳敬恆等人聯名具呈爲其請求撫恤。（註一）

三月九日　撰「譯學館校友會祝詞」。（註二）

三月二十日　袁世凱派人刺殺宋敎仁於上海滬寧車站，廿二日卒。

三月廿五日　國父自日返國抵滬，與陳其美、居正、戴傳賢等在黃興寓所會商應付宋案辦法。（註三）

四月　國父召先生等回國，與袁世凱決裂。

先生「自寫年譜」手稿云：「孫先生力主與袁世凱決裂，招我等回國。」（註四）此時，國父主張立卽起兵討袁，黃興主張靜待法律解決，遂坐失良機。（註五）

四月八日　第一屆正式國會在北京成立。

四月十三日　國民黨人在上海張園舉行宋敎仁追悼大會，到二萬餘人，陳其美任主席。

四月廿五日　江蘇都督程德全宣佈宋案證據。

四月廿六日　國父與黃興聯名通電，主張嚴究宋案主名。（註六）

是日　袁世凱非法借款。

北京政府與英法德日俄五國銀行團訂立之善後借款合同，款額英金二千五百萬鎊。以未經國會通過，黨人指爲非法。（註七）

五月九日　先生復蔣維喬函，謂定十九日由柏林啓程回國。（註八）

五月十八日　吳敬恒在「民立報」撰文建議國民黨與進步黨以先生與張季直（謇）爲正式總統候選人，以止紛爭。

自第一屆正式國會成立，袁世凱以臨時大總統咨請國會迅選正式大總統。吳敬恒以與南北因宋案問題紛爭日甚，於是在上海「民立報」撰「可以止矣」評論一文，謂：「袁慰亭（世凱）不適於正式總統，請國民黨以蔡孑民爲候選人，請進步黨亦備選張季直。」文中分析時局，最後主張：

「所以欲得與時勢最適之總統，應備之要素，一則實係官僚，暫與保持儒術之遊魂餘氣也；一則近乎聖賢，則爲君子儒也；一則略經歐化，以備儒術之蛻化也。以斯人當國，用舊道德裁抑名士；用新道德鑑別學生。庶舊染有滌除之日，而新機漸以萌芽。

求諸國民黨，則有蔡孑民君，代求於進步黨，張季直君必首選矣。張君吾信其必能讀聖賢書者，其可以充選總統之條件，自有彼黨列示於國民。我則爲吾黨略狀蔡君之能事；則曰：『尊賢禮士，止囂抑競，奉公守法。』十有二字，蔡君確守而不失。庶幾閣部無倖位。奔競立息，逆旅俄空。於是士安於讀，商安於市，工安於肆，農安於野。偉人名流，皆戢其政界之野心，而謀實業之競進。蔡君者，固又偏於進步，富於自由，絕非以因循爲苟安，苛刻爲制裁。得此而使發狂之新國民，休養一時期，休養中且得適宜之滋補，健全自可卜矣。故開明專制云乎哉？甚而至於亂世重典云乎哉？皆忘二十世紀之時勢，且忘中國已爲完全立憲之民國也。作憤時嫉世之快心談，吾甚爲言治已久者，深惜其妄氣之猶未盡也。故若蔡孑民君之類之君子儒，果永遠適於新世界之主體與否，吾不敢知。若治最近之中國，似無別派。武漢猝起之革命，與其謂爲新法不行而革命，無寧謂爲君子道消而革命。前清洪、楊之亂，幸而敉平。乃不幸而聖賢流派之曾國藩，未享期頤，而純粹官僚之李鴻章，反臻耄壽。至於晚季，短中取長，且至於僅有名士之張之洞，滑頭之端方，濶少之岑春煊，幹才之袁世凱，作之柱石。清社終無救於遂盡。幸而猶能以革命代瓜分，似有一線之轉機。然而胡可以空言革命，長徼天幸者哉？」（註九）

六月二日　偕汪兆銘自歐返國。

先生得上海電，以宋案促歸國，遂偕汪兆銘返國，經大連，從弟元康相候，是日抵滬。三日，民立報有「汪蔡二先生歸國記」，報導如下：「汪精衛、蔡孑民兩先生遊歷法、德兩邦，研究彼中政制治術，本不汲汲歸國。近因祖國政潮迭起，時局危迫，迭接各方面函電促返，共圖維持，兩先生亦以國事爲重，遂於月前同自歐洲遵海啓程，於昨晨抵滬。兩先生丰采猶昔，而憂國之誠彌益殷摯，想對大局必有一番偉畫也。」

訪國父、黃興於上海愛文義路一百號。（註一〇）

六月三日　再訪國父、王寵惠（亮疇）於五馬路之鐵路公司。午後復往黃興處。（註一一一）

六月四日　訪唐紹儀（少川）於國民黨事務所。

當時國民黨所能調動的軍隊，除江西、廣東兩省外，均歸黃君克強節制，黃君知實力不足，遲疑不敢發難。黃君部下，以第八師爲最精銳。其一旅長王用功，原在上海愛國學社就學，李烈鈞故邀先生同往南京運動第八師，但王君以爲毫無把握，遂廢然而返。有一日，先生忽得一南京電，第八師決動員，招先生與汪兆銘往，爲其起草通電，先生與汪遂趕往。蓋第八師下級軍官均受主戰派運動，躍躍欲試，旅長無法阻止也。（註一一二）

六月五日　與汪兆銘聯名致電袁世凱，主張調和南北。（註一一三）

六月八日　與章炳麟、汪兆銘出席國民黨上海交通部職員歡迎茶會，並發表演說。

國民黨上海交通部職員，因先生及章炳麟、汪兆銘到滬，特於是日下午二時假交通部開茶會以示歡迎，到會百餘人。首由部長居正作介紹詞，略謂先生及汪「夙爲民黨健者，革命功成，遠遊歐美，志尚高遠，品行清潔，人所欽佩。因宋案、借款二事發生，關係民國大局，特束裝歸國，以維持共和之前途。」先生亦在會中發表演說，略謂：「吾黨革命，本爲大多數人民謀幸福，今仍當體察大多數人民之心理，現多數人民不主極端進取，然受人刺激，被人蹂躪，吾多數國民，必共抱不平。吾黨祇須以堅忍之決心，持穩健之步調，誓死締造眞正共和，則多數國民，必表同情，吾黨自有戰勝之一日者。吾同志諸公，處此危疑艱險之日，惟有運靜細之心思，蓄堅實之力量，採取輿情，以維持大局，則民國幸甚。」（註一四）

六月十二日　撰「對時報、時事新報所載『一夕話』之更正」。

先生應與國父電召歸國，經大連時，其從弟元康在該處相晤，北京時報及時事新報等報社記者為袁世凱收買，捕風捉影，歪曲揑造，刊出「蔡元培回國之一夕話」一文稿，各地報刊轉載，混淆視聽。先生閱後，深恐以訛傳訛，特就其中重要部份，在「民立報」中撰文更正之。（註一五）

六月十四日　應浦東中學楊錦春校長之邀請，前往演講，提出「公、勤、樸」三字作勉勵。（註一六）

六月十五日　章炳麟（太炎）與湯國梨女士在滬結婚，先生被邀參加，並為之證婚。（註一七）

六月廿九日　與范源濂等參加上海南洋中學第九屆畢業典禮並講演。（註一八）

六月三十日　與陳其美、溫宗堯參加復旦公學中學部第四屆畢業典禮並演說。

是日下午二時與陳其美、溫宗堯以校董名義參加上海徐家滙復旦公學中學第四年畢業給證儀式，民國法律學校、南洋路礦學堂、南洋大學均有代表參加。先由校長李登輝報告公學辦學方針，繼即請先生演說。大旨以勗勉學生：「當以學問為自身之責任，勿為干進之器具。並推闡習外國文者，當以吸收他國之文明及輸運本國之文明於他國爲莫大之志願，歷舉周秦諸子各國學者互相轉運而成學說，與現在各邦學者考求歷史人類兩學，亦無不取材受證於東方古代文物，旁及鐘鼎繪畫。」並舉例周詳，演說至四十分鐘之久。全堂掌聲如雷，皆謂有益學者不淺。（註一九）

六月　應邀赴城東女學講演「養成優美高尚思想」，主張學校應重手工、美術。（註二〇）

七月六日　上午去工業專門學校演說，下午到神州女學演說。（註二一）

七月八日　撰「徐著戒煙必讀書後」。

清季煙毒爲害最甚，先生同鄉徐季蓀君早年在日本治藥物學，自製戒煙新藥，亟欲推廣，擬設新藥戒煙社於全國，先生嘉其志，遂樂爲推介，撰「書後」一文。（註二二）

七月十二日　李烈鈞在江西湖口舉兵討伐袁世凱違法叛國，二次革命爆發。

宋案發生後，袁世凱積極作軍事準備，欲以武力以實行其政治野心；一面進行大借款，一面整軍待發。迨借款成功，遂於六月九日下令謂江西都督李烈鈞「不孚衆望」，應卽免其本官。六月十四日再免胡漢民廣東都督職，調任西藏宣撫使；三十日再免除安徽都督柏文蔚職，逼得國民黨不得不起兵討袁自衛矣。是日，李烈鈞乃召集江西湖口軍政人員宣布獨立，並發出討袁檄文，籲全國速起義軍，共殛大憝，重建共和。

七月十五日　黃興在南京被舉為江蘇討袁軍總司令，通電誓師討袁。

七月十八日　陳其美在上海誓師討袁。廣州亦宣佈獨立，響應討袁。

七月十九日　許崇智在福建宣佈討袁。與汪兆銘、唐紹儀聯名電勸袁世凱辭職。

本月十八日，汪兆銘以南北事既起，乃發表宣言，認為袁世凱應即辭職，由國會選舉正式大總統。

是日　先生與汪兆銘、唐紹儀三人聯名致電袁世凱，勸其辭職，以息戰禍。

電文云：「北京大總統鈞鑒：西密。贛事既起，東南諸省以此響應，聲言祇對公一人。公對培等以為無論勝負，然倡和非止數輩，發動非止一隅，則國民之表見，已為中外所喻。公對此固難免憤慨，然哀矜生民，顧念國危之意，想當更切。必不忍以一人之故，令天下流血。且為公僕者，受國民反對，例當引避，而以是非付諸後日。流天下之血，以爭公僕，歷史所無，知公必不出此。望公宣布辭職，以塞擾攘，斯時天下激昂之情，將立易為感諒，為國家計，為公計，不敢不言，鑒恕為幸！蔡元培、汪兆銘、唐紹儀叩。」

此種書生之見，自不會為袁氏所接受，故袁覆電駁斥，極為強詞奪理，而其無辭職之意，尤溢於言表。袁電云：

「上海蔡鶴卿、汪精衛、唐少川諸君鑒：西密效電悉。承愛可感。鄙人老矣，甚願與公等同作平民，享自由之幸福。顧爲約法所限，非有正式總統舉定，不能違法棄職，付土地人民於一擲。當國會成立之日，鄙人卽咨請迅選正式總統，而黨派分歧，迄未見分曉，正日日殷盼息肩，而叛徒傾覆共和，破壞民國，幾有亡國不顧之勢。鄙人有救國救民之責任，當此存亡危急，國民呼號請命之時，斷不敢棄之而去，坐視亂黨之荼毒生靈。至未選舉以前，一日在職，一日決不放棄責任，卽此所以盡職於國民，及仰酬公等之厚愛也。至此次首亂背叛民國之人，皆各居政黨重要地位。公等以同胞之誼，應亟盡忠告，以紓流血之禍。又聞南京焚殺無辜，誅鋤異己。公等素持人道主義，何可聽其闇無天日，不出一言，以爲匡正之地。引領南望，憂心如焚。至於國民心理，國會多數足以代表之，稱兵作亂之暴徒，不能代表之也。代表國民心理者，當代表多數人民顛連困苦，日望治安之心理，不能爲少數人競權奪利，日謀破壞之徒，代表其心理也。民之叛亂久矣，民國統治之權，若以兵力爲轉移，分崩之禍，恐不百年不能已也。鄙人受父老委託之重，不敢不終，惟有確守神聖之約法以從事。其他非所敢聞。尚祈諒之爲幸。袁世凱叩。」（註一三）

七月二十日 先生與吳敬恆、張繼、汪兆銘等創辦「公論晚報」於上海。鼓吹討伐袁世凱，每日一出，不久停刊。（註一四）

七月二十日 與章炳麟聯合通電，宣布浙督朱瑞劣跡。

浙江都督朱瑞（介人），原籍光復會，辛亥之際，曾任江浙聯軍浙軍司令，參與攻打南京之役。二次革命爆發後，與浙毗連之閩、贛、蘇各省，皆相繼獨立，而浙省猶在觀望。時江蘇討袁軍總司令黃興曾致電朱氏，請其參加討袁行列，唯朱瑞却不置可否，表示中立，而陰實袒袁，以分化南方勢力。先生與章炳麟基於關懷桑梓之誼，乃通電宣布其劣跡，希望浙人共逐之，俾浙省參加討袁行動。（註二五）

朱瑞見報後，異常羞憤，即飭軍警禁止發行曾刊載該電文之民立報、民權報及中華民報，並飭警廳函郵政總辦停寄上列報紙。又致函蔡氏及章氏，加以辯解。（註二六）

七月廿一日　國父發表宣言，勸袁世凱辭職，以息戰禍。（註二七）袁得中山先生電後，遂於本月廿三日，下令撤銷中山先生籌辦全國鐵路全權之職銜。

七月廿二日　先生撰「敬告全國同胞書」文。鼓勵民軍爲民鋤奸，迫袁去位。（註二八）

七月廿三日　發表「敬告各省議會」文。請各省電促本省議員南下，另行擇地開會，改選總統，並籲各省共同討袁。（註二九）

七月廿五日　撰「論非常議會」文，主張以省議會聯合會代行國會職權。

二次革命發生後，參議院議長張繼即發表宣言，主張將國會南遷，於是將北京國會遷至南京，以改選正式總統，成爲當時反袁人士一致的願望，咸認如此可使袁世凱失去憑藉，而得弭戰禍。惟兩院議員恐不能一時畢集，爲求時效，有人主張成立非常國會，以代行其職權。先生頗不以爲然，特撰「論非常議會」一文以駁之。（註三〇）

七月廿七日　於民立報中撰「成見」一文，駁斥「總統非袁世凱不可，而我國宜採總統制，而使總統負責任」之謬見。（註三一）

七月廿九日　發表「袁氏不能辭激成戰禍之咎」一文，列舉事實，指證袁世凱爲激成戰禍之罪魁，處心積慮欲剷除民黨，司馬昭之心固路人皆知矣！（註三二）

是日　於「公論」報上發表「孰仁？孰忍？孰誠？孰僞？」一文。（註三三）

是日　江蘇討袁軍失敗，黃興自南京出走。先生發表「野心歟？約法歟？讓德歟？」一文，斥責袁世凱違反約法，欲憑藉武力作倒共和而行專制之預備。（註三四）

七月三十日　發表「折衷派」一文於「公論報」。（註三五）

八月三日　發表「悔禍」一文於「民立報」。（註三六）

八月十七日　撰「亡友胡鍾生傳」，並爲其遺作「媿廬詩文鈔」作序文。（註三七）

胡君名道南，字任臣，鍾生其號。浙江山陰人，卽先生任紹興中西學堂總理時之新派教員，於民國二年八月十五日因被懷疑爲釀成秋瑾遇害案之人員，而遭暗殺。此傳縷述「淸祚既移，秋案之始末公布，而君之寃乃大白」之經過，並爲胡之遺著「媿廬詩文鈔」撰作序文，以誌哀思。

八月廿三日　撰「餘姚汝湖乙種農學校記」文。讚許謝葆濂等創立該校，致力以學理改良農業之貢獻。（註三八）

八月廿六日　致蔣維喬函，稱九月五日聞有日本郵船「北野丸」西發，擬乘之赴歐。（註三九）

八月　此時國民黨在南京、江西、廣東等地討袁軍事相繼失敗，上海尚有志士蔣智由、章炳麟等，分省推舉代表，擬策動岑春煊（西林）起兵討袁，先生亦被推爲浙江省代表之一，「然終無何結果」。（註四〇）

八月廿五日　先生決定再赴歐洲研究學術，是日與商務印書館約定：到歐後，每日以半日時間編寫專書，每月由該館致送稿費二百元，以維生活。（註四一）

九月五日　攜眷搭乘日本郵輪「北野丸」離滬赴歐。（註四二）

十月十四日　抵達法國馬賽。（註四三）

十月十五日　卜居巴黎附近之科隆布鎮，學習法語，並從事譯著工作。（註四四）

十月十六日　復吳敬恆函，詢其在英近況，並告以李石曾月內由滬返法。（註四五）

十二月廿七日　復蔣維喬函，告以擬編撰「文字源流」、「文法要略」、「中國文學史」三

書。（註四六）

註一：「吳稚暉先生全集」卷十，頁一四八二。

註二：先生手稿。高平叔編「蔡元培全集」卷二。

註三：「國父年譜」上冊，頁四五六。

註四：先生「自寫年譜」手稿。高平叔編「蔡元培全集」卷二。

註五：「中華民國史事紀要」（二年一至六月），頁二七五。

註六：同上，頁三九五。

註七：同上，頁三九六。

註八：先生手札。高平叔編「蔡元培全集」卷二。

註九：民國二年五月廿二日「民立報」。

註一〇至一二：先生「雜記」手稿。高平叔編「蔡元培全集」卷二。

註一三：民國二年六月六日「順天時報」。

註一四：民國二年六月十二日「民立報」。

註一五：同上。

註一六：先生演說記錄稿「浦東中學之盛會」油印本。

註一七：「雜記」手稿。

註一八：民國二年六月三十日「民立報」。

註一九：同上，二年七月一日。
註二〇：「蔡元培言行錄」（廣益書局）。
註二一：先生「雜記」手稿。高平叔編「蔡元培全集」卷二。
註二二：拙編「蔡元培先生全集」頁九二九。
註二三：「革命文獻」第四十四號。
註二四：先生「雜記」手稿。高平叔編「蔡元培全集」卷二。
註二五：民國二年七月廿一日「民立報」。
註二六：民國二年七月三十日「上海時報」。
註二七：民國二年七月廿二日「民立報」。
註二八：同上。
註二九：李劍農「中國近百年政治史」頁四〇四。
註三〇：民國二年七月廿五日「民立報」。
註三一：同上，七月廿七日。
註三二：同上，七月廿九日。
註三三：民國二年七月廿九日「公論報」。
註三四：民國二年七月三十日「民立報」。
註三五：民國二年七月三十日「公論報」。

註三六：民國二年八月三日「民立報」。
註三七：先生手稿。「紹興縣志」資料第一輯「人物列傳」。
註三八：「教育雜誌」第十二卷三號。
註三九：先生手札。高平叔編「蔡元培全集」卷二。
註四〇：先生「雜記」手稿。同上。
註四一：張元濟致先生手札。
註四二：先生「雜記」手稿。見高平叔編「蔡元培全集」卷二。
註四三：同上。
註四四：同上。
註四五：先生手札。
註四六：同上。

四十八歲　民國三年　一九一四　甲寅

居法國巴黎近郊科隆布，學習法語，並從事譯著。

先生「自寫年譜」云：「在法科隆布及巴黎左近居住，學法語，從事著譯。學法語，常是歐思東君教的，歐君是比國人，長於育樂，欲改五線譜爲三線譜。……彼教我等法文，不用讀本及文法，選一本文學書，選出幾節，我們抄出來，有不解的辭句記出來，請其解釋，有時候，講講文學史。所以我們的法語學得不切實。」（註一）

此時，同在巴黎之李煜瀛在其「石僧筆記」中有下列之記載：「民國二年，二次革命失敗之後，又與蔡孑民先生同在巴黎從事譯名之研究，先後皆以譯名之美化及適用，求兩者兼全，惟於譯名還原問題，迄不得解決。」「第二次革命失敗，蔡孑民先生脫離教育部，亡命到法國，始居巴黎近郊世界社『海外書局』之中，繼因戰事移至南部，吾人共同努力於旅歐教育與學術問題之研究；即於其時吾與商榷譯名問題，對我譯名還原之意，頗爲注意而加以鼓勵，常常相互推敲，曾以所作試驗之表刊行於吾人同編之『旅歐教育運動』一書之中，但終未能圓滿解決所設之問題。」（註二）

春　吳敬恆自英抵法，先生偕遊巴黎，並赴蒙達爾城應儉學團舉行之「講習會」，講「德儒康德之空間時間說」。

吳稚老於「歐戰前後兩遊法國記」中追述經過云：

「余寓居英倫之八年，以甲寅春之假之第三日，赴觀法蘭西儉學之狀況。……須臾入港，遂登法車。沿途地力之美，與英正相伯仲，似修整倘或不如。復行三時許，抵巴黎西城森樂祚車站，剛鐘指十有八時。蓋四年不到巴黎，花樣翻新者，又不知幾許矣。法人富於合理之新思想，於此可見一斑。

余友數人，相見於車站。遂共歸儉學出版部，圍坐作夜談。其明日爲星期日，蒙達爾城之儉學團方開兩週一度之講學會。主持其事之李石曾君，特邀蔡孑民君爲本期之講員。余遂與一行人，隨蔡、李兩君同去。

儉學諸君中多吾國高識之士。故當日既開會，蔡君演題爲『德儒康德之空間時間說』。其餘興又令余述中國新製音母之狀況。留滯巴黎三日，土曜清晨，又與蔡、李、褚三君乘車赴觀提愛布相近之人工絲廠。華人作工於其間者五十人。工餘之設備，無異一補習校。余等皆大感動，已別爲一篇以記之。參觀已罷，諸君共赴提愛布海岸，坐沙際，披夕陽，睹海波之浩瀚，縱談許久，握手道別。蔡君等乘車回巴黎，余遂於夜半在提愛布登船。明日侵曉，泊牛海芬。又登車，抵寓剛八時，寓中人猶未起也。」（註三）

致王寵惠函。略謂：「自李石曾兄發起留法儉學會以來，此間儉學生已及百餘人，其中以習農者爲多數云。」（註四）

一月十日　袁世凱下令解散國會，宣布停止參衆兩院議員職務。

四月廿七日　致蔣維喬函。告以近況，及擬編「哲學發見」一書。（註五）

五月一日　袁世凱公布新約法，廢止民元約法，改內閣總理爲國務卿，藉以獨攬大權。

夏　撰「學風雜誌發刊詞」。

去冬，先生到法國後，與汪兆銘、李煜瀛、張繼等籌辦「學風」雜誌，創刊號已付印。因第一次世界大戰爆發，巴黎之中華印字局停業搬遷，「學風」的編印即告停頓，僅出刊一期。（註六）

七月八日　中華革命黨在日本東京正式改組成立。

七月廿八日　第一次世界大戰爆發。

八月　遷居法國西南地區之都魯士及羅埃。（註七）

與李煜瀛組「旅法學界西南維持會」。並與駐法公使胡維德聯繫，予留學生以接濟。先生爲之撰寫通告，題爲「吾儕何故而欲歸國乎？」勸留法學生不必急於歸國。（註八）

十月二日　致蔣維喬函。告以遷居法國西部望台省之讀觴村之故，並謂「西南維持會」寄上海「新聞報」、「時報」之報導，皆係其手筆。（註九）

註一：先生「自寫年譜」手稿。高平叔編「蔡元培全集」卷二。

註二：李煜瀛「石僧筆記」頁六四。

註三：「吳稚暉先生全集」卷一六，頁一九九—二〇六。

註四：先生手札。

註五：同上。
註六：世界社編印「旅歐教育運動」。
註七：先生「自寫年譜」手稿。高平叔編「蔡元培全集」卷二。
註八：拙編「蔡元培先生全集」頁四六三—四六四。
註九：先生手札。

四十九歲　民國四年　一九一五　乙卯

繼續在法國居留，從事譯著。

一月　所撰「哲學大綱」，由上海商務印書館出版。

此書係先生與商務印書館約定編譯書之一，在法國編寫交稿，本月初版出書，至民國二十年共出十一版。爲介紹各家哲學思想之作，非先生之述作。「凡例」中云：「本書以德意志哲學家厲希脫爾氏之哲學導言 Richter Einführung in die Philosophie 爲本，而兼採包爾生 Paulsen、馮德 Wunde 兩氏之哲學入門 Einleitung in die Philosophie 以補之，亦有取之他書及參以己意者，互相錯綜，不復一一識別。」

全書分：通論、認識論、本體論、價值論四編。爲引人研究哲學之作，故歷舉各派之說，也有先生獨特見解。據黃記「傳略」上云：「其時編『哲學大綱』一冊，多採取德國哲學家之言。惟於宗教思想一節，謂『眞正之宗教，不過信仰心。所信仰之對象，隨哲學之進化而改變，亦卽因各人哲學觀念之程度而不同。是謂信仰自由。凡現在有儀式有信條之宗教，將來必被淘汰』。是孑民自創之說也。」（註一）

二月廿五日　憤日人提二十一條欲亡中國，與李煜瀛、譚仲逵、李聖章等組織「華人禦侮會」。

一月十八日，日本由其駐華公使日置益密向袁世凱提出吞併中國之二十一條要求（共五號）。至二月二日，中日兩方開始談判。時袁世凱頗有意以承諾二十一條作爲日本政府贊助其帝制運動之條件。當二月廿五日法報刊載日本所提二十一條的消息後，先生卽與李煜瀛及巴黎留學界人士譚仲逵、李聖章等人組織「華人禦侮會」，親擬章程，以「憑藉己力，不倚賴政府，不倚賴軍隊，濟度同胞，排除外侮」爲宗旨。（註二）

是日　函復吳敬恆告以近況，並研商「禦侮會」之宗旨及如何向南洋各地籌措經費等事宜。（註三）

四月廿七日　復蔣維喬函，係答蔣三月二十日所提有關譯著書稿事。（註四）

六月十五日　致吳敬恆函，謂汪兆銘來信對中日交涉結束後之情形，仍抱悲觀。（註五）

六月　與李煜瀛等在法國組織「勤工儉學會」，以「勤於工作，儉以求學」爲宗旨。

留法勤工儉學，溯源「蘇報」案發後，吳敬恆自上海至英國倫敦，實行儉學，後至巴黎與李煜瀛同住，仍實行節儉生活，是爲儉學會之張本。嗣後，先生到德游學，亦實行儉學，李因在巴黎開設一家豆腐工廠，設立「以工兼學」，以學生作工，工資所得卽以求學，「每晚及休工之時，皆從事於中法文及普通科學之講習，煙酒賭博之風，爲之絕無。」廠中工人參加者由三十人增至百餘人。

爲鼓勵並幫助青年赴法求學，民國元年，先生與李煜瀛、汪兆銘、吳敬恆、張繼、張靜江、褚民誼、齊竺山等人發起「留法儉學會」。緣起云：「改良社會，首重教育。欲輸世界文明於國內，必以留學泰西爲要圖。惟西國學費，宿稱耗大，其事至難普及。曾經同志籌思，擬興苦學之風，廣闢留歐學界。今共和初立，欲造新社會、新國民，更非留學莫濟。」並於四月間在北京設立留法預備學校，預備法文數月，卽行赴法。其宗旨爲以納最儉之費用，求達留學之目的。時先生爲教育總長，積極提倡，並由部撥安定門內大方家胡同路北順天高等學堂舊址爲校舍。自民國元年至二年，一年之間，入會入校而赴法者，不下八十餘人，其他抱儉學宗旨，或留學，或居家，自由滙集者，亦不下四十餘人。是年，先生與李煜瀛、汪兆銘等，以豆腐工廠工人中之有求學者，乃組織「勤工儉學會」，以「勤於作工、儉以求學」爲目的。

先生在「勤工儉學傳序」中記其成立經過及緣由云：「昔者李石曾、齊竺山諸君之創設豆腐公司於巴黎也，設爲以工兼學之制；試之有效，乃提倡儉學會。儉學會者，專持以儉求學之主義者也。而其中有並實於儉學之資者，乃兼工以濟學。其與豆腐公司諸君，雖有偏重於學及偏重於工之殊，而其爲工學兼營則一也。繼豆腐公司而起者，有地浹泊（人造絲）廠諸君。人數漸增，範圍漸廣。於是李廣安、張秀波、齊雲卿諸君，按實定名，而有勤工儉學會之組織。由此『勤於工作』，而『儉以求學』之主義，益確實而昭彰矣。」（註六）

六月　復任鴻雋函。

先生於此復函中贊佩其在美發行「科學」雜誌，並謂「弟等在此，常以促進教育、改良社會之責任互相策勉，去年，曾有發行『學風』雜誌之議，其內容即以科學、美術爲中堅，第一期屬草甫竣，而歐戰發端，迄今尚未付印。出版以後，當與貴處之雜誌互相應求也。」

（註七）

秋　致張繼函。

與吳敬恆、李煜瀛、汪兆銘一同具名致函。略謂：「別後奉書，知足下已安抵北美，良慰。世界編譯社之發起，前曾面，極荷贊成，頃社章、演說詞及學風叢書概要，均已印成。上海及南洋各方面，已由汪兆銘擔任集款，惟不及赴新大陸。弟等又以事未克啓行，敬推足下爲本社代表，在美洲諸同志中籌集經費，一切辦法，悉具簡章，先寄奉若干份，尚有英文

譯本，當由南洋逕寄該處。」（註八）
八月十三日　復蔣維喬函。
謝其贈書「廢止朝食論」，並答詢歸期未定。並謂：「將來如弟果歸，則必不投身政治之漩渦，而專在社會間效力，當如公言。」（註九）
八月　與吳敬恆等發起組織「編譯館」。
先生與吳敬恆、李煜瀛、汪兆銘等四人，又發起組織「編譯館」，編譯書籍。時先生與吳、李留歐，爲編譯之預備；汪則赴上海及各處，籌集經費。該社目的，純爲公益。將來書籍發行之收入，皆歸本社，作爲維持發展之用。發起者與樂助者，皆視爲義務，非視爲營利，故用募款方式以籌集經費。俟集款至五萬元以上，貳拾萬元以下，擬先設編輯部。編輯部設在巴黎，印刷、發行則委託上海大書局爲之。（註一〇）
十月三十日　爲李煜瀛所撰「勤工儉學傳」作序。
該序文結語云：「李石曾君又有見於勤工儉學會之舉，由來已久，而其間著名之學者，各具有複雜之歷史，不朽之精神，類皆足以資吾人之則效，而鼓吾人之興會。爰採取而演述之，以爲勤工儉學傳，月刊一册，華法對照，俾讀者於修養德性之餘，兼得研尋文字之益。其所演述，又不僅據事直書，而且於心跡醇疵之間，觀察異同之點，悉之以至新至正之宗旨疏通而證明之，使勤工儉學之本義，昭然若揭、日月而行，而不致有歧途之誤，意至善也。余既讀其所述樊克林、敷來爾、盧梭諸傳，甚贊同之，因以所見述勤工儉學會之緣起及其主義，以爲之序。」（註一一）

十二月五日　陳其美等在上海策動肇和軍艦起義，因應瑞、通濟兩艦官兵爲袁世凱重金收買，砲轟肇和，遂告失敗，陳可鈞等人殉難。

十二月十二日　袁世凱假造民意，允僭帝位。

十二月廿五日　蔡鍔、李烈鈞、唐繼堯雲南起義，成立護國軍，分路討袁。

十二月卅一日　袁世凱令改明年爲「洪憲」元年，改總統府爲新華宮，改國號爲中華帝國。

是年　與李煜瀛等組織「互助社」並撰寫「徵款啓」通告。

先生等鑒於自費留法同學生活艱困，特發起「互助會」，並手撰「徵款啓」，勉留法學界推食解衣，以挹注無力之同學。（註一二）

是年　與李煜瀛、吳敬恆等組織「世界社」，並起草「緣起」及「簡章」。

民國元年，李煜瀛在上海發起「世界社」，是年，李與先生及吳敬恆在法國又成立「世界社」，由先生起草「緣起」，印出時又將「緣起」兩字改爲「意趣」。

是年　撰「一九〇〇年以來世界教育之進步」一文。

是年，巴拿馬舉行萬國教育會議，先生在法國受北京教育部委託，草擬我國向該會議提出的問題，分爲兩部份：㈺大會的問題，㈻分會的問題；全題曰「一九〇〇年以來世界教育之進步」。先生起草全文前先擬要點，脫稿後又刪去「世界」二字，原擬「教育行政」、「教員之共同組織」與「職業及應用美術教育」等項亦未列入。手稿要點如下：

實驗教育學　法國屏廈教員會。

教育行政　宜漸脫教會及政府之管理，而遞於教育團體。

鄉村教育　優於城市之點頗多，補救其孤陋之弊。

中等教育　宜分別普通與專門二種，前者專爲較高之普通，後者屬於職業。其爲高等教育預備者，宜附設於高等教育之機關。

教育之高尚理想　適當之宇宙觀及人生觀。將來之文化。獨立不倚（不爲教會或政黨所牽帥）。安貧樂道，遁世無悶。教員人格與生徒之影響。

右通會。（按：意爲前面的部份是向大會提出的，而後面的則是向分組會提出的。）

教員之共同組織。

幼稚園教育　三年以後。一年以後。胎教。孕婦別居。一年以內撫子者之別居。

體育　獎勵之害。競技之害。

初等教育　近世之趨勢，在實利主義，然不可不濟以世界觀及美感之教育。以人為本位，不得以社會之需用而強人以就之（如屬地同化主義、軍國民主義等）。以完全之人格為本位，不得以動物通性限之。以世界人類平等之眼光為標準，不得以教宗、門第、階級等區別之。

職業及應用美術教育　普通之教育，大別為工作者與管理者二類。（註一三）

註一：拙編「蔡元培先生全集」頁一三一四。
註二：先生手稿。高平叔編「蔡元培全集」卷二。
註三：先生手札。
註四：同上。
註五：同上。
註六：拙編「蔡元培先生全集」頁九三〇。
註七：先生「手稿」。高平叔編「蔡元培全集」卷二。
註八：同上。
註九：先生「手札」。
註一〇：「吳稚暉先生全集」卷二，頁一六三。
註一一：同註六。

註一二：先生「手稿」。高平叔編「蔡元培全集」卷二。

註一三：先生「手稿」及世界社印「旅歐教育運動」。

五十歲　民國五年　一九一六　丙辰

袁世凱背叛民國，改元「洪憲」，三月廿二日被迫取銷帝制。翌日，廢止年號，六月六日羞憤而卒。

三月廿九日　發起籌組「華法教育會」，被推爲會長，講演「華法教育會之意趣」。

先生與李煜瀛、汪兆銘等聯同法國學者、名流發起組織「華法教育會」，以「發展中法兩國之交通，尤重以法國科學與精神之教育，圖中國道德、智識、經濟之發展」爲宗旨，是日在巴黎「自由教育會」會所舉行發起會，推選先生與歐樂（法）爲會長，汪兆銘、穆岱（法）爲副會長，李煜瀛、李麟玉（聖章）、貝納（法）、法露（法）爲書記，吳玉章、宜士（法）爲會計。由先生講述「華法教育會之意趣」。（註一）

至六月廿六日，華法教育會舉行成立會，會所設在巴黎8, Rue Bugeaud，其組織目的有四：一曰擴張國民教育，二曰輸入世界文明，三曰闡揚先儒哲理，四曰發展國民經濟。（註二）

四月　爲「華法教育會」致國內各省行政機關函。（據世界社編印「旅歐教育運動」）（註三）。爲「華法教育會」撰「致各地勸學所及小學校函」（註四）。

四月三日 華法教育會爲開設「華工學校」，招收師資班，是日開學，先生親自考驗學生，並爲該班編撰講義並講授，作爲轉授華工之準備。

華法教育會爲籌備廣設「華工學校」，以推廣在法華工之教育，招考華工學校教師，錄取二十四人，開設師資班，是日開學，由先生考驗新生，並爲該班編撰德育、智育講義，名曰「華工學校講義」，親自講授，以供轉授華工之用。八月起，在「旅歐雜誌」連續發表，越二年，在法印成專書，後北京大學新潮社輯入「蔡孑民先生言行錄」下册，作爲附錄。此後全國中等學校國文教科書亦選錄其中若干篇，如「舍己爲群」、「理信與迷信」、「責己重而責人輕」、「文明與奢侈」等作爲課文。政府遷臺後，國立臺灣大學中文系採其中之「德育講義」三十篇作爲全校大一國文之補充教材，並加簡釋；筆者曾就簡釋引註原文，學者稱便。此實爲先生對今日青年最具體之貢獻。

蓋歐戰開始後，我國亦爲參戰國之一，無力派遣軍隊，僅允派遣工人，助後方工作，此時來到法國者數千人。先生「自寫年譜」云：「李君（石曾）爲使工人便於工餘就學起見，特編一種成人教育的教科書；派給我編的，是關於行爲方面的，與關於美術方面的。」計德育三十篇，智育十篇。（註五）

五月十八日 陳其美（英士）在滬被袁世凱遣人刺殺殉國。

前滬軍都督陳其美（英士）因在滬積極討袁，袁世凱深嫉之，乃以巨資募人於是日下午刺殺於上海薩坡路十四號寓所，時年四十歲。先生於翌年陳之靈櫬歸葬時，於上海蘇州集義公所致祭並輓以：「軼事足徵，可補游俠、貨殖兩傳。前賢無愧，定是子房、魯連一流。」以表哀悼。（註六）先生與英士先生相交至篤，深儀其爲人，曾作英士殉國紀念報告。（註七）

六月六日 袁世凱羞忿而卒。

袁世凱竊國以來，外受列強警告，內遭西南各省申討，衆叛親離，心勞力絀，忿懣過度，羞憤成疾，遂致夙恙猝發，是日上午十時暴斃於北京新華宮中。

六月七日 黎元洪以副總統繼任總統。

袁世凱爲圖挽回局面，曾明令撤銷帝制。袁死之次日始發喪，黎元洪依法以副總統繼任總統。

六月廿九日 黎任命段祺瑞爲國務總理，西南護國軍亦宣告結束。

七月十二日 范源濂就任教育總長。

八月 所撰「賴斐爾」在上海「東方雜誌」中發表。

先生在法期間準備編撰「歐洲美術小史」，本月完成其中「賴斐爾」一章，本月起在上海「東方雜誌」第十三卷第八號及第九號連續發表。並附圖十餘幅，不甚清晰。後爲商務印書館輯爲「東方文庫」第六十八種，名爲「藝術談概」。「歐洲美術小史」僅撰成此一章，未能全部完成，爲可惜也。

此時，先生計畫編撰之「歐洲美術叢述」，亦僅完成其中「康德美術學」一篇。該文原稿鉛印校樣（四號字）經先生用毛筆紅墨水校對改正。但迄未印行。

八月十五日　「旅歐雜誌」半月刊在法國都爾斯創刊，由先生主編，所撰「華工學校講義」四十篇，連續刊出，並撰「文明之消化」一文，在創刊號上發表。（註八）

九月一日　范源濂致電先生，敦促歸國任北京大學校長。

是日，先生接北京政府教育總長范源濂電，敦請回國任北京大學校長。由外交部轉來電文云：「轉蔡鶴卿先生鑒：國事漸平，教育宜急。現以首都最高學府，尤賴　大賢主宰，師表群倫。海內人士，咸深景仰。用特專電敦請我公擔任北京大學校長一席，務祈鑒允，早日歸國，以慰瞻望，啓行在卽，先祈電告。范源濂。宥。印。外交部代。」（註九）

九月十五日　撰「對於送舊迎新二圖之感想」一文，刊於「旅歐雜誌」第三期，係對袁死黎繼抒其感想。

此時，褚民誼選取袁世凱歸櫬、黎元洪繼任總統之兩圖，題爲「官僚之送舊」與「國民之迎新」，而各繫之以短評，刊諸「旅歐雜誌」。先生亦撰「對於送舊迎新二圖之感想」一文，抒其感想。略云：「袁氏之爲人，蓋棺論定，似可無事苛求。雖然，袁氏之罪惡，非特個人之罪惡也。彼實代表吾國三種之舊社會：曰官僚，曰學究，曰方士。畏強抑弱，假公濟私，口蜜腹劍，窮侈極欲，所以表官僚之黑暗也；天壇祀帝，小學讀經，復冕旒之飾，行拜跪之儀，所以表學究之頑舊也；武廟宣誓，教院祇禱，相士貢諛，神方治疾，所以表方士之迂怪也。今袁氏去矣，而此三社會之流毒，果隨之以俱去乎？」（註一〇）

九月廿三日　致夫人黃仲玉函，告以船期。

是日夜，先生修書致夫人云：「仲玉吾弟：今晨發一信……船票已買得，船須十月初二日午後開。船未開時，船上不能住宿。開船前兩點鐘始准上船。我等可於三十日赴波爾多。初一赴馬賽，住客棧一夜。初二日之午前，赴警署。搬行李，尚從容也。三兒均安。培啓。」（註一一）

秋　與李煜瀛、汪兆銘聯名致國內有關人士函。並各附贈「旅歐教育運動」一書。

先生等與法國教育界名流在巴黎組織「華法教育會」後，與李煜瀛、汪兆銘聯名致函國內有關人士，請協助發展會務。函係由汪繕寫，影印後廣寄國內人士，並附贈「旅歐教育運動」各一冊。（註一二）

致唐繼堯、唐紹儀、張元濟、范源濂等函。

華法教育會成立後，爲推展會務，推聘國內唐繼堯、唐紹儀、張元濟、范源濂等爲名譽會員，先生撰「致所推名譽會員函」，對唐紹儀等深致欽遲，並謂：唐蓂賡「執事發揚義勇，保障共和。」唐少川「執事淹通西學，提倡共和。」張菊生「執事前任中央教育會會長，於革新教育諸問題，多所擘畫。十年以來，主持編輯所，鑒定各種教科書，風行全國。」范靜生「執事主持教育救國，亙二十年，嘗有以普及教育規定於憲法之議，近年總編輯之務，所鑒定各種教科書，風行全國。」……「培謹偕華法各評議員公推執事爲本會名譽會員，以資全體會員之矜式。」（註一三）

致教育部函。告以在法同志積年從事華工教育之情形，並附寄「華法教育會」之章程，中法文各一份，「旅歐教育運動」書一冊，請鼎力玉成。（註一四）

與李煜瀛在法合著「譯名表」，分析新舊譯名法之缺點，爲劃一起見，特創「推求原字」之新法，供國人採擇。（註一五）

九月廿五日　國會非常會議在廣州舉行。

十月二日　自法啓程返國。

十月卅一日　黃興病逝滬濱，享年四十三歲。

黃興（克強）旅美時，即數患嘔血之症。本年五月九日，由美抵日，發表討袁宣言，促其悔過引退。七月八日，由日歸國抵滬，夙疾時作。至十月十日，病情突轉惡，吐血數盂，延至本日溘然長逝，享年僅四十三歲。翌日，國父通告海內外各支分部報喪，並與先生及唐紹儀、柏文蔚、李烈鈞、譚人鳳等聯名代爲主持喪務。十二月廿一日開弔，民國六年四月十五日歸葬湖南嶽麓山。國父曾請先生爲黃興撰寫墓碑，先生覆函略謂：「前奉惠示，催撰黃克強先生墓碑，以未有行狀，恐敍事多所罣漏，曾託章行嚴兄代爲覓取，至今未得，遂尚不能報命，已託人向湘省覓寄。頃又奉電催，而湘友尚未寄來；如尊處有克強先生行述（家傳、哀啓、或墓誌銘稿均可），請賜寄一份，當即屬草。」（註一六）

十一月七日　蔡鍔病卒東京，年三十五歲。

十一月八日　返國抵上海，參觀各學校，旋赴杭州，再返紹興故里。

十一月廿六日　應浙江省第五師範學校及紹興各界歡迎大會演說。

先生自歐返國，此時返回紹興故里。是日上午應浙江省第五師範學校之邀，發表演講；略謂「師校教師及師範生應注意身教，重視科學與美術。」下午，向紹興與各界人士歡迎會發表演說，「希望紹興能改善交通及建設，注意衛生，舉辦各種事業時，宜樹立共同進行（而不是各別進行）之觀念」云。（註一七）

十二月十一日　應邀至江蘇省教育會演講「中國教育界之恐慌及救濟方法」。

是日下午四時，先生應江蘇省教育會之邀，到該會演講。首由副會長黃炎培致詞介紹，繼由先生演說，略謂：「此次回國，由滬而杭而紹，一般議論，以畢業生無出路爲辭。」謂高等小學畢業生，升學機會甚少，出路成問題。造成教育界的恐慌，其原因先生以爲：「㈠高等教育之機會太少，中學之畢業生少升學職業學校。㈡中學畢業生不能在社會盡其職務，國小學生能力不足，由於無相當之職業故。㈢道德不完全，實由於無責任心之故。」救濟的方法，除由政府主持多設高等教育機關外，必須以發展職業教育入手，並在普通教育中加入職業教育；職業學校應視社會各種事業之需要，分設各科教授之，以廣開門路。而提倡道德，當與職業教育並重。提倡道德的方法，先生以爲「孔子之言，至爲可法，如己所不欲，勿施於人；己欲立而立人，己欲達而達人；意義卽極切要。至道德之實行，要在知行合一，並宜注重美育，發展人格，以提高學生的道德修養。」（註一八）

十二月　應上海愛國女學校邀發表演說，勉師生養成完全之人格。

愛國女校爲先生所創設，先生此次返國，應邀再度蒞校發表演說，闡述養成完全之人格之重要，而德育爲本，若無德，雖則體魄、智力發達，適足助其爲惡，無益也。（註一九）

十二月　滯留上海，與友人商北上就任北京大學校長事。

先生「到上海後，多數友人均勸不可就職，說北大腐敗，恐整頓不了；也有少數勸駕的，說腐敗的總要有人去整頓，不妨試一試。」（註二〇）國父孫中山先生竭力主張其前往就職，認爲有利於向北方傳播革命思想。先生自己也認爲大學校長並非做官，遂決定北上就北大校長職。（註二一）

十二月廿六日　黎元洪正式任命先生爲國立北京大學校長。

是日　先生已到達北京，時「信教自由會」在北京中央公園開會，討論「國教問題」，先生應邀於會中發表演說。對有人「請定孔教爲國教」一事表示不同意見。（註二二）

十二月廿七日　應北京通俗教育研究會邀請，發表演說。闡述小說、講演、戲劇、電影與通俗教育之關係。他如美術館、博物院、展覽會、科學器械陳列等，均足增進智德，宜設法提倡，則獲益非淺云。（註二三）

十二月　應北京政學會邀請，於歡迎會上發表講演「我之歐戰觀」。先生到北京後，政學會特開歡迎會，請其報告歐戰情況。先就久戰之原因，科學之發達，國民之道德、宗教與戰爭，知之作用，德法兩國之國民性、帝國主義與人道主義等方面，講述其旅歐及對歐戰之觀感。（註二四）

註一：摭編「蔡元培先生全集」頁七〇八。

註二：「李石曾先生煜瀛年譜」頁三二。
註三：世界社編印「旅歐教育運動」。
註四：同上。
註五：同註一，頁一九〇。
註六：何仲簫編「陳英士先生紀念集」卷五，頁四四。
註七：同註一，頁八五五—八五七。
註八：同上，頁六四三。
註九：駐法公使館抄送原電文。
註一〇：「旅歐雜誌」第三期。
註一一：先生手札。
註一二：汪兆銘抄寫之影印函件。
註一三：先生手稿。
註一四：同上。
註一五：世界社編印之「旅歐教育運動」。
註一六：先生手稿。
註一七：民國五年十一月廿八、廿九日「越鐸日報」。
註一八：「蔡孑民之教育救濟談」，民國五年十二月十二日及二十、廿二日上海「時報」。原題爲「記蔡子民先生演說詞」，經先生用毛筆改爲「教育界之恐慌及其救濟方法」，並簽名於題目之下。
註一九：載民國六年一月「東方雜誌」第十四卷第一號。拙編「蔡元培先生全集」頁七一四。
註二〇：先生「自寫年譜」手稿。高平叔「蔡元培全集」卷二。
註二一：羅家倫「蔡元培先生與北京大學」。
註二二：民國六年三月「東方雜誌」第十四卷第三號。拙編「蔡元培先生全集」頁七二四。
註二三：民國六年四月「東方雜誌」第十四卷第四號。同上，「全集」頁七一六。
註二四：民國六年一月「新青年」第二卷第五期，同上，頁七一〇。

五十一歲　民國六年　一九一七　丁巳

一月一日　胡適發表「文學改良芻議」一文於「新青年」雜誌，提倡白話文，旋引起文言與白話之爭。

一月四日　就任北京大學校長職。以陳獨秀、夏元瑮、王建祖、溫宗禹分任文、理、法、工四科學長。

一月九日　北京大學開學，先生演說揭示：「大學爲研究高深學問之機關」。並勉學生以三事：一、研究學問。二、砥礪德行。三、敬愛師友。（註一）

一月九日　張勳再集各省代表於徐州會議，主張修改約法，解散國會，是爲第三次徐州會議

。（註二）

一月十日　李煜瀛（石曾）在法國創刊「華工雜誌」。

一月十八日　覆吳敬恆函，告以着手整頓北京大學，並敦請其任北京大學學監兼授「語言學」。（註三）

一月廿七日　於國立高等學校校務討論會中，提議改革大學學制：主張大學專設文、理二科，其法、醫、農、工、商五科，別爲獨立之大學，並重定大學年限。（註四）

是月　先生着手大力整頓北京大學。揭示「大學生當以研究學術爲天責，不當以大學爲升官發財之階梯。」廣延積學之士任教，循思想自由原則，兼容並包，優良校風於焉蔚立。（註五）規定北京大學教員擔任教科鐘點辦法六條。（註六）籌組中華職業教育社，並撰「中華職業教育社宣言書」一文，鉛印分贈。（註七）

二月十九日　致「新青年」記者函，訂正其在「政學會」及「信教自由會」中未經其過目之報導，以息爭論。（註八）

二月廿一日　國父編著「民權初步」成，自爲序。

三月四日　國務總理段祺瑞主立卽對德國絕交，與黎元洪發生爭執。

三月八日　俄國發生革命，推翻沙皇。（卽二月革命）

三月十四日　北京政府宣布對德絕交。

三月廿九日　參觀清華學校，應邀對高等科學生演講，述其兩種感想：愛國心與人道主義。並寄以三點希望：一曰發達個性，二曰信仰自由，三曰服役社會。（註九）

四月八日　應北京神州學會之邀，發表演說，首創「以美育代替宗教」，內容精闢。謂「宗教皆刺激感情之作用爲之也……鑒於刺激感情之弊，而專尚陶養感情之術，則莫如捨宗教而易以純粹之美育。」（註一〇）

四月十四日　函復國父，爲請寄黃興行述，俾便撰寫墓碑。（註一一）

四月十五日　與吳敬恆、李煜瀛等發起「留法儉學會」，先生手撰「留法儉學會緣起及會約」。（註一二）

四月十八日　李煜瀛發表「移民意見書」於「中華新報」，主張利用歐洲大量招致華工之際，辦理移民事業。提出辦法五項：一、規定招工之條件與合同。二、改良招工之組織。三、工人之選擇。四、到招工國後之教育與組織。五、移民局與招工代理人之費用。（註一三）

四月廿五日　段祺瑞召集各省督軍會議，決定參加歐戰。

四月廿九日　在北京中國大學四週年紀念會上演說；謂人生可分三時期：預備時期、工作時期與休息時期；卽少年欠債時期，中年還債時期，老年苟有能力，亦可半息。最後勉全校師生應發揚兩種特性：堅忍心與義務心（卽責任心）。（註一四）

四月 停聘學術標準不合在大學任教之外國教師多名。並決定暑假後廢止獨立的三年制舊預科，另於文、理、法三科附設二年制預科。（註一五）

五月一日 致「新青年」記者函，介紹丙辰學社發行之「學藝」雜誌，稱許其提倡科學兼及美術。（註一六）

是日 致許崇清君函，釋孔子非宗教家，並以「孔教」爲不辭。（註一七）

五月一日 國務會議決定對德宣戰。

五月八日 梁啓超發表「外交方針質言」，主張對奥宣戰。（註一八）

五月九日 爲林語堂所著「漢字索引制」撰寫序文，推許其簡易明白，與西文之用字母相等。刊於「新青年」第四卷第二號。（註一九）

五月十日 段祺瑞嗾使「公民團」脅迫國會通過對德宣戰案，議員憤而停止議事。

五月十三日 爲陳其美逝世一周年，撰聯輓之。（註二〇）

浙滬依然，革故鼎新，先烈庶其瞑目；

袁馮安在？流芳遺臭，國民自有定評。

五月十四日　復教育部函，爲說明辭退英籍教員之故。（註二一）

五月廿三日　應邀赴天津南開大學於歡迎會上講述德、智、體三育之重要，尤強調「有健全之身體，始有健全之精神。若身體柔弱，則思想、精神何由發達？」同日，在該校「敬業」、「勵學」、「演說」三會聯合講演會講述「思想自由」問題。以「一己之學說，不得束縛他人；而他人之學說，亦不束縛一己。誠如是，則科學、社會學等，均將任吾人自由討論矣。」（註二二）

五月廿七日　在北京留法儉學會預備學校開學式上講演，說明創設儉學會之意旨。（註二三）

五月廿九日　督軍團叛變，安徽省長倪嗣冲首先宣布獨立。奉、陝、豫、浙、魯、直、閩諸省督軍相繼宣告脫離中央，黑、吉、晉省督軍旋亦響應。紛紛通電宣布獨立，反對黎元洪，主張解散國會；軍閥干政之氣燄，至此益張。

是月　撰「輓李蔚然聯跋」，哀天馬、漢龍兩關被英人所佔。（註二四）

文曰：「君先世都指揮僉事，從永曆帝奔緬甸，歸老曲石。光緒朝，割緬甸畀英吉利，□得天馬、漢龍兩關屬中土左證，陳請大吏力爭，不用。宣統三年八月，武昌兵起，君子根源應於昆明，始雪亡明之辱，而天馬、漢龍兩關終不我有矣。」

聯曰：「義旅起昆明，九世復仇原不忝；強鄰逼緬甸，重關資敵有遺哀。」

五月卅一日　衆議院改選吳景濂任議長。

六月一日　黎元洪召安徽督軍張勳來京，共商國是。

六月七日　復外交部函，附英文「北京日報」辨正文，謂：有關教員之延聘及辭退，純以教科爲標準，並照合同（聘約）辦理。（註二五）

六月八日　張勳自徐州率所部辮子兵五千人至天津，電黎元洪速解散國會，否則不負調停責任。

六月十二日　黎元洪徇張勳之請，下令解散國會。

六月十四日　張勳到北京。

六月十八日　改北京大學之商科爲商業門，隸於法科，不再招生。

六月十九日　國父發表「實業計畫」中之第一計畫（英文），嗣由同志數人合譯爲中文，分別寄送各國富商，冀其投資中國，參與新中國之開發。

六月廿六日　國史館併入北京大學文科，改爲「國史編纂處」。由先生兼任處長，並訂定簡章十五條。（註二六）

七月一日　安徽督軍張勳擁清廢帝溥儀復辟，北京秩序大亂，先生與李石曾等避居法國北京飯店。翌晨離京赴天津，賃屋居住。（註二七）

七月二日　致黎元洪函。以北京空氣之惡，不能回京，請辭北大校長職。（註二八）

七月四日　美國參加歐戰。

七月六日　在「浙江旅津公學」休業式中講演，謂新教育以德、智、體三育並重。（註二九）

是日　馮國璋在南京宣布就代理大總統職務。

七月八日　得馮國璋電，告以代理總統，並述請教之意。其電係致上海孫中山、唐紹儀，天津梁啓超、熊希齡、范源濂、蔡元培，南通張謇等人者。（註三〇）

七月九日　復馮國璋快郵代電，謂願「代總統於開宗明義之章，爲懲前毖後之計，從速依法召開國會……勵行法治，以杜亂源。」（註三一）

七月十二日　段祺瑞之「討逆軍」收復北京，張勳逃入荷蘭駐京使館，「復辟」怪劇落幕。

自復辟亂作，黎氏避位；段氏「馬廠誓師」，是日收復北京，以爲「再造民國」，不再恢復國會，自任執政，黎氏通電不再與聞國政。

七月十四日　黎元洪辭總統職。段祺瑞復任國務總理。

七月十五日　撰「教育工會宣言書」，謂人以適當之勤勁，運用其熟練之技能，而生效果確有裨益於人類者，皆謂之工。（註三二）

七月十七日　國父自汕頭抵廣州，籌組護法政府。

是日　唐繼堯通電不承認段祺瑞之國務總理。

七月十八日　爲田杏邨所編「醫學叢書」撰寫序文，稱讚其糅新舊醫學之精華，足以傳後。（註三三）

是日　國會議員發表宣言，將在廣州開非常會議。

七月二十日　北京大學教職員公呈教育部挽留蔡校長。並函先生堅請回校。廿一日教育部又函促回校，遂於「廿三日九時二十分赴北京，十二時三十分卽至大學。」（註三四）

七月廿一日　程璧光發表宣言，響應國父護法號召，率艦隊南下。唐紹儀、汪兆銘偕行。

七月卅一日　國父在廣州告新聞界，解決時局最美最易之法，則在召集舊國會。

七月　覆華法教育會會長歐樂電文。（註三五）

是月　撰「輓陳介石聯」。（註三六）

文曰：「數故鄉人物渺然，若志三，若仲容，若平子，死別經年，而今又弱一個。得天下英才而教，在杭州，在廣東，在北京，師承作紀，相期共有千秋。」

（陳介石，名瑞安，浙江紹興人，介石其號。「瑞安先生哀輓錄」又名「陳介石先生哀輓錄」，浙甌務本公司一九一七年石印本。）

八月一日　馮國璋至北京就代理大總統職。（註三七）

是日　所撰「大學改制之事實及理由」一文，在同期「新青年」雜誌上發表。係先生以北京大學名義於本年一月廿七日國立高等學校校務討論會所提之議案，經通過後，再由教育部通令實施。（註三八）

八月五日　程璧光率海軍艦隊抵黃埔，護法聲勢大振。

八月十一日　雲南督軍唐繼堯通電護法。

八月十四日　北京政府對德、奧宣戰。

八月十七日　北京大學理科學長夏元瑮，以本科事繁，不能兼工科事，以工科教員溫宗禹代理工科學長。先生以便條交文牘課職員周同煌，據以撰擬呈文報教育部核備。（註三九）

八月十九日　國父在粵與國會議員百三十餘人商談召開非常會議及組織政府問題。

八月廿五日　國會非常會議在廣州舉行。

八月卅一日　國會非常會議通過公布「中華民國軍政府組織大綱」。

九月一日　非常國會選舉國父為軍政府海陸軍大元帥。

九月十日　國父就大元帥職，宣言戡定內亂，恢復約法。旋任命各部總長：外交伍廷芳、內政孫洪伊、財政唐紹儀、交通胡漢民、陸軍張開儒、海軍程璧光，並任章炳麟為秘書長、許崇智為參軍長、李烈鈞為參謀總長。

九月十四日　撰「讀壽夫人事略有感」。（註四〇）

九月廿二日　國會非常會議議決對德宣戰。廿六日，軍政府布告對德宣戰。

九月廿九日　北京政府籌備國會選舉事宜，並令各省選派參議員，到京組臨時參議院。國父通電反對北京政府重組參議院。

九月　在歐所撰「石頭記索隱」，由上海商務印書館出版單行本。以「石頭記」為清康熙朝之政治小說，謂作者持民族主義。蓋弔明之亡，揭清之失，而於漢人仕清者，寓痛惜之意。為慮觸文網，又欲別開徯徑，特於本事之上，加以數層幃幕，使讀者有「橫看成嶺側成峰」之狀況。（註四一）

十月三日　國父通電反對北京政府重組參議院。

十月六日　護法戰爭在湘南開始。

十月十日　全國教育會議在浙江開會。廿六日結束。由浙江教育會長經亨頤主席，討論女子教育、職業教育等問題。

十月十五日　北京大學採用學分單位制。

是日　北京教育部召開全國實業學校校長會議。

十一月七日　俄共執政，成立蘇維埃政府（俄曆十月廿五日，故稱十月革命）。

十一月十日　北京臨時參議院開會。

自南北分裂，北京政府下令對南用兵，一面命令各省區長官遣參議員另組參議院，補充約法上之立法機關。是日，臨時參議院舉行開幕，總統馮國璋及國務員均到會，由段祺瑞致頌詞。十四日，互選王揖唐為議長。

十一月十四日　湖南北軍將領王汝賢等電請南北停戰。

十一月十六日　北京大學日刊創刊。（註四二）

十一月十八日　直系督軍曹錕、李純、王占元等通電主南北撤兵，國父通電全國，堅持以恢復約法及舊國會為和議條件。

十一月廿二日　國務總理段祺瑞辭職照准。三十日，北京政府任王士珍署國務總理。

十二月三日　皖系督軍倪嗣冲、張懷芝等與曹錕連結，召省督軍在天津會議，決議主戰，要求馮國璋下令討伐南方。

十二月九日　陸榮廷等背叛護法軍政府，與馮國璋暗中接洽通電主和。

十二月十八日　段祺瑞任督辦參戰事務。

十二月廿五日　馮國璋布告弭戰。

十二月十七日　在北京大學二十周年紀念會上講演，說明改組之原因。教育總長范源濂亦應邀參加並講演。

十二月卅一日 曹錕、張懷芝等十督軍通電反對恢復舊國會，主以臨時參議會代行國會職權。

是日 撰「爲組織學術講演會呈教育部文」。（註四三）

十二月 北京孔德學校創校，被推兼任校長。（註四四）

是年 撰「法文高等專修館章程」及工業科簡章。（註四五）

註一：抽編「蔡元培先生全集」，頁七二一至七二三。
註二：中國國民黨九十年大事年表。（黨史會編）
註三：同註一，頁一〇六三。
註四：「中華民國史事紀要」初稿，民國六年一至十二月份，頁五七。
註五：「蔡元培自述」。
註六：孫德中撰「蔡元培先生重要事略繫年記」。
註七：「中華職業教育社宣言書」鉛印本，民國六年一月該社成立時發佈。
註八：「新青年」雜誌第三卷第一號，民國六年三月。抽編「蔡元培先生全集」頁一〇七一。
註九：同上，頁七二五至七二八。
註一〇：同上，頁七二九至七三四。
註一一：同上，頁一〇七六。

註一二：「東方雜誌」第十四卷第四號。
註一三：「中華民國史事紀要」初稿，民國六年一至十二月份，頁二六六至二六九。
註一四：拙編「蔡元培先生全集」，頁七二八至七二九。
註一五：蔡元培「我在北京大學之經歷」，拙編「蔡元培先生全集」頁六二九。
註一六：「中華民國史事紀要」初稿，民國六年一至十二月份，頁五七。
註一七：拙編「蔡元培先生全集」頁一〇七四。
註一八：「中華民國史事紀要」初稿，民國六年一至十二月份，頁三二一。
註一九：蔡元培手稿，見高平叔編「蔡元培全集」卷三。
註二〇：何仲簫編「陳英士先生紀念全集」。
註二一：蔡元培手稿，見高平叔編「蔡元培全集」卷三。
註二二：據南開「校風」第六十七期，「敬業學報」第六期。同上。
註二三：拙編「蔡元培先生全集」頁七三四至七三六。
註二四：蔡元培手稿，見高平叔編「蔡元培全集」卷三。
註二五：同上。
註二六：「中華民國史事紀要」初稿，民國六年一月至十二月份，頁四六五、四六七。
註二七：「民國李石曾先生煜瀛年譜」，頁三二，臺灣商務印書館。
註二八：蔡元培手稿，見高平叔編「蔡元培全集」卷三。

註二九：民國六年七月十四日天津「大公報」。
註三〇：蔡元培「雜記」手稿，見高平叔編「蔡元培全集」卷三。
註三一：蔡元培手稿，同上。
註三二：同上。
註三三：同上。
註三四：蔡元培「雜記」手稿，見高平叔「蔡元培年譜」。
註三五：法國駐京公使館抄送電報譯文。見高平叔「蔡元培全集」卷三。
註三六：「陳介石先生哀輓錄」石印本。同上。
註三七：中國國民黨九十年大事年表。
註三八：拙編「蔡元培先生全集」，頁四六四。
註三九：蔡元培手稿，見高平叔「蔡元培全集」卷三。
註四〇：同上。
註四一：蔡元培「雜記」手稿，見高平叔「蔡元培年譜」。
註四二：孫德中「蔡元培孑民先生重要事略繫年記」。
註四三：拙編「蔡元培先生全集」頁七三六。
註四四：先生向高平叔口述。
註四五：法文高等專修館章程油印本。見註四二。

五十二歲　民國七年　一九一八　戊午

一月五日　遊保定，應育德學校、省立第六中學之邀，發表演講。述德育之重要，主張中國之義、恕、仁與法國之自由、平等、友愛融化而光大之；認爲自由非放恣自便，平等非均齊不相繫屬之謂，而友愛實卽孔子所謂「己欲立而立人，己欲達而達人」。先生乘北京大學休假期間，五日早車行，十二時抵保定，卽赴育德中學，午後參觀省立第六中學，演說勉中學生當以科學、美術鑄成人格。晚間在育德學校演說，講詞由孫松齡筆記，「北京大學日刊」翌日刊出全文。（註一）

一月六日　參觀直隸（河北）省公立農業專門學校，演說世界大勢；李石曾演說農業進化與世界進化之關係。午後參觀第二女子師範學校，演說「勤、謹」二字之重要，晚遊保定公園，並商議設立華法教育會支部。（註二）

一月八日　美國總統威爾遜（W. Wilson）宣布將來世界和平十四項原則。

一月十一日　發表「游保定日記」，以闢「民強報」揑造所謂「蔡元培以秘密事件赴保定」之謠言。（註三）

一月十七日　致衛國桓函，商建北大游泳池。（註四）

一月十九日　組織「北京大學進德會」，草擬「北大進德會旨趣書」。分會員爲三種：「甲種會員：不嫖、不賭、不娶妾；乙種會員：於前三戒外，加不作官吏、不作議員二戒；丙種會員：於前五戒外，加不吸煙、不飲酒、不食肉三戒。」於進德會成立後，「當公定罰章，並舉糾察員若干人執行之。」（註五）

一月廿五日　覆陳寶書、李宗裕、査釗忠等諸生請准用校役爲職員函。

北大學生陳寶書、李宗裕、査釗忠等爲校役何以莊勤謹好學，家貧被迫爲校役，函請量才拔調，先生特復一函。（註六）

一月三十日　北京政府對南軍下總攻擊令。

二月一日　撰「徵集全國近世歌謠啓事」，七日復刊布「簡章」，廣徵全國近代民謠。（註七）

二月四日　致陳衡恪函，附學生所擬「畫法研究會簡章」草案請其審定。（註八）

二月五日　撰「介紹指頭書法家張鑒啓事」一則，刊於「北京大學日刊」。（註九）

二月八日　撰「植物學大辭典序」。

謂：「專門學術之名詞與術語，孳乳寖多，學者不勝其記憶，勢不得不有資於檢閱之書。既得檢閱之書，又病其簡淺，而不適於用，則檢閱之書又不得不改編。互爲因果，流轉無

已。此學術進步之社會，所以有種種專門之辭典也。」（註一〇）

二月十八日　北京政府教育部核准北京大學國史編纂處擬定之纂輯與編纂略例十二條。（註一一）

是日　撰陳長蘅著「中國人口論」序。（註一二）

二月二十日　與北京九所高等學校校長陳寶泉等發起「學術講演會」，以厚學術研究風氣。先生手撰啓事，說明舉辦學術講演之旨趣，隨後刊登通告講演題目及時間、地點。（註一三）

二月廿二日　奉天督軍張作霖派兵入關。

二月廿六日　軍政府海軍總長程璧光有兼粵督說，遭桂系之忌，購兇手刺殺於廣州海珠碼頭。

二月廿七日　爲桑宣所著「鐵研齋叢書」重印本作序。（註一四）

三月七日　皖系之「安福俱樂部」成立於北京，王揖唐等主之。

三月八日　致陳邦濟、狄福鼎函。告以書法研究會導師之補助，擬仿外國大學先例由會員分擔，每門以一元爲限。（註一五）

三月十五日　北京第一國立美術學校成立及開學，先生應邀發表演說。（註一六）

三月廿二日　爲開設「北大校役夜班」，致北大學生函。（註一七）

三月廿三日　國父通告各友邦，聲明在國會解散後，北京違法政府與各國締結之一切契約、借款均無效。

是日　北京政府段祺瑞復任國務總理。（王士珍准免）

三月廿五日　致北大校役夜班自願任教之教員函。（註一八）

三月廿六日　北京政府教育部公佈「學術審定會」條例第十七條。（註一九）

三月卅一日　汪兆銘電告國父，謂北軍決定南攻。（註二〇）

四月一日　爲「華法教育會叢書」作序，指傳習法語之重要。（註二一）

四月二日　北軍吳佩孚攻佔長沙。

四月十四日　北大校役夜班始學，先生致詞勗勉。指稱：夜課有益於校役者二；並謂「無人不當學，無時不當學。」（註二二）

四月十五日　撰「讀周春嶽君大學改制之商榷」一文。就該文主張增加中學年限，不以大學設預科爲然之論點，申述己見。（註二三）

是日　撰「北大畫法研究會旨趣書」。謂「畫有雅俗之別，所謂雅者，謂志趣高尚，胸襟瀟灑，則落筆自殊凡俗；非謂不循規矩，隨意塗抹，卽足以標異於庸俗也。」（註二四）撰「重印明於越三不朽名賢圖贊序」。（註二五）

是日　胡適在「新青年」發表「建設的文學革命論」。提倡「國語的文學，文學的國語」。（註二六）

四月二十日　北軍攻佔衡山。

四月廿二日　爲潘調侯遺孤勸募子女教育費，手撰啓事一則，由先生與夏元瑮、馮祖荀、徐之杰一同具名。（註二七）

四月廿七日　撰「北京大學二十週年紀念册序」。（註二八）

四月廿八日　留日學生各省同鄉會聯合舉行大會，討論中日交涉問題，反對中日軍事秘約。（註二九）

是月　手撰「北京歐美同學會之工作」五項。（註三〇）

春　撰「孔德學校教務評議會簡則」四條。（註三一）撰「孔德學校教育研究會紀錄」。（註三二）

五月一日　請於美國退回庚款留學名額中增加北大人選，呈教育部。（註三三）

五月二日　蘇曼殊病逝上海廣慈醫院，享年三十五歲。

五月四日　國會非常會議贊成改組軍政府，通過「修正軍政府組織法案」。國父辭大元帥職，除以咨文送交議會，並發表辭職通電，略述軍政府成立以來之顚末。

五月五日　留日學生在東京組成「大中華民國救國團」，反對北京政府與日簽訂「中日共同防敵軍事協定」。（註三四）

五月十一日　爲北大法科建立「苑囿」以作學生遊息之所，特撰募捐啓事一則。（註三五）

五月十六日　北京政府與日本訂立「中日陸軍共同防敵軍事協定」。

五月十八日　廣州國會非常會議通過「修正中華民國軍政府組織大綱」案。改元帥制爲合議制，設七總裁，主席總裁由政務會議推定。嗣後選舉孫文、唐紹儀、伍廷芳、唐繼堯、林葆懌、陸榮廷、岑春煊七人爲總裁，岑春煊爲主席。（註三六）

五月廿一日　國父發布辭大元帥職，臨行通電及留別粵中父老昆弟書，卽偕胡漢民等離廣州赴汕頭，派居正爲軍政府辦理交代委員。

是日　北京大學等校學生二千餘人舉行遊行，請北京政府廢止「中日軍事協定」，並要求宣佈條文。天津、上海、福州各地學生響應，爲次年「五四」愛國運動之先聲。（註三七）

五月廿二日　先生爲學生遊行示威事向總統及教育部呈請辭職。（註三八）

五月廿四日　爲北大進德會選舉評議員、糾察員事致會員函。（註三九）

五月廿九日　北京政府與日本政府簽訂之「中日陸海軍共同防敵軍事協定」，本日互換照會。全國各界反對，輿論亦不斷反映，段祺瑞置之不顧。（註四〇）

五月三十日　在天津中華書局「直隸全省小學會議歡迎會」上演講「新教育與舊教育之歧點」。（註四一）

六月一日　國父離汕頭取道臺北赴日本。日臺灣總督不欲國父與臺胞接觸，於船到之日，卽派員登船謁見國父，隨護至臺北。翌晨，國父卽搭日輪赴日本。

六月四日　爲「中學國文科教授之商榷」一書撰寫序文：指出當時國文教學之通病。在「學者不知其所以然，而泛泛然模仿之；敎者亦不言其所以然，而泛泛然評改之，……奚怪乎中學畢業而國文尚在似通非通之境也。」（註四二）

六月六日　爲北大音樂會代擬章程。並聘請王心葵教授琴瑟等古樂。（註四三）

是日　爲湘省賑災代售北海遊覽劵刊啓事一則。（註四四）

六月十日　法國駐華公使柏卜至北京大學演講，法巴黎時報記者杜伯斯古偕同；由先生致歡迎詞，講演完畢，先生復致謝詞。（註四五）

是日　國父抵日本門司。（翌日抵箱根）

六月廿三日　在北京大學「畫法研究會」休業式上致演說詞。（註四六）

是日　國父自日本返國抵滬。潛心從事著述，啓發國人。

六月廿六日　爲北京大學分科戊午同年錄作序。（註四七）

六月三十日　王光祈等人發起籌組「少年中國學會」。（註四八）

七月五日　改組爲總裁制之軍政府正式成立，國父知改組之旨在議和，非爲護法，故雖被推爲總裁之一，但未親自參加，亦暫不發表意見。（只派徐謙爲駐粵代表）

七月十八日　撰「爲參加西山旅行隊的北大同學自述生活經歷啓」。（註四九）

夏　邀約胡適、沈尹默、劉復等人發起編印「常識叢書」，先生並手訂「常識叢書」編輯會簡章。（註五〇）

夏　爲「孔德學校起草開會通知函」。由北大文牘處抄繕九份，分別寄發。（註五一）

八月三日　爲胡適著「中國古代哲學史大綱」一書撰寫序文。指稱該書之特點有四：一爲證明的方法；二爲扼要的手段；三爲平等的眼光；四爲系統的研究。（註五二）

八月七日　北軍第三師師長吳佩孚電請蘇督李純提倡和平，停止內戰。

八月九日　于右任被推爲陝西靖國軍總司令。

八月十二日　北京臨時參議院閉會，新國會開幕。（段祺瑞安福系議員爲主體所構成之國會，或稱安福國會。）

八月廿一日　北軍第三師師長吳佩孚在衡州通電請罷內戰。（旋自動班師北歸）

八月廿七日　爲北大文科教授兼新聞學研究會主任徐伯軒（寶璜）所著「新聞學」一書撰寫序文。（註五三）

九月四日　北京國會選舉徐世昌爲總統。

九月十二日　爲易宗夔（蔚儒）所著「新世說」作跋。（註五四）

九月二十日　爲民國七年北京大學開學式致演說詞，強調「大學爲純粹研究學問之機關，不可視爲養成資格之所，亦不可視爲販賣知識之所。學者當有研究學問之興趣，尤當養成學問家之人格。」並致慨於「文科學生輕忽自然科學，理科學生輕忽文學、哲學之弊；……望諸生……毋涉專己守殘之習。」語重心長，發人深省。（註五五）

九月廿一日　國父決定在滬靜養，並從事著作。

九月廿二日　爲北大學生李亦軒所著「中國幣制統一論」一書作序。（註五六）

九月廿五日　爲北大教授黃右昌（黼馨）所著「羅馬法」作序。（註五七）

九月廿九日　國父電賀俄國革命成功。

十月八日　對北大學生傅斯年「論哲學門隸屬文科之流弊」之來函，先生親書案語。（註五八）

十月十日　北京政府徐世昌總統就職，宣言和平統一；准段祺瑞辭國務總理，由內務總長錢能訓暫代。

十月十一日　撰「北京大學月刊」徵稿啓事。（註五九）

十月十四日　北京大學新聞學研究會成立，先生發表演說。（註六〇）

是日　全國中學校長會議由北京政府教育部召集在北京舉行，與會者五十九人，至十一月二日結束。

十月十六日　北京新國會三開副總統選舉會，因未足法定人數流會。

十月十八日　在北大「國際研究」演講會上演說「歐戰與哲學」。（註六一）

十月二十日　出席「中法協進會」在北京江西會館舉行之大會，並致開會詞。說明成立該會之宗旨，旋由法駐華公使、梁議長、教育部長等演說。（註六二）

是日　在「國民雜誌社」成立會致詞，說明實業、學術及國民道德三者之重要，而雜誌之發行實以「提倡實業」、「發展學術」、「增進道德」爲目的。（註六三）

十月廿二日　在北京大學畫法研究會發表演說。（註六四）

十月廿三日　與熊希齡、張謇、孫寶琦等發起「和平期成會」，並通電全國。（註六五）

十月廿四日　徐世昌下令停戰，「尊重和平」。

十月三十日　撰「北京大學在專門以上學校校長會議提出之問題」。（註六六）

十一月一日　北京政府教育部召集全國專門學校校長會議。

北京政府教育部為討論專門教育，召集全國專門學校校長會議，本月在京開會。

十一月二日　北京安福國會參衆兩院追認對德宣戰案。（徐世昌咨請新國會同意對德宣戰，本日獲得通過。）

十一月三日　「和平期成會」在北京正式成立，熊希齡與先生被推爲正副會長。（註六七）會中推王鐵珊代表赴廣州面謁國父，先生撰「上總理函」携呈。（註六八）

十一月十日　爲北京大學月刊撰「發刊詞」。（註六九）

十一月十一日　德國與協約國簽訂「休戰條約」，第一次世界大戰結束。

十一月十三日　「和平期成會」致函徐世昌，籲請速設南北議和機關，期早日實現和平。（註七〇）

十一月十五日　徐世昌召集所屬各省督軍會議，研商如何達成和平統一。（註七一）

是日　所撰「德國分科中學之說明」一文於「新青年」中發表，旨在對中學教育界盛傳「文實分科」之說，先生就文、理分科之流弊加以說明，並舉德國爲例。（註七二）

是日　北京學界舉行提燈會慶祝歐戰勝利結束，先生借用天安門市民慶祝協約國勝利大會會場，舉辦講演會數日。首先講「黑暗與光明的消長」，翌日講「勞工神聖」，聽衆情緒熱烈感奮。（註七三）

十一月十六日　北京政府下令停戰罷兵。

十一月十八日　致國父函，爲介紹同盟會同志尹仲材擬有社會事業計畫，面謁請教。（註七四）

是日　國父因美總統威爾遜敦勸我國南北停戰息爭，特覆電聲明以中國合法國會能完全自由行使職權爲簡易條件，否則當繼續奮鬥。全國和平聯合會在北京開會。

十一月廿二日　廣東軍政府下令休戰，與北方依法和平解決。先生等「和平期成會」目的初步達成。（註七五）

十一月廿八日　撰「對於北京大學學生全體參與慶祝協商戰勝提燈會之說明」一文。（註七六）

十一月三十日　廣州軍政府電北京政府，促速開和平會議。

十二月五日　國父函復廣州國會暨先生，申明護法初志，主張和平須實行法治，尊重國會。

十二月七日　北京政府教育部公布「改訂教育部分科規程」。民國二年十一月廿五日，北京政府教育部令修正教育分科規程，再以改訂修正，凡五條：重新規定總務廳、普通教育司、專門教育司、社會教育司各科職掌業務，本日施行。

是日　撰「擬聯合同志陳情各國退還庚子賠款專供吾推廣教育事業意見書」。（註七七）

十二月十日　撰「夏瑞芳傳」。

夏君瑞芳，字粹方，青浦人，游學日本，創設商務印書館，自任總經理，篤信基督；民

國三年遭人狙擊，負傷而歿。先生嘉其盡瘁文化事業，特爲文以傳。原題爲「商務印書館總經理夏君傳」。（註七八）

十二月十二日　國父函復熊希齡與先生，指澄本清源在保障法治，盼共維護國法，永奠國基。（註七九）

是日　北京大學哲學門學生歡送李石曾赴法，先生應邀於歡送會上致詞。（註八〇）

十二月十二日　廣州軍政府政務會議決派國父爲出席歐洲和平會議代表。

十二月十七日　於北京大學二十一週年紀念會上致開會詞。略謂年來校務不同之處。（註八一）

十二月廿一日　北京圖書館協會假北京大學文科事務室召開成立大會，到會者二十人，會中議決會章，並選舉清華大學圖書館代表袁同禮爲會長，滙文大學圖書館代表高羅題爲副會長，北京大學圖書館代表李大釗爲中文書記，協和醫學院圖書館代表吉非蘭爲英文書記。（註八二）

十二月廿二日　爲對德問題在外交後援會演說，始與梁啓超認識。（註八三）

十二月廿六日　與王寵惠等組織「國民制憲倡導會」於北京。

十二月廿九日　北京政府派出之議和代表團朱啓鈐等自北京至南京。

十二月三十日　國父撰「孫文學說」序。

十二月卅一日　中國科學社在北京成立，被推為董事長，撰「為中國科學社徵募基金啓」一文。（註八四）

是年　撰「北京大學校旗圖說」，說明採用之色彩與圖案之意義。（註八五）為中國世界語學院撰寫「勸捐啓」。（註八六）撰「無錫高孝穀贊」。撰「徐秀鈞墓碑」。（註八七）與張蔚西為編纂國史致國父函。（註八八）

註一：「北京大學日刊」第二號。見高平叔編「蔡元培全集」卷三。
註二：同上，第四三號。
註三：拙編「蔡元培先生全集」頁六九〇。
註四：同註一，第四八號。
註五：拙編「蔡元培先生全集」頁四六九。
註六：同上，頁一〇七八。
註七：「北京大學日刊」第六一號。見高平叔編「蔡元培全集」卷三。
註八：同上，第七三號。
註九：同上，第六四號。
註一〇：拙編「蔡元培先生全集」頁九三八。
註一一：「北京大學日刊」第八三號。

註一二：陳長蘅「中國人口論」，商務印書館，民國七年九月出版。
註一三：「北京大學日刊」第七二號。
註一四：桑宣「顯研齋叢書」第一種「禮器釋名」，七年重印本。
註一五：「北京大學日刊」第八九號。見高平叔編「蔡元培全集」卷三。
註一六：同上，第一一四號。
註一七：同上，第八九號。
註一八：同上，第一〇〇號。
註一九：「中華民國史事紀要」初稿，民國七年一至六月份，頁三四六。
註二〇：同上，頁三六〇。
註二一：拙編「蔡元培先生全集」頁九四〇。
註二二：同上，頁七四八。
註二三：同上，頁四七二。
註二四：同上，頁四七九。
註二五：「越中三不朽圖贊」（紹興印刷局）及蔡元培手稿。見高平叔編「蔡元培全集」卷三。
註二六：「新青年」四卷四期。
註二七：「北京大學日刊」第一一七號。
註二八：拙編「蔡元培先生全集」頁九四一。

註二九：「中華民國史事紀要」初稿，民國七年一至六月份，頁四七一。
註三〇至三二：蔡元培手稿。見高平叔編「蔡元培全集」卷三。
註三三：「北京大學日刊」第一二五號。
註三四：「中華民國史事紀要」初稿，民國七年一至六月份，頁五四一。
註三五：「北京大學日刊」第一三四號。
註三六：「中華民國史事紀要」初稿，民國七年一至六月份，頁五九九。
註三七：同上，頁六四八。
註三八：「北京大學日刊」第一四四號。
註三九：同上，第一四五號。
註四〇：「中華民國史事紀要」初稿，民國七年一至六月份，頁六七二。
註四一：拙編「蔡元培先生全集」頁七三七。
註四二：同上，頁九六四。
註四三：「北京大學日刊」第一五六號。見高平叔編「蔡元培全集」卷三。
註四四：同上，第一五六號。
註四五：同上，第一六一及第一六八號。
註四六：同上，第一七四號。
註四七：「國立北京大學分科戊午同年錄」。

註四八：「中華民國史事紀要」初稿，民國七年一至六月份，頁八〇二。
註四九。蔡元培手稿。見高平叔編「蔡元培全集」卷三。
註五〇：同上。
註五一：同上。
註五二：拙編「蔡元培先生全集」頁九四三。
註五三：徐寶璜「新聞學大意」（民國七年商務）。
註五四：蔡元培手稿。見高平叔編「蔡元培全集」卷三。
註五五：拙編「蔡元培先生全集」頁七六四。
註五六：「北京大學日刊」第二一四號。
註五七：黃右昌「羅馬法」，北京大學出版部。
註五八：「北京大學日刊」第二二二號。
註五九：同上，第二二四號。
註六〇：同上，第二三八號。
註六一：拙編「蔡元培先生全集」頁七五九。
註六二：同上，頁七六四。
註六三：「國民雜誌」一卷一期（民國七年一月）。
註六四：拙編「蔡元培先生全集」頁七四八。

註六五：「中華民國史事紀要」初稿，民國七年七至十二月份，頁四一六。
註六六：拙編「蔡元培先生全集」頁四六八。「北京大學日刊」第二四〇、二四一號。
註六七：「中華民國史事紀要」初稿，民國七年七至十二月份，頁四五五。
註六八：拙編「蔡元培先生全集」頁一一一三。
註六九：同上，頁九四四。
註七〇：「中華民國史事紀要」初稿，民國七年七至十二月份，頁四九九。
註七一：同上，頁五一二。
註七二：拙編「蔡元培先生全集」頁四七九。
註七三：同上，頁七六六。
註七四：同上，頁一〇八〇。
註七五：「中華民國史事紀要」初稿，民國七年七至十二月份，頁五八〇。
註七六：拙編「蔡元培先生全集」頁四八七。
註七七：同上，頁四八八。
註七八：魯莊「古今名人家庭小史」（中華圖書集成公司，七年十二月）。
註七九：「中華民國史事紀要」初稿，民國七年七至十二月份，頁六九五。
註八〇：「北京大學月刊」第二七二號。
註八一：同上，第二七五號。

註八二：「中華民國史事紀要」初稿，民國七年七至十二月份，頁七三六。
註八三：同上，頁七四。
註八四：蔡元培手稿，見高平叔編「蔡元培全集」卷三。
註八五：拙編「蔡元培先生全集」頁四八八。
註八六：蔡元培著述抄留底稿。同註八四。
註八七：蔡元培手稿，同上。
註八八：拙編「蔡元培先生全集」頁一〇八一。

五十三歲　民國八年　一九一九　己未

一月一日　國父所撰「孫文學說」一書脫稿付梓。

一月五日　李煜瀛赴法運動退還庚子賠款，以作社會事業發展基金。（註一）

一月七日　刊登「蔡元培啓事」，爲「北京大學月刊」版式說明，並徵求稿件。（註二）

一月十一日　北大畫法研究會開會討論募集基金。

先生親自出席會議，說明開會宗旨：爲謀全校各社團之聯絡，並以試驗籌款方法效果如何？願樂觀其成。

一月十五日　「新青年」刊出「本誌罪案答辯書」，說明擁護「民主」、「科學」之立場。

一月十八日　巴黎和會開幕。

一月廿一日　與張相文致函國父，請就其著述中關於「革命緣起」一章，先行抄示，庶乎先睹爲快。（註三）

是日　於北京大學「國史編纂處」召集之「通史講演會」中致詞，並主持條例討論，逐條修正之。（註四）

是日　我國派陸徵祥、顧維鈞、王正廷、施肇基、魏宸組五人爲出席巴黎和會代表。

一月廿五日　發起組織「學餘俱樂部」，並徵求會員。於「北京大學日刊」刊登啓事。（註五）

是日　北大音樂研究會幹事吳楨君請辭，先生建議請陳仲子、夏宗淮二君爲正副幹事。旋獲通過。（註六）

一月廿七日　巴黎和會討論山東問題，日本要求無條件繼承德國在山東權利，中國聲請須先由中國陳述理由，再行討論。（註七）

一月廿八日　爲評介黃著「歐戰之教訓與中國之將來」一書，致黃郛（膺白）函。（註八）

是日　顧維鈞在巴黎和會陳述中國應直接收回山東權利之理由，並表示願將中日密約提出。

一月　發表「哲學與科學」一文，闡述哲學與科學之異同及其發展。（註九）

一月　北京大學月刊創刊。

一月　爲北京學生基於愛國心所印行之「國民雜誌」撰寫序文。勉以三事：一曰正確；二曰純潔；三曰博大。而對社務之進行，則寄望其「有恆」，願社員「永保朝氣，進行不怠」，庶無負其「喚醒國民」之初心。（註一〇）

一月　撰寫發起「國語研究會」呈請立案文。（註一一）

二月二日　日使小幡酉吉爲中國在巴黎和會之舉動，對華大事恫嚇，是爲「小幡事件」。

二月十一日　與王寵惠、梁啓超等組織「國際聯盟同志會」。時王揖唐、李盛鐸等發起「國際聯盟協會」。

二月十六日　張謇、熊希齡等組織「國民外交協會」。

二月二十日　南北議和代表在上海德國總會召開會議，至三月二日，因雙方皆缺乏誠意而中止。（註一二）

二月廿二日　北大畫法研究會創辦一周年，成績顯著，是日召開紀念會，先生偕導師蒞會致賀。

二月廿六日　與商務印書館簽訂「北京大學月刊」出版合同。

二月廿八日　唐紹儀向北方議和代表質問陝西何以不停戰？限四十八小時答覆。

二月　撰「教育之對待的發展」一文。謂：「吾人所處之世界爲對待之世界也。……教育之發展亦然……群性與個性的發展，相反而適以相成，是今日完全之人格，亦卽新教育之標準也。持個人的無政府主義者，不顧群性；持極端之社會主義者，不顧個性；是爲偏畸之說。」（註一三）

三月二日　南北和議因陝西停戰問題不決，暫告停頓。

是日　蘇俄列寧組織第三國際。

三月十四日　北京政府外交部發表中日軍事密約。（註一四）

三月十五日　唐紹儀發表宣言，斥北京政府無議和誠意。（註一五）

三月　在北京青年會講「貧兒院與貧兒教育之關係」，主張貧兒院試辦胎教院、乳兒院，由專門衛生家管理，並試行卽工卽學之教育，使學校生活與社會教育密接。（註一六）

三月十七日　美駐華公使芮恩施（Paul S. Reinseh）覆函國父，推崇其以英文所撰「國際共同發展中國實業計畫」一文。

三月十八日　致「公言報」函及附答林紓（琴南）函，說明該北大眞相與主張「思想自由」與「兼容並包」態度。

是日，「公言報」發表「請看北京學界思潮變遷之近狀」，就北京學界之紛歧思想，北京大學新舊派之對峙，且互相攻訐，尤對新派之「覆孔孟、剷倫常」，深引爲憂。林紓致函先生亦對學風丕變，深致悲憫。先生特爲此致函「公言報」，並附答林君函，申述辦學宗旨及傳言之訛謬，並告以北大對新舊學說循思想自由原則，採取兼容並包態度，對於教員以學詣爲主，其在校外之言動，悉聽自由，本校從不過問，亦不能代負責任云。（按：先生對於教員特重學問，如陳獨秀、李大釗、胡適、錢玄同、劉復等新派鼓吹新文化運動。如王國維、劉師培、辜湯生等守舊派主張訓詁考據。又如川人吳虞思想怪異，亦皆晉而用之。）（註一七）

三月十九日　致「神州日報」函，對該報「學海學聞」記載失實之處予以澄清。（註一八）

三月二十日　法華教育會先辦第一批勤工儉學學生九十五人，由高魯率領由滬啓程赴法。

三月廿一日　復張厚載（繆子）函。（註一九）

三月廿九日　應天津青年會之邀，就「歐戰後之教育問題」發表精闢講演。（註二〇）

三月　受聘爲教育調查委員，旋被選爲副會長。（註二一）

四月二日　復傳增湘函。爲北大學生出版之「新潮」介紹新學有所說明。（註二二）

四月四日　北京政府總統徐世昌邀先生等教育界人士二十餘人，進行勸說，希望調和北大新舊兩派學者之衝突。（註二三）

四月十八日　致李石曾函；詢問「勤工儉學會員紛紛欲赴法，未知有工作可圖否？」（註二四）

四月廿一日　國語統一籌備委員會在北京成立，教育部指定張一麐爲會長，吳敬恆、袁希濤爲副會長。

四月廿四日　應北京高等師範學校修養會之邀請，講演「科學之修養」；就該校校訓「誠、勤、勇、愛」四字以純科學之理解釋之。（註二五）

四月廿八日　日本在巴黎和會最高四人會議中，提出接收德國在我國山東權益之條款附入對德和約。（註二六）

四月三十日　威爾遜（美）、路易喬治（英）、克里孟梭（法），秘密決定將山東德國權益讓與日本。（註二七）

五月一日　我國出席巴黎和會代表向美、英、法三國代表提出關於山東問題之抗議書。（註二八）

是日　美國教育家杜威（John Dewey）應北大及江、浙教育會之邀請來華講學。

五月三日　北京政府錢能訓內閣密電巴黎和會代表簽字於喪權辱國之山東條款，先生因外交委員汪大燮走告，當卽召集北京大學學生代表宣布其事，於是北京各校學生原定五月七日之示威遊行，遂提前於四日舉行。

五月四日　北京大學學生聯合北京各大專學生三千餘人，在天安門前集會，反對巴黎和會對

山東問題之決定；並遊行示威，要求「外爭主權，內除國賊」。被軍警逮捕者三十二人。卽聲振中外之「五四運動」。（註二九）

五月五日 北京各校代表齊集北大，聲援被捕學生，各校一律罷課，要求政府嚴懲親日之曹汝霖、章宗祥、陸宗輿。並電請巴黎和會代表拒簽和約。（註三〇）

五月六日 先生與各校校長奔走營救被捕學生。翌日，全部保釋。

是日 我國出席巴黎和約代表陸徵祥聲明，對德和約中之山東條款，中國政府不能承認。（註三一）

五月七日 上海舉行國民大會，要求北京政府釋放被捕學生，廢除有損國權條約，並懲辦段祺瑞、曹汝霖等。

五月八日 爲學生遊行抗議北京政府當局之喪權辱國、袒護漢奸，引咎呈請辭去北大校長職務。（註三二）

五月九日 辭職出京，赴天津唐山路礦學校（交通大學前身）訪晤吳敬恆。當日刊出啓事一則。（註三三）

文云：「我倦矣！『殺君馬者道旁兒。』『民亦勞止，汔可小休。』我欲小休矣！北京大學校長之職，已正式辭去；其他向有關係之各學校、各集會，自五月九日起，一切脫離關係。特此聲明，惟知我者諒之。」

是日 北京政府北京提督警察廳爲青島問題恐地方再滋事端，特自本日起宣布戒嚴。

五月十日 出京後途中致北大學生函。（註三四）（學生代表羅家倫往唐山恭請先生返校，至則先生已離津赴滬。）

是日 由天津車站南下時之談話，天津「益世報」有如下之報導：（註三五）

「本埠確實消息：蔡孑民已於十日乘津浦車南下。登車時，適有一素居天津之友人往站送他客。遇蔡君，大詫異曰：君何以亦南行？

蔡君曰：我已辭職。

友曰：辭職當然，但何以如此堅決？

蔡曰：我不得不然。當北京學生示威運動之後，即有人頻頻來告，謂政府方面之觀察，於四日之舉，全在於蔡，蔡某不去，難猶未已。於是有焚燒大學、暗殺校長之計畫。我雖聞之，猶不以爲意也。八日午後，有一平日甚有交誼、而與政府接近之人又致一警告，謂：君何以尚不出京！豈不聞焚燒大學、暗殺校長等消息乎？我曰：誠聞之，然我以爲此等不過反對黨恫嚇之詞，可置不理也。其人曰：不然，君不去，將不利於學生。在政府方面，以爲君一去，則學生實無能爲，故此時以去君爲第一義。君不聞此案已送檢察廳，明日即將傳訊乎？彼等決定，如君不去，則將嚴辦此等學生，以陷君於極痛心之境，終不能不去。如君早去，則彼等料學生當無能為，將表示寬大之意敷衍之，或者不復追究也。我聞此語大有理。好在辭呈早已預備，故即於是晚分頭送去，而明晨速即離校，以保全此等無辜之學生。

詢以此後作何計畫？

蔡曰：我將先回故鄉視舍弟，並覓一幽僻之處，杜門謝客，溫習德、法文，並學英語。以一半時力，譯最詳明之西洋美術史一部，最著名之美學若干部。此即我此後報國之道也。」

五月十二日　美國商務總長劉飛爾(William C. Redfield)函覆國父，贊同其「國際共同發展中國實業計畫」。

五月十三日　各校代表至總統府請願，北京政府不得已下令慰留蔡校長。

五月十四日　徐世昌下令禁學生干政，並命軍警嚴禁公衆集會。

五月十七日　抵上海。

五月二十日　覆大總統、總理、教育總長電。（註三六）

文云：「北京大總統、總理、教育總長鈞鑒：奉大總統指令慰留，不勝愧悚。學生舉動，踰越常軌，元培當任其咎。政府果曲諒學生愛國愚誠，寬其既往，以慰輿情，元培亦何敢不勉任維持，共圖補救。謹陳下悃，佇候明示。元培。」

五月廿一日　由上海抵杭州，小住。
五月廿六日　上海學生響應北京專上學校宣言，實行罷課。
六月三日　北京各校學街頭講演被捕去千餘人。
六月四日　北京各校繼續公開講演，被捕七百餘人。
六月五日　上海商、工、學界罷市、罷工、罷課，聲援北京學生運動。（南京、武漢、杭州、天津等地繼之。）
六月十日　北京政府免除交通總長曹汝霖、駐日公使章宗祥、幣制局總裁陸宗輿之職務，並以交通次長曾毓雋代部務，以平公憤。
六月十三日　北京政府准國務總理錢能訓辭職，以龔心湛暫兼代。
六月十五日　發表不願再任北大校長之宣言。（註三七）
六月十六日　段錫朋、蔣夢麟等成立全國學生聯合會於上海。
六月十九日　全國學生聯合會電北京政府，誓不承認巴黎和約之簽字。
六月二十日　覆國務院函。再次提請「解職」，請「別任賢者」。（註三八）
是日　覆教育部長函。因病請辭，並請徐秘書「切勿勞駕」。
六月廿八日　囑蔣夢麟轉述致胡適函。（註三九）

是日　我國巴黎和會代表拒簽巴黎和約。（註四〇）

六月廿九日　上海國民大會以北京政府賣國，通電與其脫離關係，並即停止納稅。

六月　應李慈銘之侄邀請，代爲編訂「越縵堂日記」，並與商務印書館商洽印刷事宜。（註四一）

七月二日　撰「趙芬夫人傳」。趙芬，江蘇丹徒人，革命先烈趙聲之幼妹也，早歲參加革命，工文詞，後嫁王家駒爲繼室，婚後三年病卒。（註四二）

七月五日　覆胡適書。答以所提十事，「六件已經解決」，另四件未解決之事，「請照原約辦事」。（註四三）

七月九日　再覆傅嶽棻電。答允放棄辭職；惟胃病未痊，請「寬以時日，一經就愈，即當束裝北上」。（註四四）

是日　致全國學生聯合會等電，告以因各方敦促已不再堅持初志，望學生安心求學。（註四五）

七月十一日　致溫宗禹電。告以「邇來各方面責望甚殷，未便堅持初志」；惟因病「敢請先生暫再庖代」。（註四六）

七月十三日　致浙江、廣西、北京等地教育會電。（註四七）

七月十四日　偕蔣夢麟游杭州花塢，賦詩六絕。（註四八）

七月二十日　覆閻錫山函。五四運動期間，閻錫山派錢委持函率學生抵北京，適先生已離京南下；此時決定回任北大校長，始在杭修書作覆。（註四九）

七月廿一日　致全國學生聯合會電，囑恢復上課。（註五〇）

是日　發表「告北京大學學生暨全國學生聯合會書」，答「願與諸君共同盡瘁學術，使大學成爲最高文化中心」。（註五一）

七月廿二日　全國學生聯合會宣言終止罷課。（註五二）

七月廿三日　於「北京大學日刊」登載啓事，說明因胃病未瘳，暫由蔣夢麟代理校務。（註五三）

是日　讀「越縵堂日記」感賦律詩一首。（註五四）

七月廿五日　蘇俄代理外長加拉罕發表對華宣言，聲明放棄帝俄時代在華特權。（註五五）

七月廿六日　賦詩七絕三首。（註五六）

八月一日　國父指定胡漢民、戴傳賢等在滬創刊「建設」雜誌。將英文原著「實業計畫」譯成中文，分期發表。（註五七）

八月五日　賦詩七絕三首。（註五八）

是日　國父應邀在全國聯合會評議閉會席上，演講「革命黨的意義」。

八月九日　復馬敘倫函。謂不克早日北返，確因「胃病未痊，尚不堪舟車之勞……非別有所忌憚也」。（註五九）

是日　身體不適，病中口占七律二首。

先生「雜記」手稿謂：「九日，晴，大風。午後四十分發冷，一時四十分漸熱，二時三十分熱退。」病中又口占律詩二首。（註六〇）

詩云：「托病居然引到眞，舊痾未盡更增新；寒冰火焰更番過，地獄原來在我身。

巨人不瘧古所傳，血液充強理或然；不見微生名小鬼，虧他懸想近眞詮。」

八月十日　復蔣維喬函，爲學生涉訟事請設法。（註六一）

八月十五日　俄白黨謝米諾夫（Semenov）侵入外蒙。

八月十六日　美國參議院通過對巴黎和會有關山東問題之保留案。（註六二）

八月廿三日　復北大六十位講師函；關於暑假期內講師薪水問題釋疑。（註六三）

八月廿九日　歐美同學會在上海四川路召開成立大會，通過章程，並選舉先生爲會長，王寵惠、余日章爲副會長。（註六四）

八月　爲浙江公會撰函催已認墊印「越縵堂日記」之贊助人繳付預約費。（註六五）

九月一日　於「日華公論」雜誌中以日文發表「戰後之中國教育問題」。（註六六）（此文與在天津青年會講演「歐戰後之教育問題」的內容大致類同，經先生改寫後以日文發表。）

九月二日　覆蔣智由函，請其允任北大校長。（註六七）

九月十日　巴黎和會舉行對奧和約簽字，我國陸徵祥代表簽字，並正式加入國際聯盟。

九月十二日　胃病痊愈，自杭返抵北京，繼續主持北京大學校務。

九月十六日　復職視事北大，刊登啓事，定二十日到校辦公。（註六八）

九月二十日　回任北京大學校長，全校師生熱烈歡迎。（註六九）

北京大學全體學生，於本日上午九時，在該校法科大禮堂開會歡迎先生回校。大會程序爲：㈠大會開始；㈡請校長就席；㈢學生起立致敬；㈣讀歡迎詞；㈤校長訓詞；㈥攝影；㈦散會。十時教職員復繼續開歡迎會，十一時行開學禮，先生皆有演說。

是日，北京大學盛況空前，計赴會者三千餘人，後至者無座位，乃環立窗外，散會時已十二點矣。

是日　在北京大學第廿二周年開學式上致詞：重申「大學並不是販賣畢業文憑的機關，也不是灌輸固定知識的機關，而是研究學理的機關。所以大學的學生，並不是熬資格，也不是硬記教員講義，是在教員指導下自動的研究學問」。（註七〇）

是日　在全體北大教職員歡迎會上致詞，對四閱月來教職員「相互瞭解，合力進行，所以能維持大學，作種種開學的預備，到今日竟能照常開學」，表示感謝，並望增加合作，開展校務。（註七一）

九月廿一日　在北京中等以上學校教職員聯合會歡迎會上致詞，說明引咎辭職之原因，並稱許學生之自動精神。（註七二）

九月廿五日　回任北大校長呈報教育部文。（註七三）

文曰：「呈爲呈報備案事：竊元培前因患病，未能任事，特請本校教授蔣夢麟代表主持校務，曾承鈞部令准在案。現在病已告愈，業於本月二十日到校，照常供職。除已通知蔣代表外，理合呈請鈞部備案。謹呈

教育總長」

九月廿六日　爲北大朱蓬仙（宗萊）教授因病去世，刊出徵募賻金啓事。（註七四）

十月八日　國父對上海青年會演講「改造中國之第一步只有革命」。

十月十日　國父改組中華革命黨爲中國國民黨。公布總章。

十月十一日　在北京大學「畫法研究會」秋季會議上致演說詞。（註七五）

十月十六日　在北京大學「新聞學研究會」第一次期滿式致訓詞。（註七六）

十月二十日　在杜威博士六十歲生日晚餐會上發表演說。（註七七）
十月廿五日　第五次全國教育會聯合會在山西舉行。
十月廿七日　爲陶樂勤所譯法國季特氏之「政治經濟學」作序。（註七八）
是日　刊登爲催還「二十世紀財政學」原稿啓事。（註七九）
十月廿九日　國際勞動大會在美京開會，我國代表顧維鈞列席會議。（註八〇）
十月　留法勤工儉學生四十人同輪自上海出發，到達巴黎，住華僑會。本年陸續抵達法國者約七百餘人，由李煜瀛（石曾）負責張羅，供給最低生活；一面補習法文，一面代謀工作或入學。（註八一）
十一月五日　華法教育會主編之「旅歐周刊」(Journal Chinais Hebdomadaire)第一號，在法京巴黎發行。
十一月七日　與王家駒等發起爲北大逝世教授康寶忠舉行追悼會，並刊登啓事。（註八二）
十一月八日　爲上海中西女塾聘請國文教員啓事。（註八三）
十一月十一日　在北京大學音樂研究會致演說詞。（註八四）
十一月十三日　爲「體育周報」周年紀念致祝詞。（註八五）
十一月十七日　在北京女子高等師範學校講「國文之將來」。（註八六）

十一月二十日　「新朝社」擴充為學會。（註八七）

十一月廿二日　外蒙古撤銷自治。

十一月廿六日　國父電覆徐樹錚，讚許其撤銷外蒙自治之成就，並規勸協助恢復國會。

十一月廿九日　在李超女士追悼會上致演說詞。（註八八）

十二月一日　發表「文化運動不要忘了美育」一文。（註八九）

是日　「新青年」雜誌發表宣言，強調創造新觀念，樹立新時代的精神，以適應新社會環境。胡適與陳獨秀同時撰文，闡述「新思潮的意義」，分析「實行民治的基礎」。（註九〇）

十二月七日　改定在北京女子師範學校之演講詞：「義務與權利」。略謂「權利輕而義務重」之眞諦，並言「吾人若既享權利而放棄其義務，如負債不償然。」（註九一）

十二月八日　跋吳敬恆著「海外中國大學末議」。（註九二）

十二月十四日　在北大學生林德揚君追悼會之演說。（註九三）

十二月十五日　北京大中小學各校教職員發生罷課，發佈停止職務宣言。（註九四）

十二月二十日　讀周作人所譯日人武者小路實篤著作有感。（註九五）

十二月廿一日　為「工讀互助團」募款啓事。與胡適等人發起組織「工讀互助團」，幫助工讀青年學生。

先生與北大教授陳獨秀、李大釗、胡適，學生羅家倫、徐彥之、王光祈等人，爲幫助青年實行半工半讀，以期達到教育和職業合一的理想，特發起組織「工讀互助團」。預定先在北京試辦，若試辦有效，再推行全國。（註九六）

十二月廿二日　覆吳敬恆函。

十二月廿五日　在北京孔德學校二周年紀念會上致演說詞。（註九七）

十二月廿八日　馮國璋卒於北京，年六十二歲。

十二月卅一日　與北京大專學校校長一同爲教職員停止職務，呈請辭職。（註九八）

呈曰：「呈爲校務停止，無法維持懇請辭職，並請立予派員接替事：竊自教職員停止職務以來，倏已半月，迭經設法疏通，迄無效果；轉瞬假期屆滿，更屬無法支持。既未便坐視，又無法進行。惟有懇請大總統准予辭職，並迅卽派委員接替，無任屏營待命之至。除呈報教育部外，謹呈

大總統」

是年　調和北京大學新舊思想之爭議。

近年以來，當北京大學教授陳獨秀等人將其所創辦的「青年」雜誌改爲「新青年」，大力鼓吹「民主」、「科學」精神，提倡新文化運動。北大學生傅斯年、羅家倫等又創辦「新

潮」雜誌，推波助瀾，強調加速與徹底進行文學與思想以至不良風俗習慣等各方面的改革。由於他們運用通俗白話以極具說服力的措詞，「疾惡如讎」毫不妥協的激烈態度，頗引起一般保守戀舊人士的反感，因此在學術界亦有所謂舊文學一派的形成，以與倡導新文化人士相對峙。

舊文學派以研究音韻、說文、訓詁爲一切學問的根本，主張綜博考據，講究古代制度，踵武漢代經師之軌，而視新文學派之所主張爲怪誕不經，似爲其禍直無異於洪水猛獸。舊派人士若劉師培、黃侃、馬敍倫等，亦創辦「國故」雜誌，以闡揚其見解。

新舊壁壘形成，相互責難抨擊不已，影響聯合非淺；憂時之士，深以爲慮，於是提出新舊思想調和之說。

而自章行嚴在上海寰球學生會發表演說，提出新舊調和主張，張東蓀著文反駁，否認新舊思想有調和的可能性以來，新舊思想是否可能調和？又成爲一時爭議的主題；爲文參與論戰及研討者，除章、張二人外，尚有蔣夢麟、傖父、潘力山、耿悅、陳嘉異、陳獨秀、王水公、景藏、朱調孫等人，對新與舊的觀念以及兩者是否能夠調和與如何調和，各自有所闡發，形成本年底學術界的一陣波瀾。（註九九）

註一：「中華民國史事紀要」初稿，民國七年一至七月份，頁七二。民國八年一月八日上海「時報」。

註二：北京大學日刊。
註三：同註一，頁九七。「新青年」六卷一號。
註四：拙編「蔡元培先生全集」頁一〇八三。
註五：「北京大學日刊」第二九五號（民國八年一月廿四日）。
註六：同上，第二九六號。
註七：中國國民黨九十年大事年表。
註八：同註六，第二九八號，參閱「歐戰後中國之將來」（民國七年十二月，中華書局）。
註九：拙編「蔡元培先生全集」頁四九二。
註一〇：同上，頁九四六。
註一一：「北京大學日刊」第三一四號。
註一二：「中華民國史事紀要」初稿，民國八年一至六月份，頁二三二，「東方雜誌」十六卷三號。
註一三：拙編「蔡元培先生全集」頁四九三。
註一四：同註七。
註一五：同上。
註一六：拙編「蔡元培先生全集」頁七七一。
註一七：同上，頁一〇八四。
註一八：「北京大學日刊」第三三六號（民國七年三月十九日）

註一九：拙編「蔡元培先生全集」頁一〇九七。
註二〇：同上，頁七七五。
註二一：「教育雜誌」一一卷四號。
註二二：先生書信抄留手稿。見高平叔編「蔡元培全集」卷三。
註二三：「中華民國史事紀要」初稿，民國八年一至六月份，頁三六。民國八年四月五日上海「時報」。
註二四：蔡元培手札。見高平叔編「蔡元培全集」卷三。
註二五：拙編「蔡元培先生全集」頁七六八。
註二六：「中華民國史事紀要」初稿，民國八年一至六月份，頁五三〇，「巴黎和會簡史」頁五三。
註二七：同上，頁五三八。劉彥原「中國外交史」下冊，頁五六七。
註二八：同上，頁五四一。
註二九：同上，頁五六四。「胡適文存」第一集，頁三八〇。
註三〇：「五四愛國運動四十週年紀念特刊」（北大在臺同學會編印），時先叔孫德中教授任同學會總幹事，負主編之責。
註三一：「中華民國史事紀要」初稿，民國八年一月至六月份，頁六三〇。
註三二：民國八年五月十日北京「益世報」。
註三三：「北京大學日刊」（八年五月十日）。
註三四：「青島潮」。拙編「蔡元培先生全集」頁一一〇八。

註三五：民國八年五月十七日「益世報」。
註三六：拙編「蔡元培先生全集」頁一一一〇。
註三七：蔡元培手稿，見高平叔編「蔡元培全集」卷三。
註三八：讋龕「學界風潮記」。
註三九：「胡適來往書信選」，上海中華書局。
註四〇：「中華民國史事紀要」初稿，民國八年一至六月份，頁八二四。
註四一：拙編「蔡元培先生全集」頁九五四。
註四二：蔡元培手稿，見高平叔編「蔡元培全集」卷三。
註四三：「胡適來往書信選」。
註四四：拙編「蔡元培先生全集」頁一一一〇。
註四五：「教育雜誌」一一卷八號。
註四六：民國八年七月十三日「申報」。
註四七：同上。
註四八：蔡元培手稿，見高平叔編「蔡元培全集」卷三。
註四九：同上。
註五〇：蔡先生發電抄留底稿。同上註。
註五一：拙編「蔡元培先生全集」頁一一一一。

註五二：民國八年七月廿三日，上海「時報」。
註五三：「北京大學日刊」第四二一號。
註五四：蔡元培手稿，見高平叔編「蔡元培全集」卷三。
註五五：「革命文獻」第九輯，頁一至四。
註五六：蔡元培手稿，同註五四。
註五七：「中華民國史事紀要」初稿，民國八年七至十二月份，頁八三。
註五八：蔡元培手稿，見高平叔編「蔡元培全集」卷三。
註五九：蔡元培手札，同上。
註六〇：蔡元培手稿，同上。
註六一：蔡元培手札，同上。
註六二：「中華民國史事紀要」初稿，民國八年七至十二月份，頁一一四。
註六三：「北京大學日刊」第四二九號。
註六四：民國八年八月三十日上海「時報」。
註六五：蔡元培手稿，見高平叔編「蔡元培全集」卷三。
註六六：「日華公論」雜誌第六卷二號。
註六七：民國八年九月六日北京「晨報」。
註六八：「北京大學日刊」第四三八號。

註六九：民國八年九月廿三日上海「時報」。
註七〇：拙編「蔡元培先生全集」頁七八〇。
註七一：「北京大學日刊」第四四三號。
註七二：民國八年九月廿二日北京「晨報」。
註七三：「北京大學日刊」第四四六號。
註七四：同上，第四四七號。
註七五：同上，第四六一號。
註七六：同上，第四六五號。
註七七：拙編「蔡元培先生全集」頁七八二。
註七八：陶樂勤譯季特原著「政治經濟學」。（民國九年十一月泰東圖書局）
註七九：「北京大學日刊」第四七〇號。
註八〇：「東方雜誌」卷十六，第十二號。
註八一：「民國李煜瀛石曾先生年譜」頁三四。
註八二：「北京大學日刊」第四八〇號。
註八三：同上，第四八一號。
註八四：同上，第四八八號。拙編「蔡元培先生全集」頁七四六。
註八五：「體育周報」特刊第一號。（民國九年一月五日出版）

註八六：拙編「蔡元培先生全集」頁七八三。
註八七：北京大學日刊。
註八八：拙編「蔡元培先生全集」頁七九〇。
註八九：同上，頁四九五。
註九〇：「中華民國史事紀要」初稿，民國八年七至十二月份，頁五〇六。
註九一：拙編「蔡元培先生全集」頁七八六。
註九二：「北京大學日刊」第五一〇號。
註九三：拙編「蔡元培先生全集」頁七八八。
註九四：「中華民國史事紀要」初稿，民國八年七至十二月份，頁五三四。
註九五：「新青年」第七卷第三號。（民國九年二月一日）
註九六：「新生活」周刊第十八期。（民國八年十二月廿一日）
註九七：拙編「蔡元培先生全集」頁七五七。
註九八：「蔡元培呈文抄留底稿」，見高平叔編「蔡元培全集」卷三。
註九九：拙著「蔡元培先生的生平及其教育思想」頁六五。（商務）

五十四歲　民國九年　一九二〇　庚申

一月一月　發表「國外勤工儉學會與國內工學互助團」一文

先生與李煜瀛（石曾）等在法發起「勤工儉學會」。年前與王光祈等又發起「工讀互助團」（後改稱「工學互助團」），主張凡「可以到外國去的，就用勤工儉學會辦法；不能到外國去的，就用工學互助團辦法。勞動神經，教育普及，眞是『取之左右逢其源』了。我所以特在九年一月一日的『時事新報』增刊篇幅上，用極誠懇的意思，爲這兩團體介紹。」（註一）

是日　輓馮國璋聯。（註二）

馮國璋，字華甫，河北河間人，生於淸咸豐八年（西曆一八五八年），曾任北京政府副總統及代理大總統，享年六十二歲。先生輓之曰：

自代理總統時力弭戰衅，遂爲南北調和派中堅，臨歿宣言，尤感同澤。

於私立大學中月任常捐，更有學術硏究所計畫，達孝繼志，是在後昆。

一月三日　函覆吳敬恆，告以接教育部電話，非返京商量辭職事不可，不克到唐山踐約。

一月八日　與北京大專學校校長一同爲敎職員停止職務事，第二次呈請辭職。（註三）

一月十一日　留日臺灣靑年學生組織「新民會」，籌刊「臺灣靑年」雜誌，推林獻堂、蔡惠如任正副會長。（註四）

一月十二日　北京政府教育部通令國民學校一、二年級，改國文爲語體文。

一月十五日　應「少年中國學會」之邀請，作「工學互助團的大希望」演講。（註五）

一月十六日　國際聯盟在巴黎舉行首次行政會議，顧維鈞應邀參加。

一月十八日　出席北京大學平民夜校開學典禮，發表演說。（註六）

一月廿二日　爲北大教授楊昌濟逝世徵集賻金啓事。（註七）

一月廿四日　北京政府教育部公佈修正「國民學校令」，將國文改爲國語，並修正「施行細則」，以利國語教育推行。（註八）

一月廿八日　爲郁林中學聘請英文教員刊登啓事。（註九）

一月廿九日　天津各校學生爲中日交涉遊行請願，被軍警毆傷數十人，學生全體罷課抗議。（註一〇）

是日　國父致書海外同志贊許五四與新文化運動之影響與價值。（註一一）

一月卅一日　北京學生萬餘人爲「一二九」事件，遊行示威。

一月　於「新教育」雜誌中發表「去年五月四日以來的回顧與今後的希望」文。剴切訓示學生今後當以學業爲重。（註一二）

一月　爲留美學生「紐約中國政學社」出版之「政學叢刊」創刊號撰文介紹。（註一三）

一月　北京「中法大學」成立，校址設西山碧雲寺，李煜瀛任董事長，推先生任校長，吳敬恆爲董事。

二月四日　北京學生發起遊行，被捕者達四十餘人。（註一四）

二月六日　北京政府下令禁止學生干政，飭京師警察廳解散「北京中等以上學校學生聯合會」及「教職員聯合會」，通電各省對山東交涉力持鎭靜。（註一五）

二月八日　發起爲安徽革命黨人萬福華開追悼會刊登啓事。（註一六）

二月　爲衛中博士聘請法文教員啓事。（註一七）

二月十六日　爲保定育德中學聘請國文教員啓事。（註一八）

二月廿八日　留法勤工儉學生爲要求津貼，與駐法公使館發生衝突。（註一九）

二月廿九日　北京大學開始招收女旁聽生。（註二〇）

三月三日　爲北大龔文凱教授病故，徵募賻贈，刊登啓事。（註二一）

三月十日　撰「歐美同學會叢刊發刊詞」。（註二二）

三月十五日　在燕京大學男女兩校聯歡會上致詞，對大學女禁問題加以說明，並主張大學應男女合校。（註二三）

三月廿五日　與北京各大專學校校長致京畿衛戍司令部函，要求開釋被拘學生。署名「各校公啓」由先生領銜。（註二四）

三月卅一日　共產國際東方局書記胡定康抵北京，北大教員李大釗發起組織「馬克思學說研究會」。

三月　於北京大學本教授治校之宗旨，組織評議會、行政會議、教務會議、總務處四部門。（註二五）

三月　國父著「地方自治開始實行法」。

四月一日　撰「洪水與猛獸」一文。對新思潮來勢勇猛比之洪水，但對付新思潮，也要捨湮法用導法。（註二六）

四月七日　致周作人函。（註二七）

四月九日　覆周作人函（註二八）

四月十五日　應邀參加北京高等師範學校「教育與社會」雜誌社成立會，並發表演說。（註二九）

四月二十日　北京政府因山東省長屈映光呈請，明令以孔德成襲膺孔子第七十七代衍聖公，並准緩覲。（註三〇）

四月　爲北大音樂研究會所辦「音樂雜誌」題寫刊名，並撰發刊詞。（註三一）

五月一日　爲學生罷課向國務院，呈教育部請示辦法。（註三二）

是日　爲「新青年」雜誌「勞動節紀念號」題字「勞工神聖」。

五月八日　撰文介紹黃膺白近著「戰後之世界」。（註三三）

五月十六日　國父在上海中國國民黨本部講「要造成眞正中華民國」。

五月十七日　題萊蕪盧樂成和堂手札十一通册子。（註三四）

五月廿六日　撰「秋明室詩稿」序。（註三五）

是日　爲浦瑞堂「白話唐人七絕詩百首」作序。（註三六）

五月廿九日　爲廈門平民學校聘請組染科教員啓事。

五月卅一日　陳獨秀等組織「馬克斯主義研究會」於上海。第三國際代表魏金斯基（Voitin-sky）參加，國人有沈仲文、陳獨秀、邵力子、沈玄廬、陳望道等二十餘人，該會隨後在北平、廣州、四川、湖南各處設立分會。

「馬克斯主義研究會」成立後，第三國際復在上海設立「外國語學社」，以楊明齋、俞秀松主持之，爲吸收青年之外圍組織，出版有「共產黨月刊」、「上海勞動界」等刊物。另在各地設立「馬克斯主義研究分會」，北京方面由李大釗、張國燾主持，出版有「勞動者」刊物，創辦有「平民教育講演團」及「勞動夜校」。廣州方面由譚平山主持，出版有「勞動之聲」等刊物。其他各地之負責人，湖南爲毛澤東，四川爲惲代英，浙江爲沈玄廬等。（註

三七）

是月　爲「繪學雜誌」題寫刊名。並在美術講演會作「美術的起源」之講演。（註三八）

六月四日　顧維鈞代表我國與各協約國家同時簽字於「對匈牙利和約」。（註三九）

六月七日　爲商務印書館出版之「中國財政史講義」（胡千之著）一書，撰寫序文。（註四〇）

六月十三日　在國語講習所演說。主張提倡國語之次序：第一語音，第二語法，第三語體文。（註四一）

六月十九日　爲擴充北大圖書儀器設備，擬向國內外募款，邀集相關人員進行商討。（註四二）

六月廿九日　我國正式加入國際聯盟，由駐英施肇基公使通知國際聯盟，並派饒孟任出席會議。

七月十六日　留日臺籍學生在東京創辦「臺灣青年」雜誌創刊，由蔡培火爲發行人，林呈祿爲主編，先生題「溫故知新」四字勗勉。

本學期　應北京高等師範學校之邀，在該校教育研究科講授「美學」課程。（據該校本年六月所發「美學」課程試驗成績紀錄表。）

七月十八日　直系吳佩孚大敗皖軍於涿州，皖系軍閥沒落。

七月廿三日　撰「克卡樸氏社會主義史」(Kirkup History of Socialism)序，介紹克氏學說

。（註四三）

七月廿七日　為宋教仁遺著「我之歷史」一書撰寫序文。（註四四）

七月廿八日　國父與唐紹儀等四總裁宣言貫徹護法救國主張。北方應先廢止「中日軍事協定」及「二十一條」，和議方可賡續。（註四五）

七月三十日　公布北京大學研究所簡章。（註四六）

七月　直皖戰爭。

七月　新加坡華僑陳嘉庚捐資創設廈門大學，先生被敦聘為籌備員，積極參與開辦事宜。（註四七）

八月一日　吳佩孚主張召開國民大會以解決時局。

八月二日　召開北大生物學會，討論開設生物學系事宜。（註四八）

是日　聘周樹人（魯迅）為北大文科講師。

八月五日　美國國會議員團來華訪問，上海各界開會歡迎，國父即席講述「解決中國問題的方法」，主張廢除中日二十一條款。（註四九）

八月十一日　北京政府改組，范源濂三度膺任教育總長。

八月二十日　中國社會主義青年團在上海成立。

蘇俄策動組織「中國社會主義青年團」，設在上海法租界環龍路漁陽里。參加者有周恩來、趙世炎、李立三、李富春等，並在上海發行「中國共產黨」月刊。（註五〇）

八月卅一日　北京大學首次授與班樂衛名譽學位，先生致詞稱爲我國教育界之大事。（註五一）

八月　北大正式招收女生，是爲我國公立大學男女同校之始。

九月一日　陳獨秀在上海「新青年」雜誌開始明白表示其無產階級政治主張。

九月十五日　爲登記勝任教員名册，供各系增聘教員參考，致各系主任函。（註五二）

各系教授會主任諸先生公鑒：

經聘任委員會審查後，存記堪勝教員之任者，已有多人。各系如需增聘教員，請先到校長室檢查存記名册，以免臨時物色之煩難。

九月十六日　主持北京大學第廿三年開學式，發表演說。（註五三）

是日　爲發起組織北大賑災會，向全校教職員學生勸募捐款啓事。（註五四）

九月廿九日　發出聘請丁燮林等任北大預科委員會委員公函。（註五五）

顧孟餘、丁巽甫、李仲揆、沈兼士、胡適之、朱逷先、王雪艇諸先生公鑒：

本校預科爲本科各系之基礎，亟須切實整頓，嚴定標準，提高效率。前考試委員會及教務會議對於此事屢有決議。茲欲使責任有所專屬，決定組織一預科委員會，議定並執行一切關於預科課程及教授法之事件，並請先生等擔任該會委員，克日集會，進行一切，是爲企禱。

秋　俄人胡定康來滬晉謁國父。

十月一日　爲薩本棟君所譯「畫法幾何學」一書撰寫序文。

十月四日　爲南洋華僑捐款予北京學生聯合會啓事。（註五六）

十月十二日　英國哲學家羅素(Bertrand Russell, 1872-1970)應北京大學、上海公學等校邀請自俄來華講學，本日抵滬，翌年九月離華返英。著「中國之問題」(Problems of China）一書，發人深省。

十月十四日　發表「北大評議會」選舉結果函啓。（註五七）

㈠本屆評議會選舉，共收到選舉票四十三張，內廢票四張（因所舉超過法定人數）。茲將各教授所得票數，開列如下：

陶履恭三十一票，顧孟餘、蔣夢麟、俞同奎各三十票，胡適廿九票，朱希祖廿六票，王星拱廿四票，陳啓修廿三票，李大釗、馬敍倫各二十票，何育杰十九票，陳世璋、沈士遠、鄭壽仁、馮祖荀、張大椿各十八票。

以上十六人當選。

張錫齡、馬裕藻各十七票，賀之才十六票，黃振聲、顏任光各十二票，陳衡哲十一票，溫宗禹十票。

十票以下者從略。

㈡新被選評議員諸先生公鑒：

茲定於本月十六日（星期六）上午九時，在第一院接待室開評議會，請諸位先生按時到會。此啓。

十月十六日　爲出國交涉退還庚子賠款，本日公告自十八日起由蔣夢麟代理北大校長職務。（註五八）

謂：「元培出京在卽，謹於十八日，以校長職務交與代理校長蔣夢麟教授。特此布聞。」

十月十七日　北大授與美國學者杜威以哲學博士學位，及前美國駐華公使芮恩施以法學博士學位。

北京大學前曾授贈與法前總理班樂衛氏等博士學位。茲復於本日舉行第二次授贈名譽學位禮，特贈美國教育學家杜威（John Dewey）以哲學博士學位，前美國駐華公使芮恩施（Paul Samuel Reinsch）以法學博士學位，由先生親自主持授贈典禮。典禮在北大三院大講堂舉行。蔡先生的演說詞由蔣夢麟以英語口譯。繼由教務長略敘受學位人的歷史。再由蔡先生當衆宣告「授芮恩施以法學博士名譽學位」，「授杜威以哲學博士名譽學位」，與受學位人握手。

然後由受學位人致答詞。最後由蔡先生宣告退席。（註五九）

十月二十日　參加北大學生歡送會話別。說明出國之目的，在：㈠考察歐美各國大學改革情況。㈡聘請優秀之留學生及外國專家來校任教。㈢採購圖書儀器，籌款建大圖書館。㈣向各國交涉退還庚子賠款，供我擴充高等教育與培植留學人才，以蔚為國用。（註六〇）

十月廿一日　為校勘「越縵堂日記」致周作人函。（註六一）

是日　為湘籍留法儉學生籌款，並應湖南教育會邀請，陪同杜威赴長沙講學。

十月廿七日　應長沙遵道會邀發表「何謂文化？」講演。並出席明德學校全體教職員歡迎茶會，發表「美術的價值」講演。同日，應湖南教育會公宴，由教育會會長陳夙荒致歡迎詞，先生與杜威、羅素分別致答詞。

十月廿八日　應湖南第一師範學校邀請發表「對於學生的希望」講演。同日，在岳雲中學發表「中學的教育」講演。

十月廿九日　再度應遵道會邀發表「美術的進步」講演。又在兌譯中學發表「學生的責任和快樂」講演。同日，參加第一師範學校教職員關於改進該校校務討論會，並向學生發表講演。復出席湖南學生聯合會舉行之歡迎會，發表演說。

十月三十日　與杜威等出席湖南省農會、總商會、長沙縣教育會、湖南報界聯合會等八團體聯合歡宴會發表演說。

十月卅一日　與杜威、章太炎、吳稚暉等遊覽嶽麓山，並瞻仰黃興、蔡鍔墳墓。

十月底　在湖南省立女子師範學校發表「對於師範生的希望」講演。復在湖南省立第一中學發表「中學的科學」講演。

十月　北京中法大學創立，校址設於西山碧雲寺，李石曾爲董事長。先生被推爲董事兼校長。（註六二）

是月　撰「我的新生活觀」一文，主張養成豐富的進步的生活習慣，精神生活與物質生活並重，每人都要「日日作工，日日求學」。（註六三）

十月　在北京高等師範學校國文部講演「論國文的趨勢及國文與外國語及科學之關係」。說明國文與外國語及科學有分工的意義，譬如眼、耳、鼻、舌各具功用，價值相等，不可菲薄。（註六四）

十月　北京政府國務會議決定以「卿雲歌」爲國歌，由蕭友梅製譜，定於十年七月一日施行。（註六五）

（按：「卿雲歌」舊傳虞舜所作，出於「尙書」「大傳」。詞曰：「卿雲爛兮，糺縵縵兮，日月光華，旦復旦兮；日月光華，旦復旦兮。」卿雲見昭明美大之容，復旦同日進無疆之旨，言由古聖，理符今時。）

十月　在北京公立法政專門學校「法政學報」周年紀念會上講演。

略謂：「人在社會上，大抵有三類階級：第一、盡力多而報酬少的。這是最好的人，自然人人都歡迎他。第二、盡力與受報酬相當的，這也算是中等好人。第三、盡力少或未嘗盡力（能力少或全無能力）而受報酬多的，這是最下等。……」又謂辦報的利益有三：「一、可以提起學理的研究心。二、可以提起求新的思想。三、可以提起公德心。」云云。（註六六）

十月　在北京高等師範學校第十一周年開學及學生自治會成立會上致演說辭。說明學生自治的意義與益處。

略謂：「諸君是高等師範生，實驗這種自治的制度，我想有兩方面益處。

㈠縱的方面：諸君自治比被治好的多，都自己試驗過了；將來出校傳到中學或是師範學校，提倡自治總可以應用，斷不至把自己從前所受的弊害，向別的學生圖報復了。

㈡橫的方面：是『五四』以後，全國人以學生爲先導，都願意跟著學生的趨向走。如上海、杭州等處的閉市，官廳命令置之不顧，反肯聽學生聯合會的指揮，是實在的證據。」云云。（註六七）

秋　遊北平西郊，於驢背口占七言絕句一首。（註六八）

驢背安閒勝似車，遠山叢樹望中賒；

秋容黯淡已如此，幾處新開蕎麥花。（越語音如夥）

十一月一日　上午在遵道會發表「美學的進化」講演，並出席湖南「中華工會」成立大會，發表演說。下午在湖南第一師範學校發表「美學與科學之關係」講演，並出席湖南報界聯合會舉行之歡迎會，發表演說。

十一月二日　再度應遵道會邀講演「美學的研究法」。是日，偕章太炎、吳稚暉、張繼、李石曾、李石岑、楊端六等一同前往醴陵遊覽，並考察當地磁器製造業。

十一月三日　在醴陵發表「美化的都市」講演。

十一月四日　偕吳稚暉、楊端六乘車返京。

十一月十五日　國際聯盟第一屆大會開幕，顧維鈞、唐在復代表中華民國參加。

十一月十六日　應中法協進會、華法教育會公餞，即席發表演說。

十一月十七日　李慈銘「越縵堂日記」五十一冊印妥，特撰「刊印緣起」載於卷首。「緣起」末云：「是年九月，綜各處預約之數，已達三百部以上，於是自孟學齋至荀學齋五十一冊之日記，遂得付印。二十年來，經若干人苦心之計畫，有此結果，後死者之責，稍稍盡矣。然而行百里者半九十，孟學齋以前尚待編錄之十三册，荀學齋以後扃諸樊山書篋之八册，猶不可不致意也。盟諸息壤，以待來年。」

十一月廿一日　由北京到達上海。

原擬赴法之先，與稚老同去廣州，因夫人患病，而船期展期無望，遂中止赴粤。（註六九）

十一月廿三日　出席北大旅滬同學會在一品香飯店之歡宴。

參加者有吳稚暉、張繼、馬敍倫、湯爾和等，由陳獨秀致歡送詞，盛贊先生倡導「思想自由」「學術獨立」而「獨樹大學改革之精神」云。

十一月廿四日　乘法國高爾地埃號郵輪赴法。同行者有羅文幹、湯爾和、陳博生、張申府、徐彥之、陳大齊、劉清揚等人。

先生手稿「西遊日記」云：「這時候張作霖、曹錕等，深不以我爲然，尤對於北大男女同學一點，引爲口實。李君石曾爲緩和此種摩擦起見，運動政府，派我往歐美考察教育及學術研究機關狀況。適羅君鈞任（文幹）正由政府派往歐美考察司法情形，遂約定同行。於十一月下旬赴上海，乘一法國郵船，於十二月下旬到法國。」

十一月廿九日　國父偕伍廷芳、唐紹儀自上海返抵廣州，恢復軍政府；重開非常國會。

十二月一日　國父與伍廷芳等通電宣佈在廣州重開政務會議。

十二月七日　途經新加坡，應南洋僑界及華僑中學之邀，作「普通教育與職業教育」之講演。提出實施體育、智育、德育、美育四育，以培養學生之健全人格。

略謂：「普通教育和職業教育，顯有分別：職業教育好像一所房屋，內分教室、寢室等，有各別的用處；普通教育則像一所房屋的地基，有了地基，便可把亭臺樓閣等，建築起來。因此前年我國審查教育會把普通教育的宗旨，定爲：㈠養成健全的人格，㈡發展共和的精神。所謂健全的人格，內分四育，即：㈠體育，㈡智育，㈢德育，㈣美育。……以上四育，都宜時時試驗演進，要一無偏枯，才可教練得兒童有健全的人格。」（註七〇）

是日　復對華僑中學學生發表談話。（註七一）

十二月廿七日　抵法國馬賽。

十二月廿八日　抵里昂。

十二月底　致李煜瀛電，關心夫人病情。（註七二）

文曰：「石曾先生：弟已到里昂。仲玉痊愈否？湯爾和家中安否？告李圃初家放心。湘粤款如何？里大學生何時招考？請電復褚君。」（按：褚君，指褚民誼，時在法國。）

是年　北大聘請李四光爲地質系教授，聘任鴻雋爲化學系教授。

註一：北京「時事新報」增刊，民國九年一月一日。

註二：蔡元培手稿，見高平叔編「蔡元培全集」卷三。
註三：「蔡元培呈文抄留底稿」，同上。
註四：「中華民國史事紀要」初稿，民國九年一至十二月份，頁四三。
註五：「少年中國」第一卷第七期。
註六：「北京大學日刊」第五二三號。
註七：「北京大學日刊」第五二二號。
註八：「中華民國史事紀要」初稿，民國九年一至十二月份，頁七四。
註九：「北京大學日刊」第五二六號。
註一〇：「東方雜誌」第十七卷第四號，頁一三五。
註一一：「中華民國史事紀要」初稿，民國九年一至十二月份，頁七九。
註一二：「新教育」雜誌二卷五期。
註一三：「政學叢刊」第一期（紐約中國政學社，民國九年一月出版）見高平叔編「蔡元培全集」卷三。
註一四：「東方雜誌」第十七卷第五號，頁一三七。
註一五：「中華民國史事紀要」初稿，民國九年一至十二月份，頁九三、九四。
註一六：拙編「蔡元培先生全集」頁四九八。
註一七：「北京大學日刊」第五三九號（民國九年二月十三日出版）
註一八：同上，第五四一號。

註一九：中央研究院近史所「近代中國史事日誌稿」。「中華民國史事紀要」初稿，民國九年一至十二月份，頁一二二六。

註二〇：「中國近七十年來教育紀事」頁八五。及「蔡元培自述」。

註二一：「北京大學日刊」第五五八號。

註二二：拙編「蔡元培先生全集」頁九六四。

註二三：同上，頁九一一。

註二四：據「北京大學日刊」第五七一號（民國九年三月廿五日出版）。

註二五：丁致聘「中國近七十年來教育紀事」頁六六。

註二六：「新青年」第七卷第五號（民國九年四月一日出版）。拙編「蔡元培先生全集」頁四九九。

註二七：蔡元培手札，見高平叔編「蔡元培全集」卷三。

註二八：蔡元培手札，同上。

註二九：「教育與社會」第一卷第一號（北京高等師範學校「教育與社會」社，民國九年四月十五日出版）。

註三〇：「中華民國史事紀要」初稿，民國九年一至十二月份，頁二〇八。

註三一：「音樂雜誌」創刊號（北京大學音樂研究會，民國九年四月出版）。

註三二：「北京大學日刊」第六〇〇號（民國九年五月六日出版）。

註三三：據「北京大學日刊」第六〇二號（民國九年五月八日出版）。

註三四：蔡元培手稿，見高平叔編「蔡元培全集」卷三。

註三五：同上。

註三六：浦薛鳳編「白話唐人七絕百首」（民國九年九月中華書局）。

註三七：「北京大學日刊」第六二〇號（民國九年五月廿九日）。

註三八：「北京大學日刊」第六二〇號至六五八號。（民國九年五月廿九日至七月十三日（中間有間斷）發表，約四萬字左右；又在北京大學「繪學雜誌」第一期發表，壓縮至二千字左右。本人爲修改定稿，輯入拙編「蔡元培先生全集」，頁五〇〇—五一九。

註三九：傅啓學「中國外交史」上册，頁三四三。

註四〇：胡鈞「中國財政史講義」，商務印書館，民國九年出版。

註四一：拙編「蔡元培先生全集」，頁七九三—七九七。

註四二：「北京大學日刊」第六六三號（九年八月十九日出版）。

註四三：拙編「蔡元培先生全集」頁九四九。

註四四：宋敎仁著「我之歷史」，湖南桃源三育乙種農業學校，民國九年石印出版。

註四五：中國國民黨九十年大事年表。

註四六：「北京大學日刊」第六七三號（民國九年七月三十日出版）。

註四七：「廈門大學九周年紀念刊」所載「校史」。

註四八：「北京大學日刊」第六七五號（民國九年八月二日出版）。

註四九：「中華民國史事紀要」初稿，民國九年一至十二月份，頁三九四。

註五〇：同上，頁四一八。
註五一：「北京大學日刊」第六八七號（民國九年九月四日出版）。文載「教育雜誌」十二卷十號。見拙編「蔡元培先生全集」頁七九七。
註五二：同上，第六九三號（民國九年九月十五日出版）。
註五三：同上，第六九五號（民國九年九月十七日出版）。
註五四：同上，第七〇三號（民國九年九月廿七日出版）。
註五五：同上，第七〇六號（民國九年九月三十日出版）。
註五六：同上，第七〇九號（民國九年十月九日出版）。
註五七：同上，第七一六號（民國九年十月十四日出版）。
註五八：同上，第七一五號（民國九年十月十六日出版）。
註五九：「教育雜誌」第十二卷十一號（一九二〇年十一月二十日出版）。
註六〇：「北京大學日刊」第七二四號（民國九年十月廿三日出版）。及參照「蔡孑民先生言行錄」，先生曾作若干修正。見拙編「蔡元培先生全集」頁七九八。
註六一：蔡元培手札，見高平叔編「蔡元培全集」卷三。
註六二：李書華「兩年中法大學」。
註六三：拙編「蔡元培先生全集」頁六四四。
註六四：同上，頁七四〇。

註六五：「中華民國史事紀要」初稿，民國九年一至十二月份，頁五六二。
註六六：拙編「蔡元培先生全集」頁七三五。
註六七：同上，頁七五六。
註六八：蔡元培手稿，見高平叔編「蔡元培全集」卷三。
註六九：「先生書信抄留底稿」。於「復陳炯明函」中表示，同上。
註七〇：拙編「蔡元培先生全集」頁八〇四。
註七一：「北京大學日刊」第七八〇號。
註七二：「蔡元培手稿」，見高平叔編「蔡元培全集」卷三。

五十五歲　民國十年　一九二一　辛酉

一月二日　自法國里昂抵巴黎，參加留法學生善後事務委員會會議。
一月八日　赴法勤工儉學學生謀工不易，北京政府教育部布告暫行停送勤工儉學生赴法。
一月九日　赴瑞士日內瓦及伯爾尼考察。聞悉夫人黃世振（仲玉）於先生抵巴黎之次日在北京法國醫院病逝，至為悲痛；撰「祭亡妻黃仲玉」一文誌哀。（註一）
一月十二日　為華法教育會通告申明該會性質及其與儉學會、勤工儉學會之關係。（註二）
是日　舊國會在廣州復會，參衆兩院議員到二百餘人，討論組織政府及選舉總統問題。

一月十六日　撰「華法教育會對於勤工儉學會之第二次通告」。說明停止接濟儉學生之具體辦法。（註三）

一月十九日　始於巴黎及里昂進行考察。（註四）

一月廿八日　北京政府與日本換文，取消中日軍事協定。

一月卅一日　陳獨秀在廣州成立「中國共產黨」支部。

二月四日起　赴法國司太生堡等地考察。（註五）

二月十二日起　抵比利時，參觀沙魯埃工藝大學、盧汶大學等校。（註六）

二月十四日　「何謂文化」講演詞發表。（註七）

二月十五日　「美術的進化」講詞發表。

原題爲「美術的進步」。先生指出：「（靜的）美術，如建築、雕刻、圖畫等，占空間的位置，可用目視。動的美術，如歌詞、音樂，有時間的連續，可用耳聽。跳舞則介乎兩者之間。而「各種美術的進化，總是由簡單到複雜，由附屬到獨立，由個人的進爲公共的。」（註八）

二月十七日　「臺灣文化協會」創立，林獻堂任會長。

二月十九日　「美學的進化」講詞發表。

此爲先生在湖南第三次講演，是日，北大日刊發表「美學的進化」，文中先生詳述自柏拉圖、亞里斯多德至鮑格登、康德、黑格爾、哈脫門，以至斯賓塞爾、居友等人有關美學的論述及其發展，其「立足點仍在哲學」。科學的美學，尚有待於建立。（註九）

二月二十日　國父在廣州「廣東省教育會」演講「五權憲法」。

二月廿一日　「美學的研究法」講詞發表。（註一〇）

二月廿三日　「美術與科學的關係」講詞發表。（註一一）

二月廿四日　「對於師範生的希望」講詞發表。

在湖南第六次對「女子師範學校」講演詞，經訂正後發表。主張教師以身作則，其在社會上地位與責任比總統更爲重要。認爲「師範生對於各科的知識，必須貫通」，始能在小學兼教各種科學。「範就是模範」，「自己的行爲要做別人的模範」。因此，「小學教員在社會上的位置最重要，其責任比大總統還大些。」（註一二）

二月廿五日　「對於學生的希望」講詞發表。

先生在湖南第七次講演，就五四運動後學生界的新現象——自己尊重自己、化孤獨爲共同、對自己學問能力的切實了解、有計畫的運動等方面詳加說明。（註一三）

二月廿八日　留法勤工儉學生蔡和森、向警予等，因資斧斷絕，包圍駐法使館，要求津貼。

（註一四）

二月　所譯「伯格森哲學導言」一文，刊載於「民鐸」雜誌第三卷一號。（註一五）

三月一日　參觀巴黎「法蘭西學院」。（註一六）

三月二日　訪世界語學者射倍爾。晚，出席巴黎大學校長埃貝爾餐會。

先生「西遊日記」謂：「晚，出席巴黎大學校長埃貝爾之晚餐會，座有班樂衛、歐樂、……高叔欽諸君。埃校長演說，注重於北大廢院存系之辦法；對於我個人之著作，尤注意於『石頭記索隱』。我的答詞說：『中法文化相類似及將來互助而進步。請高君譯成法語。』」

三月六日　國父在廣州「中國國民黨」本部，特於辦事處講演「三民主義之具體辦法」。

三月八日　訪居里夫人於鐳錠研究所，並邀其到中國講學。

「西遊日記」云：「居里夫人『樸質誠懇』。詢可否一到中國？答：『此次不能往，當於將來之暑假中謀之。』」

三月十二日　赴德國考察。

是日　北京工業專門學校及北京大學教職員因積欠薪津問題，開會籌商解決方法。

三月十六日　與夏元瑮同往訪愛因斯坦。

「西遊日記」云：「詢以是否能往中國？答甚願，但須稍遲。彼詢如往中國演講，應用何種語言？告以可用德語，由他人翻譯，夏君卽能譯者之一。」

三月十七日　出席留德同學會歡迎會，報告北大學生現狀及法國勤工儉學生近況等。（註一七）

三月二十日　抵耶拿，參觀黑格爾住宅。

「西遊日記」謂：「黑氏書室中四壁皆懸黑氏手繪之圖，約二千餘幅；有一室，陳列黑氏所著書印本，及各種語言譯本。其中有一華文譯本，題曰『普壹道論』，蓋卽一元論之意也。據謂係光緒庚辰年祝黑氏六十歲生日者。」（註一八）

三月廿八日　抵奧地利考察教育設施。

本日起　先後到奧、匈、瑞士、意大利、荷蘭、英國等國考察，五月上旬返法。

是日　北京教育部聘先生與張謇、王正廷、黃炎培、蔣夢麟等十五人爲國立東南大學校董，任鴻雋爲教育部駐校董事會代表。（卽以南京高等師範學校改制爲國立大學，爲後日國立中央大學之前身。）（註一九）

四月一日　抵匈牙利考察教育設施。

四月五日　再度到瑞士蘇黎世、呂森等地考察。

四月七日　北京政府教育總長范源濂因北京教育界索取教育經費風潮，再度請辭。

是日　舊國會非常會議議決中華民國組織大綱，並選國父爲中華民國大總統。

四月十四日　赴意大利考察。
四月廿二日　參觀梵蒂岡。
「西遊日記」云：「觀教皇宮（梵蒂岡），凡拉斐爾壁畫，彌加朗蕏羅之屋頂畫，均得睹其原本，不勝偉大之感。」
四月廿五日　國父發表英文本「實業計畫」序。是年，十月十日撰中文本「實業計畫」序。
四月廿九日　抵荷蘭考察教育。
五月一日　「新青年」雜誌自上海移廣州發行。
五月三日　赴英國考察。
五月五日　國父在廣州就任非常總統。發表宣言，設總統府於觀音山麓。
是日　北京政府邀張作霖、曹錕、王占元三巡閱使入京。
五月六日　參加倫敦中國學生會於中國樓之歡迎會，發表演說。
五月十二日　在蘇格蘭愛丁堡中國學生會及學術研究會聯合歡迎會上發表演說，敍述科學與美術二者之重要性，並對國內軍閥專權表示憂慮。（註二〇）
是日　晚應愛丁堡學術研究會餐宴席上致答詞，報告此次出國遊歷之目的。（註二一）
五月二十日　北京政府徐世昌下討伐南方令，並令陸榮廷攖粵。

五月廿四日　法國總統授予先生以三等榮光寶星勳章，爲華人稀有之榮譽。

五月　法國里昂大學授予先生以文學博士榮譽學位，爲該校第一次贈外人以名譽博士位。

褚民誼於五月六日由里昂致先生（時在倫敦）函云：「里大擬贈先生名譽博士位……請先生速備演說稿，此爲里大第一次贈外人以名譽博士位。」

五月廿五日　離法登輪赴美。

廿六日，於輪船上「讀法文所著英語自修書，注音甚詳，學英語已有頭緒。」廿七日，在船上「午後讀英文。」（「西遊日記」手稿）

六月一日　抵紐約。

六月二日　下午七時應美國國外新聞記者會暨美國新聞家文藝學會招待會晚宴，發表演講。題爲「中國文學之沿革」。九時在紐約中國學生會演講「學生應注意之事」。

「西遊日記」中謂：「原定講『東西文化聯合之趨勢』，臨時改爲『中國文學之沿革』。中文稿爲兩頁白報紙，以鋼筆書寫，並備有英譯打字稿。」（註二二）

六月三日　北京國立八校教職員學生及中小學生，因經費事至新華門請願，被衛兵毆傷校長王家駒及學生等數十人，造成所謂「六三」事件。

六月六日　出席哥倫比亞大學校長巴特萊的招待宴會，講演「中國新教育的趨勢」。

六月八日　參加紐約大學畢業典禮，校長柏朗授予先生以法學博士榮譽學位。

美國哥倫比亞大學原定於畢業典禮時授以榮譽博士學位。羅家倫於一九二一年五月十四日由美發出電報：MUST ARRIVE AMERICA BEFORE MAY 31 TO RECEIVE COLOMBIA DEGREE（必須於五月卅一日以前到美接受哥倫比亞之學位）。當時因在英法各城市旅行輾轉投遞，直至六月一日始到達紐約，已逾哥倫比亞大學畢業典禮之期，故僅接受紐約大學榮譽博士學位而不及作學術性之講演。（註二三）

六月九日　致李國欽函。爲商籌款建北大圖書館事（註二四）

六月十四日　抵華盛頓，參加喬治城大學畢業典禮，並在該大學校長招待晚餐會上，發表「東西文化結合」講演。

六月廿四日　於芝加哥「遠東民生社」茶會上及在「芝加哥中國學生會」茶會上分別發表演說。

七月一日　「中國共產黨」在上海舉行第一次全國代表大會，第三國際馬林列席指導，陳獨秀當選委員長。

七月七日　致國際和平會斯科特博士函，爲交換圖書刊物事有所商洽。（註二五）

七月十日　美國總統哈定倡議召開太平洋會議（華盛頓會議），討論軍備限制及遠東問題。

七月十三日　致美國國會圖書館普特蘭館長函，爲該館提供北大全套「國會圖書館卡片」致謝。（註二六）

七月十六日　在舊金山華僑歡迎會上發表演說。先生於席上講述「歐美大學教育與中國大學教育的比較」，並請華僑捐款，支援北京大學建設圖書館；附帶說明北大優待華僑學生的情況。（註二七）

七月十七日　在舊金山中國國民黨招待宴會發表演說，報告「中國的現狀」。（註二八）

七月十八日　應舊金山華僑學界歡宴，卽席發表演說，就老子「爲學日益，爲道日損」二句，說明人之生活、飲食愈益簡單，則從事文化學術之功夫愈益複雜。（註二九）

七月十九日　在美國柏克萊加州大學中國學生會演講。認爲中國古代教育與歐美新教育「應參酌兼采」：㈠應包羅各種有用之學科；㈡一面提倡合群運動，一面吸取古代模範人格，以陶養道德；㈢中國社會教育設施甚少，應借鑒歐美，盡力發展。（註三〇）

七月廿七日　抵洛杉磯考察。應華僑宴會並演說。

七月廿八日　於洛杉磯爲北大圖書館組織集捐隊，手撰辦法六條。（註三一）

七月廿八日　應北京政府教育部電請，動身赴檀香山出席太平洋教育會議。

七月　撰「眞正的近代西洋教育」一文。謂西洋近代教育是自動而非被動，世俗而非神聖，

全身而非單獨腦部的。（註三一）

七月底　吳敬恆親自攜同中法大學學生百餘人，乘法輪寶島司（Porthos）赴法。

八月一日　對「少年中國」雜誌社發表「關於宗教問題的談話」。（註三二）

八月六日　抵檀香山，擬就兩項提案，提交太平洋教育會議討論。

內容爲：㈠「小學教育採用公共副語議」，建議「勸告與會諸國於小學校中十歲以上的學生，均教授 ESPERANTO（世界語），並用此語翻譯各國書籍。」㈡「舉行太平洋各國聯合運動會議」，建議「舉行太平洋各國運動會，第一年開會於檀香山，其後每年一次……次第開會於各國。」（註三四）

八月十一日　中、日、英、法、義五國應美國總統哈定邀請，參加在華盛頓召開之太平洋會議。（註三五）

是日　泛太平洋教育會議在檀香山開幕，先生等代表我國參加。

泛太平洋教育會議本日在檀香山舉行開幕典禮，會期自本日至十九日。蒞會之代表，計自美國來者五十人，夏威夷代表三十人，中國代表五人——蔡元培（北京大學代表）、林士模（江蘇教育會代表）、謝已原與韋慤（粵省政府代表）、王天木（夏威夷大學漢文歷史教授），澳洲一人，加拿大一人，智利一人，夏威夷廿六人，印度二人，日本八人，爪哇一人，高麗（韓國）一人，紐西蘭一人，葡萄牙一人，菲律賓一人，俄國西比利亞一人，暹羅一人。

開幕典禮在夏威夷上議院議事廳舉行。典禮中，先由夏威夷民政長華靈頓（Wallace R. Farrington）致開會詞，接著由主席朱爾登博士（David Starr Jordan）致答詞，日本神田乃武男爵及各領事、大理院長、陸軍沙穆納大將（Gen. Chas. P. Summerall）等，亦先後在典禮中一一致詞。（註三六）

是日　蘇俄開始實施新經濟政策。

八月十二日　於泛太平洋教育會議大會中發表演說，由中國代表團中另一代表韋慤譯為英語。（註三七）

八月十八日　檀香山華僑舉行宴會，招待出席太平洋教育會議各國代表，先生應邀發表演說，謂教育家責任在創造新文化。

八月十九日　泛太平洋教育會議閉幕。（註三九）

八月二十日　中國科學社在北京清華園舉行全國科學會議，為期十一日。

八月廿三日　於檀香山中國學生會發表演說。講述「知識問題」。謂「知識是憑着本有的能力，以同化作用，吸收新材料，組成統一的知識」。（註四〇）

八月　致美國華僑函，爲北大圖書館募集經費。（註四一）

八月　致駐美各地中國領事函，請協助募款。（註四二）

八月　向泛太平洋教育會議提出兩項議案：「小學教育採用公共副語議」及「舉行太平洋各國聯合運動會議」。（註四三）

八月　於高麗（韓國）代表招待太平洋教育會議各國代表時發表演說。呼籲韓人要達民族自決，必先創造文化，當以波蘭人爲榜樣。（註四四）

八月廿九日　離檀香山取道日本返國。

九月九日經日本橫濱，十一日過神戶，十四日返抵上海。

九月五日　國父發表英文宣言，指責日本侵略政策，要求派代表參加華盛頓會議。

九月十五日　應黃炎培、沈信卿、穆藕初以及上海商、學各界人士午宴，發表「太平洋教育會議之感想」。

九月十八日　回抵北京。

九月二十日　北京大學舉行歡迎蔡校長返國大會上，發表報告考察歐美教育之印象。其特色爲各國之教育既普及又提高，兩者並行不悖。關於北大擴建圖書館捐款，美國華僑已允爲募集，國內亦應配合籌款。（註四五）

九月廿一日　爲改選事，致北大各系主任暨教授函。（註四六）
是日留法勤工儉學生百餘人，因經濟斷絕，強佔里昂中法大學。
九月廿三日　北大各系主任改選結果分函並通告。（註四七）
九月廿五日　應北京中國科學社社友之邀發表演說。（註四八）
九月廿七日　嚴復在閩侯故里逝世，享年六十七歲。
十月一日　中國共產黨湖南支部成立，毛澤東任書記。
十月四日　節譯「柏格森玄學導言」，約八萬言。（註四九）
是日「中韓協會」在廣州成立。
十月七日　爲田瑞三創辦平民工讀學校募捐啓事。（註五〇）
十月八日　國父在廣州接見韓國臨時政府專使申圭植。
十月十日　法國里昂中法大學開學上課。
是日　國父撰中文本「實業計畫」序。
十月十一日　主持北京大學開學式，發表演說。

訓勉在校學生：「既要有活潑進取的精神，又要有堅實耐煩的精神。有第一種精神，所以有發明、有創造；有第二種精神，利害不爲動，牽制有不受，專心一志，爲發明創造的預

備。」（註五一）

十月十一日　催北大教職員按時還書啓事。（註五二）

本學期　開始在北京大學設立「美學」課程，由先生親自講授。並兼任國立北京高等師範學校教育研究科教授，亦講授「美育」課程。

十月十二日　全國商會與教育會聯合會在上海開會，公推余日章、蔣夢麟爲太平洋會議國民代表，宣傳民意。

十月十七日　爲河南一中聘請教員啓事。（註五三）

十月十九日　因病不能到校辦公啓事。（因足疾住院）

云：「元培因病，不能到校辦公。所有應與校長接洽事務，請與校長室譚熙鴻教授接洽。」

北京大學啓事：「蔡校長因病，現在醫院療治，醫生囑須靜養，始能得痊。本校同事、同學及諸友人，望勿前往探視，爲要。十月十八日」（註五四）

十月二十日　國際婦女勞工大會在日內瓦開會，江婉貞代表我國出席。

十月　致袁同禮函，並附委任書等，請其爲北大在美採購圖書儀器。（註五五）

十月　編著「美學通論」，已完成「美學的趨向」與「美學的對象」兩章。

先生在北大及北京高等師範講授「美學」課程，特編著「美學通論」以爲講學之用，本月完成「美學的趣向」（原先題爲「傾向」，後改「趣向」）與「美學的對象」二章。是年，十一月中旬「因病足進醫院停止」。（註五六）

十一月七日　北大研究所國學門成立，函聘沈兼士任北大研究所國學門主任。（註五七）

十一月十一日　爲張一志所編「山東問題滙刊」撰寫序文。（註五八）

十一月十二日　太平洋會議在華盛頓揭幕，美國總統哈定演說，我國代表施肇基參加。

十一月十七日　北京大學馬克思主義研究會成立。

十一月廿八日　北大研究所組織大綱提案提出。

是日，先生向北京大學評議會第二次會議提出「北大研究所組織大綱」提案，於十二月十四日第三次評議會會議時始獲通過。（註五九）

十一月　關於楊朱與莊周是否同爲一人？先生簡答「哲學」季刊記者。

謂：「楊朱爲莊周，是我個人的臆說，我的詳考尚未脫稿，當然贊成者極少。胡適之先生沿習舊說，認爲有楊朱其人，是胡君的自由。讀者自決之而已。」（註六〇）

十二月七日　敦勸北大學生應尊師重道。（註六一）

先生鑒於師道宜尊，特佈告全體學生。

十二月九日　國父在桂林學界歡迎會演講「知難行易」。

十二月十日　國父對駐軍桂林之滇、贛、粵軍講述「軍人精神教育」。

十二月十四日　向北京大學評議會提出「北大各種會議進行辦法」案。（註六一）

十二月十六日　熊希齡、李煜瀛（石曾）等組織「華法學務協會」，共籌救濟留法勤工儉學生。

華法學務協會，經舉代表向北京政府請款，政府允每年撥滙十萬元，先在巴黎設立講習所，收容留法勤工儉學學生。（註六二）

十二月廿三日　中華教育改進社成立，先生被推爲董事。

十二月廿四日　邀請美國孟祿博士至北大演講「大學之職務」：㈠傳布智識；㈡求應用的人材；㈢提高智識。（註六四）

是日　北京政府任命梁士詒爲國務總理。

註一：此篇最初爲鉛印單張，旋刊於「北京大學日刊」第八一四號，此後全國中學選作國文教材。見拙編「蔡元培先生全集」，頁五二五。

註二：華法教育會油印原件。

註三：同上。

註四至六：「西遊日記」手稿。見高平叔編「蔡元培年譜」。

註七：「北京大學日刊」第八〇六號（民國十年二月十四日出版）；見高平叔編「蔡元培全集」卷四。

註八：同上，第八〇七號（民國十年二月十五日出版）；並見拙編「蔡元培先生全集」頁八〇一。

註九：同上，第八一一號（民國十年二月十九日出版）。

註一〇：同上，第八一二號（民國十年二月廿一日出版）。

註一一：同上，第八一三號（民國十年二月廿二日出版），第八一四號（民國十年二月廿三日出版）。

註一二：同上，第八一五號（民國十年二月廿四日出版）。

註一三：同上，第八一六號（民國十年二月廿五日出版）。

註一四：「教育雜誌」十三卷七號「海外通訊」。

註一五：高平叔「蔡元培年譜」。

註一六：先生「西遊日記」手稿。同上。

註一七：同上。

註一八：同上。

註一九：「國立中央大學沿革史」。

註二〇：「北京大學日刊」第八三一號（民國十年八月十日出版）。

註二一：同上。

註二二：據蔡元培先生手稿；並參閱英文譯稿，見高平叔編「蔡元培先生年譜」。

註二三：「西遊日記」手稿。同上。

註二四：據「蔡元培書信抄留底稿」。
註二五：據「蔡元培書信英文打字副本」譯出，同上。
註二六：同上。
註二七：舊金山「大同日報」，民國十年七月十八日至廿一日。
註二八：同上。民國十年七月十八、十九、二十、廿一日。
註二九：蔡元培手稿，見高平叔編「蔡元培全集」卷四。
註三〇：舊金山「大同日報」，民國十年七月廿一日。
註三一：蔡元培手稿，見高平叔編「蔡元培全集」卷四。
註三二：據陸翔編「現代新思想集」上册，新文化編輯社，民國十年七月出版，同上。
註三三：「少年中國」第三卷第一期（民國十年八月一日出版），同上。
註三四：蔡元培手稿，高平叔編「蔡元培全集」卷四。
註三五：中國國民黨九十年大事年表。
註三六：「教育雜誌」第十三卷第十號，記事，頁五。
註三七：「西遊日記」蔡元培手稿，見高平叔「蔡元培年譜」。
註三八：蔡元培手稿，見高平叔編「蔡元培全集」卷四。
註三九：「教育雜誌」第十三卷第十號，頁五。
註四〇：蔡元培手稿，見高平叔編「蔡元培全集」卷四。

註四一：「蔡元培書信抄留底稿」，同上。
註四二：同上。
註四三：蔡元培手稿，同上。
註四四：同上。
註四五：據「北京大學日刊」第八四七號（民國十年九月廿二日出版）。
註四六：「蔡元培書信油印品留底」，見高平叔編「蔡元培全集」卷四。
註四七：據「蔡元培書信抄留底稿」，同上。
註四八：蔡元培手稿，同上。
註四九：「民鐸」第三卷第一號（民國十年十二月出版）。
註五〇：據「北京大學日刊」第八六〇號（民國十年十月七日出版）。
註五一：同上，第八六三號（民國十年十月十二日出版）。
註五二：同上，第八六二號（民國十年十月十一日出版）。
註五三：同上，第八六七號（民國十年十月十七日出版）。
註五四：同上，第八七〇號（民國十年十月二十日出版）。
註五五：據「蔡元培書信抄留底稿」，見高平叔「蔡元培全集」卷四。
註五六：蔡元培「我在北京大學的經歷」。
註五七：據「北京大學日刊」第八八六號（民國十年十一月八日出版）。

註五八：據張一志編「山東問題滙刊」，上海歐美同學會「民國十年十一月出版」。
註五九：據「北京大學評議會議事錄」，見高平叔編「蔡元培全集」卷四。
註六〇：據「哲學」季刊一九二一年第四期（民國十年十一月出版）。
註六一：據「北京大學日刊」第九一二號（民國十年十二月八日出版）。
註六二：據「北京大學評議會議事錄」，見高平叔「蔡元培全集」卷四。
註六三：「東方雜誌」第十九卷第二號，頁一五五。
註六四：「教育雜誌」第十四卷第二期，消息，頁三—四。

五十六歲　民國十一年　一九二二　壬戌

一月四日　致沈兼士函。

爲易寅村（長沙人，章太炎弟子）喜作金石考古，送來拓本多種，先生移送北大國學研究所，並請爲地質調查所助款事提供意見。（註一）

一月七日　美國教育家孟祿(Prof. Paul Monroe)離華返美。

一月十四日　爲吳法鼎所撰「介紹意大利雕塑名家阿爾寫蹄君」一文抒感。

略謂：「我國習西洋繪畫者較多，而尚無習雕塑術者。鄙意西洋雕塑與繪畫，有極密切關係，久有延訪雕塑家之意。適吳法鼎先生以阿君在北京之狀況見告，聞之爲狂喜。因先請

吳先生序其事略，布之日刊，以介紹於本校同人。」（註二）

一月十五日　撰「介紹畫家劉海粟」一文。

先生指出：「不獨是介紹劉君，並希望我國藝術界裏，多產幾個像他那樣有毅力的作者。」（註三）

一月十九日　致陳垣函。

爲介紹李石曾前往商洽中法大學、勤工儉學生工藝傳習所等事。（註四）

是日　致北大德文系教授會函。（註五）

一月廿五日　與趙國藩合擬「寓兵於工之計畫」，發表於「東方雜誌」。

略謂：「欲理中國之財，非裁中國之兵不可。……」主張「變古人屯田之法，而爲寓兵於工之計。」特擬就辦法十七條供當軸者之采擇焉。（註六）

一月廿六日　北大評議會第四次會議，先生提出「延長總務長任期」及「北大考試委員會名單」二案，獲得通過。（註七）

一月　撰「石頭記索隱」第六版「自序」。副題爲「對於胡適之先生『紅樓夢考證』之商榷」。

先生因胡適在其「紅樓夢考證」中，將「石頭記索隱」列於「附會的紅學」之中，謂之「走錯了道路」；謂之「大笨伯」、「笨謎」；謂之「很牽強的附會」。先生於「自序」中敍述作此索隱的經過及所使用的推求方法，並對胡適的指責提出數點疑問，表示「實不敢承認」。先生之研究精神與泱泱學者風度，令人欽佩！（註八）

二月三日　北京華法學務協會公宴法國公使傅樂猷及其參隨人員。先生發表演說：籲法國退還庚子賠款，供中國興辦教育事業。（註九）

二月四日　中日在華盛頓簽訂「解決山東問題懸案條約」二十八條，規定日本將德國在山東權利交還中國。

二月六日　復劉海粟函。（註一〇）

是日　華盛頓會議閉幕，「五國海軍協定」及「九國公約」簽字。

二月十一日　北大第五次評議會議，先生提出「北大研究所國學門委員會名單」及「教員保障案」。（註一一）

二月十七日　復胡適函；答所詢關於對英國退還庚款如何支配之意見。（註一二）

二月十八日　北大研究所國學門委員會召開第一次會議，先生親自主持。（註一三）

二月十九日　致教育部次長陳垣函。爲武昌高師校長人選轉達學生意見。（註一四）

二月二十日　發表「國語的應用」一文於「國語月刊」。（註一五）

二月廿二日　致李石岑函，附贈近作「教育獨立議」一文。（註一六）

二月廿四日 與北京國立專上校長及學務局長聯名呈請教育部，要求將德國退還庚款撥充八校基金及籌設京師圖書館之用。（註一七）

是日 爲上海美術專門學校申請立案致教育部次長陳垣函。（註一八）

二月廿五日 撰爲印行張克誠遺著集款啓事一則。（註一九）

二月廿七日 撰楊著「圖書館學」序。（註二〇）

是日 國父在桂林舉行北伐誓師典禮。

二月廿八日 爲俄國災荒賑濟會募捐啓事。（註二一）

二月 擬訂北大實施教授制設講座教授之大綱草案，提請評議會通過。（註二二）

二月 撰「全國教育會聯合會議議決之學制系統草案評」一文。（註二三）

三月一日 北京政府教育部擬籌設「退款興學委員會」，專司退還庚子賠款接洽事宜。（註二四）

三月三日 北京政府派王正廷督辦魯案善後事宜。

三月十一日 聘請馮祖荀等爲「北京大學月刊」編輯員。（註二五）

三月十三日 爲南通商校聘請教員刊登啓事一則。（註二六）

是日 爲湖南工專聘請教員刊登啓事一則。（註二七）

三月廿一日　粵軍參謀長兼第一師長鄧鏗在廣州遇刺，傷重不治。

三月廿五日　提議北大學生事業委員會名單，獲北大評議會第七次會議通過。（註二八）

三月廿六日　國父以陳炯明暗殺鄧鏗，阻撓北伐，決班師回粵，改道贛南北伐。

三月廿七日　聘胡適等爲「文藝季刊」編輯員，並定期召開討論會。（註二九）

是日　函北大學生事業委員會委員譚熙鴻等，定期開會。（註三〇）

三月三十日　敦請北京大學同人速認購膠濟鐵路贖路股份，刊登啓事一則。（註三一）

三月　撰「教育獨立議」一文，英文譯本送太平洋教育會議。（註三二）

四月九日　於北京「非宗教大同盟講演大會」上發表講演，題爲「非宗教運動」。（註三三）

四月十三日　瑞典西冷博士應邀在北大講演「東西洋繪畫的要點」。（註三四）

四月十五日　美國新銀行團代表斯梯芬(Stevens)應邀在北大講演「鐵路借款的用途之監督」。

是時，我國鐵路、實業需借外債，似已成不可免之趨勢。但此項借款，在銀行家，則主張須有監督用途之權；而在國內，則時聞反對用途監督之說。先生關心國事，特請美國新銀行團代表斯梯芬先生於本日下午在第三院大禮堂講演「鐵路借款的用途的監督」。由胡適之教授擔任譯述。斯梯芬君並於演講完後，答覆聽者之問難。（註三五）

四月十八日　美國山格夫人應邀在北大講演「節制生育問題」。（註三六）

四月廿一日　致函胡適，告以研究系首領林長民曾通過羅文幹來邀組織團體，「發表對於現今各大問題之意見」。

四月廿二日　北京政府任命羅文幹代理司法總長。

四月廿三日　爲北大「春季運動會」撰「運動會的需要」一文。

文中指出：「運動會過去雖曾顯現過一些弱點，如各校注意選手，不謀普及；選手專事運動，不盡力本分功課；以及專以運動競勝，不注意身體之平均發展等。」但運動會本身實有許多長處，如可「鼓勵運動的興會」、「增加校外同學的社交」、「養成公德」等等。應「利用運動會的長處，避去弱點」。（註三七）

是日　外電報導：國父力求中國之民主與統一，並抗議日本侵華。（註三八）

是日　蔣中正離粵赴滬，並函勸陳炯明應服從孫大總統。

四月廿五日　邀請東南大學體育研究推廣主任麥克樂至北大講演。（註三九）

是日　通告北大物理、中文、英文、法文、政治、法律七學系改選系主任之結果。並改選教務長，胡適以較多票當選。（註四〇）

四月廿六日　通告北大教務長改選結果。教務長改選，業於本月廿五日舉行。

胡　適　四票（當選）　陳世璋　兩票　陶孟和　兩票
陶孟和　兩票　馬裕藻　一票
（十三系主任中，有兩人未到會投票）（註四一）

是日　林長民、王寵惠、羅文幹來訪，商談組織團體事。先生以電話告知胡適，主張不組織團體；但贊成發表意見，並由一班人出來主持裁兵。（註四二）

四月廿八日　直奉戰爭爆發。

四月廿九日　出席北大教職員大會，爲時局及經費艱困情形發表演說。並籲組保護團，以保護校園及師生安全。（註四三）

五月一日　直奉戰爭奉軍失利；張作霖宣佈東三省「自主」。並與西南各省採一致行動。

五月四日　發表「五四運動最重要的紀念」一文。於北京「晨報」發表本文，主張竭力進行三事：㈠廣集贖回膠濟路的股權，㈡自動的用功，㈢擴充平民教育。（註四四）

五月五日　爲成立「北大保衛團」刊登啓事。（註四五）

是日　「中國社會主義青年團」第一次代表大會在廣州舉行。十日開幕，決定總部設在上海。

五月六日　國父蒞韶關誓師北伐。

五月十二日　撰「爲請求將清內閣檔案撥充北大史學研究材料」呈文。(註四六)

是日　胡適邀梁漱溟、李大釗、陶孟和、湯爾和、朱經農等至先生寓所開會，討論胡所起草之「我們的政治主張」。

五月十四日　「我們的政治主張」發表。

與王寵惠等在胡適創辦之「努力周報」上聯合發表「我們的政治主張」，提出要有一個「好政府」與「有計畫的政治」。政治改革的基本要求是：㈠憲政的政府；㈡公開的政府；㈢有計畫的政治。第一步下手功夫是：「須要做奮鬥的好人」；「須要有決戰的輿論」。其具體主張是：南北兩方議和；裁兵；裁官；採用直接選舉制；根據國家財政收入統籌支出，實行徹底的會計公開。(註四七)

是日　吳佩孚通電主張恢復舊國會。

五月十五日　爲東南大學孟芳圖書館募集圖書啓事。(註四八)

五月廿二日　與梁啓超等通電贊成恢復舊國會。(註四九)

六月一日　國父自韶關返回廣州鎭撫陳炯明部，命胡漢民留守韶關。

六月三日　出席北京教育界「六三紀念會」發表演說，並致電國父。(註五〇)

六月四日　參加歡送北大應屆畢業同學茶話會，發表演說。並對山東膠濟鐵路集款贖路事大

聲呼籲。（註五一）

六月六日　函覆胡適，同意北大史學系派遣學生出國留學。（註五二）

是日　國父發表「工兵計畫宣言」，主張實行兵工制。同時，請列強勿干涉中國內政。

六月八日　邀顧維鈞公使至北大講演。

是日　與王家駒、李建勛等校長十餘人聯名致電黎元洪，促其回京復任總統。

是日　黎元洪通電以廢督、裁兵爲復職條件。

六月十五日　北大總務長譚仲逵病愈，恢復辦公。

六月十六日　陳炯明叛變，炮攻總統府，國父脫險，抵海珠海軍司令部，率海軍討逆。

六月十九日　直奉戰爭結束，雙方協議撤軍。

六月二十日　發表「美育實施的方法」一文。於學校美育及社會美育的具體設施，作周詳規畫。（「教育雜誌」第十四卷第六號）

六月廿三日　國父由楚豫艦遷永豐艦。

是日　護法政府外交部長兼廣東省長伍廷芳在廣州病故，享年八十一歲。

六月廿四日　吳佩孚電詢對時局之意見，先生覆電贊成裁軍廢督，並主迅開會議。吳再度致電反覆其詞。（註五三）

六月廿六日　爲歷史博物館所藏內閣檔案移交北大，特通知有關教授開會研商並開始整理。（註五四）

七月三日至八日　參加「中華教育改進社」年會，致開會詞，並爲年會日刊撰「發刊詞」。（註五五）

七月廿一日　致董康函。商北大等校經費支絀事。（註五六）

是日　致高恩洪函。請轉商財政部以債票調換國庫劵事。（按：高恩洪，字定庵，當時任教育總長。）（註五七）

七月廿二日　撰「中華教育改進社第一次年會報告序」一文。（註五八）

是日　章炳麟、曹亞伯等在上海組織「聯省自治促進會」，有四川、雲南、湖南等省代表及舊議員多人參劾。

七月廿九日　覆陳衡哲函，對於「非宗教同盟」運動之涉及有所說明。（註五九）

七月　「中國共產黨」召開第二次全國代表大會於上海。（註六〇）

八月一日　撰「北大季刊編輯員討論會議決之條件」，提評議會通過實施。（註六一）

是日　提議北大評議會採「兩學期制收費辦法」，獲致通過實施。（註六二）

是日　擬定北大講師晉等教授之名單，經評議會通過改聘。（註六三）

是日　第一屆舊國會在北京集會，由王家襄、吳景濂兩議長分任主席，宣布繼續六年二期常會。

八月三日　「中華女子參政會」假中國大學舉行成立大會，因遭警察干涉改為演講會。

八月九日　「中共」首領陳獨秀在上海被法國捕房拘押，搜獲違禁書刊傳單甚夥。

八月十日　致函電劉海粟，告以足疾未痊，不克參加美專募集建築基金委員會。（註六四）

八月十四日　「民權運動大同盟」成立，以「確立及擁護民權為宗旨」，鄧仲澥為主要負責人。

八月十七日　北京國立八校代表赴交通部索薪，與該部發生衝突，八校校長通電辭職，交通總長高恩洪與該部全體職員亦呈請辭職。（註六五）

八月十八日　出席李大釗等歡迎蘇俄代表越飛之招待會。

八月十九日　為北京國立各校經費問題多故，無能解困，特聯名呈請辭職，由先生領銜呈請。（註六六）

八月二十日　蘇俄勞農政府代表越飛在北京宣言：俄願交還庫倫，並願與我國討論邊境駐兵及通商問題。（註六七）

是日　發表「漢字改革說」一文於國語月刊。

先生認爲：「漢字旣然不能不改革，盡可直接的改用拉丁字母。」（註六八）

（按：中國語文有其獨特之風格，自成系統，較世界上任何種語文均爲優越。不能贊同先生早年思想提倡拉丁語、與中共有人創導羅馬語，欲遷就方言以改變我國之文字，則勢將使我國家支離，且違反語文趨同之自然傾向。）（註六九）

八月　爲湖南自修大學題詞，並撰「湖南自修大學的介紹與說明」一文。

八月廿一日　與北京國立八校校長再度請辭。（註七〇）

是日　北京政府國務院秘書廳全體職員因索薪不遂，實行大罷工。

是日　致劉海粟函，爲法國東方博物館徵求中國美術品。（註七一）

八月廿二日　留日學生通電指責教育部截留學生公費。

八月廿四日　與北京國立八校校長致大總統函，說明辭職原因。（註七二）

八月廿四日　京漢鐵路工人要求加薪，實行大罷工。

八月廿六日　與北京國立八校校長爲辭職事聯名通電，聲明與交通部交涉經過。（註七三）

八月廿九日　與北京國立八校校長呈國務總理及教育總長，爲催索欠薪再度請辭。（註七四）

八月　蘇聯外交家越飛（Adolf A. Toffe）到北京，中國教育界開會歡迎。越飛亦邀宴國會議員、各界領袖。先生致詞答謝。（註七五）

九月六日　爲教育經費無著，與北京國立八校校長三度呈請辭職。（註七六）

九月八日　粵漢鐵路工人實行大罷工。

九月十一日　北京政府指令京師教育經費每月二十九萬元，由關稅項下撥付。（註七七）

九月十三日　北京大學教職員挽留蔡校長。（註七八）

是日　蔣中正著「孫大總統廣州蒙難記」蕆稿。

九月十五日　北京國立八校師生發表宣言，要求北京政府剋期發放欠薪，罷免交通總長，並妥籌教育基金。

是日　京師治安維持會會長孫寶琦要求北京政府籌撥軍警月餉。

九月十七日　北京政府陸軍部直轄之軍官、軍需、軍醫、獸醫、憲兵五校，呈請於十日內發放三個月薪餉，並剋期清理積欠薪餉。

九月十九日　北京政府局部改組，由王寵惠組閣。

九月二十日　北京政府教育部召集之學制會議開幕，到會七十八人，被推爲主席。（註七九）

九月廿一日　北京政府特任財政總長羅文幹兼鹽務署督辦，及幣制局督辦。（註八〇）

是日　北京國立八校校長復職啓事。（註八一）

九月廿八日　華北大學創立，被推舉爲兼任校長。（註八二）

十月二日　主持北京大學開學式，發表講演。（註八三）

十月三日　召開北京大學評議會第十次會議。（註八四）

十月九日「北京大學月刊」刊載「哲學課一覽」。其中「美學」課，每週二小時由先生主講。

十月十日　北京八十六團體三萬人在天安門召開國民裁兵運動大會，推先生主席，並示威遊行。

十月十一日　舊國會在北京舉行第三屆會議。北京政府大總統黎元洪、署理國務總理王寵惠及各部總長全體列席。

十月十二日　發起組織「北大同學會」，撰「緣起書」。（註八五）

十月十四日　北京七十二團體聯合呈請廢除治安警察條例，先生被推爲代表之一。北京七十二團體推先生與林長民、鄧仲澥、毛一民爲代表向北京政府請願，要求廢除「違法殃民」之「治安警察條例」，保護人民權利自由。（註八六）

十月十七日　朱希祖、王世杰等建議北大徵收講義費以充實圖書，先生覆函贊成。（註八七）

是日　爲中華職業教育社徵求社員。刊出啓事一則：

徑啓者：

中華職業教育社本屆第六年度徵求社員，曾委托元培擔任。本校同人，熱心提倡職業教育，或有志研究職業教育者，諒不乏人。如志願入社者，請於本月內將志願書及歲費，交至本校總務處蘇君甲榮處，以便滙繳該社。（註八八）

十月十八日　北京大學部份學生反對徵收講義費發生風潮，先生憤提辭職。

北京大學教務會議通過逐步廢講義的議案，規定：需要講義的學生，須先購講義票。是日，有學生二三百人因反對徵收講義費擁至校長室請願。據傳有少數學生係受當時企圖破壞北大之校外勢力所策動。翌日先生憤而提出辭呈。北大敎職員亦宣言暫停職務。（註八九）

十月廿一日　全國教育聯合會在山東濟南市召開第八次會議。

十月廿四日　北大講義風潮平息，返校視事。（註九〇）

十月廿五日　於北大全校大會上發表演說。（註九一）

十月　于右任、葉楚傖、邵力子在滬創辦「上海大學」，培養幹部人才。

十一月五日　北大化學會成立大會上，先生發表演說。（註九二）

十一月八日　定期召開世界語聯合會議，函各報社及世界語團體。（註九三）

十一月十四日　爲愛因斯坦博士來華講學作準備。

（按：先是六月間，先生得愛因斯坦覆函，允於在日本講學後到北大講學二星期。但愛氏十二月間到日時，先生爲表示隆重歡迎，函商全國重要學術機關聯名發信，輾轉費時，致使愛氏在日本未能及時收到此信，致未能到北大等處講學。）（註九四）

十一月十五日　北京大學史學會成立大會上，先生應邀發表演說。（註九五）

十一月十六日　遠東共和國與蘇俄合併。

十一月十八日　北京政府內部權利之爭，財政總長羅文幹被控在簽訂奧國借款展期合同時貪汚受賄，遭非法逮捕。（註九六）

十一月十九日　北京政府各部總長聯合抗議黎元洪不經法律手續，擅自下令逮捕財政總長羅文幹。

十一月廿一日　在北京大學經濟學會上講演。（註九七）

十一月廿五日　爲羅文幹遭非法逮捕事向記者發表談話，謂此舉「爲國會與總統之自殺，於鈞任人格一無所損」。

羅文幹爲北大兼任教員，曾與先生一道出國考察，深知其爲人，信其不會有貪汚受賄情事，且報章公布有關文件資料，皆不足以證明羅有罪責。是日，先生向訪問他的記者發表談話說：「羅文幹受賄與否，事實已昭然若揭。法治國家之元首、國會與政治家之行動，應以法律爲前提。吳景濂、張伯烈身居衆議院議長、副議長地位，於私人告密信上私蓋衆議院印信，堅請黎元洪不依法律手續逮捕閣員，是不合法的。黎元洪身為國家元首，對此重大事件不加考慮，竟聽一面之辭，貿然面諭軍警速即逮捕，是違法行為；衆議院復匆匆通過查辦羅案，如此草率從事，為國會與總統之自殺，于鈞任人格，一無所損。」先生深惡吳景濂、張伯烈的為人險惡，以為他們為倒閣起見，盡可以用彈劾質問的手續，何以竟不惜採取如此卑污的手段陷人於罪？（註九八）

十一月廿九日　北京政府王寵惠內閣辭職。黎元洪以汪大燮署國務總理。

十一月三十日　函聘日人今西龍博士為北大史學系教授，主講「朝鮮史」。

十一月　北京大學社會科學季刊創刊。

十二月二日　為浙江水災急募賑款啓事。（註九九）

十二月十一日　汪大燮辭職，北京政府以外交總長王正廷兼代國務總理。

十二月十五日　世界語聯合大會在北京大學召開，先生任主席，致開會詞。

說明：㈠我們有一種公用語言的要求；㈡我們所要求的是一種人造的公用語言；㈢在各種人造的公用語言中，有選取ESPERANTO的要求；㈣中國有首先普及ESPERANTO的要求。（註一〇〇）

十二月十六日　為世界語聯合大會圓滿成功，得力北大同事熱心協助，特刊登銘謝啓事。（

一〇一）

十二月十七日　在北京大學成立二十五周年紀念會上致開會詞。先生將北大過去分三個時期：㈠自開辦至民元，㈡自民元至民六，㈢自民六至現在。分期敍述其學校制度、教學方法之發展變化。希望從速建造大會場，編印出有價值之叢書，組織普遍的同學會。（註一〇二）

十二月廿三日　致越飛謝函。（越飛，在北大文稿中，譯爲「姚飛」）（註一〇三）

十二月廿五日　應邀在京師市民會所講演「市民對於教育之義務」。先生提出應爲兒童增設小學，爲年長的人設置補習學校、平民大學等，動物園、植物園、博物院、圖書館、戲院、影戲館，都有教育的作用。這都是市民應該盡力的。（註一〇四）

十二月廿六日　爲中國華洋義賑會舉辦浙災急募賑款大會遊園會徵求北大學生助理會務啓事。（註一〇五）

十二月廿八日　蘇俄代表越飛照會北京政府外交部，表示宣言放棄中東鐵路權利，並作無條件交還。

十二月廿九日　與李煜瀛等爲救護西伯利亞波蘭孤兒募捐啓事。（註一〇六）

冬　題劉海粟「溪山風松圖」，全用語體文，別創一格。（註一〇七）

十二月　被派任教育基金委員會委員。（註一〇八）

十二月　浙江省議會推選先生爲籌辦杭州大學之董事。（註一〇九）

是年　爲菲律賓「華僑教育叢刊」題詞。（註一一〇）

是年　應日人出版品之請求，撰「支那之專制政體」一文。（註一一一）

註一：蔡元培手札，見高平叔編「蔡元培全集」卷四。

註二：「北京大學日刊」第九三四號。

註三：此篇先刊於民國十一年一月十五日北京「新社會報」，又與李建勛聯名發表於「北京大學日刊」第九三五號（民國十一年一月十六日出版）。

註四：蔡元培手札，同註一。

註五：蔡元培書信油印品留底，同上。

註六：「東方雜誌」第十九卷第二號（民國十一年一月廿五日出版），拙編「蔡元培先生全集」頁五二七。

註七：蔡元培手稿，見高平叔編「蔡元培全集」卷四。

註八：高平叔編「蔡元培年譜」，頁六四。

註九：「中法大學叢刊」第四種：「中法、中比兩大學與退款興學運動」，民國十一年出版。

註一〇：同註七。

註一一：北京大學評議會抄件，同上。

註一二：據「胡適來往書信選」。
註一三：據北京大學研究所國學門委員會第一次會議記事。
註一四：同註一。
註一五：「國語月刊」第一卷第一期（民國十一年二月二十日出版）。
註一六：「教育雜誌」十四卷三號（民國十一年三月二十日）。
註一七：「北京大學日刊」第九六九號（民國十一年二月廿八日出版）。
註一八：同註一。
註一九：同註一七。
註二〇：拙編「蔡元培先生全集」頁九五五。
註二一：同註一七。
註二二：北京大學評議會抄件。
註二三：「新教育」第四卷第二期（民國十一年二月出版）。
註二四：「政府公報」第二一五七號。
註二五：「北京大學日刊」第九八〇號（民國十一年三月十三日出版）。
註二六：同上。
註二七：同上。
註二八：蔡元培手書提案，見高平叔編「蔡元培全集」卷四。

註二九：蔡元培手稿，同上。
註三〇：同上。
註三一：「北京大學日刊」第九九五號（民國十一年三月三十日出版）。
註三二：民國十一年三月「新教育」第四卷第三期，拙編「蔡元培先生全集」頁五一三。
註三三：「覺悟」一九二二年四月十三日。
註三四：「北京大學日刊」第九九九號（民國十一年四月十三日出版）。
註三五：同上。
註三六：「北京大學日刊」第一〇〇三號（民國十一年四月十八日出版）。
註三七：「北京大學日刊」第一〇〇八號（民國十一年四月廿三日出版）。
註三八：民國十一年四月廿五日「順天時報」。
註三九：「北京大學日刊」第一〇一〇號（民國十一年四月廿五日出版）。
註四〇：同上。
註四一：同上。
註四二：周天度「蔡元培生平活動年表」。
註四三：「北京大學日刊」第一〇一八號（民國十一年四月廿九日出版）。
註四四：北京「晨報」（民國十一年五月四日）。
註四五：「北京大學日刊」第一〇二〇號（民國十一年五月六日出版）。

註四六：蔡元培呈文抄留底稿，見高平叔編「蔡元培全集」卷四。
註四七：「東京雜誌」第十九卷第八號（民國十一年四月廿五日出版）。
註四八：「北京大學日刊」第一〇二七號（民國十一年五月十五日出版）。
註四九：丁文江「梁任公先生年譜稿長編」頁六一六。
註五〇：同註四二。
註五一：「北京大學日刊」第一〇四五號（民國十一年六月六日出版）。
註五二：蔡元培手札，見高平叔編「蔡元培全集」卷四。
註五三：民國十一年七月九、十一日「順天時報」。
註五四：據蔡元培書信抄留底稿，同註五二。
註五五：「新教育」第五卷第三期，民國十一年十月出版。
註五六：「北京大學日刊」第一〇六六號（民國十一年七月廿九日出版）。
註五七：同上。
註五八：「新教育」第五卷第三期（民國十一年十月出版）。
註五九：同註五六。
註六〇：「國父年譜增訂本」頁九〇八。
註六一：蔡元培手稿，見高平叔編「蔡元培全集」卷四。
註六二：同上。

註六三：同上。
註六四：蔡元培手札，同上。
註六五：「中華民國史事紀要」初稿，民國十一年七至十二月份，頁三三二。
註六六：「北京大學日刊」第一〇七〇號（民國十一年八月廿六日出版）。
註六七：「東方雜誌」第十九卷第十八期，頁一四二。
註六八：「國語月刊」第一卷第七期（民國十一年八月二十日出版）。
註六九：拙著「語文概論」，頁四、五、十四。筆者於一九七一年參加日本文部省召開之座談會中亦曾申述此義。
註七〇：同註六六。
註七一：蔡元培等聯名函件，見高平叔編「蔡元培全集」卷四。
註七二：「北京大學日刊」第一〇七一號（民國十一年九月二日出版）。
註七三：同上。
註七四：同上。
註七五：郭廷以「近代中國史綱」下冊，頁五二七。
註七六：「北京大學日刊」第一〇七二號（民國十一年九月九日出版）。
註七七：「政府公報」第二三四五號。
註七八：民國十一年九月十五、六日「順天時報」。

註七九：「教育總長」，北京教育部民國十一年九月鉛印（蔡元培批注本）。
註八〇：「中華民國史事紀要」初稿，民國十一年七至十二月份，頁五七七。
註八一：「北京大學日刊」第一〇七四號（民國十一年九月廿三日出版）。
註八二：「新教育」第五卷第四期（民國十一年十一月）。
註八三：「北京大學日刊」第一〇七八號（民國十一年十月六日出版）。
註八四：蔡元培手稿，見高平叔編「蔡元培全集」卷四。
註八五：「北京大學日刊」第一〇八二號（民國十一年十月十二日出版）。
註八六：「中華民國史事紀要」初稿，民國十一年七至十二月份，頁七四二。
註八七：「北京大學日刊」第一〇八八號（民國十一年十月十八日出版）。
註八八：同上，第一〇八七號（民國十一年十月十七日出版）。
註八九：同上，第一〇八九號（民國十一年十月十九日出版）。
註九〇：同上，第一〇九〇號（民國十一年十月廿五日出版）。
註九一：同上，第一〇九一號（民國十一年十月廿六日出版）。
註九二：同上，第一一〇四號（民國十一年十一月十日出版）。
註九三：此件油印品留底，見高平叔編「蔡元培全集」卷四。
註九四：「北京大學日刊」第一一一二號（民國十一年十一月二十日出版）。
註九五：同上，第一一一六號（民國十一年十一月廿四日出版）。

註九六：「中華民國史事紀要」初稿，民國十一年七至十二月份，頁一〇一二。
註九七：「北京大學日刊」第一一一九號（民國十一年十一月廿八日出版）。
註九八：北京「晨報」，民國十一年十一月廿六日。
註九九：「北京大學日刊」第一一二三號（民國十一年十二月二日出版）。
註一〇〇：北京「晨報副鐫」，一九二二年十二月廿二日；並參閱「北京大學日刊」第一一三七號（民國十一年十二月廿二日出版）。
註一〇一：「北京大學日刊」第一一三七號（民國十一年十二月廿二日出版）。
註一〇二：同上，第一一三八號（民國十一年十二月廿三日出版）。
註一〇三：蔡元培書信抄留底稿，見高平叔編「蔡元培全集」卷四。
註一〇四：「晨報副鐫」，一九二二年十二月廿五日。
註一〇五：「北京大學日刊」第一一四一號（民國十一年十二月廿七日出版）。
註一〇六：「北京大學日刊」第一一四三號（民國十一年十二月廿九日出版）。
註一〇七：劉海粟自藏國畫「溪山風松圖」。
註一〇八：北京「教育部公報」本年第十二期。
註一〇九：「國立浙江大學一覽」「沿革」。
註一一〇：蔡元培手稿，見高平叔編「蔡元培全集」卷四。
註一一一：同上。

五十七歲　民國十二年　一九二三　癸亥

一月一日　中國國民黨發表宣言，宣布對時局主張，及民族、民權、民生政策。

是日　黎元洪通電以「廢督」無成，聲稱已咨國會辭總統職。

一月八日　函聘李書華、李四光、陳世璋爲北大數學、地質、化學學系閱覽室負責管理之教授。（註一）

一月九日　聘請今西龍、伯希和爲北大考古學通信員。（註二）

先生致北大文牘課便條謂：「本校敦請今西龍、伯希和博士擔任研究所國學門考古學通信員。」

一月十二日　第三國際決議：令中國共產黨參加中國國民黨，但仍保持其自身組織。（註三）

一月十三日　梁啓超結束其在南京東南大學之講學，對學生作告別演說，述其宇宙觀與人生觀。（註四）

一月十七日　因羅文幹再遭非法逮捕，痛心教育總長彭允彝干涉司法，蹂躪人權，羞與爲伍，憤然提出辭職。

先生以教育總長彭允彝主張羅案再議，干涉司法獨立，蹂躪人權，羞與爲伍，本日辭職

出京。（註五）
同日　致教育部函。
一月十九日　刊登辭職啓事，隨卽離京，往天津小住。（註六）
是日　北京大學學生向衆議院請願，請求不要通過彭允彝出任教育總長，被院警毆傷多人，學潮擴大。
一月二十日　北京大學全體教職員發表宣言，要求驅逐彭允彝，挽留蔡校長。
北京大學全體教職員在蔡校長留書辭職出京，學生在衆議院門口演出流血慘劇之後，一面與北京各校取一致行動倒彭，一面發表宣言，博取各界同情。（註八）
一月廿一日　發表「不合作宣言」，表示不能與毫無人格之彭允彝爲伍。（註九）
一月廿九日　國父手撰「中國革命史」一書脫稿。
一月三十日　梁啓超在天津籌辦「文化學院」，擬採半學校半書院方式，因經費困難，未成。
二月二十日　蘇俄脅迫外蒙代表在莫斯科締「俄蒙密約」，許俄軍長期駐紮，成其傀儡。
二月廿一日　國父在廣州演講「和平統一化兵爲工」，強調「仁者無敵於天下」。
三月二日　準備出國赴歐。
先生「雜記」手稿云：「三月二日，往通濟隆，詢往歐之船，所得消息如下：每月二次，頭等一一〇—一二〇鎊，二等八〇—八六鎊；意大利船，每月一次，一二等合八六鎊。日船每月多次，頭等日幣九六〇元，二等六四〇元。」（高平叔編「蔡元培全集」卷三）

三月四日　北京學生聯合會爲元宵提燈大會時警察毆傷學生一百餘人，通電控訴北京政府罪行，並籲請國父北伐。（註一〇）

三月　浙江省擬創辦杭州大學，聘先生與陳大齊、蔣夢麟爲董事，先生與陳、蔣聯名，提建議十項。

先生與陳大齊、蔣夢麟等聯名提出「籌辦杭州大學之意見」：㈠專辦本科，先就自然科學酌設若干門，兼設哲學門。㈡開始授課須在本省高中有畢業生之後。㈢前兩年授各該門一般功課，後二年入研究所作較專門之研究。㈣設講座制。㈤講座分正教授、教授、助教授。各門設研究所，最好各門各聘一外國專家爲正教授；教授及助教授以本國人充任，並得聘用講師及助教。㈥學校設備及預算，以一個教室之需要爲單位。㈦學校圖書儀器等設備費，至少佔全校經費百分之四十以上。薪水及行政費，不得超過百分之六十。㈧教授服務滿若干年，須派赴國外研究。㈨設校政會議，議決及執行重大校政。教授人數不多時，全體均爲會員。㈩校政會議互推一人爲主席，兼充大學校長，一年一任，不得直接連任。（註一一）

三月五日　北京大學教職員學生發表宣言，反對由評議會主持校務，一致挽留先生回任校長。

四月七日　乘「新銘輪」離津，十日抵滬。

四月十三日　北京各校向教育部索薪，北京教育部人員亦開會向彭允彝索薪。

四月十四日　閱「漢譯湯姆生科學大綱」。閱「陳迦陵文集」。

四月十六日　閱「湖南樓詩集」。

先生出京後，在天津及上海大量閱讀書籍、雜誌，並剪貼報紙。書籍閱畢，均撰寫長篇劄記。（註一二）

四月十七日　致北大評議會電。

先生辭職出京，校務由蔣夢麟代理；嗣因辭職未獲准，而蔣復電只代表先生個人，於是先生在滬致電北大評議會，請開會公決。電文如下：「北京漢花園國立北京大學評議會鑒：蔣夢麟教授來電，只肯代表個人，培亦贊成，請公決。蔡元培。篠。」

蔣夢麟致蔡先生電：「……聞命惶恐。前函詳述：最高限度，代表先生個人爲止。茲命代理，於學校、個人均感不系（易）維持。學校衆意僉同，曷敢畏難思退。惟長夜多夢，當求萬全之計。請電評議會依照前函改爲個人代表。夢麟叩。銑。」（註一三）

四月廿一日　致北大「文藝季刊」編輯部函，請別舉編輯主任。（註一四）

四月廿三日　題「純飛館塡詞圖」。

原題爲「爲仲可題『純飛館塡詞圖』」。（按：徐仲可，先生中舉人時之己丑同年。）（註一五）

四月廿四日　翻閱「敬業堂集」畢，用「四庫要略」本，參閱張思岩評校本。

四月廿八日　爲杭縣徐振飛「天蘇閣叢刊」二集撰寫序文。（註一六）

四月　與商務印書館約定編寫「哲學綱要」等書。

四月　爲徐仲可所著「可言」一書撰寫序文。（按：與前「天蘇閣叢刊序」類同，因「可言」序亦在前序內也。）

春　致北大全體教職員及全校學生函。（註一七）

五月四日　北大教職員韓致祥等至教育部索薪，並搗毀總長私宅。

五月六日　與周峻（養浩）女士在滬訂婚。後返紹興故里。

先生以夫人黃仲玉逝世已逾期年，家庭狀況不能不續娶。其擇偶條件：㈠原有相當認識，㈡年齡略大，㈢熟諳英文而能爲研究助手者。屬意於愛國女學舊同學周峻（養浩）女士。周女士在先生主持愛國女學時，卽來就學，又進承志、啓明諸校；畢業後，服務社會多年，且素有出國志願。當託前任愛國教師之徐仲可夫人介紹，得周女士同意，於五月六日在上海訂婚。（註一八）

是日　津浦路北上夜車在山東嶧縣、臨城附近，遭土匪孫美瑤等搶刼，綁架乘客至匪巢勒贖，其中有外國旅客二十餘人，案情重大，涉及外交；謂之「臨城刼車案」。

五月十三日　跋張菊生「隶緽」抄本。（註一九）

五月廿七日　臨城刼車案匪首張美瑤央請被俘之美人鮑爾惠下山磋商和議。

是日　北大全體教職員致書先生，請求打消辭職，回校主持校政。北大學生幹事會亦致電表示殷切挽戴之意。

是日　北京政府張紹曾內閣總辭。

五月　應浙江上虞白馬湖春暉中學之邀前往該校講演。（註二〇）

六月六日　應邀在紹興浙江省立五中、五師、縣立女師三校聯合大會上發表演說。（註二一）

六月十二日　臨城刼案和解，被擄外僑悉數釋出。

六月十三日　黎元洪被馮玉祥逼離北京。舊國會通過延長會期。曹錕電令馮玉祥維持秩序。

六月十四日　舊國會非法決議，由國務院攝行大總統職權。

六月廿四日　分別致函北大全體教職員、全校學生、北京國立各校教職員聯席會議，說明未能返京之苦衷。

先是，北大教職員會推舉教授陳啓修、楊宗敬、職員代表段子均等，北大學生會推舉代表李駿等，先是到達浙江，邀請先生於赴歐前返京一行。因政局愈益惡劣，赴歐船期日近，於是日連發三函：一致國立各校教職員聯席會議，一致北京大學教職員，一致北京大學學生會，說明未能返京之苦衷；並建議國立八校共同組織董事會，負經營八校之責。同時鑒於北洋政府拖欠學校經費，建議由學生分別籌措，以維持校務。（註二二一）

六月廿六日　清宮失火，焚屋一百三十餘間，延燒六小時，所藏古董多毀，損失千萬圓以上。

六月廿六日　由紹興返抵上海，出席中華學藝社餐會，發表演說。（註二二三）

六月廿八日　抵蘇州，應江蘇省立醫科專門學校之邀，發表演說。

先生首言「醫學與各科學的關係」，次言「中國研究醫學者的特殊任務，即以科學方法整理舊醫案及方劑」，次述「醫校學生有特殊的社會服務，即傳布衛生知識。」（註二二四）

六月廿九日　羅文幹案二次宣告無罪，保釋。

是日　國父發表對外宣言，痛斥北方軍閥行動，否認北京政府對於中國之代表性。

六月　萬國教育會在美國舊金山舉行，先生被推爲出席代表之一，因事未能參加。（註二二五）

六月　爲「浙江省立第一師範學校毒案紀實」一書題詞。

六月　覆國父函；謂不日赴歐，俟他日返國再圖報効。

函云：「中山先生賜鑒：久違大教，時切馳思。石蘅青先生攜示尊函，命效力左右。本擬卽日首途，奉令承教。惟現今兒輩有赴歐留學之議，年幼途遠，非培親自照料不可；而培近擬一書，須徵集材料於歐洲。正在預備啓行，礙難中止。又現在軍務倥傯，麾下所需要者，自是治軍籌款之材，培於此兩者，實無能爲役。俟由歐返國，再圖效力，當不爲遲，尚祈鑒原。敬祝　道安不宣。」（註二六）

六月　「中國共產黨」在廣州舉行第三次全國代表大會。陳獨秀任主席，通過遵從第三國際決議，加入國民黨，但仍保持「中共」自身組織。（註二七）

七月一日　應鄉人之請，撰「紹興商會會所落成記」一文。（註二八）

是日　「中共」機關雜誌「前鋒」創刊。

七月十日　與周峻（養浩）女士在蘇州留園結婚。

先生「雜記」手稿記其結婚經過云：「午後三時，往周宅所寓之惠中飯店迎親，卽往留園，四時行婚禮。」「客座設禮堂，音樂隊間歇奏樂。有客來要求演講，因到禮堂說此次訂（締）婚之經過。」

七月十二日　覆胡適函。（註二九）

是日　覆北大評議會函；仍請蔣夢麟連任總務長代理校務。（註三〇）

七月十五日　爲徐錫麟之父徐梅生（鳳鳴）作傳。（註三一）

七月二十日　偕周夫人養浩、女威廉、子柏齡，搭乘「波楚斯」輪自滬赴歐，「住二等艙二〇一、二〇二兩室」。

七月廿五日　於船上，為「蔣君揚先生蘭竹畫册」題詞。又撰寫「聞方君瑛女士自盡誌感」一文。（註三二）

八月五日　蔣中正奉命在滬晤俄代表馬林，籌組「孫逸仙博士代表團」，擬赴俄考察。

八月十三日　舟中題「留園儷影」七絕一首。

忘年新結閨中契，勸學將為海外遊；

鰈泳鶼飛常互助，相期各自有千秋。（註三三）

八月十六日　蔣中正奉國父之命自上海首途赴俄考察，沈定一、張太雷、王登雲等同行。

八月廿七日　船抵法國馬賽。

八月廿八日　上午抵巴黎；下午赴比京布魯塞爾居住。夫人周養浩旋進巴黎美術專科學校，女威廉進里昂美術專科學校就讀，子柏齡則留在比京學習工程。

八月　北京世界語專門學校創辦，推先生為校長，出國期間，由譚熙鴻代理。

九月一日　日本發生大地震，繼以大火，東京、橫濱等地死二十萬人，財產損失無法估計。

九月二日　蔣中正率代表團赴俄，抵莫斯科。

九月四日　北大代理校長蔣夢麟致電日本各校，慰問災情。其電曰：「日本京都帝國大學荒木寅三郎總長、並轉東京帝國大學及各學校鑒：電傳奇災，實深震慟，同人謹致慰問。中華民國國立北京大學代理校長蔣夢麟。支。」

九月　開始撰寫「哲學綱要」。（註三四）

九月　接受北京「晨報」訪問，發表談話：「學校應提倡體育」。

先生在比京接受北京「晨報」記者曾琦訪問，主張「提倡體育」及「學生軍訓」。先生於剪報上曾批評云：「（晨報）中有一條『蔡元培不空談革命』，即我在九月間告曾琦君語之節錄，尚無誤處。」（註三五）

十月五日　曹錕以重賄當選「總統」，貽笑中外。舊國會聲譽大損，爲國人唾棄。

十月七日　中國國民黨發表宣言申討曹錕，賄選竊位。

十月十日　應比利時沙洛王勞工大學之邀，講演「中國的文藝中興」。由孔憲鏗譯爲法語。（註三六）

十月二十日　國父在廣州全國青年聯合會發表演說，題爲「國民以人格救國」。

十月廿四日　國父派廖仲愷、鄧澤如召開特別會議，商討國民黨改組問題。

十月廿五日　國父派胡漢民等九人爲臨時中央執行委員，組織中央執行委員會，並聘請俄人鮑羅廷(Michael Markonich Borodin)爲顧問，籌備改組事宜。

十月　北京大學等校學生組織「民治主義同志會」，爲革命性之學術團體，並出版「民主周刊」。(註三七)傅啓學、孫德中等參與其事。

十月　爲華北大學募集基金刊登啓事。(註三八)

十一月十六日　蘇俄代表加拉罕照會北京政府外交部，願放棄俄國應得之「庚子賠款」，用作國立八校經費及基金。(註三九)

十一月十七日　北京國立八校因經費無着，今日實施停課，以爲抗議。(註四〇)

十一月廿一日　黃郛(膺白)就北京政府教育總長。

十一月廿八日　撰「哀陳衡恪」一文。先生於比利時布魯塞爾，閱北京寄來「晨報」獲悉陳衡恪(師曾)病故，撰此短文誌哀。(註四一)

十二月二日　曾琦、李璜等發起組織中國青年黨於法國巴黎。(註四二)

十二月十一日　南京東南大學失火，燒燬校舍一百二十間，損失重大。(註四三)

十二月十五日　蔣中正自俄返抵滬，途中草成遊俄報告書稿。(註四四)

是日　爲北京觀象臺致教育總長黃郛電。(註四五)

十一月　比國學人來言願任教北大。

先生「雜記」手稿謂：「比國人蒲濟弱君來言：『於本國大學得礦學工程師證書後，曾往美國紐約哥倫比亞大學研究地質學二年，甚喜學華語，已認一千字，願往北大任教科，以便練習華文。』答以俟函詢北大。」（註四六）

十二月十七日　國父發表「告美國國民書」，說明有權收管關餘，並責美艦不當行爲。（註四七）

十二月十八日　北京舊國會爲對孫寶琦內閣同意案發生鬥毆。（註四八）

十二月廿七日　北京政府教育部命令：「國立北京大學校長蔡元培在歐洲考察，未回校以前，派蔣夢麟代理校長。」（註四九）

十二月三十日　國父在廣州對黨員講演「國民黨奮鬥之法，宜兼注重宣傳，不宜專重軍事」。（註五〇）

十二月　所撰「五十年來中國之哲學」一文在「申報」出版之「最近之五十年」巨冊中發表。

先生簡述自周季、漢季至唐、宋至明三時期以至戴震時之中國哲學發展過程。認爲：最近五十年「還沒有獨創的哲學」，只「可分爲西洋哲學的介紹與古代哲學的整理兩方面」。「五十年來，介紹西洋哲學的，要推侯官嚴復爲第一」。分別敘述嚴復、李煜瀛所譯英、法兩國之哲學，王國維等所介紹之德國哲學，胡適等所介紹之杜威、羅素等人之學說，梁漱溟等所介紹之印度哲學。並且評介了康有爲、譚嗣同、宋恕、夏曾佑、章炳麟、胡適等人「整理國故的事業」。（註五一）

十二月　中國國民黨發表改組宣言。

註一：蔡元培手稿，見高平叔編「蔡元培全集」卷四。
註二：同上。
註三：郭華倫「中共史編」，頁九五。
註四：梁啓超：「飲冰室文集」之四十，頁七至十五。
註五：「教育雜誌」第十五卷第二號（民國十一年二月出版）。
註六：「益世報」民國十一年一月二十日。
註七：「北京大學日刊」第一一五九號（民國十一年一月十九日出版）。
註八：順天時報（民國十二年一月廿一日）。
註九：「東方雜誌」第二十卷，第一號，頁一四五—一四七。及「申報」民國十一年一月廿五日。
註一〇：「中華民國史事記要」初版，民國十二年一至六月份，頁二九三。
註一一：「教育雜誌」第十五卷第三號（民國十一年三月出版）。
註一二：高平叔編「蔡元培年譜」，頁七〇。

註一三：據蔣夢麟發來原電及蔡元培在來電背面起草的手稿，見高平叔編「蔡元培全集」卷四。

註一四：蔡元培手札。同上。

註一五：蔡元培手稿。同上。

註一六：據「天蘇邊叢刊」二集，中華書局聚珍仿宋部代印，杭縣徐氏民國十二年出版。

註一七：蔡元培手稿，同註一三。

註一八：高平叔記「傳略」下。

註一九：蔡元培手稿，同註一三。

註二〇：先生「雜誌」手稿。同註一二。

註二一：紹興「越鐸日報」民國十二年六月八、九日。

註二二：「教育雜誌」第十五卷第八號（民國十二年八月出版）。

註二三：先生「雜記」手稿。同註一二。

註二四：同上。

註二五：據「浙江省立第一師範學校毒案紀實」，該校民國十二年六月出版。

註二六：蔡元培手稿，見高平叔編「蔡元培全集」卷四。

註二七：「中華民國史事紀要」初稿，民國十二年一至六月份，頁九〇六。

註二八：蔡元培手稿，同註二六。

註二九：「胡適往來書信選」。

註三〇：蔡元培手稿，同註二六。

註三一：抽編「蔡元培先生全集」頁五七三。

註三二：蔡元培手稿，同註二六。

註三三：同上。

註三四：同註一二。

註三五：北京「晨報」一九二三年十月二十日；同註二六。

註三六：「東方雜誌」第廿一卷第三號（一九二四年二月十日出版），同上。

註三七：孫德中「蔡元培孑民先生重要事略繫年記」。

註三八：「北京華北大學募集基金啓」，一九二三年十月鉛印出版。

註三九：民國十二年十一月十七日「順天時報」。

註四〇：同上。

註四一：蔡元培手稿，同註一三。

註四二：「中華民國史事紀要」初稿，民國十二年七至十二月份，頁七七八。

註四三：「東方雜誌」第二十卷第廿四號。

註四四：「國父年譜」下册，頁九八三。

註四五：蔡元培手稿，同註一三。

註四六：蔡元培「雜記」手稿，同註一二。

註四七：「中華民國史事紀要」初稿，民國十二年七至十二月份，頁八六一。
註四八：同上，頁八六六。
註四九：「政府公報」第二七九六號。
註五〇：「國父年譜」下冊，頁九八六。
註五一：申報「最近之五十年」民國十二年十二月出版。

五十八歲　民國十三年　一九二四　甲子

一月十二日　北京政府曹錕以大總統任命孫寶琦爲國務總理，顧維鈞等九人爲外交等部總長，王繼曾爲秘書長。

一月十六日　遊「本射湖」口占七絕三首。

㈠群山環抱一微渦，碧水澄泓靜不波；贏得人呼小瑞士，最宜月夜蕩舟過。
㈡有人說是小西湖，山更雄奇水不如；大好湖山隨處有，莫言此好故鄉無。
㈢故鄉湖水富菱蓮，此地偏宜弓葦間；比似明湖在山左，卻因清曠倍堪憐。（註一）

一月十九日　國父召開中國國民黨第一次全國代表會預備會，決定議程，廖仲愷報告改組要點。

一月二十日　中國國民黨第一次全國代表大會在廣州召開，出席代表一七二人（總額爲一九八人），由國父主持，共產黨員准以個人資格參加國民黨。胡漢民、汪兆銘、林森、李大釗爲主席團，通過「組織國民政府之必要案」。

一月廿一日　蘇俄首領列寧卒（一八七〇－一九二四），年五十四歲。

一月廿四日　國父任蔣中正爲陸軍軍官學校籌備委員會委員長，王柏齡、鄧演達、沈應時、兪飛鵬、林振雄、張家瑞、宋榮昌七人爲籌備委員。並選定黃埔島爲校址。

一月廿五日　國父在中國國民黨第一次全國代表大會演講「革命黨精神在黨員全體，不在領袖個人」。以大會名義電唁列寧之喪。

一月廿六日　國立北京大學研究會國學門方言調查會召開成立大會，發表宣言，並徵求會員。

一月廿七日　國父在廣東高等師範學校禮堂開始講述三民主義。（原定每週一次，惟每因要公，頻有間斷。至八月廿四日以後，以赴韶關督師北伐而停止。計講民族主義六講，民權主義六講，民生主義四講。）

一月廿八日　中國國民黨第一次全國代表大會通過「中國國民黨總章」。李大釗在第一次全國代表大會中代表共產分子提出聲明：共產黨員之加入國民黨，乃以個人資格加入國民革命事業，絕非欲將國民黨化爲共產黨，或藉國民黨名義作共產黨運動。

一月三十日　中國國民黨第一次全國代表大會通過「中國國民黨政綱」；推選中央執行委員胡漢民、汪兆銘等廿四人，候補執行委員邵元冲等十七人；中央監察委員鄧澤如、吳敬恆、李煜瀛、張繼、謝持五人，候補監察委員蔡元培等五人。旋卽閉幕。

先生因國父提名，選爲候補監察委員，二次以後之全國代表大會，均被選爲中央監察委員。國父對先生出任候補監委，有如下之說明：「蔡孑民先生在北方的任務很重大，北方的政治環境與南方大不相同，他對革命的貢獻是一般人所不易了解的。本黨此次改組，不提他參加中央亦不好；使他在中央的地位太顯著，對於他的工作反爲不便。他不會計較這些的。我希望他由歐洲回國後，仍能到北京去工作。」（註二）

一月卅一日　中國國民黨第一次全國代表大會宣言正式發表。

一月　夫人周養浩、長女威廉感於比利時研究藝術之不宜，由比利時移居法國。夫人進巴黎美術專科學校，長女進里昂美術專科學校。先生則往來比法之間，照料夫人、女公子、公子學業，一面從事著述，一面協助辦理華法教育會及里昂中法大學之事務。（註三）

二月四日　國父合併廣東高等師範學校、廣東公立法科大學、廣東公立農業專門學校爲國立廣東大學，派鄒魯爲籌備主任、胡漢民、李煜瀛等爲籌備委員。

二月六日　爲弗利野德「人的研究」（周太玄譯）撰作序文。（註四）

二月八日　蔣中正首次召集陸軍軍官學校校務籌備會議，展開各省區招生事宜。

二月十日　爲褚民誼著「兔陰期變論」撰寫序文。

文中指出：「此等問題，在我國普通人眼光，或將以『無益費工夫』視之。蓋自孔子之徒，以小道爲致遠恐泥；而宋之儒者，又喜用玩物喪志之廣義；是以學者遇一問題，倘非與彼輩所謂世道人心有直接關係者，皆得視爲無探討之價值；而又經古代崇拜生殖機關之反動，對於此種機關，尤以爲猥褻而不敢道，此卽吾國科學不發達之一因也。」（註五）

二月十四日　孫寶琦發起「和平大會」，分函國父、張作霖等請派員參加。

二月十五日　爲大生製藥公司編印之「醫藥常識」一書撰寫序文。

先生認爲：「我國醫藥尙未極盛，可信任之醫生實居少數，各地方亦未能遍設醫院，使普通人均不知醫藥爲何物，而一切托命於醫生，其危險爲何如！欲救其危，莫急於醫學常識之普及。」（註六）

二月二十日　吳敬恆等發起之「上海國語師範學校」開學，自任校長，以專修國語，造就師資爲宗旨。

二月廿三日　中國留英學生成立「退款興學研究會」於倫敦，通函徵求會員，並通告先生將於明後日自法來英。將向英國工黨內閣爭取退還庚款之步驟。（註七）

是日　北京政府教育部公布國立大學條例二十條，附則三條，各國立大學多表反對。

二月廿五日　由法抵英爲爭取庚款興學。

二月廿九日　覆蔣夢麟函。（註八）

二月　留法學生劉既漂、林風眠、林文錚等籌辦「旅歐中國美術展覽會」，推先生爲名譽會長。

三月二日　國父書告黨員闡釋國民黨改組容共之意義。並勉奉行三民主義以爲救國大計。

三月九日　北京大學教授反對國立大學條例規定設置校董之必要，發表宣言及請願書，女高師起而附和之。

三月十五日　中國國民黨運動收回關餘及爭取日本退還庚款爲廣東大學經費。

是日　撰「簡易哲學綱要」。八月間由上海商務印書館出版。被列入「現代師範教科書」之一。

該書共約六萬字，分五編：緒論（哲學的定義、沿革、部類及哲學綱要的範圍），認識問題（起源、適當、對象），原理問題（實在論、生成論），價值問題（價値、倫理、美感），結論。強調指出：「初學哲學的人，最忌的是先存成見，以爲某事某事，早已不成問題了。又最忌的是知道了一派的學說，就奉爲金科玉律，以爲什麼問題都可以照他的說法去解決；其餘的學說，都可置之不顧了。入門的時候，要先知道前人所提出的已經有那幾個問題？要知道前人的各種解答，還有疑點在那裏？自己應該怎樣解答它？」（註九）

三月二十日　國父派蔣中正為黃埔陸軍軍官學校入學試驗委員會委員長，王柏齡等為委員。

三月廿四日　覆楊蔭慶函，謂定廿八日抵英商英庚款興學事。（註一〇）

三月廿八日　自法抵英國倫敦。與陳劍修、黃建中、潘紹棠諸氏為退還庚子賠款之運動向英方交涉。

三月三十日　應留英學生退款興學研究會及留英工商學共進會歡迎會之邀，發表演說。（註一一）

四月一日　「中央通訊社」在廣州成立，為中國第一家全國性之新聞通訊機構。

是日　北京清華學校改組為大學。

四月四日　國父在廣東女子師範學校講演「女子要明白三民主義」。

四月十日　在倫敦參加英國「中國學會」(China Society)會議，宣讀所撰英文論文「中國教育之發展」(The Development of Chinese Education)，由倫敦「東西方有限公司」(East and West, Ltd)印為單行本。文中簡述中國古代學制演進為現代教育經過及中英兩國教育觀念異同之處綦詳。（註一二）

四月十一日　共產黨公然在其社會主義青年團團刊指稱：分化國民黨爲左右兩派後，應卽化右爲左。

四月十二日　國父公布國民政府建國大綱。

四月十五日　被「中國學生退款興學研究會」推舉爲代表，向英國政府及教育、工、商各界洽商退還庚子賠款，供中國興辦教育事業，撰「處理退還庚款的備忘錄」。（註一三）

四月十七日　汪兆銘函告戴傳賢：國民黨北京執行部已爲共產份子混入把持。

四月廿一日　代表北京大學參加德國學術界擧行之「康德誕生二百周年紀念會」，並以德語致詞。（註一四）

德國哲學家康德（Kant，一七二四—一八〇四），享年八十歲。本日爲其二百年誕辰，德國遂發起康德誕辰二百年紀念，遍邀各國代表參加，而不及法、比。

先生接北京大學函，請其代表北大就近參加德國學術界擧行之「康德誕生二百周年紀念會」，先生用德文撰演說詞，是日在紀念會致詞。

四月廿九日　發表「對英國退還庚款規定用途之意見」一文。

先生再度發表其對退還英國庚款之用途之意見，主張百分之九十設一科學博物館，百分之八爲國立各大中學設立英國文學講座之基金，百分之二爲派遣大學教員及畢業生留英研究

公費基金。（註一五）

五月一日 爲陶冷月先生「冷月畫評」撰寫「贈言」。謂：「西人以中國畫爲寫實而未到家，而華人則以西畫爲多匠氣。積久而互見所長，則互相推重。」「歐洲自印象派以來，採取中國畫風以入歐畫者頗有之。……至以中國畫爲本，而採用歐法以補所短者，我國畫家間亦試爲之。」認爲「兼取兩方所長，而創設新體，亦有志者所當爲。」（註一六）

是日 並爲陶冷月書寫對聯一副。聯云：

盡善盡美武韶異，

此心此理東西同。

五月二日 國父特任蔣中正爲陸軍軍官學校校長，兼粵軍總司令部參謀長。

五月五日 陸軍軍官學校第一期新生入校。卽編組學生隊，施以嚴格訓練。

五月八日 蔣校長中正對陸軍軍官學校第一期學生作第一次講話，講述「軍校的使命與革命的人生」。

五月九日 國父特派廖仲愷爲駐陸軍軍官學校中國國民黨代表。

五月十三日 國父派胡漢民、汪兆銘、戴傳賢、邵元冲等爲陸軍軍官學校政治教官。（汪授黨史，胡授三民主義，邵授政治經濟。）

五月二十日　旅法共產分子殘殺華工案暴露，法國巴黎警方搜捕兇嫌。查得死者係比昂古工業區華工，爲中國共產份子所搶殺後棄屍法國巴黎基侖河中。據李璜回憶云：周恩來涉及此案。

五月廿一日　旅歐華人第一次中國美術展覽會在法國史太師埠揭幕，由先生以名譽會長主持典禮。

五月廿二日　旅法中國美術展覽會舉行演講會，先生於晚宴上發表演說。

是日下午四時，在中國美術展覽會會場內，舉行中國美術講演會，首由謝東發君演說，並助以三色玻璃影片，解釋中國各代之美術。是晚八時，由籌備委員會宴請中法政學界約五十人於「紅樓大旅館」，席間陳公使、法總督，均有精采之演說，先生尤欣然爲理論之演講，闡揚美術與科學可以調和之卓見，聽者咸感受益不淺。（註一七）

此外，先生撰「旅法中國美術展覽會目錄序」一文。（註一八）

五月卅一日　中俄協定由顧維鈞與加拉罕正式在北京簽字，兩國復交。

是日　北京國立八校教職員會發表宣言，對於各國退還庚子賠款，主張脫離政治、外交、宗教關係，由學者共同辦理。

五月　題陳楓階「載書歸里圖」二律詩。（註一九）（按：陳楓階，我國駐法公使陳籙之尊翁也。）

六月六日　撰「山上古壁」二絕。

是日，先生在魯茨堡格（Lutzerbourg）眺望山上古壁，撰此二絕，原無題。

㈠車中一夜未安眠，睡眼臨書不耐看；百草千花窗外過，坐觀風景亦陶然。

㈡風景眞宜長夏誇，般般色相斗穠華；最憐萬綠平鋪處，幾朵深紅罌粟花。（註二〇）

六月九日　國父任命鄒魯爲國立廣東大學校長。

六月十二日　北京國立八校教職員再度集會，請北京政府明令公布退還庚款全部用作教育經費。

六月十三日　應邀往法國微西（Vichy，或譯「維琪」）溫泉參觀，並發表演說。（註二一）

六月十六日　黃埔陸軍軍官學校開學，國父親臨致訓，並閱兵。學生凡四百九十有九人。

六月十八日　中國國民黨中央監察委員鄧澤如、張繼、謝持等彈劾共產黨。

六月廿五日　中國國民黨中央監察委員謝持、張繼在廣州列舉共產黨種種非法活動，質問鮑羅廷。

六月廿八日　北京學界代表鄒德高等一百人聯名向中國國民黨中央舉發共產分子在北京之惡行。

六月廿九日　中國國民黨中央執行委員會爲培養黨務人材而決議設立之「中國國民黨講習所」正式開學，有學生三百六十餘人。國父親臨致訓。勉勵學員應以語言文字作和平奮鬥。

六月三十日　中國國民黨中央執行委員會決議，定靑天白日旗爲黨旗，靑天白日滿地紅旗爲國旗。

六月　膠濟商埠督辦倡設靑島大學，聘先生爲董事。

七月二日　曹錕准孫寶琦辭國務總理，以顧維鈞兼代。

七月七日　中國國民黨發表黨務宣言：申明容共原則，指出三民主義爲革命唯一途徑，以解釋黨內外誤會。

七月十日　中國國民黨發表宣言，以各國退還庚款，應由教育團體嚴格管制，全部用於教育，以免被軍閥侵蝕。

七月十一日　中國國民黨設立中央政治委員會，國父自任主席，並指派胡漢民、汪兆銘、廖仲愷、譚平山、伍朝樞、邵元冲爲委員。聘俄人鮑羅廷爲顧問。

七月十三日　北京教育界組「反帝國主義同盟」，在北京成立，主張廢除列強不平等條約。

七月十五日　加拉罕爲首任蘇俄駐華全權大使，照會北京政府，商定呈遞國書日期。

是日　致英哲學家羅素函。對羅素夫人於先生偕夫人訪英期間之熱忱招待致謝。並請其協助

解決庚款問題。（註二二）

七月三十日　蔣中正校長對軍校第一期學生訓話，謂：「只有三民主義才能救中國」。

七月卅一日　蘇俄首任駐華大使加拉罕向北京政府呈遞到任國書。

七月下旬　代表「中華教育改進會」出席英國愛丁堡舉行之「世界教育會聯合會」第一屆大會。

八月二日　國父命設立中央銀行，以宋子文爲行長。（十五日正式開幕）

八月三日　國父講演「民生主義」第一講，批判馬克斯主義。

八月九日　國父命蔣中正處置廣州商團私運軍械事件。（廣州商團會長陳廉伯與陳炯明勾結，並受英國香港政府之煽動，圖謀不軌，私購軍火以備大舉，國父因作此措施。）

是日　循北京政府教育部電請，赴荷蘭及瑞典出席國際民族學會會議，是日到海牙。

八月十日　蔣中正緝獲商團私運軍械之哈佛輪。

八月十八日　連橫在臺灣南投草屯講「臺灣通史」。

八月廿九日　抵斯德哥爾摩，出席國際民族學會會議。該會專門討論哥倫布未發現新大陸前的美洲原始民族問題，先生撰有論文一篇，由謝壽康譯爲法文送會。與會期間，遇德國民族學家但采爾教授。但氏原爲蔡先生留學萊比錫時之同學，盛稱漢堡民族博物館資料

豐富，勸先生往漢堡進行研究。（註一三二）

八月　手撰之「簡易哲學綱要」由上海商務印書館出版。

九月一日　國父發表「對外宣言」，指斥英領事舉動，聲言將推翻帝國主義之干涉中國。

是日　教育界十五團體代表集會北京，推選先生等為美國庚款委員，並派查良釗等四人往外交部交涉。

九月十四日　曹錕政府任顏惠慶為國務總理。

九月廿五日　杭州西湖畔雷峰塔傾圮。

十月十一日　國父組織革命委員會，自任會長，派許崇智、廖仲愷、蔣中正、汪兆銘、陳友仁、譚平山等六人為全權委員，負責弭平商團叛變，並設法收回關餘。

十月十四日　國父命胡漢民代理革命委員會會長，廖仲愷為秘書；蔣中正為軍事委員會委員長，統率各軍，圍剿商團。

十月十五日　廣州商團事變敉平。

十月廿三日　馮玉祥、胡景翼、孫岳聯合發動北京政變，迫曹錕下野。

十月廿六日　馮玉祥等擁段祺瑞為國民軍大元帥。

十月廿七日　國父電覆馮玉祥及段祺瑞，允即北上，共謀國是。

十月　國父在廣州籌設「中央學術院」，以爲全國最高學術研究機構。

十月　在法國應里昂市長與里昂中法大學等招待會上致演說詞。（註二四）

十一月三日　覆北京大學評議會函。（註二五）

函謂：「評議會諸先生公鑒：去國以來，曠職已久。奉電速歸，敢不謹遵。惟現正有所研究，未便中輟，不能卽作歸計。尙祈鑒諒。專此，敬祝公綏。」

是日　覆函蔣夢麟，告以不能輟業卽歸。（註二六）

函謂：「夢麟吾兄大鑒：……諸承關愛，良深感佩。惟弟去年離校以後，視北京爲畏途。既已出國，正可借以脫離。徒以當局太無人格，不願向彼提出辭呈。而兄與敎部商妥，援任職五年後請假留學之例以助，弟又不敢辜負美意。滿擬及此時期，對於美學及人類學爲較有系統之研究，以期歸國後在學術界稍稍有所貢獻。今旅行歸來，方著手於參考整理之業；若遽輟業而歸，勢必前功盡棄。……務請玉成……。孟餘、石曾兩先生均此。」

十一月四日　國父決計北上，令胡漢民留守廣東，代行大元帥職權；譚延闓駐韶關，處理大本營事務，主持北伐軍事。

十一月七日　李煜瀛開始點收故宮文物。（李受聘爲淸室善後委員會委員長）

十一月八日　覆蔣夢麟等電謂不能卽歸。

電云：「北京大學蔣代校長：留歐研究，不能卽歸。餘函詳。乞轉告評議會，並顧、李兩公。元培。」（註二七）

十一月十日　爲涂爾幹「社會學方法論」一書，撰寫序文。（註二八）

是日　國父發表北上宣言，主張速開國民會議及廢除不平等條約。（十三日離粤北上，十七日抵上海，廿一日取道日本赴天津。）

是日　先生與徐謙當選爲俄國庚款委員會委員，先生被推爲委員長，未返國前由李煜瀛代理。

十一月十五日　張作霖、馮玉祥等推段祺瑞爲臨時執政。廿二日段祺瑞入北京（廿四日以臨時執政組織臨時政府）。

十一月十六日　北京政府正式函聘先生等爲辦理淸室善後委員會委員，李煜瀛爲委員長。（註二九）

十一月廿一日　抵德國，至漢堡大學報名入學，研究民族學。

十一月廿八日　國父在日本神戶，應邀在高等女子學校講演「大亞洲主義」。

十二月四日　國父抵天津。

國父於十一月三十日登「北嶺丸」輪啓程，離神戶，過東海，遇大風浪，是日抵天津，因旅途勞頓，身體不適，暫留天津。

十二月十八日　國父爲段祺瑞承認並尊重列強不平等條約，憂念引致夙患肝疾復發。
十二月卅一日　國父自天津扶病入京就醫，病榻發表宣言，呼籲國人共起救國。
本年　自書簡歷。

年前，先生偕夫人周養浩、長女威廉、三子柏齡抵歐，後復自法移居德國。爲答覆記者採訪，自書此簡歷，原無標題。

蔡元培（年五十八歲。一八六七年一月十七日生於中國浙江省紹興府山陰縣）
一八九二年　中進士，爲翰林院庶吉士。
一八九四年　任翰林院編修。
一八九八年　出京，任紹興中西學堂監督。
一九〇一年　任南洋公學（今名南洋大學）特班教習。
一九〇二年　任愛國學社社長及愛國女學校校長。
一九〇六年　任北京譯學館教習。
一九〇七年　到德國柏林。
一九〇八年　到 Leipzig ，進大學聽講。
一九一一年　革命軍起，歸國。

一九一二年　南京政府成立，任教育總長。政府移北京，仍任教育總長。五月辭職。九月，復到德國 Leipzig。

一九一三年　四月回國。九月赴法國。

一九一六年　回國。

一九一七年　任北京大學校長。

一九二一年　美國紐約大學贈名譽博士。

著有「中學修身教科書」、「中國倫理學史」、「哲學大綱」、「簡易哲學綱要」、「石頭記索隱」等書。又，北京大學學生所設新潮社印有「蔡孑民先生言行錄」。（註三〇）

（按：先生自書這份簡歷時，出生年尚寫爲「一八六七年」，後改正爲一八六八年。籍貫則自辛亥革命後，山陰縣與會稽縣合併而爲紹興縣。辭教育總長職時間，應爲七月。Leipzig即萊比錫。）

註一：蔡元培手稿，見高平叔編「蔡元培全集」卷四。

註二：拙編「蔡元培先生全集」頁一四〇八。

註三：高平叔：「傳略」下。

註四：據弗利野德「人的研究」（周太玄譯），中華書局民國十三年八月出版。

註五：影印手迹，見褚民誼著「兎陰期變論」，十三年法國出版。
註六：大生製藥公司編印「醫藥常識」十三年出版。
註七：「東方雜誌」第廿一卷第十一號，頁一四九。
註八：「北京大學日刊」第一四四四號（民國十三年四月十四日出版）。
註九：蔡元培「簡易哲學綱要」（商務印書館民國十三年八月初版）。
註一〇：「北京大學日刊」第一四五七號（民國十三年四月廿九日出版）。
註一一：同上，第一四七五號（民國十三年五月廿一日出版）。
註一二：蔡元培「中國教育的發展」(The Development of Chinese Education)，倫敦東西有限公司(East and West, Ltd)一九二四年印本譯出（越念渝譯，越傳家校）。
註一三：倫敦中國教育推進會編印「庚子賠款與中國教育」(Boxer Indemnity and Chinese Education)所載譯出（越念渝譯，評鳳岐校）。
註一四：蔡元培演說詞德文打字稿譯出（蔣仁字譯），見高平叔編「蔡元培全集」卷四。
註一五：同註一〇。
註一六：「冷月畫評」，冷月畫室廿四年九月出版。
註一七：「東方雜誌」第廿一卷第十六號（民國十三年八月出版）。
註一八：同上。
註一九：蔡元培手稿，見高平叔編「蔡元培全集」卷四。

註二〇：同上。
註二一：同上。
註二二：蔡元培書信英文打字副本譯出（越念水譯），同上。
註二三：高平叔：「傳略」下。
註二四：蔡元培手稿，同註一九。
註二五：「北京大學日刊」第一五九八號（民國十三年十二月二十日出版）。
註二六：同上。
註二七：「北京大學日刊」第一五六四號（民國十三年十一月八日出版）、第一五五七號（民國十三年十月卅一日出版）、第一五六〇號（民國十三年十一月四日出版）。
註二八：涂爾幹「社會學方法論」（許德珩譯），商務印書館十三年出版。
註二九：「吳稚暉先生全集」卷一六，頁二一九。
註三〇：蔡元培手稿，同註一九。

五十九歲　民國十四年　一九二五　乙丑

偕夫人居住德國，在漢堡大學研究民族學。

一月二日　反對段祺瑞「善後會議」之「國民會議促成會」在北京大學召開。

一月廿六日　國父入協和醫院接受手術，經診斷爲肝癌，諸醫束手。
二月十八日　國父自協和醫院移居鐵獅子胡同，改服中藥。
三月十一日　國父簽署遺囑。
三月十二日　國父病逝，享年六十歲。先生撰聯輓之云：
是中國自由神，三民五權，推翻歷史數千年專制之局；
願吾儕後死者，齊心協力，完成先生一二件未竟之功。（註一）
日後又撰「祭孫中山先生文」，深致哀悼。（註二）
三月十三日　國父逝世消息傳播中外，舉世悲悼！
是日　蔣中正率黃埔教導一團何應欽部大破陳炯明主力林虎部萬餘人於棉湖。
三月十九日　國父靈柩移厝「中央公園」，民衆往瞻仰遺容及致哀者逾十萬人。
三月廿二日　蔣中正與廖仲愷、胡漢民、許崇智、譚延闓等通電：「謹遵總理遺志，繼續努力革命。」
春　中國國民黨在北京創辦民國日報，國父逝世以後，該報仍能繼續出版。其後一次因編通訊版某君，刊登賄選議員及攻擊段祺瑞言論，該報竟被封閉。
四月二日　國父殯於西山碧雲寺。

四月廿四日　段祺瑞臨時執政政府下令解散國會參、衆兩院。

四月　爲商務印書館編印之「哲學辭典」撰寫序文。（註二）

五月一日　段祺瑞召集臨時參政院，派趙爾巽爲臨時參政院院長，湯漪副之。

五月廿四日　中國國民黨中央執行委員會全體會議通過決議，發表接受國父遺囑宣言。

五月三十日　因上海日本紗廠槍傷華工顧正紅致死，激起工潮、學潮，公共租界英巡捕開槍掃射，示威遊行之學生與工人，死傷三十餘人，被捕五十餘人，造成空前慘案。（即「五卅慘案」）

六月　戴傳賢（季陶）撰成「孫文主義之哲學基礎」一書。

六月一日　中國國民黨上海執行部爲「五卅事件」發表宣言。上海各團體因「五卅慘案」議決以罷市、罷工、罷課爲對抗。英捕再度槍殺華人，拘捕多人，風潮擴大。

六月十一日　漢口碼頭工人二千餘人，因印捕毆斃小工，結隊遊行向太古公司理論，被英水兵槍殺八人，重傷四十餘人，擾亂中有日商數家被焚，死一日人。（即「漢口慘案」；十月五日談判了結。）

六月十八日　接北京大學負責人所發電報。告以國內發生五卅慘案後，英、日帝國主義誣蔑爲中國之排外行動，要求蔡先生在歐洲

進行宣傳，加以辨正。（註四）

六月廿三日　廣州學生軍民爲應援上海「五卅慘案」，舉行遊行示威，遭沙基英軍射擊、法艦礮轟，發生重大死亡事件。（卽「沙基慘案」）

六月廿四日　致電北京大學負責人，主張迅卽廢除不平等條約，要求北大進行活動。表示對這次愛國「自主運動，深以不克躬與爲憾」。

六月廿八日　中國國民黨中央執行委員會發表「廢除不平等條約宣言」。

七月一日　中華民國國民政府在廣州成立，採合議制，各委員推汪兆銘、胡漢民、譚延闓、許崇智、林森爲常務委員，並推汪兆銘爲主席。

七月十一日　國民政府外交部長胡漢民爲廢除不平等條約發表「告世界各國書」。

七月十五日　國民政府任命宋子文爲中央銀行行長。

七月十六日　再致電北京大學負責人。主張：「推動外交當局，責成駐各國公使分別交涉，向所在國要求廢除不平等條約；並且主張鼓吹由中國單方面宣布廢棄不平等條約，毋須徵得列強之同意」。

七月二十至廿八日　世界教育聯合會在英國愛丁堡舉行大會，中華教育改進社推派先生前往參加。

七月廿三日　戴季陶著斥責共產分子破壞中國革命之「國民革命與中國國民黨」一書出版。

七月廿五日　於英國蘇格蘭愛丁堡「世界教育會聯合會」第二次大會上，先生作「中國教育：歷史的與現在的狀況」之專題講演。先生就中國舊教育（私塾個別教學、太學、書院等）之優、缺點，二十五年來教育制度之變革，科學教學法之推廣，教會學校之增加，平民教育運動，圖書館之擴充，學生運動等方面詳加論述。此一英文講稿，由北京導報社印爲單行本。（註五）

七月廿八日　北京臨時執政府調司法總長章士釗爲教育總長，楊庶堪署司法總長。

七月　撰「爲國內反對英、日風潮敬告列強書」，以英、法、德各種文字分送歐美各國報刊發表，駁斥英、日之誣衊。要求列強無條件廢除不平等條約，顯示國人絕不屈服帝國主義的壓力與爭取民族獨立自由的堅強決心。（註六）

八月三日　中華民國憲法起草委員會成立。

是日　北京臨時執政府特任孫寶琦爲駐蘇聯共和國大使。

八月二十日　廖仲愷在廣州遇刺殞命，全黨震悼。

是日　中央取消地方軍名目，一律改稱「國民革命軍」，實行軍政統一。

八月廿四日　蔣中正就任廣州衛戍司令兼職。

八月廿五日　國民政府令設審理廖案特別法庭，林森等九人爲檢察委員。廖案疑犯林直勉、張國楨、梁士鋒、梁鴻楷、招桂章、楊錦龍等被捕，發現香港英政府圖顚覆國民政府，以梁鴻楷爲總司令、魏邦平爲廣東省長之大陰謀。

八月廿八日　上海國立音樂專科學校建築校舍，成立籌備委員會，聘先生爲主任委員，吳敬恆等爲委員。

九月一日　陳炯明殘部據潮汕叛變。

九月廿三日　國民政府公布處置廖仲愷案經過。

是日　國民政府派胡漢民赴俄考察，午後乘俄艦首途。

九月廿八日　中國國民黨中央政治委員會議決東征計畫，並特派蔣中正爲東征軍總指揮。（第二次東征開始）

十月十日　浙江孫傳芳組織浙、蘇、閩、皖、贛五省聯軍，通電反奉。

是日　故宮博物院成立。

十月十四日　東征軍克惠州、惠陽，楊坤如敗逃。

是日　全國教育聯合會在長沙舉行年會。

十月十五日　孫傳芳自稱五省聯軍總司令，出兵討奉。十八日進佔南京。

十月十八日　胡漢民訪俄抵莫斯科。

十月廿一日　吳佩孚自岳州抵漢口，通令受十四省推戴，就「討賊聯軍總司令」，聲討張作霖。

十月廿六日　北京各校學生示威遊行，要求無條件關稅自主，與軍警衝突，發生流血慘案。

十一月四日　東征軍入汕頭，劉志陸先一日逃港。

十一月七日　東征軍克復饒平，肅清陳炯明部，東江全部平定。

十一月廿三日　中國國民黨中央委員林森、張繼、鄒魯、謝持、居正等爲反共集會於北京西山。（後被稱爲「西山會議派」）

中國國民黨中央執行委員會自「容共」後，由於汪兆銘等阿順蘇俄顧問鮑羅廷之意旨，加以親共份子之囂張，若干老同志遭受親共份子之排斥，林森、鄒魯等北上，道經上海，即與謝持（愚守）、戴傳賢、葉楚傖、邵元冲（翼如）等籌設上海執行部，不贊成廣州國民黨中央執行委員會之「容共」方式，欲將潛伏於國民黨內之共產份子清除，而進行反共。林森、鄒魯北上後，與有關同志商議，訂於十一月廿三日在西山碧雲寺國父靈前，舉行國民黨中央執行委員會全體會議（即西山會議）。發出之電報署名者有：林森、鄒魯、石瑛（蘅青）、居正（覺生）、石青陽、戴傳賢、邵元冲、葉楚傖、張繼、謝持、茅祖權、傅汝霖、吳敬

恆等。（註七）

十一月廿八日　北京學生、工人舉行國民革命示威運動，包圍執政府，要求段祺瑞下野。又搗毀章士釗、梁鴻志、李思浩等住宅。

十一月三十日　莫斯科設立孫逸仙大學。

十一月　吳敬恆在東路軍指揮部特別黨部執監委員宣誓就職大會上講演：「共產黨的幼稚病」。

十二月二日　中國國民黨中央委員林森、鄒魯等在北京召開之一屆四中全會四次會議，決議開除譚平山、李大釗、于樹德、林祖涵、毛澤東、韓麟符、于方舟、瞿秋白、張國燾九人之國民黨黨籍，並開除汪兆銘黨籍六個月。同時發表「中國國民黨取消共產派在本黨之黨籍宣言」。

十二月十四日　西山會議派之中國國民黨中央執行委員會在上海環龍路四十四號上海執行部原址正式開始辦公，戴傳賢、葉楚傖、邵元沖等主之。

十二月廿二日　臺灣臺北盆地降雪，為歷年罕見。

十二月廿五日　蔣總指揮中正發表「忠告海內外各黨部同志書」，反對「西山會議」。

十二月廿六日　北京臨時執政府任命許世英為國務總理。

十二月三十日　徐樹錚被馮玉祥嗾使刺殺於京津鐵路之廊坊車站。事後陸承武通電，自承係為其父陸建章復仇。

十二月卅一日　蘇俄共產黨全國代表大會閉幕，史太林派獲勝，反史太林派對胡漢民較有好感，胡氏在俄處境因感困難。（註八）

十二月　中國代表在國際聯盟理事會提修改列強在華不平等條約，未獲通過。（註九）

十二月間　憲法起草委員會完成中華民國憲法草案。但因國民代表之選舉，各省不盡執行，國民代表始終不能全部選出集會，前項憲草，終於無法通過。（註一〇）

是年　題詞於北京大學民國十四年哲學系級友會紀念刊。

文曰：「知之為知之，不知為不知，是知也。哲學在我國古書本名為道學，今曰哲學者，希臘語斐羅梭斐之譯文；其原義為愛智。故哲學家不忘懷疑而忌武斷，不妨有所不知，而切不可強不知以為知。願以孔子之言，與哲學系諸同學共勉之。因題諸民國十四年哲學系級友會紀念刊。」（註一一）

註一：「總理哀思錄」。及掛編「蔡元培先生全集」頁五八一。

註二：同上，掛編「蔡元培先生全集」頁五八二。

註三：掛編「蔡元培先生全集」頁一〇二三。

註四：「北京大學日刊」（民國十四年六月十八日）。

註五：「北京導報社」所印單行本。
註六：「北京大學日刊」（民國十四年八月一日）。
註七：「吳稚暉先生全集」卷一八，頁六二。
註八：「中華民國史事紀要」初稿，民國十四年七至十二月份，頁九一六。
註九：「東方雜誌」卷二三，頁一九。
註一〇：「戴季陶先生編年傳記」頁四三。
註一一：拙編「蔡元培先生全集」頁九五五。

六十歲　民國十五年　一九二六　丙寅

一月一日　中國國民黨召開第二次全國代表大會，先生當選爲中央監察委員會委員。
二月三日　應北京政府教育部電促，偕夫人回國，返抵上海，適因平津戰事，交通梗阻，北京政局日非，遂留滬，未能返校。（註一）
二月四日　對國聞社記者發表談話，闡述對現實問題的看法。
二月七日　出席北大旅滬同學歡迎會，發表演說，提出北大仍應實行兼容並包。
三月十二日　國父逝世週年，中國國民黨舉行紀念，蔣中正發表感言。
三月十八日　海軍代理局長李之龍（共產黨員），矯令中山艦由廣州駛回黃埔，企圖有所挾持。

三月二十日　廣州衛戍司令蔣中正宣布廣州戒嚴，迅速捕獲李之龍及陰謀分子多人，監視俄顧問寓所，以消弭反動；並派軍收回中山艦。（卽「中山艦事件」）

是日　致英國庚款委員會函。（註一）

三月三十日　被聘爲中山大學籌備委員。（註二）

三月　北京國立編輯館成立董事會，被聘爲董事。（註四）

四月一日　蔣中正建議中央，請整軍肅黨，早定北伐大計。

四月十六日　中央政治委員會與國民政府軍事委員會舉行聯席會議，推選譚延闓爲政治委員會主席，蔣中正爲軍事委員會主席。

四月二十日　段祺瑞下野，走天津，臨時執政府瓦解。

四月廿二日　爲王雲五「四角號碼檢字法」撰寫序文。（註五）

是日　國民政府對外宣言，主張召開國民會議。

四月廿四日　吳佩孚部孫建業入長沙，唐生智退守衡陽，向國民政府求援。

四月廿九日　胡漢民偕鮑羅廷自俄返國抵廣州。

四月　覆北京大學評議會函，及復代校長蔣夢麟函，說明暫難北上。（註六）

四月　浙江省科學院籌備處成立，被推爲主任。（註七）

五月十一日　胡漢民爲共產黨人排擠，離粵赴滬，汪兆銘秘密離粵赴法「養病」，二人恰巧同乘一船赴香港，但未晤談。

五月十四日　廣州各界代表向蔣中正請願，求制止共黨活動。

五月十九日　中國國民黨二屆二中全會推選張人傑（靜江）爲中央常務委員會主席。

五月二十日　中國國民黨二屆二中全會通過蔣中正所提黨員重行登記案及統一各省黨部案。

五月廿四日　蔣中正接見桂、黔、豫省代表，各方均來聯絡，革命聲勢日張。

五月　於上海參加蘇、浙、皖三省聯合會，爲響應國民革命軍北伐進行工作。（註八）

五月　爲蘇、浙、皖三省聯合會草擬招待新聞記者之演說詞。（註九）

六月四日　中國國民黨中央常務委員會通過譚延闓所提任蔣中正爲國民革命軍總司令。

六月五日　中國國民黨二屆中央執行委員會臨時全體會議，通過國民革命軍迅行出師北伐案。

是日　國民政府任命蔣中正爲國民革命軍總司令。

是日　爲王祥輝著「論理學」撰寫序文。

六月十三日　蔣中正決定北伐戰略。以先定三湘，窺取武漢，進與友軍國民軍會師爲目的。

六月十八日　吳佩孚因革命軍北伐，急派四路大軍赴援湖南。

六月廿八日　蔣中正令陳銘樞、張發奎兩師自韶州出發援湘。
是日　致電北京國務院和教育部，請辭北京大學校長職務。
六月廿九日　吳佩孚抵長辛店，下總攻擊令，限三日內攻克懷來，以拊南口之背。
六月三十日　爲壽鵬飛「紅樓夢本事辨證」一書撰寫序文。
壽鵬飛，字㮣林，紹興人。以「紅樓夢」爲演清世宗與諸兄弟爭之事，與先生「石頭記索隱」見解不盡相同；然均不贊成胡適之以此書爲曹雪芹自述生平之見解。（註一〇）
七月一日　軍委員會主席蔣中正頒布北伐動員令。
七月二日　致函胡適，表示不能返京與北京政府合作。
七月六日　俄艦運械抵粤。
七月八日　北大評議會、學生會、教職員及北京九校校務討論會對先生之辭職甚爲驚駭，一致懇切挽留，並要求北京政府慰留蔡校長。
「臺灣民報」報導「北京大學校長蔡元培辭職的反響」一文。（註一一）
七月九日　國民革命軍總司令蔣中正行就職禮，誓師北伐。國民政府委員會主席譚延闓授印，中央執行委員會代表吳敬恆授旗，委員孫科奉國父遺像，各致勗詞：蔣總司令謹受宣誓，並發表宣言及通電。

七月十日　北伐軍克湘潭。

七月十一日　北伐軍克復長沙，葉開鑫潰退岳州。

七月廿五日　由於全校師生一致懇切挽留，辭職未果，本日致函北大同人表示：「替人未到以前，培自當與諸先生共負責任，維持本校」。

七月廿七日　蔣總司令離粵北上督師，在廣州黃沙車站登車首途，張人傑、譚延闓兩主席均親臨相送。

八月一日　廣東大學改名國立中山大學，戴傳賢任校長。

八月九日　蔣總司令抵衡陽，檢閱北伐部隊，召集會議，並分電前敵各軍進攻武漢。

八月十一日　蔣總司令抵長沙，群衆五萬餘人，在炎熯中佇候至更闌，熱烈歡迎。

八月十三日　四川劉湘、賴心輝、劉文輝等通電反對吳佩孚，參加北伐。

八月十五日　臺灣民報發表「蔡元培允不辭北大校長」新聞一則。（註二二）

八月十六日　蔣總司令在長沙發表討伐吳佩孚宣言。分三路進軍：中央軍（第四、七、八各軍第一、六兩軍）直趨武漢，封鎖武勝關。右翼軍（第二、三兩軍）集中攸縣、醴陵，監視江西敵軍。左翼軍（第九、十兩軍）集中津市、澧縣一帶，進取江陵、沙市，肅清鄂西。

八月十八日　蔣總司令下總攻擊令。中央軍佔平江，進逼通城，攻克岳陽，湘境完全肅清，進而發生汀泗橋、賀勝橋激戰。（二十七、九兩日連克之）

八月二十日　蔣總司令發表對外宣言，呼籲友邦扶持正義，贊助國民革命。

八月廿一日　吳佩孚離長辛店南下督戰。

八月廿二日　國民革命軍第八、七、四軍克岳州、通城、羊樓司，吳佩孚軍潰敗，武漢震動。

八月廿四日　蔣總司令因「嚮導」週報載陳獨秀反對北伐論文，呈請中央向共黨提出質問。

是日　張謇在南通原籍病故，年七十四歲。先生輓以聯。（註一三）

八月廿七日　蔣總司令由長沙出發親赴前線指揮。

八月　為「交通大學三十周年學術專刊」撰寫「中國古代之交通」一文。（註一四）

九月一日　全國國語教育促進會在上海開成立會，被推為會長。（註一五）

是日　國民革命軍第四軍抵達武昌城外，分兵三路進攻武漢三鎮。

九月三日　蔣總司令命第一軍軍長何應欽為東路軍總指揮；第四軍軍長李濟琛為攻贛軍總司令。

九月六日　國民革命軍第八軍克復漢陽，吳部劉佐龍投誠。國民革命軍第十四軍於本日拂曉攻克贛州，第二、第三軍佔領萍鄉。

九月七日　國民革命軍克漢口，吳佩孚退走孝感，留劉玉春、陳嘉謨率三萬人死守武昌。

九月十七日　蔣總司令啓程入贛督師。馮玉祥自俄回國，在五原誓師，就任國民軍聯軍總司令，宣言接受三民主義。
九月廿三日　蔣總司令抵江西袁州（宜春）指揮軍事。
九月廿四日　國民革命軍第十四軍克吉安。
十月二日　國民革命軍第三軍擊破孫傳芳部鄭俊彥軍，蔣總司令進抵高安。
十月三日　國民革命軍第七軍克德安。
十月四日　國民政府公布「修正監察院組織法」。
十月五日　國民革命軍第二軍克樟樹，敵向南昌、撫州潰退。
十月十日　蔣總司令由高安出發赴南昌督戰。國民革命軍第八軍攻克武昌，生擒敵將劉玉春、陳嘉謨。國民革命軍第一軍攻破永定，周蔭人棄城潛逃。
是日　爲「申報」國慶增刊撰「十五年來我國大學教育之進步」一文。（註一六）
十月十二日　蔣總司令親臨南昌城外督師。
十月十三日　蘇浙軍響應國民革命軍聲討孫傳芳，電請浙江省長夏超獨立。
十月十六日　浙江省夏超就任國民革命軍第十八軍軍長，率隊進攻松江。
十月十七日　廣州中山大學改組爲委員制，國民政府派戴傳賢、顧孟餘爲正副委員長，徐謙、丁惟汾、朱家驊爲委員。

十月廿二日　孫傳芳部孟昭月反攻浙江，夏超戰敗逃亡。（後被亂兵所殺）

十月廿五日　國民革命軍第一軍擊潰周蔭人主力於松口。

十月廿七日　蔣總司令下達對江西總攻擊令。

十月廿九日　國民革命軍第一軍克復汀州。

十一月八日　國民革命軍第三軍克復南昌；城內孫傳芳殘部大部投降。

十一月十四日　「蘇浙皖三省聯合會」在滬召開成立大會，由先生主持，通過會章。

先生因反對孫傳芳盤據東南，策劃蘇、浙、皖三省自治運動，日臻成熟。並爲響應革命軍北伐，先生與褚輔成、許世英、沈鈞儒、黃炎培等組織的「蘇浙皖三省聯合會」，是日在上海開成立會，通過章程。三十日，蘇、浙、皖三省聯合會全體委員招待中外記者，先生任主席並致詞。（註一七）

十一月廿一日　國民革命軍第一軍克泉州。

十一月廿三日　蘇、浙、皖三省聯合會致電英駐北京公使，反對英商借款北京政府。

十一月廿八日　國民政府決定遷移武漢，第一批出發人員，定下月五日由粵漢路北上。

十二月五日　發表「說民族學」一文於「一般」雜誌。（註一八）

十二月十一日　蔣總司令中正覆先生等發起之蘇浙皖三省聯合會函，答以「欲求和平統一、獨立自由，捨加入革命合作無他途」。

十二月十九日　浙江陳儀省長實行自治，推先生及蔣尊簋、馬敍倫、黃郛、陳其采等九人爲省務委員。旋因孟昭月部攻入杭州，迫陳儀赴南京。浙省自治，曇花一現。

當先生被選爲浙江省務委員後，赴寧波出席會議。據蔡無忌云：「其時，孫傳芳又派一旅軍隊開向寧波，委員們不得不分途暫避。我父和馬先生（敍倫）乘小火輪到象山，又改往臨海，再乘帶魚船往福州。在這艘漂海的帆船上，他們兩人躺著起腹稿做詩，消磨了兩天的時間。」（註一九）

十二月廿二日　先生以上海「蘇浙皖三省聯合會」名義分電北京公使團、銀行公會及總稅務司安格聯，阻止實行關稅附加稅及承辦二四庫券，免資北方軍閥財源，延長內亂。

十二月廿三日　孫傳芳下令取締蘇浙皖三省聯合會，通緝先生及沈鈞儒、褚輔成、許世英等七十餘人。（註二〇）

十二月廿六日　蔣總司令以孫傳芳猶思困鬥，豫局複雜，奉魯軍南下，黨訌日烈，財政奇窘，外交無主，不勝憂慮。

十二月三十日　蔣總司令與嘉倫將軍談時局，並統計全軍爲二百個團，戰鬥兵二十六萬四千人，槍枝二十二萬七千枝。

十二月卅一日　中國國民黨中央常務委員會代主席張人傑、國民政府代主席譚延闓暨各委員抵南昌。

註一：高平叔記「傳略」下。

註二：先生致英國庚款委員函手稿，見高平叔「蔡元培年譜」。

註三：廣州中山大學聘請書，同上。

註四：丁致聘編「中國近七十年來教育記事」。

註五：王雲五「四角號碼檢字法」，廿二年一月商務國難後第一版。拙編「蔡元培先生全集」頁九五六。

註六：「北京大學日刊」（民國十五年四月十三日）。

註七：高平叔記先生「傳略」下。

註八：同上。

註九：爲皖蘇浙三省聯合會招待新聞記者所擬演說詞手稿，同註二。

註一〇：拙編「蔡元培先生全集」頁九五七。

註一一：參閱本月至八月「北京大學日刊」，及大正十五年（民國十五年）七月廿五日「臺灣民報」第一百十五號。

註一二：同上，八月十五日。

註一三：拙編「蔡元培先生全集」頁六九五。

註一四：「交通大學三十周年學術專刊」。
註一五：「民國十五年中國教育指南」五編。
註一六：民國十五年「申報」，國慶增刊。
註一七：周天度「蔡元培生平活動年表」。
註一八：拙編「蔡元培先生全集」頁五七四至五八一。
註一九：蔡無忌「我父蔡元培與馬敍倫先生的關係」。
註二〇：「國聞周報」，本周大事記。

六十一歲　民國十六年　一九二七　丁卯

一月一日　中國國民黨發表宣言，不承認孫傳芳與英、美、日等國駐滬領事所簽訂之「交還上海會審公廨條約」，堅持無條件收回之主張。
一月三日　中國國民黨中央政治會議在南昌舉行第六次臨時會議，議決：「中央黨部與國民政府暫駐南昌」。
是日　漢口各工團舉行新年慶祝，英國水兵登陸戒備，與我民衆發生衝突，死傷數人，情勢緊張。（卽「漢案」）
一月四日　湖南省及境內各地設立「土豪劣紳特別法庭」，爲共黨所控制，成爲中共在湖南實行屠殺及恐怖政策之機構。

一月五日　武漢臨時聯席會議議決，組織臨時管理委員會，接管漢口英租界。（八日，委員會正式成立，以外交部長陳友仁爲委員長。）

一月六日　國民革命軍決定肅清長江下游之作戰方略：東路軍總指揮何應欽，前敵總指揮白崇禧；中路軍總指揮蔣總司令兼，任李宗仁爲江左軍總指揮，程潛爲江右軍總指揮；西路軍總指揮唐生智；總預備隊總指揮朱培德。

一月七日　九江發生群衆與英兵衝突事件，是爲「潯案」。革命軍入租界維持秩序。

一月八日　上海神州日報遭孫傳芳之忌，被迫停刊。（該報創刊於光緒三十三年四月）

一月十六日　廣州私立嶺南大學由紐約董事局代表交回中國人辦理，組織新董事會，執行該大學最高管理權，此爲我國收回教育權運動之第一成績。

一月二十日　國民革命軍東路軍前敵總指揮白崇禧到達浙江衢州，召集軍事會議。

一月廿一日　抵福州。

先生於由浙赴閩途中，凡有空暇卽閱讀書報，並進行翻譯。例所記：「一月十一日，譯書」「十二日，譯書」「十三日，譯書千二百字」「十五日，譯書二千字」。（註二）

一月十六日　「臺灣民報」發表「中國革命軍的將來與臺灣的影響」專文，賀北伐成功。（

註二）

一月廿三日　應國民革命軍東路軍政治部邀請發表演說。（註三）

一月廿六日　國民軍聯軍總司令馮玉祥由平涼入西安。

一月三十日　抵廈門。

二月二日　中央政治會議通過：委閻錫山爲國民革命軍北路總司令。

二月三日　在鼓浪嶼發表演說。

二月九日　應廈門各團體之邀，發表演說。

二月十日　在廈門青年會演說。

二月十五日　在漳州基督教禮拜堂演講。

二月十九日　國民革命軍東路軍前敵總指揮白崇禧進駐杭州。

二月二十日　離閩返浙。

是日，由集美學校校長葉采眞借給「集美第二」號捕魚船，離開福州，送往浙江溫州。廿三日換船抵寧波。廿五日返紹興。廿六日到達杭州。

二月廿三日　國民革命軍東路軍總指揮何應欽到達杭州。

二月　於廈門大學招待會上嚴詞爲學生愛國運動申辯。

先生在廈門期間，廈門大學設宴招待，席上有人罵當時學生不守本分讀書，專喜歡政治活動。先生卽正色曰：「只有青年有信仰，也只有青年不怕死，革命工作不讓他們擔任，該什麼人擔任？」（註四）

三月一日　中國國民黨浙江臨時政治會議（該會一月八日成立於寧波）在杭州行使職權，張人傑爲主席。張未到任前由先生代理。

去年十二月，中央政治會議在南昌議決於浙江設立臨時政治會議，並任命張人傑（靜江）、周鳳岐、韓寶華、陳其采、經亨頤、宣中華、蔣夢麟、蔡元培、褚輔成、戴任、馬敍倫等十一人爲委員，張人傑爲主席。張時任中央常務委員會主席，未到任前由蔡先生代理。下設政務委員會及財務委員會兩執行機構。政務委員會由張人傑、褚輔成、朱兆莘、周鳳岐、王廷楊、莊崧甫、魏伯楨、沈鈞儒等爲委員，亦以張爲主席，張未到任前由褚輔成代理。財政委員會以錢新之、陳其采、阮性存、張世杓等爲委員，由錢新之任主任委員。浙江臨時政治會議初於本年一月八日在寧波道尹公署成立，旋因孫傳芳軍進襲寧波，暫時疏散。及國民革命軍東路軍於二月十八日克復杭州，各委員乃陸續入杭，於本日正式通電各界，宣布浙江臨時政治會議開始執行職權。

三月七日　蔣總司令在南昌表示，如蘇俄不以平等待我，當與其他帝國主義國家同樣反對。

三月十日　中國國民黨第二屆第三次中央執行委員會全體會議在漢口舉行（被共黨分子所操縱）。

翌日，改選中央常務委員，蔣中正、汪兆銘、譚延闓、顧孟餘、孫科、譚平山、陳公博、徐謙、吳玉章等九人當選。

三月十二日　發表「讀書與救國」一文。主張讀書救國。（註五）

三月十三日　中國國民黨二屆三中全會在漢口繼續會議，通過「統一革命勢力案」暨「國民政府增設農政、勞工、實業、教育、衛生等部案」，並議決接受共黨份子參加武漢政府，將去年二屆二中全會所作「整理黨務案」之決議，完全推翻。

三月十八日　孫傳芳以南京形勢危急，潛往揚州。

三月廿三日　國民革命軍江右軍克復南京。

是日　安慶發生「三二三事件」，為安徽清黨之先聲。

蔣總司令係於三月十九日由九江抵達安慶。附共份子光昇主持的臨時省黨部遂於二十日召集市民大會，名為歡迎蔣總司令，實則向蔣總司令炫耀其「民衆力量」。而廿二日晚，安慶五個反共人民團體——安徽省農民協會、安徽省總工會（魯班閣）、安徽省商民協會、安徽省學聯會、安徽省婦女協會——以籌備處名義，發出請單，定廿三日上午九時假「白日青天」開市民大會，歡迎蔣總司令。暗示不承認二十日光昇召集的市民大會爲合法。散會後，又與共產黨徒衝突，結果有六人受傷，共黨份子之氣燄爲之一挫，而策動共產黨徒此次鬧事者乃郭沫若云。

三月廿四日 由杭州到上海。

是日 北伐軍進駐南京，潛伏於第二軍、第六軍內之共產份子煽動少數士兵及暴徒，對外國駐寧領事館、機關、教室、住宅等肆行搶刼；英、美軍艦向城內開礮轟擊，造成重大損失，是爲「南京事件」。事後調查，暴亂份子係受共黨人員林祖涵、李富春等遵奉莫斯科俄共當局之訓令而行。其目的在招致列強對國民革命軍之干涉，藉以破壞蔣總司令之東南作戰計畫。

三月廿六日 蔣總司令乘軍艦抵上海。

三月廿七日 上海各界舉行歡迎蔣總統司令暨北伐軍大會。

三月廿八日 中國國民黨中央監察委員會在上海舉行全體會議預備會，由先生任主席，決議發動「護黨救國運動」，以戢止共黨份子禍黨陰謀。

本月上旬，當武漢召開二屆三中全會，謀根本推翻中央領導機構之時，中央監察委員陳果夫在南昌提議，於上海光復後，卽行召集中央監察委員會全體會議，以謀應付。中央政治會議亦決議設立上海臨時政治委員會，派吳敬恆、蔡元培、鈕永建、楊樹莊、蔣尊簋、陳其采、何應欽、陳果夫、郭泰祺、葉楚傖、楊銓、林煥廷、楊賢江等十三人爲委員，以吳敬恆代理主席，負責規劃上海政治，並統一指導上海黨務。吳敬恆接受中央政治會議此項決議後，卽與中國國民黨駐滬特派員鈕永建等秘密布署清黨。吳曾與設立環龍路四十四號之中央黨部卽西山會議派之中央黨部接洽，意欲使西山會議諸人在不拘名分之原則下參加清黨工作，惟西山會議諸人堅持在清黨前，必須撤消攻擊西山會議派之口號與行動。

本日，留滬中央監察委員蔡元培、吳敬恆、張人傑、古應芬、李煜瀛等首次集會，以作爲全體會議之預備會議。由蔡先生任主席，馬敍倫記錄。首先由吳敬恆報告本年三月六日與陳獨秀談話經過，及共產黨份子謀叛國民黨之種種不法之行爲，並提議對於此等滲入國民黨內部之共產份子「應行糾察」，蔡先生立卽附議，並斷然主張「取消共產黨人在國民黨黨籍」。與會監委一致同意吳敬恆與蔡先生之主張，決議由吳敬恆擬具檢舉共產份子之草案，提出監察委員全體會議公決。吳敬恆復提議此項糾察國民黨內共產黨份子叛黨行爲之運動，應稱爲「護黨救國運動」，同時，李煜瀛亦解釋「護黨救國運動」的精神「具向前革命之性質與決心」，與會監察委員對吳敬恆、李煜瀛意見，亦均決議接受。（註六）

三月　康有爲卒，享年七十歲。

三月　擬訂「革新浙江政務的計畫」。主張實行「錢幣革命」以籌措經費，藉以供應北伐軍的餉需，並用以進行建設。（註七）

四月一日　汪兆銘由歐洲返國，經莫斯科抵上海。

四月二日　中國國民黨中央監察委員分會在上海舉行會議，由先生主持，會中通過吳敬恆請查辦共產分子謀叛案，當卽決議，將首要各人咨中央執行委員會，以非常緊急處置，就近知照軍警暫時分別看管或監視，免予活動。南京上海開始清黨運動。

三月廿八日，留滬中央監察委員蔡元培、吳敬恆、張人傑、古應芬、李煜瀛等召開全體會議之預備會議，決議由吳敬恆擬具檢舉共黨份子的草案，提交監察委員全體會議公決。本日中央監察委員全體會議正式在上海舉行，監委蔡元培、吳敬恆、張人傑、古應芬、陳果夫、李煜瀛、李宗仁，黃紹竑八人到會，蔡先生任主席，由馬敍倫記錄。吳敬恆首先報告與汪兆銘談話經過，隨卽朗誦其請懲辦共產份子呈文，且提出函件證明，列舉共產黨破壞革命及其企圖叛黨禍國的陰謀與行動，要求監委全會咨請中央執行委員會採取非常之緊急處置，阻止叛亂。

蔡先生繼之提出「中國共產黨陰謀破壞國民黨之證據」及「浙江共產黨破壞本黨之事實」兩項文證，交各監委傳閱。前者列舉共產黨自其二次全國代表大會以後歷次會議所作關於破壞國民黨之議決案，通告及共產黨員李俠公與君偉的秘密通訊等；後者列舉共黨在浙阻止入黨、煽動民衆、擾亂後方、壓迫工人等罪狀。各監委復於分別報告共黨在湘、鄂、贛、浙、皖、滬等的叛亂活動後，決議照吳敬恆所擬辦法，備文咨送中央執行委員，請採取非常緊急處置，將各地共黨首要的危險份子，就地知照治安機關，分別看管，制止活動。（註八）

是時　蔣總司令駐上海龍華交涉公署，即以該地爲總司令部。當時先生與張人傑（靜江）、吳敬恆（稚暉）、李煜瀛（石曾）等均住總司令部內，先生與張人傑、吳敬恆、李煜瀛等朝夕與蔣總司令討論清黨大計。稚老主張爲保密計，相約在清黨明令未公佈前，均不得離總司令部外出，與議者皆遵守之。即鄰室而居之邵元冲（翼如）、蔣夢麟（孟隣）亦留居不出。清黨政策既定，蔣總司令召集何應欽、李濟琛（任潮）、李宗仁（德鄰）、黃紹竑（季寬）在上海舉行重要會議，一致同意清黨，並決定應付時局方針。（註九）

是日　共黨分子在南昌發動暴亂，逮捕國民黨員程天放、羅時實等人；省府主席李烈鈞被迫離贛退往福建，是爲「四二事變」。（註一〇）

四月三日　漢口日租界發生民衆與日本水兵衝突事件，日水兵乃大批登陸行兇，釀成慘案。

四月五日　汪兆銘與共產黨陳獨秀在上海發表聯合宣言，主張繼續共同合作。

四月六日　張作霖搜查北京俄大使館，發現大量俄共赤化中國之陰謀文件，並拘捕中俄共產黨徒李大釗等六十餘人。

是日　汪兆銘自上海秘密赴漢口。

四月七日　由西山會議決議設於上海之「中國國民黨中央執行委員會」發表宣言兩通，宣布中國共產黨及汪兆銘罪狀。

四月八日　上海政治委員會成立，先生與吳敬恆等十五人膺任委員。（爲前駐南昌之政治會議所任命）

是日　共黨分子毛澤東等在長沙以暴力封閉藝芳女校。教職員學生整隊退出，曾寶蓀逃漢口，校董俞秩華被執。

四月九日　與吳敬恆、張人傑、李煜瀛以中央監察委員名義聯合發表「護黨救國」通電，斥責武漢聯席會議成立以來之種種乖謬舉措。

武漢對蔣總司令及東路軍將士之敵視日深，滬寧共黨分子之謀亂日亟，漢滬間緊張情勢毫無緩和的可能。在此局面下，中國國民黨中央監察委員蔡元培、張人傑、吳敬恆、李煜瀛、鄧澤如、黃紹竑、古應芬、陳果夫等遂於本日聯名發表青電，此「護黨救國」通電痛斥武漢自聯席會議以來之不當決議與乖謬措施，而開護黨救國之先聲。通電縷述武漢與法理「不合」之事兩項，引爲痛心之事十一端，其中對於武漢三中全會之決定准許共黨參加政府一事，尤深痛憤。然其通電情辭雖極峻嚴，但未作決絕的表示。彼等仍希望武漢諸人能以團結救黨爲重，如期前來南京出席汪兆銘在滬時所提議召集的第四次中央執行委員全體會議。詎武漢當局已爲鮑羅廷及共黨分子所控制，竟置中央監察委員之通電若罔聞。（註一一）

是日　蔣總司令進駐南京，粉碎共黨謀據南京與煽動軍隊叛亂之陰謀。

四月十二日　中國國民黨實行清黨（上海總工會赤色工人糾察隊被我駐軍白崇禧部繳械）。

四月十四日　與中國國民黨中央執監委員由滬赴京，隨卽與胡漢民、吳敬恆、柏文蔚、陳果夫等在京舉行二屆四中全會預備會議。武漢方面委員未出席，寧漢於焉分裂。會議中決定在南京成立國民政府。

四月十六日　汪兆銘通電詆毀在南京之各中央執監委員。（卽所謂「銑電」）

四月十七日　中央政治會議在南京開會，決議通過：國民政府於本月十八日開始在南京辦公，由吳敬恆起草定都南京宣言。並推定先生與李煜瀛、張人傑三人爲中央研究院組織法起草員。

四月十八日　國民政府定都南京。推胡漢民、張人傑、伍朝樞、古應芬爲國民政府委員會常務委員。推先生授印，胡漢民代表受印。吳敬恆與蔣總司令中正、胡漢民等在各團體慶祝國府遷都與恢復國民黨黨權大會上分別發表演說。

是日　國民政府通令全國，肅淸共黨分子。
是日　蔣總司令通電擁護淸黨及奠都南京。
四月二十日　中央政治會議第七十六次會議，由先生主持，會中吳敬恆提議請特任先生與李煜瀛、汪兆銘三人爲敎育行政委員會委員。並再電汪兆銘速來南京。（註一二二）
四月廿五日　共產黨在武漢會議，決定武裝黨員農工，準備建立「蘇維埃」政權。
四月廿六日　國民政府正式任命先生爲敎育行政委員會委員。
四月廿七日　第三國際命鮑羅廷令中共實行沒收兩湖地主土地，奪取國民黨權力，武裝共產黨員，成立工農軍。
四月廿八日　北京政府審判俄使館案，判定李大釗、路友于等二十人死刑。
四月三十日　共產黨在廣東海豐成立「農民政府」。
五月一日　蔣總司令擬定三路北伐計畫。
是日　中國共產黨在漢口舉行第五次全國代表大會（五月九日閉幕），第三國際代表魯易及鮑羅廷均出席。汪兆銘等到會致賀。
五月三日　赴杭州，應邀在商業學校發表講演。（註一二三）
五月四日　南京、上海等地各界舉行五四運動紀念大會，決議收回國權，擁護淸黨。（註一

四）

五月五日 中國國民黨中央常務委員及各部長聯席會議議決設立中央黨務學校，推葉楚傖等五人為籌備委員。（註一五）

五月九日 中央政治會議議決將上海江灣之模範、遊民兩工廠，改設國立勞動大學，並派先生與李煜瀛、張人傑、褚民誼等十一人為籌備委員。（註一六）

五月十日 中國共產主義青年團第四次全國代表大會在漢口舉行，國民黨代表胡耐安等及共產黨代表惲代英等演說。

五月十七日 中國國民黨中央清黨委員會開始辦公，並派定上海、廣州各處清黨委員。

五月十八日 「中共」創始人之一周佛海因不滿武漢政權縱容共黨分子，逃離武漢，前往上海。

五月十九日 中央政治會議議決議設立中央研究院，推定先生與李煜瀛（石曾）、張人傑（靜江）等為籌備委員會委員。

五月廿一日 武漢方面第三十五軍何鍵部團長許克祥，以共產黨人藉工會、農民協會欺凌出征軍人家屬，憤起反共，在長沙將省工會糾察隊及農民協會自衛隊繳械，共黨分子逃往鄉間，指揮農團軍作反抗運動，是為「馬日剷共事件」。

五月廿三日　唐繼堯在雲南病逝，年四十六歲。
五月廿四日　國民革命軍第一路克復揚州。
五月廿六日　國民革命軍第二集團軍馮玉祥部克復洛陽。
五月廿九日　日本出兵山東，上海日領事發表聲明書。
五月三十日　馮玉祥部克復鄭州。
五月　中央通訊社自廣州遷至南京。
六月一日　日本陸軍二千人在青島登陸。
六月二日　國民革命軍第二路王天培軍克復徐州，張宗昌敗退韓莊。
六月三日　國民革命軍第一集團軍克鹽城。
是日　山西改懸青天白日滿地紅國旗，閻錫山改編所部十二萬人爲北方國民革命軍，由大同、娘子關兩路發動威脅北京。（六日，閻錫山在太原就任國民革命軍北方總司令，通電服從三民主義並表明反共。）
六月五日　武漢方面解除鮑羅廷顧問職務。
六月六日　提議變更教育行政制度，採法國式大學區制，經中央政治會議通過。（註一七）
六月七日　中央政治會議將先生所提變更教育行政制度，以大學區爲教育行政單元之建議，咨請國民政府核議施行。

先生以國民政府教育行政委員會委員於本月六日向中央政治會議提出呈文，建議變更教育行政制度，以大學區為教育行政之單元，區內之教育行政由大學校長處理之。大學應設研究院，為一切問題交議之機關。先生並擬具「大學區組織條例」及「大學行政系統表」一併呈核。當經中央政治會議第一〇二次會議議決由國民政府核議施行。中央政治會議秘書處遂於本日咨請國民政府辦理。

六月九日　國民革命軍第一路軍克復海州，孫傳芳退青島。

六月十日　武漢汪兆銘、譚延闓、孫科、顧孟餘、唐生智等抵鄭州，與馮玉祥舉行聯席會議。

六月十二日　鄭州會議結束，武漢方面任馮玉祥為河南省政府主席，將新收復之河南地盤，完全讓與馮玉祥，關於隴海鐵路以北、平漢鐵路以東之軍事，由馮軍擔任。

六月十六日　蔣總司令由南京赴徐州。

六月十九日　馮玉祥應約至徐州與蔣總司令會晤。先生與胡漢民、吳敬恆、張人傑等偕同。

六月二十日　蔣總司令在徐州與馮玉祥、李宗仁、白崇禧諸將領及中央委員胡漢民、蔡先生、吳敬恆、李烈鈞、張人傑、李石曾等舉行會議，由吳敬恆任主席，商討北伐及應付武漢方面事宜。

六月廿一日　馮玉祥於徐州通電武漢，應立卽遣送鮑羅廷回俄，驅逐共黨，寧漢合作，共同北伐。

六月廿四日　先生與吳敬恆等返京，吳敬恆在中央政治會議報告「徐州會議」經過情形。

六月廿七日　與古應芬等提議對營私舞弊之公務人員應嚴予議處，經中央政治會議通過，咨請國民政府公布實施。（註一八）

六月廿七日　南京中央政治會議決採中央財政會議決議實行關稅自主，裁撤釐金。

六月廿八日　駐武漢之第三十五軍軍長何鍵發表反共宣言，要求汪兆銘、唐生智與共黨分離。

七月二日　武漢方面解散共產黨機關，爲實行「分共」之先聲。

七月四日　國民政府公佈「大學院組織法」。（註一九）

七月六日　國民政府咨覆中央政治會議，同意大學區制先在江、浙兩省試辦。

七月八日　馮玉祥在豫、陝進行清黨。

七月十五日　武漢方面發覺「中國共產黨之行動方略」，有顚覆中國國民黨及陷國民革命於絕境之陰謀，因通過取締共產黨案，實行「分共」。

七月十七日　何鍵揭櫫反共，派軍控制漢陽、漢口。

七月十九日　鮑羅廷及武漢方面中共首要，集中九江。

七月二十日　武漢方面發表「告中國共產黨書」，對共產陰謀嚴予警告。
七月廿四日　鮑羅廷自九江回漢口，決定回俄。
七月廿五日　日本首相田中義一向日皇密呈「對滿蒙積極政策奏章」（即「田中奏摺」），爲日本侵華政策之張本。
七月廿七日　鮑羅廷離武漢經河南，轉道蒙古回俄。
八月一日　張發奎部賀龍、葉挺附共叛變，並入據南昌。（南昌暴動）
八月四日　次女晬盎在上海出生。命名取孟子「晬然見於面，盎於背」之義。
八月七日　共產黨依第三國際指示，在漢口舉行緊急會議，決定於湘、鄂、贛、粵舉行農工暴動，建立蘇維埃政權，並罷免陳獨秀。（所謂「八七」會議）
八月八日　南京李宗仁等致電在武漢之汪兆銘等，洽商寧漢合作事宜。
八月九日　史達林在俄共中央會議中，指中共犯有社會民主主義、孟什維克之錯誤。
是日　武漢中央決定通緝列名南昌革命委員會之譚平山、林祖涵、吳玉章等人，及將所有任國民黨中央執監委員及候補執監委員之共產黨徒一律免職，並開除其黨籍。又定清黨辦法四條，令跨黨分子登記及登報聲明，否則以反革命論。
八月十日　汪兆銘等電覆李宗仁等，主張召開四中全會，解決黨內糾紛。

八月十三日　蔣總司令爲促成寧漢合作，在上海通電辭職。（卽返奉化）

是日　中央政治會議臨時會議在南京召開，推舉先生偕胡漢民、吳敬恆三人赴滬挽留蔣總司令。

八月十四日　先生與胡漢民、張人傑、李煜瀛、吳敬恆等辭職赴滬。

八月二十日　武漢汪兆銘、唐生智等赴九江，準備與寧方代表李宗仁等會商合作辦法。

八月廿二日　寧方代表李宗仁抵九江，與武漢代表譚延闓、孫科洽議合作事宜。

八月廿四日　譚延闓、孫科、李宗仁由九江赴南京。

八月三十日　國民革命軍龍潭大捷，孫傳芳軍殲滅殆盡。

九月一日　國立第四中山大學開學，爲江蘇地區試行實施大學區制肇始。校長爲張乃燕。

九月八日　共產黨毛澤東、瞿秋白等發動兩湖秋收暴動，旋組合「中國工農革命軍第一師」，圖攻佔長沙失敗。毛澤東途中一度被俘，賄賂亦不成，終被脫逃。

九月十一日　出席在上海國父故居舉行之寧、漢、滬（西山會議派）三方代表譚延闓、孫科、張繼等之合作談話會，會談三日，商統一黨務及寧漢兩政府之合併及改組方法。汪主召開中央執行委員第四次全體會議，爲蔡先生等所拒。

九月十三日　汪兆銘自認「對於共產黨徒防止過遲」，自劾下野，並自請處分。

九月十五日　出席中國國民黨中央執監委員在南京舉行臨時聯席會議。會中決定設立「中國國民黨中央特別委員會」，推定寧、漢、滬三方委員共三十二人，代行中央執監委員會職權，完成黨的統一。

九月十六日　中國國民黨中央特別委員會成立於南京，發表宣言（寧漢合作），即開第一次大會，譚延闓任主席。

九月十七日　在南京出席中國國民黨中央特別委員會議。會中被推爲中央常務委員與國民政府常務委員，並兼大學院院長。

是日，中央特別委員會推定丁惟汾等四十七人爲國民政府委員，以汪兆銘、胡漢民、李烈鈞、蔡元培、譚延闓爲常務委員：于右任等六十七人爲軍事委員會委員，以白崇禧、朱培德等十四人爲主席團；任蔡元培爲大學院院長，孫科、王伯羣、王寵惠、伍朝樞分任財政、交通、司法、外交各部部長。

九月廿一日　國民政府通電，促蔣總司令回任。

九月廿二日　蔣中正偕張羣自寧波抵滬準備東渡。

九月廿八日　蔣中正乘日輪「上海丸」赴日。

九月三十日　叛軍賀龍、葉挺在潮汕一帶被黃紹竑軍擊潰，竄向西南，謀與共黨在海陸豐之

「農民軍」聯合。
十月一日　中華民國大學院正式成立，先生宣誓就院長職。
十月三日　撰「五卅殉難烈士墓碑文」。（註二〇）
五卅殉難烈士墓，已在建造，不久卽可完工，其墓碑除由譚延闓書「來者勿忘」四字外，碑文由蔡先生親撰，嚴愼予書，業已竣事。碑高五丈，氣象雄偉。
十月七日　國民政府軍事委員會籌劃北伐，以與閻錫山、馮玉祥兩軍合力討奉。
十月十日　中國國民黨中央特別委員會派代表孫科、伍朝樞，及李濟琛之代表八人，與汪兆銘、朱培德等舉行廬山會議後，卽共赴漢口，與唐生智商寧漢合作第二階段進行辦法。
十月十三日　漢口汪兆銘、唐生智與寧、粵代表協商結果，將在南京召開中國國民黨四中全會，追認特別委員會，恢復中央執行委員會與常務委員會、中央監察委員會，並規定其權限。
是日　譚延闓等覆電，贊同汪兆銘等在漢口所議辦法，請偕潯、漢、粵同志來寧開會，以十一月一日爲期。
十月十五日　國民政府決定北伐與西征（討伐唐生智）並進。
十月十八日　於中央黨務學校（國立政治大學前身）講演，揭發共黨份子欺騙農工之陰謀。

（註二一）

十月廿三日　蔣中正抵東京，發表告日本國民書，告以兩國相處之道。

十月廿五日　汪兆銘由漢口乘日輪秘密抵滬，轉往廣州。

是日　大學院正式開始辦公。

大學院因整修內部，佈置完竣，本日開始辦公。佈告並通電周知。（註二二）

十月廿七日　毛澤東由湘境竄入江西井崗山，與匪首王佐、土豪袁文才聯合，建立根據地，共六七百人，以刁飛林、李克昌爲其幹部。

十月廿九日　國民政府任命金曾澄爲大學院秘書長，楊銓爲行政處主任。

十月三十日　汪兆銘與在粵中委六人舉行葵園會議，聯名通電，主張在廣州開中央執行委員會第四次全體會議。

十月卅一日　爲啓用「大學院」印信呈國民政府。（註二三）

十月　應邀在中國國民黨滬寧杭甬兩路特別黨部講演「寧漢分裂與中央特別委員會成立經過情形」，並揭露共黨之陰謀。（註二四）

十月　爲滬案（五卅慘案）向列強宣言。（註二五）

先生自滬案發生，卽在歐積極向各國宣傳此次慘案眞相，及取消不平等條約之必要。茲又發表一長篇宣言，譯成英、法、德三國文字，逕登歐美各報，並將原稿寄歸國內。

十一月一日　國民政府交通部郵政總局在南京成立。

十一月三日　國立第三中山大學嚴禁浙省各小學採用古文言文教學。

是日　江蘇宜興「中共」黨羽數千名倡亂，攻陷縣城，殺人放火；經軍警合力，迅即敉平。

十一月六日　召開大學院大學委員會第一次會議，議決「大學委員會條例」等案。

本日大學委員會召開第一次會議，到會者有蔡元培、李煜瀛、易培基、鄭洪年、褚民誼、戴傳賢、蔣夢麟、胡適、朱家驊、張乃燕、張仲蘇、楊銓、金曾澄、高魯等十四人，由先生主持，議決大學委員會條例、大學委員會議事細則、統一黨化教育及政治指導等案。（註二六）

十一月七日　大學院公布「畢業證書條例」。（註二七）

十一月九日　中央特別委員會決議設中央日報館於南京。

十一月十日　蔣中正由日返滬，電邀汪兆銘商談黨務；汪等乃放棄在廣州舉行四中全會之主張，派代表赴滬。

十一月十二日　唐生智因前線戰敗，後方軍隊不聽調遣，通電下野，逃往日本。

十一月十三日　召開大學院大學委員會第二次會議，議決「修正教育會規程特別市教育局暫行條例」、「統一教科書審查意見」等案。

十一月十四日 大學委員會提請國民政府，訂定各國立大學軍事訓練條例。（註二八）

十一月十七日 張發奎部黃琪翔軍乘李濟琛離粵，藉口打倒桂系，在廣州發動事變，謀捕黃紹竑，黃聞風逸去。

十一月二十日 中央研究院籌備會及各專門委員會開成立大會，通過「中央研究院組織條例」，推定先生以大學院院長兼研究院院長，先設立理化實業研究所、社會科學研究所、地質研究所、觀象臺等四研究機關，並推定各所常務籌備員。

先是，民國十三年冬，國父北上主張召集國民會議，解決國事，並擬設中央學術院為全國最高學術研究機關，以立革命建設之基礎，命汪兆銘起草計畫。及抵津，一病不起，此議遂無由實現。十五年，中央黨部在廣州曾有中央學術院之設立，其目的專為訓練訓政時期政治人員，名稱雖同，性質實異，第一期學員卒業，此院即停辦。

本年四月國民政府定都南京，五月，中央政治會議第九十次會議，議決設立中央研究院籌備處，並推定蔡元培、李煜瀛、張人傑等為籌備委員。七月四日國民政府公布中華民國大學院組織條例，其第七條規定「本院設立中央研究院，其組織條例另定之」，至九月國府改組，中央研究院之籌備亦遂中止。十月大學院成立，根據組織條例，聘請中央研究院籌備員三十餘人。

本日上午十時半，中央研究院籌備會議及各專門委員會在大學院會議廳召開成立大會，到會人數計蔡先生與諶湛溪等三十人，通過中華民國大學院中央研究院組織條例，確定中央研究院爲中華民國最高科學研究機關，以大學院院長蔡元培兼任研究院院長，大學教育行政處主任楊銓兼任研究院秘書長。並議決先設立理化實業研究所、社會科學研究所、地質研究所、觀象臺四研究機關。推定王小徐、宋梧生、周仁爲理化實業研究所常務籌備員，李煜瀛、周覽、蔡元培爲社會科學研究所常務籌備員，徐淵摩爲地質研究所常務籌備員，竺可楨、高魯爲觀象臺常務籌備員。至是全國最高學術研究機關——中央研究院始有具體之籌備。（註二九）

十一月廿二日　南京舉行討唐勝利慶祝會，軍民發生衝突，造成流血事件。（卽「一一二二南京慘案」）（註三〇）事後先生發表宣言，並接受記者訪問發表談話。

十一月廿三日　國民政府核定，大學院制定之「教科書審查條例」。（註三一）

十一月廿四日　中國國民黨中央執監委員依蔣中正、譚延闓、汪兆銘、李濟琛之發起，在上海開談話會，決定十二月三日至五日開預備會，並邀各中央執監委員屆時參加會議。

十一月廿七日　主持國立音樂學院補行開院典禮。並致訓詞。

國民政府大學院先於十月開始籌備設立國立音樂學院，至本月三日成立，以上海法租界陶爾斐斯路五十六號爲院址，先辦預科，另招選科生，以養成專門人才。院長一職由大學院院長蔡先生兼任。本月十五日開始上課。

本日，補行開學典禮，臨時禮堂中懸掛黨國旗及總理遺像。出席者計有院長蔡元培、大學院秘書長金曾澄、行政處長楊杏佛，與褚民誼及各教員等。行禮如儀後，主席蔡院長致訓詞。次教務主任蕭友梅報告籌備經過情形，旋由來賓演說。國文教授易韋齋對學生致勉勵語。繼由教員王瑞嫻獨奏鋼琴，朱荇青琵琶獨奏，陳承弼獨奏小提琴等，各盡所能，衆皆鼓掌。隨即攝影、進茶點而散。（註三二）

是日　主持大學院藝術委員會在上海召開之第一次會議。（註三三）

十一月廿九日　謝持、張繼、居正、許崇智、鄒魯、傅汝霖發表「告同志書」，詳述中央特別委員會係由寧、漢、滬三方面同志爲統一黨務而設立之臨時機構，有其正當之歷史，不可隨意誣枉。（註三四）

十二月一日　蔣中正與宋美齡結褵於上海，由先生福證。

婚禮首先於下午三時在宋宅舉行基督教儀式，由余日章牧師主持，觀禮者只有少數近親。繼之在上海市內大華飯店舉行典禮，蔡先生應邀參加並爲之證婚，介紹人爲譚延闓與王正廷。

是日　發表「在愛國女學校二十五周年紀念會演說詞」，在該校二十六周年紀念刊上發表。上海愛國女校創於一九〇二年，先生之演說詞詳述其創辦該校的經過，爲其親筆草擬，因未能與會，由夫人周養浩代爲宣讀。

十二月三日　中國國民黨二屆四中全會第一次預備會議在上海召開，到會中央執、監委員三十三人，由先生擔任主席。（註三五）

是日　在中國國民黨上海特別市黨部全體黨員歡迎中央執監委員會上發表演說。

十二月四日　參加中國國民黨中央執監委員繼續在上海舉行四中全會第二次預備會議，由汪兆銘主席，決議中央特別委員會應於全會開會之日，即行取消。（註三六）

十二月八日　參加中國國民黨四中全會第三次預備會在上海召開，由蔣中正任主席，蔣氏發表「致中央執監委諸同志書」，籲請寧粵雙方捐棄成見，團結一致。（註三七）

十二月九日　何應欽、賀耀祖通電敦請蔣中正復任國民革命軍總司令。馮玉祥、閻錫山亦先後電促蔣中正復任總司令。

十二月十日　參加中國國民黨四中全會第四次預備會議，會中通過蔣中正復任國民革命軍總司令案與對俄絕交議案，並決定全體正式會議於十七年一月一日至十五日在南京召集。

上海預備會議宣告結束。（註三八）

是日　南京市黨部電請胡漢民出主黨國要務，並通電各省級黨部請一致敦促。（註三九）

是日　先生以大學院長召集全國各地體育界代表，在南京組織全國體育指導委員會，謀以積極辦法，促進公共體育。（註四〇）

十二月十一日　共黨發動廣州暴動，由張太雷、羅綺園、黃俠生等率暴徒二千人，攻佔公安局等機關，組「蘇維埃政府」，燒殺至烈。

十二月十三日　在南京向記者發表談話。對時局表示樂觀，並歡迎蔣總司令復職。（註四一）

是日　蔣中正在滬對新聞記者發表對時局重要談話。

是日　共黨廣州暴動敉平，張太雷被擊斃，「蘇維埃政府」瓦解。蘇俄駐粵領事哈西斯（Abram Isaakovieh Hassis）也以直接參與叛亂而被捕處決。（註四二）

十二月十四日　國民政府宣布對俄絕交，通令撤銷各省俄領事之承認，停止蘇俄國營事業，著外交部督率所屬並會同主管機關妥慎辦理。

十二月十六日　國民革命軍克復徐州，直魯軍張宗昌等倉皇逃遁。

十二月十七日　張發奎上電蔣中正矢志服從，願以黨員資格隨從補過。

是日　浙江省黨部臨時執行委員會電請蔣中正、吳敬恆、胡漢民，出主黨務。

是日　汪兆銘爲輿論所不直，並受吳敬恆等責備，乃悄然由上海乘輪赴法。
十二月十八日　聘魯迅爲大學院特約著作員。
十二月十九日　建議國民政府，將全部註冊稅撥充教育經費，以促進全國教育之發展。（註四三）
十二月二十日　何應欽、鹿鍾麟等通電揭櫫五事：一、促開中央執行委員全體會議，確立黨權；二、革命軍全體參加北伐；三、促蔣總司令復職；四、造成廉潔政府；五、撲滅共產黨。
十二月廿三日　上海俄總領事柯子洛夫斯基下旗歸國。
是日　范源濂逝世。
范源濂，字靜生，湖南湘陰人，清光緒二年（一八七六）生。民國以來，先後任教育部次長、教育總長、內務總長、北京師範大學校長等。本日以腹膜炎卒於津寓，得年五十三歲。
十二月廿四日　與財政部爲整理學制提高教育經費呈請國民政府通令各財政機關，飭即實行教育會計獨立制度。（註四四）
是日　國民政府核定大學院呈送「私立大學及專門學校立案條例」、「私立中等學校及小學立案條例」、「圖書館條例」及「新出圖書呈繳條例」，准予備案。（註四五）

十二月廿九日　國民政府核定大學院制定之「革命功勳子女就學免費條例草案」。(註四六)

註一：「袖珍日記」手稿。見高平叔編「蔡元培年譜」。
註二：「臺灣民報」第一四〇號。
註三：「袖珍日記」手稿。同註一。
註四：顧頡剛卽余毅「悼蔡孑民先生」，「責善半月刊」創刊號，同註一。
註五：「知難」周刊，一九二七年三月。
註六：「革命文獻」十六輯，頁一二八、一二九。
註七：先生「革新浙江政務計畫」手稿，同註一。
註八：黨史會庫藏會議記錄原件。
註九：「吳稚暉先生年譜簡編」。
註一〇：中國國民黨九十年大事年表。
註一一：「國民政府公報」寧字第一號。
註一二：中央政治會議紀錄原件。
註一三：「袖珍日記」手稿。同註一。
註一四：「教育雜誌」十九卷六號「教育界消息」頁四－五。
註一五：「革命文獻」第九輯。
註一六：丁致聘「中國近七十年來教育紀事」頁一三九。

註一七：「國民政府公報」寧字第六號，頁二三－二六。參閱拙著「蔡元培先生的生平及其教育思想」頁五七－五九。

註一八：拙編「蔡元培先生全集」頁一一一七。

註一九：國民政府公報。

註二〇：「國聞周報」民國十六年第四十七期。拙編「蔡元培先生全集」頁九二〇。

註二一：同上，頁八一八。

註二二：同上，頁二一八、二一七。

註二三：同上。

註二四：同上，頁八一五。

註二五：同上，頁九一五。

註二六：丁致聘「中國七十年來教育紀事」頁一四九。「中華民國史事紀要」初稿，民國十六年七至十二月份，頁七九七。

註二七：多賀秋五郎「近代中國教育史資料」民國編，頁四二三。同上，頁八〇四。

註二八：「教育雜誌」卷二〇，第一號。同上，頁八二九。

註二九：「革命文獻」五十三輯「中華民國史事紀要」初稿，民國十六年七至十二月份，頁八七四。

註三〇：民國十六年十一月廿六日「上海時報」。

註三一：「教育雜誌」卷二〇，第一號。

註三二：多賀秋五郎「近代中國教育史資料」民國編（中），頁四三九。
註三三：十七年二月，大學院公報第二期。
註三四：「革命文獻」第十六輯。
註三五：民國十六年十二月三日「申報」。
註三六：同上。
註三七：民國十六年十二月九日，同上。
註三八：民國十六年十二月十一日、十二日，同上。
註三九：蔣永敬「胡漢民先生年譜」，頁二四八。
註四〇：「中華民國史事紀要」初稿，民國十六年七至十二月份，頁九八五。
註四一：「革命文獻」第十七輯，頁六九—一一三。
註四二：「中華民國史事紀要」初稿，民國十六年七至十二月份，頁一〇一七。
註四三：「民國政府公報」，民國十六年十二月，第一七期。
註四四：「國民政府公報」，民國十六年十二月，第一八期，頁四—六。
註四五：同上。
註四六：「教育雜誌」第二〇卷第一號，教育消息。

六十二歲　民國十七年　一九二八　戊辰

一月二日　國民政府電邀蔣中正入京，復任國民革命軍總司令職務，繼續北伐。

一月三日　國民政府增推蔣中正、孫科、林森爲國民政府委員會常務委員。

一月四日　蔣中正由滬抵京，正式復任總司令職。先生於歡讌時演說表示竭誠歡迎。

本日，蔣中正應國民政府電催自滬返京，正式復職，主持北伐大計。同行者，有國民政府常務委員譚延闓等。首都歡迎蔣總司令復職盛況空前，在車站歡迎者，有張靜江、吳敬恒、蔡元培、褚民誼、陳果夫、丁惟汾、何應欽、李宗仁、陳紹寬等黨政要人及軍校員生數千人。晚間國民政府設席歡讌蔣總司令。首由李烈鈞代表國民政府致歡迎詞，繼由蔡先生等演說，表示竭誠歡迎。先生之講詞如下：

「蔣介石同志與本黨歷史甚深。自廣東興師北伐以來，蔣同志所負之責任尤重，故自辭職以後，黨國糾紛愈甚。此次各方同志以爲軍事上如不能打到北京，則一切工作計畫均不能實現，且以後亟待解決之問題尚多，所以請蔣同志復職，負起責任，完成北伐。一面促開中央全會，以便召集第三次代表大會。蔣同志爲此次推舉籌備會議之人，到京後必可積極促成。至於從前政治會議，蔣同志所提議之軍令軍政，必須劃分。現在既然復任總司令，則軍令當由總司令負責，軍政當由軍委會負責。如此進行，不獨北伐可以進展，而一切困難問題，亦可解決。甚望自今日起，負起責任。」（註一）

是日　國民政府明令知照大學院：註册稅全部撥充教育經費，以半歸中央，半歸地方。（註二）

一月六日　吳敬恆留函賀勉蔣總司令中正復職。

是日　大學院函請各省政府，訓令各大學與教育廳，實行教育會計獨立制度。（註三）

一月七日　參加中國國民黨中央常會臨時會議，通過要案多項。（註四）

是日　參加宋子文就任國民政府財政部部長典禮。（註五）

一月十日　戴季陶奉大學院命前往歐洲考察教育，出國之前，發表告別國人書，以「勿迷新與舊，須辨是與非」，勉青年勿盲目趨新。（註六）

一月十三日　出席國民政府第三十二次會議，由譚延闓擔任主席，通過議案多項。

一月十六日　國民政府外交部僑務局，本日在上海成立，由鍾榮光任局長。

一月十七日　出席國民政府第三十三次會議，會中建議改大學院教育行政處主任為副院長，獲得通過。

一月十八日　出席中國國民黨中央政治會議第一二五次會議，由先生擔任主席。通過特任蔣中正為國民革命軍北伐全軍總司令；並通過北伐軍戰鬥序列，以國民革命軍、國民軍聯軍、北方革命軍及海軍之作戰軍、航空軍之全部，組織北伐軍等多項議案。

一月廿三日　朱德、陳毅由粵北輾轉流竄江西，在井崗山與毛澤東合流，改稱「紅軍第四軍」，朱自封爲「軍長」，毛充「黨代表」。

一月廿五日　西征軍克長沙。

是日　胡漢民偕孫科等自滬啓程，赴歐考察。

是日　爲請撰胡明復博士碑文函吳委員稚暉。（註七）

一月廿六日　出席中國國民黨召開中央常務會議，議決要案多項。（註八）

一月廿七日　出席國民政府召開第三十五次會議，議決公布「修正大學院組織法」等要案。（註九）

是日　國民政府公布「修正中華民國大學院組織法」。（註一〇）

一月廿八日　國民政府令准公布「修正大學區組織條例」。（註一一）

是日　蔣中正、張靜江、譚組庵、李石曾各中央執監委員，下午在湯山舉行會商，商討中央全體會議各問題，爲融通各方的意見，決定先召集中央執監聯席會議，關於何香凝、陳樹人、王法勳、王樂平、潘雲超五委員出席問題，卽在執監聯席會議中解決。

一月三十日　中國國民黨中央執監委員于右任、邵力子、經亨頤、丁超五、潘雲超、陳樹人、王樂平、何香凝、朱霽青、白雲梯、郭春濤等於下午五時，在西成招待所舉行臨時談話會。

是日　晚蔣中正與蔡孑民、李石曾、譚組庵、李協和、張靜江、丁惟汾、郭春濤、白雲梯各委員議定三十一日下午二時，在中央黨部舉行執監聯席會議，並訂定二月一日，開預備會議。

是日　國民政府大學院修正「大學院秘書處組織條例」、「大學院各組組織條例」、「大學院辦事細則」及「大學院行政會議規則」。（註一二）

一月卅一日　出席國民政府召開第三十六次會議，議決多項議案。會中並通過先生兼任交通大學校長。（註一三）

是日　出席在中央黨部舉行之中國國民黨中央執監聯席會議，報告檢舉粵方委員之緣由及為顧全大局不再堅持。（註一四）

一月　為「大學院公報」撰寫「發刊詞」，謂大學院之設，旨在以學術化代替官僚化，使行政為大學院之附屬業務。（註一五）

二月一日　參加中央政治委員會議，擔任主席。通過「中華民國建設委員會」組織法，決定委員人選。（註一六）

是日　出席在南京舉行之中國國民黨第二屆中央執行委員會第四次全體會議預備會。（註一七）

是日　題中央日報創刊賀詞。

黨外無黨，囊括長材。進取保守，相劑無猜。
進取過激，是曰惡化。寧聞碎玉，果愈全瓦。
保守已甚，腐化是懼。或開倒車，或封故步。
補偏救弊，賴有讜言。後知後覺，努力宣傳。
嚴戒訐攻，多籌建設。忝屬同志，敢告主筆。（註一八）

二月二日　中國國民黨二屆四中全會揭幕，被推選爲外交方針討論委員會委員。（註一九）

是日　向中國國民黨二屆四中全會提議退還庚子賠款均應撥作教育基金案。（註二〇）

是日　江西九江共黨蠢動。

二月三日　出席中國國民黨二屆四中全會在京舉行之正式會議。（註二一）

二月四日　出席中國國民黨二屆四中全會二次會議。通過改組國民政府等案。（註二二）

二月六日　爲准其更改第三中山大學爲國立浙江大學，電復浙江省政府。

電文云：「浙江省政府委員公鑒：陷電悉。第三中大，尊意主改國立浙江大學，與條例並無不合，自可照准。蔡元培。魚」（註二三）

是日　二屆四中全會通過「整飭紀律之法案」及「集中革命勢力限期完成北伐」等案。

二月七日　中國國民黨二屆四中全會閉幕，通過大會宣言及國民政府與軍事委員會委員人選

。先生膺任國府委員。（註二四）

二月八日　共產黨徒圖在新加坡謀刺伍朝樞等，幸未得逞。（註二五）

二月十日　大學院決定改廣州「第一中山大學」爲「中山大學」，先生電覆朱家驊。又將「第四中山大學」改名「國立江蘇大學」。（註二六）

二月十二日　張作霖在北京召開最高軍事會議，孫傳芳、張宗昌等均與會，商討應付北伐軍之進攻。

二月十四日　國民政府大學院公布「教育會條例」二十四條。

二月十五日　中央政治會議決議實行信教自由及取消反對宗教口號。

是日　爲國立第四中山大學減免學宿費向中央政治會議提建議案。（註二七）

二月十六日　蔣總司令與馮玉祥在開封舉行北伐軍事會議。

是日　國府明令解決國立第四中山大學學生免費運動案。。（註二八）

二月十八日　國民政府委員會議決定五月間召開全國教育會議。（註二九）

二月二十日　提案請通令學生不得干涉校政。

是日　出席中央政治會議爲暨南大學等校請撥經費提建議案。

二月廿一日　國民政府大學院訓令廢止春秋祀孔大典。（註三〇）

二月廿二日　擬就立法程序草案，出席中央政治會議，建議事務官不隨政務官更動之提案。

二月廿三日　提案請中央津貼北京大中公學經費。

本日中國國民黨中央執行委員會討論事項㈣：北京大中公學校長蔡元培呈請北京大中學每月津貼五百元，准予照撥並改由大學院轉撥案。決議：照辦。（錄自黨史會庫藏會議紀錄）

二月廿四日　致丁鼎丞及陳希豪、洪陸東爲解決浙省府與省黨部間糾紛電。（註三二）

二月　應邀參加滬江大學校長劉湛恩就職典禮，發表演說。

三月四日　參加中國科學社舉行的追悼董事范源濂大會，並任主席。先生並撰輓聯云：

靜生先生千古：

教育專家，猶憶十六年前推誠共事。

科學先進，豈惟數百社友痛惜斯人！

三月六日　國民政府會議決議設立戰地政務委員會，任命蔣作賓爲該會委員長，蔡公時、羅家倫等，隨北伐軍前進。

三月七日　中央政治會議推蔣中正爲主席，分別任命李濟琛、李宗仁、馮玉祥、閻錫山爲廣州、武漢、開封、太原等地區分會主席。

三月九日　受命兼代司法部部長。

司法部長王寵惠出使國外，代理部務之次長魏道明以當選建設委員會常務委員，已辭去司法部職務。是日，國民政府乃特任先生兼代司法部長。翌日，正式就任。（註三二）

三月十日　國民政府公布「中華民國刑法」。

三月十四日　提議增加上海「民國日報」津貼案。

三月十五日　為明德學校校訓四箴題詞。

湘人胡元倓創「明德學校」，以「堅、苦、眞、誠」四字為校訓，先生為之題詞，云：「惟堅苦故對事忠，惟眞誠故待人恕；違道不遠，藏諸己者晬然，而樹於世者卓然。任重投艱，於是乎在。明德學校以堅苦眞誠為校訓，誠哉其知所本矣！立校三十年，非堅苦無是久也，一堂講誦，和藹融怡，非眞誠無是樂也。龍研仙先生依此四字著為四箴，並手書以垂久遠。今觀宣勞黨國之同志，出於明德者甚衆，則此四字校訓，謂非陶鑄人才之寶訓乎？」（據胡元倓先生傳）

三月十九日　國民政府批准大學院所擬「中學暫行條例」二十五條。

三月二十日　覆上海法政大學楊校長電。

本日起草並發致上海法政大學楊校長電云：「皓電悉。已電請交涉署及市政府設法令校外勢力退出，恢復學校原狀，靜候法律解決矣。謹復，並請轉學生會葛潤齋等知照。」（註

三二）

三月廿一日　在中央政治會議爲審查考試制度作報告。並爲審查蒙藏委員會組織法作報告。（註三四）

三月廿二日　前北京政府國務總理張紹曾在天津被暗殺。

三月廿五日　爲第一交通大學圖書館所編「西文圖書目錄」撰寫序文。

三月廿七日　國民政府工商部長孔祥熙就職。

三月卅一日　蔣總司令渡江督師北伐，並發表「北伐出發告後方將士及同志書」。

三月　於大學院設立譯名統一委員會。（註三五）

三月　提出改組中華教育文化基金董事會議案。（註三六）

三月　中央研究院社會科學研究所在上海成立。又籌設歷史語言研究所於廣州。任傅斯年、顧頡剛、楊振聲爲常務籌備員。（註三七）

四月一日　中國國民黨發表北伐宣言，蔣總司令發表「告全國民衆前後方將士及同志書」，呼籲全民贊助，完成革命大業。

四月四日　出席中央政治會議，決定開封、太原、廣州分會委員人選。（註三八）

四月六日　國民政府委員會通過國立中央研究院組織條例。（註三九）

四月七日　蔣總司令下動員令並誓師。

四月十日　爲中國國民黨選派駐各省黨務指導委員宣誓就職典禮監誓。（註四〇）

是日　與宋子文聯名提議全國註册局分別改隸農鑛、工商兩部，所有該項收入，仍照原案逕解大學院充教育經費案。

是日　擬具中央研究院組織條例修正草案。（註四一）

四月十二日　中國國民黨中常會通過任命蔡先生與張靜江、葉楚傖、陳果夫、于右任、譚延闓、丁惟汾爲中央財務委員會委員。

四月十四日　到上海，走訪魯迅。（魯迅日記）

四月十八日　大學院通令各省區之黨童子軍改稱童子軍，並由各主管教育機關組織管理。

是日　出席中央政治會議，作審查僑務委員會組織法草案作報告，並爲解決中山大學經費困難提建議案。

是日　爲國立中山大學解決經濟困難，向中央政治會議所作之提案。（註四二）

四月十九日　國民政府公布「修正中華民國大學院組織法」。（註四三）

四月二十日　日本海軍登陸青島，陸軍開抵濟南。

四月廿一日　外交部對日本出兵山東，提出嚴重抗議。

四月廿三日　受國民政府特任爲國立中央研究院院長。

中國國民黨中央政治會議決議：依蔡先生等建議設立中央研究院，任命先生爲國立中央研究院院長。本日由國民政府正式任命。

是日　戰地政務委員兼外交處主任蔡公時分函駐滬各國領事，正式聲明國民革命軍對戰地各友邦僑民，盡力保護。

四月廿四日　中央執行委員會通過爲日本出兵事件「告世界民衆書」及「告日本國民書」。

四月廿七日　國民政府委員會議決「廢兩改元統一國幣辦法」。

四月三十日　張宗昌、孫傳芳爲革命軍迫離濟南，向德州逃遁，其殘部亦陸續向北潰退。

是日　國民政府外交部長黃郛應蔣總司令之邀，自南京趕赴前方。

是日　名學人辜鴻銘病逝北京，享年七十二歲。

五月一日　第一集團蔣鼎文、顧祝同、陳調元、陳焯克復濟南，分兵進攻德州，任方振武爲濟南衛戍司令。

五月二日　向中央政治會議提出僑務委員會委員名單。

本日中央執行委員會政治會議：㈣蔡委員元培等提出僑務委員會委員人選名單，請核議。決議：任命林森、蕭佛成、鄧澤如、周啓剛、丘萃昀、張南生、鄭洪年、王致遠、吳公義爲國民政府僑務委員會委員。並指定林森、蕭佛成、鄧澤如爲常務委員。

五月三日　日軍在濟南尋釁，與革命軍發生衝突，並慘殺我交涉員蔡公時及無辜軍民，釀成「濟南慘案」（五三慘案）。蔣總司令洞燭日本阻撓國民革命軍北伐之陰謀，忍辱負重，一面派參謀熊式輝與日軍第六師團長福田彥助交涉，一面令部隊星夜渡河，繞道北伐。

五月五日　中國國民黨中央執行委員會爲濟南慘案通知國民政府向日本提出嚴重交涉。

是日　出席國民政府委員會爲濟南慘案召開之臨時會議。

國民政府委員會，本日爲濟南慘案召開臨時會議。會中決議北伐軍繼續前進，務於最短期間完成北伐；關於日本在濟南暴行，令外交部提出嚴重交涉，並確實宣傳，以喚起軍民團結及奮鬥。（註四四）

五月九日　出席中國國民黨中央執監委員聯席會議。

本日上午九時中央執監委員聯席會議。于右任會中提議：令外交部再向日本抗議；並由國民政府將濟案電告國際聯盟；另電在歐黨員，將日軍暴行宣示於世界。

五月十一日　國民政府明令批准先生所呈將江蘇大學名稱改爲國立中央大學。

五月十二日　國民政府明令公布先生所呈「法官懲戒暫行條例」。

國民政府本日明令公布「法官懲戒暫行條例」，共六章十八條。規定在監察院尚未成立前，法官如有失職行爲，交由法官懲戒委員會辦理。法官懲戒委員會設委員長一人及委員六人。

五月十五日 全國教育會議在南京開幕，先生親自主持，致開會詞，並致電國際聯盟請對濟案主持公論。

大學院召集之全國教育會議本日在南京中央大學開幕，計到會江蘇、浙江、福建、廣東、廣西、湖南、湖北、江西、安徽、河南、山西、陝西、甘肅、四川、雲南、貴州、直隸、山東、東三省、川邊、綏遠、察哈爾各省區代表程時煃、鄭宗海等四十人，蒙藏代表白雲梯一人，南京、上海特別市代表韋慤等二人，內政、交通、農礦、工商、財政、外交、司法部、軍事委員會、建設委員會、僑務委員會、審計院代表各一人，大學院選聘之專家孟憲承、汪企張等十八人，大學院當然出席者蔡院長、楊銓等十人，大學委員會列席委員朱家驊、張乃燕等六人。大會由院長兼議長主持。蔡先生致詞略謂：㈠注重科學；㈡提倡平民教育；㈢教育經費獨立。嗣由國府主席譚延闓及吳稚暉、李烈鈞等相繼演說，希望提倡科學與軍事教育，以奠立強兵富國之基礎。大學並通過致國際聯盟及美總統請對濟案主持公論之電文。（註四五）

是日 上海民衆成立「上海各界反抗日軍暴行委員會」。

五月十七日　中國國民黨中央常務委員會決定，關於徵求國歌、黨歌、革命軍歌案，推請先生與經亨頤等爲委員進行審查。

五月十八日　日本以重要覺書送達國民政府及張作霖，聲明「戰事如進展至京、津，其禍亂或及於滿洲之時，……或將不得已而採取適當而且有效之措置」。

五月廿二日　大學院通令：專門以上學校一律加軍事教育課目，中學以下學校一律注重體育。（註四六）

五月廿七日　中央政治會議派譚延闓、張人傑、陳果夫代表至徐州，與蔣總司令舉行重要會議，商討有關對日本復牒及克復北京後之措置等問題。

五月廿八日　於全國教育會議中致閉會詞，並發表大會宣言。全國教育會議經兩週之討論，收穫特別豐富，本日上午舉行閉會式，先生親自主持並致詞。（註四七）

五月廿九日　外交部嚴詞駁覆日本「覺書」，謂「以妥善方法處置東三省治安問題，保護中外人士之安全，爲國民政府自有之責任」；對日方所稱「採取適當而有效之措置」，聲明「萬難承認」。

五月　爲馮儀九編著之「經營銀行概論」撰寫序文。

五月　遴聘大學院各委員會委員人選。
六月一日　蔣總司令與馮玉祥赴石家莊，會晤閻錫山，商議收復京、津善後事宜。
六月二日　張作霖通電退出北京。
六月三日　黎元洪病故天津，年六十五歲。
是日　胡漢民自巴黎致電中央提出「訓政大綱」草案。
六月四日　國民政府任閻錫山爲京津衛戍總司令。
是日　張作霖專車出關回奉，在皇姑屯被日軍預埋炸彈炸死，年五十四歲。
是日　國民政府因據中大校長張乃燕呈請爲保障教育經費之獨立，明令禁止南京特別市擅自接收國立中央大學學區之教育專款。
六月六日　提議將前在北京政府時分隸各部院之中央學術機關，一律改歸大學院主管，以資統一。
六月七日　以大學院名義具呈國民政府，請求恢復北京大學名稱，任命新校長。
六月八日　國民政府常務會議推定先生等負責起草對內對外宣言。（註四八）
是日　國民政府議決改北京大學爲中華大學，校長由蔡先生暫兼，李石曾代理。
六月九日　吳敬恆函辭國立中央大學校長。（註四九）

是日　在上海東亞酒樓主持中央研究院第一次院務會議，中研院本日正式宣告成立。

是日　國民政府明令大學院主管全國教育學術。（註五〇）

是日　蔣中正因軍事告竣，向國民政府請辭國民革命軍總司令及軍事委員會主席職。

是日　國民政府公布先生以代理司法部長時制定之「中華民國刑法施行條例」凡十一條。

六月十日　國民政府委員會議決：對蔣中正辭職，予以挽留。

六月十一日　海外僑胞以國民革命軍克復北京，紛電國民政府祝捷。

六月十二日　國民政府發表「對內宣言」，明示即行舉辦勵行法治、澄清吏治、肅清盜匪、蠲免苛稅、裁減兵額等五要政。（註五一）

六月十三日　國民政府公布「修正中華民國大學院組織法」。（註五二）

是日　國民政府明令不得干涉司法行政之獨立。

六月十四日　外交部長王正廷宣誓就職。（本月六日中央政治會議決議：以王正廷繼黃郛出任外交部部長。本日正式到任。）

六月十五日　於大學院大學委員會會議中表示，不能前去北平，不克就中華大學校長兼職。

六月十八日　辭第一交通大學校長兼職，由王伯羣繼任。（註五三）

先生請辭兼任交通部直轄第一交通大學校長職務，本日，經國府令准，並任命王伯羣繼任。

六月十九日　國民政府批准蔡先生辭職，任命李煜瀛（石曾）爲中華大學校長。

六月二十日　刑事訴訟法草案及施行法草案審查意見送請中央政治會議核議。（註五四）

是日　擬訂北京故宮博物院組織法及理事會條例草案與特別市組織法草案，送請中央政治會議核議。（註五五）

是日　中央政治會議議決：直隸省改名河北省，北京改名北平，並以北平、天津爲特別市。（註五六）

六月二十日　全國經濟會議在上海召開，由宋子文主持，三十日閉幕。

六月廿三日　中共頭目朱德陷江西永新、蓮花等縣，建立蘇維埃政府。

六月廿五日　中央政治會議議決：設立北平臨時政治分會，以李煜瀛爲主席；任商震爲河北省政府主席；何其鞏、南桂馨分任北平、天津兩特別市市長。

六月廿六日　蔣總司令偕吳敬恆等由京啓節繞道漢口轉赴北平。

六月廿七日　審查土地收用法草案提中央政治會議核議。（註五七）

是日　中央政治會議議決：撤消「戰地政務委員會」，及指定李濟琛爲廣東省政府主席。（翌日經國民政府正式任命）

六月廿八日　國民政府接收清史館。

六月廿九日　當選中華教育文化基金會董事會副董事長。

六月廿九日　草擬訓政時期大學院施政要目。

六月三十日　奉國民政府指令組織「革命功勳子女免費就學審查委員會」。（註五八）

國民政府前已指定蔡先生與張人傑、于右任、何應欽、張之江等，爲革命功勳子女免費就學審查委員。本日，復指令大學院蔡院長卽日組織該委員會具報。

七月一日　財政部召集「全國財政會議」，在南京揭幕。

七月四日　東三省聯合會改舉張學良擔任保安總司令，本日就職。

七月六日　蔣總司令偕閻錫山、馮玉祥、李宗仁、吳敬恆、白崇禧等在北平西山碧雲寺祭告國父之靈。百餘人與祭，蔣中正伏讀祭文，回溯往事，極爲哀痛。

七月九日　中國共產黨第六次全國代表大會在莫斯科舉行，大會討論主題爲反對陳獨秀之右傾機會主義與瞿秋白之左傾盲動主義。通過「蘇維埃政權的組成問題決議案」，向忠發任總書記，周恩來、李立三、劉少奇、彭湃分任組織、宣傳、職工、農民各部部長。（大會代表一七六人）

七月十日　出席國民政府委員會第七十八次會議，決議以王揖唐、吳光新、曹汝霖、陸宗輿

、章宗祥、湯漪、湯薌銘、姚震、章士釗、曾毓雋等劣跡昭著，下令通緝。（註五九）

七月十一日　出席中央政治會議第一四八次會議，議決多項議案。以劉紀文爲南京特別市市長。又通過「違警罰法」、「土地徵收法」等案。

七月十三日　出席國民政府委員會第七十九次會議，修正通過劃一權度標準及處理逆產條例。（註六〇）

七月十四日　致英國哲學家羅素函，因佛教家太虛法師赴歐研究各派宗教學說，特介紹其與羅素晤談。（註六一）

是日　大學院公布大學院美術展覽會組織大綱九條、美展會籌備委員會組織大綱七條、美展會審查委員會組織大綱八條、美展會徵集出品簡章十四條、美展會獎勵簡章十條。

七月十七日　「中共」頭目賀龍、朱德、毛澤東肆擾湘、鄂。

七月十八日　出席中央政治會議第一四九次會議。會中作成多項決議。（註六二）

七月二十日　派員接收平津教育文化機關。（註六三）

七月廿三日　京師大學師範學生爲謀本校獨立，特合學生、自治二會組成運動委員會。（註六四）

七月廿四日　出席國民政府委員會第八十二次會議，譚延闓任主席，會中通過公布「土地徵

收法」。（註六五）

七月廿八日　通令全國教育行政機關及國立院校，遵行「師範教育制度辦法」。（註六六）

七月三十日　受國民政府任命為中華教育文化基金董事會董事。

是日　國民政府任命胡適、貝克、貝諾德、孟祿、趙元任、司徒來登、施肇基、翁文灝、蔡元培、汪兆銘、伍朝樞、蔣夢麟、李煜瀛、孫科、顧臨為中華教育文化基金董事會董事。

是日　國民政府令准大學院之呈請，改定中華教育文化基金董事會章程。（註六七）

是日　出席中國國民黨中央執監委員會召開談話會，討論二屆五中全會準備事項。

七月卅一日　通令各省市及大學區提高小學教員待遇。（註六八）

八月一日　出席中國國民黨第二屆中央執行委員會第五次全體會議在南京召開之預備會。（未足法定人數，改開談話會。）

八月二日　為「全國教育會議報告」撰寫序文。（註六九）

八月三日　出席國民政府委員會議，作成多項決議。

八月六日　大學院令准私立金陵大學立案。設立文理農三學院。

八月八日　參加中國國民黨二屆五中全會開幕典禮及正式會議。

中國國民黨二屆五中全會，本日上午八時，在南京中國國民黨中央黨部大禮堂揭幕，與會人員計中央執行委員二十四人：譚延闓、蔣中正、恩克巴圖、于右任、朱霽青、經亨頤、宋子文、柏文蔚、何香凝、何應欽、丁惟汾、丁超五、李濟琛、李烈鈞、戴傳賢、王法勤、王樂平、劉守中、黃實、周啓剛、陳嘉祐、朱德培、陳樹人、繆斌，候補中央執行委員陳肇英；中央監察委員六人：蔡元培、張人傑、柳亞子、邵力子、陳果夫、李石曾，候補中央監察委員郭春濤、李福林、潘雲超。由中央常務委員于右任擔任主席，中央常務委員蔣中正在會中致詞。十時，全會召開第一次正式會議，由中央常務委員譚延闓擔任主席，會中通過獎勵北伐將士文。七、八日下午及九日召開審校會。十日上午繼續召開正式會議。十一日上午舉行第二次大會，下午舉行第三次大會。十四日舉行第四、五次大會。十五日大會閉幕。先生和譚延闓向全會提出關於外交委員會及全國教育會議所提未決之案；向全會提出關於青年運動的提案，認爲「青年運動現今不宜繼續」。（註七〇）

八月十四日　中國國民黨二屆五中全會議決：依照總理遺教頒布訓政時期約法，設立立法、行政、司法、考試、監察五院等案。（註七一）

八月十六日　大學委員會舉行會議，決議在北平實施大學區制。（註七二）

本日，大學委員會在南京舉行會議，出席者有：蔡元培、李煜瀛、戴傳賢、楊杏佛、蔣夢麟、朱家驊、鄭洪年、許壽裳。由蔡先生擔任主席。會中李煜瀛委員主張在北平實施大學區制，蔡先生表反對意見，但卒通過北平大學區組織大綱原案，俟文字修正發表。重要綱領爲：㈠北平大學區以北平政治分會所管轄者爲限；㈡設立大學委員會北平分會。（註七一）

八月十七日　請辭中央政治會議委員、國民政府委員、大學院院長、代理司法部長等職務。攜眷出京，移居上海。

本月十四日，中國國民黨二屆五中全會第五次大會議決：依建國大綱設立五院，在行政院下設有八部，教育部卽爲其中之一。蔡先生在眼見政府組織變更，其手創之大學院已無法保留。十六日，大學院大學委員會舉行會議，討論北平成立大學區案時，蔡先生又鑒於在江蘇試行大學區的結果，不能令人滿意，故持反對意見。而李煜瀛委員則認爲首都旣在南京，北平應爲教育學術重心，故極力主張施行。會議結果，該案成立。在上述因素影響下，先生乃於本日請辭中央政治會議委員、國民政府委員、大學院院長以及代理司法部長等本兼各職。隨卽攜眷出京赴滬。（註七二）

是日　國民政府決議：清華學校改爲清華大學，直接受國民政府管轄，並任命羅家倫爲校長。並經蔡院長核准提出國務會議通過按國內大學體制，冠以「國立」兩字。

八月廿二日　在中國國民黨中央執行委員會先生提確定教育宗旨案。

本日中央執行委員會政治會討論事項：㈡大學院院長蔡元培呈稱「本年五月職院召集全

國教育會議之議案中有確定教育宗旨一案，玆由職院參酌議決案，擬定中華民國教育一文，並經提交大學委員會議議決通過，玆特送請鑒核令遵。」決議通過送中央執行委員會核議。

八月廿七日　辭職獲國民政府慰留。

本月十七日，蔡元培請辭本兼各職，出京赴滬。廿一日，國民政府會議決議慰留，並派國民政府委員宋淵源勸駕。廿四日，先生回京。廿五日，再度請辭，並乘車出京。本日，國民政府復指令慰留。令云：「統一告成，國人望治，遺大投艱，深賴碩德老成，共資康濟。出處之間，動關大局，翩然高蹈，實非其時；望念締造之艱難與群情之殷切，勉回所執，以慰延喁。除派宋委員子文躬親敦促外，來牘並即封還，以公忠體國之懷，休戚相關之誼，知必不忍遐棄也。此令。」（註七四）

八月廿八日　國民政府會議通過，特任先生爲預算委員。翌日正式任命。

是日　胡漢民返國抵香港。

八月卅一日　國民政府會議討論先生所呈撥給中央研究院每月經費拾萬元，決議送預算委員會核議。

八月　爲「中央研究院歷史語言研究所集刊」撰寫序文。（註七五）

八月　熱帶病研究所在杭州成立，被推爲董事長。（註七六）

八月　大學院通令提倡語體文：小學一律用語體文教學，初中入學考試不考文言文。（註七七）

八月　中國共產主義青年團第五次代表大會在莫斯科舉行。

九月一日　再度請辭大學院院長。（註七八）

大學院院長兼代司法部部長蔡元培呈稱：元培三上辭呈，均蒙慰留。惟自知甚明，萬難續任，而院部政務不能任其長此停頓，致誤黨國。用敢再申前請，准辭本兼各職，並任命蔣夢麟為大學院院長，督促王寵惠回司法部部長本任，以卸仔肩。

九月十九日　中央政治會議召開第一五五次會議，通過挽留大學院蔡院長。

九月廿一日　國民政府委員會第九十六次會議通過北平大學區組織大綱。北大學生派代表赴京向先生陳述反對意見，要求恢復校名。（註七九）

九月廿二日　白崇禧通電全國，報告關內軍事結束。

九月廿六日　中央政治會議召開第一五六會議，被推召集審查共黨自首條例及五院組織法。

是日　大學院以蔡院長名義公布國語統一籌備會制定的「國語羅馬字拼音法式」。（註八〇）

九月　發表「三民主義的中和性」文，精闢之至。（註八一）

九月　辭去中法大學校長之名義。（註八二）

十月二日　國民政府委員會議議決任命蔡先生與張人傑、李石曾為管理俄國部份庚子賠款委

員會委員，及通過紀念孔子禮典。（註八三）

十月三日　中央政治會議通過「中華民國國民政府組織法」，推蔡先生等爲五院組織法起草委員，並准先生辭大學院長兼代司法部長，特任蔣夢麟爲大學院院長。（註八四）

十月六日　國民政府正式發布命令，准先生辭大學院院長兼代司法部長，特任蔣夢麟爲大學院院長。並准大學院副院長楊銓辭職。

十月八日　中國國民黨中央常務會議通過選任先生爲國民政府委員兼監察院院長。（註八五）

十月十日　函辭監察院長，願專任中央研究院長，致力教育學術。（註八六）

十月十三日　致吳敬恒函，堅辭監察院長，並推薦張人傑擔任。謂本人願以中央監察委員之資格，盡力於黨務；以政治會議委員之資格，盡力於政務；以中央研究院院長之資格，盡力於學術教育云。（先生手札）

十月十五日　被推爲籌備先烈遺族學校委員會委員。

十月十七日　中央大學區中等學校聯合會函大學院院長蔣夢麟，請求取消大學院制。（註八七）

十月廿三日　國民政府明令將大學院改爲教育部，所有大學院一切事宜均由教育部辦理。（註八八）

是日　出席國民政府國務會議，通過任命各軍事首長及行政院各部部長。（註八九）

十月廿五日　列席中國國民黨中央常務會議。通過「防制共黨辦法」等案。（註九〇）

十月廿六日　國民政府發表「訓政時期施政宣言」。

十月廿九日　行政院正式開始辦公。

十一月一日　中央銀行在上海正式開幕，並發行一元、五元、十元、五十元、一百元兌換券，可隨時兌換。

十一月二日　國民政府國務會議議決公布「中央研究院組織法」。

十一月五日　美國國務卿凱洛格（Frank Billings Kellogg）正式發表無條件承認中華民國國民政府。

十一月七日　出席中央政治會議，通過建設大綱等案。

十一月八日　中國國民黨中央常務委員會通過：推先生等九委員組審查會，審查黨歌樂譜。

十一月九日　國民政府修正公布「中央研究院組織法」。

「中央研究院組織法」經十月卅一日中央政治會議第一六一次會議再度修正通過，本日國民政府公布。

十一月十二日　撰寫「紀念總理誕辰的意義」一文。

略謂：「紀念一個人物的生日和死日，有同樣重要的意義。」「因爲人類建立事業的能力，必基本於祖先的遺傳，且陶冶於環境的變化。這兩種要素，都不能不隨時期而變動；所以誕生的早晚，不能不說是對於個人一生事業的狀況有重大關係。」（註九一）

十一月十六日　司法院正式成立。

十一月十七日　北大師生宣佈停課護校，反對接收，並組武力護校團。

十一月二十日　爲王雲五著「中外圖書統一分類法」撰寫序文。（註九二）

十一月廿八日　出席中央政治會議第一八五次會議，議決通過行政院各部會組織法。

是日　陳公博、王法勤、王樂平等在上海成立國民黨各省市海外黨務改組同志會，擁汪兆銘爲領袖，倡導恢復民國十三年國民黨改組精神。（卽習稱之「改組派」）

十一月廿九日　北大復校學潮擴大。

北大學生五百餘人手執「打倒北平大學」等旗幟，舉行遊行示威。隊伍行進到懷仁堂西四所北平大學校長辦公處時，求見負責人不得，群情激憤，將辦公處搗毀，並將門前所懸招牌摘下砸爛。隨後學生又轉至李石曾和副校長李書華住宅，將門窗砸壞。

十一月　被派爲中意庚款委員會委員。（註九三）

十一月　國際筆會中國分會在上海成立，被推爲會長。

十二月一日　李石曾派員警往北大接管，與學生發生衝突，接收未成。（註九四）

十二月五日　教育部勸解北平學潮，電北大學生勉循規範。（註九五）

是日　出席中央政治會議第一六六次會議，通過舉行博覽會及被推審查中央圖書館組織大綱及預算。（註九六）

十二月六日　列席中國國民黨中央常會舉行第一八五次會議，通過修正黨員無故不出席區分部黨員大會懲戒條例等要案。

是日　與蔣夢麟以私人名義致電勸止北大學生復校運動；囑勿輕信讕言，致走極端，校事靜候當局解決。（註九七）

十二月七日　列席中國國民黨中央常會召開第一八六次會議，討論關於第三次全國代表大會代表產生之原則、議題之準備，及組織法、選舉法等要案。

十二月八日　立法院成立，舉行首次會議。

十二月十一日　國民政府公布「修正大學區組織條例」。（註九九）

十二月十四日　出席國民政府第十一次國務會議，通過迎櫬（迎國父靈櫬往南京安葬）等要案多項。

十二月十九日　出席中央政治會議第一六八次會議，提出民法總則編立法原則審查報告，經照案通過。

十二月二十日　出席中國國民黨中央常會第一八八次會議，委定各特別黨部籌備委員多人，各省及特別市黨務指導委員亦多所調動。（註一〇〇）

十二月廿四日　出席國民政府第十三次國務會議，通過聘任唐紹儀爲國民政府高級顧問等案。

十二月廿七日　列席中國國民黨中央常會，舉行第一八九次會議，通過失學革命青年救濟辦法及處置留俄歸國學生暫行辦法等要案。（註一〇一）

十二月廿九日　張學良、張作相、萬福麟聯名通電宣布奉、吉、黑、熱四省改懸青天白日滿地紅國旗，服從國民政府，遵守三民主義，全國統一告成。

十二月卅一日　國民政府任命張學良爲東北邊防軍司令長官，張作相、萬福麟爲副司令長官。並任命翟文選、張作相、常蔭槐、湯玉麟分任奉天、吉林、黑龍江、熱河四省省政府主席。（註一〇二）

冬　被任命爲故宮博物院理事，後被推爲理事長。（註一〇三）

本年　大學院改爲教育部後，中央研究院劃爲獨立機構，直屬於國民政府。蔡先生專任中央研究院長，與總幹事楊銓（杏佛）同在上海亞爾培路該院駐滬辦事處辦公。（註一〇四）

是年　北平研究院開始籌備，李煜瀛任籌備主任。（註一〇五）

註一：民國十七年一月五日「申報」。

註二：「國民政府公報」第二十一期，令，頁四。
註三：民國十七年一月十一日「申報」。
註四：民國十七年一月九日「申報」。
註五：民國十七年一月八日「申報」。
註六：中國國民黨九十年大事年表。
註七：拙編「蔡元培先生全集」頁一一五〇。
註八：民國十七年一月廿九日「申報」。
註九：同上。
註一〇：「中華民國史事紀要」初稿，民國十七年一至六月份，頁一一二三。
註一一：「國民政府公報」第廿七期。
註一二：「近代中國教育史資料」（民國篇，中）。
註一三：民國十七年二月一日「申報」。
註一四：同上。
註一五：拙編「蔡元培先生全集」頁九五八。
註一六：民國十七年二月二日，上海「中央日報」。
註一七：同上，十七年二月十二日。
註一八：拙編「蔡元培先生全集」頁九六〇。

註一九：民國十七年二月四日，上海「中央日報」。
註二〇：拙編「蔡元培先生全集」頁九一四。
註二一：「中華民國史事紀要」初稿，民國十七年一至六月份，頁一六九。
註二二：民國十七年二月十二日「中央日報」。
註二三：民國十七年三月「大學院公報」第三期。拙編「蔡元培先生全集」頁一一五一。
註二四：同註二一。
註二五：蔣永敬「胡漢民先生年譜」頁二五三。
註二六：丁致聘「中國近七十年來教育紀事」頁一五五。
註二七：拙編「蔡元培先生全集」頁八一五。
註二八：「國民政府公報」第三十三期，令，頁一四。
註二九：錄自「國民政府公報」第三十三期。拙編「蔡元培先生全集」頁一一四〇。
註三〇：多賀秋五郎「近代中國教育史資料」，民國篇（中），頁四—六九。
註三一：拙編「蔡元培先生全集」頁一一二七。
註三二：「國民政府公報」第三十九期。民國十七年三月十一日「申報」。
註三三：蔡元培手稿，見高平叔編「蔡元培年譜」。
註三四：拙編「蔡元培先生全集」頁八三〇。
註三五：民國十七年三月十九日，上海「中央日報」。

註三六：「提議改組中華教育文化基金董事會案」油印本，同註三三。
註三七：丁致聘編「中國近七十年來教育紀事」頁一五九。
註三八：民國十七年四月五日，上海「申報」。
註三九：「國民政府公報」。
註四〇：民國十七年四月十二日，上海「時報」。
註四一：民國十七年四月「國民政府公報」第四十八期。
註四二：民國十七年四月十三日，同上。
註四三：「國民政府公報」第四十八期。
註四四：「革命文獻」第十九輯。
註四五：民國十七年五月十六日，上海「時報」。
註四六：「中國近七十年來教育紀事」頁一六五。
註四七：民國十七年五月廿九、三十日，上海「中央日報」。
註四八：民國十七年六月九日，上海「中央日報」。
註四九：同上，民國十七年六月十日。
註五〇：「國民政府公報」第六十五期。
註五一：同上，第六十七期。
註五二：同上，第六十六期。

註五三：同上，第六十八期。
註五四：中央政治會議紀錄。
註五五：同上。
註五六：同上。
註五七：民國十七年六月三十日「申報」。
註五八：「國民政府公報」第七十一期。
註五九：民國十七年七月十三日，上海「時報」。
註六〇：民國十七年七月十四日、十五日，上海「時報」。
註六一：致羅素函英文函稿。高平叔編「蔡元培年譜」。
註六二：民國十七年七月十九日，上海「時報」。
註六三：「大學院公報」第一年第九期。
註六四：「教育雜誌」第二十卷第八號。
註六五：民國十七年七月廿六日，上海「時報」。
註六六：「教育雜誌」第二十卷第八號。「中國近七十年來教育紀事」頁一七〇。
註六七：同上，第二十卷第十號。
註六八：同上，第二十卷第九號。
註六九：拙編「蔡元培先生全集」頁九六一。

註七〇：同上，頁八二三。
註七一：中國國民黨九十年大事年表。
註七二：「東方雜誌」第二十五卷第二十號，頁一七九。民國十七年八月十七日，上海「時報」。
註七三：民國十七年八月十八日「中央日報」。
註七四：「國民政府公報」第八十七期。
註七五：拙編「蔡元培先生全集」頁九六〇。
註七六：全國文化機關一覽（世界書局民國二十三年版），高平叔編「蔡元培年譜」。
註七七：「教育雜誌」第二十卷第八期。
註七八：民國十七年九月三日上海「中央日報」。
註七九：吳稚暉先生年譜簡編，頁七〇。
註八〇：拙著「語文概論」頁四。
註八一：「三民半月刊」一九二八年九月。拙編「蔡元培先生全集」頁六四九。
註八二：李書華「兩年中法大學」。
註八三：民國十七年十月三日，上海「時報」。
註八四：民國十七年十月三、四日「申報」。
註八五：民國十七年十月九日，上海「時報」。
註八六：蔡元培手稿，高平叔編「蔡元培年譜」。

註八七：「教育雜誌」第二十卷第十一期。
註八八：「國民政府公報」第五號。
註八九：民國十七年十月廿四日，上海「中央日報」。
註九〇：民國十七年十月廿六日，上海「時報」。
註九一：手稿。見高平叔編「蔡元培年譜」。
註九二：拙編「蔡元培先生全集」頁九六二。
註九三：「國民政府公報」第二十二號。
註九四：高平叔編「蔡元培年譜」。
註九五：民國十七年十二月六日「申報」。
註九六：民國十七年十二月六日，上海「時報」。
註九七：民國十七年十二月九日「申報」。
註九八：「國民政府公報」第四十二號。
註九九：民國十七年十二月廿一日，上海「時報」。
註一〇〇：民國十七年十二月廿二日，同上。
註一〇一：民國十七年十二月廿九日，同上。
註一〇二：「國民政府公報」第五十九號。
註一〇三：高平叔編「蔡元培年譜」。

註一〇四：同上。

註一〇五：吳稚暉先生年譜簡編，頁七一。

六十三歲　民國十八年　一九二九　己巳

一月一日　國軍編遣會議在南京開幕，由編遣委員會委員長蔣中正主持開幕典禮，先生以委員名義出席會議。（註一）

一月四日　在杭州參加中華教育文化基金會議，被推爲董事長。（註二）

一月八日　爲人介紹工作，致李書華函。（註三）

一月十日　中國國民黨中央常務委員會決議：採用程懋筠所作曲譜爲黨歌曲譜。

一月十六日　教育部聘先生與吳敬恆等三十二人爲國語統一籌備委員會委員。（註四）

一月十七日　中國國民黨中央常務委員會決議：推蔣中正、胡漢民、蔡元培等十二人審查關於北方各省黨務問題。

一月十九日　梁啓超病逝，享年六十歲，先生爲其請卹未成。（註五）

是日　日使芳澤抵滬，中日濟案非正式協議，日方分兩期撤退山東日軍。

一月廿二日　爲派傅斯年前往河南接洽安陽考古發掘事，致河南省政府函。（註六）

一月廿四日　受任爲國民政府建設委員會委員。（註七）
是日　函白崇禧，慰問病情，並邀其晉京共商國事。（註八）
一月廿五日　國軍編遣會議舉行第六次大會後閉幕，先生與胡漢民等相繼致詞，賀大會成功，並勗勉軍事將領要貫徹實行會議決議，使中華民國成爲世界上獨立、自由、平等之國家。（註九）
一月廿八日　國民政府特派王寵惠與先生等爲審訊長蘆鹽案委員。（註一〇）
一月三十日　國民政府令派先生等爲浙江省縣長考試典試委員。（註一一）
二月一日　國民政府特任譚延闓與先生等十八人爲財政委員會委員。（註一二）
是日　南京中央日報創刊。
是日　蒙藏委員會正式成立。
二月四日　教育部訂定「保存用直唐塑委員會組織大綱」，受聘爲委員會委員。（註一三）
二月廿一日　武漢政治分會擅行決議改組湖南省政府，李宗仁部葉琪、夏威兩師自武漢入長沙。
二月廿六日　湖南省政府主席魯滌平抵南京，向中央報告湘變。
二月廿七日　中央政治會議決議派先生查辦湘案，並派何鍵暫代湘省主席。（註一四）

二月廿八日　國民政府下令徹查桂軍侵湘事，命雙方軍隊各守原防，不得自由行動。（註一五）

是日　題「學生指南」。（註一六）

三月六日　出席中央政治會議，報告與李宗仁會見經過，並主張和平解決湘案。（註一七）

三月八日　晚車赴滬，臨行接見記者，談湘案處理。

先生本日晚車赴滬，臨行語記者。略謂：「中央對湘事，本極坦白。嗣因武漢軍隊移動，不得不預防萬一，實無其他任何舉動。至於如何解決此事，余意非邀德鄰（李宗仁）、任潮（李濟琛）來京商量不可。因中央命令辦理此事者，本有渠二人在內之故。武漢方面之軍事行動，已由德鄰電令制止。當湘事發生時，武漢方面，即有電報告德鄰，稱非如此辦不可。德鄰得電後，即轉詢任潮意見，任潮復電，謂此事絕對不可，應速去電制止，如已不及，應向中央自請處分。即此可知德鄰對此事，並未預聞。蔣主席對此事無成見，惟極望奉令辦理此事者，從速進行，以免影響大局。余赴滬後，如二李不及同來，將先於十一日夜車回京。稚暉昨已赴滬，石曾亦於本日啓行。」最後記者詢蔡氏：「回京後是否有漢皐之行？」蔡曰：「毋須赴漢，因負責者均在京滬。」（註一八）

是日　白崇禧通電主張以寬宏態度處理湘事。（註一九）

是日　李宗仁電中央辭國民政府委員職，對中央有所攻訐。

三月十三日　提議裁撤各地政治分會，經中國國民黨中央常務會議決議：各地政治分會應於三月十五日前裁撤，即日起停止開會。（註二〇）

是日　先生與李濟琛向中央政治會議報告調查湘案結果，以武漢政治分會主任李宗仁事前並未與聞，應處分當日與議之張知本、胡宗鐸、張華輔三委員，經決定張知本等三人先行免職。（註二一）

三月十四日　張知本、胡宗鐸、張華輔電中央，表示接受免職之處分。

三月十五日　中國國民黨第三次全國代表大會在南京開幕。

三月十八日　中國國民黨三全大會決議：令國民政府明令制止葉琪在湖南之軍事行動。

三月十九日　國民政府電令葉琪所部撤回泉州原防。（註二二）

三月廿一日　李濟琛被扣於湯山，張人傑、吳敬恆同赴湯山探望，蔡先生在上海表示關切。

三月廿四日　國民政府明令將激起湘事釁端之葉琪、夏威等免職查辦。（註二三）

三月廿五日　中國國民黨三全大會議決通過先生所提「確定教育宗旨及其實施方針案」。（註二四）

本日　李宗仁抵廣州，即偕黃紹竑赴梧州佈署軍事。

三月廿六日　國民政府令免李宗仁、李濟琛、白崇禧本兼各職。（註二五）

三月廿七日　當選中國國民黨中央監察委員。

中國國民黨三全大會通過修正「中國國民黨總章」，並選舉蔣中正等三十六人爲中央執行委員（候補二十四人），張人傑、蔡元培等十二人爲中央監察委員（候補十二人）。決定開除李宗仁、白崇禧、李濟琛三人黨籍。

三月廿八日　中日解決濟案協議文件，由王正廷與日使芳澤在南京簽字。

三月三十日　蔣主席對武漢地方叛軍下總攻擊令，並親臨九江督師。武漢桂系軍隊總退却。

是日　參加中國建設協會成立大會。

本日下午三時參加由張人傑、李石曾等發起之「中國建設協會」成立大會，先生偕曾養甫前往參加。

三月　被推爲上海大同大學校董。

是月　爲「中國經濟問題」一書撰寫序文。

四月一日　爲「欽天山氣象臺落成紀念刊」撰寫序文。（註二六）

是日　致李書華函。（註二七）

四月五日　蔣主席率第六師乘艦抵漢口，布告安民，並任魯滌平爲武漢衛戍總司令（未到前由劉峙代理），劉文島爲武漢市長。

四月十二日　國民政府明令設立海軍部，以楊樹莊爲部長。
四月十三日　中共朱、毛股乘武漢戰事，回竄贛境，竄據贛州。
四月廿六日　國民政府公布中華民國教育宗旨及其實施方針。（註二八）
四月廿八日　發表「美術批評的相對性」一文。
文中謂美術品之美醜，由於㈠習慣與新奇，㈡失望與失驚，㈢阿好與避嫌，㈣雷同與立異，㈤陳列品的位置與敍次，證明對美術品的批評是相對的而非絕對的。（註二九）
五月一日　四子懷新在上海出生，命名取臯陶「良苗亦懷新」之義。
是日　致函趙元任。
五月四日　濟南日軍開始撤退。
五月五日　李宗仁自稱「護黨救國軍總司令」，向廣東進軍，粵、桂爆發戰爭。
五月六日　中國國民黨中常會修正「中央政治會議條例」，先生再度被推爲政治委員。
五月九日　中國國民黨中央監察委員會推定先生與王寵惠、古應芬、張人傑、林森爲常務委員。
五月十一日　致電李宗仁，勸其釋兵遠遊。（註三〇）
五月十八日　蔣中正、胡漢民電促先生等留滬中央委員晉京商討時局。

五月二十日　蔣主席復馮玉祥電，勸將劉郁芬等嚴予處分，恢復隴海、平漢交通，並指定地點，約期晤談，共商國是。

五月廿一日　李石曾發表弭戰電。（註三一）

五月廿三日　中國國民黨中央常務委員會決議開除馮玉祥黨籍，並革除其本兼各職。

六月一日　參加國父靈櫬奉安典禮並執紼。

中國國民黨奉安國父靈櫬於南京紫金山之陽（稱「中山陵」），孫夫人宋慶齡自俄返國參加移櫬及安櫬典禮。先生偕同黨政首長參加大典，並參與執紼。

六月六日　至杭州應張人傑主席之邀，參加西湖博覽會開幕致頌詞並參觀各館，與張人傑、李石曾等作西湖之遊。

六月七日　再度電辭監察院長及國民政府委員等職務。（註三二）

六月十日　中國國民黨三屆二中全會在南京舉行，十八日閉幕。

六月十三日　被聘爲國立青島大學籌備委員會委員。（註三三）

六月廿一日　國民政府國務會議決議：准先生告假一月。（註三四）

六月廿五日　行政院會議議決：浙江、北平兩大學區停止試驗。（註三五）

六月廿七日　中國國民黨中央常務委員會決議中央黨務學校改名中央政治學校。

七月十日　因蘇俄破壞「中俄協定」，中東路理事長呂榮寰下令接管中東路，東北電政監督蔣斌派員逕行接管中東路電信機關。（中東路事件開始）

七月十三日　蘇俄爲中東路事件對我提出以三日爲期之最後通牒，我外交部覆牒申明對中東路立場。

是日　爲中研院復謝撥款，函中華教育文化基金董事會。（註三六）

七月十七日　蘇俄通牒對華絕交。

七月十九日　爲被拒入新疆境，俟與教育部會商辦法覆西北科學考察團函。（註三七）

是月　爲西北科學考察團捐贈儀器函氣象研究所，妥予接收。（註三八）

七月廿三日　我國駐俄使領奉令下旗回國，對俄絕交。

七月廿四日　爲請將歷史博物館劃歸歷史語言研究所函教育部。（註三九）

七月廿五日　爲告以本院參加代表姓名函東三省實業參觀團。（註四〇）

是日　爲請樊𢌇文夫婦來華演講，函中比庚款委員會。（註四一）

是日　爲擬與青島觀象臺合作，函青島特別市政府。（註四二）

是日　爲西北科學考察團暫停考察，呈復中央政治會議。（註四三）

七月廿六日　爲暫停考察函西北科學考察團。（註四四）

七月　為中央研究院「院務月報」撰「發刊詞」。（註四五）

八月七日　行政院會議議決：國立北平大學之北大學院改為國立北京大學，國立北平大學第一師範學院改為國立北平師範大學，國立北平大學之研究院改為國立北平研究院，北平大學第二工學院仍令劃出獨立，並組織國立北洋大學籌備委員會。又國立北平大學藝術院改為國立北平藝術專科學校，杭州國立藝術院改為國立藝術專科學校，上海國立音樂院改為國立音樂專科學校。

八月八日　教育部聘李煜瀛為北平研究院院長。李書華為副院長。

八月十四日　中俄交涉決裂。

八月十六日　教育部聘王寵惠、王正廷、李煜瀛、陳立夫、王劭廉、趙天麟、茅以昇等七人為國立北洋大學籌備會委員。

是日　日軍在長春增兵並舉行實彈演習。俄軍猛攻滿洲里。

八月廿九日　獲准辭去監察院院長職，仍任國府委員。選趙戴文為監察院長。

本日，中國國民黨中央常務委員會議准蔡元培之請，辭去監察院長職，所請辭國民政府委員職，予以慰留。選任趙戴文繼任監察院長。（註四六）

是日　受教育部之聘，兼任國立北平圖書館館長。（註四七）

八月三十日　爲日人強運魯省古物，致濟南治安維持會函。（註四八）
八月卅一日　比利時自動交還我天津租界，中比協定在天津簽字，開列強自動交還租界之先河。
夏　曾往青島，寄住青島大學避暑。
九月初　致函北大教職員，表示：「九個月以後，若非有特殊阻力，元培決當回校，隨諸先生之後努力北大發展。」（註四九）
九月八日　俄軍進擾綏芬河、滿洲里、札蘭諾爾等地。
九月十三日　爲緩和北京大學師生反對併入北平大學區要求復校的風潮；國民政府國務會議議決再任先生爲北京大學校長；未到任前，校務由陳大齊代理。（註五〇）
是日　致北大教職員及學生函。說明勉居校長一職，校務暫由陳大齊負責，希「共同致力」。（註五一）
九月十六日　國民政府正式任命蔡元培爲國立北京大學校長（未到任前由陳大齊代理）。
九月十七日　陸軍第四師師長張發奎部約三萬人在宜昌叛變，向湘南開動。
九月十八日　爲維持哈、婼、廸三氣象臺，致新疆省政府函。（註五二）
九月十九日　爲日本擅自遣員調查長江水產動物事，致外交部函。（註五三）

是日　爲日本擅自遣員來華調查長江水產動物，致教育部函。（註五四）

九月廿三日　日軍在東北製造「鐵嶺事件」。

九月三十日　致北大馬裕藻（幼漁）函，爲北大學生會有開罪於馬之言論，請馬「不咎其既往」，仍任國文系主任。（註五五）

是日　致北大朱希祖（逷先）函，爲北大學生有開罪於朱之言論，請朱「勿再耿耿」，希「慨然允任歷史系主任原任」。（註五六）

九月　爲「中央研究院歷史研究所安陽發掘報告第一期」撰寫序文。（註五七）

九月　致楊銓（杏佛）函。詢以傅斯年來函「欲以二萬元購買李盛鐸所藏七千麻袋的明清檔案案。」（註五八）

函云：「杏佛先生大鑒：……孟眞來函，欲大學院以二萬元購李盛鐸所藏之檔案。如能騰出此款，當然甚好。但幾日內有法籌出否？……（下缺）」

十月一日　俄軍再度以大隊猛攻滿洲里，我駐防軍英勇抵抗。

是日　致電四川省主席劉文輝，以日本岸上吉鐮一行五人，未經中央研究院和教育部允許，卽往內地調查長江水產，要求將該岸上吉鐮等護照立予扣留，制止採採。（註五九）

十月九日　國民政府令：於國慶日啓用國璽。

十月十五日　爲保護山西大同雲岡石像事致閻百川總指揮電。

是日　同時，又電致張繼（溥泉）會長。

十月十七日　接閻百川先生之來電謂已轉飭地方官吏設法保護雲岡石佛。（註六〇）

是日　復胡樸安函，附寄爲其弟胡懷琛撰著「墨子學辨」一書題字封面，並認爲「墨子是否印度人，確爲值得討論之一問題」。（原函影印於「墨子學辨」首頁，按此說爲無稽。）（註六一）

十月廿七日　致函河南省政府，要求照原協議飭令安陽縣長及軍警繼續保護中央研究院發掘殷墟工作。（註六二）

是日　爲繼續發掘安陽殷墟並請制止何日章任意開掘以免毀損，呈文國民政府。（註六三）

十月廿九日　美國紐約華爾街證券市場的價格急劇下降，開始大恐慌。（註六四）

十一月四日　泛太平洋會議上，日本代表竟作「日本在滿洲之地位類乎英國在印度，美國之在海地」之謬論。（註六五）

十一月七日　爲黃季飛著「經濟史長編」撰寫序文，簡述史與長編之區別在章實齋先生「圓而神，方以知」二語爲標準。（註六六）

是日　爲安陽發掘事函李濟之，並附致安陽縣長函。（註六七）

十一月十五日　中國共產黨開除陳獨秀、彭述之、劉仁靜、高語罕、蔡正德等人黨籍。因陳等爲中東路事件，反對中共「擁護蘇聯」之口號。

十一月十九日　俄軍陷札蘭諾爾，守軍第十七旅中將旅長韓光第等血戰陣亡，全旅七千餘人僅千餘人脫出。

十一月二十日　中共朱德、毛澤東部竄據福建上杭。

是日　爲「北京大學三十一週年紀念刊」撰寫序文並題刊名。（註六八）

是日　俄軍陷滿洲里，守軍第十五旅中將旅長梁忠甲彈盡援絕被俘。（翌年一月十日被釋回滿洲里）

十一月廿三日　陳濟棠通電對李宗仁、張發奎、黃紹竑叛軍作戰。

十一月廿八日　國民政府電告世界各國，列舉蘇俄侵華事實，並請組織調查團來華調查。

十一月三十日　張學良派蔡運升赴伯力與俄代表西門諾夫斯基談判。（註六九）

十一月　爲李季著「馬克思傳」撰寫序文。（註七〇）

十二月二日　美國向日、英、法、德四國徵求共同調停中俄紛爭，日本表示不參加。

是日　由楊銓、傅斯年具名致李濟、董作賓電。

電文曰：「濟之、彥堂：國府電令豫省府及劉總指揮仍照原議繼續保護中央研究院發掘工作，並停止何日章任意開掘，以免損毀現狀，致隳前功等因，請即日詳示近週各節及主張。年尚有其他函件須進行，待兄函到決赴汴。銓、年。印。」（註七一）

十二月三日　蔡運升與俄代表在雙子城簽訂「遼俄和平草約」（即「雙子城草約」）。

十二月四日　張發奎與李宗仁等勾結，在粵倡亂。

十二月五日　第五路軍總指揮唐生智在鄭州叛變，通電與石友三相呼應。

十二月十日　「中共」陳獨秀發表「告全黨同志書」，反控史達林爲機會主義。

十二月十二日　陳濟棠部擊敗張發奎及桂系叛軍。

十二月十四日　唐生智叛軍內部不穩，所派南窺武漢軍隊，完全退集許昌。

十二月十六日　討桂戰事因張發奎及桂軍完全失敗而結束。

十二月廿二日　蔡運升與俄代表西門諾夫斯基簽訂中俄「伯力議定書」十條。

十二月廿八日　傅斯年與河南省政府達成解決安陽殷墟辦法。

十二月廿九日　全國地質學會在北平開會，報告十二月二日在北平周口店發現「北京人」（Sinanl hropus pekinensis）頭骨。

冬　歡迎比利時政治經濟學家、社會黨領袖樊廸文來華講學。（註七二）

十二月　發表「國立中央研究院過去工作之回顧與今後努力之標準」一文。（註七三）

本年　題夫人周養浩爲寫油畫像。（民國十八年上海全國美術覽會，教育部主辦）（註七四）

我相遷流每剎那，隨人寫照各殊科；

惟卿第一能知我，留取心痕永不磨。

註一：「中華民國史事紀要」初稿，民國十八年一至四月份，頁三。

註二：周天度「蔡元培生平活動年表」。

註三：拙編「蔡元培先生全集」頁一二六二。

註四：「教育部公報」第一卷第二期。

註五：編者親閱黨史會庫存會議紀錄原件有此記載。郭廷以「近代中國史綱」下冊，頁六〇四。

註六：「中央研究院院務月報」第五、六合刊。拙編「蔡元培先生全集」頁一一七四。

註七：「中華民國史事紀要」初稿，民國十八年一至四月份，頁一一〇三。

註八：同上，頁三四六。

註九：「革命文獻」第二十四輯。

註一〇：民國十八年一月四日「申報」。「政府公報」第七八號。

註一一：「政府公報」第八〇號。

註一二：同上，第八三號。

註一三：高平叔編「蔡元培年譜」頁九五。

註一四：民國十八年二月廿八日，上海「時報」。「中華民國史事紀要」初稿，民國十八年一至四月份，頁五〇六。
註一五：「國民政府公報」第一〇六號。同上。
註一六：拙編「蔡元培先生全集」頁六九一。
註一七：民國十八年三月六日「申報」。
註一八：民國十八年三月九日「申報」。
註一九：民國十八年三月十二日，上海「時報」。
註二〇：拙編「蔡元培先生全集」頁八三九。
註二一：「中華民國史事紀要」初稿，民國十八年一至四月份，頁七八九。
註二二：同上，頁七八一。
註二三：同上，頁八二五。
註二四：同上，頁八二七。
註二五：同上，頁八三六。
註二六：高平叔編「蔡元培年譜」頁九五。
註二七：拙編「蔡元培先生全集」頁一二六二。
註二八：「國民政府公報」第一五一號。
註二九：「美展」第七期，民國十八年四月廿八日。拙編「蔡元培先生全集」頁六四八。
註三〇：民國十八年五月十一日「申報」。

註三一：民國十八年五月廿一日「申報」。
註三二：同註二一。
註三三：同上。
註三四：「東方雜誌」第二十六卷第十六號。
註三五：民國十八年六月廿六日，上海「時報」。
註三六：拙編「蔡元培先生全集」頁一一六三。
註三七：同上，頁一一六二。
註三八：同上，頁一一六三。
註三九：同上，頁一一六四。
註四〇：同上，頁一一六六。
註四一：同上。
註四二：同上，頁一一六七。
註四三：同上，頁一一六一。
註四四：同上，頁一一六五。
註四五：同上，頁九六五。
註四六：「國聞周報」第六卷第三十四期。民國十八年八月廿九日大事日記。
註四七：「教育部公報」第一卷第九期。

註四八：拙編「蔡元培先生全集」頁一二六九。
註四九：同註二。
註五〇：「教育部公報」第一卷第十期。
註五一：「北京大學日刊」民國十八年九月十三日。
註五二：拙編「蔡元培先生全集」頁一一六七。
註五三：同上，頁一一六九。
註五四：同上，頁一一六八。
註五五：「北京大學日刊」民國十八年九月十三日。
註五六：同上，民國十八年九月三十日。
註五七：拙編「蔡元培先生全集」頁九六六。
註五八：同上，頁一三〇〇。
註五九：同註二。
註六〇：拙編「蔡元培先生全集」頁一一七四。
註六一：高平叔編「蔡元培年譜」頁九七。
註六二：拙編「蔡元培先生全集」頁一一七〇。
註六三：同上，頁一一七一。
註六四：同上，頁八二三。

註六五：同上，頁一一五八。
註六六：同上，頁九六八。
註六七：同上，頁一一七二。
註六八：同上，頁九七〇。
註六九：中國國民黨九十年大事年表。
註七〇：高平叔編「蔡元培年譜」頁九八。
註七一：拙編「蔡元培先生全集」頁一一七二。
註七二：同上，頁九〇四。
註七三：同上，頁五八九。
註七四：同上，頁六九三。

六十四歲　民國十九年　一九三〇　庚午

一月一日　蔣主席發表元旦文告，因人心頹隳，廉恥道喪，勉勵同志，砥礪氣節。

一月六日　考試院正式成立，戴傳賢、孫科就正副院長職。

一月卅一日　國民政府國務會議議決：「伯力議定書」已逾路案範圍以外，不予批准。

一月　國立北平研究院新建理化樓落成，李石曾院長主持典禮，物理研究所、化學研究會遷

入辦公。（註一）

二月七日　毛澤東在贛南富田召集地方代表舉行會議，決定成立「江西省蘇維埃」於興國、東固。

二月十日　閻錫山致電蔣主席，高唱禮讓爲國，請共同下野。時局因而震動。

二月十二日　爲關於解決安陽殷墟發掘辦法，呈國民政府。（註二）

二月十七日　國民政府任命李煜瀛爲國立北平師範大學校長，未到任前，派李蒸代理。

二月廿三日　閻錫山、馮玉祥、李宗仁等四十五人聯名通電，提出黨統問題；汪兆銘通電響應。

二月廿六日　蔣主席電閻錫山，予以最後忠告，勸其懸崖勒馬，維持和平。

二月　爲「文伯子遺墨」題詩一首。（註三）

虎虎有生氣，囂囂遠俗塵；
何須諱摹仿，特性自常新。

三月一日　出席在南京召開之中國國民黨第三屆中央執行委員會第三次全體會議。第一次大會決議：開除汪兆銘黨籍。

三月六日　爲取締外人所設無線電臺，並商請自設電臺測候氣象，致交通部函。（註四）

三月十五日　爲關於何日章阻擾發掘殷墟事件，呈國民政府公函。（註五）

三月二十日　「中原大戰」由韓復榘、孫殿英兩部，在隴海線歸德開其端。（孫拒韓所下調防河北之命令，明白表示反對中央之態度。）

四月一日　閻錫山、馮玉祥、李宗仁等分別通電就任「中華民國陸海空軍總司令」、「副總司令」等僞職。

是日　第四屆全國運動會在杭州開幕。（十一日閉幕）參加者二十二省市運動員一千五百人，會期十日，由會長戴傳賢主持，蔣主席中正親臨致詞。先生偕蔣夢麟前往參加，翌日返滬。（註六）

四月七日　爲轉送世界動力協會志願書，致王小徐函。（註七）

是日　爲請保護貴州自然科學調查團，致貴州毛主席電。（註八）

四月十日　共軍朱德等佔江西信豐，縣長吳兆豐等殉職。

四月十五日　第二屆全國教育會議在南京開幕。（廿三日閉幕）先生偕李石曾、吳稚暉等前往參加，吳稚暉演講「識字教育」。（註九）

四月十六日　主持由中央研究院召集之全國氣象會議在南京舉行，代表五十餘人參加。（當日閉幕）（註一〇）

四月十七日　爲中央研究院設宴歡迎教育會議全體會員，並邀參觀中央氣象臺。（註一一）

　是日下午先生親自主持中央研究院歡迎教育會議會員參觀氣象臺，晚間在雞鳴寺公宴。

四月十八日　應邀參加立法院招待教育會議會員餐會，發表對姓氏、婚姻、家庭問題之意見。

　席上先生認爲：㈠姓——「用父的姓不公道，用母的姓也不妥當，還是不要的好。」可用「符號來代替」。㈡婚姻——「在理想的新村裏，以不結婚爲好。」新村裏有「一人獨宿」與「兩人同睡」的房間；「當兩人要同房居住」時，「先經醫師檢查」，並有正確登記，「將來生出子女，便可以有記號了」。㈢家庭——「不要的好」；不得已，「小家庭比大家庭好」。（註一二）

是日　全國童子軍總檢閱在南京舉行（廿二日結束），先生以來賓致訓，勉注重奮鬥犧牲獨立互助。

　全國童子軍總檢閱，於十八日上午在南京小營舉行，到全體童子軍及參觀來賓等約數萬人，由主席戴季陶主持，先生以來賓致訓。（註一三）

四月二十日　偕教育會議全體會員晨九時在中央飯店集合，同往紫金山謁陵，下午遊覽明陵。

四月廿一日　馮玉祥在洛陽召開軍事會議，鹿鍾麟、徐永昌、萬選才、孫殿英、孫良誠、宋哲元等均與會。

是日　中國國民黨中央常務委員會通過，改定注音字母名稱爲「注音符號」及其推行辦法。（註一四）

四月廿三日　馮玉祥向所部叛軍下作戰命令。

是日　全國教育會議閉幕。（註一五）

四月廿九日　爲中國國民黨上海市黨部執監委員宣誓就職監誓並致訓詞。（註一六）

是日　程德全卒於上海，年七十一歲。

四月三十日　中央研究院首都新建築招標興建。（註一七）

四月　手撰「三民主義與國語」一文。

五月一日　蔣兼總司令發表「討伐閻、馮誓師詞」。

五月八日　教育部設「推行注音符號籌備委員會」，派趙元任等爲委員。

五月十一日　馮、閻叛變擴大，舊軍閥齊爕元、孫傳芳等均赴太原。

五月十三日　討逆軍第十一師陳誠部克復馬牧集。

五月十四日　討逆軍第三師陳繼承部克復歸德。

五月十六日　隴海、平漢兩線戰況劇烈，討逆軍佔優勢。

五月二十日　撰「自由哲學」序。

五月廿六日　蔣兼總司令任李明揚、朱思明、衛立煌爲蘇、浙、皖三省剿匪總指揮官。

五月廿八日　李宗仁、張發奎等侵入湖南。

五月　應邀參加中國社會學社在上海舉行之成立大會，並發表講演。講題爲「社會學與民族學」。（註一八）

五月　爲白季眉所著「普通測量學」撰寫序文。（註一九）

五月　發布「中國公學校長問題」之通告。

先生以中國公學校董會代理董事長之名義發布通告：校董會批准胡適辭去中國公學校長，改推馬君武繼任。（註二〇）

六月一日　隴海路第二次大決戰，叛軍戰鬬力喪失殆盡，討逆軍逼近蘭封。

六月六日　平漢路劇戰，叛軍樊鍾秀被空軍炸斃於許昌城頭。（翌日國軍收復許昌）

是日　教育部奉令停止勞動大學招生。

六月十一日　中國共產黨中央政治局通過當前政治任務決議案，攻取城市，致成一省或數省之勝利。（卽「李立三路線」）

六月十五日　共軍朱德、毛澤東部陷上杭、上饒及大冶等地。

六月十六日　在上海江灣國立勞動大學演講「勞動大學的意義及勞大學生的責任」。（註二一）

六月十九日　何應欽赴長沙，指揮討桂軍事。

六月廿五日　爲准函請指定理工科專家視察浙江大學、交通大學，以便敦聘案，復教育部函。（註二二）

函云：「逕啓者：案准貴部第三四五號公函開：『本部現須派員視察杭州國立浙江大學及上海國立交通大學。擬請貴院指定理工科專家一員，於本月廿八日至三十日，會同本部朱次長前往視察。卽希示復，以便敦聘。』玆指定本院地質研究所專任研究員吳筱朋會同視察，除函知吳研究員外，相應函復。卽希查照辦理。此致教育部」

六月廿九日　晨由滬到京主持中央研究院年會籌備事宜。

六月　手訂「國立中央研究院進行工作大綱」。（註二三）

七月一日　召開中央研究院第一屆院務年會，致開會詞。（註二四）

是日　王士珍卒於北平，年七十歲。

七月二日　在南京主持中華教育文化基金董事會第六次年會。（註二五）

是日　湘西張發奎軍及桂軍敗退永州。（討桂戰事告一段落）

七月十三日　汪兆銘、閻錫山、馮玉祥等在北平成立所謂「擴大會議」，並發表總宣言。

七月二十日　主持中華職業教育社第十一屆社員大會暨全國職業教育機關聯合會第七屆年會

，致開會詞。（註二六）

七月廿七日　共軍彭德懷襲陷長沙，燒殺殘酷，並攻擊外僑及領事館。

七月卅一日　共軍朱德、毛澤東竄南昌，為國軍擊退。

七月　為商務印書館出版之「教育大辭書」撰「大學教育」與「美育」兩詞條。（註二七）

八月八日　國民政府令何應欽負責湘、鄂、贛三省剿匪事宜。

八月廿三日　吳鐵城由瀋陽赴北戴河，與張學良周旋各方，研究應付時局方針。

八月　為發掘汾陰后土祠計畫，擬請暫緩與美國博物館接洽，致教育部公函。（註二八）

八月　為楊端六等所編「六十五年來中國國際貿易統計」（中央研究院社會科學研究所專刊）撰寫序文。（註二九）

九月一日　北平「擴大會議」通電公布偽「國民政府組織大綱」。並推定閻錫山、馮玉祥、汪兆銘、李宗仁等七人為偽「國府委員」，閻為偽「主席」。

九月四日　國軍長沙大捷，共酋朱德負傷，共軍向瀏陽逃竄。

九月十八日　張學良發表和平通電，擁護中央，並派兵入關。

九月二十日　北平「擴大會議」及偽「國民政府」結束。汪兆銘等倉皇赴石家莊。

九月廿二日　行政院長譚延闓在南京逝世，年五十二歲。

九月廿三日　張學良部接收北平。「擴大會議」遷往太原。

九月廿四日　獲准辭去國立北京大學校長名義。（註三〇）

國民政府今日發布命令：國立北京大學校長蔡元培辭職，任命陳大齊代理校長。（註三〇）

九月廿九日　參加袁觀瀾先生追悼會致開會詞。

九月卅一日　爲中央研究院遷期遷移請撥建築費，呈國民政府文。（註三一）

九月　關於中國公學校長問題之談話。

學生代表問：前日報載，蔡先生親至昆明路馬君武私宅，敦促其到校辦公，是否？

蔡先生答：馬先生家內，我是去過的。不過，是說明校董會此次准他辭職的原因，並不是敦促他到校辦公。

問：校董會是否維持原案？

答：校董會的決議案，當然維持。絕沒有自己決議，又自己推翻的。

問：現在校董會既已准馬先生辭職，推于先生繼任。那麼，在理論方面，在事實方面，都是應當歸于先生手中了。加以于先生已經到中公正式宣佈維持秩序，何得馬君武仍用校長名義發出佈告？代表團又大佈特佈，說是馬校長復職。到底是怎樣？

答：代表團說的做的，都可以作算，那麼還要校董會幹什麼！馬先生到校，是他自己去的，也是沒有交卸以前當然的事。
問：代表團何以干涉學校行政，時而逐某教員，時而逐某職員，弄得滿城風雨，對否？
答：學校當局應負完全責任。
問：卽請董事長速卽敦促于校長到校視事。
答：于先生能夠來，我們當然是很歡迎。但于先生爲國家大事，不能分身。我們要找一位新的校長，現在尚未找到。你們始終避免衝突，愛護學校，這是很好的一樁事體。校董會已完全明白了，不過你們今天回去以後，還是勸同學安心上課。校董會的開會問題，你們可以不管。

十月五日　閻錫山、馮玉祥、汪兆銘聯電張學良，決罷兵息民，請發起會議，解決善後。

十月十日　在上海講「今年慶祝國慶的新意義」，勉國人振興實業、提倡國貨。（註三二）

是日　參加上海各團體公宴比利時學人樊𧟸文，致介紹詞及歡迎詞。（註三三）

十月十五日　鹿鍾麟、宋哲元等通電靜候中央公平處置，願解甲歸田。

十月二十日　爲中研院建築理化實驗館，函中華教育文化基金董事會，請迅撥款補助。（註三四）

十月廿七日　臺灣霧社山胞發動反日抗暴運動。（霧社事件）

十月卅一日　汪兆銘之「擴大會議」瓦解，閻錫山、馮玉祥宣佈下野。「中原戰事」結束，自是東北至西南，完全歸向中央，統一之基，於焉重奠。

十月　爲中研院關於地質調查之公函。

十月　爲中研院擬訂中美合組科學考察團辦法，致教育部公函。（註三五）

十月　中央研究院第十一次院務會議報告。略謂：「本院經費異常支絀，以經常費數目而論，用之辦理一二研究所尚嫌不足，現本院成立之研究所處館等計有十一處之多，雖平時盡量從事節省，而欲求計畫之實現，頗感困難。故此會議關於本院建築之通盤計畫，及經費之如何節省籌措？自應加以研究，早爲預謀，俾得實現。」（註三六）

十月　爲「現代學生」撰「怎樣才配做現代學生」一文。謂至少要具備下列三個基本條件，才配稱做現代學生：㈠獅子樣的體力，㈡猴子樣的敏捷，㈢駱駝樣的精神。（註三七）

十月　爲「全國氣象會議特刊」撰寫序文。（註三八）

十月　爲蔣丙然著「近十年中國之氣候」一書撰寫序文。（註三九）

十一月一日　先生以中國公學董事會董事長名義發布通告：已改推于右任爲該校校長。（註四〇）

十一月五日　江西國軍對中共開始總進剿。（第一次圍剿開始）
十一月六日　羅隆基在上海被逮捕，先生與張壽鏞等爲之保釋。
十一月八日　關於美人斯密司赴滇川黔考察動物標本致教育部函。（註四一）
十一月十一日　關於國際交換出版品入口免稅，致關務署函。（註四二）
十一月十二日　參加在南京舉行之中國國民黨第三屆中央執行委員會第四次全體會議。
十一月十五日　中國國民黨三屆四中全會決議：民國二十五年五月五日召開國民會議。
十一月十七日　中國國民黨三屆四中全會通過「刷新中央政治，改善制度，整飭綱紀，確立最短期內施政中心，以提高行政效率案」及修正「中華民國國民政府組織法」等案。
十一月十八日　中國國民黨三屆四中全會推選國民政府主席蔣中正兼任行政院院長，于右任爲國民政府委員兼監察院院長。並通過宣言後即行閉幕。（註四三）
是日　國軍收復中共盤據之吉安。
十一月十九日　爲定期在南京成賢街中央研究院自然歷史博物館舉行考古成績展覽，致各界、各機關、各委員及專家函。（註四四）
十一月十九日　國軍收復永豐、吉水、宜黃。贛南共軍竄集寧都。
十一月廿五日　行政院通過調任朱家驊爲中央大學校長。

十一月廿七日　中央將晉軍改爲邊防軍，歸張學良節制。

是日　爲英籍司代諾氏游歷新疆，盜竊文物，呈國民政府文。（註四五）

十一月底　在亞洲文會講演「中華民族中庸之道」。謂三民主義適合中華民族性，共黨爲太過，國家主義爲不及。（註四六）

十二月二日　五子英多出生於上海，命名取世說「其人磊砢而英多」之義。

十二月四日　爲我國加入「國際確定日曆聯盟」，致南京市黨部函。（註四七）

是日　教育部長蔣夢麟辭職，特任高魯爲部長。

十二月五日　蔣主席中正離京西巡各省剿共軍事，並發表「告誤入共產匪黨民衆書」。

十二月六日　致李書華函。（註四八）

是日　關於發掘山東龍山城子崖，致南京古物保存所函。（註四九）

十二月九日　蔣主席在南昌召開剿共軍事會議。

十二月廿一日　共軍竄據金家寨。

十二月廿四日　爲德人韋歌爾率團員赴川滇考察復教育部函。（註五〇）

十二月廿六日　致李書華函。

十二月　發表「以美育代宗教」一文。

十二月　爲張季信著「中國教育行政大綱」撰寫序文。（註五一）

本年　本年爲中央研究院歷史語言研究所「明清史料檔案」甲集撰寫序文。簡述明清內閣大庫檔案散失，由該所買入的經過。

略謂：㈠以前修史者濫用間接的材料，而忽視直接的材料，「應該是以後治史學者所急當糾正的」。「史學本是史料學，堅實的事實只能得之於最下層的史料中。」㈡官府文籍和私家記載，在史料的價值上各有短長，綜合來看各有獨到處，分開來便各不可盡信。「大約官府的記載失之於諱，私人的記載失之於誣」。守質者、懶惰者專依賴官書，好奇者、涉獵者專信些私家不經之談，都不算史學的正軌。「我們相信官文和私記『合之則兩美，離之則兩傷！』」（註五二）

是年　於「推行國曆演講大會」上致詞，主張廢陰曆，改採陽曆。（註五三）

註一：「民國李石曾先生煜瀛年譜」（商務）頁七二。
註二：拙編「蔡元培先生全集」頁一一八〇。
註三：同上，頁九七三。
註四：同上，頁一一七五。
註五：同上，頁一一八〇。

註六：民國十九年四月二日「申報」。「戴季陶先生編年傳記」頁一一一。
註七：拙編「蔡元培先生全集」頁一一八二。
註八：同上，頁一一八三。
註九：民國十九年四月十七日「申報」。
註一〇：拙編「蔡元培先生全集」頁一一八三。
註一一：民國十九年四月十八日「申報」。
註一二：同上，四月十九日。
註一三：拙編「蔡元培先生全集」頁九〇八。
註一四：中國國民黨九十年大事年表。
註一五：民國十九年四月廿四日「申報」。
註一六：拙編「蔡元培先生全集」頁八四〇。
註一七：民國十九年四月三十日「申報」。
註一八：拙編「蔡元培先生全集」頁八四五。
註一九：高平叔編「蔡元培年譜」頁九九。
註二〇：拙編「蔡元培先生全集」頁六〇四。
註二一：同上，頁八四四。
註二二：同上，頁一一八四。

註二三：同上。
註二四：民國十九年七月二日「申報」。
註二五：丁致聘編「中國近七十年來教育紀事」頁二三一。
註二六：民國十九年七月廿一日「申報」。
註二七：「教育大辭書」頁七四二、七四三。
註二八：拙編「蔡元培先生全集」頁一一八五。
註二九：同上，頁九七三。
註三〇：「教育部公報」二卷三十九期「府令」。
註三一：拙編「蔡元培先生全集」頁一一八七。
註三二：同上，頁八五二。
註三三：同上，頁一一八六。
註三四：同上，頁一一八八。
註三五：同上，頁一一八五。
註三六：同上，頁一一八六。
註三七：同上，頁六〇五。
註三八：高平叔編「蔡元培年譜」頁一〇一。
註三九：拙編「蔡元培先生全集」頁九七八。

註四〇：同註三八。
註四一：拙編「蔡元培先生全集」頁一一九二。
註四二：同上，頁一一九三。
註四三：「革命文獻」第七十九輯，頁一三。
註四四：拙編「蔡元培先生全集」頁一一九四。
註四五：同上，頁一一九〇。
註四六：同上，頁八四九。
註四七：同上，頁一一九三。
註四八：同上，頁一二六三。
註四九：同上，頁一一九五。
註五〇：同上，頁一一九八。
註五一：同上，頁一〇二四。
註五二：同上，頁九七一。
註五三：同上，頁九〇一。

六十五歲　民國二十年　一九三一　辛未

一月一日　國民政府公布「國民會議代表選舉法」。

一月三日　江西剿匪軍第五十師在東韶中伏，贛南第一次圍剿結束。（註一）

是日　第三國際代表米夫（Paul Mif）在上海召開中共第六屆四中全會，清算「立三路線」，瞿秋白撤職，與何孟雄同被逐出政治局，並開除李立三、李維漢、賀昌等之中央委員職務，向忠發雖仍爲總書記，備位而已。自是以陳紹禹、秦邦憲爲首之國際派得勢。

一月八日　爲中央研究院關於盜掘殷墟案呈國民政府之公函。（註二）

一月九日　主持中華教育文化基金董事會在上海滄州飯店舉行之第五次常會，議決：此後五年撥款國幣二十萬元補助國立北京大學延聘學者設立研究講座及專任教授，並添置設備之用，以提高國內學術研究。（註三）

一月十五日　中共「中央蘇維埃區中央局」在瑞金成立，準備成立「中央政府」，擴大全面叛亂。

本日，中共「中央蘇維埃區中央局」在江西瑞金成立，由周恩來、項英、毛澤東、朱德、任弼時、余飛、曾山及湘贛邊特委一人，CY中央一人組成，發出第一號通告，說明中央蘇維埃區中央局成立及任務。

一月十六日　爲德國博物院韋哥爾部長來華考察案函覆教育部。（註四）

一月十八日　中共反「中央」派領袖何孟雄及林育南、李求實等十七人，在上海被捕。（傳為中共「中央派」告密而遭逮捕，二月七日槍決。）

一月二十日　為中央研究院與交通部接洽測候合作之公函。（註五）

一月廿一日　出席中央政治會議，議定對革命有功者給勳辦法，並通過承認巴拿馬新政府案。（註六）

一月廿二日　出席中國國民黨中常會，議決中央黨部建築地點定在明故宮舊址，並通過北方各省人民團體改組或組織指導辦法等要案。（註七）

一月廿三日　出席國民政府會議，決議特派戴傳賢為國民會議選舉總事務所主任。（註八）

本日　為中研院關於催促各省設立測候所之公函。（註九）

一月廿六日　出席中國國民黨中央監察委員會第四次全體會議。（註一〇）

一月廿七日　續參加中國國民黨中央監察委員會議，擔任主席。（註一一）

是日　中共中央政治局議決開除羅章龍、王克全、王鳳飛黨籍，罪名為反黨與鬧分裂。（註一二）

二月一日　交通部國際電信局成立。

二月二日　監察院長于右任宣誓就職。

二月三日　前北京政府國務總理孫寶琦在上海病故，享年六十四歲。（註一三）

二月七日　國立北平大學校長李煜瀛、師範大學校長易培基辭職，任命沈尹默爲北平大學校長，徐炳昶爲師範大學校長。

二月九日　爲中研院關於撤退青島觀象臺留臺日員之公函。（註一四）

是日　爲中研院再致外交部、中國科學社函。

二月十日　爲中研院關於會商全國經度測量會議之公函。（註一五）

是日　爲中研院關於接收北極閣無線電臺之公函。（註一六）

二月十一日　爲中研院關於德人韋哥爾率團員赴川滇考察之公函。（註一七）

二月十三日　爲中研院致河南省政府及劉峙主席函，以安陽殷墟發掘請妥爲保護。（註一八）

二月十四日　爲美國衛閣德等赴川、滇考察事，致電川、滇軍政首長。（註一九）

二月十九日　爲中研院關於中法一九學術考察團，覆教育部之公函。（註二〇）

二月二十日　撰「近代法國文選」序。

二月廿一日　中央研究院歷史語言研究所考古組在廣州舉行田野工作成績展覽會。（註二一）

是日　國民政府公布修正教育部組織法十六條。

二月廿四日　關於德人韋歌爾入川、滇考察動物及人種學案，再度函覆教育部。（註二二）

二月廿六日　爲美國費城自然博物院川、滇旅行團前往川滇考察事，覆外交部公函。（註二三）

是日　參加中國國民黨中常會，通過核准「江西地方整理委員會條例」。（註二四）

二月　浙江前都督湯壽潛捐銀二十萬建築之浙江圖書館落成。（註二五）

三月一日　胡漢民辭國民政府委員及立法院長，靜居湯山休養。（註二六）

三月二日　出席中國國民黨中央常會臨時會，通過兩要案：㈠「召集國民會議，應於三民主義的訓政範圍以內，確定本黨與全國人民共同遵守之約法」案。㈡准胡漢民辭國民政府委員、立法院院長本兼各職，選任林森爲立法院院長。先生被推爲「訓政時期約法」起草委員。（註二七）

是日　蔣主席在紀念週上報告約法問題；國民會議選舉總事務所主任戴傳賢、副主任孫科等就職。由蔡先生監誓並致訓詞。（註二八）

三月八日　爲楊杏佛辭總幹事職，覆傅斯年、趙元任、陳寅恪、李濟等函，告以楊已取消辭意。（註二九）

是日　胡漢民自湯山回南京休養。

三月十一日　爲中央研究院關於義國維尼芝會議討論改曆案之公函。（註三〇）

三月十三日　出席國民政府會議，通過編製二十年度國家總收入預算書，與特任吳鐵城爲警察總監等要案。（註三一）

是日　國民政府因吳敬恆與先生等之呈請，訓令行政院優卹楊篤生遺族。（註三三一）
楊篤生，湖南長沙人，早歲參加革命，赴英研製炸彈，痛「三二九」廣州黃花岡失敗，由蘇格蘭走利物浦，投海而逝，年四十歲。（編者於黨史會庫存中發見先生親撰「楊篤生先生蹈海記」）先生與吳敬恆等因楊篤生遺族家境困窘，亟需支助，特呈請政府撫卹其遺族，以安定其生活。
三月十六日　為中研院關於召集全國經度測量會議之公函。（註三三二）
三月十七日　為中研院關於一九學術考察團中法合作辦法之公函。（註三三四）
是日　為中研院關於實業部所擬全國地質調查組織大綱之公函。（註三三五）
三月二十日　為中研院關於北極閣無線電臺價讓之公函。（註三三六）
三月廿一日　國立清華大學校長羅家倫辭職，任命吳南軒為校長。（註三三七）
三月廿五日　出席中央政治會議，通過各國退還庚款案之撥用辦法與孔祥熙所擬之開發礦產計畫。（註三三八）
三月廿六日　列席中國國民黨中央執行委員會，改推苗培成視察晉省黨務。（註三三九）
是日　中共頭目彭德懷、黃公略向政府投誠，黃家屬送湘為質。（註三四〇）
三月廿七日　出席國民政府會議，通過令各省市不得自由抽稅。（註三四一）

是日　贛南第二次剿共部署完畢，南昌行營下令各部隊於四月一日開始圍剿。

三月三十日　國民政府特派先生與戴傳賢等十四人爲西陲學術考察團理事會理事，並指定先生爲理事長。

國民政府本日特派蔡元培、戴傳賢、吳敬恆、李煜瀛、陳布雷、翁文灝、竺可楨、李四光、朱家驊、秉志、傅斯年、楊銓、錢昌照、徐炳昶爲西陲學術考察團理事會理事，並指定蔡元培爲理事長。（註四二）先生旋去南京主持第一次會議，通過考察章程，並推翁文灝爲考察團團長。（註四三）

四月四日　參加中華教育社學術講演會發表講演，主張職業無貴賤大小，都爲平等；男女職業以分工爲主，宜各就性之所近，爲社會服務；職業之選擇，應視社會之需要，以大衆幸福爲前提。（註四四）

四月七日　中共中央政治局委員兼特務部長顧順章在漢口被捕。（尋投誠）

四月十五日　爲趙爇農所編「中國新本草圖志」一書撰序。（註四五）

四月廿七日　參加上海大東書局新廈落成開幕典禮，講演「國化教科書問題」。主張我國各學校所用各項教科書，除外國文以外，都應採用中國文編寫之教本。（註四六）

四月廿九日　出席中央政治會議，決議將各省市商會及錢業公會縷陳對於銀行法意見，並請

另訂錢莊法案交立法院。（註四七）

四月三十日　中央監察委員鄧澤如、林森、蕭佛成、古應芬等不滿中央對胡漢民之辭職處置，本日聯名自廣州發出彈劾國民政府蔣主席之通電；電文摭拾浮言，措詞過情，充滿激憤，其提出方式亦不合彈劾手續。（註四八）

五月一日　出席中國國民黨中央執行委員臨時全體會議，修正通過「中華民國訓政時期約法草案」。（註四九）

五月二日　續出席中國國民黨中央執行委員會臨時全體會議，通過先生所提之「確定教育設施趨向案」及「實業建設程序案」等，備提國民會議。旋即閉幕。（註五〇）

五月三日　與張繼、張人傑等中央監察委員電覆鄧澤如等，謂胡漢民之留京為免謠傳，國民會議將開，均望其出席領導，卅電可歸諸誤會。（註五一）

五月四日　出席國民政府會議，通過「提出約法草案」、「確定教育設施趨向」、「實業建設程序」等三案於國民會議。（註五二）

是日　親撰慶祝國民會議頌詞。（註五三）

斯會任務　解決國是　遺教諄諄　瞬逾六禩　今幸統一　訓政開始　時會既成　召集於此　濟濟一堂　農工商士　消弭衆歧　指示正軌　力謀建設　公宏民祉　制定約法　以

憲民紀　討論問題　得其神髓　主義實現　輝煌國史　使命不辱　上慰總理　憲政可期
兆民咸喜

是日　關於購買古籍、書畫、金石及古代美術品，以爲中央歷史博物院及美術院之基礎，覆教育部函。

五月五日　出席國民會議開幕典禮及國父就任非常大總統十週年紀念會。

五月六日　偕同國民會議代表謁中山陵宣誓，旋參加國民會議預備會。（註五四）

五月七日　出席國民會議第二次預備會議，選爲代表資格審查委員會委員。

五月八日　出席國民會議第一次大會，討論中華民國訓政時期約法案。先生被選爲教育審查委員會委員兼召集人。（註五五）

五月九日　出席國民會議第二次會議，會中報告國民政府所送「確定教育設施趨向案」，經討論後決議交由提案審查委員會審查。

五月十日　接見南京「中央日報」記者談約法增加「國民生計」及「教育」二章之理由。

五月十一日　廣西李宗仁、白崇禧等通電響應鄧澤如電。

五月十二日　出席國民會議第四次會議，三讀通過「中華民國訓政時期約法」。（註五六）

五月十三日　出席國民會議通過「接受孫總理全部遺教案」及「確定教育設施之趨向案」。

並發表「廢除不平等條約宣言」。（註五七）
五月十四日　國民會議通過「對國民政府剿滅赤匪之報告之決議案」及「實業建設程序案」。
五月十七日　國民會議閉幕。並發表宣言，強調接受「總理遺教」，廢除不平等條約，擁護和平統一以撲滅共匪。
五月十八日　於陳英士先烈殉國十五週年紀念會中致詞。（註五八）
五月廿三日　中央監察委員張繼攜先生等致古應芬等函，赴粵斡旋時局。先生亦赴滬調停。（註五九）
五月廿五日　孫科、古應芬、陳濟棠等二十二人聯名電請蔣主席退職。本日，唐紹儀、鄧澤如、古應芬、蕭佛成、林森、汪兆銘、孫科、王寵惠、陳濟棠、李烈鈞、許崇智、李宗仁、唐生智、陳友仁、鄒魯、陳策、馬超俊、陳耀垣、李文範、劉紀文、林雲陔、鄧青陽等二十二人聯名電請蔣主席中正於四十八小時以內退職。（註六〇）
五月廿七日　唐紹儀、汪兆銘等在廣州成立「中國國民黨中央執監委員會非常會議」。
五月廿八日　汪兆銘、孫科等在廣州成立「國民政府」。（史稱「寧粵分裂」）
五月廿九日　贛南中共東竄建寧，第五十六師北撤。（第二次圍剿結束）
五月三十日　由滬返京對記者談粵事，稱中央方注全力於剿共，粵方卻處處為中共造機會。

五月卅一日南京「中央日報」載：

蔡元培昨對本報記者談粵事：「中央方注全力於剿匪，粵方却處處爲赤匪造機會。」

蔡元培氏昨由滬返京，本報記者往謁，據談：「我（蔡自稱）此次因調停粵事，留滬多日，今始回京。溥泉（張繼）赴粵後，曾接來電，稱將回京覆命，對粵事未提及。亮疇（王寵惠）在滬時曾晤面，彼企望和平，初無二致。粵方此次集合素不相容之各派在一起，表面上看起來好像很熱鬧，其實他們純爲感情作用、地域思想所造成之集團，因一時之利害而結合，在積極方面並無何種正大的主張，所以他們的團結並不堅固。現在全國民衆的希望，是和平統一，消滅赤匪，而他們（粵方）的舉動，却處處爲匪造機會，這完全是違反民衆的要求。中央酷愛和平，始終如一，刻仍以誠懇之態度，促其覺悟。目前貫注全力於剿滅赤匪，以解除民衆痛苦，斷不致因粵事而影響及剿匪之進行。」

是日　參加中國國民黨中央常會臨時會議，通過：㈠爲將頒行訓政約法發表告全國同胞書；㈡勸告鄧澤如等及時澈悟之電文等案。（註六一）

五月　發表「二十五年來中國之美育」一文。分別敍述中國各種美育設施：如美術學校、博物院、展覽會、攝影術、美術品印本、音樂學校、演奏會、音樂雜誌、新文學作品、文學期刊、演劇的改良、影戲、留聲機與無線電播音機、公園等二十五年來發展的具體情

況。（註六二）

五月　爲對「確定教育設施之趨向案」作說明。

六月一日　參加中央舉行約法告成典禮及擴大紀念週與總理奉安二週年紀念。（註六三）

六月二日　與中央日報記者談今後教育方針：自小學以至大學以養成職業化、增加生產爲標準。而此種革新，足使共產反動思想無所肆其誘惑。（註六四）

是日　行政院國務會議議決設立國史館。

六月四日　參加中國國民黨中央常務會議，通過首都華僑招待所所章。（註六五）

六月六日　蔣主席爲赴贛剿共，發表「告全體將士書」。

六月十一日　內政部統計全國人口爲四億七千四百四十八萬七千人。

六月十二日　偕張靜江、吳鐵城、楊樹莊、宋子文夜車入京，參加中國國民黨第三屆第五次中央執監委員會全體會議。

六月十三日　出席中國國民黨第三屆中央執監委員會第五次全體會議，上午舉行開幕典禮，先生於首次會議中被推爲審查粵變處理經過案委員。（註六六）

六月十四日　中國國民黨三屆五中全會改推先生等爲中央政治委員會委員兼國民政府委員。（註六七）

六月十五日　出席中國國民黨第三屆五中全會第三次大會及閉幕典禮。

是日　所撰「三十五年來中國之新文化」一文刊載於商務印書館所出「最近三十五年之中國教育」書中。

先生用食、衣、住、行等事來證明生活的改良，說明社會的改組，此三十五年中均有劇烈的改變。從科學與美術兩大類來詳細闡述學術演進的狀況，指出「新文化的萌芽，在這三十五年中，業已次第發生，而尤以科學研究機關的確立爲要點」。大聲疾呼：「歐化優點卽在事事以科學爲基礎。生活的改良，社會的改造，甚而至於藝術的創作，無不隨科學的進步而進步。故吾國而不言新文化就罷了，果要發展新文化，尤不可不於科學的發展特別注意」云。（註六八）

六月十六日　參加中國國民黨中央黨部在京舉行之總理蒙難九週年紀念大會。（註六九）

六月十八日　列席中國國民黨中央常會第一四六次常務會議。（註七〇）

六月十九日　出席國民政府首次全體會議，決議由文官處起草剿匪期內各級行政人員奬懲條例呈核，並通過國民政府會議規程。（註七一）

是日　爲中國教育測驗學會所創刊之「測驗學會特刊」親題「聰明密微」四字。（註七二）

六月二十日　蔣總司令中正乘艦赴贛督剿中共，先生等赴江邊送行。（註七三）

六月廿二日　中共頭目之一向忠發在上海法租界被捕。（廿四日正法）

六月廿四日　中央政治會議指定先生等為國民政府常會出席人。（註七四）

是日　抵北平，參加北平圖書館落成典禮及主持中華教育文化基金會；並與記者談粵事。

先生由京乘平浦車抵平，蔣夢麟等教育界領袖到站歡迎。先生在站語記者：「此來為參加北平圖書館落成禮及中華教育文化基金會，擬一週後返京。中央重剿匪，對粵聽其自然（中央社電謂「聽其自覺」），絕不用兵，展堂擬病痊赴美。錢昌照同車來調查清華學潮。」（註七五）

六月廿五日　主持國立北平圖書館新館落成典禮並致詞。（註七六）

六月廿六、七日　主持中華教育文化基金會董事會年會，為期兩日，通過各項預算及對各機關學校之補助等重要會務多項。（註七七）

六月廿七日　東北當局以屯墾為名，謀於興安嶺建兵工廠，日本參謀本部部員中村震（麗）太郎大尉秘密前往偵察，為遼北洮南民安鎮駐軍團長關瑞璣（玉衡）所捕。（七月一日被殺，即「中村事件」）（註七八）

六月廿八日　蔣主席在南昌對民衆、官吏、將士、黨務人員分別發布文告，指示剿赤任務。

七月二日　日本利用韓人強佔吉林長春萬寶山民地，並開槍殺傷我民警，陰謀導演「萬寶山事件」。

七月四日　日本鼓動韓民排華，朝鮮各地暴動，「萬寶山事件」擴大。

七月七日　外交部爲日本鼓動韓人排華，向日提出抗議。

七月十一日　致李書華函，爲劉海粟在歐洲舉行畫展及講演，回國川資不敷，希教育部滙款相助。（註七九）

七月十九日　國軍攻克匪巢寧都。

七月二十日　出席中國國民黨中央黨部總理紀念週，報告「韓境慘殺華僑案」。敍述萬寶山案發生的詳細情況及其背景。認爲外交機關依法交涉，民衆團體提倡經濟絕交，固然是「目前必不可少的手續，但要徹底解決，非合全國同胞的力量，從基本工作上做起不可。」（註八〇）

是日　石友三部在河北順德叛變，汪兆銘派陳友仁赴日本勾結日軍閥，要求援助。

七月廿三日　蔣主席書告全國同胞：「攘外必先安內，團結乃能禦侮。」

七月廿六日　國軍克東固，中共退集瑞金。蔣主席下令總攻瑞金。

七月廿七日　在國府紀念週講演「剿赤後之消毒工作」。謂「中共」對民衆，一面威嚇，一面利誘，有宗教的魔力，不可輕視。（註八一）

七月廿八日　漢口江堤潰決，大水成災。

八月四日　行政院會議，討論緊急救濟長江水災辦法。

是日　致李書華函。

八月六日　國軍陳誠部攻克中共根據地瑞金。

八月十五日　長江水標達五十三英尺紀錄，陸地可行巨舟，各地災情慘重。國民政府令設救濟水災委員會，辦理急賑。

八月廿六日　立法院討論賑濟水災，災區已擴至十七省，災民增至一億，決議發行「賑災公債」八千萬元。

八月廿八日　蔣主席赴漢口視察水災。

八月三十日　共產國際太平洋職工會主席牛蘭（Poul Nouleus）在上海被捕解京（查獲其赤化中國及赤化日本、非律賓、印度、安南計畫等重要文件），政府拒絕各方面之保釋要求。（牛蘭案）（註八二）

九月一日　抵寧波，應邀參加中國經濟學社第八屆年會，發表演說。翌日遊覽奉化雪竇寺。（註八三）

九月三日　中央政治會議議決：發行賑災公債八千萬元。又通過購買美麥四十五萬噸救災。

是日　中國國民黨第三屆中央執行委員會第一七次常會通過三民主義教育實施原則。

九月四日　致李書華函。

九月九日　勦共軍在興國高興圩大破共軍主力林彪等股。

九月十三日　粵桂軍入侵湖南。

九月十四日　在國府紀念週講「水災問題」。（註八四）

九月十八日　日本關東軍藉口「中村事件」，並陰謀製造柳條溝爆破事件，砲擊北大營，襲佔瀋陽。（「九一八」事變）

九月十九日　我派駐國聯行政院代表施肇基將東北事變報告國際聯盟，請主持公道。

九月二十日　中國國民黨中央執行委員會電請廣東方面共赴國難。

是日　日軍在東北瘋狂攻擊，焚掠長春，並攻吉林省城。

九月廿一日　蔣主席自南昌回抵南京，第三次圍勦結束。

是日　廣東方面覆電中央，願息爭禦侮。

九月廿二日　中國國民黨中央執行委員會爲「九一八事變」發表「告全國同胞書」。

九月廿三日　國民政府發表「告國民書」。全國爲「九一八」事變下半旗，並停止一切宴樂誌哀。

九月廿四日　偕同張繼、陳銘樞啣命赴粵磋商和平。

次日上海「申報」報導云：「中央監察委員張繼，昨晨八時，由北平乘飛機南下，於下午二時抵京，卽偕同中委蔡元培，乘昨日下午四時車來滬，昨晚十一時十五分抵埠。蔡元培氏在車站晤本報記者謂：『在京曾往晤胡展堂，在今日之局面，胡之出任鉅艱，爲黨員應盡之天職，自不成問題。但胡氏身體仍極衰弱，短時期中恐尚難銷假視事也。』云云。張氏已定今晨十一時乘清華公司芝沙德輪離滬赴港，蔡元培等同行。」又訊：「前廣東省政府主席陳銘樞氏，啣蔣主席命赴粵接洽，昨晚十一時乘車抵滬，同來者有秘書長孫希文，十九路軍後方辦事處主任楊建平。陳氏定今晨十時乘荷輪芝沙德輪赴港，與張繼、蔡元培等同輪。聞陳氏抵港後，稍事勾留，候張、蔡等議有結果，再同行返滬。」

九月廿八日　中國國民黨中央執行委員會爲南京大學學生請願毆傷外交部長，發表「告全國學生書」，昭示應在中央統一指導下，共赴國難。

九月三十日　中央政治會議議決：准王正廷辭外交部部長，以施肇基繼任。

是日　國際聯盟行政院會議，限令日本於十月十三日以前在中國東北實行撤兵。

九月　爲王希隱「清季外交史料」撰寫序文。

謂清季「光宣兩朝，受世界潮流之影響，諸事改革，交涉繁頤，倘無眞實記載，不足垂示來玆。」王弢夫「在前清供職樞垣時，對於中外交涉文件，昕夕纂輯，舉凡清代光緒期間朝廷詔令，疆邑廷臣等奏章，以及機密廷寄往復文電，悉以列入。」其子王希隱「爰悉讎校，並搜集重要文件，賡續補入，編成『清季外交史料』及『西巡大事記』，……深喜其必能供給歷史家以外交上貴重資料。而補國內學界之闕憾。」（註八五）

十月四日　我國留日學生憤日侵我東北，全體退學歸國。

十月六日　日軍艦四艘開抵上海示威。

十月八日　日飛機炸錦州。日艦開入長江，在江陰向岸上開槍掃射。

十月十日　日本水兵在秦皇島登陸。

十月十二日　國民政府令馬占山代理黑龍江省政府主席。

是日　京粵和平問題，除中央所派代表陳銘樞回京，謁蔣主席報告外，其餘中央代表張繼與蔡先生，則仍尙留粵，待與留粵各中委一同來滬，召集和平統一會議。

十月十三日　國際聯盟理事會特別會議，討論中國東北問題。

十月十五日　廣州方面決定派汪兆銘、古應芬、孫科、鄧澤如、李文範爲代表，偕張繼與蔡元培先生赴上海出席和平會議。

十月十八日　發明之王愛廸生在美逝世，享年八十五歲。

十月十九日　中國國民黨中央常務委員會臨時會議決定：凡在二屆四中全會後因政治關係而開除黨籍者，一律恢復。

十月廿一日　赴粵協商和平任務初步告成，與張繼等偕粵方代表汪兆銘等抵上海。

廿二日「申報」載：「奔走和平之蔡元培、張繼，已偕粵方代表汪精衛、孫科、李文範、伍朝樞、陳友仁等五人，於昨晨十時，乘麥廸遜總統輪抵滬，同來者有唐生智、張發奎、甘介侯、郭泰祺，及隨員、事務員、雜役等，共計九十一人。國府各機關及民衆團體代表，前往碼頭歡迎者，達千餘人，頗極一時之盛。汪等登陸後，卽驅車訪胡漢民，闊別許久，把晤甚歡。旋復與留滬各中委聚談，商洽一切。蔣主席定日內來滬會見。和平統一會議，決在京舉行，在滬僅交換意見而已。汪等昨對人表示，黨內同志應精誠團結，一致禦外，對和會前途，多抱樂觀。」

先生於抵滬時語記者謂：「此次本黨同志鑒於國難當前，故決心一致對外，在滬並無何種會議形式，外傳開預備會議等說，均非事實。蔣主席日內卽可來滬會見，再經一度交換意見，雙方同意後，粵代表等卽晉京，正式磋商辦法。現各方所注重者，不關切於對內人事之糾紛，而注重於一致對外問題」云。（註八六）

是日　太平洋國際學會第四屆（兩年一屆）大會在上海舉行。應邀撰寫「繪畫與書法」（

Painting and Calligraphy）論文。（註八七）

十月廿二日　蔣主席飛滬，會晤粵代表，相邀入京，共赴國難。

十月廿四日　國聯理事會促日本於十一月十六日完成撤出侵佔東北各地之兵。

十月廿五日　南京中央推定先生與李煜瀛、陳銘樞、張繼、張人傑爲出席和平會議代表。

十月廿六日　廢清恭親王溥偉受日本軍閥指使，籌備「復辟」。

十月廿七日　京、粵代表在滬舉行和平會議預備會，由先生擔任主席。

十月廿八日　參加京、粵代表和平會議第二次預備會，討論粵方所提方案。（註八八）

是日　張學良奉召抵京，商東北軍事。

是日　古應芬（湘芹）病逝廣州，年五十九歲。

十月廿九日　京、粵代表第三次和平會議預備會，仍由先生主持。（註八九）

十月三十日　美副國務卿凱塞爾宣布，美國反對日本佔領滿洲。

是日　京、粵代表第四次和平會議預備會，繼續討論，由伍朝樞主持。（註九〇）

十月卅一日　溥儀在瀋陽就「四民維持會長」僞職，並聲言滿人治滿，決與日本合作到底。

是日　參加京、粵代表第五次和平會議預備會。會後中央發表「對粵進行和平經過」。（註九一）

十月　在生物學會年會講演，對該會年來之研究發展，至表讚佩。（註九二）

十月　在蘇州中學講演，謂職業無貴賤之分，權利爲服務之資。（註九三）

十一月一日　京、粵和平代表開談話會，討論黨四全大會事，會後張繼、吳鐵城晉京報告，改四日開第六次和平預備會。

十一月三日　天津北洋工學院師生爲國絕食，代院長王季緒絕食垂危，學生赴省府請願抗日。

十一月四日　日軍進攻黑龍江，馬占山率軍英勇抵抗。

是日　參加京、粵代表和平統一會議第六次預備會議，繼續討論黨第四次全國代表大會開會辦法問題。（註九四）

十一月六日　京、粵和平統一會議續開第六次預備會議，先生被推接見工、學界請願代表。（註九五）

是日　英、美報紙披露日本前首相田中之亡華奏摺，日本外務省予以否認。

十一月七日　京粵和平統一會議於先生主持第七次預備會後圓滿結束，正式通告分別在京、粵召開中國國民黨第四次全國代表大會，雙方一切提案均交在南京舉行之四屆一中全會處理。同時並改組政府。（註九六）

是日　「中共」在江西瑞金舉行「中華農工兵蘇維埃第一次全國代表大會」，選舉毛澤東等六十三人爲中央執行委員，正式宣告成立「中華蘇維埃共和國」臨時政府。

十一月九日　出席中國國民黨第三屆中央執行委員會在南京召開之臨時全體會議，通過「改進中央黨部組織案」及「推進地方自治」等案，並參加總理紀念週。（註九七）

十一月十日　參加中國國民黨中執會臨時全體會議，討論四全大會提案。（註九八）

十一月十一日　出席中國國民黨三屆中央臨時全會，通過「財政委員會組織大綱」等案，即行閉幕。（註九九）

是日　國軍攻佔贛東北之磨盤嶺、洪家嶺，掃除中共第二區蘇維埃政府。（註一〇〇）

十一月十二日　出席中國國民黨在南京舉行之第四次全國代表大會開幕典禮及總理誕辰紀念。（註一〇一）

是日　日軍致馬占山最後通牒，要求將黑龍江政權交出，並限午夜十二時以前答覆。

十一月十四日　出席中國國民黨四全大會，通過發表對外宣言：呼籲國際聯盟及非戰公約、九國公約各簽字國，應即制裁日本，並宣示國民政府必以實力收復東北失地。

十一月十六日　出席中國國民黨四全大會二次大會，通過各項委員會之人選、中執會提案，交各組審查。

是日　南京國立中央大學抗日會向四全大會請願，主席團推先生接見。（註一〇二）

（按：自中國國民黨四全大會開幕以來，全國各方自學生、普通人民、災民以至在監囚人，均推代表或上呈文向大會請願，要求抗日救國。）

十一月十七日　廣州方面發布團結通電。

十一月十八日　廣州方面之四全大會開幕。

十一月十九日　日軍攻陷黑龍江省城龍江及齊齊哈爾。

是日　詩人徐志摩乘飛機在濟南遇難，先生輓之以聯，詞曰：

談詩是詩，舉動是詩，畢生行徑都是詩；詩的意味滲透了，隨遇自有樂土。

乘船可死，驅車可死，斗室坐臥也可死；死于飛機偶然者，不必視爲畏途。

十一月二十日　中國國民黨四全大會通過「對日寇侵略暴行之決議案」。

十一月廿一日　中國國民黨四全大會通過「國家建設初期方案」。並選舉中央執、監委員，依京、粵和平會議決定選出，先生仍蟬聯中央監察委員。

十一月廿二日　中國國民黨四全大會決議召集「國難會議」。

十一月廿三日　主持擴大總理紀念週。旋舉行中國國民黨四全大會閉幕禮，由于右任宣讀大會宣言。但粵方四全大會代表內部分裂，紛表不滿。

是日　中共頭子顧順章四月七日在漢口被捕後向政府投誠，其全家本日夜在上海爲中共特務

所殺。（傳係周恩來所為）

是日　與記者談國難會議組織，將採用委員制。

廿四日「申報」載：「蔡元培談：國難會議之組織，當取委員制，除中央指定人員外，須集合軍事、政治、外交、財政、經濟、教育等專門人才，由政府任命，在中央領導之下，其為救國方略，是會設置時期，及全部人選暨組織規章等，俟四屆中委會集會時，即先行決定。（廿三日專電）」

十一月廿四日　赴滬向粵方汪、伍、鄒三代表報告中央四全大會之經過，並請汪等轉致粵方四全大會，趕速將四屆執監各委如額選出，並以蔣主席北上在即，請汪、胡諸中委早日蒞京，共肩危局。（註一〇三）

十一月廿六日　中國國民黨四屆新中委舉行臨時會議，決議電先生速邀四屆尚未來京之中央委員，即日來京舉行全體會議。（註一〇四）

十一月廿七日　日軍向錦州進攻。

十一月廿八日　國民政府令顧維鈞署理外交部部長。

十一月廿九日　蔣主席中正致電汪兆銘，促粵方同志從速入京，並電先生等勸駕。（註一〇五）

十一月　領銜發表中華職業教育社宣言，主張發展職業教育。（註一〇六）

十二月六日　致電汪兆銘、鄒魯，請就近邀集各中委來京舉行全會，俾一致對外。

本日先生與李石曾等自京致電汪兆銘、鄒魯，促其邀集粤方四屆中委來京舉行全會。電云：「廣州孫哲生、伍梯震、李言佩、陳友仁諸先生鑒：國難益急，和平統一，若不速求徹底實現，無以慰民衆之渴望，無以挽黨國之危亡。現四全大會業已閉幕，四屆中委業已選出，務懇根據上海會議之決定，立即就近邀集各中委，集中南京，舉行第一次全會，以解決一切黨、政、軍問題，建立一致對外之統一政府。黨國存亡，繫於俄頃。此間同志，擬於本月中旬，舉行第一次會議，深望迅即赴京，以便準備一切，至深感荷！蔡元培、李煜瀛、張繼、張人傑、陳銘樞、吳鐵城同叩。魚。謹聞，並盼轉知在粤同人，何時啓程？並祈示覆。」

翌日，汪兆銘、鄒魯覆先生等電云：「南京蔡孑民、李石曾、張溥泉、張靜江、陳眞如、吳鐵城先生鑒：魚電敬悉。已即轉電廣州，並已約同在滬及在各處同人，俟廣州同人到時，會同入京。先此奉覆。汪兆銘、鄒魯。陽。」（註一〇七）

十二月九日　爲中政會推定籌備「國難會議」，出席第一次籌備會議，討論會議組織及召集事宜。（註一〇八）

是日　中國國民黨中央政治會議議決設立特種教育委員會，任先生爲委員長。

十二月十日　國際聯盟理事會派遣代表團調查中日「滿洲事件」。（代表團由英、美、法、德、義五國委員組成，以英國李頓(Lytton)爵士爲團長。)

十二月十一日　楊杏佛致函先生懇辭特種教育委員會秘書長兼職。(註一〇九)

十二月十四日　接見北平學生抗日救國示威團及安徽大學學生請願團。

是日　在國府總理紀念週講演「犧牲學業損失與失土相等」，以告誡全國學生。(註一一〇)

是日　致函上海各大學校長請勸阻學生來京請願。各校校長得電後，均向學生勸阻，但學生去志堅決，卒無效果。(註一一一)

十二月十五日　中國國民黨中央常務委員會臨時會議決議：准蔣中正辭去國民政府主席、行政院長及海陸空軍總司令本兼各職，並推林森、陳銘樞分別代理國民政府主席及行政院長職務。

蔣中正獲准辭職，即遄返奉化。

是日　北平學生示威團受中共份子嗾使，大鬧外交部與中國國民黨中央黨部，先生與陳銘樞延見遭毆傷。

「九一八」以後，各地青年學生基於純潔熱忱，發起救國運動，紛紛前往南京請願，社會多予同情，政府亦採取極端寬容方針，冀於扶植民族精神發皇之中，藉獲外交後援之力量。不料本日竟有藉口愛國運動，爲少數共產黨操縱之北平各學校學生示威團衝入中央黨部，封閉大門，繳去警崗槍械，狂呼反動口號，並喊打不止。時中央委員正舉行臨時會議，比推蔡元培與陳銘樞二委員出見，該團學生卽將先生拖下毆打，並以木棍猛擊陳氏頭顱，陳卽昏厥倒地。旋卽綁架先生向門外衝出，直至玄武門處，始被警衛救回。事後，新聞記者曾報導及走訪蔡先生。

北平各校示威團約五百餘人，十五日上午十時半，到外交部示威，將部內各處電話割斷，各辦公室搗毀，並搗毀汽車四輛。十一時許離外部。赴中央黨部，抵部後，卽將大門二門守衛警士所有槍械全數奪去，嗣蜂擁至二門內，將收發室、會客室搗毀。是時中央方面派蔡元培、陳銘樞出見，蔡、陳二人均被打傷，按蔡於地，拖出便門，復架陳出大門外，當由警廳保安隊奪回。中央黨部卽電調衛戍部隊、警廳保安隊前來彈壓，各學生等均攜有木棍等武器，當紛亂時，保安隊拘捕學生五名，內有女生一名，帶自來得手槍。續聞被拘之學生五名，已於午後□時釋放，又北平示威團中有「中國共產黨萬歲」旗一面。（南京十五日專電）

（註一一二）

問：今日兩位先生太委屈，究有甚傷害否？

答：予頭受棍擊，似無傷害，惟右膀被暴徒扭拉，驗傷及筋絡。眞如先生頭頂受棍擊，頗腫痛。總之，值玆國難，吾人精神上受日本帝國主義者侵略，傷痛已極！尚復何所怨尤？

且予個人從事教育數十年，今日在場青年之粗暴如此，實爲我輩從事教育者未能努力所致；故對此亦惟有自責耳！不過今日之暴動，絕非單純愛國學生之所爲，必有反動份子主動其間，學生因愛國而爲反動份子利用，無辨別之力，無防範之方，實至可痛惜！

問：先生對於各地學生請願、停課種種運動，尚有意見否？

答：予之意見業已表示多次，比來教育界之變態，如果全體學生出於愛國之眞誠，自爲我民族精神之表現，倘從此能編練成爲堅苦之義勇軍，以備萬一，固亦屬壯舉；惟國家與社會所要求於青年者尙不僅如此，蓋救國家之當前危難及作長久之奮鬭，均具有同等之重要性，稍移目前熱烈之情緒，以致力於根本救國之準備，凡以民族前途爲已任者，要當加以冷靜深刻之省察。至個人對於學生救國之軌內行動，純潔熱誠，仍願政府與社會加以愛護，絕不因今日之擾亂而更變平素之主張也。（註一一三）

十二月十七日　北平及上海學生示威團再度騷亂中央黨部，搗毁牌樓，高喊反動口號。（註一一四）

是日　中國國民黨中央監察委員會推定先生等爲臨時常委。

中國國民黨四屆監委會十七日召集在京各監委開會，結果推定林森、蔡元培、張人傑、張繼、邵力子，五委員爲臨時常務委員。（註一一五）

十二月十八日　國府明令取締學生越軌行動。（註一一六）

是日　上海各大學教職員聯合會致電慰問先生。

電文云：「南京蔡孑民先生大鑒：此次首都群衆運動，聞公受驚，同人等深以爲念，謹電敬問起居。上海各大學教職員聯合會籌備委員會。巧。」（註一一七）

十二月廿二日　中國國民黨第四屆中央執行委員會第一次全體會議在南京開幕。先生因傷告假。

十二月廿三日　中國國民黨四屆一中全會全體中委上午謁陵，下午舉行正式會議。討論國府主席人選產生辦法，擬由京、粵雙方各推候選人一人，由大會選舉。新聞報導已內定蔡先生與林森二人爲國府主席候選人云。

十二月廿四日　中國國民黨四屆一中全會續討論黨務改革案及中央政制改革案等。

十二月廿五日　上海申報「自由談」刊出甘簃所撰之「睇嚮齋逞肊談」，譏先生提倡學生運動，以伸張民氣，詎料今日學生竟群起而毆之也。（註一一八）

十二月廿六日　中國國民黨四屆一中全會通過「實行徵兵制以禦暴日案」及修正「國民政府組織法」等案。

十二月廿八日　中國國民黨四屆一中全會選任林森爲國民政府主席。孫科、張繼、伍朝樞、戴傳賢、于右任爲行政、立法、司法、考試、監察五院院長。推蔣中正、胡漢民、汪兆銘爲中央政治會議常務委員。並通過中央政治會議組織原則及召集國難會議，暨限期完成地方自治、籌備召集國民代表機關，以及從速實行徵兵制、改善財政制度等案。

十二月廿九日　中國國民黨四屆一中全會閉幕。

是日　中央政治會議決議行政院各部會首長人選：內政部長李文範，外交部長陳友仁，軍政部長何應欽，海軍部長陳紹寬，交通部長陳銘樞兼，教育部長朱家驊。

十二月三十日　錦西日軍發動總攻。

十二月卅一日　國民政府令張學良堅守錦州。

是年　撰「周母陳太夫人七秩大慶徵文啓」。

註一：「中華民國史事紀要」初稿，民國二十年一至六月份，頁一一三。

註二：拙編「蔡元培先生全集」頁一一九七。

註三：民國二十年一月十一日「申報」。

註四：拙編「蔡元培先生全集」頁一二〇〇。

註五：同上，頁一一九五。

註六：民國二十年一月廿二日「申報」。

註七：民國二十年一月廿三日「申報」。

註八：國民政府會議議事記錄，第一冊。
註九：拙編「蔡元培先生全集」頁一一九七。
註一〇：民國二十年一月廿七、廿八日「申報」。
註一一：同上。
註一二：「中華民國史事紀要」初稿，民國二十年一至六月份，頁一三五。
註一三：同上。
註一四：拙編「蔡元培先生全集」頁一二〇七。
註一五：同上，頁一二〇一。
註一六：同上，頁一二〇三。
註一七：同上，頁一二三七。
註一八：同上，頁一二一三。
註一九：同上，頁一一三〇。
註二〇：同上，頁一二三五。
註二一：「教育雜誌」第二三卷第三號。
註二二：拙編「蔡元培先生全集」頁一二二七。
註二三：同上，頁一二二九。
註二四：「中華民國史事紀要」初稿，民國二十九年一至六月份，頁三〇〇。

註二五：丁致聘「中國近七十年來教育紀事」頁二三七。

註二六：「中華民國史事紀要」初稿，民國二十年一至六月份，頁三二五。

註二七：同上，頁三二七。

註二八：同上，頁三二九。

註二九：蔡元培手札，拙編「蔡元培先生全集」頁九一一。

註三〇：拙編「蔡元培先生全集」頁一一三七。

註三一：「中華民國史事紀要」初稿，民國二十年一至六月份，頁三八六。

註三二：「國民政府公報」「訓令」第七二〇號。

註三三：拙編「蔡元培先生全集」頁一一三二。

註三四：同上，頁一一四二。

註三五：同上，頁一一四六。

註三六：同上，頁一二四八。

註三七：「國民政府公報」「令」第七二七號。

註三八：民國二十年三月廿六日「申報」。

註三九：民國二十年三月廿七日，同上。

註四〇：同上。

註四一：國民政府會議議事紀錄，第二冊。

註四二：「國民政府公報」「令」第七三四號。「教育雜誌」第三三卷第五號。
註四三：高平叔編「蔡元培年譜」頁一〇三。
註四四：拙編「蔡元培先生全集」頁九一一。
註四五：同註四三。
註四六：拙編「蔡元培先生全集」頁八五三。
註四七：民國二十年四月三十日，天津「大公報」。
註四八：「中華民國史事紀要」初稿，民國二十年一至六月份，頁六一四。
註四九：民國二十年五月二日「中央日報」。
註五〇：民國二十年五月三日，同上。
註五一：民國二十年五月七日，天津「大公報」。
註五二：國史館專檔：國民政府會議議事紀錄，第二冊。
註五三：民國二十年五月五日，南京「中央日報」。
註五四：五月七日，同上。
註五五：「國聞週報」第八卷第九九期。
註五六：民國二十年五月十三日，南京「中央日報」。
註五七：同上。
註五八：拙編「蔡元培先生全集」頁八五五。

註五九：民國二十年五月廿三日，南京「中央日報」。
註六〇：「中華民國史事紀要」初稿，民國二十年一至六月份，頁七九三。
註六一：同上，頁八三三。
註六二：環球中國學生會二九五周年紀念刊。
註六三：民國二十年六月三日，南京「中央日報」。
註六四：同上。
註六五：民國二十年六月六日，同上。
註六六：民國二十年六月十四日，同上。
註六七：民國二十年六月十五日，同上。
註六八：拙編「蔡元培先生全集」頁六一二。
註六九：民國二十年六月十七日，南京「中央日報」。
註七〇：民國二十年六月十九日，同上。
註七一：民國二十年六月二十日，同上。
註七二：蔡先生墨跡，同上。
註七三：民國二十年六月廿二日，同上。
註七四：民國二十年六月廿五日，同上。
註七五：同上。

註七六：民國二十年六月廿六日，北平「大公報」。
註七七：同上，六月廿七日。
註七八：中國國民黨九十年大事年表（黨史會編）。
註七九：拙編「蔡元培先生全集」頁一二六四。周法高輯印：「李潤章先生藏近代名賢手札」。
註八〇：同上，頁八五八。
註八一：拙編「蔡元培先生全集」頁八六二。
註八二：同註七八，頁二八一。
註八三：民國二十年九月四日「申報」。
註八四：拙編「蔡元培先生全集」頁八六四。
註八五：同上，頁九七八。
註八六：民國二十年十月廿二日「申報」。
註八七：高平叔編「蔡元培年譜」頁一〇五。
註八八：民國二十年十月廿九日「申報」。
註八九：民國二十年十月三十日，同上。
註九〇：民國二十年十月卅一日，同上。
註九一：同上。
註九二：拙編「蔡元培先生全集」頁九〇〇。

註九三：同上。
註九四：民國二十年十一月五日「申報」。
註九五：民國二十年十一月七日，同上。
註九六：民國二十年十一月八日，同上。
註九七：「革命文獻」第七十九號，頁一三。
註九八：民國二十年十一月十一日「申報」。
註九九：民國二十年十一月十二日，同上。
註一〇〇：中國國民黨九十年大事年表。
註一〇一：民國二十年十一月十三日，「申報」。
註一〇二：民國二十年十一月十七日，同上。
註一〇三：民國二十年十一月廿五日，同上。
註一〇四：民國二十年十一月廿七日，同上。
註一〇五：民國二十年十一月三十日，同上。
註一〇六：拙編「蔡元培先生全集」頁五八五。
註一〇七：民國二十年十二月八日「申報」。
註一〇八：民國二十年十二月十日，同上。
註一〇九：民國二十年十二月十二日，同上。

註一一〇：拙編「蔡元培先生全集」頁八六六。
註一一一：民國二十年十二月十五日「申報」。
註一一二：民國二十年十二月十六日，同上。
註一一三：「中央週報」第一八六期，拙編「蔡元培先生全集」頁八六九。
註一一四：拙編「蔡元培先生全集」頁八七四。
註一一五：民國二十年十二月十八日「申報」。
註一一六：拙編「蔡元培先生全集」頁八七七。
註一一七：民國二十年十二月十九日「申報」。
註一一八：民國二十年十二月廿五日，同上。

六十六歲　民國二十一年　一九三二　壬申

一月一日　國民政府主席林森及五院院長、各部會首長宣誓就職。先生因養傷未能參加典禮。

一月二日　中央政治會議召集緊急會議，決邀蔣中正返京，共商大計。

是日　日軍陷錦州。

一月三日　中共陷贛州，成立「蘇維埃政府」。

一月六日　國民政府令任蔣光鼐為京滬衛戍司令長官，馬超俊為南京市長，吳鐵城為上海市長。

一月七日　美國務卿史汀生(Henry Stimson)聲明：凡違反對華門戶開放政策及條約公約者，均不承認。

一月十一日　張繼、何應欽赴寧波，迎蔣中正返京。

一月十五日　爲王小徐著「佛法與科學比較之研究」一書撰寫序文。謂科學不能解決之問題，可由哲學解決之。（註一）

是日　國際聯盟李頓調查團正式成立。

一月十八日　國民政府派顏惠慶爲出席國際聯盟代表。

一月十九日　孫連仲部在瑞金聲言願與朱德合作；在會昌會議席上，將朱德生擒，餘衆紛散。（註二）

一月二十日　上海日本浪人藉口日籍僧侶被害，焚燒三友實業社工廠。日僑要求對華強硬處置，日艦隊及陸戰隊紛紛出動。

一月廿一日　蔣中正自杭州入京，奮赴國難。

一月廿二日　日本海軍艦隊司令鹽澤幸一，要求上海市政府解散抗日社團及取締「排日運動」。

一月廿三日　中央致電先生促來京共商大事，並派楊杏佛敦勸。

二十五日南京中央日報載：「中央促中委蔡元培來京共籌大計。自政治會議常委汪、蔣二氏來京後，連日正與在京各中委，討論『對日』『財政』各問題。各中委咸主一俟商有頭緒，再付大會討論，以免會場爭持。惟茲事體大，非集合全部意見，融滙一致，殊不足以應付艱局，以故中央前日電請中委蔡元培氏趕卽來京，共籌大計。奈蔡自在京被學生毆傷赴滬療養後，其行止外界卽不明瞭。聞最近蔡已出院，但精神尚未恢復，爰往蘇州某鄉村休養，京中去電，迄未得復。中央乃請中央研究院副院長楊杏佛親往訪蹤，挽蔡來京。」云。

一月廿七日　爲兪棪著「中國政略學史」一書撰寫序文，謂我國政略學源於鬼谷子。（註三二）

一月廿八日　日軍突襲我上海駐軍，強佔閘北。（「一二八」事變）十九路軍奮起抗日。

是日　中央政治會議推汪兆銘爲行政院長，羅文榦、孔祥熙分任外交、財政兩部部長。

一月廿九日　中央政治會議推蔣中正、馮玉祥、閻錫山、張學良爲軍事委員會委員。

一月三十日　國民政府宣言遷洛陽辦公，以軍政及外交兩部仍留守南京，籲全國軍民共赴國難。

二月一日　先生領銜與蔣夢麟等致電國際聯盟，要求制止日軍焚毀文化機關之暴行。

二月二日　中國國民黨中央執行委員會常務會議召開臨時會議，追認國府遷洛辦法。

是日　英報痛斥日軍不顧世界公論，對轟炸閘北、砲擊南京，均所不解；先鋒報主對日實行經濟封鎖。

二月三日　英、美照會中、日停止軍事行動。

二月四日　國民政府接受英、美、法、意各國調停滬戰；日本拒絕，五國決武裝調停。

是日　贛南中共彭德懷股乘「一二八」淞滬抗日，進犯贛州。

二月八日　國軍在吳淞、閘北大捷，日本海陸軍均受重創。

二月十二日　蔣中正、汪兆銘、馮玉祥在徐州舉行重要會議。

二月十六日　國民政府、行政院及軍事委員會通電全國，準備長期抵抗日本侵略。

二月十八日　中國國民黨中央常會議決召集四屆二中全會，定三月一日在洛陽舉行。

是日　日本主使所謂東三省獨立運動，宣稱將成立偽「滿洲國」。

二月廿三日　外交部爲東北僞組織事，向日本提嚴重抗議。

二月廿四日　美國務卿史汀生重申對華政策，堅持門戶開放。

三月一日　中國國民黨四屆中央執行委員會第二次全體會議在洛陽開幕。（註四）

三月四日　國聯特別大會決議：要求中日在滬停戰。

三月六日　中國國民黨四屆二中全會閉幕，發表宣言，決以實力收復東北失地。

是日　中央政治會議決議：任蔣中正爲軍事委員會委員長。（八日經國民政府發表）

是日　國軍遵照國聯決議在滬對日停戰。

三月七日　行政院第九次會議決議：四月一日在洛陽舉行國難會議。

三月九日　僞「滿洲國」在長春成立，清廢帝溥儀任「執政」，鄭孝胥任僞國務總理，國號「大同」。

三月十二日　國民政府宣言否認東北僞組織。

三月十四日　國聯李頓調查團抵上海，我派代表顧維鈞參加。

三月十八日　蔣中正就任軍事委員會委員長兼參謀總長職。

三月十九日　中日停戰會議在滬舉行。

三月廿一日　中央統計局發表東北損失概計，官方財產計達一百七十億圓。

三月三十日　蔣委員長宴國際聯盟李頓調查團，懇切說明我國擁護國際公約及世界人道、正義之素志。

三月下旬　覆函行政院長汪兆銘（精衛），婉拒邀其任政府要職。（註五）

春　中央研究院歷史語言研究所爲先生出版祝壽論文集二册。（註六）

四月一日　軍事委員會調查統計局成立，賀耀祖任局長，戴笠任副局長兼第二處處長。

四月七日　國難會議在洛陽開幕，到會中委十四人與該會委員一百四十四人，討論安內攘外

方策。（十二日閉幕）

四月十二日　馬占山通電：宣布日本陰謀建立僞滿洲國之證據。

四月十六日　張嘉森（君勱）、張東蓀、湯薌銘（柱心）、徐傅霖、陳博生、羅文榦、黃炎培、徐勤等之「國家社會黨」在北平成立。

四月十七日　蔣委員長與黃郛、吳敬恆、張人傑等會於南京湯山。

四月十九日　國民政府特任何應欽爲贛、粤、閩邊區剿匪總司令。

四月廿九日　上海日僑慶祝天長節並閱兵，朝鮮獨立黨黨員尹奉吉在虹口公園投彈，傷亡日本陸海軍將領白川、野村、植田及公使重光葵、居留民會長河瑞等。

五月一日　宋慶齡發表宣言，要求釋放國際共黨間諜牛蘭夫婦。（牛蘭夫婦去年八月三十日在滬被捕）（註七）

五月三日　國際聯盟李頓調查團抵長春，訪傀儡溥儀。

是日　致電汪兆銘請公開審判牛蘭，使國際明白眞相。

五月五日　中日上海停戰協定簽字。日使重光葵因傷刖去右足。

五月廿三日　軍事委員會令調第十九路軍往福建剿共。

五月廿四日　應邀與李四光分別代表行政院和教育部到武昌，參加國立武漢大學珞珈山新校

舍落成典禮及第一屆畢業典禮，並講演「大學生之被助與自助」。（註八）

五月廿五日　出席武大教職員舉行的招待會，發表「最近全世界之教育」演講。

五月廿八日　由武漢大學校長王世杰陪同，偕李四光參加武昌中華大學、華中大學、文華圖書館專科學校舉行的歡迎會。在中華大學發表「科學救國」講演，在華中、文華圖書館發表「文理及教育學院之學制與歐洲古代學制結合」講演。同日並到武昌省立高中參觀並講演。（註九）

五月三十日　離開武漢取道江西（在廬山小住）返滬。

是日　國民政府各機關自洛陽遷返南京。

五月　爲「中國建設」雜誌化學專號撰寫序文。（註一〇）略謂：「化學包含至廣，應用至宏，小之極於日常生活之必需，大之推於世界戰爭之事業，均不能離以化學方法製成之原料，卽不能離化學。此刊以研究結果使人曉然於化學之用之巨，於建設與民生均有裨益。」

六月一日　國家社會黨張君勱、張東蓀等在北平創辦「再生」月刊。

六月九日　蔣委員長赴廬山召集豫、鄂、皖、贛、湘五省剿匪會議，宣布「攘外必先安內」政策。

六月廿七日　中央研究院與陝西地質調查所訂定勘查陝西油礦協定。
六月廿八日　由上海抵南京，當晚渡江乘車赴北平，出席中華教育文化基金委員會會議。
六月三十日　行政院院長汪兆銘決心整理中大；中大學生會電請蔡先生轉圜。
是日　朱毛共軍由贛南竄抵贛西南信豐一帶地區。
七月一日至二日　在北平主持中華教育文化基金會董事會第八屆年會，討論下年度預算及補助金額分配等問題，主張教育經費獨立。
七月三日　晚乘夜車離平返滬。蔣夢麟、胡適等均到車站送行。
七月六日　南京中央大學發生風潮，先生被聘爲中央大學整理委員會委員長，羅家倫等爲委員，協助解決該校糾紛及科系設置問題。
七月七日　財政部長宋子文召集銀行業會議，討論廢兩改元。（註一一）
七月十一日　在中央留京辦事處紀念週講演「錢幣革命」。闡述國父錢幣革命遺訓，主張廢金銀以紙幣爲貨幣。（註一二）
七月十二日　爲牛蘭夫婦請求公開審判赴司法部商洽。
七月十四日　豫、鄂、皖三省開始圍剿共匪。（第四次圍剿）（註一三）
七月十七日　國際共諜牛蘭夫婦被捕後，堅不吐實，並在獄中絕食。先生於人道立場與宋慶齡、楊杏佛保其出獄就醫，本日送至鼓樓醫院療養。具保人為宋慶齡、蔡元培、楊杏佛，證人為吳經熊、張芝蘭二律師。

七月十九日　日軍進犯熱河。

七月二十日　中央制定「保障言論自由法」十二條。

七月廿九日　中共朱德、毛澤東及林彪等股在大庾、南雄慘敗，分向會昌、雩都逃竄。

七月　應邀參加中華學藝社上海新社所落成典禮，發表演說。（註一四）

七月　中比庚款委員會組織文化基金委員會，推舉先生等七人為委員。

夏　致電中央為牛蘭夫婦陳情。

略謂：「為尊重中國法治精神及國際公道，謹要求國民政府予牛蘭夫婦以公開之審判，並許其自聘律師辯護，如證據不足，並望立予釋放。」（楊杏佛起草）（註一五）

八月二日　三省剿匪總司令部頒發對匪「自新悔過條例」。

八月六日　汪兆銘辭行政院長，通電斥責張學良以籌款要挾，喪失東北領土，盼張亦辭職，以謝國人。

八月八日　美史汀生重行宣布不承認日本武力行動所造成之東北情勢。

八月十六日　國民政府准張學良辭北平綏靖主任。

八月十九日　江蘇高等法院以「危害民國案」判處牛蘭夫婦無期徒刑。（註一六）
八月廿一日　日軍大舉進犯熱河，在南嶺與我軍激戰。
是日　中國國民黨中央常務委員會決議：行政院副院長宋子文代理院長職務，仍促汪兆銘復任。
八月三十日　羅家倫接事中央大學校長。
八月　發表「六十年來之世界文化」一文。（註一七）
九月一日　東北各地義勇軍大舉抗日，進攻瀋陽，襲擊撫順，圍攻長春。
九月三日　國際聯盟李頓調查團總報告書，在北平簽字，內容嚴守秘密。
九月十五日　日本正式承認僞「滿洲國」。
九月十六日　外交部爲日本承認僞「滿洲國」事，提嚴重抗議。並照會九國公約當事國及國際聯盟請作有效處置。
九月廿四日　吉、黑抗日義勇聯軍會攻哈爾濱，日僞大爲震動。
九月廿九日　中東路護路司令蘇炳文起義於滿洲里，就任救國軍總司令，誓師東征。
十月一日　川亂發生。（劉文輝與劉湘衝突）
十月二日　國際聯盟調查團報告書在日內瓦、南京、東京同時發表。

十月三日　外交部長羅文榦對國際聯盟調查團報告書發表宣言。
十月十五日　失勢之中國共產黨首領陳獨秀、彭述之等十餘人在滬被捕。
十月廿三日　先生與宋慶齡、楊杏佛、胡適、柳亞子、林語堂等致電中國國民黨中央，要求寬釋陳獨秀。（註一八）
十月　為「劉海粟游歐作品展覽會圖目」撰寫序文。
十一月十二日　中央廣播電臺正式開播。
十二月一日　國民政府自洛陽遷回南京，舉行還都典禮。
十二月十二日　中俄恢復邦交。（由中國出席國聯首席代表顏惠慶與蘇俄外長李維諾夫在日內瓦換文，並各發表宣言。）
十二月十五日　中國國民黨第四屆中央執行委員會第三次全體會議在南京開幕。
十二月十六日　出席中國國民黨四屆三中全會第一次大會。（註一九）
十二月十七日　主持中國國民黨四屆三中全會教育審查會，通過改革高等教育等案。（註二〇）
是日　宋慶齡發起「中國民權保障同盟」，邀請先生及楊杏佛、黎照寰、林語堂等以中國民權保障同盟籌備委員會名義，發表宣言。（註二一）
是日　「中國民權保障同盟」為營救許德珩等致電京、平當局。（註二二）

十二月廿二日　中國國民黨四屆三中全會閉幕，並發表宣言。（註二二三）

十二月三十日　「中國民權保障同盟」正式成立在上海華安大樓，招待中外記者，宣讀宋慶齡代表同盟發表的書面談話。先生臨時以副主席名義主持並發表談話。

「中國民權保障同盟」下午四時在華安大樓招待中外新聞記者，主席孫夫人宋慶齡女士因染感冒未到，臨時推蔡先生以副主席（會章原無副主席之設立）名義主持，由總幹事楊杏佛親自招待，並報告民權保障同盟組織之主旨，及現在進行之情況。報告畢，宣讀主席孫夫人宋慶齡女士演說詞云：「今日為中國民權保障同盟招待上海新聞界之日，慶齡謹代表本同盟對諸君致其誠懇之祝頌與歡迎。新聞界諸君，與民權保障同盟之會員，兩者實比肩共負促進人類社會進步之責，故我輩在理論上，對於共同之使命，應有聯合之戰線，與忠實之合作。本同盟之目的，在援助為結社自由、集會自由、出版自由之民權努力之一切奮鬥。易言之，民權保障同盟實為出版自由之奮鬥與辯護者，故就出版界之本身計，似應予此同盟以誠實之贊助云。有一重要之點，願向諸君鄭重提出者：卽本同盟所最欲致力者，在援助充滿各監獄之無名無告及不為人知之大多數政治犯。諸君為新聞界一分子，對此衆多國人之被非法拘禁，與中世紀遺跡秘密軍法審判之存在，當所深知。諸君對於種種，其將長此靜默，不加抗說乎？抑將一心一德，與民權保障同盟共肩此相互之責任乎？」（註二二四）（觀孫夫人「聯合戰線」之語，顯有受左派份子煽惑之嫌。）

蔡先生致詞云：「今日本同盟發起人孫夫人及同人等，招待本市新聞界諸君，承諸君惠臨賜教，不勝感幸！本同盟的用意，及其與新聞界密切關係之點，業經孫夫人說明。鄙人現願說個人的感想，我等所願意保障的是人權，我等的對象就是人，既同是人，就有一種共同應受保障的普通人權，所以我等第一無黨派的成見：因為各黨各派所爭持的，已超越普通人權以上，我等決無專為一黨一派的人效力，而不顧其他的。第二我等無國家的界限：因為無論甲國人或乙國人，既同是人，就不應因國籍的區別，而加以歧視；但因地點接近與否的關係，對本國人效力的機會多，而對外國人效力的機會少一點是有的。但外國人亦自有便於為他效力的同志，照分工條件，並無軒輊。第三我等對已定罪或未定罪的人，亦無甚區別：未定罪的人，其人權不應受人蹂躪，是當然的事：已定罪的人，若是寃的，亦當然有救濟之必要。至於已定罪而並不寃的人，若依照嫉惡如讎的心理，似可不顧一切了，然人的罪過，在犯罪學家，歸之於生理的缺陷；在社會主義上，歸之於社會的因緣；卽在罰當其罪的根據上，本尙有考慮的餘地。所以古人有『如得其情，哀矜勿喜』的箴言，又有『略跡原情』的觀察，卽使在法律制裁之下，對於當其罪之罰，不能不認為當然，而不應再於當然之罰以上再有所加，苟有所加，則亦有保障之必要。例如獄中之私刑、虐待等是。所以我等對於無罪或有罪之人，亦無所歧視。諸君所主持的新聞，或以愛國之故，而對於本國特別愛護；又或以與一黨一派有特別關係之故，而政見上常有擁護甲黨攻擊乙黨之態度；此誠不必免，亦不可免者。然希望諸君，對於普通人權的保障，能超越國家、黨派的關係，再下判斷，這是鄙人所盼望的。」（註二五）（按：先生所提出的關於黨派、國家、有罪無罪的三無主義，在他是可以「人道主義」概括之。）

北大學生曹建君於「中央研究院成立五十一週年前夕紀念先師蔡孑民先生」一文中云：「先生如晚歸十年，目擊大陸淪陷後共匪那樣的蹂躪民權和殺人遍野，其憤怒痛恨之情，更不知如何的了！」曹君又曾語人：「中國民權保障同盟完全是孫夫人和楊杏佛等搞的，蔡先生站在人道立場，加以贊助而已。曾叫我去看看，但是未叫我參加，所以北大學生亦無一人參加該組織」云。

註一：拙編「蔡元培先生全集」頁九七九。
註二：民國二十年一月二十一日，南京「中央日報」。
註三：高平叔編「蔡元培年譜」頁一〇六。
註四：「革命文獻」第七十九輯。
註五：同註三，頁一〇七。

註六：同上。
註七：中國國民黨九十年大事年表。
註八：同註三，頁一〇八。
註九：周天度「蔡元培生平活動表」。
註一〇：「中國建設」第五卷第五期。同註三。
註一一：「申報月刊」第二期。「時事新報」民國二十一年國慶增刊。
註一二：同註一，頁八七九。
註一三：「宋慶齡選集」（仁木文子編著）。
註一四：同註三，頁一〇九。
註一五：同註三，頁一〇八。
註一六：民國二十一年八月二十日「申報」。
註一七：「申報月刊」第一卷第二號。
註一八：「人文」月刊，本月大事類表。
註一九：民國二十一年十二月十七日「申報」。
註二〇：民國二十一年十二月十八日，同上。
註二一：同上。
註二二：同上。

註二三：「革命文獻」第七十九輯，頁一五。
註二四：民國二十一年十二月卅一日「申報」。
註二五：同上。

六十七歲　民國二十二年　一九三三　癸酉

一月三日　日軍陷山海關，守軍安德馨全營殉職。
一月五日　國民政府發表關於「山海關事件」宣言，望國際聯盟迅速制裁日本侵略。
一月六日　國民政府特任顏惠慶爲駐蘇大使。
一月七日　蔣委員長返京，召集軍政首長商談應付「山海關事件」計畫。
一月十日　行政院院會決議設立「中央古物保管委員會」，聘任先生等爲委員。
　本日行政院召開第八十二次會，決議：設立「中央古物保管委員會」，聘任張繼、戴傳賢、蔡元培、吳敬恆、李煜瀛、張人傑、陳寅恪、翁文灝、李濟、袁復禮、馬衡爲委員。（註一）
是日　中共主力進犯江西撫州，被陳誠部擊退。
一月十六日　中國民權保障同盟滬分會成立，先生與宋慶齡等當選爲執委。（註二）

一月十七日　中國國民黨中央常務委員會決定將故宮重要古物珍品南移。

是日　書七絕二首，贈魯迅。

一月十八日　中央研究院社會科學研究所由滬遷南京辦公。（註三）

一月十九日　羅家倫歡迎蕭伯納來華講演。

一月三十日　民權保障同盟北平分會成立。（註四）

二月一日　民權保障同盟爲劉煜生案發表宣言。

江蘇省政府主席顧祝同槍斃鎮江江聲日報編輯劉煜生一案，中國民權保障同盟總會及上海市記者公會，認爲案情重大，均開會討論，結果發表宣言，表示嚴重反對。（註五）

二月六日　任中國民權保障同盟總會臨時執委會第六次會議主席。總幹事楊杏佛報告北平分會成立經過及該會代表在平視察監獄情形。（註六）

二月十日　中國國民黨南京市黨部要求中央解散民權保障同盟。

中國國民黨南京市黨部十日開執行委員會，決議：蔡元培、宋慶齡等擅組民權保障大同盟，發表宣言、妄保反革命及共黨要犯，實破壞本黨威信，有乖中委職權，應請中央解散該非法組織，並予蔡、宋等以警告，本會並通電全國，一致主張。（註七）

是日　發表關於反對「中國民權保障同盟」實違憲法之談話：

略謂：「民權保障同盟乃根據約法產生，……黨部干涉，實違憲法，現仍積極進行。」（註八）

二月十三日　中共朱毛股匪沿閩、贛邊境東竄擾浙。

二月十七日　英國文豪、世界反帝大同盟主席蕭伯納到上海，宋慶齡在國父上海故居歡迎招待。蕭氏走訪先生於中央研究院，共進午餐並攝影留念，斯沫特萊女士、楊杏佛、林語堂等應邀參加。（註九）

二月十八日　張學良抵熱河，與熱河省政府主席湯玉麟聯名發表抗日通電。

是日　在上海青年會講演「民權保障之過去與現在」。（註一〇）

引述孟子、老子、孔子的言論及「國語」周厲王弭謗、「左傳」子產以防川為喻的故事，說明中國古代對於生命、財產、言論、集會的自由，已甚注意於保障。引證「秦始皇時偶語詩書棄市」，「漢季黨錮之禍」，袁世凱「箝制言論，草菅人命」，遂致速亡之事例。論述「訓政時期」與「國難時期」，於「民權保障，尤為特別需要」。結論為「民權保障是考諸哲人的遺訓，證諸歷史的事實，按諸目前的時勢，都是必不可少的運動。」

二月廿二日　中華民國參加芝加哥世界博覽會徵品展覽會假中央研究院舉行開幕典禮；由蔡無忌報告徵品徵集經過。（註一一）

二月廿三日　主持芝加哥博覽會徵品審查會，並茶會招待全體審查委員。（註一二）
是日　中國國民黨中央常務委員會通過「國民參政會組織法」。
二月廿四日　國際聯盟大會通過「十九國委員會報告書」，不承認僞「滿洲國」。日本聲明退出國際聯盟。
二月廿七日　國軍剿共主力在蛟湖、霍源遭到全力伏擊，損失奇重，師長李明殉職。
是日　日軍三路總攻熱河。
三月一日　發表「蕭伯納頗有老當益壯的感想」一文。（註一三）
是日　中央政治會議通過「銀幣鑄造條例」，整理幣制，廢兩改元，以上海市面通用銀兩七錢一分五厘合銀幣一元爲一定之換算率，並自本年三月十日起在上海首先施行。（註一四）
三月三日　日軍陷承德。
三月六日　蔣委員長自漢口北上，指揮抗日軍事。贛省剿共軍事交陳誠、賀國光等負責。
三月七日　行政院國務會議決議；熱河省政府主席湯玉麟放棄職守，貽誤軍機，褫職查辦。
三月十一日　美國南加里福尼亞州遭劇烈之地震，死傷數千人，財產損失甚巨，海濱諸城且遭海嘯之厄。洛杉磯各醫院已收容受傷者六千人，災區如洛杉磯、桑彼特羅、郎比區、維明登等處之油池，均因震起火。（註一五）

三月十二日　中山文化教育館成立，被推爲常務理事。（註一六）

三月十四日　蘇俄紀念馬克斯逝世五十週年。

本日爲科學社會主義及國際社會主義運動創始者卡爾馬克斯逝世五十週年紀念。馬氏於一八八三年三月十四日逝於倫敦，葬於高門墓場，全蘇聯均開紀念會，同時亦舉行展覽會。（註一七）

是日上海青年會舉辦科學的社會主義講座，先生主講「科學的社會主義概論」。（註一八）

三月十七日　行政院長汪兆銘回國抵上海。（二十日抵南京，廿九日銷假視事。）（註一九）

三月廿七日　日本正式退出國際聯盟。

三月廿八日　中共海員總工會黨團書記廖承志（廖仲愷先烈之子）在上海被捕。

四月六日　國民政府明令自本日起全國改兩爲元，確定銀本位，統一幣制。

四月十二日　新疆廸化政變，黨務特派員白毓琇死之。（即「四一二政變」）

四月廿一日　國民政府特任王世杰爲教育部長。

四月廿六日　陳獨秀、彭述之案宣判，各處有期徒刑十三年。

四月　商務印書館召開股東常會，先生被推選爲董事。（註二〇）

四月　鴻英教育基金董事會成立，先生被推爲董事長。（註二一）

四月　亞東圖書館出版「獨秀文存」，先生爲之撰寫序文。（註二一一）

五月五日　上海各文化團體補行五四紀念，並慶祝革命政府成立紀念，先生發表講演詞。（註二一二）

五月七日　國恥週在上海青年會講「日本對華政策」。（註二一四）

五月十三日　爲德國壓迫民權、摧殘文化事，與宋慶齡等同往德國駐滬領事館，對希特勒「專政以來，殘害無辜，壓迫學者，慘酷殊甚。」向德領館提抗議書。

中國民權保障同盟向以提倡民權爲宗旨，不分國際畛域。近以德國希特勒派，一黨專政以來，殘害無辜，壓迫學者，慘酷殊甚，特於昨日（十三）上午，由執行委員會宋慶齡、蔡元培、楊杏佛、魯迅等親到本埠德國領事館，提出抗議，當由副領事貝連君接見，許代轉達該國駐華公使。抗議書原文如下：

本同盟由各國報章所載，得悉自法西斯蒂政黨得權以來，被捕之工人已達三四萬，而知識份子橫遭壓迫者，亦在數千之數。囚犯施以慘刑，或加虐殺，事後誣爲自盡，或謂逃亡時中彈殞命。林中河上，時常發現屍身。工人團體解散，產業沒收；文人學者，以猶太種族關係或政見左傾，迭受種種侮辱，科學家如恩斯坦、赫史非而（Magnus Hirschfeld）等被迫出國，有名作家，如任盧微（Ludwig Reun）、福史王葛（Leon Feuchtwanger）及曼多馬士（Thomasmann）等，或被迫離國，或橫受侮辱。大美術家如利伯曼（Max Liebermann），音樂家如華爾得（Bruno Watter），家遭搗毀，書稿被焚，中世紀窘迫科學家之黑暗行爲，及二千年前焚書之禍，不圖重見於今日！出版言論自由，全被剝奪，卽談美術文藝之雜誌，如Weltbuehne亦被封禁，最右派之紐約泰晤士報（三月十五日、二十日、廿一日）亦有以下報告：「維也納報逐日披載共產黨、社會黨、進步黨及猶太議員、記者、作家、律師受慘刑之故事。」議員沙爾曼（Sollmann）「打至昏倒，胸骨折斷，復以火焚其足，醒後再打。」有名主筆「烏西愛斯基（Ossietsky）之齒，被手槍打落。」「海恩慈波羅（Heinz Pohl）之小說稿，被撕毀後，命其呑嚥，……在囚營中，囚犯被迫相毆，打至昏倒，其中竟有父子被迫相打者，……柏林附近林中，每晨常發見死屍，上星期竟於一天發見三屍身……」以上事實，皆迭見歐美政黨不同之各報，決非一方之辭。本同盟認爲此種慘無人道之行爲，不特蹂躪人權，且壓迫無辜學者作家，不啻自摧殘德國文化。玆爲人道起見，爲社會文化之進步起見，特提出最嚴重之抗議。（註二五）

五月十四日　主持「中國考古會」成立大會並致詞。（註二六）

是日　外交部爲蘇俄擬將中東路售與日本，向蘇俄提出抗議。

五月十五日　主持中國考古會理事會議，被推舉爲常務理事，並成立調查、編輯兩委員會。

（註二七）

五月十七日　上海各大學教職員聯合會組織「保障教育經費獨立運動委員會」，邀請先生參加，並發表談話。（註二八）

是日　參加上海國貨宣傳運動大會，發表演說。（註二九）

五月十九日　中央研究院副院長楊杏佛談研究院新屋十一月完工。（註三〇）

是日　主持上海美專籌建新校舍暨美術館委員會，被舉爲常務校董，同時舉行校董會議。（註三一）

五月廿三日　爲營救左傾作家丁玲等，致南京行政當局，爲之緩頰。（註三二）

五月廿七日　發表「民治起點」一文，認爲「民有、民治、民享，是共和國的眞相，而以民治爲骨幹」。（註三三）

五月三十日　中日停戰談判在塘沽舉行，我方首席代表爲熊斌，日方爲岡村寧次。

五月卅一日　中日簽訂「華北停戰協定」。（塘沽協定）

是日　致電蔣光鼐、蔡廷鍇、陳銘樞，爲被枉法處死的福建龍溪民衆教育館長及抗日會常委林惠元昭雪。領銜發表爲林申寃昭雪宣言。（註三四）

六月二日　國民政府發表宣言，聲明「塘沽協定」祇及軍事，不涉及政治。

是日　馮玉祥在察哈爾自行徵兵抗日。（察哈爾事件）

六月四日　出席世界文化合作中國協會籌備會。（註三五）

是日　主持中國國際圖書館茶會並致詞。

是日下午，當世界文化合作中國協會閉幕之後，日內瓦中國國際圖書館在該館駐滬辦事處第一閱覽室招待來賓，參與者計有孔庸之、朱騮先、李潤章、蔡孑民、吳稚暉、王一亭、周作民，及金融界錢新之、教育界、藝術界諸要人。由蔡孑民先生主席致辭，略謂：「中國文化有數千年之歷史，即印刷術之發明亦較他國爲早，然因吾國缺少具備材料貢獻與國際，致各國對我未能有深切之認識。今中國國際圖書館從事該項工作，中西文化藉此而得貫通，世界合作前途誠利賴焉！」（註三六）

六月七日　中波文化協會在南京成立，被推爲名譽會長。（註三七）

六月十五日　就「泛太平洋國際學會」在加拿大舉行第五屆年會，先生向時事新報記者發表談話，指出：該會以超政治爲號召，「實則完全爲帝國主義之御用團體」，不同意中國派代表參加。（註三八）

六月十七日　國民政府公布「兵役法」。

六月十八日　中央研究院副院長兼總幹事楊杏佛遭槍殺，暴徒高德臣自戕；先生「哭之慟」

，電中央請緝凶以維法紀。（註三九）

中央研究院副院長楊銓，卽楊杏佛，晨八時十五分，由法租界亞爾培路三三一號中央研究院，率其長公子小佛，乘車出遊，車頭甫開出大門，道旁突有短衣暴徒四名衝上，持盒子砲圍集車身射擊，彈如雨發。車夫強祥大胸部首中兩槍，受重傷，生命危殆。楊氏蹲伏車中，被擊三槍，命中要害，旋卽殞命。公子小佛右腿亦中一彈，傷勢頗輕。兇手一人，因恐被逮捕，當場自戕。

蔡先生聞報後，卽於九時許，驅車至該院視察，復轉往廣慈醫院審視楊氏遺體，悲慟之至！爲其主辦一切喪葬事宜。一面立卽電中央請緝兇，以維法紀。電云：「南京國民政府林主席、汪院長鈞鑒：本院總幹事楊銓，於今晨八時許，在法租界亞爾培路本院國際出版交換處門前，被刺逝世，特此電聞，並請急予飭屬緝兇，以維法紀。國立中央研究院院長蔡元培叩。嘯。」

絕路自戕之兇手，送至廣慈醫院後，一面救治，一面審問口供，據供：姓高，名德臣，紹興人，年三十三歲，到滬僅一星期，往西摩路訪友，路過此處，否認爲害楊兇手，但餘詞支吾，堅不吐露。嗣因大動脈受傷，醫生醫治不及，流血過多，延至上午十時，氣絕身死。

六月二十日　楊杏佛成殮，汪兆銘電覆已嚴緝兇手。（註四〇）

七月一日　中央研究院公祭楊杏佛，由先生主祭。及中國科學社全體會員公祭。（註四一）

七月二日　楊杏佛發引安葬，隨靈執紼，並於中央研究院設立「楊銓社會科學紀念獎金」，以爲紀念。（註四二）

是日　中山文化教育館青海調查團出發。

七月三日　與袁同禮向教部貢獻影印四庫全書意見。（註四三）

七月六日　中央研究院派董作賓赴臨淄古蹟實現其發掘臨淄計畫，抱定「能工作則工作，不能工作則保存」之主義，尤不願操切發掘古墓。（與「中共」濫掘古墓迥異）

七月七日　行政院以劉湘爲四川省剿匪總司令，節制川中軍隊，協力剿匪；任張羣爲湖北省政府主席。

七月十八日　廬山軍官訓練團開學。

七月廿六日　爲保全國粹，研究文化，派員赴甬（寧波），會編「天一閣圖書目錄」。（註四四）

七月　覆國際聯盟文化合作委員會主任班納函。（註四五）

八月一日　行政院國務會議決議：任命劉文龍、盛世才、張培元爲新疆省政府委員，並以劉兼主席，盛兼邊防督辦，張兼伊犂屯墾使。

八月四日　軍政部長何應欽命察哈爾省政府主席宋哲元回察省處理一切軍政事宜。
八月六日　馮玉祥通電：察省軍政交回宋哲元。（察哈爾事件和平解決）
八月七日　馮玉祥在張家口之「民衆抗日同盟軍」總司令部，自行取消。
八月十七日　川戰結束。
八月十六日　黃河魯西故堤潰決成災，蘇北危急。
八月廿二日　臺灣同胞謀炸馬公軍港，三十名被捕。
　據華聯社臺北通訊所傳消息：「自九一八事變後，日軍警甚起恐慌，聞在澎湖島之馬公軍港，又起炸彈案。日軍警謂臺灣人似欲謀炸日本之軍事機關，大捕臺灣人，因此案連累者共計三十人，其中十六人認爲無罪，十四人已送臺南法院究辦。」（註四六）
八月廿七日　南昌剿匪總司令部頒發「整理保甲方案」。
九月四日　致李書華函。
九月七日　中央研究院派員赴贛研究地質礦產。
　中央研究院派研究員朱森、俞問淵等，定十日赴贛研究，上江星天華樂等縣地質礦產，並將考察廬山之層質構造與鄱陽湖之成因，考察期間預定爲兩旬。（註四七）
九月十九日　行政院任命蔣鼎文爲贛、粵、閩、湘、鄂五省剿匪軍北路軍前敵總指揮。

九月廿二日　陳炯明卒於香港，年五十七歲。
九月廿三日　出席中比庚款委員會聯席會議。（註四八）
九月廿四日　中國電影製片廠在南昌成立。
九月三十日　中央研究院植物研究所在陝西調查有得。
國立中央研究院植物研究所在秦嶺調查結果：斷定我國植物南北分系在寧夏、陝西，以南爲南系，以北爲北系。
是日「中共」策動之國際反帝非戰大會在上海秘密舉行，宋慶齡、各國代表、中共代表等六十五人與會，反對帝國主義進攻蘇聯及國軍圍剿「中共」。
九月　爲姚仲拔所著「輔助國民教育運動」一書撰寫序文並題字封面。（註四九）
十月三日　行政院決議改組江蘇省政府，任陳果夫兼江蘇省政府主席，顧祝同爲贛、閩、粤、湘、鄂剿匪軍北路總司令。
十月十五日　主持世界文化合作中國協會常務委員會於上海福開森路世界社文協會臨時辦事處。其他出席人員有吳敬恆、張人傑、李石曾、陳和銑、莊文亞及列席法國駐華公使韋爾登。討論籌建會所事宜。（註五〇）
十月十六日　贛省剿共軍發動第五次圍剿，採碉堡封鎖政策，步步爲營，穩紮穩打。

十月十八日　爲胡超之母八旬預慶徵文銘謝啓事。

蔡元培等啓事：前元培等爲胡超之君之令堂八旬預慶發起徵文，荷蒙各方友好贊襄，曷勝欣感。刻接胡超之君急電：胡母周太夫人竟於本月七日子時急病而終。據電再爲登報聲明，並謝諸友好之感情耳！（註五一）

十月廿二日　毛澤東在寧都召開「全蘇大會」，議定所謂「反圍剿」對策。

十月廿六日　福建省政府主席蔣光鼐，贛、粵、閩、湘、鄂剿共軍南路前敵總指揮蔡廷鍇，與共酋朱德、毛澤東訂「攻守同盟」。

十月廿九日　財政部長宋子文辭職，中央以孔祥熙繼任。

十月三十日　行政院下令扣留禍民釀變、擅自與俄訂立商約之前新疆省政府主席金樹仁，移送南京地方法院法辦。

十月　再度推動印行李慈銘的「越縵堂日記補」，爲「補」印部份再寫「印行緣起」。（註五二）

十月　發表「中央研究院之過去與將來」一文。（註五三）

十一月六日　出席中山文化教育館常務會議，討論徵求總理傳記展延截止日期等案。（註五四）

十一月八日　中央研究院專員收羅隕石攜京。（註五五）

十一月九日　致山東教育廳長何思源函。（註五六）

十一月十日　共產黨暗殺團要犯有待移解法辦。（註五七）

十一月二十日　陳銘樞、蔡廷鍇、李濟琛、蔣光鼐等勾結中共及第三黨分子發動閩變，在福州組織僞「中華共和國人民政府」。

十一月　輔助國民教育運動委員會成立，被推爲理事長。（註五八）

十二月二日　爲「愛國女學三十二周年紀念刊」撰寫導言。

十二月八日　出席中央研究院、中國科學社、上海各大學聯合會等十四個團體歡迎意大利無線電發明家馬可尼夫婦來華的茶會，擔任主席，致歡迎詞。

意大利無線電發明家馬可尼侯爵，於前日道經上海，備受各界人士之歡迎。今午，意僑本擬公宴馬氏夫婦於福開森路二八五號意大利俱樂部，因馬氏偶感冒風寒，臨時作罷。但下午四時，馬氏夫婦仍應本市各學術團體之請，在交通大學容閎堂，開盛大茶話會，席間由蔡先生任主席致歡迎詞。馬氏作簡短之演說後，並爲交大無線電臺樹基，以作紀念。（註五九）

十二月十日　應邀出席行政院召開商討處置閩亂及四中全會等之國是會議。

行政院長汪兆銘於是日午後二時許，在亞爾培路褚宅，邀集蔡元培、宋子文、李石曾、吳鐵城各中委會商處置閩亂，召開四中全會，及全國經濟委員會進行計畫等各項重要問題，直至傍晚始散。晚間十時許，接見顧孟餘等各中委，會談約一小時許，直至十時二十分，汪院長始離緒宅，前往北站，偕曾仲鳴登車返京。（註六〇）

十二月十二日　福建叛逆組織將福建分爲閩海、延平、興泉、龍漳四省。

十二月十三日　中央政治會議決議：陳銘樞、李濟琛、蔣光鼐、蔡廷鍇均明令褫職。

十二月十四日　中共打狗團實施暗殺之要犯五人均處死刑。

十二月廿五日　蔣委員長飛臨浦城，親自指揮討閩軍事。

十二月廿八日　中國科學社生物研究所組採集團與北平靜生生物研究所及中央研究院共同合作。

十二月廿九日　贛南中共彭德懷股竄擾粵東。

十二月　覆英國各大學中國委員會代表修士函。

英國各大學中國委員會代表修士來函，商討中、英定期互派學者前往講學如何具體安排，詢以蔡元培先生能否卽往英國講學？先生覆函謂：「承垂詢弟是否願充下學年之赴英演講員，極感厚意。惟弟下學年恐尚不能赴英，容再遲一年後考慮之。」（註六一）

冬　爲鄒韜奮主編的「生活周刊」被查禁後，曾連發兩電，要求中央解禁。

鄒韜奮主編的「生活周刊」因遭查禁，蔡先生連發兩電，要求中央解禁。十一月三日獲中央宣傳委員會主任邵元冲覆電。全文如下：

「蔡孑民先生賜鑒：世電奉悉。『生活周刊』迭載反動言論，如聽其溯（煽）鼓，混淆是非，影響頗巨。故中央不得不予以查禁之處分。兩承電示，深欽仁懷。但當茲扶植正當言論，糾繩謬說詖詞之際，非俟該報懇切自動表示悛悔之決心，力端言論之趨向，遽予寬假，似有困難。詳情容（大）駕返京時面陳。謹先電復，諸祈鑒諒。弟邵元冲叩。江。印。」（註六二）

註一：民國二十二年一月十一日「大公報」。
註二：民國二十二年一月十七日「申報」。
註三：民國二十二年一月十八日，同上。
註四：民國二十二年一月卅一日，同上。
註五：民國二十二年二月一日，同上。
註六：民國二十二年二月七日，同上。
註七：「武漢日報」載中央社南京十一日無線電。「人文」月刊，本月大事類表。
註八：民國二十二年二月十一日「晨報」。
註九：民國二十二年二月十八日「申報」。
註一〇：高平叔編「蔡元培年譜」。

註一一：民國二十二年二月廿三日，同上。

註一二：同上。

註一三：拙編「蔡元培先生全集」頁六三七。

註一四：中國國民黨九十年大事年表。

註一五：民國二十二年三月十二日「申報」。

註一六：中山文化教育館成立周年紀念刊。

註一七：民國二十二年三月十四日「申報」。

註一八：同上。

註一九：中國國民黨九十年大事年表。

註二〇：商務印書館董事會公函。

註二一：「人文」月刊，本月大事年表。

註二二：高平叔編「蔡元培年譜」。

註二三：民國二十二年五月六日「申報」。

註二四：民國二十二年五月八日，同上。

註二五：民國二十二年五月十四日，同上。

註二六：民國二十二年五月十五日，同上。

註二七：民國二十二年五月十六日，同上。

註二八：民國二十二年五月十八日，同上。
註二九：民國二十二年五月十七日，同上。
註三〇：民國二十二年五月二十日，同上。
註三一：同上。
註三二：民國二十二年五月廿四日，同上。
註三三：「民治評論」第一卷第五十期。
註三四：周天度「蔡元培生平活動年表」。
註三五：民國二十二年六月五日「申報」。
註三六：同上。
註三七：民國二十二年六月八日，同上。
註三八：民國二十二年六月十六日「時事新報」。
註三九：民國二十二年六月十九日「申報」。
註四〇：民國二十二年六月廿一日，同上。
註四一：民國二十二年七月二日，同上。
註四二：「中央研究院評議會第一次報告」，參閱民國二十二年六月十九日至七月二日「申報」。
註四三：民國二十二年七月五日，同上。
註四四：民國二十二年七月廿八日，同上。

註四五：「申報月刊」民國二十二年七月號。
註四六：民國二十二年八月廿三日「申報」。
註四七：民國二十二年九月八日，同上。
註四八：民國二十二年九月廿四日，同上。
註四九：高平叔編「蔡元培年譜」頁一一三。
註五〇：「民國李石曾先生煜瀛年譜」頁八三。
註五一：民國二十二年十月十八日「申報」。
註五二：同註四九。
註五三：「中華教育界」第二十一卷第七期。
註五四：民國二十二年十一月七日「申報」。
註五五：民國二十二年十一月九日，同上。
註五六：高平叔編「蔡元培年譜」。
註五七：民國二十二年十一月十一日「申報」。
註五八：同註五六。
註五九：拙編「蔡元培先生全集」頁八八〇，民國二十二年十二月九日「申報」。
註六〇：民國二十二年十二月十一日，同上。
註六一：同註五六，頁一一五。

註六二：同上，頁一一四。

六十八歲　民國二十三年　一九三四　甲戌

一月一日　發表「我在北京大學的經歷」一文。敍述自民國六年至十六年任北大校長的經歷。爲先生自傳式重要文字之一。（註一）

是日　國軍對福建叛軍開始總攻。

一月二日　前駐美公使伍朝樞病逝香港，年四十六歲。

一月三日　參加李石曾歡迎汪兆銘茶會。

行政院長汪精衛於三日晨，由京乘夜車來滬。下午三時，赴世界學院，參加中委李石曾之茶會，到會者，除汪氏夫婦，及鐵次曾仲鳴外，尙有中委張靜江、蔡元培、褚民誼等。席間並有梅蘭芳歌劇、大同音樂會音樂、教育電影協會放映電影助興。汪氏於娛樂之餘，與李、蔡諸元老暢談時局，直至七時許，始盡歡而散。據汪氏左右言：汪來滬係乘新年例假，稍事休息，便道延醫檢驗身體，並無何項任務云云。（註二）

一月十日　國軍西路軍克復中共盤據之蓮花山，海軍收復廈門。

一月十三日　國軍收復福州；叛軍向閩江以南潰散，閩變敉平。

一月十六日　與記者談學校教育應養成專門人才，並注重體育及提倡高尚娛樂。

「長城」半月刊本日刊出「蔡孑民先生訪問記」，先生答該刊記者詢問現代學生應注意之點時說：「希望現代學生一方面努力讀書；一方面注意體育。解決中國的前途，絕不是簡單的問題，必須各方面都有人材，才可以振興我們的國家；現在中國缺乏專門人材，養成專門人材更是目前的急務。但是，如果專門讀死書而把身體弄壞，也不是正當的道理，所以還要注意體育，還要提倡高尚娛樂。」（註三）

是日　發表「書杜亞泉先生遺事」一文。（註四）

一月十七日　中央政治會議通過「蒙古自治方案」。

是日　印度地震，罹難者達二千人，傷萬餘人。以蒙格爾城之災情爲最重。

一月十八日　中國共產黨六屆中央委員第五次全體會議在江西瑞金舉行，選舉陳紹禹、秦邦憲、張聞天、周恩來、項英、張國燾、朱德、任弼時、王稼薔等爲政治局委員。

一月二十日　中國國民黨第四屆中央執行委員會第四次全體會議在南京開幕。

一月廿四日　力疾晉京參加四中全會及中監委全體會議。（註五）

一月廿五日　出席中國國民黨四屆四中全會，選任林森連任國民政府主席，班禪爲國民政府委員，並通過宣言，即行閉幕。（註六）

是日　中國教育學會在南京中央大學舉行第二屆年會，計有劉廷芳、鄭曉滄、杜元載、楊亮功、孫德中等百餘人參加，上午九時舉行開幕，下午宣讀論文，晚間並播放教育電影。

是日　教部令各省市社會教育應注重國語，並以先生擬定之四項辦法爲推行方案。（註七）

一月廿六日　出席中國國民黨四屆中央監察委員全體會議，被選爲常務委員。（註八）

一月廿九日　中華慈幼協會舉行第五屆常年大會，通過今後五年工作計畫，及聘請先生等爲本屆名譽董事。

一月卅一日　參加南京北大同學會舉行之春季大會並致詞。

南京北大同學會，每年春季舉行聚餐會一次。去歲因國難異常嚴重，延至「五四」運動紀念日始舉行。茲值廿三年歲首，春光明媚、氣候溫暖，該同學會特訂於本日下午六時，在府東街老萬全菜館舉行春季大會，並歡迎前校長蔡元培先生。計到前校長蔡先生及其夫人，前教授朱家驊、王世杰、譚熙鴻、楊芳、顏任光等，及各同學羅家倫、段錫朋、狄膺等二百餘人，胡適之先生甫於昨日到京，當亦到會參加，備受歡迎。當推王昉主席，宣佈開會，行禮如儀。主席報告一年來會務情形，次由常務委員狄膺報告建築會所問題。最後主席報告依照市黨部通知，團體組織執行委員應改爲理事，監察委員應改爲監事，會章自第十條起至第十五條止，所有關於執監委員字樣，均應改爲理監事。無異議通過。次散票選舉職員。選舉畢，卽入餐室聚餐。入席後，同學羅家倫起立報告：今日適爲前校長蔡先生六十晉八誕辰，同學應向蔡先生祝賀，全場起立歡呼，各舉杯祝蔡先生健康。旋由蔡起立致訓詞，略謂：「自來同鄉會、同學會，義取團結，同字與學連綴，尤當重交換智識。繼述及希望：㈠同學間應彼此互助，並要互相諒解。㈡會所問題亟宜建築新會所，如經費不夠，能租一會所，省得糾葛。㈢對母校應多盡力，大家應多關心母校狀況，國立學校係以國家力量培植人才，吾人應想到吾人是否已無缺憾，對於國家事，應有覺悟。」云云。

次胡適之先生演說，並報告母校狀況。王世杰先生到略遲，胡演說畢方入座，繼亦起致詞，最後同學推段錫朋答詞。餐畢，攝影而散。（註九）

二月二日　主持中華教育文化基金董事會，討論如何彌補美金低落問題等案。（註一〇）

二月三日　參加中國國民黨中央監察委員會常會，任主席，通過秘書處組織條例。

中央監察委員會於今日上午九時，舉行第一次常務會議，到委員蔡元培、張繼、林森、吳敬恆、郭春濤、洪陸東、郭飛黃、李次溫、蕭忠貞等十餘人。主席蔡元培、秘書長蕭吉珊通過秘書處組織條例辦事細則及其他例案多件，並任用伍士焜、劉應冗爲秘書。（註一一）

二月四日　返滬靜養。（註一二）

二月十五日　中國國民黨中央常務委員會議決設黨史史料陳列館案。（註一三）

二月十七日　國府會議決議重設國史館案交政院擬具辦法。（註一四）

二月十九日　蔣委員長在南昌發起「新生活運動」，其目的在以「禮義廉恥」作生活革新的規律，完成心理建設，發揚民族精神。（註一五）

二月廿三日　行政院今晨開會審查重設史館案。

行政院鑒於我國數千年史載，頗爲重要，現中央政府奠都南京，關於修史藏史等事務，應就近整理。茲因前史館遠在北平，諸多不便。前令內政、教育兩部擬具意見。呈復後，今日上午九時行政院特召集內政、教育、財政三部審查「重設史館」一案。俾提出下次院會討論決定。（註一六）

二月廿八日　中央政治會議通過「蒙古自治原則」八項，蒙古代表決定接受。（註一七）

二月　讀陸侃如、馮沅君「中國詩史」。認爲「其中甄別古詩眞僞，採取近人新說，最爲謹嚴。」（註一八）

三月一日　僞「滿洲國」執政溥儀僭號稱帝，年號「康德」。

是日　發表「吾人不能忘徐文定（光啓）介紹科學之功」一文。（註一九）

三月四日　參加陳去病（佩忍）追悼會並致詞。（註二〇）

（按：陳去病，江蘇吳江人，係光復會、同盟會前輩，南社創始人，蓄道能文，功在黨國。）

三月七日　夫人周峻（養浩）女士參加上海中華國貨產銷合作協會舉行之婦女國貨茶話會並致詞。（註二二）

是日　中央政治會議決議：設立蒙古地方自治政務委員會，特派何應欽、趙戴文爲正副指導長官。

三月十二日　擬聘請丁文江繼任中央研究院總幹事，已商得同意，俟丁日內到京接洽後，再行發表。

是日　出席中山文化教育館成立周年紀念典禮，發表演說。

本日下午二時，在該館舉行週年紀念典禮，由主席葉恭綽報告一年來所辦事業。李石曾、孔祥熙、蔡元培等演說。略謂：「政治非單獨可行，須賴文化推進，總理常說中國文化較歐美各國爲高深，在知難行易，以及實業建設中引證頗多。今哲生先生等發起中山文化教育館，其目的卽在闡揚文化。一年來，成績可觀，希望繼續努力，以底於成。上海自東方圖書館燬於（日軍）砲火後，竟無一完備之圖書館，所以本館擴充圖書，尤爲目前急需。」云。（註二三）

三月十三日　行政院決議改組故宮博物院理事會，聘任先生與王正廷、史量才等人爲理事。

（註二二）

三月廿四日　參加伍梯雲（廷芳）追悼會籌備會，被推為主席團。

三月廿六日　晉京參加全國經濟委員會，當晚返滬。（註二四）

三月廿八日　報載美國議員麥克康德奈斯氏向衆議院提出：改定夏威夷群島為美國之第四十九聯邦，不再稱之為美國屬地。

三月　應婦女國貨年運動委員會之邀，到上海永生廣播電臺播講「婦女對於提倡國貨之責任」。（註二五）

三月　為「惕齋遺集」一書撰寫序文。

四月四日　偕夫人周養浩出席上海市慶祝兒童節大會，發表演說。同日出席婦女國貨年運動委員會舉辦之慶祝大會。

先生演說略謂：「今天是四月四日，是中國兒童節。我國國慶節是十月十日，稱為雙十節，故兒童節亦可稱為雙四節。第一個四字，卽食、衣、住、行，是我們的基本生活，各位小朋友現在仰給於家庭父母，如果沒有父母供給，或父母不注意，卽發生危險，故各位要記着此刻受父母供給，將來成人後卽要努力工作，以抵償今日之債。第二個四字，卽智、體、德、美四育，大人們鍛鍊你們身體，培植你們讀書，告訴你們做人的道理，陶養你們的性情

，就是智、體、德、美四種教育，在今日紀念兒童節，須把此雙四節意義深刻注意。」（註二六）

是日　故宮博物院理事會在南京勵志社開首次會議，被推舉爲理事長。

四月五日　題字中華醫學會年會特刊。

先生於中華醫學會年會特刊題「病夫得救」四字。

是日　發表「我所受舊教育的回憶」一文。

敍述自六歲至十六歲在私塾學習的情況，介紹私塾中教授讀書、識字、習字、對句的方法。並不避煩瑣，詳述學作八股文的過程，用以告知未曾做過八股文者參考。（註二七）

四月八日　參加伍梯雲（廷芳）追悼大會，任主席團。（註二八）

四月十五日　出席中山文化教育館常務理事會，決議舉辦二次獎學金。（註二九）

是日　出席伍梯雲紀念會第一次委員會，通過籌建銅像、林園，舉辦獎學金等。

四月十六日　語記者中研院將與經委會合辦棉業研究院。

「中央社」上海十六日電：蔡元培語記者，經濟委員會棉業統制會爲培植棉業人材起見，決與中央研究院合辦一棉業研究院（所），預定經費七十六萬元，雙方各出三十八萬元。院址在滬西白利南路。丁文江俟本學期北大教務結束，即南來就中央研究院總幹事職。（註

三〇）

四月十八日　函覆戴季陶（傳賢）有關發掘古墓事。

說明學術機關考古發掘的實況及其對民族歷史的貢獻，指出古墓古迹的破壞，主要由於中外古玩商人與地痞土劣的操縱，以及地方機關的暗通契合。對戴所主張禁止發掘古墓表示不同意見，認爲保護古蹟應取更有效之手段，對學術事件自當出之以愼重。（註三二一）

四月二十日　撰「和知堂老人五十自壽」七律二首。

何分袍子與袈裟，天下原來是一家；
不管乘軒緣好鶴，休因惹草却驚蛇。
捫心得失勤拈豆，入市婆娑懶績麻（君自言到廠甸數次矣）；
園地仍歸君自己，可能親掇雨前茶（君曾著「自己的園地」）。

廠甸攤頭賣餅家（君在廠甸購戴子高論語注），肯將儒服換袈裟；
賞音莫泥驪黃馬，佐鬥寧參內外蛇。
好祝南山壽維石，誰歌北虜亂如麻；
春秋自有太平世，且咬饊饊且品茶。（註三二二）

四月三十日　致李書華函。（註三二三）

四月　爲黃尊生著「中國問題之綜合的研究」一書撰寫序文。（註三四）

四月　爲「徐文定公逝世三百周年紀念文滙編」題詞。

指出徐光啓「介紹範圍頗廣，自算學、曆法、天文、水利以至工藝、兵器，均有所譯述。使繼起有人，鍥而勿舍，則自明季以至淸季，此二百數十年中，歐洲科學家之所發見與發明，早已傳播於我國，奚必待製造局成立以後，始有少數之譯本，……然使非文定創始於三百年以前，則最近時期之傳譯，或亦不能如是之容易，故文定介紹科學之功，吾人不能忘也。」（註三五）

四月　發起國人自編「英文中國年鑑」，撰編輯緣起，預定年底出書，委由商務印書館出版。

先生與李石曾、史量才、陳立廷等發起組織一「英文中國年鑑社」，社址設在上海八仙橋靑年會三二一號。全書約一百四十萬字，採用各國年鑑最新編制方法，內容務求扼要完備，各項章目均請專家撰稿。擬委託商務印書館出版，預定今年年底出書。（註三六）

四月　參加世界文化合作中國協會上海新會所奠基典禮。（註三七）

五月五日　撰「新年用知堂老人自壽韻」七律一首。

新年兒女便當家，不讓沙彌袈了裟（吾鄉小孩子留髮一圈而剃其中邊者謂之沙彌，癸巳存稿三精其神一條引經了莛，陣了亡等語謂此自一種文理）；

鬼臉遮顏徒嚇狗，龍燈畫足似添蛇。

六么輪值思贏豆（吾鄉小孩子選炒蠶豆六枚，於一面去殼少許，謂之黃；其完好一面，謂之黑。二人以上輪擲之，黃多者贏，亦仍以豆為籌碼），數語蟬聯號績麻（以接語首字與其他末字相同者聯句，如甲說「大學之道」，乙接說「道不遠人」，丙接說「人之初」等，謂之績麻），

樂事追懷非苦話，容吾一樣吃甜茶（吾鄉有「吃甜茶講苦話」語）。（註三八）

是日　為王編「俞理初先生年譜」作跋。對俞氏之學術備加讚揚，並以自寫者供其補充。先生撰寫「俞理初先生年譜跋」，詳述五十年來深好俞氏著作，並為其編寫年譜，及王立中編俞氏年譜成，又欣然以自寫者供王補充，並為之作跋的經過，並自言對俞氏能「認識人權」與「認識時代」，最為心折。（註三九）

五月六日　參加李石曾歡宴新疆回族音樂團。（註四〇）

五月七日　晉京主持故宮博物院常務理事會會議。（註四一）

五月十三日　自南京返滬。（昨晚乘夜快車出京，今晨抵滬。）（註四二）

五月二十日　參加上海同濟大學二十七周年紀念大會，發表演說。

略謂：「同濟本有工、醫二學院，現將增辦理學院，可以試驗我民元所主張之辦工、農

、醫科，必辦理科之條件。」（註四三）

五月廿一日　第二屆全國財政會議開幕。（廿七日閉幕）

上午在財政部會議廳舉行開幕禮，晨九時，由孔祥熙率全體出席會員赴中山陵墓謁陵，十時行開幕式，出席會員共一百三十九人。

五月廿六日　覆高平叔函。（註四四）

五月卅一日　中國國民黨中央常務委員會決議：以八月廿七日為孔子誕辰紀念日。

五月　為高魯（曙青）所著「星象統箋」撰寫序文。

六月十六日　杭州「民國日報」改名「東南日報」出版。

六月十八日　聘請丁文江為中央研究院總幹事，本日到院視事。（註四五）

六月十九日　覆北京大學法國籍教授邵可侶函。（註四六）

六月廿一日　何鍵、白崇禧等抵廣州，與陳濟棠會商五省聯絡剿共辦法。

六月廿九日　中華教育文化基金董事會今晨在北平召開第十屆年會，出席董事除蔡元培、施肇基等不克參加，其餘各董事均先後來平出席。（註四七）

六月　為朱桂曜著「莊子內篇證補」作序。

謂：「莊子一書，辭旨深妙。自晉以降，解者至多，率騁玄言，罕究實詁。清王先謙『

集解』、郭慶藩氏『集釋』，乃始綜合衆說，以求名物訓詁之眞，而疏漏尙多。朱書糾謬補遺，謹嚴縝密。徵引博而抉擇精，不惟莊書之功臣，抑且注家之諍友也。」（註四八）

七月一日　新生活運動促進會總會在南昌正式成立，蔣委員長任會長。

是日　平瀋直達車發生爆炸，死傷多人。

七月七日　爲居里夫人逝世發電弔唁。

七月十二日　上海酷暑，氣溫達華氏一百零四度四。

是日　全國職業教育社第十二屆大會在江西南昌舉行。

七月十五日　國軍克復連城，共軍竄退瑞金。

七月十九日　發起追悼文學家劉復。（註四九）

七月廿三日　陳獨秀等刑期執行三分之一，依優待政治犯辦法，祇須二年零八個月，六個月後卽可出獄。（註五〇）

是日　臺灣高雄暴風雨，各處河川氾濫，河堤決裂，道路崩壞，死者及下落不明者不少。

是日　美國芝加哥悍匪狄林格之伏誅，全國稱快。

是日　美國酷暑，紐約芝加哥等地中暑死者約四百人。

七月卅一日　乘輪赴青島出席中英庚款會。

第二十五次中英庚款保管委員會董事會，已定八月二日在青島舉行。先生於晨九時，由滬乘坐招商局之普安輪啓程赴青，出席會議，朱家驊及馬錫爾、杭立武、沈士華等同行。（註五一）

八月二日　德國總統興登堡逝世，希特勒繼任。

八月十七日　中央研究院調查徽州方言。（註五二）

八月十八日　湘南共軍蕭克殘部竄耒水，企圖北渡湘水，竄擾川、黔。

八月二十日　發表「哀劉半農先生」一文。（註五三）

謂：「自從科學家習慣於機械的實驗，數字的統計，雖有時亦爲大膽的假設，而精神終是收斂的；文學家習慣於高尚的理想，俶詭的寓言，雖有時亦爲嚴格的寫實，而精神終是放任的。兩種長技，不易並存。培根以科學著，而能爲莎士比亞編劇本；哥德以文學著，而於植物學有所發現；張弛自由，至爲難得。」

八月廿四日　中央研究院派吳半農赴歐美各國考察經濟。

中央研究院派吳半農赴英、美、德、法及蘇俄等國，考察並研究各該國經濟組織、及現狀政策等項，以資借鏡。（註五四）

是日　國人自辦之「英文中國年鑑社」正式成立。被推爲名譽理事長，九月一日正式辦公。（註五五）

八月廿五日　公子蔡無忌晉京出席中華農學會。（註五六）

八月　發表「吾國文化運動之過去與將來」一文，以歐洲文藝復興之過程，參照觀察中國之文化運動。（註五七）

八月　畫家高奇峰去世，撰詩二首以弔之：

㈠細針密縷寫生手，游霧崩雲應變時。體相兩方齊彻照，耐人尋味畫中詩。

㈡我昔訪君天風樓，一別無緣再聚頭；曙後孤星芒作作，繼君絕業有千秋。

（余前年到廣州，曾偕張溥泉君訪先生，並晤先生之義女坤儀女士。）（註五八）

九月一日　全國新聞記者，接受杭州市記者公會提議，定本日爲「記者節」。

是日　交通部舉行全國郵政會議。

九月三日　國軍克浙江慶元，殘匪潰竄閩北浦城。

九月四日　交通部舉行全國電政會議。

九月十日　往青島避暑。（註五九）

是日　接許壽裳、馬裕藻、沈兼士、鄭奠聯名來函，謂范文瀾在北平被警憲逮捕，請設法營救。當日快信致汪兆銘，進行營救。

九月二十日　參加山東大學成立四周年紀念會及開學典禮，發表演說。

略謂：「山東大學環境優美，設科完善，如文理學院之合設，工學院與理學院之連貫，農學院之從事研究。希望學生珍視學校特點，保持刻苦耐勞之精神。」（註六〇）

九月廿二日　日本風災，死傷七千餘人。小學生死傷居多數。大阪損失最重。

九月廿三日　中央研究院歷史語言研究所遷南京，定十月一日起全部在京辦公。（註六一）

是日　國民政府專使黃慕松在拉薩舉行册封及致祭達賴大典。（達賴於民國二十二年十二月十七日在藏逝世）

九月廿八日　應邀參觀山東膠濟鐵路中學並講演。（註六二）

九月廿九日　黃河自劉家屋子改道東南流三十里入海。

九月　讀葉麟趾（錫瑕）編「古今中外陶磁滙編」。

先生於「雜記」手稿中評其書謂：「書僅五十一面，且無圖，未免太簡；然敍述極有條理，便於檢閱。」自序稱參考本國及英、德等國各家著作，「博觀約取，亦爲難得」。（註六三）

秋　爲武訓小學「武訓誕生九十七周年紀念册」撰「武訓先生提醒我們」一文。（註六四）

十月三日　參觀山東大學圖書館並閱書。

先生「雜記」手稿謂：「午前到山東大學圖書館閱書。」（註六五）

十月九日　接許壽裳等函電囑商請范文瀾案付法院。
先生「雜記」手稿謂：「得季茀（許壽裳）、幼漁（馬裕藻）、（沈）兼士、介石（鄭奠）函，言黨部報告有不符事實處。又得季茀電囑電商范（文瀾）案付法院。」（註六六）
是日　南斯拉夫王亞歷山大訪法在馬賽與法外長巴爾都，被一克羅特人暗殺殞命。
十月十日　李石曾創設之中國國際圖書館，在上海福開森路世界學院，舉行世界圖書館展覽。吳稚暉致開幕詞。
是日　中共之「贛南蘇區」被迫決定西竄。第三國際代表羅明納茲（Loominadge）早主放棄瑞金入川，以爲根基，再打通西北路線，與蘇俄聯絡。至是受國軍壓迫，決定西走，謀合賀龍、徐向前，入陝北會劉子丹、高崗。
十月十一日　致電汪兆銘對范文瀾案表示關切。
本日，先生致汪兆銘電云：「南京行政院汪院長鑒：范文瀾案尚可疑，務請法院辦理。蔡元培。眞。」又發一快函致汪兆銘，並附去許壽裳等原函。又復許壽裳等一函，告以電汪經過。（註六七）
十月十三日　閩西共軍退往江西瑞金。
十月十四日　南昌行營令南路軍於贛州、大庾、南雄，西路軍於汝城、郴縣，趕築碉堡，嚴密封鎖；東北兩路軍續向瑞金、會昌進剿。江西共軍開始西竄。林彪、彭德懷、劉伯承為前鋒。

十月廿一日　瑞金、古城、會昌之朱、毛共軍主力準備突圍。

十月廿六日　國軍克復興國、寧都。（第五次圍剿結束）

是日　青島學院中日學生發生械鬬風潮，華生全體罷課。

十月廿七日　朱、毛共軍約十萬人已突圍西渡章、貢二水，向湘南流竄。

是日　南昌行營令南路軍尾隨追擊，西路軍於桂東汝城及湘南堵截，北路軍一部向寧都、興國間集中，準備追剿。

十一月一日　國軍東路軍克復長汀。

是日　導淮入海工程在淮陰楊莊正式開工。

是日　中國童子軍總會成立。

十一月十日　剿赤軍北路第三路軍收復瑞金，東路軍收復會昌，朱毛共軍殘部流竄宜章、樂昌、文明、赤石一帶。

十一月十二日　朱、毛共軍殘部越粵漢鐵路經臨武向藍山逃竄。

十一月十三日　福建省政府組織之「臺灣實業考察團」出發。

是日「申報」總理史量才自杭返滬途中被刺殞命。噩耗傳出，全國驚悼！（註六八）

十一月十五日　汪兆銘電令四省市嚴緝史案逸兇。

十一月十六日　史案嫌兇湯雲生由義烏解杭，經公安局訊問後交偵緝隊嚴訊。（註六九）

十一月十七日　李宗仁、白崇禧抵桂林，策劃堵剿中共。

十一月廿七日　國民政府明令撤銷贛、粤、閩、湘、鄂剿匪各路軍總司令部。特派顧祝同為駐贛綏靖主任，蔣鼎文為駐閩綏靖主任。

十一月廿九日　國民政府公布「戒嚴法」。

十一月　為姚仲拔所倡導的輔助國民教育運動撰寫啓事，予以介紹，要求各熱心教育之人士一致提倡，共策進行，以達十餘年後國無不學之民之目的。（註七〇）

十二月七日　晉京出席中國國民黨中央監察委員會，討論例案多件。

中國國民黨中央監察委員會下午四時在中央第一會議室開會，到林森、蔡元培、褚民誼、紀亮等，討論例案多件。（註七一）

是日　主持故宮博物院理事會。

故宮博物院理事會七日申刻在行政院會議廳開會，到理事長蔡元培，理事張繼、王世杰、蔣夢麟、傅汝霖、李四光、馬衡等，蔡先生任主席，討論點驗留滬古物及建設古物保管庫

等事宜。席間對處置盜賣古物案，有所討論。聞今日討論各案，尚無結果，八日續開。（註七二）

是日　訪汪兆銘並應王世杰部長邀宴。

蔡元培七日午赴行政院訪汪院長，談半小時。晚教長王世杰在教部設席為蔡洗塵。（註七三）

十二月十日　參加中國國民黨四屆五中全會開幕典禮。

是日　在南京中央大學講演「民族學之進化觀」。

從美術、交通、飲食、算術、幣制、語言文字、音樂、宗教感情八項來觀察，謂「人類的目光及手段，都是自近處而逐漸及於遠處的」。此「在民族學上」已成為「人類進化的公例」之一。

十二月十一日　應邀出席中波文化協會歡迎茶會並致詞。

中波文化協會於是日下午五時在該會會所開臨時茶敍會，歡迎名譽會長蔡元培、吳稚暉（吳稚暉有函到會，說因感冒未能出席），並歡送波蘭會員威拉斯基與衛訥士返國，計到會員杭立武等三十餘人。由會長謝壽康致歡迎詞。旋請名譽會長蔡元培致詞，略謂：「本人在此會籌備期間，曾參加許多工作。今日參與此盛會，兼為威衛爾先生送別，非常歡欣。本會關於溝通中波文化工作，已略具規模。並擬有各種出版演講計畫，殊爲難得。將來會務進行之事仍多，當盡力以謀本會文化事業之發展。」云云。（註七四）

是日 出席中國國民黨四屆五中全會第一次大會。

十二月十三日 出席中國國民黨中央監察委員全體會議，討論要案多件。

十二月十四日 中國國民黨四屆五中全會於議決「明年十一月十二日舉行第五次全國代表大會」後，即行閉幕，並發表宣言。（註七五）

是日 提議「實施義務教育，標本兼治辦法案」，獲中國國民黨四屆五中全會通過。（註七六）

十二月十五日 應中央廣播電臺之邀，播講「教育之普及與提高」一題。（註七七）

十二月十六日 朱毛共軍殘部強渡深水河，向北急竄。蕭克、賀龍二股於湘西合流後，竄陷桃源、常德。

十二月十九日 中央監察委員鄧澤如在廣州病逝。

十二月廿三日 陳少白卒於北平，年六十六歲。

十二月廿六日 致余天民函。

十二月廿七日 朱毛共軍分兩路向川、黔邊境北竄。

十二月卅一日 朱毛共軍強渡烏江北竄。

十二月　爲青年協會沈嗣莊所編「社會主義新史」撰寫序文。（註七八）

是年　赴汪兆銘邀宴，苦勸其改變親日行爲。

本年某次先生從上海到南京，汪兆銘以行政院院長兼外交部部長，請先生吃飯。先生在席上苦勸主人改變親日的行爲，立定嚴正的態度，以大無畏的精神，推進抗戰的國策，由我們到我們的後輩一直抵抗下去，一定有出路。一面說着，一面兩行熱淚往下流。主人聽了極不安，舉座無不感動。（註七九）

羅家倫「偉大與崇高」紀念文中亦記其事云：「在七七抗戰前兩年，先生到南京，那時候汪精衛還是行政院長兼外交部長。這後來變作漢奸的汪精衛，請先生晚餐，進的是西膳。先生苦勸他改變親日的行爲，立定嚴正的態度，以推進抗戰的國策；在座的都看見先生的眼淚，滴在湯盤裏，和湯一道咽下去。」（註八〇）

冬　發表「民族學上之進化觀」一文。（註八一）

是年　爲楊家駱「仰風樓叢書」題詞。

「在昔最宏巨之類書，如永樂大典、圖書集成，固非一手之烈，卽佩文韵府、經籍纂詁之類，亦皆爲多數纂輯者所寫定也。今仰風樓十大巨著，乃成於楊家駱先生一人之手，其毅力可佩也。且此種工作，至爲煩瑣，而書成以後，嘉惠學者甚大，其犧己爲群之精神，尤足

爲學者模範矣。」（註八二）

註一：拙編「蔡元培先生全集」頁六二九。
註二：民國二十三年一月六日「申報」。
註三：高平叔編「蔡元培年譜」頁一一五。
註四：同上。
註五：民國二十三年一月廿五日「申報」。
註六：「革命文獻」第七十九輯。
註七：民國二十三年一月廿六日，南京「中央日報」。
註八：民國二十三年一月廿七日，同上。
註九：民國二十三年二月一日，同上。
註一〇：民國二十三年二月三日「申報」。
註一一：民國二十三年二月三日「中央夜報」。四日「中央日報」。
註一二：民國二十三年二月五日「中央日報」。
註一三：中國國民黨九十年大事年表。
註一四：民國二十三年二月十七日「中央夜報」。
註一五：同註一三。
註一六：民國二十三年二月廿三日「中央夜報」。

註一七：同註一五。
註一八：同註三。
註一九：徐宗澤編「徐文定公逝世三百周年紀念文滙編」。
註二〇：民國二十三年三月五日「申報」。
註二一：民國二十三年三月八日，同上。
註二二：民國二十三年三月十三日，同上。
註二三：民國二十三年三月十四日「中央日報」。
註二四：民國二十三年三月廿七日，同上。
註二五：同註二。
註二六：民國二十三年四月五日「申報」。
註二七：同註一，頁六三八。
註二八：同註二六。
註二九：民國二十三年四月十七日，南京「中央日報」。
註三〇。民國二十三年四月十八日，同上。
註三一：同上。拙編「蔡元培先生全集」頁一二二五。
註三二：同註一，頁六五二。
註三三：同上，頁一二六五。

註三四：同上，頁一二六五。同註三，頁一一七。

註三五：同上。

註三六：民國二十三年四月廿七日「申報」。

註三七：民國李石曾先生煜瀛年譜，頁八四。

註三八：同註一，頁六五三。

註三九：同註三，頁一一七。

註四〇：民國二十三年五月七日「申報」。

註四一：同註三七。

註四二：民國二十三年五月十三日「申報」。

註四三—四四：同註三九。

註四五：周天度「蔡元培生平活動年表」。

註四六：同註三九，頁一一八。

註四七：民國二十三年六月三十日「申報」。

註四八：同註一，頁九八四。

註四九：民國二十三年七月二十日「申報」。

註五〇：民國二十三年七月廿四日，同上。

註五一：民國二十三年八月一日，同上。

註五二：民國二十三年八月十七日，同上。
註五三：同註一，頁六五三。
註五四：民國二十三年八月廿五日「申報」。
註五五：同上。
註五六：民國二十三年八月廿六日，同上。
註五七：同註三，頁一一八。
註五八：同上。
註五九：同上，頁一一九。
註六〇：同上。
註六一：民國二十三年九月廿四日「申報」。
註六二：同註三。民國二十三年十月二日「青島日報」。
註六三：同上，頁一一九。
註六四：武訓小學「武訓誕生九十七周年紀念册」。
註六五：同註六三。
註六六：同上。
註六七：同上。
註六八：民國二十三年十一月十四日「申報」。

註六九：民國二十三年十一月十六日，同上。
註七〇：同註四五。
註七一：民國二十三年十二月八日「申報」。
註七二：同上。
註七三：同上。
註七四：民國二十三年十二月十二、十三日，同上。
註七五：「革命文獻」第七十九輯。
註七六：同上，頁三四二—三四七。
註七七：同註三，頁一二〇。
註七八：同上。
註七九：蔡尚思「蔡元培學術思想傳記」頁八四。
註八〇：拙編「蔡元培先生全集」頁一四四七。
註八一：同上，頁六五四。
註八二：同上，頁九八四。

六十九歲　民國二十四年　一九三五　乙亥

一月一日　發表「論大學應設各科研究所之理由」一文。

先生列舉三項理由：無研究所則造成：㈠教員易陷於抄發講義不求進步之陋習。㈡大學畢業生除留學外，無更求深造之機會。㈢未畢業之高級生，無自由研究之機會。（註一）

一月五日　中共朱毛股陷遵義，全軍不足三萬人。

一月六日　中共中央在遵義召開政治局擴大會議，檢討秦邦憲、周恩來、李德軍事路線之錯誤。會議於八日結束，毛澤東任政治局委員兼革命軍事委員會主席，周恩來、朱德副之，張聞天代秦邦憲爲總書記，毛由是漸取得中共之領導權。（即「遵義會議」）（註二）

一月九日　致王世杰函。（註三）

一月十三日　主持中國科學社董事理事聯席會議，報告社務。（註四）

一月十五日　復何聯奎函。

一月十八日　覆發表「中國本位文化建設宣言」，「十教授」之一何炳松書，論文化建設與擇善工作。（註五）

一月十九日　何炳松等十教授召開首次文化建設座談會，邀請各報記者、各大學教授參加，希望能由此會產生具體之方案。

是日　國軍追勦軍克遵義。

一月廿六日　應邀參加中華慈幼協會第六屆年會，發表演說。

中華慈幼協會下午三時假座北四川路新亞酒樓大禮廳舉行第六屆年會，到孔祥熙等七十餘人，討論二十四年工作大綱及預算，並修改會章，熊希齡、蔡元培等亦到會演說。(註六)

一月廿八日 參加中山文化教育館常務理事會議。

中山文化教育館下午開第十四次常務理事會議，出席：孫科、蔡元培、吳鐵城、黎照寰、孔祥熙(曾克齋代)、馬超俊，列席：楊幼炯、李大超、鍾天心等。主席孫科，會中補選葉楚傖兼常務理事，並定二月十五日以後遷京新館舍。(註七)

一月卅一日 前浙江省府主席、軍事參議院副院長魯滌平病逝，年四十八歲。如夫人沙氏墮樓殉節。

是日 陳布雷奉蔣委員長之命著「敵乎？友乎？」一文，以徐道鄰名義發表於「外交評論」雜誌，痛斥日本軍閥，並對日本朝野作忠告。

二月一日 「旅行雜志」發表「蔡孑民先生訪問記」。先生談旅歐觀感。

先生答記者詢問旅行歐洲時最喜歡哪幾個地方時說：「總括的說，我向來旅行，很注意三點：第一是看一種不同的自然美；第二是研究古代的建築；第三是注意博物院的美術品。」(註八)

二月二日 應邀在上海無線電臺為全國國語教育促進會發表廣播演說。

說明：㈠為什麼要國語？㈡什麼是國語教育？㈢怎樣促進全國國語教育？（「在上海無線電臺為促進國語教育播講詞」手稿）（註九）

二月九日　前國務總理熊希齡與毛彥文行結婚禮，熊氏剃鬚作新郎，白髮紅顏，一時傳為佳話。

二月十一日　蘇俄與日本、偽「滿」成立中東路讓售草約。

二月廿三日　「中共」首要瞿秋白、何叔衡、鄧子恢、周月林（梁伯臺妻）、張亮（項英妻）等離瑞金擬赴汕頭，行抵閩西長汀水口為保安團長鍾紹葵所捕，何墜崖死。（瞿被捕後，先解長汀第三十八師宋希濂處，五月十日轉解龍巖，經政府說服，願自新，並獻出共黨中央計畫向西北總退却之決議文，因核准自新電令遲到，六月十八日為駐軍處決。）（註一〇）

是月　參加中央會議主張寬赦瞿秋白。（註一一）

三月二日　蔣委員長飛抵重慶，整理軍政。

三月八日　蔡夫人周峻女士參加上海三八國際婦女節慶祝儀式，並作播音演說。（註一二）

三月十日　川陝國軍克沔縣等地，共軍徐向前股潰逃。

三月十一日　日、俄、偽「滿」在東京簽訂中東路非法買賣草約。

是日　外交部爲蘇俄出賣中東路事，向蘇俄提出抗議。

三月十五日　爲基督教青年會三十五周年紀念特刊題「三育進步」四字。

是日　中共朱毛股受國軍壓迫，放棄遵義，向懷仁、茅臺方面潰竄。

三月十六日　蔣委員長訓示嚴禁四川省軍人干政。

三月十八日　朱毛股夥偷渡赤水西竄。

是日　湘西國軍擊潰蕭克、賀龍一股，收復桑植。

三月廿一日　滬市圖書館博物館籌備會推先生與葉恭綽分任臨時董事長。（註一三）

三月廿二日　世界筆會中國支會改選理事，推先生兼任會長。

世界筆會中國支會召開全體大會，改選蔡元培、林語堂、宋春舫、茀立茨夫人等十一人爲理事，並推蔡先生兼會長。（註一四）

是日　在南京主持故宮博物院理事會會議。（註一五）

三月廿八日　川北中共徐向前股，流竄茂縣、理番一帶。

三月廿九日　中央核准中央研究院餘款撥充基金。（註一六）

是日　中共朱毛股回竄，南渡烏江，抵息烽附近。

四月一日　蔣委員長在貴陽發起「國民經濟建設運動」。

四月八日　於中國文化建設協會主辦之「讀書運動大會特刊」發表「我的讀書經驗」一文。
略謂：「我自十餘歲起，就開始讀書，讀到現在，將近六十年了，中間除大病或其他特別原因外，幾乎沒有一日不讀點書的。……然而，讀書不得法：第一是不能專心；第二是不能勤筆。這已經感到許多的不方便，特地寫出來，望讀者鑒於我的短處，第一能專心，第二能勤筆，這一定有許多成效。（註一七）
四月十一日　應中國文化建設協會邀請在中西廣播電臺播講「怎樣研究哲學」。（註一八）
是日　中央研究院氣象研究所召開氣象機關聯席會議。（註一九）
四月十九日　中華文化教育基金董事會在滬舉行年會，任主席。改選職員，先生仍任董事長。（註二〇）
四月廿一日　下午七時由滬抵南京。（註二一）
四月廿二日　臺灣大地震，中心在新竹臺中之大安溪，死亡萬五千餘人，輕重傷達五萬人，災民約十數萬人，損失空前。
四月廿三日　在京出席中山文化教育館理事會議。
是日　中共朱毛股西渡黃泥河入滇境。
四月廿四日　出席中央政治會議，通過農民銀行條例原則等案。

四月廿五日　爲「中波文化協會特刊」撰寫序文，希望此刊能更增進中、波文化之密切關係。（註二四）

四月廿七日　主持中波文化協會年會改選理事。（註二五）

四月廿九日　應邀至南京私立濟民職校講演。（註二六）

四月　爲張君俊著「中國民族之衰老與再生」一書撰寫序文。（註二七）

四月　應「大衆畫報」之請，爲該報第十八期「假如我的年紀回到二十歲」專欄撰文。（註二八）

四月　中央研究院社會研究所遷平，心理研究所自滬遷京。（註二九）

四月　中央研究院地質研究所與歷史研究所赴滇勘察滇緬界址。（註三〇）

五月一日　出席中央政治會議第四五五次會議，通過中央研究院評議會條例原則，及修正中央研究院組織法第五條條文，均交立法院審議。

五月三日　發起組織「中印學會」，在京召開成立大會，被推爲理事會主席。報告發起緣由旨在研究中印學術。（註三一）

五月四日　國民政府任陳立夫爲軍事委員會調查統計局局長。

五月五日　中共朱毛股由雲南偸渡金沙江，北竄入川。

是日　晚十一時夜車自京返滬。（註三三一）

五月十九日　中央研究院心理研究所由滬遷京。檔案及用具已送出不少，工作人員下旬晉京。（註三三二）

五月　發表「對於讀經問題的意見」，反對提倡中、小學生讀經。

先生認爲「爲大學國文系的學生講一點『詩經』，爲歷史系的學生講一點『書經』與『春秋』，爲哲學系的學生講一點『論語』、『孟子』、『易傳』與『禮記』，是可以贊成的」。但是，「小學生讀經，是有害的；中學生讀整部的經，也是有害的」。（註三三四）

五月　爲張潤泉著「人類生活史」一書作序。（註三三五）

五月　爲鄭振鐸編「世界文庫」撰作序文。（註三三六）

五月廿九日　天津日軍司令梅津美治郎藉口漢奸胡恩溥、白逾桓之被刺等爲排外舉動，提出撤換河北省主席、撤退憲兵等無理要求。（河北事件發生）

六月二日　閱許齋所譯「民衆藝術問題」。謂以故宮複製品分配各地可行。（註三三七）

六月五日　應大夏大學學生自治會之請，往該校演講。

六月九日　胡漢民出國赴義大利轉瑞士養疴。

六月十日　「爲什麼研究學問」一文發表。

略謂：「爲什麼要研究？因爲人類有創造欲，有永求進步的意識，這就是人類靈於其他動物的一點。學問則是各種有系統的知識，研究學問，就是接受一種有系統之知識，窺破其不足或不確之處，專心研究，以新發明或新發現來補充它或改正它。」（註三八）

是日　日軍對河北之無理要求，由何應欽予以解決。（卽訛稱之「何梅協定」）

是日　覆高平叔函。（註三九）

六月十七日　乘夜快車晉京。（註四〇）

六月十九日　在南京主持中央研究院首屆聘任評議員選舉會預備會，議決各科目聘任評議員人數之分配，選舉聘任評議員之標準，評議員候選人之推舉等事項。（註四一）

六月二十日　主持中央研究院選舉聘任評議員。

中央研究院二十日上午開聘任評議員選舉會，出席蔡院長，各國立大學：北大、清華、中央、武漢、浙江、中山等大學校長或代表等十四人。蔡院長主席，選舉結果如下：㈠物理：李書華、姜立夫、葉企孫。㈡化學：吳憲、侯德榜、趙承嘏。㈢工程：李協、凌鴻勛、唐炳源。㈣動物學：秉志、林可勝、胡經甫。㈤植物學：謝家聲、胡先驌、陳煥庸。㈥地質：丁文江、翁文灝、朱家驊。㈦天文：張雲。㈧氣象：張其昀。㈨心理：郭任遠。㈩社會學：王世杰、何廉、周鯁生。㈩㈠歷史：胡適、陳寅恪。㈩㈡語言：趙元任。㈩㈢考古：李濟。㈩㈣人類

：吳定良。（註四二）

是日：主持故宮博物院理事會常會。（註四三）

六月廿二日　蔣委員長飛抵重慶。

六月廿七日　中央研究院招收物理、化學兩研究所研究生，刊出廣告一則。（註四四）

六月廿八日　豐臺亂匪暴動，聲言組織「華北國」，由漢奸白堅武指揮，昨夜進襲北平，被擊潰。

七月二日　國民政府正式聘任中央研究院首屆評議員李書華等三十人。（註四五）

七月四日　長江中游大水成災。

七月七日　應邀參加許壽裳長女婚禮。

七月八日　四聖奉祀官孔德成等，於國府紀念週後，舉行宣誓就職禮，中央派戴傳賢監誓。

是日　中共朱毛股竄抵松潘西南至毛兒蓋間地區。

七月十日　山東黃河地區氾濫，鄆城、菏澤被淹。

七月十八日　為「科學畫報」所撰「現代兒童對於科學應有之態度」一文發表。

略謂：「兒童們身體上康強，精神上安寧，都是受現代科學的賜與。有志兒童應該立刻有點貢獻。據說蘇聯兒童的科學研究所有許多新發明，希望國內也漸漸設兒童的研究所，希

望兒童們時時留意科學的工作。」（註四六）

七月十九日 中華職業教育社第十五屆社員大會及全國職業教育討論會第十三屆大會在青島市立女中大禮堂舉行開幕禮，出席十七省區社員共一百七十人。王正廷主持。

七月廿四日 濟寧附近，運河多處決口，平津亦有水災。

七月廿五日 「我青年時代的讀書生活」一文發表。（註四七）

七月卅一日 刊登啓事：㈠辭去一切兼職，㈡停止接受寫件，㈢停止介紹職業。今後擬聚精會神專治一事。（註四八）

八月一日 「中國蘇維埃政府人民委員會」及「中國共產黨中央委員會」發表「爲抗日救國告全國同胞書」，願與各黨派、各團體、各名流學者、政府家，及一切地方軍政機關進行談判，成立國防政府，組織抗日聯軍，並提出抗日救國行政方針十點。（即「八一宣言」）。宣言由陳紹禹在莫斯科發表，已不言推翻國民政府。毛澤東以不明眞象，曾派潘漢年、胡愈之赴俄請示。）

八月五日 開始口述五四運動以後的生活經歷，由高平叔筆錄，撰爲「蔡孑民先生傳略」下。（註四九）

八月八日 中央賑濟委員會報告：皖、贛、湘、鄂四省水災災民達一千四百萬，災區十萬方公里，淹斃十萬人以上，公私損失五億以上。

是日　覆蔣維喬，爲蔣寄所撰「中國教育會之回憶」一文提供意見。（註五〇）

八月十九日　柏林中國美術展覽會籌備委員會歡宴劉海粟載譽歸國，先生致詞備加贊許。（註五一）

八月二十日　爲「新青年」重印本題詞。云：「新青年雜誌爲五四運動時代之急先鋒。現傳本漸稀，得此重印本，使研討吾國人最近思想變遷者有所依據。甚可嘉也！」（註五二）

八月廿四日　中央賑災委員會報告：冀、魯、豫三省水災災區共四萬平方公里，災民五百五十萬，損失三億以上。

八月三十日　中共朱德、毛澤東、徐向前等部被圍毛兒蓋，死亡日衆，內部分裂。毛率林彪、彭德懷部北竄甘肅，朱、徐等仍集結毛兒蓋、蘆花一帶。

九月二日　廖仲愷先烈移靈安葬於南京天堡城墓地。中委及各界代表數千人參加。

九月三日　參加在青島舉行之中國物理學會第四屆年會並致詞。（註五三）

九月五日　晚乘車離青島返回南京。（註五四）

是日　中央研究院留荷考試發表，錄取嚴愷一名，派遣赴荷蘭學習水利工程。

九月七日　中央研究院首屆評議會舉行成立大會，先生親自主持。（註五五）

九月八日　續主持國立中央研究院首屆評議會通過要案多件，當晚閉幕。（註五六）

九月十日　主持中央研究院院務會議，報告院務並討論修改規程等案。（註五七）

九月十三日　離南京經過徐州赴北平。

報載：中央社徐州十三日電「蔡元培十三日晨，由京過徐赴平。」（註五八）

九月十五日　中共毛澤東股竄入甘肅境內。

九月廿五日　因年老力衰，分函有關各方辭去兼任各職。

函云：「元培現以衰老，不能盡某職之責任，謹此告辭，乞爲陳之。」並附七月卅一日啓事。（註五九）

是日　審閱高平叔編輯之「孑民文存」文稿目錄。（註六〇）

九月廿六日　將已勘定之「孑民文存」目錄二份、「傳略」（下）記錄稿一份、快照相片一張，交郵寄予高平叔。（註六一）

九月三十日　爲商務印書館編印的「讀書指導」第一輯撰寫序文。

略謂：「此書有三種用途：㈠便于自修；㈡便于參考；㈢便于增加常識。」（註六二）

十月一日　發表「追悼曾孟樸先生」一文。

先生對曾孟樸著「孽海花」一書提出有不解之點：第一，以書中主角傅彩雲兩段說話爲例，懷疑曾孟樸在表現傅彩雲之性格上，有不足以充當本書主人之處；第二，本書「爲什麼不敘到庚子，而絕筆於『青龍港好鳥離籠』的一回」？是否作者別有原因？因有此疑問，「所以參加追悼」。（註六三）

（按：曾孟樸係曾虛白之父，有一文代答。）

十月二日　國民政府特派蔣委員長兼西北剿匪總司令，張學良爲副總司令，設司令部於西安，由張學良指揮。

十月七日　國軍毛炳文及于學忠兩部對毛共實施夾擊，毛共所部竄甘肅通渭、榜羅鎮一帶。

十月八日　蔣委員長至西安，召見邵力子、楊虎城垂詢政情。

十月十一日　中共朱德、徐向前股主力向大金川兩岸德化、崇化南犯。

十月十八日　中央大學文學院教授黃季剛逝世，學術界人士籌備追悼。

十月廿一日　中共毛澤東股自甘肅竄抵陝北，殘部僅二千餘人。

十月廿五日　中蘇文化協會成立大會在南京舉行，通過會章選舉理事，先生被推爲名譽會長。（註六四）

十月卅一日　中共毛澤東殘部竄陝北保安以西之吳起鎮，與劉子丹、徐海東等股合流。（流竄兩年，始獲喘息。）

十月　爲崔景三編「黃河富源之利用」一書撰寫序文。

十月　撰「中國新文學大系總序」，高估「五四新文化運動」的歷史價值。詳述中國文化自古代至近代之發展過程，並簡述歐洲文化復興「歷三百年」「人才輩出」之狀況。認爲「我國的復興，自五四運動以來不過十五年」。「吾人自期，至少應以十年的工作抵歐洲各國的百年。所以對於第一個十年先作一總審查，使吾人有以鑒既往而策將來。希望第二個十年與第三個十年時，有中國的拉飛爾與中國的莎士比亞應運而生」。（註六五）

十一月一日　參加中國國民黨第四屆中央執行委員會第六次全體會議。開幕典禮時行政院長汪兆銘遇刺受傷。（兇手孫鳳鳴當場爲張繼所執）（註六六）

十一月二日　主持中國國民黨四屆六中全會教育審查組會議；並參加中華民國憲法草案審查。

十一月三日　財政部頒緊急法令，自十一月四日起全國實施新貨幣制度，規定中央、中國、交通三銀行發行之鈔票爲法幣。

十一月四日　中國國民黨四屆六中全會舉行總理紀念週，先生報告「中央研究院與中國科學研究之概況」。（註六七）

十一月五日　參加中國國民黨中央監察委員會第三次全體會議，討論向五全大會工作報告。

（註六八）

是日　中國國民黨四屆六中全會通過「救亡大計案」、「教育改革案」、「生產建設案」，及追認「財政部實施新貨幣安定金融辦法案」等。

是日　監委張人傑（靜江）會後赴湯山途中翻車受傷，腿骨折斷。

十一月六日　參加中國國民黨四屆六中全會閉幕典禮。

此次全會原擬於民國二十四年九月下旬舉行，嗣以第五次全國代表大會期近，為免京外委員往返廢時，乃延至十一月一日召開，會期五天，至六日閉幕。此次全會到會人數之盛，亦為歷次全會所未有，共籌救亡圖存之大計，精誠團結之精神，得以充分表現。對於黨務改革，憲法草案、安定貨幣金融施行法幣及教育改革等案，均有詳細的商討。

十一月九日　外交部為平、津日本駐軍連續非法捕我官民達四十餘人，對日本提出嚴重抗議。

十一月十二日　參加中國國民黨第五次全國代表大會在南京開幕，先舉行總理誕辰紀念，由蔡先生主祭。（註六九）

十一月十三日　孫傳芳在天津被刺斃命，年五十一歲。兇手為前師長施從濱之女，為父復仇，旋卽自首。

十一月十五日　出席中國國民黨五全大會，主持教育提案審查會議，通過制定國歌並補助西

北教育經費等案。（註七〇）

十一月十七日　偕遊雨花臺、莫愁湖及五洲公園，欣賞紅葉，舒散心情。

十一月十八日　出席中國國民黨五全大會第三次大會通過黨員守則，召開國民大會及宣布憲法草案。（註七一）

是日　下午主持中國國民黨五全大會教育審查組會議。（註七二）

十一月十九日　參加中國國民黨五全大會第四次大會，蔣委員中正講「對外關係」。謂「和平未到完全絕望時期，絕不放棄和平；犧牲未到最後關頭，絕不輕言犧牲。」

十一月二十日　國民革命軍陣亡將士公墓落成，參加中委、五全代表及各界人士萬餘人舉行之公祭。蔣中正主祭。

十一月廿一日　參加中國國民黨五全大會第五次大會通過「憲法草案修正要點」，並授權第五屆中央執行委員會決定宣布「憲法草案」及召集「國民大會」日期。

十一月廿二日　參加中國國民黨五全大會第六、第七次大會，通過「切實推行地方自治以完成訓政工作案」、「國難時期集中力量充實國防建設案」等，並選舉中央執行委員蔣中正等及監察委員林森、張繼、蔡元培、吳敬恆、張人傑等二〇八人。（註七三）

十一月廿三日　參加中國國民黨五全大會，補選中央執行委員及監察委員五十二人。（連昨所選計中央執行委員一二〇人，候補六〇人；中央監察委員五〇人，候補三〇人。）即行閉幕，並發表宣言。

是日　中共朱德、徐向前股陷滎經；洪雅告急，成都震驚。蕭克、賀龍股由湘西南渡沅江，企圖經黔、滇，竄入川、康邊境。

十一月廿四日　北平各大學校長、教授蔣夢麟等發表宣言，堅決反對一切脫離中央及組織特殊政治機構的賣國陰謀和舉動。

十一月廿五日　中央研究院社會科學研究所由平遷京。（註七四）

是日　河北省灤榆區行政督察專員殷汝耕降日叛國，宣布脫離中央，以冀東戰區二十二縣，在通縣成立僞「冀東防共自治委員會」。

十一月廿六日　國民政府明令：殷汝耕宣布「獨立」，背叛國家，甘爲漢奸，卽撤職拿辦。

十一月廿八日　中共以朱毛名義，在陝北發出內容與「八一宣言」相同之「抗日救國宣言」，願與任何政治派別武裝隊伍、社會團體訂立抗日作戰協定，組織抗日聯軍與國防政府，並提出十大綱領。（朱德時在西康）

十一月廿九日　外交部向日本抗議在華日軍策動所謂「華北自治運動」事。

十二月一日　行政院長汪兆銘辭職。

十二月二日　中國國民黨五屆一中全會在南京開幕。先生特擬就「確定今後各級教育改進方針案」原則四項提會討論。（註七五）

是日　北平教育界聯電中央，申述華北民衆根本毫無脫離中央另圖自治之意。

十二月三日　參加中國國民黨五屆一中全會首次大會。

十二月四日　參加中國國民黨五屆一中全會第二次大會，決定明年五月五日宣布「憲法草案」，十一月十二日召開「國民大會」。

十二月五日　參加中國國民黨五屆一中全會第三次大會，通過司法經費等案。（註七六）

十二月六日　美國務卿赫爾宣言，華北自治運動，美國不能熟視無睹，請各國尊重「九國公約」。

是日　參加中國國民黨五屆一中全會第四次大會，通過中央組織案。

十二月七日　參加中國國民黨五屆一中全會第五次大會，通過「今後黨務工作綱領」，並選出中央負責人員：㈠中央常務委員會主席胡漢民、副主席蔣中正；㈡中央政治委員會主席汪兆銘、副主席蔣中正；㈢國民政府主席林森；㈣五院院長：行政蔣中正、立法孫科、司法居正、考試戴傳賢、監察于右任，並以孔祥熙、葉楚傖、覃振、鈕永建、許崇智爲各院副院長。旋卽閉幕。

十二月九日　晨自京返滬，與記者談辭去文化學術之名譽職，實因年邁力衰，不願徒負虛名。（註七七）

是日　北平學生遊行請願，反對僞自治組織，要求團結救亡。（卽「一二九運動」）

是日　致李煜瀛、李書華函。（註七八）

十二月十一日　中央研究院總幹事丁文江在湘中煤毒，翁文灝、戚壽南飛往探視。中央研究院總幹事丁文江於日前因事赴湘，在衡州曾中煤毒，故身體頗感不適，經醫診治，漸趨良好。實業部北平地質調查所所長翁文灝，及中央醫院內科主任戚壽南，特於晨由京乘蔣委員長自備之飛機飛衡探視，並再作妥愼之療治。（註七九）

十二月十二日　馬相伯、陶行知（知行）、沈鈞儒、章乃器、王造時等二八三人以「文化界救國會」名義，在上海發表救國宣言，主以最大努力，維護領土完整。（廿七日「上海文化界救國會」成立）

十二月十六日　國立中央博物院成立理事會，組織規程公佈，敎育部聘先生等爲理事。（註八〇）

十二月十九日　行政院蔣院長告駐華日使有吉明，中國外交本既定方針，絕不變更。

十二月二十日　遷居南京，撰詩贈養浩夫人。（註八一）

十二月廿五日　國民政府明令：首都、武漢、淞滬三區宣布戒嚴。（註八二）

是日　殷汝耕改「冀東防共自治委員會」為「冀東防共自治政府」，自任「政務長官」。

十二月卅一日　國民政府特派李宗仁、白崇禧為湘、桂、黔邊區剿匪正副總司令。

註一：拙編「蔡元培先生全集」頁六五八。

註二：中國國民黨八十年大事年表。

註三：高平叔「蔡元培年譜」頁一二〇。

註四：民國二十四年一月十四日「申報」。

註五：民國二十四年一月十九日，同上。

註六：民國二十四年一月廿七日，同上。

註七：民國二十四年一月廿九日，同上。

註八：同註三，頁一二一。

註九：同上。

註一〇：同註二。

註一一：國立政治大學東亞研究所出版，姜新立「瞿秋白的悲劇」頁三七五。

註一二：民國二十四年三月九日「申報」。

註一三：民國二十四年三月廿二日，南京「中央日報」。

註一四：同上。

註一五：同註三。
註一六：民國二十四年三月廿九日，同上。
註一七：「文化建設」月刊，第一卷第七期。
註一八：民國二十四年四月八日「申報」。
註一九：「文化建設」月刊，第一卷第八期。民國二十四年四月十二日，同上。
註二〇：民國二十四年四月二十日「中央日報」。
註二一：民國二十四年四月廿二日，同上，「時人行跡」。
註二二：民國二十四年四月廿四日，同上。
註二三：民國二十四年四月廿五日，同上。
註二四：同註三，頁一四三。
註二五：民國二十四年四月廿八日「中央日報」。
註二六：民國二十四年四月三十日，同上。
註二七：同註二四。
註二八：同上。
註二九：民國二十四年四月廿二日「中央日報」。
註三〇：同上。
註三一：民國二十四年五月四日，南京「中央日報」。

註三二：民國二十四年五月五日，同上，「時人行踪」。
註三三：民國二十四年五月二十日，同上。
註三四：拙編「蔡元培先生全集」頁六六二。
註三五：同註三，頁一二三。
註三六：同上。
註三七：同上。
註三八：同上。「學校生活」第一〇七期。
註三九：同上。
註四〇：民國二十四年六月十八日「申報」「時人行跡」。
註四一：周天度「蔡元培生平活動年表」。
註四二：「中央研究院評議會第一次報告」。民國二十四年六月廿二日「申報」。
註四三：民國二十四年六月廿一日，同上。
註四四：民國二十四年六月廿七日，同上。
註四五：民國二十四年七月三日，同上。
註四六：同註三，頁一二四。「科學畫報」民國二十四年七月份。
註四七：同註四一。
註四八：同註一，頁六六二。

註四九：同註三，頁一二二四。
註五〇：同註一，頁一二八四。
註五一：民國二十四年八月二十日「申報」。
註五二：同註一，頁九八五。
註五三：民國二十四年九月四日「申報」。
註五四：民國二十四年九月六日，同上。
註五五：民國二十四年九月八日，南京「中央日報」。
註五六：民國二十四年九月九日，同上。
註五七：民國二十四年九月十一日，同上。
註五八：民國二十四年九月十四日，同上，「時人行踪」。
註五九：民國二十四年九月廿六日，同上。
註六〇：同註三，頁一二二五。
註六一：同上。
註六二：同上。
註六三：同註一，頁六六五。
註六四：民國二十四年十月廿六日，南京「中央日報」。
註六五：同註一，頁九八五。

註六六：民國二十四年十一月二日，南京「中央日報」。
註六七：同註一，頁八八二。「革命文獻」第五十三輯。
註六八：民國二十四年十一月六日，南京「中央日報」。
註六九：民國二十四年十一月十二日，同上。
註七〇：民國二十四年十一月十七日，同上。
註七一：民國二十四年十一月十九日，同上。
註七二：民國二十四年十一月二十日，同上。
註七三：民國二十四年十一月廿四日，同上。
註七四：民國二十四年十一月廿六日，同上。
註七五：民國二十四年十二月二日，同上。
註七六：民國二十四年十二月六日，同上。
註七七：民國二十四年十二月十日，同上，「時人行踪」。
註七八：拙編「蔡元培先生全集」頁一二六六。
註七九：民國二十四年十二月十二日，同上。
註八〇：民國二十四年十二月十六日，同上。
註八一：同註一，頁六六八。
註八二：民國二十四年十二月廿六日，南京「中央日報」。

七十歲　民國二十五年　一九三六　丙子

一月一日　函覆北大師生蔣夢麟、羅家倫等贈屋祝壽，表示「誓以餘年盡力於對國家文化的義務」。（註一）

（按：覆函係先生墨跡，爲編者最早發現。民國五十六年爲紀念先生百年誕辰，錄入臺灣商務印書館印行之「蔡元培先生全集」。）

一月五日　中央研究院總幹事丁文江中煤毒醫治無效，在湘雅醫院逝世，享年四十九歲。（註二）

一月十五日　浙贛鐵路通車。

一月十六日　由滬乘夜快車晉京，面慰丁文江遺屬，並籌備追悼及紀念事宜。（註三）

一月十八日　主持丁文江追悼會並致詞，深表哀悼。（註四）

一月十九日　中國科學社爲先生七秩慶壽。（註五）

是日　先生乘夜車出京，翌晨抵滬。（註六）

一月二十日　上海各界名流公祝先生七秩大慶，先生致詞答謝，柳亞子等卽席賦詩。

上海美術專科學校校董會、中華職業教育社、鴻英教育基金委員會、中華藝術教育社等文化團體，由孫科、孔庸之、吳鐵城、錢永銘、劉海粟、沈恩孚等發起於本日在國際大飯店公祝蔡元培七秩大壽，到黨政學術各界名流：孫科、何應欽、張學良、顧少川、吳鐵城、柳亞子、杜月笙、梅蘭芳、李登輝等一百七十餘人，靜安寺路車水馬龍，極一時之極。由錢新之、劉海粟、鄢克昌等分別招待，七時，由籌備會派幹事劉海若赴蔡邸恭迎。蔡先生偕夫人蒞場時，全體一致起立，掌聲雷震，喜氣歡騰。七時半入席，由劉海粟主席，請孫院長哲生代表同人致祝詞。

吳市長建議創研究所：席間吳市長等以蔡先生致力文化教育、美術事業，數十年不遺餘力，提議發起組織一文化機關，紀念蔡先生。當以蔡先生演說時表示今後願專心盡力美育，當一致議決發起孑民美育研究所，以爲永久紀念。當推孫科、孔庸之、柳亞子、黃伯樵、王曉籟、吳鐵城、錢新之、王雲五、劉海粟、潘公展、李大超等爲籌備員，孫院長、吳市長爲召集人。席間觥籌交錯，至十時宴畢。孫院長卽席題「老當益壯」四字，蔡先生莞爾受之。並由王一亭、閣甘園、劉海粟，卽席揮毫，畫松柏多幀爲壽。沈恩孚卽席賦詩云：「偶憶尼山曾自傳，當年七十矩從心，況公新國尊元老，永作人師艷士林。」柳亞子卽席寫詩：「並世勳名推逸老，他年評價勝尼山；一言我佩林庚白，倔強昌黎肯俯顏。」爲祝，十一時賓主始盡雅興。（註七）

是日　先生以衆情難却，飲酒過量，身體稍感不適。此後周夫人限其酒量，每次只可飲紹與酒一杯。

一月廿一日　爲丁文江遺像題詞。（註八）

一月廿七日　撰「王著文中子眞僞滙考序」。（註九）

一月　爲劉復（半農）撰寫碑銘。（註一〇）

二月一日　爲故宮博物院、北京大學、中央研究院歷史語言研究所聯合出版「清內閣舊藏漢文黃册聯合目錄」撰寫序文。

略謂：吾國古昔檔案，僅有淸一代尙有留遺，惟久經堆積，次序凌亂，非下絕大整理工夫，無從翻檢。故宮博物院文獻館遂取淸內閣大庫所藏之漢文黃册六千餘册，先行整理。再取北大所藏七千餘册，及中硏院史語所所藏一千九百餘册，亦重加整理，滙編聯合目錄。「於是首尾銜接，粲然可稽。任事者之勤苦，卽閱覽者之便利，有功史學，夫豈淺鮮！」（註一一）

是日　油印致各大學校長函。

先生致各大學校長函，轉錄比京世界學生聯合會來函，表示願與中國學生界取得聯絡，希將中國最近之學生組織與其活動情形見告；該會並願按期郵寄其各種出版品與中國之出版品相交換。先生用蠟紙親筆繕刻一函，油印後分寄全國各大學校長，請將各該校之出版品擇要檢寄上海中央研究院辦事處，以便滙轉。（註一二）

二月十三日　美財政部長毛根韜宣布，決定與中國合作，援助解決幣制問題。

二月十四日　開始撰寫「蔡元培自寫年譜」。（註一三）

二月十五日　到南京，主持故宮博物院常務理事會會議。

故宮博物院理事會第八次會議於下午三時在行政院會議廳舉行，到理事長蔡元培，理事王世杰、翁文灝，故宮博物院院長馬衡等十餘人。由理事長蔡元培主席，討論要案多件，直至六時許始散。（註一四）

二月十六日　於南京北大同學會祝壽聚餐會上發表答謝演說，講述整頓北大經過。

南京北大同學會，十六日正午假中央飯店舉行春季聚餐會，並慶祝前校長蔡元培七十誕辰。到王世杰、石瑛、譚熙鴻、黃右昌、王景岐、段錫朋、羅家倫、陳劍翛、黃建中、王昉等二百餘人，群向蔡氏行三鞠躬禮，並鳴鞭炮一萬響。攝影後，即舉行聚餐。首由王世杰、石瑛分別致詞，歷述先生在文化界及教育界之各種貢獻。蔡先生答詞，備極謙遜，略謂：「前後擔任北大校長十年，各種理想並未完全實現。昔蘧伯玉行年五十而知四十九年之非，若本人則回首過去六十九年中，實無一是處。今母校教職員諸位先生及諸位同學，爲本人祝壽，本人殊不敢當。以諸位之年齡合計不知幾千百倍於本人，而預料諸位將來達於七十歲時，其對國家社會之貢獻，更不知將幾千百倍於本人，是今日諸位之祝我者，我將還以祝諸各位」云云。席間觥籌交錯，各同學並一一向校長敬酒，黃右昌於酒半時起立誦詩，以祝純嘏。座間掌聲大起，蔡先生年雖七十，而精神矍鑠，面部紅潤。興致極爲濃厚，曾面允各同學每人贈最近照片一張，並親題上下款，以留紀念。直至下午三時始盡歡而散。（註一五）

是日　發表「丁在君先生對於中央研究院之貢獻」一文。

謂丁文江君較大的貢獻：第一是加速成立評議會；第二是建立基金保管委員會；第三是更定各研究所與總辦事處之預算。其他如促進各研究所緊張工作，減少行政費以增加事業費；擴大合作範圍等等，都取得良好效果。

二月十八日　應邀參觀國立戲劇學校並演說，對戲劇起源及發展，發揮闡明至爲詳盡。（註一六）

二月十九日　晨自京返滬。（註一七）

二月二十日　中共毛澤東派劉子丹股由陝北東渡黃河，向晉西產糧地帶竄犯。

二月廿二日　參加蘇聯版畫展覽會開幕式，發表演說。

二月廿三日　中國公學畢業同學爲先生祝壽。

中國公學畢業同學，本日正午假座八仙橋青年會，爲該校董事長蔡元培先生晉祝七秩大壽。到吳繼澤、郭虛中、龍英傑、駱亦文、毛仿梅、水祥雲、孫珍田、姚兆里、聶海帆、周憲初、劉良、金湛、陳松茂、黃亞強、范才聰，及校董朱應鵬、鄒馨棣等六十餘人。壽堂佈置，簡潔隆重，先生蒞場時，全體一致起立，鼓掌歡迎，情殊熱烈。卽席由同學會代表敬致頌詞，略謂：「蔡董事長旣爲黨國元老，復爲我國學術界之泰斗，道德文章，稱重全國。維護母校，尤爲赤誠，幸達七十大壽，敬祝康健，願爲國延年，永造邦家之福」云。繼由先生答詞，略謂：「中公乃有悠久歷史之學校，與黨國具有深切之關係。自『一二八』校舍被燬以還，迄今未復舊觀，撫念當時，諸先烈創校之苦心，實令人感慨係之！今日歡聚一堂，祝我賤辰，殊不敢當，願乘斯時會，共商復興母校之所見，以期奠定校基於磐石，則中國公學萬歲，祝諸位之康健」云云。末卽全體攝影，又該同學會致贈蔡氏「魯殿靈光」大銀盾一座，以誌紀念，三時許盡歡而散。（註一八）

二月廿六日 日本發生政變，叛兵三千攻佔政府及重臣官邸，首相岡田，內大臣齋藤等遇害，日皇召開御前會議，宣布全國戒嚴，交易所休業。

是日 川、滇、黔國軍圍剿結集畢節之蕭克、賀龍中共殘部。

二月廿九日 陝北渡河東擾之中共劉子丹股，經晉軍痛擊潰敗。

是日　電唁俄科學家班夫羅夫。

俄國國家科學院會員、生理學家班夫羅夫逝世，先生以中央研究院院長身分，電俄國國家科學院院長卡本斯基，代向班家族致唁。（註一九）

三月一日　國民政府令自卽日起實施「兵役法」。

三月五日　日皇任命現任外相廣田弘毅為首相，組織新內閣。

三月六日　與吳鐵城、馬良刊登啓事介紹畫家張允仁。（註二〇）

三月七日　德元首希特勒宣告廢止羅卡諾公約，德國軍隊開入萊茵河非武裝區域。

三月十二日　蘇俄與「外蒙」簽訂「軍事互助協定」。

三月十五日　參加王光祈追悼會，致悼詞。（註二一）

三月廿一日　晉軍在離石以北擊潰中共劉子丹股，並將劉擊斃。（一說劉子丹四月十四日死於中陽三交鎭）

三月　為英文「中國季刊」撰寫的「中國之中央研究院與科學研究」一文發表。（註二二）

四月四日　中共代表李克農到陝西洛川王以哲軍部，張學良自西安來晤。（經李安排，六月，張又飛延安晤周恩來，商合作抗日，由蔣委員長領導。）

四月六日　為程演生所輯「中國內亂外禍歷史叢書」撰寫序文。

謂「方今學者當國難嚴重之期，切民族自決之望，得是書以增其刺激，其于吾中國之將來，必大影響」。（註二三）

四月七日　外交部嚴重抗議蘇俄與「外蒙」簽訂協定。

四月十五日　赴南京，主持故宮博物院保存庫奠基式，並參加理事會會議，續任理事長。（註二四）

是日　國立中央博物院理事會成立，召開首次會議，先生任主席，通過成立人文、自然、工藝三館。（註二五）

四月十六日　主持中央研究院首屆評議會第二次年會，作「國立中央研究院進行工作大綱」報告。（註二六）

四月十八日　武漢發生極強烈暴風與迅雷豪雨交作，全市人心震撼，烈度爲百年僅見，毀屋、覆舟，傷人無數，死亡亦夥，住戶片蓆無存，災民千餘待救。（註二七）

是日　主持第十二屆中華教育文化基金會年會，通過二十五年度事業預算，確定文化機關補助金額，改選職員，先生連任董事長。（註二八）

四月廿二日　擬聘李四光繼任中央研究院總幹事。（註二九）

四月三十日　粵漢鐵路株韶段接軌告成，全線通車。

四月　爲「交通大學四十周年紀念刊」撰寫「記三十六年前之南洋公學特班」一文。

五月一日　立法院三讀通過「憲法草案」。

五月二日　立法院通過「國民大會代表選舉法」。

五月五日　國民政府明令公布「中華民國憲法草案」。（五五憲草）

五月八日　致李書華函。

五月十日　領銜發表「我們對於推行新文字的意見」，列名者共六八八人。

五月十二日　中國國民黨中央常務委員會主席胡漢民逝世廣州，年五十八歲。

五月十五日　爲亞東圖書館新印顧頡剛編訂之「崔東壁遺書」題詞。

謂：「崔東壁氏，舉秦以前之史實參互比較作考信錄，因其可疑者而疑之，因其可信者而信之，雖間有證據不周之點，然其實事求是之精神，則至今猶新；雖謚之清代之王仲任，無不可也。」（註三〇）

五月二十日　爲張建華所譯「科學界的偉人」一書撰寫序文。

此書爲日本吉松虎暢原著，「歷述世界大科學家生平事迹，將近百人，可當傳記讀，因其井然有序，亦可當科學發達史讀也。」序文強調：「欲救中國萎靡不振中，惟有力倡科學化，故極期望時彥俊士，能急當務之所急，一改空談之舊習，致力於實際之探討，庶國家前

途有望焉。」（註三一）

是日　中共毛澤東部在山西被擊退，回竄陝北，主力盤據延川、永平鎮一帶。

六月二日　中國國民黨西南執行部、西南政務委員會電請中央黨部、國民政府立即對日抗戰。

六月四日　兩廣將領陳濟棠、李宗仁、白崇禧等，通電響應二日西南執行部及西南政務委員會電，請中央准許出兵北上抗日。

六月九日　中央研究院成立八周年，上海辦事處及滬各研究所舉行紀念會，發表演說。（註三二）

六月十日　致李書華函。（註三三）

六月十一日　聘朱家驊繼任中央研究院總幹事。

六月十四日　章炳麟卒於蘇州，年六十八歲。

六月十六日　中央與西南代表在衡州舉行和平談判。

六月十七日　撰寫「高劍父的正反」一文。

略謂：「世間萬事，無不循由正而反，由反而合之型式，而循環演進以至於無窮，此爲德國哲學家海該爾氏所揭之定律，而唯物論家之辨證法亦承用之。」「吾嘗以此律應用於吾國之畫史，漢、魏、六朝之畫，正也；及印度美術輸入而一反；唐、宋作家採印度之特長融入國畫，則顯爲合矣。明、清以來西洋畫輸入，不免有醉心歐化蔑視國粹者，可爲反的時代；今則國畫之優點，又漸漸喚起國人與外國人之注意，是又爲自反而合之開始矣。」此一時期，由反而合之工作，高劍父致力甚多。（註三四）

六月廿二日 兩廣組織獨立「軍事委員會」，陳濟棠自任爲「委員長兼抗日救國軍聯軍總司令」，李宗仁副之。

六月廿八日 內蒙成立僞軍政府，以德王爲首，受日本控制。

六月 與胡適、王雲五聯名發出「徵集張菊生先生七十生日紀念論文篇」，分寄張元濟之友人，請撰寫有價値之論文，集爲紀念册，作爲賀張七十生日壽禮。（註三五）

六月 爲英文「中國年鑑」（一九三五年至一九三六年）撰寫「前言」。（註三六）

七月四日 應李公樸之屬，爲「讀書生活」雜誌寫「我青年時代的讀書生活」一文。略述考中秀才後自由閱讀之情況，以爲受益最多之書爲：朱駿聲之「說文通訓定聲」、章學誠之「文史通義」、兪正燮之「癸巳類稿」及「癸巳存稿」。（註三七）

是日 廣東飛行員四十名反對異動，駕機離廣州。

七月七日 粤機九架飛抵南京。

七月八日 第一軍軍長余漢謀抵南京謁蔣委員長，商談粤事。廣東東區綏靖委員李漢魂宣言擁護中央。

七月十日　晨自滬晉京參加謁陵，並出席中國國民黨第五屆中央執行委員會第二次全體會議預備會議。

七月十一日　出席中國國民黨第五屆二中全會第一次大會，主持提案審查委員會教育組審查會。

七月十三日　出席中國國民黨第五屆中央監察委員會第二次全會，通過國民黨黨員及黨部處分規程。（註三八）

七月十四日　出席中國國民黨第五屆二中全會第三次大會，散會後稍憩，即於十一時在中央大禮堂舉行閉幕式。旋發表宣言：對內以最大容忍與苦心，蘄求全國團結；對外絕不容任何侵害領土主權之事實。

七月十六日　自京返滬。謂記者云：「收拾粵局，可以避免軍事力量。」（註三九）

七月十八日　參加章炳麟追悼會。輓以聯云：

後太沖、炎武，已二百餘年，驅韃復華，窺比遺老。

與曲園、仲容，兼師友風義，甄微廣學，自成一家。（註四〇）

是日　陳濟棠下野，離粵赴香港。

七月三十日　李宗仁、白崇禧在桂組「軍政府」，推李濟琛爲主席。
七月　爲「粵漢鐵路株韶段通車紀念刊」撰「粵漢鐵路與南北文化溝通之關係」一文。（註四一）
八月三日　爲蔡尚思著「中國思想研究法」一書寫序。謂：方法重於具體的智識。（註四二）
八月六日　國際筆會中國分會在上海交通大學開會，任主席，通過參加中蘇名人追悼會。
中蘇文化協會發起舉行中蘇名人追悼會，追悼中國的章炳麟、丁文江、高楚旦、曾孟樸及蘇聯的巴甫洛夫、高爾基、卡爾平斯基，要求筆會參加。決議：同意。（註四三）
八月十九日　廣西組織獨立「政府」，李宗仁任主席。
八月廿四日　成都發生反日暴動，毆斃日人渡邊洸三郎、深川經二，另二人受傷，爲軍警救出。（此四人甫自重慶來此，卽「成都事件」。）
八月三十日　吳越史地研究會成立，被推爲會長。（註四四）
八月　爲「劉申叔先生遺書」出版，撰寫「劉君申叔事略」一文，並題簽書名。
謂劉師培卒年三十有六，所著書經校印者，「凡關於論羣經及小學者二十二種，論學術及文辭者十三種，羣書校釋二十四種，詩文集四種，讀書記五種，學校教本六種。除詩文集外，率皆民元前九年以後十五年中所作，其勤敏可驚也。」（註四五）

九月一日　粵漢鐵路全線通車。

九月三日　日僑中野順三在廣東北海爲桂軍翁照垣部所殺。（北海事件）

九月六日　國民政府派李宗仁爲廣西省綏靖主任，白崇禧爲軍事委員會常務委員，黃紹竑爲浙江省政府主席。

九月九日　爲黃寄萍所編「當代婦女」一書撰寫序文。

謂：「二十世紀的中國婦女，彷彿似春初雨後之筍，嶄然露頭角於久經斬伐之園林，欲與西鄰之森然矗立者競秀。顧如何而能解除傳統的箝制，與世界出類拔萃的婦女競爭，則必鍛鍊其體格與心智之能力，卓然有所表見而後可。」（註四六）

九月十三日　駐華日使川越茂抵南京，向外交部長張羣交涉成都及北海兩事件。

九月十七日　李宗仁、黃旭初由南寧飛抵廣州晉謁蔣委員長，表示服從中央。（兩廣事件解決）

九月二十日　中央研究院派員再往發掘殷墟遺址。

中研院歷史語言研究所第十四次發掘殷墟遺址，定本日出發，派梁思永等五人前往工作。因歷年發掘所得出品無窮，對歷史上研究有重大收穫，故結束時期須俟此次發掘後再定。（註四七）

九月廿二日　中共毛澤東親函先生深表仰慕。並稱贊其堅持抗日愛國和進行文化事業的立場。（註四八）

九月　在上海主持高夢旦追悼會，並輓以一聯。聯曰：

理想盡超人，平易只求合理化；

文章能壽世，菁華尤在教科書。

九月　爲鄭紹文譯「人與地」一書撰寫序文。（註四九）

十月二日　作「端方電檔中關於蘇報案往來各電」序，寄沈兼士。

十月七日　爲商務印書館編印「讀書指導」第二輯撰寫序文。（註五〇）

十月十日　爲「大公報廿五年國慶特刊」撰寫「二十五年來中國研究機關之類別與其成立次第」一文。（註五一）

是日　發表「辛亥那一年」一文。

是日　在首都全國童子軍總檢閱致訓詞。（註五二）

十月十一日　在鄒韜奮主編的「生活星期刊」上發表「墨子的非攻與善守」一文。

文中贊揚墨子的反侵略精神，同時爲該刊雙十特刊「中國與中國人」題詞：「中國爲一人，天下爲一家。」（註五三）

十月十二日　興中會會員尤列逝世於南京，享年七十二歲。

十月十九日　左傾文人魯迅逝世。與宋慶齡等組織治喪委員會。（註五四）

十月廿三日　魯迅安葬，親輓以聯。文曰：

著作最謹嚴，非徒中國小說史；

遺言太沉痛，莫作空頭文學家。（註五五）

是日　我在「五四運動時的回憶」一文發表。（註五六）

十月廿八日　義大利承認僞「滿」，而以日本承認義大利兼併阿比西尼亞爲交換。

十月卅一日　蔣委員長五秩華誕，在洛陽照常處理公務。首都及全國各地紛紛獻機祝壽。

十一月一日　參加魯迅紀念委員會，被推爲主席，推動「魯迅全集」之出版。魯迅夫人景宋女士會中向各界致謝。（註五七）

十一月四日　美國羅斯福總統當選連任。

十一月十二日　抵南京主持中央博物院奠基式及理事會會議。（註五八）

十一月十三日　午前九時到龍蟠里國學圖書館閱書。（註五九）

十一月十六日　所撰「記魯迅先生軼事」一文發表。（註六〇）

十一月十八日　由南京回上海。（註六一）

十一月廿八日　身體不適，大病，瀕危者再，經醫學專家斷爲嚴重的傷寒症，經悉心診治，漸脫險境。此次大病後，健康日漸衰弱。

先生臥病期中，友人及門生如朱家驊、蔣夢麟、羅家倫等連日在宅中舉行會議，商討救治之方，曾有「蔡先生爲國家人，應由大衆籌商救治」之語。（註六二）

十二月一日　毛澤東、朱德、張國燾、周恩來等中共首要，致書蔣委員長，請當機立斷，允許中共「救國」要求，化敵爲友，共同抗日。

十二月三日　張學良至洛陽謁蔣委員長，謂西北事急，請親臨解決。

十二月四日　蔣委員長偕西北剿匪總部代總司令張學良由洛陽赴西安。

十二月十二日　張學良、楊虎城等受中共煽惑，在西安刼持蔣委員長。（西安事變）

是日　晚深夜中國國民黨中央常務委員會與政治委員會召開臨時緊急會議，一致決議將張學良褫職嚴辦。並決定行政院由副院長孔祥熙負責；軍事委員會由副委員長及常務委員負責。加推何應欽等六人爲軍事委員會常務委員。

十二月十四日　中國國民黨中央黨史史料編纂委員會主任委員邵元冲在西安事變中負傷，本日傷重不治，卒於西安，年四十七歲。

是日　先生病狀續有起色。

本日報載：「國立中央研究院院長蔡孑民氏病狀，迭見連日報章，已有起色。茲復從中研院探悉，蔡氏病狀，續見進步，今日體溫上午華氏九十九度，下午一百度點二，脈搏八十八，血壓正常，飲食增加，大約可以脫險。」云。（註六三）

十二月十五日　張學良叛變，中央爲籌解決辦法，留滬四元老除蔡元培氏臥病外，吳稚暉、李石曾、張靜江陸續晉京。（註六四）

十二月十六日　國民政府下令討伐張學良，特派何應欽爲討逆軍總司令，出師討逆。

十二月十七日　國民政府特派劉峙爲討逆軍東路集團軍總司令，顧祝同爲西路集團軍總司令。

十二月十八日　上海「大公報」社論「給西安軍界的公開信」，勸告張、楊悔悟。全國輿論同聲申討叛逆。

十二月二十日　宋子文飛抵西安，晉謁蔣委員長。（翌日飛返南京）

十二月廿二日　蔣夫人宋美齡飛赴西安探視蔣委員長，宋子文、端納（W. H. Donald）等偕行。（按：端納係澳洲人，曾爲張學良顧問，後任蔣委員長顧問。）

是日　汪兆銘自義大利啓程返國。

十二月廿五日　蔣委員長自西安脫險，飛抵洛陽。張學良深自悔悟，親自護送赴京請罪。

十二月廿六日　蔣委員長返抵南京，舉國騰歡。（按：不佞此生曾親身經歷兩次舉國狂歡：

一為委員長西安脫險歸來，一為八年抗戰日寇投降。）

十二月卅一日　軍事委員會軍法會審，判處張學良徒刑十年，褫奪公權五年。

是日　蔣委員長呈請國民政府特赦張學良。

十二月　所撰「愛國女學三十五年來之發展」一文，於「愛國女學校三十五周年紀念刊」中刊出。（註六五）

註一：先生墨跡。拙編「蔡元培先生全集」頁一一一七、一一二六〇。

註二：民國二十五年一月六日「申報」。

註三：民國二十五年一月九、十七日，同上。

註四：民國二十五年一月十九日，同上。

註五：同上。

註六：同上，「時人行踪」。

註七：民國二十五年一月廿一日，同上。

註八：拙編「蔡元培先生全集」頁六七〇。「東方雜誌」三十三卷二號。

註九：高平叔編「蔡元培年譜」頁一二七。

註一〇：拙編「蔡元培先生全集」頁六六九。

註一一：同上，頁九九三。

註一二：同註九。

註一三：同上。

註一四：同上，先生「雜記」手稿；民國二十五年二月十六日，南京「中央日報」。

註一五：民國二十五年二月十七日，南京「中央日報」。

註一六：民國二十五年二月十九日，同上。

註一七：民國二十五年二月二十日，同上。

註一八：民國二十五年二月廿四日「申報」。

註一九：民國二十五年三月一日，同上。

註二〇：民國二十五年三月六日，同上。

註二一：同註九。

註二二：同上。

註二三：拙編「蔡元培先生全集」頁九九四。

註二四：民國二十五年四月十六日「申報」。

註二五：同上。

註二六：民國二十五年四月十七日，同上。

註二七：民國二十五年四月十九日「申報」。

註二八：同上。

註二九：民國二十五年四月廿三日，同上。
註三〇：拙編「蔡元培先生全集」頁九九五。
註三一：同上。
註三二：同註九，頁一三〇。
註三三：同註三〇，頁一二六七。
註三四：同註三二。
註三五：同上。
註三六：同上。
註三七：同上。
註三八：民國二十五年七月十四日「申報」。
註三九：民國二十五年七月十六日，同上。
註四〇：同註三二。
註四一：拙編「蔡元培先生全集」頁六七二。
註四二：同上，頁九九七。
註四三：同註三二。
註四四：同上。
註四五：拙編「蔡元培先生全集」頁六七五。

註四六：同註三二。
註四七：民國二十五年八月廿一日「申報」。
註四八：胡國樞「蔡元培」（浙江歷史小叢書）頁九八。
註四九：拙編「蔡元培先生全集」頁一〇二一。
註五〇：同上，頁一〇二四。
註五一：同註九，頁一三二。
註五二：拙編「蔡元培先生全集」頁九〇六。
註五三：周天度「蔡元培生平活動年表」。
註五四：同註五一。
註五五：同上。
註五六：同註五三。
註五七：民國二十五年十一月四日「申報」。
註五八：同註五一。
註五九：同上。
註六〇：同上。
註六一：同上。
註六二：柳亞子「紀念蔡元培先生」，周新「記蔡子民先生的病」。

註六三：民國二十五年十二月十四日「申報」。
註六四：民國二十五年十二月十五日「申報」。
註六五：同註五一。

七十一歲　民國二十六年　一九三七　丁丑

一月四日　國民政府明令特赦張學良，免除徒刑，交軍事委員會嚴加管束；褫奪公權仍有效。

一月五日　我國參加巴黎國際博覽會，組織徵集物品委員會。蔡無忌被推爲工商技術品審查委員。（註一）

是日　行政院任命顧祝同爲軍事委員會委員長西安行營主任，孫蔚如爲陝西省政府主席，王樹常爲甘肅省政府主席。楊虎城、于學忠撤職留任。

是日　前中央研究院地質調查所所長丁文江逝世週年紀念，北平中國地質學會、北京大學地質系及實業部地質調查所北平分所聯合舉行週年祭，李書華、胡適等致詞。

一月七日　中央研究院地質研究所長李四光赴九江、繼續廬山附近一帶冰磧層之調查研究。（註二）

一月十日　楊虎城、于學忠對中央命令不表服從。

一月十四日　汪兆銘返國抵滬。

一月十五日　前遼寧省主席米春霖飛西安，傳諭中央對陝事善後處置之寬大，期楊虎城能體念中央當局爲國爲民之摯忱。而中共毛澤東派周恩來在西安大事拉攏張、楊所部將領，冀圖赤化西安。（註三）

是日　川湘公路通車，自長沙至銅梁，全程一千五百公里。川湘交通已不限長江水路矣。（註四）

一月廿六日　楊虎城等表示接受中央命令，將所部撤至指定地區。

一月廿九日　日本宇垣組閣遭軍部反對，日皇命前岡田內閣中之林銑十郎陸相組閣。

一月　與胡適、王雲五爲徵集菊生先生七十生日紀念論文集刊出啓事。（註五）

二月二日　西安發生暴動，東北軍特務團長孫銘九反對撤兵，槍殺軍長王以哲、參謀長徐方。

二月八日　國軍入駐西安（陝局敉平）。

二月十日　中共中央致電國民政府及中國國民黨五屆三中全會，要求集中國力，團結禦侮，並提四項保證，表示服從中央。

四項歸順保證：㈠停止推翻國民政府的武裝暴動方針；㈡「蘇維埃政府」改名爲中華民國特區政府，「紅軍」改名爲國民革命軍，直接受南京中央政府軍事委員會指導；㈢在特區

內實施普選的徹底民主制度；㈣停止沒收土地政策，執行抗日民族統一戰線共同綱領等。（註六）

二月十四日　中央研究院天文研究所測出民國三十年日全食線。（註七）

二月十五日　中國國民黨第五屆中央執行委員會第三次全體會議在南京舉行，先生因病告假。

二月十七日　軍事委員會辦公廳主任陸軍上將朱培德逝世，年四十九歲。

二月二十日　中國國民黨五屆三中全會決議本年十一月十二日召開國民大會，制定憲法。（註八）

是日　中國地質學會在北平舉行年會。（註九）

二月廿二日　中國國民黨五屆三中全會閉幕，發表全會宣言：對外繼續維護領土主權的完整，對內共守和平統一信條。

二月　大病後，時愈時發，直至二月中，始漸告痊可。（註一〇）

二月　爲上海北大同學會撰擬並書寫之「募建會所基金緣起」一文印出。

略謂：學生畢業後，利用同學會求學，可分通、專兩類：「通的如立身的規範，報國的職責，服務社會的事項，可以共通討論的很多。」專的是就原修各科分編小組，其求學方法可採講習會與讀書會之型式。（註一一）

二月　杜門養病期間，閱讀「雪橋詩話」第二集，共八卷；第三集，共十二卷。遼陽楊鍾義所著，被編入「求恕齋從書」。閱讀時，「爲綴新式標點，認爲可喜者以連圈志之，並節錄要語」。（註一二）

三月四日　閱商務印書館編印的「張菊生先生七十生日紀念論文集」一巨册。對集中葉恭綽所作的「歷代藏經考略」、孟森的「己未詞科錄外錄」、吳其昌的「甲骨金文中所見的殷代農稼情況」、馬衡的「關於鑒別書畫的問題」等篇，均仔細閱讀，摘寫筆記。（註一三）

三月廿三日　第二屆全國美術展覽會在南京開幕。（四月一日閉幕）

三月廿五日　蔣經國自莫斯科起程返國。

三月　撰「汪龍莊先生致湯文端七札之記錄與說明」一文。（註一四）

四月一日　第三屆全國氣象會議及中國氣象學會在南京北極閣氣象研究所召開，由竺可楨主持，會中通過設立中央氣象局，由氣象研究所等機構籌備。

四月六日　外交部長王寵惠代理行政院院長。

四月十四日　致傅斯年函，爲中央研究院評議會秘書翁文灝出國，請其代理。

四月十八日　撰「十年來之國立中央研究院」。（註一五）

四月十九日　蔣經國自蘇俄返抵杭州。計自民國十四年十月至蘇俄留學，苦學十二年。因見國家危難日亟，乃決心返國，共赴時艱。（註一六）

四月廿二日　中國國民黨中央常會通過修正「國民大會組織法」及「憲法草案」。

是日　中美航空線正式開航。

四月廿五日　日本策動僞蒙軍侵犯綏遠。

四月三十日　主持中華教育文化基金董事會，通過下年度預算及補助費，當選連任董事長。（註一七）

五月三日　晉京主持中央研究院評議會三屆年會並致詞。（註一八）

五月五日　主持中國日食觀測會三屆常會。

中國日食觀測會本日晨開二屆常會，出席蔡元培（中央研究院）、李書華（中央研究院）、葉企孫（清大）、鄒儀新（中山大學）、高魯（天文學會）、魏學仁（物理學會）、丁爕林、余青松、陳遵嬀、竺可楨（物理、天文、氣象各研究所）等，由蔡先生主席並致詞。繼由高魯報告過去一年會務，張鈺哲、余青松報告上年赴俄日參加觀測日食情形，即討論關於籌備觀測民三十年日全食之各提案，均分別通過。至中午始散會。（註一九）

五月十二日　英王喬治六世加冕，我國派孔祥熙爲慶賀特使，典禮在倫敦威司敏斯大教堂舉行。遜王溫莎公爵將與離婚之華妃德小姐成婚。

五月十四日　中央研究院在閩設觀象臺。

是日　訪王寵惠於外交部，談一小時辭出。（註二〇）

五月十九日　中美無線電話開始通話。

五月二十日　爲同濟大學創校三十周年題詞。詞云：

治學之道，比於耕畬，日計不足，歲計有餘。卅年蘊積，穰穰盈車，精勤不已，益擴聲譽。（註二一）

五月廿五日　自京返滬，回私邸休息。（註二二）

是日　國民政府訓令：國民大會代表選舉定七月舉行。

五月廿八日　英內閣改組，財相張伯倫繼掌揆席。

六月一日　日據之臺灣總督下令各報停止發行漢文版，並厲行日語運動，取締使用臺語。

六月二日　國際筆會中國分會舉行第九次大會，先生聲明「不能出席，且力辭連任會長」，要求改推其他人繼任。旋改選孫科任本屆會長。（註二三）

是日　日貴族院議長近衛文磨受命組閣。

六月三日　中國國民黨中央常會決議以現行黨歌作爲國歌。以「吾黨」二字，應依廣義解釋

。（註二四）

六月十四日　爲中華書局編印的「辭海」題詞。（註二五）

六月十七日　蔣委員長邀請全國各大學教授及各界領袖，在廬山舉行談話會。對政治、經濟、教育及地方情形，相互交換意見，以供當局施政之參考。（註二六）

六月廿二日　撰「記宗仰上人軼事」一文，述其相交之經過。（註二七）

六月廿八日　日本關東軍司令部、朝鮮總督府、華北駐屯軍司令部、滿鐵總裁等各關係方面人物，在大連舉行重要會議，侵華形勢，日趨積極。

六月廿九日　楊虎城出國訪問，西安事變風波，已告完全平息。

六月　閱「上海——冒險者的樂園」一書。

謂：「此書卽墨西哥駐滬領事佛萊斯科所著也。揭發寓滬外僑作奸犯科之事，並對於李頓調查團亦所嘲罵，可謂不畏強禦矣。」（註二八）

六月　撰「世界短篇小說大系」序。（註二九）

七月七日　日軍在蘆溝橋附近演習，藉口失踪兵士一名，夜半砲轟宛平城，我駐軍第二十九軍團長吉星文率部奮起抵抗。（蘆溝橋「七七」事變）

七月十二日　蔣委員長電示第二十九軍軍長宋哲元，以不屈服、不擴大之方針，就地抵抗日軍。

七月十五日　中共公布「國共合作宣言」，宣布取消蘇維埃政府，成立「陝甘寧三省邊區政府」。

七月十七日　蔣委員長在廬山談話會嚴正宣布，蘆溝橋事變爲最後關頭，我當堅持最低限度立場。

七月廿四日　北平各大學教授發表時局宣言。

七月廿八日　二十八日日軍陷南苑，守軍將領第二十九軍副軍長佟麟閣、第一百三十二師師長趙登禹奮戰殉職。

是日　上海文化界成立救亡協會，先生與潘公展等當選理事，通過章程，並發表「救亡宣言」。上海文化界救亡協會，於下午七時舉行成立大會。到文化界人士五百餘人，行禮如儀，首向抗戰陣亡將士默哀三分鐘。卽由主席傅東華致開會詞，旋通過章程、提案。並電呈蔣委員長，乘勝收復失地，組織國際宣傳委員會，擴大對外宣傳等。旋選舉理事：計蔡孑民、潘公展、陶百川、吳開先、張菊生、曾虛白等當選理事。並通過上電蔣委員長，電云：「南京蔣委員長、北平宋哲元將軍勛鑒：國軍克復豐台廊房，全國歡騰，民族復興，此其發軔。特請令前方部隊，乘勝進擊，立卽規復冀、察兩省失地，再行會師榆關，殲滅倭寇，收復東北

四省。本會同人誓當犧牲一切，爲國效命。上海文化界救亡協會叩。」（註三〇）

八月九日　上海日軍向我虹橋機場挑釁，未逞。

八月十三日　上海日軍由江灣、閘北進犯市區，我軍奮勇抵抗。（「八一三」事變）

八月十四日　日機十八架自臺灣新竹機場起飛，轟炸我杭州筧橋航空學校，我空軍首次作戰，擊落日機六架，創造零比六之光榮戰績。

八月十五日　我國政府對於現在中日局勢發表聲明：爲維護領土主權，惟有實行天賦自衛權以應之。

八月十六日　國防最高會議常會決議：由國民政府授蔣中正爲三軍大元帥，統率全國陸海空軍。

八月廿一日　中俄簽訂「互不侵犯條例」。

是日　司法院宣告將陳獨秀原執行之有期徒刑八年，減爲執行有期徒刑三年。

八月廿二日　中國共產黨宣言服從國民政府，參加抗戰，願爲徹底的實現三民主義而奮鬥。中國工農紅軍正式改編爲八路軍，朱德與彭德懷分任總、副司令，受軍事委員會指揮。

八月　撰「重修賀秘監祠記」一文。

九月二日　蔣委員長特准成立特種警察訓練班於湖南臨澧，派戴笠爲主任。

九月五日　蔣委員長派胡適赴美，蔣百里赴德、意，說明日本侵華經過及其暴行事實。

九月九日　國防參議會成立。（參議委員包括各黨派要員）

九月廿二日　中國共產黨團結禦侮宣言正式發表，提出四項諾言：㈠中山先生之三民主義為中國今日之所必需，願為其徹底的實現而奮鬪；㈡取消一切推翻中國國民黨政權的暴動政策與赤化運動，停止以暴力沒收地主土地的政策；㈢取消現在的蘇維埃政府，實行民權政治，以期全國政權的統一；㈣取消紅軍名義及番號，改編為國民革命軍，受國民政府軍事委員會之統轄，並待命出動，擔任抗戰前線之職責。

九月廿八日　國際聯盟大會通過「譴責日本在華暴行案」。

秋　受聘為救亡協會宣傳部國際宣傳委員。

接文化界救亡協會宣傳部來函，稱：「茲敦聘先生為本會宣傳部國際宣傳委員會委員。」（註三一）

十月三日　上海教授作家協會戰時文化建設委員會籌備設立戰時建設大學（簡稱戰時大學）。

十月六日　美國務院宣言，斥責日本在華侵略行為，實破壞「九國公約」與「非戰公約」。

十月九日　蔣委員長於國慶日前夕，向全國民衆作廣播講演：抗戰為死中求生之路。

十月廿三日　蔣夫人宋美齡女士，由京來滬，至前線視察，並慰勞將士。座車途中肇事，被摔出車外，甦醒後不顧創傷苦痛，仍堅持完成視察前線之任務。

十月廿九日　蔣委員長在國防最高會議報告「國民政府遷都重慶與抗戰前途」。

十月卅一日　孤守四行倉庫八百壯士（謝晉元部）奉命撤退。

十一月二日　與四國立大學校長聯名致電比京九國公約會議，請膺懲日本暴行，制裁侵略。（註三二）

十一月三日　「九國公約」會議在比京開幕，顧維鈞陳述日本侵華事實。

十一月五日　憤日寇毀我教育機關，特聯合教界名流發表英文事實聲明，籲請世界人士一致聲討。（註三三）

是日　德國駐華大使陶德曼（Oskar P. Trautmann）訪蔣委員長及孔祥熙，轉達日本和平條件。

是日　日軍登陸金山衛（杭州灣）。

十一月六日　德、義、日三國成立「反共協定」。

十一月七日　中共擅設晉察冀邊區司令部於五臺，以聶榮臻為司令。

十一月八日　上海國軍退守青浦戰線。（初期抗戰任務達成）

十一月九日　太原失陷。

十一月十二日　上海淪陷。

十一月十五日　「九國公約」會議通過譴責日本宣言。

十一月十六日　中國國民黨中央常務委員會決議：國防最高會議代行中央政治委員會之職權。（國防最高會議以陸海空軍總司令蔣中正爲主席，中央政治委員會主席汪兆銘爲副主席。）

十一月十七日　國防最高會議議決：爲長期抵抗日本侵略，中央黨部、國民政府遷至重慶辦公。

是日　日軍設立大本營，主持侵華軍事。

十一月二十日　國民政府發表宣言，移駐重慶，繼續對日抗戰。

是日　國際反侵略運動總會推宋子文爲會長，鄭彥棻爲執行部秘書。

十一月廿五日　無錫淪陷。

十一月廿七日　由丁西林、周仁陪同離上海去香港。抵港後與親友通信，化名爲周子餘。

十一月廿八日　日機空襲周家口，我空軍上校高志航殉國。

十一月三十日　德國大使陶德曼自漢口赴京，再度調解戰事。（十二月二日謁見蔣委員長，五日回漢。）

十一月　中央研究院決定隨政府撤遷後方，總辦事處遷渝，史語所等遷滇；先生暫留滬、港，兼任國際宣傳委員會會長。
十二月一日　國民政府在重慶開始辦公。
是日　江陰要塞失陷。
十二月五日　中共在河北阜平成立「冀察晉邊區政府」。
十二月六日　中央國府移渝後舉行第一次聯合紀念週，林主席演講「共赴國難的精神」。
十二月七日　中國國民黨中央黨部遷抵重慶，首次舉行中央執監委員會聯席會議，由鄒魯主席，當議決通告各級黨部及各機關，六日在重慶開始辦公。
十二月十二日　日機轟炸泊京英艦；炸沉美兵艦巴納號，多人受傷，十八名遇難；美孚油船三艘，同被擊沉。
十二月十三日　首都南京淪陷。日軍入城，大肆屠殺，慘絕人寰。
十二月廿一日　爲「宇宙風」雜誌撰述「我在教育界的經驗」一文。
先生所撰「我在教育界的經驗」，爲一較完備具重要性的自傳，從十二月起發表於「宇宙風」第五十期及第五十六期。（註三四）
十二月廿二日　日本請駐華德使陶德曼斡旋和平，惟條件苛刻，我堅拒之。
十二月廿三日　日軍陷杭州，國軍退守錢塘江南岸。

十二月廿五日　熊希齡因患腦充血症，病逝港九，享年七十一歲。
十二月廿七日　濟南失陷。
十二月廿八日　中共宣稱：絕不改變三民主義，國共團結乃為增強抗日力量，戰後則以獨立黨與政府合作。
十二月廿九日　夫人周養浩率子女到達香港，在九龍奧斯甸道一五六號租屋居住。（註三五）先生因憂傷國事，身體寖衰，遂留港養病。
十二月卅一日　青島、泰安國軍撤退。

註一：民國二十六年一月六日「申報」。
註二：民國二十六年一月八日，同上。
註三：民國二十六年一月十六日，同上。
註四：民國二十六年一月二十日，上海「大公報」。
註五：拙編「蔡元培先生全集」頁九九八。
註六：蔣中正「蘇俄在中國」。
註七：民國二十六年二月十四日，南京「中央日報」。
註八：「革命文獻」第七十九輯。
註九：民國二十六年二月廿一日，上海「大公報」。

註一〇：高平叔編「蔡元培年譜」頁一三三。
註一一：同上。
註一二：同上。
註一三：同上。
註一四：拙編「蔡元培先生全集」頁九九九。
註一五：「革命文獻」第五十三輯。
註一六：「中華民國史事紀要」初稿，民國二十六年一至六月份，頁三五八。
註一七：民國二十六年五月一日「申報」。
註一八：民國二十六年五月四日，同上。（「人文」月刊本月大事類表）
註一九：民國二十六年五月六日，同上。
註二〇：民國二十六年五月十五日，同上。
註二一：民國二十六年五月二十日，同上，蔡先生墨跡。
註二二：民國二十六年五月廿六日，同上，「時人行踪」。
註二三：民國二十六年六月三日，同上。
註二四：「中華民國史事紀要」初稿，民國二十六年一至六月份，頁五二五。
註二五：拙編「蔡元培先生全集」頁一〇一三。
註二六：「中華民國史事紀要」初稿，民國二十六年一至六月份，頁五九〇。

註二七：拙編「蔡元培先生全集」頁六七五。
註二八：高平叔「蔡元培年譜」。
註二九：周天度「蔡元培生平活動年表」。
註三〇：民國二十六年七月廿九日「申報」。
註三一：同註二八。
註三二：民國二十六年十一月三日，上海、漢口「大公報」。
註三三：民國二十六年十一月六日，上海「大公報」。
註三四：拙編「蔡元培先生全集」頁六七六。
註三五：同註二九。

七十二歲　民國二十七年　一九三八　戊寅

一月五日　世界學術名流羅素、杜威、羅曼羅蘭、愛因斯坦等發起援華制日運動。（係響應先生等去歲十一月五日之聯合聲明）（註一）

一月九日　爲熊希齡撰寫墓碑文。（註二）

一月十一日　蔣委員長以第三集團軍總司令兼山東省政府主席韓復榘不遵命令，失地誤國，下令拿辦。（廿四日在漢口伏法）（註三）

一月二十日　駐日大使許世英奉召離日返國。

一月廿三日　國際反侵略運動大會中國分會在漢口成立，通過「告中國友人書」，並推定先生爲出席二月十二日在倫敦舉行的國際和平運動大會特別會議代表，來電請「屆時往倫敦出席」。後因病未能前往。（註四）

一月廿四日　致余天民函，謂寄居友宅，不便約晤。（註五）

一月　閱「湘綺樓日記」第十八册至三十二册竟。（註六）

二月二日　國際聯盟決議，鼓勵會員國各別援助中國。

二月六日　軍事委員會政治部成立，陳誠任部長，周恩來、黃琪翔爲副部長，張厲生爲秘書長，賀衷寒、康澤、郭沫若分任廳長。

二月七日　中俄簽訂「軍事航空協定」。

二月八日　爲蕭瑜所著「居友學說評論」一書寫序。（註七）

二月十日　爲韓人查閱史檔，致傅斯年函。（註八）

二月十二日　爲借閱書籍，致王雲五函。（註九）

二月十四日　國際反侵略大會通過「援華決議案」。

二月十五日　爲在港召開中研院院務會議，覆朱家驊函。（註一〇）

二月十七日　致王雲五函。（註一一）

二月十八日　武漢首次空戰，我空軍擊落日機十二架。

二月廿三日　我空軍轟炸臺灣北部日軍機場。

二月廿八日　在香港旅館主持中央研究院院務會議，總幹事朱家驊及十所長均參加，通過要案七項。（註一二）

是時，先生因病足，不良於行，且體衰力弱，不堪長途跋涉，無法隨同內遷昆明，院務多委由總幹事代行。而總幹事一職，名義爲朱家驊先生擔任，事實上仍由傅斯年先生以史語所所長兼代。

二月　內兄周澤青寄來「戊寅歲朝」二絕，依韻和之。其一云：

由來境異便情遷，歷史循環溯大原；

還我河山舊標語，可能實現在今年？（註一三）

三月九日　致余天民函。（註一四）

三月十三日　爲促其到院視事，致朱家驊電。

云：「漢口法界福煦街五號，中英庚款會，杭立武先生轉朱騮先先生鑒：中研院全仗鼎力維持，務懇卽到院視事。培叩。元。」（註一五）

三月十七日　爲史語所代理所長事，致傅斯年函。

云：「孟眞我兄大鑒：接十四日惠函，知兄決於十五日飛漢矣。趙元任先生應Honolulu大學之聘，往彼講學一年，自本年九月起，可准其請假一年。又兄未到昆明時，史語所所長事務自可請李濟之先生代理。致余所長函，容卽轉致。此復，並頌著綏。」（註一六）

三月十八日　張自忠部在臨沂大捷。

三月廿三日　致余天民函。（註一七）

三月廿九日　中國國民黨臨時全國代表大會在武昌揭幕，出席代表三百餘人。

三月三十日　中國國民黨臨時全國代表大會通過「非常時期經濟方案」、「戰時各級教育實施方案綱要」及「推行兵役制度」等要案。

三月卅一日　中國國民黨臨時全國代表大會通過「改進黨務案」（設置總裁、副總裁及設立三民主義青年團等）、「結束國防參議會，成立國民參政會，爲戰時最高民意機關」等案。（註一八）

是日　國軍在廣德大捷，日軍被殲四五千人。

三月　參觀香港大學，訪晤該校副校長斯洛司教授。（註一九）

三月　爲任鴻雋所著「古青詩存」撰跋。（註二〇）

四月一日　中國國民黨臨時全國代表大會決議：制定「抗戰建國綱領」；選舉蔣中正爲總裁。

四月四日　中共黨徒張國燾自延安轉西安。（六日抵漢口，發表「敬告國人書」，指斥毛澤東等「別立門戶，不以國家民族爲重」，缺乏團結抗戰誠意。）

四月十三日　中國國家社會黨代表張君勱致函蔣總裁、汪副總裁，表示團結抗日。

四月十九日　沈雁冰來，談「魯迅全集」付印事，携有許應平函，附全集目次。（註二一）

四月廿一日　中國青年黨代表李璜、左舜生致函蔣總裁、汪副總裁，重申其「政黨休戰，團結禦侮」主張。

四月廿三日　吳玉章過港來訪，與先生晤談，先生以「國、共能重新合作，共赴國難，爲國家民族之大幸」。

吳玉章參加倫敦國際反侵略運動大會返國，經香港來訪。據吳玉章追述：先生「猶欣欣然以國共能重新合作共赴國難，爲國家民族之大幸」。（註二二）

四月廿四日　駐美大使王正廷與美銀行洽妥美金二千萬元貸款條件。

四月廿六日　參加中華教育文化基金董事會在港召開預備會議。

四月廿七日　主持中華教育文化基金會第十四次年會。

本次年會，除該基金會董事十人到港出席外，尚有教育部代表、外交部代表及美國駐華

大使館代表。是日午間，先生以董事長名義招待各代表及諸董事在半島酒店便餐。（註二三）

四月廿九日　武漢大空戰，我空軍擊落日機二十一架。（註二四）

四月　收到由外交部轉來之波蘭國所贈勛章。

五月三日　復余天民函，論作詞之道。

云：「天民我兄大鑒：接本月二日惠函，知有意為詞，甚善。詞之流派頗多，但以常州派為正宗。若先讀張臯文（惠言）、翰風兄弟之詞選、續詞選，周介存（濟）之詞辨，得其門徑然後博覽諸家，擇所嗜者多讀之，自不致誤入歧途矣。弟於此事所涉甚淺，姑以所經歷者奉告備參考耳。此復，並候日綏！」（註二五）

是日　英、日簽訂協定，規定中國淪陷區內海關一切收入，悉數存入日本橫濱正金銀行。

是日　致內侄周新函。（註二六）

五月五日　蔣委員長電蘇俄史達林，洽商軍火、物資交換辦法。

五月六日　致余天民函。（註二七）

五月十七日　曹錕卒於天津，年七十七歲。

五月十九日　國軍撤出徐州。

五月二十日　我空軍兩架，由徐煥昇率領遠征日本，在九州長崎、佐世保上空散發傳單，安然返防。（此爲日本首次遭受他國飛機侵襲，我機未携炸彈，充份表現人道主義。）

是日 出席保衛中國大同盟及香港國防醫藥籌賑會在聖約翰大禮堂舉辦的美術品展覽會開幕禮，發表演說，闡述美術有助全面抗戰，爲抗戰時期所必需。

是日，中外名流畢集，主席爲香港大學副校長施樂爲，香港總督羅富國等均到會，學商各界聽講者尤衆，臨時由王雲五擔任英譯演詞。先生演詞謂：「全民抗戰，必使人人有寧靜的頭腦與剛毅的意志，而美術上優雅之美與崇高之美足以養成之。又抗戰期間最需要同情心，而美學上感情移入作用，足以養成同情心。」（註二八）

五月廿一日 在華德籍軍事顧問奉召一律返國。

五月廿四日 覆內侄周新函。（註二九）

五月廿八日 日機狂炸廣州，死傷慘重。

五月卅一日 武漢三次空戰，擊落日機十五架。

五月 譚雲山到香港，帶來泰戈爾一函，敦請蔡元培先生爲印度國際大學中國學院之護導（Paton）。（註三〇）

五月 與蔡尚思書，謂將赴昆明。

謂：「敬諗兄安抵上海，十餘年來所搜獲之史料亦已携出，甚慰！弟暫寓此，將來或須

往桂林或昆明。」（註三一）

六月一日　撰「魯迅三十集序」一文。

謂：綜觀魯迅之全部寫作，有輯校之「稽康集」、「後漢書」等；有翻譯之科學小說；有編纂之「中國小說史略」、「小說舊聞鈔」等；有輯印之漢碑圖案；有翻譯之外國文藝理論及小說；有自行創作之小說、散文詩、雜文及短評等等，方面甚多，「蹊徑獨闢，爲後學開示無數法門。」「序成，送致沈雁冰，並附去甲種紀念本一部之預訂價法幣百元。」（註三二）

六月二日　美向日本抗議妨害其在華權益。

六月五日　國軍放棄開封。

六月六日　全國美術界抗敵協會在武漢成立，同時舉辦抗敵美術展覽會，先生被推爲名譽理事。（註三三）

六月七日　爲收到滙款，覆朱家驊函。（註三四）

六月八日　花園口黃河南堤決口氾濫。

六月十五日　安慶失陷。

六月十六日　中國國民黨中央常務委員會決定七月一日召集國民參政會，發表參政員名單，並以汪兆銘、張伯苓任正副議長。

六月廿二日　國民政府特派王世杰為國民參政會秘書長。

六月三十日　蔣委員長對外籍記者談話：除非中國完全恢復領土主權，絕不歡迎任何國家調停中日戰事。

七月一日　與蕭瑜發起「居友社」，撰「居友社社友題名錄小引」，徵求社友。

七月六日　國民參政會首次大會在漢口開幕。

七月九日　三民主義青年團正式成立，中國國民黨蔣總裁兼任團長，陳誠任書記長。

是日　歐洲各城市市長通電反對日機濫炸中國不設防之城市。

七月十五日　國民參政會閉幕，嚴正宣布：㈠對侵略者作長期抗戰；㈡擁護國際正義和平；㈢斥責偽組織為日本之傀儡。

七月廿六日　向蕭瑜敍述身家軼事。（註三五）

七月　閱讀「比較文學史」，該書係傅東華由英文、日文譯本重譯者（原本為法文）。對於法國文學及其他各國文學「優劣互見，並無偏重」。（註三六）

七月　閱讀「五十年來的德國學術」中古史與近世史篇，加以評述。（先生「雜記」手稿）（註三七）

七月　中央研究院化學研究所所長莊長恭到香港，告以化研所儀器已儘量遷滇。莊對於所長職務「實不耐煩」，堅決要求辭去，願以研究員之身專心研究。答以「容考慮再商」。（註三八）

八月四日　駐漢口中央各行政機關全部遷移重慶。

八月七日　因患腦貧血，暈倒。

七日起，忽患頭暈，跌倒一次，請醫生診驗，謂是血壓太低，胃消化力弱，血液留滯於胃，故腦患貧血，宜使腦多休息，食後切勿卽用腦力，並服補血劑。（註三九）

八月十八日　爲朱家驊懇辭總幹事，提三項辦法。

自院務會議後，朱家驊因公務繁忙，再次懇辭總幹事職務，先生是日致傅孟眞函提出三項辦法：

㈠騮先兄居其名而仍請兄代行。

㈡騮先兄居其名而躬親其事，派一秘書駐院辦事（前曾派過一人）；或於該秘書外再指任一位可以信任之文書主任。

㈢如兄來函所提，於同事各所長中別請一位代行，但須由騮先兄指請，而不能由弟代請；又「輪流代理」之法，決不可行。（註四〇）

是日　致傅斯年函。（註四一）

八月廿三日　日軍攻瑞昌，施放毒氣。

八月廿四日　中美郵航機「桂林號」被日機擊落，機師及乘客全部罹難。

八月廿七日　覆朱家驊問病電文。（註四二）

八月　國際聯盟卽將開大會討論制裁日本侵略。國際反侵略運動大會中國分會發起文化界致電國聯呼籲，電請蔡元培先生領銜，當卽覆電同意。（註四三）

九月一日　瑞昌國軍大捷，殲滅日軍四千。

九月五日　致函王敬禮自述病況。（註四四）

是時先生臥病，經醫診斷係嚴重貧血，更因憂傷國事，精神益爲不支。中研院總務主任王敬禮函致朱家驊，報告蔡先生病況。（註四五）

九月九日　覆朱家驊函，允其一月後辭總幹事職。（註四六）

九月十四日　中共中央政治局密令所屬利用抗戰機會，圖謀發展，絕不放棄共產主張。

九月十七日　國民政府特派胡適爲駐美全權大使。

九月廿三日　爲收到徐柏園轉交滙款，覆朱家驊函。（註四七）

是日　爲收到滙款事，致傅斯年函。（註四八）

九月廿七日　國際聯盟行政院決議：援用盟約第十六條之規定，由各會員國分別決定適當步驟，對日實施制裁。

九月廿九日　英、法與德、義簽訂「慕尼黑協定」，迫捷克割讓蘇臺德區。

十月五日　爲人介紹工作，致朱家驊函。（註四九）

十月七日　致王世杰函，敦請其屈就中研院總幹事。（註五〇）

十月十日　國軍在德安（南潯路左翼）大捷，殲滅日軍四個聯隊。

十月十二日　日軍登陸廣東大亞灣。

十月十三日　致傅斯年函，告以擬請王世杰兼任總幹事，未到任前仍請偏勞。（註五二）

十月十四日　爲朱駿聲「說文通訓定聲」及其家學，致傅斯年函。（註五三）

十月廿一日　廣州淪陷，全市大火。（註五四）

十月廿三日　覆阮毅成函。爲其父荀伯先生十周年忌，余紹宋所撰墓表能見其大，表示贊許。（註五五）

十月廿五日　武漢撤守。

十月廿八日　國民參政會第二次大會在重慶開幕。（十一月六日閉幕）

十月　閱郭沫若著「石鼓文研究」一書，見「有先鋒本書後一首」，摘記之。（註五六）

十月　李游子持沈雁冰函來訪，以發起魯迅逝世二周年紀念會緣起屬簽名，允之。（註五七）

十一月一日　國民參政會決議：擁護蔣委員長領導全國堅決抗戰。

十一月三日　覆王世杰函，爲其不克兼任總幹事，深致惋惜。（註五八）

是日　致傅斯年函，謂擬請任鴻雋（叔永）爲總幹事。（註五九）

是日　日首相近衛文麿對華聲明，妄倡建設「東亞新秩序」。

十一月七日　爲「孑民文存」卷首傳略事，覆高平叔函。（註六〇）

十一月九日　爲兒女家庭課業，致余天民函。（註六一）

十一月十日　致朱家驊函，告以任鴻雋已允任中央研究院總幹事之職。

云：「騮先先生大鑒：本月三日託孟眞兄轉上一函，想荷鑒及。現已請任叔永兄任本院總幹事，但渠雖允來幫忙，而要求暫勿發表，俟渠於兩個月內往桂林、昆明及重慶考察一次，始能決定；如無別種阻礙，則明年一月間，必可到院辦事。此猶豫期間，敬請先生仍居總幹事之名，而由孟眞兄代行，想荷允諾，無任企禱。專此，敬頌勛祺。」（註六二）

（不佞於中央研究院近史所，朱家驊私人書牘中，首先發現此先生手札墨跡。）

是日　致傅斯年函，告以任鴻雋已允兩月後到職。

云：「孟眞吾兄大鑒：本月三日奉一函，附有轉致騮先、雪艇兩兄函，想均荷鑒及。本院總幹事之職，已請任叔永兄擔任。渠雖答允，而有一條件：須於兩個月後始可決定（詳致騮兄函中）。此兩個月的猶豫期間，擬仍請騮兄居其名，而兄為之代行，諒蒙允許。致騮兄一紙，請轉致。專此，並頌研綏。」（註六三）

十一月十二日　日軍陷岳陽。

十一月十三日　長沙大火。（長沙軍警當局誤信謠言，縱火焚燒市區建築，釀成慘禍。二十日經高等軍法會審，長沙警備司令酆悌等判處死刑，湖南省政府主席張治中革職留任。）

十一月十九日　致電朱家驊。云：「渝，朱騮先先生暨孟真、毅侯兩兄：任叔永先生準於十二月初旬先飛渝。元培。皓。」（註六四）

十一月廿三日　日機狂炸西安。

十一月　葉企孫到香港，談及平津理科大學生在天津製造炸藥，轟炸敵軍通過之橋樑，有成效。第一批經費，借用清華大學備用之公款萬餘元，已用罄，須別籌。擬往訪宋慶齡先生，請作函介紹。當即寫一「致孫夫人函，由企孫攜去」。（註六五）

十一月　撰「詠紅葉」四絕句，以表思鄉之情。

霜葉紅於二月花（借），故鄉烏桕蔭農家；不須更畏吳江冷，自有溫情熨晚霞。

春游牛首秋棲霞，秋色由來紅葉賒；或後或先曾絢爛，物稀為貴我猶誇。

（屢往棲霞看紅葉，或先期，或後期，所見不多，然亦有致。）

楓葉荻花瑟瑟秋，江州司馬感牢愁；如今痛苦何時已，白骨皚皚戰血流。

半江紅樹賣鱸魚（借），記得眞州好景無？斗笠綠簑風雨裏，淮南一例哭窮途。

（按：此詩實追思抗戰死難同胞，並寓思鄉之情。）（註六六）

十二月二日　日機濫炸桂林，死傷慘重。

是日　為查閱記載義和拳之「京報」，致傅斯年函。（註六七）

十二月十八日　汪兆銘藉口赴成都軍官學校演講，由渝潛赴昆明。

十二月二十日　汪兆銘抵達河內。

十二月廿二日　日首相近衛發表「更生中國」聲明，妄言「徹底擊滅抗日之國民政府，與新生之政權相携，以建設『東亞新秩序』」。

十二月廿四日　為愛女告假，致余天民函。

云：「天民我兄大鑒：本月二十六日（星期一），小女等應任夫人之約，往任寓，早去晚歸，請給假一日為荷（星期三仍請照常授課）。專此並頌早綏！」（註六八）

十二月廿六日　蔣委員長駁斥近衛聲明，宣言抗戰到底。

十二月廿九日　汪兆銘自河內發表通電，主張對日求和。（艷電）

十二月卅一日　美照會日本重申在華立場，不承認所謂「東亞新秩序」。

十年　撰「余蓮青先生家傳」。（註六九）

蓮青先生係北大學生余天民君之父，時天民任蔡先生家庭教師，課其子女。

本年　贈王景岐詩。云：

簡要明通出境才，樓船橫海曉風催。

中歐正惜征軺遠（先生前駐比公使數年），北地新迎旄節開。

政見商情動置遠，奇文樸學譯鞮恢。

（近年吾國競譯挪威文學，而瑞典地質學家、地理考古學家、中國音樂家，常與吾國學者合作。）

臨歧惜別兼歡送，相約毋忘驛使梅。（註七〇）

註一：中國國民黨九十年大事年表，頁三四七。

註二：高平叔編「蔡元培年譜」頁一三六。

註三：同註一。

註四：同註二。

註五：拙編「蔡元培先生全集」頁一二九三。
註六：同註二。
註七：同上。
註八：同註五，頁一二九〇。
註九：同上，頁一二七六。
註一〇：同上，頁一二七九。
註一一：孫常煒「蔡元培先生與中央研究院」，「傳記文學」第十二卷第二期（民國五十七年二月）。
註一二、一三：同註二，頁一三七。
註一四：同註五，頁一二九四。
註一五：同上，頁一二八一。
註一六：同上，頁一二八七。
註一七：同註一四。
註一八：同註一。
註一九：同註二，頁一三七。
註二〇：同上。
註二一：同上。
註二二：周天度「蔡元培生平活動年表」。

註二三：同註二。
註二四：同上，頁一三八。
註二五：同註五，頁一一九五。
註二六：同上，頁一二九八。
註二七：同上，頁一二九五。
註二八：同上，頁八九八。
註二九：同上，頁一二九八。
註三〇：同註二。
註三一：蔡尚思「蔡元培學術思想傳記」頁八五。
註三二：同註五，頁一〇一三。
註三三：同註二。
註三四：同註五，頁一二八〇。
註三五：同註二一。
註三六：同註二，頁一三九。
註三七：同上。
註三八：同上。
註三九：同上。參閱先生復王敬禮函自述病況。

註四〇：同註一一。
註四一：同註五，頁一二八九。
註四二：同上，頁一二八四。
註四三：同註二，頁一三九。
註四四：同註五，頁一二九二。
註四五：同註一一。
註四六：同註五，頁一二八一。
註四七：同上，頁一二八二。
註四八：同註五，頁一二八八。
註四九：同上，頁一二八二。
註五〇：同上，頁一二七八。
註五一：中國國民黨九十年大事年表，頁三四九。
註五二：同註五，頁一二八七。
註五三：同上，頁一二八六。
註五四：同註五一，頁三五〇。
註五五：同註五，頁一二九九。
註五六：同註二，頁一三九。

註五七：同上。
註五八：同註五，頁一二七九。
註五九：同上，頁一二八六。
註六〇：同上，頁一二八五。
註六一：同上，頁一二九五。
註六二：同上，頁一二八三。
註六三：同上，頁一二八八。
註六四：同上，頁一二八四。
註六五：同註二，頁一四〇。
註六六：同註五，頁六八四。
註六七：同上，頁一二九〇。
註六八：同上，頁一二九六。
註六九：同上，頁六八三。
註七〇：同上，頁六九二。

七十三歲　民國二十八年　一九三九　己卯

一月一日　中國國民黨中央常務委員會臨時會議決議：永遠開除汪兆銘黨籍，並撤除其一切

職務。（註一）

一月六日　日近衛內閣倒臺，平沼祺一郎繼任首相。

一月十日　日機空襲重慶。

一月十六日　閱「心理學」畢。（註二）

一月廿一日　中國國民黨第五屆中央執行委員會第五次全體會議在重慶開幕。廿九日閉幕。通過「第二期戰時財政金融計畫」、「西部各省生產建設與統制」、「改進國際與淪陷地區宣傳工作辦法」、「修正兵役法」等重要決議案。

一月廿二日　中英庚款會設立蠶桑、地理兩研究所，蠶桑研究所已正式成立。中英庚款董事會，前決議設立地理研究所及蠶桑研究所各一所，茲蠶桑研究所業已在某地正式成立，由浙大教授蔡堡任所長。地理研究所前委黃國璋任所長，黃氏已於週前考察川、廣科學，公畢返渝，當經決定該研究所所址，並積極籌劃一切，預計本月卽可正式成立。（註三）

一月　接中央研究院地質研究所所長李四光來信，謂：關於地理研究所之籌備工作，實無暇兼顧。遂改請氣象研究所所長竺可楨兼理此事。（註四）

二月十日　日軍登陸海南島，海口府城失陷。

是日　高宗武奉汪兆銘命赴東京與日本勾結。

二月十二日　國民參政會第三次大會在重慶開幕，廿一日閉幕，通過擁護抗戰建國國策。

三月一日　中央訓練團在重慶開辦。

三月十三日　共軍（第十八集團軍）趙成全等圍攻河北馬王莊之河北省保安第三旅。

三月十四日　爲兒女因病告假，致余天民函。（註五）

是日　中越航空線開航。

三月十五日　軍事委員會委員長西安行營主任程潛報告共軍在陝甘邊區擅組「特區政府」，索糧抽丁，請蔣委員長嚴予取締。

三月十六日　國防最高委員會決議：飭交通部開始測量西北鐵路。

三月廿一日　汪兆銘在河內遇刺，未中。（誤擊曾仲鳴，斃之。）

三月廿八日　爲改期出遊，致余天民函。（註六）

三月　中央研究院評議會在昆明開會，先生原定力疾到會，臨時以醫生勸阻作罷。先生雖未能身到內地，然對院務仍極關切，每有重要事務皆遙爲指示。從前中央研究院在京、滬各研究所，貢獻宏多，成績昭著；抗戰軍興以後，各研究所在流離遷徙中，仍能於短時期中恢復工作，要皆先生主持領導及精神感召之力。（註七）

春　夫人周養浩五十壽辰，先生賀以詩。（夫人生日爲農曆二月某日）

邛㕎生涯十六年，耐勞嗜學尚依然；島居頗恨圖書少，春到欣看花鳥姸。
兒女承歡憑意匠，親朋話舊煦心田；一尊介壽山陰酒，萬壑千巖在眼前。

四月二日　致陶在東函。（註八）

云：「在東先生大鑒：奉上大著『小學商量』之題詞一紙，拙作一律，啞啞學語，敬希教正爲幸！專此，敬請吟安！」

四月四日　在家舉行儀式，與兒女慶祝兒童節。（註九）

四月五日　汪兆銘與日首相平沼「秘密協定」被揭破，日本亡華陰謀完全暴露。

四月十一日　立法院長孫科奉使赴俄，抵莫斯科。

四月廿三日　日本宣布：統轄中國南海之東沙、西沙、南沙。

四月　閱「星島日報」，見有魯靈光所譯高爾基的「文學與人生」，有三節頗警策，摘錄之。（註一〇）

四月　題和陶在東先生。

彭澤家風總樂天，寄情詩酒似當年；
歸來梓里開三徑，猶記霓裳詠術仙。

同有嗣音城闕感，相期擷壤泰山邊；
（公扼腕於近日之學風，而頗厚望於最高教育機關之挽救，鄙意則主張各人從小處着手。）
明如炳燭吾尤戀，頭抱殘編對冷泉。（註一一）

五月四日　日機狂炸重慶，死傷慘重。

是日　湖北漢水東岸日軍大敗。

五月五日　汪兆銘由河內潛赴上海（七日抵滬）。

是日　先生長女威廉在昆明病故。（註一二）

是日　國軍第二十九軍軍長陳安寶率部反攻南昌，力戰殉國。

五月九日　日軍由臺灣增兵二三萬衆犯粵。（註一三）

五月十日　中央研究院物理研究所所長丁西林來信稱：「本所擬聘蔣葆增爲副研究員，薪額每月三百二十元。」當卽覆函「同意」。（註一四）

五月十一日　日軍侵佔鼓浪嶼。

是日　日俄戰於諾門坎。（卽哈勒欲河之戰，九月十六日停戰。）

五月十七日　英、美、法海軍陸戰隊聯合在鼓浪嶼登陸，日軍撤退。

五月十八日　國軍克復棗陽。

五月廿三日　國軍克復隨縣。

是日　日機連日濫炸中山縣民衆。

五月廿八日　隨棗會戰，國軍大捷，殲敵一萬三千餘人。

五月卅一日　汪兆銘率周佛海、高宗武、梅思平等由滬飛赴日本。

五月　病中仍盡力處理中央研究院的具體工作。（註一五）

五月　閱讀李玄伯所譯法國古朗士的「希臘羅馬古代社會研究」一書。（註一六）

六月一日　汪兆銘等抵東京。

六月六日　徐世昌病歿香港，享年八十一歲。

六月八日　國民政府下令通緝汪兆銘。

六月廿七日　中央研究院徵求各種獎金論文，在港刊登廣告。

六月廿八日　汪兆銘返回上海。（註一七）

六月　自本月起足疾加重，數月未愈。（與蔡尚思書）

七月四日　被推爲國際反侵略大會中國分會第二屆名譽主席。

七月七日　爲馬尼拉華僑商報「抗戰建國紀念日特刊」題字。云：「積兩年之奮鬥，祈最後之勝利。」

七月十四日　中國國民黨中央常務委員會決議：永遠開除褚民誼、周佛海、陳璧君等之黨籍。

七月十五日　爲李玄伯所作「中國古代社會新研究初稿」一書撰寫序文。（註一八）

七月卅一日　日機兩批夜襲重慶，我空軍奮起迎擊，敵機倉皇投彈後逸去。（註一九）

八月三日　爲蔡尙思著「中國思想研究法」撰寫序文。（註二〇）

八月六日　閱讀「西行漫記」一書。（註二一）

八月七日　教育部舉辦二十八年度國立各院校統一招生，今日起分區舉行四天。

八月八日　日軍人益形跋扈，陸相板垣赴首相官邸向首相平沼提出強硬「忠告」。（註二二）

八月　贊助張一麐等在港發起之新文字運動。

先生與孫科等曾有七百餘人的宣言，允爲名譽理事長。嘆國民敎育的未普及，漢字的獨輪車不及大衆，故於新文字大聲疾呼，竭力贊助。並爲題詞，謂新文字最簡，必有速效。（註二三）

八月十日　成都外僑史居，捐贈美國奧希奧聖魯易動物園之小熊猫一頭，由金貝爾博士攜港，將由杜克氏攜運赴美。（註二四）

八月十七日　粤將領張發奎、余漢謀、吳奇偉、香翰屏等通電聲討汪兆銘賣國辱省。（註二五）

八月十八日　國際反侵略總會向蔣委員長獻錦旗一面，預祝我抗戰勝利。

八月廿三日　德、俄在莫斯科成立互不侵犯協定。

是日　印度國大黨首領尼赫魯(Jawaharlad Nehru)抵重慶訪問。

八月廿八日　日首相平沼埼臺，阿部信行組閣。

九月一日　德軍進攻波蘭（第二次世界大戰爆發）。

是日　三民主義青年團正式成立。

九月九日　國民參政會第四次大會開幕。十八日閉幕。（註二六）

九月廿五日　湘北日軍進犯汨羅。（長沙會戰序幕展開）

是日　浙省時疫流行，浙江省政府分函上海各慈善團體，請求捐助急需藥品。（註二七）

九月　張一麐來，請致函朱家驊，要求由中英庚款補助香港新文字運動會。張並帶來香港新文字學會理事會一函，聘先生爲該會名譽理事長。（註二八）

十月四日　致朱家驊函，詢以中英庚款能否補助香港新文字學會。（註二九）

十月六日　第一次長沙會戰，國軍大捷，殲滅敵人四萬餘人。（日方自認死四千九百餘人）

十月十日　臺灣基隆發生新兵譁變事件，將敵軍官三十餘名盡擊斃，卒因敵援兵紛至，臺籍士兵竄入山中逃去。（註三〇）

十月十九日　駐日美大使格魯(Joseph Charles Grew)在東京演說，力斥「東亞新秩序」。

十月二十日　國民政府特派蒙藏委員會委員長吳忠信赴西藏主持達賴轉世大典。

十一月四日　美國會通過新中立法案。

十一月十二日　中國國民黨第五屆中央執行委員會第六次全體會議在重慶開幕。至二十一日閉會。全會對於黨務、政治、軍事、經濟、教育各項報告，付之審查檢討，作成縝密之決議案。更通過定期召集國民大會並限期完成選舉、調整黨政軍行政機構、平抑物價、掃除全國文盲及整理地方財政等重要決議案。（註三三一）

是日　孫夫人宋慶齡撰文嚴斥汪兆銘為國民革命叛徒，盜竊總理遺教，恬不知恥。（註三三一）

十一月廿四日　日軍陷南寧。

十二月一日　蘇俄海陸空軍侵入芬蘭。

是日　美國國會兩院議員力主對日禁運軍火。（註三三二）

十二月二日　覆北大陳良猷同學函，謂不克參加北大同學舉行之餐會。

旅港北京大學同學舉行聚餐會，陳良猷函請先生參加，覆函云：「弟病體亟須調養，對於本港各種集會，均不參加；對於北大同學會，亦未便破例，想諸同學必能體諒之。」（註三三四）

十二月四日　吳佩孚病卒於北平，年六十六歲。

十二月五日　中俄空運開航。

十二月七日　爲國際反侵略大會中國分會作會歌，調用「滿江紅」。愛國之切，情見乎詞。詞云：

公理昭彰，戰勝強權在今日。概不問，領土大小，軍容贏詘。文化同肩維護任，武裝合組抵抗術。把野心軍閥盡排除，齊努力。我中華，泱泱國。愛和平，禦強敵。兩年來博得同情洋溢。獨立寧辭經百戰，衆擎無愧參全責。與友邦共奏凱旋歌，顯成績。（註三五）

十二月十二日　緬甸訪華團抵渝。

十二月十四日　我國連任國際聯盟理事。

是日　蘇聯退出國際聯盟。

十二月廿六日　再發一信予朱家驊，爲香港新文字學會請求管理中英庚款董事會給予補助。（註三六）

十二月三十日　汪兆銘與敵日本訂立所謂「日支新關係調整綱要」。

註一：中國國民黨九十年大事年表。

註二：高平叔「蔡元培年譜」頁一四〇。

註三：民國二十八年一月廿二日「申報」。
註四：同註二，頁一四一。
註五：拙編「蔡元培先生全集」頁一二九六。
註六：同上。
註七：民國二十九年三月六日「申報」。
註八：蔡先生墨跡，同註五，頁一二五。
註九：同註五，頁一六七四，余天民「蔡先師港居侍側記」。
註一〇：同註四。
註一一：同註五，頁六九三。
註一二：同註四。
註一三：同註七。
註一四：同註四。
註一五：民國二十八年五月十日，香港「大公報」。
註一六：民國二十八年六月廿七日，同上。
註一七：同上。
註一八：同註五，頁一〇一四。
註一九：民國二十八年八月一日，香港「大公報」。

註二〇：同註五，頁九九七。

註二一：民國二十八年八月七日，同註一九。

註二二：民國二十八年八月九日，同上。

註二三：蔡尙思「蔡元培學術思想」傳記，頁八六。

註二四：民國二十八年八月十日，同上。

註二五：民國二十八年八月十七日，同上。

註二六：同註一。

註二七：民國二十八年九月廿五日「申報」。

註二八、二九：同註二，頁一四二。

註三〇：民國二十八年十月卅一日，重慶「中央日報」。

註三一：「革命文獻」第七十九輯，頁二〇。

註三二：民國二十八年十一月十二日，香港「大公報」。

註三三：民國二十八年十二月一日，同上。

註三四：同註二。

註三五：同註五，頁一二四，蔡先生墨跡。

註三六：同註二。

七十四歲　民國二十九年　一九四〇　庚辰

一月一日　致翁文灝函，授以中央研究院評議會最後決定之權。

先生接葉企孫、陶孟和、傅斯年來函：言中央研究院評議會將改選，建議以最後之權授與評議會秘書翁文灝。蔡先生認為此辦法甚好，是日致翁一函。略云：「我既不能到重慶，若在港決定，或有疑點，苦無可以請教之人；今謹以最後決定之權奉托先生執行；先生如有疑問，徵求其他六先生之意見較易也。」（註一）

一月六日　法國抗議日機轟炸滇越鐵路。（註二）

一月十二日　為香港新文字運動會向中英庚款要求補助經費一事，得朱家驊覆信，謂已為香港新文字學會登記，但尚需該會具一詳細計畫寄去，以備審查時提出報告云云。當卽將此函寄與張一麐。（註三）

一月十四日　日首相阿部信行倒臺，米內光政繼起組閣。

一月十八日　為借閱書籍，致王雲五函。（註四）

一月二十日　國際反侵略運動中國分會在渝召開代表大會，對歐美作英語廣播。（註五）

一月廿一日　高宗武、陶希聖在香港大公報揭發「日汪密約」全部內容。

一月卅一日　爲不克赴約作青山之遊，致余天民函。（註六）

一月　中央研究院總幹事任鴻雋來函，請爲該院二十六年度至二十八年度總報告書寫封面，寫畢卽寄重慶。（註七）

二月初　任鴻雋來函告以中央研究院評議會初選，定於本月二十日舉行；本屆評議會第五次年會，定於三月廿二日在重慶舉行。先生因病不能前往主持。（註八）

二月三日　五原失陷。

二月五日　國府命令特派拉木登珠繼任達賴喇嘛，撥四十萬元爲坐床經費。（註九）

二月七日　日首相恫嚇美國，謂將採強硬態度，議會竟提勸美撤退在華僑民。（註一〇）

二月十一日　桂南國軍收復武鳴、大捷。皖中國軍克合肥；綏西國軍克臨河。

二月十三日　美國會通過對華貸款美金二千萬元。

二月二十日　綏西國軍克復五原。

二月廿二日　第十四輩達賴喇嘛在拉薩舉行坐床大典，蒙藏委員會委員長吳忠信主持典禮。

二月廿五日　爲「北大旅港同學通訊錄」撰寫序文。

略謂：「往者吾對於同學會，輒聯想聯絡感情，交換知識之成語，而尤注意於交換知識之一語，以此語於同學之名較爲密切也。」（註一一）

二月 和周成詩。

詩人隨處賦精神，斗室疏花許絕塵；
最惜晨遊遲一步，未能同賞趙家春。（註一二）

二月底 感身體不適，在九龍寓所臥床診治，兼以憂傷國事，精神益感不支。（註一三）

三月二日 題贈王鶴儀女士立軸。

王鶴儀女士爲雲五先生之女公子，後留美。時居港，先生書此立軸相贈，亦係其最後手蹟。

梅子生仁燕護雛，繞簷新葉綠疏疏；
朝來酒興不可禁，買到釣船雙鱖魚。

三月三日 先生失足仆地，病情加劇。

先生自二月底起得病，病中仍如平時不喜因自己的事，麻煩他人。以致起床如厠，無人扶持，於回房時跌倒，突然吐血多口，家人恐慌，即召醫診治。惟因時值星期假日，故所延西醫朱惠康至午始到，並爲加延馬利醫院內科主任凌醫生會同診察，認爲先生年事已高，宜防意外，故商定過海入養和醫院，悉心診療。途中由朱醫生及蔡夫人侍伴。（註一四）

三月四日 住入香港養和醫院診治，知爲胃瘤出血。

先生入院後，經醫詳爲診察，脈搏正常，似無大礙，乃爲注射止血劑及葡萄糖針。未續吐血，醫師亦謂如不轉變，或可出險。詎至午後二時，病勢轉危，偵知係從肛門排血甚多，精神驟衰，且不甚清醒，急爲先後延請李祖祐、李樹棻及外籍醫師惠金生、郭克等四醫生，會同朱醫生診治，均認係胃瘤出血，恐難救治。初，各醫均主施行輸血手術營救，惟蔡夫人以先生年事已高，恐輸血反應甚大，不能抵抗，故非至萬不得已時，不願施行；至是，以先生病勢沈重，氣息僅存，故不得已決定實行輸血。惟時已深夜，原已驗定之輸血人遍覓不得，當時侍奉左右之蔡先生胞姪太冲及內姪周新，自願輸血，經趕往香港大學實驗室檢驗，蔡君之血同型，乃卽返院施行手術。在輸血前，蔡先生已入極危險之狀態，惠醫生已斷定無救。惟郭醫生仍努力輸血施救。輸血後，經過良好，先生精神亦轉佳。

三月五日　與世長逝，享年七十四歲。遺言「美育救國」、「科學救國」。

昨以輸血收效甚佳，故擬再行二次輸血。晨八時，病又轉危，一面徵求輸血者，一面趕請醫生急救。乃至九時四十五分，願輸血者數人趕至，未及施行手術，而先生已撒手長逝。彌留時，猶致憾謂：「……世界上種種事故，都是由於人們各爲己利。……」並遺言：「美育救國」、「科學救國」。（註一五）

周夫人、女睟盎、幼子懷新、英多，均侍側。子無忌、婿林文錚自昆明飛港，由無忌主持喪禮。子柏林居法，不及趕返。

三月七日　遺體入殮。吳鐵城代表蔣委員長主祭。

先生遺體於七日下午三時在摩理臣山道福祿壽殯儀館入殮。因福祿壽殯儀館地位小，故布置簡單。禮堂內供蔡先生遺像，四周堆置各界致贈之花圈。入殮儀式則在第二室舉行。室內布置亦簡，中置黃色中式棺木，上置蔣委員長所贈之花圈。四壁亦滿懸輓聯。蔡先生遺體，穿藍袍黑褂禮服，均以國產綢特製，頭戴呢帽。三時入殮，由蔡公子扶置棺內，上覆綾被，首部外露，上蓋玻璃。時蔡夫人及諸公子均侍靈側，哭泣至哀。禮畢，由蔣委員長代表吳鐵城及臨時治喪委員會代表俞鴻鈞氏主祭，當以巨幅國黨旗覆於棺上。禮畢，由前往致祭者三百餘人列隊至靈前行禮，並瞻仰遺容而退。（註一六）

三月十日　靈柩出殯。執紼者五千人，與祭者逾萬，沿途觀者如堵。全港學校商店均懸半旗誌哀。靈柩暫厝東華義莊，後卜葬於香港仔華人公墓。

先生靈柩於十日下午舉殯，香港各學校及商號均懸半旗誌哀。約二時啓靈，家屬先行家奠，即由北大同學所組之護靈隊扶柩登靈車，蔡公子無忌奉靈位隨後。殯儀準時啓行，以喪鼓兩對，提爐兩對前導；繼之爲銘旌車、遺像車，均綴以花圈，其後爲靈車。蔡先生遺族、北大同學花圈隊及送殯者均步行後隨。執紼者五千餘人，行列整齊肅穆。

靈車依既定路線，直入南華體育場。先是，參加公祭之各學校及社團共約萬餘人，已整隊集於場內。迨靈車駛入場時，全體肅立，靜默三分鐘，爲蔡先生致敬。靈車繞場緩行一匝後，仍駛出場，其時送殯親友及各學校社團所派之代表共約五百人，分乘汽車百餘輛列隊出發，直達東華義莊，當時在路側圍觀者甚衆。

行列於三時半抵義莊，靈柩仍由護靈隊扶下靈車，送入殯舍，執紼者亦均下車隨行。蔡先生靈柩寄厝之殯舍，爲月字七號，地位尙寬大，靈柩停放妥當後，卽設奠致祭。先由家族行禮，繼舉行公奠，由吳鐵城氏代表中央主祭，治喪委員會則推俞鴻鈞氏爲代表，先後行禮，港督亦請港紳羅旭龢爵士代表致祭，其餘來賓等則分批行禮，約歷一小時，至約五時始散。（後下葬香港仔華人公墓。每年春秋兩節，均由國立北京大學香港同學會與學術界人士前往獻花致祭。）（註一七）

三月十六日　國民政府特頒褒揚令。

令曰：「民國二十九年三月十六日國民政府令：國民政府委員蔡元培，道德文章，夙負時望。早歲志存匡復，遠歷重瀛，研貫中西學術。回國後，銳意以作育人才、促進民治爲己任。先後任教育總長、北京大學校長及大學院院長，推行主義，啓導新規，士氣昌明，萬流景仰。近長中央研究院，提倡文化事業，績效彌彰。方期輔翊中樞，裁成後進，高年碩學，永爲黨國儀型；乃以舊疾未痊，滯居嶺表。遽聞溘逝，震悼良深！著給治喪費五千元，派許委員崇智前往致祭。生平事蹟，存備宣付史館，用示崇重勳耆之至意。此令。」（註一八）

三月廿四日　全國各地同時舉行追悼。

先生逝世消息傳出，全國各地（如重慶、成都、廣西、廣東、湖北、浙江、湖南、江西、昆明、貴陽、香港等地）於本日同時舉行追悼會。蔣委員長親題「澤永河汾」。國府林主席親題「哲人其萎，教澤孔長」。（註一九）

三月　先生逝世紀念，重慶中央日報（三月廿四日）、上海申報（三月十七日）及各報章雜誌，先後爲出紀念專號。如翁文灝、王世杰、程滄波、張一麐、蔣夢麟、顧孟餘、羅家倫、任鴻雋、傅斯年、顧頡剛、呂思勉、陳獨秀、吳玉章、胡愈之、柳亞子、吳敬恆、周作人、黃炎培等，不分朝野派別，均有文章，加以贊揚。（註二〇）

三十六年　迨抗戰勝利還都，國府追念舊勳，明令定期國葬。

令曰：「民國三十六年五月十日國民政府令：國民政府故委員蔡元培，興邦耆宿，羣士導師，生平致力教育文化事業，於國家貢獻偉大，貽澤至深；追念儀型，允宜特予國葬，以昭崇報。著內政部依法籌辦，定期舉行。此令。」（註二一）

註一：高平叔「蔡元培年譜」頁一四三。

註二：中國國民黨九十年大事年表。
註三：同註一。
註四：拙編「蔡元培先生全集」頁一二七七。
註五：民國二十九年一月廿一日，重慶「中央日報」。
註六：同註四。
註七：同註一。
註八：同上。
註九：同註五。
註一〇：同上。
註一一：同註一，頁一四四。
註一二：同上。
註一三：同註四，頁六九三。
註一四：同上，頁一六六七。
註一五：同上。
註一六：同上，頁一六六八。
註一七：同上，頁一六九〇。
註一八：同上，頁一六六六。

註一九：同上，頁一六九七。
註二〇：同上，頁一六九九。
註二一：同上，頁一六六六。

跋

年譜之製，自古已傳，如洪興祖之於昌黎，趙子櫟之於子美，其尤著者也。孑民先生學貫中西，綜博古今，生於遜清之際，既冠而遂入翰林，憤清政之不修，與同盟而革命。民國肇造，任教育總長，既而殫其畢生精力於教育學術事業，人皆知其略而不知其詳也。

焯然兄擅子固之才，具知幾之識，宣勤史館，撰成是書，都二百餘萬言，其取材之博，用力之深，研究孑民先生者，無出其右也。孑民先生之大節，彰明較著，世或有曲解而誤傳者，覽斯書也，如雲霾之盡掃，日月之復明焉。且於年譜之外，益以傳記，蓋其所述者雖屬一人，而其所繫者，乃爲一國，其旨尤深且遠；豈規規於末節軼事者，所可同日而語哉？

予與焯然兄文字交深，長相晤敍，於斯書得先覩之快；謹跋其後，誌欽遲之意而申附驥之幸焉！

民國七十六年夏　楊向時敬跋於臺北

按：向時先生歷任教育部祕書，兼任政大、文大教席，與筆者論文有年，交稱莫逆。閱拙編「蔡元培先生年譜傳記」後，特撰此跋文，而不及一旬即遽歸道山。世事無常，曷勝悲悼！今謹以轉跋本書，用誌哀思！

孫常煒謹識　民國八十五年一月十一日

國家圖書館出版品預行編目資料

蔡孑民先生元培年譜 / 孫常煒編著. -- 初版. -- 臺北
市：遠流, 1997[民 86]
面；　公分. -- （本土與世界叢書；31）

ISBN 957-32-3212-X(平裝)

1. 蔡元培 - 年表

782.985　　86003118

西方文化叢書

高宣揚主編

		作者	售價
L1001	解釋學簡論	高宣揚	150
L1002	涂爾幹社會學引論	朱元發	120
L1003	皮亞傑及其思想	杜聲鋒	120
L1004	拉康結構主義精神分析學	杜聲鋒	130
L1005	戰後法國社會學的發展	胡偉	130
L1006	法國當代史學主流——從年鑑派到新史學	姚蒙	140
L1007	當代法國經濟理論	林義相	130
L1008	維特根斯坦	趙敦華	140
L1009	作爲哲學人類學的佛洛伊德理論	汪暉	100
L1010	勞斯的《正義論》解說	趙敦華	130
L1011	哲學人類學	高宣揚	150
L1012	韋伯思想概論	朱元發	130
L1013	西方大眾傳播學——從經驗學派到批判學派	劉昶	130
L1014	阿爾貝・卡繆	張容	140
L1015	佛洛姆人道主義精神分析學	王元明	160
L1016	阿爾杜塞	曾枝盛	130
L1017	邏輯經驗主義論文集	洪謙	160
L1018	雨果	鄭克魯	130
L1019	國際經濟法	周健	140
L1020	卡爾・波普	趙敦華	130

＊本書目所列定價如與書內版權頁不符，以版權頁定價為準。

L1021	非華爾拉士均衡理論	林義相	130
L1022	西歐經濟運行機制	朱正圻	130
L1023	德國社會市場經濟的發展	文光	140
L1024	法國新小說派	張容	170
L1025	意識流小說的前驅普魯斯特及其小說	張寅德	150
L1026	語言學的轉向——當代分析哲學的發展	洪漢鼎	170
L1027	佛洛伊德人生哲學初探	洪暉	110
L1028	芝加哥學派	葉肅科	150
L1029	現代系統理論	顏澤賢	170
L1030	市場機制與經濟效率	樊綱	150
L1031	勒維納斯	杜小真	130
L1032	托馬斯・庫恩	金吾倫	170
L1033	當代美國哲學	姚介厚	250

＊本書目所列定價如與書內版權頁不符，以版權頁定價為準。